中国古典小说普及文库



# 二十年目睹之怪现状

【清】吴趼人 著

岳麓书社·长沙

**图书在版编目(CIP)数据**

二十年目睹之怪现状/(清)吴研人著.—长沙:岳麓书社,2014.1(2022.10重印)

(中国古典小说普及文库)

ISBN 978-7-5538-0212-1

Ⅰ.①二… Ⅱ.①吴… Ⅲ.①章回小说—中国—清代 Ⅳ.①I242.4

中国版本图书馆CIP数据核字(2013)第248308号

ERSHINIAN MUDU ZHI GUAIXIANZHUANG

**二十年目睹之怪现状**

作　　者:(清)吴研人

责任编辑:彭卫才

责任校对:舒　舍

封面设计:吴颖辉

岳麓书社出版发行

地址:湖南省长沙市爱民路47号

直销电话:0731-88804152　0731-88885616

邮编:410006

版次:2014年1月第1版

印次:2022年10月第3次印刷

开本:890mm×1240mm　1/32

印张:21.25

字数:612千字

印数:10001—13000

ISBN 978-7-5538-0212-1

定价:79.80元

承印:廊坊市博林印务有限公司

如有印装质量问题,请与本社印务部联系

电话:0731-88884129

# 出版说明

《二十年目睹之怪现状》是清末著名小说家吴趼人(1866—1910)的代表作。吴趼人,原名宝震,后名沃尧,广东佛山人。

《二十年目睹之怪现状》所写的内容是1884年中法战争前后到1904年前后发生的事情。中法战争后资产阶级改良派开始登上了历史舞台;中日战争后改良派发动变法运动失败;1905年中国同盟会成立。所以本书所写的二十多年,恰好是改良派积极地进行活动,同盟会成立以后,历史已是属于革命派这样的历史背景。但本书实际的写作时间在这二十年的最末尾,那时改良的希望已经破灭,新的革命浪潮正在高涨,封建专制制度已经危在旦夕。所以作者在那样的时期,回顾总结二十多年的历史,心情是悲凉的。全书以主人公"九死一生"的经历为主要线索,从他为父亲奔丧开始,到经商失败结束,描写范围包括官场、商场与洋场。通过"九死一生"二十年间的遭遇和见闻,广泛揭露了半封建半殖民的满清末年的黑暗现实。

我社出版《中国古典小说普及文库》收入的《二十年目睹之怪现状》,是以上海广智书局版为底本,加以校点、整理,力倡"原汁原味品经典,赏心悦目读名著",以满足广大读者的需求。

# 目 录

# 第一回 楔 子

上海地方,为商贾麇集之区,中外杂处,人烟稠密,轮舶往来,百货输转。加以苏扬各地之烟花,亦都图上海富商大贾之多,一时买棹而来,环聚于四马路一带,高张艳帜,炫异争奇。那上等的,自有那一班王孙公子去问津;那下等的,也有那些逐臭之夫,垂涎着要尝鼎一脔。于是乎把六十年前的一片芦苇滩头,变做了中国第一个热闹的所在。唉!繁华到极,便容易沦于虚浮。久而久之,凡在上海来来往往的人,开口便讲应酬,闭口也讲应酬。人生世上,这"应酬"两个字,本来是免不了的;争奈这些人所讲的应酬,与平常的应酬不同,所讲的不是嫖经,便是赌局,花天酒地,闹个不休,车水马龙,日无暇晷。还有那些本是手头空乏的,虽是空着心儿,也要充作大老官模样,去逐队嬉游,好像除了征逐之外,别无正事似的。所以那"空心大老官",居然成为上海的土产物。这还是小事。还有许多骗局、拐局、赌局,一切希奇古怪,梦想不到的事,都在上海出现,于是乎又把六十年前民风淳朴的地方,变了个轻浮险诈的逋逃薮。

这些闲话,也不必提,内中单表一个少年人物。这少年也未详其为何省何府人氏,亦不详其姓名。到了上海,居住了十余年。从前也跟着一班浮荡子弟,逐队嬉游。过了十余年之后,少年的渐渐变成中年了,阅历也多了;并且他在那嬉游队中,很很的遇过几次阴险奸恶的谋害,几乎把性命都送断了!他方才悟到上海不是好地方,嬉游不是正事业,一朝改了前非,迴避从前那些交游,惟恐不速,一心要离了上海,别寻安身之处;只是一时没有机会,只得闭门韬晦。自家起了一个别号,叫做"死里逃生",以志自家的悼痛。

一日,这死里逃生在家里坐得闷了,想往外散步消遣,又恐怕在热闹地方,遇见那征逐朋友;思量不如往城里去逛逛,倒还清净些。遂信步走到邑庙豫园,游玩一番,然后出城。正走到瓮城时,忽见一个汉子，衣衫褴褛，气宇轩昂，站在那里，手中拿着一本册子，册子上插着一枝标，围了多少人在旁边观看。那汉子虽是昂然拿着册子站着，却是不发一言。死里逃生分开众人，走上一步，向汉子问道："这本书是卖的么？可容借我一看？"那汉子道："这书要卖也可以，要不卖也可以。"死里逃生道："此话怎讲？"汉子道："要卖便要卖一万两银子！"死里逃生道："不卖呢？"那汉子道："遇了知音的，就一文不要，双手奉送与他！"死里逃生听了，觉得诧异，说道："究竟是什么书，可容一看？"那汉子道："这书比那《太上感应篇》《文昌阴骘文》《观音菩萨救苦经》，还好得多呢！"说着，递书过来。死里逃生接过来看时，只见书面上粘着一个窄窄的签条儿，上面写着"二十年目睹之怪现状"。翻开第一页看时，却是一个手抄的本子，篇首署着"九死一生笔记"六个字。不觉心中动了一动，想道："我的别号，已是过于奇怪，不过有所感触，借此自表；不料还有人用这个名字，我与他可谓不谋而合了。"想罢，看了几条，又胡乱翻过两页，不觉心中有所感动，颜色变了一变。那汉子看见，便拱手道："先生看了必有所领会，一定是个知音。这本书是我一个知己朋友做的。他如今有事到别处去了，临行时亲手将这本书托我，叫我代觅一个知音的人，付托与他，请他传扬出去。我看先生看了两页，脸上便现了感动的颜色，一定是我这敝友的知音。我就把这本书奉送，请先生设法代他传扬出去，比着世上那印送善书的功德还大呢。"说罢，深深一揖，扬长而去。一时围看的人，都一哄而散了。

死里逃生深为诧异，惘惘的袖了这本册子，回到家中，打开了从头至尾细细看去，只见里面所叙的事，千奇百怪，看得又惊又怕。看得他身上冷一阵热一阵，冷时便浑身发抖，热时便汗流浃背；不住的面红耳赤，意往神驰，身上不知怎样才好。掩了册子，慢慢的想其中滋味：从前我只道上海的地方不好，据此看来，竟是天地虽宽，几无容足之地了！但不知道九死一生是何等样人，可惜未曾向那汉子问个明白，否则也好去结识结识他，同他做个朋友，朝夕谈谈，还不知要长多少见识呢！思前想后，不觉又感触起来，不知此茫茫大地，何处方可容身，一阵的心如死灰，便生了个谢绝人世的念头。只是这本册子,受了那汉子之托,要代他传播,当要想个法子,不负所托才好;纵使我自己办不到,也要转托别人,方是个道理。眼见得上海所交的一班朋友,是没有可靠的了;自家要代他付印,却又无力。想来想去,忽然想着横滨《新小说》,销行极广,何不将这册子寄到新小说社,请他另辟一门,附刊上去,岂不是代他传播了么?想定了主意,就将这本册子的记载,改做了小说体裁,剖作若干回;加了些评语;写一封信,另外将册子封好,写着“寄日本横滨市山下町百六十番新小说社”。走到虹口蓬路日本邮便局,买了邮税票粘上,交代明白,翻身就走,一直走到深山穷谷之中,绝无人烟之地,与木石居,与鹿豖游去了。

## 第二回 守常经不使疏逾戚 睹怪状几疑贼是官

新小说社记者接到了死里逃生的手书及九死一生的笔记，展开看了一遍，不忍埋没了他，就将他逐期刊布出来。阅者须知：自此以后之文，便是九死一生的手笔与及死里逃生的批评了。

我是好好的一个人，生平并未遭过大风波、大险阻，又没有人出十万两银子的赏格来捉我，何以将自己好好的姓名来隐了，另外叫个什么九死一生呢？只因我出来应世的二十年中，回头想来，所遇见的只有三种东西：第一种是蛇虫鼠蚁；第二种是豺狼虎豹；第三种是魑魅魍魉。二十年之久，在此中过来，未曾被第一种所蚀，未曾被第二种所啖，未曾被第三种所攫，居然被我都避了过去，还不算是九死一生么！所以我这个名字，也是我自家的纪念。

记得我十五岁那年，我父亲从杭州商号里寄信回来，说是身上有病，叫我到杭州去。我母亲见我年纪小，不肯放心叫我出门。我的心中，是急的了不得。迨后又连接了三封信，说病重了，我就在我母亲跟前，再四央求，一定要到杭州去看看父亲。我母亲也是记挂着，然而究竟放心不下。忽然想起一个人来，这个人姓尤，表字云岫，本是我父亲在家时最知己的朋友，我父亲很帮过他忙的，想着托他伴我出门，一定是千稳万当。于是叫我亲身去拜访云岫，请他到家，当面商量，承他盛情，一口应允了。收拾好行李，别过了母亲，上了轮船，先到上海。那时还没有内河小火轮呢，就趁了航船，足足走了三天，方到杭州。两人一路问到我父亲的店里，哪知我父亲已经先一个时辰咽了气了。一场痛苦，自不必言。

那时店中有一位当手，姓张，表字鼎臣。他待我哭过一场，然后拉我到一间房内，问我道：“你父亲已是没了，你胸中有什么主意呢？”我说：“世伯，我是小孩子，没有主意的；况且遭了这场大事，方寸已乱了，如何还有主意呢。”张道：“同你来的那位尤公，是世好么?”我说:“是,我父亲同他是相好。”张道:“如今你父亲是没了,这件后事,我一个人担负不起,总要有个人商量方好。你年纪又轻,那姓尤的,我恐怕他靠不住。”我说:“世伯何以知道他靠不住呢?”张道:“我虽不懂得风鉴,却是阅历多了,有点看得出来。你想还有什么人可靠的呢?”我说:“有一位家伯,他在南京候补,可以打个电报请他来一趟。”张摇头道:“不妙,不妙!你父亲在时最怕他,他来了就罗唣的了不得;虽是你们骨肉至亲,我却不敢与他共事。”我心中此时暗暗打主意,这张鼎臣虽是父亲的相好,究竟我从前未曾见过他,未知他平日为人如何;想来伯父总是自己人,岂有办大事不请自家人,反靠外人之理。想罢,便道:“请世伯一定打个电报给家伯吧。”张道:“既如此,我就照办就是的了。然而有一句话,不能不对你说明白:你父亲临终时,交代我说,如果你赶不来,抑或你母亲不放心,不叫你来,便叫我将后事料理停当,搬他回去,并不曾提到你伯父呢。”我说:“此时只怕是我父亲病中偶然忘了,故未说起,也未可知。”张叹了一口气,便起身出来了。

到了晚间,我在灵床旁边守着。夜深人静的时候,那尤云岫走来,悄悄问道:“今日张鼎臣同你说些什么?”我说:“并未说什么,——他问我讨主意,我说没有主意。”尤顿足道:“你叫他同我商量呀!他是个素不相识的人,你父亲没了,又没有见着面,说着一句半句话儿,知道他靠得住不呢。好歹我来监督着他。以后他再问你,你必要叫他同我商量。”说着,去了。

过了两日,大殓过后,我在父亲房内,找出一个小小皮箱;打开看时,里面有百十来块洋钱,想来这是自家零用,不在店帐内的。母亲在家寒苦,何不先将这笔钱,先寄回去给母亲使用呢?而且家中也要设灵挂孝,在在都是要用钱的。想罢,便出来与云岫商量。云岫道:“正该如此。这里信局不便,你交给我,等我同你带到上海,托人带回去吧,上海来往人多呢。”我问道:“应该寄多少呢?”尤道:“自然是愈多愈好呀。”我入房点了一点,统共一百三十二元,便拿出来交给他。他即日就动身到上海,与我寄银子去了。——可是这一去,他便在上海耽搁住,再也不回杭州。

又过了十多天,我的伯父来了,哭了一场。我上前见过。他便叫带来的底下人,取出烟具吸鸦片烟。张鼎臣又拉我到他房里问道:“你父亲是没了,这一家店,想来也不能再开了;若把一切货物盘顶与别人,连收回各种帐目,除去此次开销,大约还有万金之谱。可要告诉你伯父吗?”我说:“自然要告诉的,难道好瞒伯父吗?”张又叹口气,走了出来,同我伯父说些闲话。

那时我因为刻讣帖的人来了,就同那刻字人说话。我伯父看见了,便立起来问道:“这讣帖底稿,是哪个起的呢?”我说道:“就是侄儿起的。”我的伯父拿起来一看,对着张鼎臣说道:“这才是吾家千里驹呢!这讣闻居然是大大方方的,期功缌麻,一点也没有弄错。”鼎臣看着我,笑了一笑,并不回言。伯父又指着讣帖当中一句问我道:“你父亲今年四十五岁,自然应该作‘享寿四十五岁’,为甚你却写做‘春秋四十五岁’呢?”我说道:“四十五岁,只怕不便写作‘享寿’;有人用的是‘享年’两个字,侄儿想去,年是说不着享的;若说那‘得年’‘存年’,这又是长辈出面的口气。侄儿从前看见古时的墓志碑铭,多有用‘春秋’两个字的,所以借来用用,倒觉得拢统些,又大方。”伯父回过脸来,对鼎臣道:“这小小年纪,难得他这等留心呢。”说着,又躺下去吃烟。

鼎臣便说起盘店的话,我伯父把烟枪一丢,说道:“着,着!盘出些现银来,交给我代他带回去,好歹在家乡也可以创个事业呀。”商量停当,次日张鼎臣便将这话传将出来,就有人来问。一面张罗开吊。过了一个多月,事情都停妥了,便扶了灵柩,先到上海。只有张鼎臣因为盘点的事,未曾结算清楚,还留在杭州,约定在上海等他。我们到了上海,住在长发栈,寻着了云岫。等了几天,鼎臣来了,把帐目、银钱都交代出来,总共有八千两银子,还有十条十两重的赤金。我一总接过来,交与伯父。伯父收过了,谢了鼎臣一百两银子。过了两天,鼎臣去了。临去时,执着我的手,嘱咐我回去好好的守制读礼,一切事情,不可轻易信人。我唯唯的应了。

此时我急着要回去。争奈伯父说在上海有事,今天有人请吃酒,明天有人请看戏,连云岫也同在一处,足足耽搁了四个月。到了年底，方才扶着灵柩，趁了轮船回家乡去，即时择日安葬。过了残冬，新年初四五日，我伯父便动身回南京去了。

我母子二人，在家中过了半年。原来我母亲将银子一齐都交给伯父带到上海，存放在妥当钱庄里生息去了，我一向未知；到了此时，我母亲方才告诉我，叫我写信去支取利息。写了好几封信，却只没有回音。我又问起托云岫寄回来的钱，原来一文也未曾接到。此事怪我不好，回来时未曾先问个明白，如今过了半年，方才说起，大是误事。急急走去寻着云岫，问他缘故。他涨红了脸说道："那时我一到上海，就交给信局寄来的，不信，还有信局收条为凭呢。"说罢，就在帐箱里、护书里乱翻一阵，却翻不出来。又对我说道："怎么你去年回来时不查一查呢？只怕是你母亲收到了用完了，忘记了吧。"我道："家母年纪又不很大，哪里会善忘到这么着。"云岫道："那么我不晓得了。这件事幸而碰着我，如果碰到别人，还要骂你撒赖呢！"我想想这件事本来没有凭据，不便多说，只得回来告诉了母亲，把这事搁起。

我母亲道："别的事情且不必说，只是此刻没有钱用。你父亲剩下的五千银子，都叫你伯父带到上海去了，屡次写信去取利钱，却连回信也没有。我想你已经出过一回门，今年又长了一岁了，好歹你亲自到南京走一遭，取了存折，支了利钱寄回来。你在外面，也觑个机会，谋个事，终不能一辈子在家里坐着吃呀。"

我听了母亲的话，便凑了些盘缠，附了轮船，先到了上海。入栈歇了一天，拟坐了长江轮船，往南京去。这个轮船，叫做元和。当下晚上一点钟开行，次日到了江阴，夜来又过了镇江。一路上在舱外看江景山景，看的倦了，在镇江开行之后，我见天阴月黑，没有什么好看，便回到房里去睡觉。

睡到半夜时，忽然隔壁房内，人声鼎沸起来，把我闹醒了。急忙出来看时，只见围了一大堆人，在那里吵。内中有一个广东人，在那里指手画脚说话。我便走上一步，请问甚事。他说这房里的搭客，偷了他的东西。我看那房里时，却有三副铺盖。我又问："是哪一个偷东西呢？"广东人指着一个道："就是他！"我看那人时，身上穿的是湖色熟罗长衫，铁线纱夹马褂；生得圆圆的一团白面，唇上还留着两撇八字胡子，鼻上戴着一副玳瑁边墨晶眼镜。我心中暗想，这等人如何会偷东西，莫非错疑了人么？心中正这么想着，一时船上买办来了，帐房的人也到了。

那买办问那广东人道："捉贼捉赃呀，你捉着赃没有呢？"那广东人道："赃是没有，然而我知道一定是他；纵使不见他亲手偷的，他也是个贼伙，我只问他要东西。"买办道："这又奇了，有什么凭据呢？"此时那个人嘴里打着湖南话，在那里"王八崽子"的乱骂。我细看他的行李，除了衣箱之外，还有一个大帽盒，都粘着"江苏即补县正堂"的封条；板壁上挂着一个帖袋，插着一个紫花印的文书壳子。还有两个人，都穿的是蓝布长衫，像是个底下人光景。我想这明明是个官场中人，如何会做贼呢？这广东人太胡闹了。

只听那广东人又对众人说道："我不说明白，你们众人一定说我错疑了人了；且等我说出来，大众听听呀。我父子两人同来。我住的房舱，是在外面，房门口对着江面的。我们已经睡了，忽听得我儿子叫了一声有贼。我一咕噜爬起来看时，两件熟罗长衫没了；衣箱面上摆的一个小闹钟，也不见了；衣箱的锁，也几乎撬开了。我便追出来，转个弯要进里面，便见这个人在当路站着……"买办抢着说道："当路站着，如何便可说他做贼呢？"广东人道："他不做贼，他在那里代做贼的望风呢。"买办道："晚上睡不着，出去望望也是常事，怎么便说他望风？"广东人冷笑道："出去望望，我也知道是常事；但是今夜天阴月黑，已经是看不见东西的了，他为甚还戴着墨晶眼镜？试问他看得见什么东西？这不是明明在那里装模作样么？"

我听到这里，暗想这广东人好机警，他若做了侦探，一定是好的。只见那广东人又对那人说道："说着了你没有？好了，还我东西便罢；不然，就让我在你房里搜一搜！"那人怒道："我是奉了上海道的公事，到南京见制台的，房里多是要紧文书物件，你敢乱动么！"广东人回过头来对买办道："得罪了客人，是我的事，与你无干。"又走上一步对那人道："你让我搜么？"那人大怒，回头叫两个底下人道："你们怎么都同木头一样，还不给我撵这王八蛋出去！"那两个人便来推那广东人,哪里推得他动,却被他又走上一步,把那人一推推了进去。广东人弯下腰来去搜东西。此时看的人,都代那广东人捏着一把汗,万一搜不出赃证来,他是个官,不知要怎么样办呢。

只见那广东人,伸手在他床底下一搜,拉出一个网篮来,七横八竖的放着十七八杆鸦片烟枪,八九枝铜水烟筒。众人一见,一齐乱嚷起来。这个说:"那一枝烟筒是我的。"那个说:"那根烟枪是我的。今日害我吞了半天的烟泡呢。"又有一个说道:"那一双新鞋是我的。"……一霎时都认了去。细看时,我所用的一枝烟筒,也在里面,也不曾留心,不知几时偷去的。此时那人却是目瞪口呆,一言不发。当下买办便沉下脸来,叫茶房来把他看管着。要了他的钥匙,开他的衣箱检搜。只见里面单的夹的,男女衣服不少;还有两枝银水烟筒,一个金豆蔻盒,这是上海倌人用的东西,一定是赃物无疑。

搜了半天,却不见那广东人的东西。广东人便喝着问道:"我的长衫放在哪里了?"那人到了此时,真是无可奈何,便说道:"你的东西不是我偷的。"广东人伸出手来,狠狠的打了他一个巴掌道:"我只问你要!"那人没法,便道:"你要东西跟我来。"此时茶房已经将他双手反绑了。众人就跟着他去。只见他走到散舱里面,在一个床铺旁边,嘴里叽叽咕咕的说了两句听不懂的话,便有一个人在被窝里钻出来,两个人又叽叽咕咕着问答了几句,都是听不懂的。那人便对广东人说道:"你的东西在舱面呢,我带你去取吧。"买办便叫把散舱里的那个人也绑了。大家都跟着到舱面去看新闻。只见那人走到一堆篷布旁边,站定说道:"东西在这个里面。"广东人揭开一看,果然两件长衫堆在一处,那小钟还在那里的得的得走着呢。到了此时,我方才佩服那广东人的眼明手快,机警非常。

自回房去睡觉。想着这个人扮了官去做贼,却是异想天开,只是未免玷辱了官场了。我初次单人匹马的出门,就遇了这等事,以后见了萍水相逢的人,倒要留心呢。一面想着,不觉睡去。到了明日,船到南京,我便上岸去,昨夜那几个贼如何送官究治,我也不及去打听了。

上得岸时,便去访寻我伯父;寻到公馆,说是出差去了。我要把行李拿进去，门上的底下人不肯，说是要回过太太方可。说着，里面去了。半晌出来说道："太太说：侄少爷来到，本该要好好的招呼；因为老爷今日出门，系奉差下乡查办案件，约两三天才得回来，太太又向来没有见过少爷的面，请少爷先到客栈住下，等老爷回来时，再请少爷来吧。"我听了一番话，不觉呆了半天。没奈何，只得搬到客栈里去住下，等我伯父回来再说。只这一等，有分教：家庭违骨肉，车笠遇天涯。要知后事如何，且待下文再记。

# 第三回　走穷途忽遇良朋　谈仕路初闻怪状

却说我搬到客栈里住了两天,然后到伯父公馆里去打听,说还没有回来。我只得耐心再等。一连打听了几次,却只不见回来。我要请见伯母,她又不肯见。此时我已经住了十多天,带来的盘缠,本来没有多少,此时看看要用完了,心焦的了不得。这一天我又去打听了,失望回来,在路上一面走,一面盘算着:倘是过几天还不回来,我这里莫说回家的盘缠没有,就是客栈的房饭钱,也还不晓得在哪里呢!

正在那里纳闷,忽听得一个人提着我的名字叫我。我不觉纳罕道:"我初到此地,并不曾认得一个人,这是哪一个呢?"抬头看时,却是一个十分面熟的人,只想不出他的姓名,不觉呆了一呆。那人道:"你怎么跑到这里来?连我都不认得了么?你读的书怎样了?"我听了这几句话,方才猛然想起,这个人是我同窗的学友,姓吴,名景曾,表字继之。他比我长了十年,我同他同窗的时候,我只有八九岁,他是个大学生,同了四五年窗,一向读书,多承他提点我。前几年他中了进士,榜下用了知县,掣签掣了江宁。我一向未曾想着南京有这么一个朋友,此时见了他,犹如婴儿见了慈母一般。上前见个礼,便要拉他到客栈里去。继之道:"我的公馆就在前面,到我那里去吧。"说着,拉了我同去。

果然不过一箭之地,就到了他的公馆。于是同到书房坐下。我就把去年至今的事情,一一的告诉了他。说到我伯父出差去了,伯母不肯见我,所以住在客栈的话,继之愕然道:"哪一位是你令伯?是什么班呢?"我告诉了他官名,道:"是个同知班。"继之道:"哦!是他!他的号是叫子仁的,是么?"我说:"是。"继之道:"我也有点认得他,同过两回席;一向只知是一位同乡,却不知道就是令伯。他前几天不错是出差去了,然而我好像听见说是回来了呀。还有一层,你的令伯母,为甚又不见你呢?”我说:“这个连我也不晓得是什么意思,或者因为向来未曾见过,也未可知。”继之道:“这又奇了,你们自己一家人,为甚没有见过?”我道:“家伯是在北京长大的,在北京成的家。家伯虽是回过几次家乡,却都没有带家眷;我又是今番头一次到南京来,所以没有见过。”继之道:“哦!是了。怪不得我说他是同乡,他的家乡话却说得不像的很呢,这也难怪。然而你年纪太轻,一个人住在客栈里,不是个事,搬到我这里来吧。我同你从小儿就在一起的,不要客气,我也不许你客气。你把房门钥匙交给了我吧,搬行李去。”

我本来正愁这房饭钱无着,听了这话,自是欢喜。谦让了两句,便将钥匙递给他。继之道:“有欠过房饭钱么?”我说:“栈里是五天一算的,上前天才算结了,到今天不过欠得三天。”继之便叫了家人进来,叫他去搬行李,给了一元洋银,叫他算还三天的钱,又问了我住第几号房,那家人去了。我一想,既然住在此处,总要见过他的内眷,方得便当。想罢,便道:“承大哥过爱,下榻在此,理当要请见大嫂才是。”继之也不客气,就领了我到上房去,请出他夫人李氏来相见。继之告诉了来历。这李氏人甚和蔼,一见了我便道:“你同你大哥同亲兄弟一般,须知住在这里,便是一家人,早晚要茶要水,只管叫人,不要客气。”此时我也没有什么话好回答,只答了两个“是”字。坐了一会,仍到书房里去。家人已取了行李来,继之就叫在书房里设一张榻床,开了被褥。又问了些家乡近事。从这天起,我就住在继之公馆里,有说有笑,免了那孤身作客的苦况了。

到了第二天,继之一早就上衙门去。到了晌午时候,方才回来一同吃饭。饭罢,我又要去打听伯父回来没有。继之道:“你且慢忙着,只要在藩台衙门里一问就知道的。我今日本来要打算同你打听,因在官厅上面,谈一桩野鸡道台的新闻,谈了半天,就忘记了。明日我同你打听来吧。”我听了这话,就止住了,因问起野鸡道台的话。继之道:“说来话长呢。你先要懂得‘野鸡’两个字,才可以讲得。”我道:“就因为不懂,才请教呀。”继之道:“有一种流娼,上海人叫做野鸡。”我诧异道:“这么说,是流娼做了道台了?”继之笑道:“不是,不是。你听我说:有一个绍兴人,姓名也不必去提他了,总而言之,是一个绍兴的'土老儿'就是。这土老儿在家里住得厌烦了,到上海去谋事。恰好他有个亲眷,在上海南市那边,开了个大钱庄,看见他老实,就用了他做个跑街……"我不懂得跑街是个什么职役,先要问明。继之道:"跑街是到外面收帐的意思;有时到外面打听行情,送送单子,也是他的事。这土老儿做了一年多,倒还安分。一天不知听了什么人说起'打野鸡'的好处……"我听了,又不明白道:"什么打野鸡?可是打那流娼么?"继之道:"去嫖流娼,就叫打野鸡。这土老儿听得心动,那一天带了几块洋钱,走到了四马路野鸡最多的地方,叫做什么会香里,在一家门首,看见一个'黄鱼'……"我听了,又是一呆道:"什么叫做黄鱼?"继之道:"这是我说了南京的土谈了,这里南京人,叫大脚妓女做黄鱼。"我笑道:"又是野鸡,又是黄鱼,倒是两件好吃的东西。"

继之道:"你且慢说笑着,还有好笑的呢。当下土老儿同她兜搭起来,这黄鱼就招呼了进去。问起名字,原来这个黄鱼叫做桂花,说的一口北京话。这土老儿化了几块洋钱,就住了一夜。到了次日早晨要走,桂花送到门口,叫他晚上来。这个本来是妓女应酬嫖客的口头禅,并不是一定要叫他来的;谁知他土头土脑的,信是一句实话,到了晚上,果然走去,无聊无赖的坐了一会就走了。临走的时候,桂花又随口说道:'明天来。'他到了明天,果然又去了,又装了一个'干湿'……"我正在听得高兴,忽然听见"装干湿"三个字,又是不懂。继之道:"化一块洋钱去坐坐,妓家拿出一碟子水果,一碟子瓜子来敬客,这就叫做装干湿。当下土老儿坐了一会,又要走了,桂花又约他明天来。他到了明天,果然又去了。桂花留他住下,他就化了两块洋钱,又住了一夜。到天明起来,桂花问他要一个金戒指。他连说:'有有有,可是要过两三天呢。'过了三天,果然拿一个金戒指去。当下桂花盘问他在上海做什么生意,他也不隐瞒,一一的照直说了。问他一月有多少工钱,他说:'六块洋钱。'桂花道:'这么说,我的一个戒指,要去了你半年工钱呀!'他说:'不要紧,我同帐房先生商量,先借了年底下的花红银子来兑的。'问他一年分多少花红,他说:'说不定的,生意好的年分,可以分六七十元;生意不好,也有二三十元。'桂花沉吟了半晌道:'这么说,你一年不过一百多元的进帐?'他说:'做生意人,不过如此。'桂花道:'你为什么不做官呢?'土老儿笑道:'那做官的是要有官运的呀!我们乡下人,哪里有那种好运气!'桂花道:'你有老婆没有?'土老儿叹道:'老婆是有一个的,可惜我的命硬,前两年把她克死了;又没有一男半女,真是可怜!'桂花道:'真的么?'土老儿道:'自然是真的,我骗你作什!'桂花道:'我劝你还是去做官。'土老儿道:'我只望东家加我点工钱,已经是大运气了,哪里还敢望做官!况且做官是要拿钱去捐的,听见说捐一个小老爷,还要好几百银子呢!'桂花道:'要做官顶小也要捐个道台,那小老爷做他作什么!'土老儿吐舌道:'道台!那还不晓得是个什么行情呢!'桂花道:'我要你依我一件事,包有个道台给你做。'土老儿道:'莫说这种笑话,不要折煞我。若说依你的事,你且说出来,依得的无有不依。'桂花道:'只要你娶了我做填房,不许再娶别人。'土老儿笑道:'好便好,只是我娶你不起呀,不知道你要多少身价呢!'桂花道:'呸!我是自己的身子,没有什么人管我,我要嫁谁就嫁谁,还说什么身价呀!你当是买丫头么?'土老儿道:'这么说,你要嫁我,我就发个咒不娶别人。'桂花道:'认真的么?'土老儿道:'自然是认真的,我们乡下人从来不会撒谎。'桂花立刻叫人把门外的招牌除去了,把大门关上,从此改做住家人家。又交代用人,从此叫那土老儿做老爷,叫自己做太太。两个人商量了一夜。到了次日,桂花叫土老儿去钱庄里辞了职役。土老儿果然依了她的话。但回头一想,恐怕这件事不妥当,到后来要再谋这么一件事就难了。于是打了一个主意,去见东家,先撒一个谎说:'家里有要紧事,要请个假回去一趟,顶多两三个月就来的。'东家准了。这是他的意思,万一不妥当,还想后来好回去仍就这件事。于是取了铺盖,直跑到会香里,同桂花住了几天。桂花带了土老儿到京城里去,居然同他捐了一个二品顶戴的道台,还捐了一枝花翎,办了引见,指省江苏。在京的时候,土老儿终日没事,只在家里闷坐。桂花却在外面坐了车子,跑来跑去,土老儿也不敢问他做什么事。等了多少日子,方才出京,走到苏州去禀到。桂花却拿出一封某王爷的信,叫他交与抚台。抚台见他土形土状的,又有某王爷的信,叫好好的照应他。这抚台是个极圆通的人,虽然疑心他,却不肯去盘问他。因对他说道:‘苏州差事甚少,不如江宁那边多,老兄不如到江宁那边去,分苏分宁是一样的。兄弟这里只管留心着,有甚差事出来,再来关照吧。’土老儿辞了出来,将这话告诉了桂花。桂花道:‘那么咱们就到南京去,好在我都有预备的。’于是乎两个人又来到南京,见制台也递了一封某王爷的信。制台年纪大了,见属员是糊里糊涂的,不大理会;只想既然是有了阔阔的八行书,过两天就好好的想个法子安置他就是了。不料他去见藩台,照样递上一封某王的书。——这个藩台是旗人,同某王有点姻亲,所以他求了这信来。——藩台见了人,接了信,看看他不像样子,莫说别的,叫他开个履历,也开不出来;就是行动、拜跪、拱揖,没有一样不是碍眼的。就回明了制台,且慢着给他差事,自己打个电话到京里去问,却没有回电;到如今半个多月了,前两天才来了一封墨信,回得详详细细的。原来这桂花是某王府里奶妈的一个女儿,从小在王府里面充当丫头。母女两个,手上积了不少的钱,要想把女儿嫁一个阔阔的阔老,只因他在那阔地方走动惯了,眼眶子看得大了,当丫头的不过配一个奴才小子,实在不愿意;然而在京里的阔老,哪个肯娶一个丫头?因此母女两个商量,定了这个计策:叫女儿到南边来拣一个女婿,代他捐上功名,求两封信出来谋差事。不料拣了这么一个土货!虽是他外母代他连恳求带朦混的求出信来,他却不争气,误尽了事!前日藩台接了这信,便回过制台,叫他自己请假回去,免得奏参,保全他的功名。这桂花虽是一场没趣,却也弄出一个诰封夫人的二品命妇了。只这便是野鸡道台的历史了,你说奇不奇呢?”

我听了一席话,心中暗想,原来天下有这等奇事,我一向坐在家里,哪里得知。又想起在船上遇见那扮官做贼的人,正要告诉继之。只听继之又道:“这个不过是桂花拣错了人,闹到这般结果。那桂花是个当丫头的,又当过婊子的,她还想着做命妇,已经好笑了。还有一个情愿拿命妇去做婊子的,岂不更是好笑么?”我听了,更觉得诧异,急问是怎样情节。继之道:“这是前两年的事了。前两年制台得了个心神仿佛的病。年轻时候,本来是好色的;到如今偌大年纪,他那十七八岁的姨太太,还有六七房,那通房的丫头,还不在内呢。他这好色的名出了,就有人想拿这个巴结他。他病了的时候,有一个年轻的候补道,自己陈说懂得医道。制台就叫他诊脉。他诊了半晌说:'大帅这个病,卑职不能医,不敢胡乱开方;卑职内人怕可以医得。'制台道:'原来尊夫人懂得医理,明日就请来看看吧。'到了明日,他的那位夫人,打扮得花枝招展的来了。诊了脉,说是:'这个病不必吃药,只用按摩之法,就可以痊愈。'制台问哪里有懂得按摩的人,妇人低声道:'妾颇懂得。'制台就叫她按摩。她又说她的按摩与别人不同,要屏绝闲人,炷起一炉好香,还要念什么咒语,然后按摩,所以除了病人与治病的人,不许有第三个人在旁。制台信了她的话,把左右使女及姨太太们都叫了出去。有两位姨太太动了疑心,走出来在板壁缝里偷看,忽看出不好看的事情来,大喝一声,走将进去,拿起门闩就打。一时惊动了众多姨太,也有拿门闩的,也有拿木棒的,一拥上前围住乱打。这一位夫人吓得走头无路,跪在地下抱住制台叫救命。制台喝住众人,叫送她出去。这位夫人出得房门时,众人还跟在后面赶着打,一直打到二门,还叫粗使仆妇,打到辕门外面去。可怜她花枝招展的来,披头散发的去。这事一时传遍了南京城,你说可笑不可笑呢?"

我道:"那么说,这位候补道,想来也没有脸再住在这里了?"继之道:"哼!你说他没有脸住在这里么?他还得意得很呢!"我诧异道:"这还有什么得意之处呢?"继之不慌不忙的说出他的得意之处来。正是:不怕头巾染绿,须知顶戴将红。要知继之说出什么话来,且待下文再记。

# 第四回　吴继之正言规好友　苟观察致敬送嘉宾

却说我追问继之:“那一个候补道,他的夫人受了这场大辱,还有什么得意?”继之道:“得意呢! 不到十来天工夫,他便接连着了两个札子,委了筹防局的提调与山货局的会办了。去年还同他开上一个保举。他本来只是个盐运司衔,这一个保举,他就得了个二品顶戴了。你说不是得意了吗?”我听了此话,不觉呆了一呆道:“那么说,那一位总督大帅,竟是被那一位夫人……”我说到此处,以下还没有说出来,继之便抢着说道:“那个且不必说,我也不知道。不过他这位夫人被辱的事,已经传遍了南京,我不妨说给你听听。至于内中暧昧情节,谁曾亲眼见来,何必去寻根问底! 不是我说句老话,你年纪轻轻的,出来处世,这些暧昧话,总不宜上嘴。我不是迷信了那因果报应的话,说什么谈人闺阃,要下拔舌地狱,不过谈着这些事,叫人家听了,要说你轻薄。兄弟,你说是不是呢?”

我听了继之一番议论,自悔失言,不觉涨红了脸。歇了一会,方把在元和船上遇见扮了官做贼的一节事,告诉了继之。继之叹了一口气,歇了一歇道:“这事也真难说,说来也话长。我本待不说,不过略略告诉你一点儿,你好知道世情险诈,往后交结个朋友,也好留一点神。你道那个人是扮了官做贼的么? 他还是的的确确的一位候补县太爷呢,还是个老班子。不然,早就补了缺了,只为近来又开了个郑工捐,捐了大八成知县的人,到省多了,压了班;再是明年要开恩科,榜下即用的,不免也要添几个;所以他要望补缺,只好叫他再等几年的了。不然呢,差事总还可以求得一个,谁知他去年办镇江木厘,因为勒捐闹事,被木商联名来省告了一告,藩台很是怪他,马上撤了差,记大过三次,停委两年。所以他官不能做,就去做贼了。”我听了这话,不觉大惊道:“我听见说还把他送上岸来办呢,但不知怎么办他?”继之摇摇头叹道:“有什么办法! 船上人送他到了巡防局,船就开行去了；所有偷来的赃物，在船上时已被各人分认了。他到了巡防局，那局里委员终是他的朋友，见了他也觉难办。他却装做了满肚子委屈，又带着点怒气，只说他的底下人一时贪小，不合偷了人家一根烟筒，叫人家看见了，赶到房舱里来讨去；船上买办又仗着洋人势力，硬来翻箱倒箧的搜了一遍，此时还不知有失落东西没有。那委员听见他这么说，也就顺水推船，薄薄的责了他的底下人几下就算了。你们初出来处世的，结交个朋友，你想要小心不要？他还不止做贼呢，在外头做赌棍、做骗子、做拐子，无所不为，结交了好些江湖上的无赖，外面仗着官势，无法无天的事，不知干了多少的了。”

我听了继之一席话，暗暗想道：“据他说起来，这两个道台、一个知县的行径，官场中竟是男盗女娼的了，但继之现在也在仕路中，这句话我不便直说出来，只好心里暗暗好笑。虽然，内中未必尽是如此。你看继之他见我穷途失路，便留我在此居住，十分热诚，这不是古谊可风的么？并且他方才劝戒我一番话，就是自家父兄，也不过如此，真是令人可感。”一面想着，又谈了好些处世的话，他就有事出门去了。

过了一天，继之上衙门回来，一见了我的面，就气忿忿的说道：“奇怪，奇怪！”我看见他面色改常，突然说出这么一句话，连一些头路也摸不着，呆了脸对着他。只见他又率然问道：“你来了多少天了？”我说道：“我到了十多天了。”继之道：“你到过令伯公馆几次了？”我说：“这个可不大记得了，大约总有七八次。”继之又道：“你住在什么客栈，对公馆里的人说过么？”我说：“也说过的；并且住在第几号房，也交代明白。”继之道：“公馆里的人，始终对你怎么说？”我说：“始终都说出差去了，没有回来。”继之道：“没有别的话？”我说：“没有。”继之气的直挺挺的坐在交椅上。半天，又叹了好几口气说道：“你到的那几天，不错，是他出差去了，但不过到六合县去会审一件案，前后三天就回来了；在十天以前，他又求了藩台给他一个到通州勘荒的差使，当天奉了札子，当天就禀辞去了。你道奇怪不奇怪？”我听了此话，也不觉呆了，半天没有话说。继之又道：“不是我说句以疏间亲的话，令伯这种行径，不定是有意回避你的了。”此时我也无言可答,只坐在那里出神。

继之又道:"虽是这么说,你也不必着急。我今天见了藩台,他说此地大关的差使,前任委员已经满了期了,打算要叫我接办,大约一两天就可以下札子。我那里左右要请朋友,你就可以拣一个合式的事情,代我办办。我们是同窗至好,我自然要好好的招呼你。至于你令伯的话,只好慢慢再说,好在他终久是要回来的,总不能一辈子不见面。"我说道:"家伯到通州去的话,可是大哥打听来的,还是别人传说的呢?"继之道:"这是我在藩署号房打听来的,千真万真,断不是谣言。你且坐坐,我还要出去拜一个客呢。"说着,出门去了。

我想起继之的话,十分疑心,伯父同我骨肉至亲,哪里有这等事;不如我再到伯父公馆里去打听打听,或者已经回来,也未可知。想罢了,出了门,一直到我伯父公馆里去。到门房里打听,那个底下人说是:"老爷还没有回来。前天有信来,说是公事难办得很,恐怕还有几天耽搁。"我有心问他说道:"老爷还是到六合去,还是到通州去的呢?"那底下人脸上红了一红,顿住了口,一会儿,方才说道:"是到通州去的。"我说:"到底是几时动身的呢?"他说道:"就是少爷来的那天动身的。"我说:"一直没有回来过么?"他说:"没有。"我问了一番话,满腹狐疑的回到吴公馆里去。继之已经回来了,见了我便问:"到那里去过?"我只得直说一遍。

继之叹道:"你再去也无用。这回他去勘荒,是可久可暂的,你且安心住下,等过一两个月再说。我问你一句话:你到了这里来,寄过家信没有?"我说:"到了上海时,曾寄过一封;到了这里,却未曾寄过。"继之道:"这就是你的错了,怎么十多天工夫,不寄一封信回去?可知尊堂伯母在那里盼望呢。"我说:"这个我也知道。因为要想见了家伯,取了钱庄上的利钱,一齐寄去,不料等到今日,仍旧等不着。"继之低头想了一想道:"你只管一面写信,我借五十两银子,给你寄回去。你信上也不必提明是借来的,也不必提到未见着令伯,只糊里糊涂的说先寄回五十两银子,随后再寄罢了;不然,令堂伯母又多一层着急。"

我听了这话,连忙道谢。继之道:"这个用不着谢。你只管写信,我这里明日打发家人回去,接我家母来,就可以同你带去。接办大关的札子,已经发了下来,大约半个月内,我就要到差。我想屈你做一个书启,因为别的事,你未曾办过,你且将就些。我还在帐房一席上,挂上你一个名字;那帐房虽是藩台荐的,然而你是我自家亲信人,挂上了一个名字,他总得要分给你一点好处。还有你书启名下应得的薪水,大约出息还不很坏。这五十两银子,你慢慢的还我就是了。"当下我听了此言,自是欢喜感激。便去写好了一封家信,照着继之交代的话,含含糊糊写了,并不提起一切。到了明日,继之打发家人动身,就带了去。此时我心中安慰了好些;只不知我伯父到底是什么主意,因写了一封信,封好了口,带在身上,走到我伯父公馆里去,交代他门房,叫他附在家信里面寄去。叮嘱再三,然后回来。

又过了七八天,继之对我道:"我将近要到差了。这里去大关很远,天天来去是不便当的;要住在关上,这里又没有个人照应。书启的事不多,你可仍旧住在我公馆里,带着照应照应内外一切,三五天到关上去一次;如果有紧要事,我再打发人请你。好在书启的事,不必一定到关上去办的。或者有时我回来住几天,你就到关上去代我照应,好不好呢?"我道:"这是大哥过信我、体贴我,我感激还说不尽,哪里还有不好的呢!"当下商量定了。又过了几天,继之到差去了;我也跟到关上去看看,吃过了午饭,方才回来。从此之后,三五天往来一遍,倒也十分清闲。不过天天料理几封往来书信;有些虚套应酬的信,我也不必告诉继之,随便同他发了回信,继之倒也没甚说话。从此我两个人,更是相得。

一日早上,我要到关上去,出了门口,要到前面雇一匹马。走过一家门口,听见里面一迭连声叫送客,呀的一声,开了大门。我不觉立定了脚,抬头往门里一看。只见有四五个家人打扮的,在那里垂手站班。里面走出一个客来,生得粗眉大目;身上穿了一件灰色大布的长衫,罩上一件天青羽毛的对襟马褂;头上戴着一顶二十年前的老式大帽,帽上装着一颗砗磲顶子;脚上蹬着一双黑布面的双梁快靴,大踏步走出来。后头送出来的主人,却是穿的枣红宁绸箭衣,天青缎子外褂,褂上还缀着二品的锦鸡补服,挂着一副像真像假的蜜蜡朝珠;

头上戴着京式大帽,红顶子花翎;脚下穿的是一双最新式的内城京靴,直送那客到大门以外。那客人回头点了点头,便徜徉而去,也没个轿子,也没匹马儿。再看那主人时,却放下了马蹄袖,拱起双手,一直拱到眉毛上面,弯着腰,嘴里不住的说请,请,请,直到那客人走的转了个弯看不见了,方才进去,呀的一声,大门关了。我再留心看那门口时,却挂着一个红底黑字的牌儿,像是个店家招牌;再看看那牌上的字,却写的是"钦命二品顶戴,赏戴花翎,江苏即补道,长白苟公馆"二十个宋体字,不觉心中暗暗纳罕。走到前面,雇定了马匹,骑到关上去,见过继之。

这天没有什么事,大家坐着闲谈一会;开出午饭来,便有几个同事都过来同着吃饭。这吃饭中间,我忽然想起方才所见的一桩事体,便对继之说道:"我今天看见了一位礼贤下士的大人先生,在今世只怕是要算绝少的了!"继之还没有开口,就有一位同事抢着问道:"怎么样的礼贤下士?快告诉我,等我也去见见他。"我就将方才所见的说了一遍。继之对我看了一眼,笑了一笑,说道:"你总是这么大惊小怪似的。"继之这一句话,说的倒把我闷住了。正是:礼贤下士谦恭客,犹有旁观指摘人。要知继之为了甚事笑我,且待下回再记。

## 第五回　珠宝店巨金骗去　州县官实价开来

且说我当下说那位苟观察礼贤下士，却被继之笑了我一笑，又说我少见多怪，不觉闷住了。因问道："莫非内中还有什么缘故么？"继之道："昨日扬州府贾太守有封信来，荐了一个朋友，我这里实在安插不下了，你代我写封回信，送到帐房里，好连程仪一齐送给他去。"我答应了，又问道："方才说的那苟观察，既不是礼贤下士……"我这句话还没有说完，继之便道："你今天是骑马来的，还是骑驴来的？"我听了这句话，知道他此时有不便说出的道理，不好再问，顺口答道："骑马来的。"以后便将别话岔开了。一时吃过了饭，我就在继之的公事桌上，写了一封回书，交给帐房，辞了继之出来，仍到城里去。

路上想着寄我伯父的信，已经有好几天了，不免去探问探问。就顺路走至我伯父公馆，先打听回来了没有，说是还没有回来。我正要问我的信寄去了没有，忽然抬头看见我那封信，还是端端正正的插在一个壁架子上，心中不觉暗暗动怒，只不便同他理论，于是也不多言，就走了回来。细想这底下人，何以这么胆大，应该寄的信，也不拿上去回我伯母。莫非继之说的话当真不错，伯父有心避过了我么？又想道："就是伯父有心避过我，这底下人也不该搁起我的信；难道我伯父交代过，不可代我通信的么？"想来想去，总想不出个道理。

正在胡思乱想的时候，忽然一个丫头走来，说是太太请我，我便走到上房去，见了继之夫人，问有什事。继之夫人拿出一双翡翠镯子来道："这是人家要出脱的，讨价三百两银子，不知值得不值得，请你拿到祥珍去估估价。"当下我答应了，取过镯子出来。——原来这家祥珍，是一家珠宝店，南京城里算是数一数二的大店家。继之与他相熟，我也曾跟着继之，到过他家两三次，店里的人也相熟了。——当时走到他家，便请他掌柜的估价，估得三百两银子不贵。

未免闲谈一会。只见他店中一个个的伙计，你埋怨我，我埋怨你;那掌柜的虽是陪我坐着,却也是无精打采的。我看见这种情形,起身要走。掌柜道:“阁下没事,且慢走一步,我告诉阁下一件事,看可有法子想么?”我听了此话,便依然坐下,问是甚事。掌柜道:“我家店里遇了骗子……”我道:“怎么个骗法呢?”掌柜道:“话长呢。我家店里后面一进,有六七间房子空着没有用,前几个月,就贴了一张招租的帖子;不多几天,就有人来租了,说是要做公馆。那个人姓刘,在门口便贴了个‘刘公馆’的条子,带了家眷来住下。天天坐着轿子到外面拜客,在我店里走来走去,自然就熟了。晚上没有事,他也常出来谈天。有一天,他说有几件东西,本来是心爱的,此刻手中不便,打算拿来变价,问我们店里要不要。‘要是最好;不然,就放在店里寄卖也好’。我们大众伙计,就问他是什么东西。他就拿出来看,是一尊玉佛,却有一尺五六寸高;还有一对白玉花瓶;一枝玉镶翡翠如意;一个班指。这几件东西,照我们看去,顶多不过值得三千银子,他却说要卖二万;倘卖了时,给我们一个九五回佣。我们明知是卖不掉的,好在是寄卖东西,不犯本钱的;又不很占地方,就拿来店面上作个摆设也好,就答应了他。摆了三个多月,虽然有人问过,但是听见了价钱,都吓的吐出舌头来,从没有一个敢还价的。有一天,来了一个人,买了几件鼻烟壶、手镯之类,又买了一挂朝珠,还的价钱,实在内行;批评东西的毛病,说那东西的出处,着实是个行家。过得两天,又来看东西。如此鬼混了几天,忽然一天,同了两个人来,要看那玉佛、花瓶、如意。我们取出来给他看。他看了,说是通南京城里,找不出这东西来。赞赏了半天,便问价钱。我们一个伙计,见他这么中意,就有心同他打趣,要他三万银子。他说道:‘东西虽好,哪里值得这个价钱,顶多不过一个折半价罢了。’阁下,你想,三万折半,不是有了一万五千了吗?我们看见他这等说,以为可以有点望头了,就连那班指拿出来给他看,说明白是人家寄卖的。他看了那班指,也十分中意。又说道:‘就是连这班指,也值不到那些。’我们请他还价。他说道:‘我已说过折半的了,就是一万五千银子吧。’我们一个伙计说:‘你说的万五,是那几件的价;怎么添了这个班指,还是万五呢?’他笑了笑道:‘也罢,那么说,就是一万六吧。’讲了半天,我们减下来减到了二万六,他添到了一万七,未曾成交,也就走了。他走了之后,我们还把那东西再三细看,实在看不出好处,不知他怎么出得这么大的价钱。自家不敢相信,还请了同行的看货老手来看,也说不过值得三四千银子。然而看他前两回来买东西,所说的话,没有一句不内行,这回出这重价,未必肯上当。想来想去,总是莫名其妙。到了明天,他又带了一个人来看过,又加了一千的价,统共是一万八,还有成交。以后便天天来,说是买来送京里什么中堂寿礼的,来一次加一点价,后来加到了二万四。我们想连那姓刘的所许九五回佣,已稳赚了五千银子了,这天就定了交易。那人却拿出一张五百两的票纸来,说是一时没有现银,先拿这五百两作定,等十天来拿。又说到了十天期,如果他不带了银子来拿,这五百两定银,他情愿不追还;但十天之内,叫我们千万不要卖了,如果卖了,就是赔他二十四万都不答应。我们都应允了。他又说交易太大,恐怕口说无凭,要立个凭据。我们也依他,照着所说的话,立了凭据,他就去了。等了五六天不见来。到了第八天的晚上,忽然半夜里有人来打门。我们开了门问时,却见一个人仓仓皇皇问道:'这里是刘公馆么?'我们答应他是的。他便走了进来,我们指引他进去。不多一会,忽然听见里面的人号啕大哭起来。吓得连忙去打听,说是刘老爷接了家报,老太太过了。我们还不甚在意。到了次日一早,那姓刘的出来算还房钱,说即日要带了家眷,奔丧回籍,当夜就要下船,向我们要还那几件东西。我们想明天就是交易的日期,劝他等一天。他一定不肯;再四相留,他执意不从,说是我们做生意人不懂规矩,得了父母的讣音,是要星夜奔丧的,照例昨夜得了信,就要动身,只为收拾行李没法,已经耽搁了一天了。我们见他这么说,东西是已卖了,不能还他的,好在只隔得一天,不如兑了银子给他吧。于是扣下了一千两回佣,兑了一万九千银子给他。他果然即日动身,带着家眷走了。至于那个来买东西的呢,莫说第十天,如今一个多月了,影子也不看见。前天东家来店查帐,晓得这件事,责成我们各同事分赔。阁下,你想那姓刘的,不是故意做成这个圈套来行骗子么?可有个什么法子想想?"

我听了一席话,低头想了一想,却是没有法子。那掌柜道:"我想那姓刘的说什么丁忧,都是假话,这个人一定还在这里。只是有甚法子,可以找着他?”我说道:“找着他也是无用。他是有东西卖给你的,不过你自家上当,买贵了些,难道有什么凭据,说他是骗子么?”那掌柜听了我的话,也想了一想,又说道:“不然,找着那个来买的人也好。”我道:“这个更没有用。他同你立了凭据,说十天不来,情愿凭你罚去定银,他如今不要那定银了,你能拿他怎么样?”那掌柜听了我的话,只是叹气。我坐了一会,也就走了。

回去交代明白了手镯,看了一回书,细想方才祥珍掌柜所说的那桩事,真是无奇不有。这等骗术,任是什么聪明人,都要入彀;何况那做生意人,只知谋“利”,哪里还念着有个“害”字在后头呢。又想起今日看见那苟公馆送客的一节事,究竟是什么意思,继之又不肯说出来,内中一定有什么情节,巴不能够马上明白了才好。

正在这么想着,继之忽地里回到公馆里来。方才坐定,忽报有客拜会。继之叫请,一面换上衣冠,出去会客。我自在书房里,不去理会。歇了许久,继之才送过客回了进来,一面脱卸衣冠,一面说道:“天下事真是愈出愈奇了!老弟,你这回到南京来,将所有阅历的事,都同他笔记起来,将来还可以成一部书呢。”

我问:“又是什么事?”继之道:“晌午时候,你走了,就有人送了一封信来,拆开一看,却是一位制台衙门里的幕府朋友送来的,信上问我几时在家,要来拜访。我因为他是制台的幕友,不便怠慢他,因对来人说:‘我本来今日要回家,就请下午到舍去谈谈。’打发来人去了,我就忙着回来。坐还未定,他就来了。我出去会他时,他却没头没脑的说是请我点戏。”我听到这里,不觉笑起来,说道:“果然奇怪,这老远的路来约会了,却做这等无谓的事。”继之道:“哪里话来!当时我也是这个意思,因问他道:‘莫非是哪一位同寅的喜事寿日,大家要送戏?若是如此,我总认一个份子,戏是不必点的。’他听了我的话,也好笑起来,说不是点这个戏。我问他到底是甚戏?他在怀里掏出一个折子来递给我。我打开一看,上面开着江苏全省的县名,每一个县名底下,分注了些数目字,有注一万的,有注二三万的,也有注七八千的。我看了虽然有些明白,然而我不便就说是晓得了,因问他是甚意思。他此时炕也不坐了,拉了我下来,走到旁边贴摆着的两把交椅上,两人分坐了,他附着了我耳边,说道:‘这是得缺的一条捷径。若是要想那一个缺,只要照开着的数目,送到里面去,包你不到十天,就可以挂牌。这是补实的价钱;若是署事,还可以便宜些。’”我说:“大哥怎样回报他呢?”继之道:“这种人哪里好得罪他!只好同他含混了一会,推说此刻初接大关这差,没有钱,等过些时候,再商量吧。他还同我胡缠不了,好容易才把他敷衍走了。”我说:“果然奇怪!但是我闻得卖缺虽是官场的惯技,然而总是藩台衙门里做的,此刻怎么闹到总督衙门里去呢?”继之道:“这有什么道理!只要势力大的人,就可以做得。只是开了价钱,具了手折,到处兜揽,未免太不像样了!”我说道:“他这是招徕生意之一道呢。但不知可有‘货真价实,童叟无欺’的字样没有?”说的继之也笑了。

大家说笑一番。我又想起寄信与伯父一事,因告诉了继之。继之叹道:“令伯既是那么着,只怕寄信去也无益;你如果一定要寄信,只管写了交给我,包你寄到。”我听了,不觉大喜。正是:意马心猿萦梦寐,河鱼天雁托音书。要知继之有甚法子可以寄得信去,且待下回再记。

# 第六回　彻底寻根表明骗子　穷形极相画出旗人

却说我听得继之说,可以代我寄信与伯父,不觉大喜。就问:"怎么寄法?又没有住址的。"继之道:"只要用个马封,面上标着'通州各属沿途探投勘荒委员',没有个递不到的;再不然,递到通州知州衙门,托他转交也可以使得。"我听了大喜道:"既是那么着,我索性写他两封,分两处寄去,总有一封可到的。"

当下继之因天晚了,便不出城,就在书房里同我谈天。我说起今日到祥珍估镯子价,被那掌柜拉着我,诉说被骗的一节。继之叹道:"人心险诈,行骗乃是常事。这件事情,我早就知道了。你今日听了那掌柜的话,只知道外面这些情节,还不知内里的事情;就是那掌柜自家,也还在那里做梦,不知是哪一个骗他的呢。"我惊道:"那么说,大哥是知道那个骗子的了,为甚不去告诉了他,等他或者控告,或者自己去追究,岂不是件好事?"继之道:"这里面有两层:一层是我同他虽然认得,但不过是因为常买东西,彼此相熟了,通过姓名,并没有一些交情,我何苦代他管这闲事;二层就是告诉了他这个人,也是不能追究的。你道这骗子是谁?"继之说到这里,伸手在桌子上一拍道:"就是这祥珍珠宝店的东家!"

我听了这话,吃了一大吓,顿时呆了。歇了半晌,问道:"他自家骗自家,何苦呢?"继之道:"这个人本来是个骗子出身,姓包,名道守;人家因为他骗术精明,把他的名字读别了,叫他做包到手。后来他骗的发了财了,开了这家店。去年年下的时候,他到上海去,买了一张吕宋彩票回来,被他店里的掌柜、伙计们见了,要分他半张;他也答应了,当即裁下半张来。这半张是五条,那掌柜的要了三条;余下两条,是各小伙计们公派了。当下银票交割清楚。过得几天,电报到了,居然叫他中了头彩,自然是大家欢喜。到上海去取了六万块洋钱回来:他占了三万;掌柜的三条是一万八;其余万二,是众伙计分了。

当下这包到手便要那掌柜合些股分在店里，那掌柜不肯；他又叫那些小伙计合股，谁知那些伙计们，一个个都是要搂着洋钱睡觉，看着洋钱吃饭的，没有一个答应。因此他怀了恨了，下了这个毒手。此刻放着那玉佛、花瓶那些东西，还值得三千两；那姓刘的取去了一万九千两，一万九除了三千，还有一万六，他咬定了要店里众人分着赔呢。"

我道："这个圈套，难为他怎么想得这般周密，叫人家一点儿也看不出来。"继之道："其实也有一点破绽，不过未曾出事的时候，谁也疑心不到就是了。他店里的后进房子，本是他自己家眷住着的，中了彩票之后，他才搬了出去。多了几个钱，要住舒展些房子，本来也是人情；但腾出了这后进房子，就应该收拾起来，招呼些外路客帮，或者在那里看贵重货物，这也是题中应有之义呀，为什么就要租给别人呢？"我说道："做生意人本来是处处打算盘的，租出几个房钱，岂不是好？并且谁料到他约定一个骗子进来呢？我想那姓刘的要走的时候，把东西还了他也罢了。"继之道："唔！这还了得！还了他东西，到了明天，那下了定的人，就备齐了银子来交易，没有东西给他，不知怎样索诈呢！何况又是出了笔据给他的。这种骗术，直是妖魔鬼怪都逃不出他的网罗呢。"说到这里，已经是吃晚饭的时候了。吃过晚饭，继之到上房里去，我便写了两封信，恰好封好了，继之也出来了，当下我就将信交给他。他接过了，说明天就加封寄去。

我两个人又闲谈起来。我一心只牵记着那苟观察送客的事，又问起来。继之道："你这个人好笨！今日吃中饭的时候你问我，我叫你写贾太守的信，这明明是叫你不要问了，你还不会意，要问第二句。其实我那时候未尝不好说，不过那些同桌吃饭的人，虽说是同事，然而都是什么藩台咧、首府咧、督署幕友咧……这班人荐的，知道他们是什么路数。这件事虽是人人晓得的，然而我犯不着传出去，说我讲制台的丑话。我同你呢，又不知是什么缘法，很要好的，随便同你谈句天，也是处处要想……教导你，我是不敢说；不过处处都想提点你，好等你知道些世情。我到底比你痴长几年，出门比你又早。"

我道："这是我日夕感激的。"继之道："若说感激，你感激不了许多呢。你记得么？你读的四书，一大半是我教的。小时候要看闲书，又不敢叫先生晓得,有不懂的地方,都是来问我。我还记得你读《孟子·动心章》:'不得于言,勿求于心;不得于心,勿求于气'那几句,读了一天不得上口,急的要哭出来了,还是我逐句代你讲解了,你才记得呢。我又不是先生,没有受你的束脩,这便怎样呢?"此时我想起小时候读书,多半是继之教我的。虽说是从先生,然而那先生只知每日教两遍书,记不得只会打,哪里有什么好教法,若不是继之,我至今还是只字不通呢。此刻他又是这等招呼我,处处提点我。这等人,我今生今世要觅第二个,只怕是难的了!想到这里,心里感激得不知怎样才好,几乎流下泪来。因说道:"这个非但我一个人感激,就是先君、家母,也是感激的了不得的!"此时我把苟观察的事,早已忘了,一心只感激继之,说话之中,声音也咽住了。

继之看见忙道:"兄弟且莫说这些话,你听苟观察的故事吧。那苟观察单名一个才字,人家都叫他狗才……"我听到这里,不禁扑嗤一声,笑将出来。继之接着道:"那苟才前两年上了一个条陈给制台,是讲理财的政法。这个条陈与藩台很有碍的,叫藩台知道了,很过不去,因在制台跟前,很很的说了他些坏话,就此黑了。后来那藩台升任去了,换了此刻这位藩台,因为他上过那个条陈,也不肯招呼他。因此接连两三年没有差使,穷的吃尽当光了。"

我说道:"这句话,只怕大哥说错了。我今天日里看见他送客的时候,莫说穿的是崭新衣服,底下人也四五个,哪里至于吃尽当光。吃尽当光,只怕不能够怎么样了。"继之笑道:"兄弟,你处世日子浅,哪里知道得许多。那旗人是最会摆架子的,任是穷到怎么样,还是要摆着穷架子。有一个笑话,还是我用的底下人告诉我的;我告诉了这个笑话给你听,你就知道了。这底下人我此刻还用着呢,就是那个高升。这高升是京城里的人,我那年进京会试的时候,就用了他。他有一天对我说一件事:说是从前未投着主人的时候,天天早起,到茶馆里去泡一碗茶,坐过半天。——京城里小茶馆泡茶,只要两个京钱,合着外省的四文;要是自己带了茶叶去呢,只要一个京钱就够了。——有一天,高升到了茶馆里,看见一个旗人进来泡茶,却是自己带的茶叶,打开了纸包,把茶叶尽情放在碗里。那堂上的人道:

'茶叶怕少了吧?'那旗人哼了一声道:'你哪里懂得!我这个是大西洋红毛法兰西来的上好龙井茶,只要这么三四片就够了;要是多泡了几片,要闹到成年不想喝茶呢。'堂上的人,只好同他泡上了。高升听了,以为奇怪,走过去看看,他那茶碗中间,飘着三四片茶叶,就是平常吃的香片茶。那一碗泡茶的水,莫说没有红色,连黄也不曾黄一黄,竟是一碗白冷冷的开水。高升心中,已是暗暗好笑。后来又看见他在腰里掏出两个京钱来,买了一个烧饼,在那里撕着吃,细细咀嚼,像很有味的光景。吃了一个多时辰,方才吃完。忽然又伸出一个指头儿,蘸些唾沫,在桌上写字,蘸一口,写一笔。高升心中很以为奇,暗想这个人何以用功到如此,在茶馆里还背临古帖呢。细细留心去看他写什么字?原来他哪里是写字,只因他吃烧饼时,虽然吃的十分小心,那饼上的芝麻,总不免有些掉在桌上;他要拿舌头舐了,拿手扫来吃了,恐怕叫人家看见不好看,失了架子,所以在那里假装着写字蘸来吃。看他写了半天字,桌上的芝麻一颗也没有了。他又忽然在那里出神,像想什么似的;想了一会,忽然又像醒悟过来似的,把桌子很很的一拍,又蘸了唾沫去写字。你道为什么呢?原来他吃烧饼的时候,有两颗芝麻掉在桌子缝里,任凭他怎样蘸唾沫写字,总写他不到嘴里,所以他故意做成忘记的样子,又故意做成忽然醒悟的样子,把桌子拍一拍,那芝麻自然震了出来,他再做成写字的样子,自然就到了嘴了。"

我听了这话,不觉笑了。说道:"这个只怕是有心形容他吧,哪里有这等事!"继之道:"形容不形容,我可不知道,只是还有下文呢:他烧饼吃完了,字也写完了,又坐了半天,还不肯去。天已向午了,忽然一个小孩子走进来,对着他道:'爸爸快回去吧,妈要起来了。'那旗人道:'妈要起来就起来,要我回去做什么?'那孩子道:'爸爸穿了妈的裤子出来,妈在那里急着没有裤子穿呢。'那旗人喝道:'胡说!妈的裤子,不在皮箱子里吗?'说着,丢了一个眼色,要使那孩子快去的光景。那孩子不会意,还在那里说道:'爸爸只怕忘了,皮箱子早就卖了,那条裤子,是前天当了买米的。妈还叫我说:屋里的米只剩了一把,喂鸡儿也喂不饱的了,叫爸爸快去买半升米来,才够做中饭呢。'那旗人大喝一声道:'滚你的吧！这里又没有谁给我借钱,要你来装这些穷话做什么!'那孩子吓的垂下了手,答应了几个'是'字,倒退了几步,方才出去。那旗人还自言自语道:'可恨那些人,天天来给我借钱,我哪里有许多钱应酬他,只得装着穷,说两句穷话。这些孩子们听惯了,不管有人没人,开口就说穷话;其实在这茶馆里,哪里用得着呢。老实说,咱们吃的是皇上家的粮,哪里就穷到这个份儿呢。'说着,立起来要走。那堂上的人,向他要钱。他笑道:'我叫这孩子气昏了,开水钱也忘了开发。'说罢,伸手在腰里乱掏,掏了半天,连半根钱毛也掏不出来。嘴里说:'欠着你的,明日还你吧。'那个堂上不肯。争奈他身边认真的半文都没有,任凭你扭着他,他只说明日送来,等一会送来;又说那堂上的人不生眼睛,'你大爷可是欠人家钱的么?'那堂上说:'我只要你一个钱开水钱,不管你什么大爷二爷。你还了一文钱,就认你是好汉;还不出一文钱,任凭你是大爷二爷,也得要留下个东西来做抵押。你要知道我不能为了一文钱,到你府上去收帐。'那旗人急了,只得在身边掏出一块手帕来抵押。那堂上抖开来一看,是一块方方的蓝洋布,上头龌龊的了不得,看上去大约有半年没有下水洗过的了。因冷笑道:'也罢,你不来取,好歹可以留着擦桌子。'那旗人方得脱身去了。你说这不是旗人摆架子的凭据么?"我听了这一番言语,笑说道:"大哥,你不要只管形容旗人了,告诉了我狗才那桩事吧。"继之不慌不忙说将出来,正是:尽多怪状供谈笑,尚有奇闻说出来。要知继之说出什么情节来,且待下回再记。

## 第七回 代谋差营兵受殊礼 吃倒帐钱侩大遭殃

当下继之对我说道:"你不要性急。因为我说那狗才穷的吃尽当光了,你以为我言过其实,我不能不将他们那旗人的历史对你讲明,你好知道我不是言过其实,你好知道他们各人要摆各人的架子。那个吃烧饼的旗人,穷到那么个样子,还要摆那么个架子,说那么个大话,你想这个做道台的,那家人咧、衣服咧,可肯不摆出来么?那衣服自然是难为他弄来的。你知道他的家人吗?有客来时便是家人;没有客的时候,他们还同着桌儿吃饭呢。"我问道:"这又是什么缘故?"继之道:"这有什么缘故,都是他那些什么外甥咧、表侄咧,闻得他做了官,便都投奔他去做官亲;谁知他穷下来,就拿着他们做底下人摆架子。我还听见说有几家穷候补的旗人,他上房里的老妈子、丫头,还是他的丈母娘、小姨子呢。你明白了这个来历,我再告诉你这位总督大人的脾气,你就都明白了。这位大帅,是军功出身,从前办军务的时候,都是仗着几十个亲兵的功劳,跟着他出生入死;如今天下太平了,那些亲兵,叫他保的总兵的总兵,副将的副将,却一般的放着官不去做,还跟着他做戈什哈。你道为什么呢?只因这位大帅,念着他们是共过患难的人,待他们极厚,真是算得言听计从的了,所以他们死命的跟着,好仗着这个势子,在外头弄钱。他们的出息,比做官还好呢。还有一层:这位大帅因为办过军务,与士卒同过甘苦,所以除了这班戈什哈之外,无论何等兵丁的说话,都信是真的。他的意思,以为那些兵丁都是乡下人,不会撒谎的。他又是个喜动不喜静的人,到了晚上,他往往悄地里出来巡查,去偷听那些兵丁的说话,无论那兵丁说的是什么话,他总信是真的。久而久之,他这个脾气,叫人家摸着了,就借了这班兵丁做个谋差事的门路。譬如我要谋差使,只要认识了几个兵丁,嘱托他到晚上,觑着他老人家出来偷听时,故意两三个人谈论,说吴某人怎样好怎样好,办事情怎么能干,此刻却是怎样穷，假作叹息一番，不出三天，他就是给我差使的了。你想求到他说话，怎么好不恭敬他？你说那苟观察礼贤下士，要就是为的这个。那个戴白顶子的，不知又是那里的什长之类的了。”我听了这一番话，方才恍然大悟。

继之说话时，早来了一个底下人，见继之话说的高兴，闪在旁边站着。等说完了话，才走近一步，回道：“方才钟大人来拜会，小的已经挡过驾了。”继之问道：“坐轿子来的，还是跑路来的？”底下人道：“是衣帽坐轿子来的。”继之哼了一声道：“功名也要快丢了，他还要来晾他的红顶子！你挡驾怎么说的？”底下人道：“小的见晚上时候，恐怕老爷穿衣帽麻烦，所以没有上来回，只说老爷在关上没有回来。”继之道：“明日到关上去，知照门房，是他来了，只给我挡驾。”那底下人答应了两个“是”字，退了出去。

我因问道：“这又是什么故事，可好告诉我听听？”继之笑道：“你见了我，总要我说什么故事，你可知我的嘴也说干了；你要是这么着，我以后不敢见你了。”我也笑道：“大哥，你不告诉我也可以，可是我要说你是个势利人了。”继之道：“你不要给我胡说！我怎么是个势利人？”我笑道：“你才说他的功名要快丢了，要丢功名的人，你就不肯会他了，可不是势利吗？”

继之道：“这么说，我倒不能不告诉你了。这个人姓钟，叫做钟雷溪。”我抢着说道：“怎么不‘钟灵气’，要‘钟戾气’呢？”继之道：“你又要我说故事，又要来打岔，我不说了。”吓得我央求不迭。继之道：“他是个四川人，十年头里，在上海开了一家土栈，通了两家钱庄，每家不过通融二三千银子光景；到了年下，他却结清帐目，一丝不欠。钱庄上的人眼光最小，只要年下不欠他的钱，他就以为是好主顾了。到了第二年，另外又有别家钱庄来兜搭他。这一年只怕通了三四家钱庄，然而也不过五六千的往来。这年他把门面也改大了，举动也阔绰了。到了年下，非但结清欠帐，还些少有点存放在里面。一时钱庄帮里都传遍了，说他这家土栈，是发财得很呢。过了年，来兜搭的钱庄，越发多了。他却一概不要，说是我今年生意大了，三五千往来不济事，最少也要一二万才好商量。那些钱庄是相信他发财的了，都答应了他:有答应一万的,有答应二万的,统共通了十六七家。他老先生到了半年当中,把肯通融的几家,一齐如数提了来,总共有二十多万,到了明天,他却'少陪'也不说一声,就这么走了。土栈里面,丢下了百十来个空箱,伙计们也走的影儿都没有。钱庄上的人吃一大惊,连忙到会审公堂去控告,又出了赏格,上了新闻纸告白,想去捉他;这却是大海捞针似的,哪里捉得他着。你晓得他到哪里去了?他带了银子,一直进京,平白地就捐上一个大花样的道员,加上一个二品顶戴,引见指省,来到这里候补。你想市侩要入官场,哪里懂得许多。从来捐道员的,哪一个捐过大花样?这道员外补的,不知几年才碰得上一个,这个连我也不很明白;听说合十八省的道缺,只有一个半缺呢。"

我说道:"这又奇了,怎么有这半个缺起来?"继之道:"大约这个缺是一回内放,一回外补的,所以要算半个。你想这么说法,那道员的大花样有甚用处?谁还去捐他?并且近来那些道员,多半是从小班子出身,连捐带保,迭起来的;若照这样平地捐起来,上头看了履历,就明知是个富家子弟,哪里还有差事给他。所以那钟雷溪到了省好几年了,并未得过差使,只靠着骗拐来的钱使用。上海那些钱庄人家,虽然在公堂上存了案,却寻不出他这个人来,也是没法。到此刻,已经八九年了。直到去年,方才打听得他改了名字,捐了功名,在这里候补。这十几家钱庄,在上海会议定了,要问他索还旧债,公举了一个人,专到这里,同他要帐。谁知他这时候摆出了大人的架子来,这讨帐的朋友要去寻他,他总给他一个不见:去早了,说没有起来;去迟了,不是说上衙门去了,便说拜客去了;到晚上去寻他时,又说赴宴去了。累得这位讨帐的朋友,在客栈里耽搁了大半年,并未见着他一面。没有法想,只得回到上海,又在会审公堂控告。会审官因为他告的是个道台,又且事隔多年,便批驳了不准。又到上海道处上控。上海道批了出来,大致说是控告职官,本道没有这种权力去移提到案;如果实在系被骗,可到南京去告……云云。那些钱庄帮得了这个批,犹如唤起他的睡梦一般,便大家商量,选派了两个能干事的人,写好禀帖,到南京去控告。谁知衙门里面的事,难办得很呢,况且告的又是二十多万的倒帐，不消说的原告是个富翁了，如何肯轻易同他递进去。闹的这两个干事的人，一点事也不曾干上，白白跑了一趟，就那么着回去了。到得上海，又约齐了各庄家，汇了一万多银子来，里里外外，上上下下，都打点到了，然后把呈子递了上去。这位大帅却也好，并不批示，只交代藩台问他的话，问他有这回事没有：'要是有这回事，早些料理清楚；不然，这里批出去，就不好看了。'藩台依言问他，他却赖得个一干二净。藩台回了制军，制军就把这件事搁起了。这位钟雷溪得了此信，便天天去结交督署的巡捕、戈什哈，求一个消息灵通。此时那两个钱庄干事的人，等了好久，只等得一个泥牛入海，永无消息，只得写信到上海去通知。过了几天，上海又派了一个人来，又带了多少使费，并且带着了一封信。你道这封是什么信呢？原来上海各钱庄多是绍兴人开的，给各衙门的刑名师爷是同乡。这回他们不知在那里请出一位给这督署刑名相识的人，写了这封信，央求他照应。各钱庄也联名写了一张公启，把钟雷溪从前在上海如何开土栈，如何通往来，如何设骗局，如何倒帐卷逃，并将两年多的往来帐目，抄了一张清单，一齐开了个白折子，连这信封在一起，打发人来投递。这人来了，就到督署去求见那位刑名师爷，又递了一纸催呈。那刑名师爷光景是对大帅说明白了。前日上院时，单单传了他进去，叫他好好的出去料理，不然，这个'拐骗巨资'，我批了出去，就要奏参的。吓的他昨日去求藩台设法。这位藩台本来是不大理会他的，此时越发疑他是个骗子，一味同他搭讪着。他光景知道我同藩台还说得话来，所以特地来拜会我，无非是要求我对藩台去代他求情。你想我肯同他办这些事么？所以不要会他。兄弟，你如何说我势利呢？"

我笑道："不是我这么一激，哪里听得着这段新闻呢。但是大哥不同他办，总有别人同他办的，不知这件事到底是个怎么样结果呢？"继之道："官场中的事，千变万化，哪里说得定呢。时候不早了，我们睡吧，明日大早，我还要到关上去呢。"说罢，自到上房去了。

一夜无话。到了次日早起，继之果然早饭也没有吃，就到关上去了。我独自一个人吃过了早饭，闲着没事，踱出客堂里去望望。只见一个底下人,收拾好了几根水烟筒,正要拿进去,看见了我,便垂手站住了。我抬头一看,正是继之昨日说的高升。因笑着问他道:“你家老爷昨日告诉我一个旗人在茶馆吃烧饼的笑话,说是你说的,是么?”高升低头想道:“是什么笑话呀?”我说道:“到了后来,又是什么他的孩子来说,妈没有裤子穿的呢。”高升道:“哦!是这个。这是小的亲眼看见的实事,并不是笑话。小的生长在京城,见的旗人最多,大约都是喜欢摆空架子的。昨天晚上,还有个笑话呢。”

我连忙问是什么笑话。高升道:“就是那边苟公馆的事。昨天那苟大人,不知为了甚事要会客,因为自己没有大衣服,到衣庄里租了一套袍褂来穿了一会。谁知他送客之后,走到上房里,他那个五岁的小少年,手里拿着一个油麻团,往他身上一搂,把那崭新的衣服,闹上了两块油迹。不去动他,倒也罢了;他们不知哪个说是滑石粉可以起油的,就糁上些滑石粉,拿熨斗一熨,倒弄上了两块白印子来了。他们恐怕人家看出来,等到将近上灯未曾上灯的时候,方才送还人家,以为可以混得过去。谁知被人家看了出来,到公馆里要赔。他家的家人们,不由分说,把来人撵出大门,紧紧闭上;那个人就在门口乱嚷,惹得来往的人,都站定了围着看。小的那时候,恰好买东西走过,看见那人正抖着那外褂儿,叫人家看呢。”我听了这一席话,方才明白吃尽当光的人,还能够衣冠楚楚的缘故。

正这么想着,又看见一个家人,拿一封信进来递给我,说是要收条的。我接来顺手拆开,抽出来一看,还没看见信上的字,先见一张一千两银子的庄票,盖在上面。正是:方才悟彻玄中理,又见飞来意外财。要知这一千两银子的票是谁送来的,且待下回再记。

# 第八回　隔纸窗偷觑骗子形　接家书暗落思亲泪

却说当下我看见那一千两的票子,不禁满心疑惑。再看那信面时,署着“钟缄”两个字。然后检开票子看那来信,上面歪歪斜斜的,写着两三行字。写的是:

屡访未晤,为怅！仆事,谅均洞鉴。乞在方伯处,代转圜一二。附呈千金,作为打点之费。尊处再当措谢。今午到关奉谒,乞少候。云泥两隐。

我看了这信,知道是钟雷溪的事。然而不便出一千两的收条给他。因拿了这封信,走到书房里,顺手取过一张信纸来,写了“收到来信一件,此照,吴公馆收条”十三个字,给那来人带去。歇了一点多钟,那来人又将收条送回来,说是:“既然吴老爷不在家,可将那封信发回,待我们再送到关上去。”当下高升传了这话进来。我想这封信已经拆开了,怎么好还他,因叫高升出去交代说:“这里已经专人把信送到关上去了,不会误事的,收条仍旧拿了去吧。”交代过了,我心下暗想:这钟雷溪好不冒昧,面还未见着,人家也没有答应他代办这事,他便轻轻的送出这千金重礼来。不知他平日与继之有什么交情,我不可耽搁了他的正事,且把这票子连信送给继之,凭他自己作主。要想打发家人送去,恐怕还有什么话,不如自己走一遭,好在这条路近来走惯了,也不觉着很远。定了主意,便带了那封信,出门雇了一匹马,加上一鞭,直奔大关而来,见了继之。继之道:“你又赶来做什么?”我说道:“恭喜发财呢!”说罢,取出那封信,连票子一并递给继之。继之看了道:“这是什么话！兄弟,你有给他回信没有?”我说:“因为不好写回信,所以才亲自送来,讨个主意。”遂将上项事说了一遍。继之听了,也没有话说。歇了一会,只见家人来回话,说道:“钟大人来拜会,小的挡驾也挡不及。他先下了轿,说有要紧话同老爷说。小的回说,老爷没有出来,他说可以等一等。小的只得引到花厅里坐下,来回老爷的话。”继之道:“招呼烟茶去。交代今日午饭,开到这书房里来。开饭时,请钟大人到帐房里便饭。知照帐房师爷,只说我没有来。”那家人答应着,退了出去。我问道:“大哥还不会他么?”继之道:“就是会他,也得要好好的等一会儿;不然,他来了,我也到了,哪里有这等巧事,岂不要犯他的疑心。”于是我两个人,又谈些别事。继之又检出几封信来交给我,叫我写回信。过了一会,开上饭来,我两人对坐吃过了,继之方才洗了脸,换上衣服,出去会那钟雷溪。我便跟了出去,闪在屏风后面去看他。

只见继之见了雷溪,先说失迎的话,然后让坐。坐定了,雷溪问道:“今天早起,有一封信送到公馆里去的,不知收到了没有?”继之道:“送来了,收到了。但是……”继之这句话并未说完,雷溪问道:“不知签押房可空着? 我们可到里面谈谈。”继之道:“甚好,甚好。”说着,一同站起来,让前让后的往里过去。我连忙闪开,绕到书房后面的一条夹衖里。这夹衖里有一个窗户,就是签押房的窗户。我又站在那里去张望。好奇怪呀! 你道为什么? 原来我在窗缝上一张,见他两个人,正在那里对跪着行礼呢。

我又侧着耳朵去听他。只听见雷溪道:“兄弟这件事,实在是冤枉,不知哪里来的对头,同我玩这个把戏。其实从前舍弟在上海开过一家土行,临了时亏了本,欠了庄上万把银子是有的,哪里有这么多,又拉到兄弟身上。”继之道:“这个很可以递个亲供,分辩明白,事情的是非黑白,是一定的,哪里好凭空捏造。”雷溪道:“可不是吗! 然而总得要一个人,在制军那里说句把话,所以奉求老哥,代兄弟在方伯跟前,伸诉伸诉,求方伯好歹代我说句好话,这事就容易办了。”继之道:“这件事,大人很可以自己去说,卑职怕说不上去。”雷溪道:“老哥万不可这么称呼,我们一向相好;不然,兄弟送一份帖子过来! 我们换了帖就是兄弟,何必客气!”继之道:“这个万不敢当! 卑职……”雷溪抢着说道:“又来了! 纵使我仰攀不上换个帖儿,也不可这么称呼。”继之道:“藩台那里,若是自己去求个把差使,许还说得上;然而卑职……”雷溪又抢着道:“嗳嗳! 老哥,你这是何苦奚落我呢!”继之道:“这是名分应该这样。”雷溪道:“我们今天谈知己话,名分两个字,且搁过一边。"继之道:"这是断不敢放肆的!"雷溪道:"这又何必呢!我们且谈正话吧。"继之道:"就是自己求差使,卑职也不曾自己去求过,向来都是承他的情,想起来就下个札子;何况给别人说话,怎么好冒冒昧昧的去碰钉子?"雷溪道:"当面不好说,或者托托旁人,衙门里的老夫子,老哥总有相好的,请他们从中周旋周旋。方才送来的一千两银子,就请先拿去打点打点;老哥这边,另外再酬谢。"继之道:"里面的老夫子,卑职一个也不认得。这件事,实在不能尽力,只好方命的了。这一千银子的票子,请大人带回去,另外想法子吧,不要误了事。"雷溪道:"藩台同老哥的交情,是大家都晓得的,老哥肯当面去说,我看一定说得上去。"继之道:"这个卑职一定不敢去碰这钉子!论名分,他是上司;论交情,他是同先君相好,又是父执。万一他摆出老长辈的面日来,教训几句,那就无味得很了。"雷溪道:"这个断不至此,不过老哥不肯赏脸罢了。但是兄弟想来,除了老哥,没有第二个肯做的,所以才冒昧奉求。"继之道:"人多着呢,不要说同藩台相好的,就同制军相好的人也不少。"雷溪道:"人呢,不错是多着;但是谁有这等热心,肯鉴我的冤枉。这件事,兄弟情愿拿出一万、八千来料理,只要求老哥肯同我经手。"继之道:"这个……"说到这里,便不说了。歇了一歇,又道:"这票子还是请大人收回去,另外想法子。卑职这里能尽力的,没有不尽力;只是这件事力与心违,也是没法。"雷溪道:"老哥一定不肯赏脸,兄弟也无可奈何,只好听凭制军的发落了。"说罢,就告辞。

我听完了一番话,知道他走了,方才绕出来,仍旧到书房里去。继之已经送客回进来了。一面脱衣服,一面对我说道:"你这个人好没正经!怎么就躲在窗户外头,听人家说话?"我道:"这里面看得见么?怎么知道是我?"继之道:"面目虽是看不见,一个黑影子是看见的,除了你还有谁?"我问道:"你们为什么在花厅上不行礼,却跑到书房里行礼起来呢?"继之道:"我哪里知道他!他跨进了门阆儿,就爬在地下磕头。"我道:"大哥这般回绝了他,他的功名只怕还不保呢!"继之道:"如果办得好,只作为欠债办法,不过还了钱就没事了;但是原告呈子上是告他骗棍呢。这件事看着罢了。"我道:"他不说是他兄弟的事么？还说只有万把银子呢。”继之道：“可不是吗，这种饰词，不知要哄哪个。他还说这件事肯拿出一万、八千来斡旋，我当时就想驳他，后来想犯不着，所以顿住了口。”我道：“怎么驳他呢？”继之道：“他说是他兄弟的事，不过万把银子，这会又肯拿出一万、八千来斡旋这件事；有了一万或八千，我想万把银子的老债，差不多也可以将就了结的了，又何必另外斡旋呢？”

正在说话间，忽家人来报说：“老太太到了，在船上还没有起岸。”继之忙叫备轿子，亲自去接。又叫我先回公馆里去知照，我就先回去了。到了下午，继之陪着他老太太来了。继之夫人迎出去，我也上前见礼。这位老太太，是我从小见过的。当下见过礼之后，那老太太道：“几年不看见，你也长得这么高大了！你今年几岁呀？”我道：“十六岁了。”老太太道：“大哥往常总说你聪明得很，将来不可限量的，因此我也时常记挂着你。自从你大哥进京之后，你总没有到我家去。你进了学没有呀？”我说：“没有，我的工夫还够不上呢。况且这件事，我看得很淡，这也是各人的脾气。”老太太道：“你虽然看得淡，可知你母亲并不看得淡呢。这回你带了信回去，我才知道你老太爷过了。怎么那时候不给我们一个讣闻？这会我回信也给你带来了，回来行李到了，我检出来给你。”我谢过了，仍到书房里去，写了几封继之的应酬信。吃过晚饭，只见一个丫头，提着一个包裹，拿着一封信交给我。我接来看时，正是我母亲的回信。不知怎么着，拿着这封信，还没有拆开看，那眼泪不知从哪里来的，扑簌簌的落个不了。展开看时，不过说银子已经收到，在外要小心保重身体的话。又寄了几件衣服来，打开包裹看时，一件件的都是我慈母手中线，不觉又加上一层感触。

这一夜，继之陪着他老太太，并不曾到书房里来。我独自一人，越觉得烦闷，睡在床上，翻来覆去，只睡不着。想到继之此时在里面叙天伦之乐，自己越发难过。坐起来要写封家信，又没有得着我伯父的实信，这回总不能再含含混混的了，因此又搁下了笔，顺手取过一叠新闻纸来，这是上海寄来的。上海此时，只有两种新闻纸：一种是《申报》，一种是《字林沪报》。在南京要看，是要隔几天才寄得到的。

此时正是法兰西在安南开仗的时候。我取过来，先理顺了日子，再看了几段军报，总没有什么确实消息。只因报上各条新闻，总脱不了“传闻”“或谓”“据说”“确否容再探录”等字样，就是看了他，也犹如听了一句谣言一般。看到后幅，却刊上许多词章。这词章之中，艳体诗又占了一大半。再看那署的款，却都是连篇累牍，犹如徽号一般的别号，而且还要连表字、姓名一齐写上去，竟有二十多个字一个名字的。再看那词章，却又没有什么惊人之句；而且艳体诗当中，还有许多轻薄句子，如《咏锈鞋》有句云：“者番看得浑真切，胡蝶当头茉莉边。”又《书所见》云“料来不少芸香气，可惜狂生在上风”之类。不知他怎么都选在报纸上面。据我看来，这等要算是诲淫之作呢。因看了他，触动了诗兴，要作一两首思亲诗。又想就这么作思亲诗，未免率直，断不能有好句。古人作诗，本来有个比体，我何妨借件别事，也作个比体诗呢。因想此时国家用兵，出戍的人必多；出戍的人多了，戍妇自然也多；因作了三章《戍妇词》道：

喔喔篱外鸡，悠悠河畔碪；鸡声惊妾梦，砧声碎妾心。妾心欲碎未尽碎，可怜落尽思君泪！妾心碎尽妾悲伤，游子天涯道阻长；道阻长，君不归，年年依旧寄征衣。

嗷嗷天际雁，劳汝寄征衣；征衣待御寒，莫向他方飞。天涯见郎面，休言妾伤悲；郎君如相问，愿言尚如郎在时。非妾故自讳，郎知妾悲郎忧思；郎君忧思易成病，妾心伤悲妾本性。

圆月圆如镜，镜中留妾容；圆月照妾亦照君，君容应亦留镜中。两人相隔一万里，差幸有影时相逢。乌得妾身化妾影，月中与郎谈曲衷？可怜圆月有时缺，君影妾影一齐没！

作完了，自家看了一遍，觉得身子有些困倦，便上床去睡，此时天色已经将近黎明了。正在蒙胧睡去，忽然耳边听得有人道：“好睡呀！”正是：草堂春睡何曾足，帐外偏来扰梦人。要知说我好睡的人是谁，且待下回再记。

## 第九回 诗翁画客狼狈为奸 怨女痴男鸳鸯并命

却说我听见有人唤我，睁眼看时，却是继之立在床前。我连忙起来。继之道："好睡好睡！我出去的时候，看你一遍，见你没有醒，我不来惊动你；此刻我上院回来了，你还不起来么？想是昨夜作诗辛苦了。"我一面起来，一面答应道："作诗倒不辛苦，只是一夜不曾合眼，直到天要快亮了，方才睡着的。"披上衣服，走到书桌旁边一看，只见我昨夜作的诗，被继之密密的加上许多圈，又在后面批上"缠绵悱恻，哀艳绝伦"八个字。因说道："大哥怎么不同我改改，却又加上这许多圈？这种胡诌乱道的，有什么好处呢？"继之道："我同你有什么客气，该是好的自然是好的，你叫我改哪一个字呢？我自从入了仕途，许久不作诗了；你有兴致，我们早晚多约两个人，唱和唱和也好。"我道："正是，作诗是要有兴致的。我也许久不作了，昨晚因看见报上的诗，触动起诗兴来，偶然作了这两首。我还想誊出来，也寄到报馆里去，刻在报上呢。"继之道："这又何必。你看那报上可有认真的好诗么？那一班斗方名士，结识了两个报馆主笔，天天弄些诗去登报，要借此博个诗翁的名色，自己便狂得个杜甫不死，李白复生的气概。也有些人，常常在报上看见了他的诗，自然记得他的名字；后来偶然遇见，通起姓名来，人自然说句久仰的话，越发惯起他的狂焰逼人，自以为名震天下了。最可笑的，还有一班市侩，不过略识之无，因为艳羡那些斗方名士，要跟着他学，出了钱叫人代作了来，也送去登报。于是乎就有那些穷名士，定了价钱，一角洋钱一首绝诗，两角洋钱一首律诗的，那市侩知道什么好歹，便常常去请教。你想将诗送到报馆里去，岂不是甘与这班人为伍么？虽然没甚要紧，然而又何必呢。"我笑道："我看大哥待人是极忠厚的，怎么说起话来，总是这么刻薄？何苦形容他们到这份儿呢！"继之道："我何尝知道这么个底细，是前年进京时，路过上海，遇见一个报馆主笔，姓胡，叫做胡绘声，是他告诉我的，谅来不是假话。”我笑道：“他名字叫做绘声，声也会绘，自然善于形容人家的了。我总不信送诗去登报的人，个个都是这样。”继之道：“自然不能一网打尽，内中总有几个不这样的，然而总是少数的了。还有好笑的呢，你看那报上不是有许多题画诗么？这作题画诗的人，后幅告白上面，总有他的书画仿单，其实他并不会画。有人请教他时，他便请人家代笔画了，自己题上两句诗，写上一个款，便算是他画的了。”我说道：“这个于他有什么好处呢？”继之道：“他的仿单非常之贵，画一把扇子，不是两元，也是一元，他叫别人画，只拿两三角洋钱出去，这不是‘尚亦有利哉’么？这是诗家的画，还有那画家的诗呢：有两个只字不通的人，他却会画，并且画的还好。倘使他安安分分的画了出来，写了个老老实实的上下款，未尝不过得去；他却偏要学人家题诗，请别人作了，他来抄在画上。这也罢了，那个稿子，他又誊在册子上，以备将来不时之需。这也还罢了，谁知他后来积的诗稿也多了，不用再求别人了，随便画好一张，就随便抄上一首，他还要写着录旧作补白呢。谁知都被他弄颠倒了，画了梅花，却抄了题桃花诗，画了美人，却抄了题钟馗诗。”我听到这里，不觉笑的肚肠也要断了，连连摆手说道：“大哥，你不要说吧。这个是你打我我也不信的，天下哪里有这种不通的人呢！”继之道：“你不信么？我念一首诗给你听，你猜是什么诗？这首诗我还牢牢记着呢。”因念道：“隔帘秋色静中看，欲出篱边怯薄寒；隐士风流思妇泪，将来收拾到毫端。你猜，这首诗是题什么的？”我道：“这首诗不见得好。”继之道：“你且不要管他好不好，你猜是题什么的？”我道：“上头两句泛得很；底下两句，似是题菊花、海棠合画的。”继之忽地里叫一声：“来！”外面就来了个家人。继之对他道：“叫丫头把我那个湘妃竹柄子的团扇拿来。”不一会，拿了出来。继之递给我看。我接过看时，一面还没有写字；一面是画的几根淡墨水的竹子，竹树底下站着一个美人，美人手里拿着把扇子，上头还用淡花青烘出一个月亮来。画笔是不错的，旁边却连真带草的写着继之方才念的那首诗。我这才信了继之的话。继之道：“你看那方图书还要有趣呢。”我再看时，见有一个一寸多见方的压脚图书打在上面，已经不好看了；再看那文字时，却是“画宗吴道子，诗学李青莲”十个篆字。不觉大笑起来，问道：“大哥，你这把扇子哪里来的？”继之道：“我慕了他的画名，特地托人到上海去，出了一块洋钱润笔求来的呀。此刻你可信了我的话了，可不是我说话刻薄，形容人家了。”说话之间，已经开出饭来。我不觉惊异道：“呀！什么时候了？我们只谈得几句天，怎么就开饭了？”继之道：“时候是不早了，你今天起来得迟了些。”我赶忙洗脸漱口，一同吃饭。饭罢，继之到关上去了。

大凡记事的文章，有事便话长，无事便话短，不知不觉，又过了七八天。我伯父的回信到了，信上说是：“知道我来了不胜之喜。刻下要到上海一转，无甚大耽搁，几天就可回来。”我得了此信，也甚欢喜，就带了这封信，去到关上，给继之说知。人到书房时，先有一个同事在那里谈天。这个人是督扦的司事，姓文，表字述农，上海人氏。当下我先给继之说知来信的话，索性连信也给他看了。继之看罢，指着述农说道：“这位也是诗翁，你们很可以谈谈。”于是我同述农重新叙话起来，述农又让我到他房里去坐，两人谈的入彀。我又提起前几天继之说的斗方名士那番话。述农道：“这是实有其事。上海地方，无奇不有，倘能在那里多盘桓些日子，新闻还多着呢。”我道：“正是。可惜我在上海往返了三次，两次是有事，匆匆便行；一次为的是丁忧，还在热丧里面，不便出来逛逛。这回我过上海时，偶然看见一件奇事，如今触发着了，我才记起来，那天我因为出来寄家信，顺路走到一家茶馆去看看，只见那吃茶的人，男女混杂，笑谑并作的，是什么意思呢？”述农道：“这些女子，叫做野鸡的人，就是流娼的意思，良家女子也有上茶馆的，这是洋场上的风气。有时也施个禁令，然而不久就开禁的了。”我道：“如此说，内地是没有这风气的了？”述农道：“内地何尝没有。从前上海城里，也是一般的女子们上茶馆的，上酒楼的，后来被这位总巡禁绝了。”我道：“这倒是整顿风俗的德政。不知这位总巡是谁？”述农道：“外面看着是德政，其实骨子里他在那里行他那贼去关门的私政呢。”我道：“这又是一句奇话。私政便私政了，又是什么贼去关门的私政呢？倒要请教请教。”

述农道：“这位总巡，专门仗着官势，行他的私政。从前做上海西门巡防局委员的时候,他的一个小老婆,受了他的委屈,吃生鸦片烟死了。他恨的了不得,就把他该管地段的烟馆,一齐禁绝了。外面看着,不是又是德政么?谁知他内里有这么个情节。至于他禁妇女吃茶一节的话,更是丑的了不得。他自已本来是一个南货店里学生意出身,不知怎么样,被他走到官场里去。你想这等人家,有什么规矩?所以他虽然做了总巡,他那一位小姐,已经上二十岁的人了,还没有出嫁,却天天跑到城隍庙里茶馆里吃茶,那位总巡也不禁止她。忽然一天,这位小姐不见了。偏偏这天家人们都说小姐并不曾出大门,就在屋里查察起来。谁知他公馆的房子,是紧靠在城脚底下,晒台又紧贴着城头,那小姐是在晒台上搭了跳板,走过城头上去的。恼得那位总巡立时出了一道告示,勒令沿城脚的居民将晒台拆去,只说恐防宵小;又出告示,禁止妇女吃茶。这不是贼去关门的私政么?"

我道:"他的小姐走到哪里去的呢?"述农道:"奇怪着呢!就是他小姐逃走的那一天,同时逃走了一个轿班。"我道:"这是事有凑巧罢了,那里就会跟着轿班走呢?"述农道:"所以天下事往往有出人意外的。那位总巡因为出了这件事,其势不得不追究,又不便传播出去,特地请出他的大舅子来商量。因为那个轿班是嘉定县人,他大舅子就到嘉定去访问,果然叫他访着了,那位小姐居然是跟他走的。他大舅子就连夜赶回上海,告诉了底细。他就写了封信,托嘉定县办这件事,只说那轿班拐了丫头逃走。嘉定县得了他的信,就把那轿班捉将官里去。他大舅子便硬将那小姐捉了回来,谁知他小姐回来之后,寻死觅活的,闹个不了,足足三天没有吃饭,看着是要绝粒的了。依了那总巡的意思,凭她死了也罢了;但是他那位太太爱女情切,暗暗的叫他大舅再到嘉定去,请嘉定县尊不要把那轿班办的重了,最好是就放了出来。他大舅只得又走一趟。走了两天,回来说:那轿班一些刑法也不曾受着。只因他投在一家乡绅人家做轿班,嘉定乡绅是权力很大的,地方官都是仰承他鼻息的,所以不到一天,还没问过,就给他主人拿片子要了去了。那位太太就暗暗的安慰她女儿。过了些时,又给她些银子,送她回嘉定去。谁知到得嘉定,又闹出一场笑话来。”正说到这里,忽听得外面一阵乱嚷,跑进来了两个人,就打断了话头。

正是:一夕清谈方入彀,何处闲非来扰人?要知外面嚷的是甚事,跑进来的是甚人,且待下回再记。

# 第十回　老伯母强作周旋话　恶洋奴欺凌同族人

原来外面扦子手查着了一船私货,争着来报,当下述农就出去察验,耽搁了好半天。我等久了,恐怕天晚入城不便,就先走了。从此一连六七天没有事。

这一天,我正在写好了几封信,打算要到关上去,忽然门上的人,送进来一张条子。接过一看,却是我伯父给我的,说已经回来了,叫我到公馆里去。我连忙袖了那几封信,一径到我伯父公馆里相见。我伯父先说道:"你来了几时了?可巧我不在家,这公馆里的人,却又一个都不认得你。幸而听见说你遇见了吴继之,招呼着你。你住在那里可便当么?如果不很便当,不如搬到我公馆里吧。"我说道:"住在那里很便当。继之自己不用说了,就是他的老太太,他的夫人,也很好的,待侄儿就像自己人一般。"伯父道:"到底打搅人家不便。继之今年只怕还不曾满三十岁,他的夫人自然是年轻的,你常见么?你虽然还是个小孩子,然而说小也不小了,这嫌疑上面,不能不避呢。我看你还是搬到我这里吧。"我说道:"现在继之得了大关差使,不常回家,托侄儿在公馆里照应,一时似乎不便搬出来……"我这句话还没有说完,伯父就笑道:"怎么他把一个家,托了个小孩子?"我接着道:"侄儿本来年轻,不懂得什么,不过代他看家罢了,好在他三天五天总回来一次的。现在他书启的事,还叫侄儿办呢。"伯父好像吃惊的样子道:"你怎么就同他办么?你办得来么?"我说道:"这不过写几封信罢了,也没有什么办不来。"伯父道:"还有给上司的禀帖呢,夹单咧、双红咧,只怕不容易吧。"我道:"这不过是骈四俪六裁剪的工夫,只要字面工整富丽,哪怕不接气也不要紧的,这更容易了。"伯父道:"小孩子们有多大本事,就要这么说嘴!你在家可认真用功的读过几年书?"我道:"书是从七岁上学,一直读的,不过就是去年耽搁下几个月,今年也因为要出门,才解学的。"伯父道:"那么你不回去好好的读书,将来巴个上进,却出来混什么?”我道:“这也是各人的脾气,侄儿从小就不望这一条路走,不知怎么的,这一路的聪明也没有。先生出了题目,要作‘八股’,侄儿先就头大了;偶然学着对个策,做篇论,那还觉得活泼些;或者作个词章,也可以陶写陶写自己的性情。”

伯父正要说话,只见一个丫头出来说道:“太太请侄少爷进去见见。”伯父就领了我到上房里去。我便拜见伯母。伯母道:“侄少爷前回到了,可巧你伯父出差去了。本来很应该请到这里来住的;因为我们虽然是至亲,却从来没有见过,这里南京是有名的‘南京拐子’,希奇古怪的光棍撞骗,多得很呢,我又是个女流,知道是冒名来的不是,所以不敢招接。此刻听说有个姓吴的朋友招呼你,这也很好。你此刻身子好么?你出门的时候,你母亲好么?自从你祖老太爷过身之后,你母亲就跟着你老人家运灵柩回家乡去,从此我们妯娌就没有见过了。那时候,还没有你呢。此刻算算,差不多有二十年了。你此刻打算多早晚回去呢?”我还没有回答,伯父先说道:“此刻吴继之请了他做书启,一时只怕不见得回去呢。”伯母道:“那很好了,我们也可以常见见。出门的人,见个同乡也是好的,不要说自己人。——不知可有多少束脩?”我说道:“还没有知道呢,虽然办了个把月,因为……”这里我本来要说,因为借了继之银子寄回去,恐怕他先要将束脩扣还的话,忽然一想,这句话且不要提起的好,因改口道:“因为没有甚用钱的去处,所以侄儿未曾支过。”伯父道:“你此刻有事么?”我道:“到关上去有点事。”伯父道:“那么你先去吧。明日早起再来,我有话给你说。”我听完,就辞了出来,骑马到关上去。

走到关上时,谁知签押房锁了,我就到述农房里去坐。问起述农,才知道继之回公馆去了。我道:“继翁向来出去是不锁门的,何以今日忽然上了锁呢?”述农道:“听见说昨日丢了什么东西呢。问他是什么东西,他却不肯说。”说着,取过一迭报纸来,检出一张《沪报》给我看,原来前几天我作的那三首《戍妇词》,已经登上去了。我便问道:“这一定是阁下寄去的,何必呢!”述农笑道:“又何必不寄去呢?这等佳作,让大家看看也好。今天没有事,我们拟个题目,再作两首,好么?”我道:“这会可没有这个兴致,而且也不敢班门弄斧,还是闲谈谈吧。那天谈那位总巡的小姐,还没有说完,到底后来怎样呢?”述农笑道:“你只管欢喜听这些故事,你好好的请我一请,我便多说些给你听。”说着,用手在肚子上拍了一拍道:“我这里面,故事多着呢。”我道:“几时拿了薪水,自然要请请你。此刻请你先把那未完的卷来完了才好,不然,我肚子里怪闷的。”述农道:“呀!是呀。昨天就发过薪水了,你的还没有拿么?”说着,就叫底下人到帐房去取。去了一会,回来说道:“吴老爷拿进城去了。”述农又笑道:“今天吃你的不成功,只好等下次的了。”我道:“明后天出城,一定请你,只求你先把那件事说完了。”述农道:“我那天说到什么地方,也忘记了,你得要提我一提。”我道:“你说到什么那总巡的太太,叫人到嘉定去寻那个轿班呢,又说出了什么事了。”述农道:“哦!是了。寻到嘉定去,谁知那轿班却做了和尚了。好容易才说得他肯还俗,仍旧回到上海,养了几个月的头发,那位太太也不由得总巡做主,硬把这位小姐许配了他。又拿她自家的私蓄银,托她的舅爷,同他女婿捐了个把总。还逼着那总巡,叫他同女婿谋差事。那总巡只怕是一位惧内的,奉了阃令,不敢有违,就同他谋了个看城门的差事,此刻只怕还当着这个差呢。看着是看城门的一件小事,那‘东洋照会’的出息也不少呢。这件事,我就此说完了,要我再添些出来,可添不得了。”

我道:“说是说完了,只是什么‘东洋照会’我可不懂,还要请教。”述农又笑道:“我不合随口带说了这么一句话,又惹起你的麻烦。这‘东洋照会’是上海的一句土谈。晚上关了城门之后,照例是有公事的人要出进,必须有了照会,或者有了对牌,才可以开门;上海却不是这样,只要有了一角小洋钱,就可以开得。却又隔着两扇门,不便彰明较著的大声说是送钱来,所以嘴里还是说照会;等看门的人走到门里时,就把一角小洋钱,在门缝里递了进去,马上就开了。因为上海通行的是日本小洋钱,所以就叫他作‘东洋照会’。”

我听了这才明白。因又问道:“你说故事多得很,何不再讲些听听呢?”述农道:“你又来了。这没头没脑的,叫我从哪里说起?这个除非是偶然提到了,才想得着呀。”我说道:“你只在上海城里城外的事想去,或者官场上面,或者外国人上面,总有想得着的。”述农道:“一时之间,委实想不起来;以后我想起了,用纸笔记来,等你来了就说吧。”我道:“我总不信一件也想不起,不过你有意吝教罢了。”述农被我缠不过,只得低下头去想。一会道:“大海捞针似的,哪里想得起来!”我道:“我想那轿班忽然做了把总,一定是有笑话的。”述农拍手道:“有的!可不是这个把总,另外一个把总。我就说了这个来搪塞吧。有一个把总,在吴淞什么营里面,当一个什么小小的差事,一个月也不过几两银子。一天,不知为了什么事,得罪了一个哨官。这哨官是个守备。这守备因为那把总得罪了他,他就在营官面前说了他一大套坏话,营官信了一面之词,就把那把总的差事撤了。那把总没了差事,流离浪荡的没处投奔。后来到了上海,恰好巡捕房招巡捕,他便去投充巡捕,果然选上了,每月也有十元八元的工食,倒也同在营里差不多。有一天,冤家路窄,这一位守备,不知为了什么事到上海来了,在马路上大声叫‘东洋车’,被他看见了,真是仇人相见,分外眼明。正要想法子寻他的事,恰好他在那里大声叫车,便走上去,用手中的木棍,在他身上狠狠的打了两下,大喝道:‘你知道租界的规矩么?在这里大呼小叫,你只怕要吃外国官司呢!’守备回头一看,见是仇人,也耐不住道:‘什么规矩不规矩!你也得要好好的关照,怎么就动手打人?’巡捕道:‘你再说,请你到巡捕房去!’守备道:‘我又不曾犯法,就到巡捕房里怕什么!’巡捕听说,就上前一抓辫子,拖了要去。那守备未免挣扎了几下。那巡捕就趁势把自己号衣撕破了一块,一路上拖着他走。又把他的长衫,脱了下来,摔在路旁。到得巡捕房时,只说他在马路小便,我去禁止,他就打起我来,把号衣也撕破了。那守备要开口分辩,被一个外国人过来,没头没脑的打了两个巴掌。你想外国人又不是包龙图,况且又不懂中国话,自然中了他的‘肤受之愬’了。不由分说,就把这守备关起来。恰好第二天是礼拜,第三天接着又是中国皇帝的万寿,会审公堂照例停审,可怜他白白的在巡捕房里面关了几天。好容易盼到那天要解公堂了,他满望公堂上面,到底有个中国官,可以说得明白,就好一五一十的伸诉了。谁知上得公堂时,只见那把总升了巡捕的上堂说了一遍,仍然说是被他撕破号衣。堂上的中国官,也不问一句话,便判了打一百板,押十四天。他还要伸说时,已经有两个差人过来,不由分说,拉了下去,送到班房里面。他心中还想道:‘原来说打一百板,是不打的,这也罢了。’谁知到了下午三点钟时候,说是坐晚堂了,两个差人来,拖了就走,到得堂上,不由分说的,劈劈拍拍打了一百板,打得鲜血淋漓;就有一个巡捕上来,拖了下去,上了手铐,押送到巡捕房里,足足的监禁了十四天;又带到公堂,过了一堂,方才放了。你说巡捕的气焰,可怕不可怕呢!”

我说道:“外国人不懂话,受了他那‘肤受之愬’,且不必说;那公堂上的问官,他是个中国人,也应该问个明白,何以也这样一问也不问,就判断了呢?”述农道:“这里面有两层道理:一层是上海租界的官司,除非认真的一件大事,方才有两面审问的;其余打架细故,非但不问被告,并且连原告也不问,只凭着包探、巡捕的话就算了。他的意思,还以为那包探、巡捕是办公的人,一定公正的呢,哪里知道就有这把总升巡捕的那一桩前情后节呢。第二层,这会审公堂的华官,虽然担着个会审的名目,其实犹如木偶一般,见了外国人就害怕的了不得,生怕得罪了外国人,外国人告诉了上司,撤了差,磕碎了饭碗,所以平日问案,外国人说什么就是什么;这巡捕是外国人用的,他平日见了,也要带三分惧怕,何况这回巡捕做了原告,自然不问青红皂白,要惩办被告了。”我正要再往下追问时,继之打发人送条子来,叫我进城,说有要事商量。我只得别过述农,进城而去。正是:适闻海上称奇事,又历城中傀儡场。未知进城后有什么要事,且待下回再说。

## 第十一回　纱窗外潜身窥贼迹　房门前瞥眼睹奇形

当下我别过述农，骑马进城。路过那苟公馆门首，只见他大开中门，门外有许多马匹；街上堆了不少的爆竹纸，那爆竹还在那里放个不住。心中暗想，莫非办什么喜事，然而上半天何以不见动静？继之家本来同他也有点往来，何以并未见有帖子？一路狐疑着回去，要问继之，偏偏继之又出门拜客去了，从日落西山，等到上灯时候，方才回来。一见了我，便说道："你出城，我进城，大家都走的是这条路，何以不遇见呢，原来你到你令伯那里去过一次，所以相左了。"

我道："大哥怎么就知道了？"继之道："我回来了不多一会，你令伯就来拜我，谈了好半天才去。我恐怕明日一早要到关上去，有几天不得进城，不能回拜他，所以他走了，我写了个条子请你进城，一面就先去回拜了他，谈到此刻才散。"我道："这个可谓长谈了。"继之道："他的脾气同我们两样，同他谈天，不过东拉拉，西拉拉罢了。他是个风流队里的人物，年纪虽然大了，兴致却还不减呢。这回到通州勘荒去，你道他怎么个勘法？他到通州只住了五天，拜了拜本州，就到上海去顽了这多少日子；等到回来时，又拢那里一拢，就回来了。方才同我谈了半天上海的风气，真是愈出愈奇了。大凡女子媚人，总是借助脂粉，谁知上海的婊子，近来大行戴墨晶眼镜。你想这杏脸桃腮上面，加上两片墨黑的东西，有什么好看呢？还有一层：听说水烟筒都是用银子打造的，这不是浪费得无谓么。"

我道："这个不关我们的事，也不是我们浪费，不必谈他。那苟公馆今天不知有什么喜事？我们这里有帖子没有？要应酬他不要？"继之道："什么喜事！岂但应酬他，而且钱也借去用了。今日委了营务处的差使，打发人到我这里来，借了五十元银去做札费。我已经差帖道喜去了。"我道："札费也用不着这些呀。"继之道："虽然未见得都做了札费，然而格外多赏些，摔阔牌子，也是他们旗人的常事。”我道：“得个把差使就这么张扬，放那许多爆竹，也是无谓得很。今天我回来时，几乎把我的马吓溜了，幸而近来骑惯了，还勒得住。”继之道：“这放爆竹是湖南的风气，这里湖南人住的多了，这风气就传染开来了。——我今天急于要见你，要托你暗中代我查一件事。可先同你说明白了：我并不是要追究东西，不过要查出这个家贼，开除了他罢了。”我道：“是呀。今天我到关上去，听说大哥丢了什么东西。”继之道：“并不是什么很值钱的东西，是失了一个龙珠表。这表也不知他出在哪一国，可是初次运到中国的，就同一颗水晶球一般，只有核桃般大。我在官厅上面，见同寅的有这么一个，我就托人到上海去带了一个来，只值十多元银子，本来不甚可惜。只是我又配上一颗云南黑铜的表坠，这黑铜虽然不知道值钱不值钱，却是一件希罕东西；而且那作工十分精细，也不知他是雕的还是铸的，是杏仁般大的一个弥勒佛像，须眉毕现的，很是可爱。”我道：“弥勒佛没有须的。”继之道：“不过是这么一句话，说他精细罢了，你不要挑眼儿取笑。”我道：“这个不必查，一定是一个馋嘴的人偷的。”继之怔了一怔道：“怎见得？”我道：“大哥不说么，表像核桃，表坠像杏仁，那表链一定像粉条儿的了。他不是馋嘴贪吃，偷来做什么呢。”继之笑了笑道：“不要只管取笑，我们且说正经话。我所用的人，都是旧人，用上几年的了，向来知道是靠得住的。只有一个王富，一个李升，一个周福，是新近用的，都在关上。你代我留心体察着，看是哪一个，我好开除了他。”我想了一想道：“这是一个难题目。我查只管去查，可是不能限定日子的。”继之道：“这个自然。”

正说着话时，门上送进来一分帖子，一封信。继之只看了看信面，就递给我。我接来一看，原来是我伯父的信。拆开看时，上面写着明日申刻请继之吃饭，务必邀到，不可有误云云。继之对我道：“令伯又来同我客气了。”我道：“吃顿把饭也不算什么客气。”继之道：“这么着，我明日索性不到关上去了，省得两边跑。明日你且去一次，看有什么动静没有。”我答应了。继之就到上房里去，拿了一根钥匙出来，交给我道：“这是签押房钥匙，你先带着，恐怕到那边有什么公事。”又拿过一封银子来道：“这里是五十两：内中二十两是我送你的束脩；帐房里的赢余，本来是要到节下算的，我恐怕你又要寄家用，又要添补些什么东西，二十两不够，所以同他们先取了三十两来，付了你的账，到了节下再算清账就是了。你下次到关上去，也到账房里走走，不要挂了你的名字，你一到也不到。”我道：“我此刻用不了这些，前回借大哥的，请先扣了去。”继之道：“这个且慢着。你说用不了这些，我可也还不等这个用呢。”我道：“只是我的脾气，欠着人家的钱，很不安的。”继之道：“你欠了人家的钱，只管去不安；欠了我的钱，用不着不安。老实对你说：同我彀不上交情的，我一文也不肯借；彀得上交情的，我借了就当送了，除非那人果然十分丰足了，有余钱还我，我才受呢。”我听了，不便再推辞，只得收过了。

一宿无话。到了次日，梳洗过后，我就带了钥匙，先到伯父公馆里去。谁知还没有起来。我在客堂里坐等了好半天，才见一个丫头出来，说太太请侄少爷。我进去见过伯母，谈了些家常话。等到十点多钟，我实在等不及了，恐怕关上有事，正要先走，我伯父却醒了，叫我再等一等，我只得又留住。等伯父起来，洗过了脸，吃了一会水烟，又吃了点心，叫我同到书房里去，在烟床睡下；早有家人装好了一口烟，伯父取过来吸了，方慢慢的起来，在书桌抽屉里面，取出一包银子道：“你母亲的银子，只有二千存在上海，五厘周息，一年恰好一百两的利钱，取来了。我到上海去取，来往的盘缠用了二十两。这里八十两，你先寄回去吧。还有那三千两，是我一个朋友王俎香借了去用的，说过也是五厘周息，但是俎香现在湖南，等我写信去取了来，再交给你吧。”我接过了银子，告知关上有事，要早些去。伯父问道：“继之今日来么？”我道：“来的。今天他不到关上去，也是为的晚上要赴这个席。”伯父道：“这也是为你的事，他照应了你，我不能不请请他。你有事先去吧。”

我就辞了出来，急急的雇了一匹马，加上几鞭，赶到关上。午饭已经吃过了，我开了签押房门，叫厨房再开上饭来，一面请文述农来谈天。谁知他此刻公事忙，不得个空。我吃过了饭，见没有人来回公事。因想起继之托我查察的事情，这件事没头没脑的，不知从哪里查起。想了一会法子，取出那八十两银子，放在公事桌上，把房门虚掩起来,绕到签押房后面的夹弄里后窗外面,立在一个里面看不见外面,外面却张得见里面的地方,在那里偷看。这也不过是我一点妄想,想看有人来偷没有。看了许久,不见有人来偷。我想这样试法,两条腿都站直了,只怕还试不出来呢。

正想走开,忽听得砉的一声门响,有人进去了。我留心一看,正是那个周福。只见他走进房时,四下里一望,嘴里说道:"又没有人了。"一回头看见桌上那一包银子,拿在手里颠了一颠,把舌头吐了一吐。伸手去开那抽屉,谁知都是锁着的;他又去开了书柜,把那一包银子,放在书柜里面。关好了;又四下里望了一望,然后出去,把房门倒掩上了。我心中暗暗想道:"起先见他的情形很像是贼,谁知倒不是贼。"于是绕了出来,走过一个房门口,听见里面有人说话。这个房住的是一个同事,姓毕,表字镜江。我因为听见说话声音,无意中往里面一望,只见镜江同着一个穿短衣赤脚的粗人,在那里下象棋。那粗人手里,还拿着一根尺把长的旱烟筒,在那里吸着烟。我心中暗暗称奇。不便去招呼他,顺着脚步,走回签押房。只见周福在房门口的一张板凳上坐着,见我来了,就站起来,说道:"师爷下次要出去,请把门房锁了,不然,丢了东西是小的们的干纪。"他一面说,我一面走到房里,他也跟进来。又说道:"丢了东西,老爷又不查的,这个最难为情。"我笑道:"查不查有什么难为情?"周福道:"不是这么说。倘是丢了东西,马上就查,查明白了是谁偷的,就惩治了谁,那不是偷东西的,自然心安了。此刻老爷一概不查,只说丢了就算了,这自然是老爷的宽洪大量。但是那偷东西的心中,暗暗欢喜;那不是偷东西的,倒怀着鬼胎,不知主人疑心的是谁。并且同事当中,除了那个真是做贼的,大家都是你疑我,我疑你,这不是不安么?"我道:"查是要查的,不过暗暗的查罢了。并且老爷虽然不查,你们也好查的;查着了真贼,还有得赏呢。"周福道:"赏是不敢望赏,不过查着了,可以明明心迹罢了。"我道:"那么你们凡是自问不是做贼的,都去暗暗的查来,但是不可张扬,把那做贼的先吓跑了。"周福答了两个"是"字,要退出去;又止住了脚步,说道:"小的刚才进来,看见书桌上有一封银子,已经放在书柜里面了。"我道:"我知道了。毕师爷那房里,有一个很奇怪的人,你去看看是谁。”周福答应着去了。

恰好述农公事完了,到这里来坐。一进房门便道:“你真是信人,今天就来请我了。”我道:“今天还来不及呢,一会儿我就要进城了。”述农笑道:“取笑罢了,难道真要你请么?”我道:“我要求你说故事,只好请你。”刚说到这里,周福来了,说道:“并没有什么奇怪人,只有一个挑水夫阿三在那里。”我问道:“在那里做什么?”周福道:“好像刚下完了象棋的样子,在那里收棋子呢。”说完,退了出去。述农便问什么事,我把毕镜江那里的人说了。述农道:“他向来只同那些人交接。”我道:“这又为什么?”述农道:“你算得要管闲事的了,怎么这个也不知道?”我道:“我只喜欢打听那古怪的事,闲事是不管的。你这么一说,这里面一定又有什么蹊跷的了,倒要请教请教。”述农道:“这也没有什么蹊跷,不过他出身微贱,听说还是个‘王八’,所以没有甚人去理他,就是二爷们见了他也避的,所以他只好去结交些烧火挑水的了。”我道:“继翁为甚用了这等人?”述农道:“继翁何尝要用他,因为他弄了情面荐来的,没奈何给他四吊钱一个月的干修罢了。他连字也不识,能办什么事要用他!”我道:“他是谁荐的?”述农道:“这个我也不甚了了,你问继翁去。你每每见了我,就要我说故事,我昨夜穷思极想的,想了两件事:一件是我亲眼看见的实事,一件是相传说着笑的,我也不知是实事还是故意造出来笑的。我此刻先把这个给你说了,可见得我们就这大关的事不是好事,我这当督扦腿在地上,喊道:“火就是的,还是众怨之的呢。”我听了大喜,连忙就请他说。述农果然不慌不忙的说出两件事来。正是:过来人具广长舌,挥尘间登说法台。未知述农说的到底是什么事,且待下回再记。

# 第十二回　查私货关员被累　行酒令席上生风

且说我当下听得述农说有两件故事，要说给我听，不胜之喜，便凝神屏息的听他说来。只听他说道："有一个私贩，专门贩土，资本又不大，每次不过贩一两只，装在坛子里面，封了口，粘了茶食店的招纸，当做食物之类，所过关卡，自然不留心了；然而做多了总是要败露的。这一次，被关上知道了，罚他的货充了公。他自然是敢怒不敢言的了。过了几天，他又来了，依然带了这么一坛，被巡丁们看见了，又当是私土，上前取了过来，他就逃走了。这巡丁捧了坛子，到师爷那里去献功。师爷见又有了充公的土了，正好拿来煮烟，欢欢喜喜的亲手来开这坛子，谁知这回不是土了，这一打开，里面跳出了无数的蚱蜢来，却又臭恶异常。原来是一坛子粪水，又装了成千的蚱蜢。登时闹得臭气熏天，大家躲避不及，这蚱蜢又是飞来跳去的，闹到满屋子没有一处不是粪花。你道好笑不好笑呢？"我道："这个我也曾听见人家说过，只怕是个笑话罢了。"

述农道："还有一件事，是我亲眼见的，幸而我未曾经手。唉！真是人心不古，诡变百出，令人意料不到的事，尽多着呢。那年我在福建，也是就关上的事。那回我是办帐房，生了病，有十来天没有起床。在我病的时候，忽然来了一个眼线，报说有一宗私货，明日过关。这货是一大宗珍珠玉石，却放在棺材里面，装做扶丧模样。灯笼是姓什么的，什么衔牌，什么职事，几个孝子，一一都说得明明白白。大家因为这件事情重大，查起来是要开棺的，回明了委员，大众商量。那眼线又一口说定是私货无疑，自家肯把身子押在这里。委员便留住他，明日好做个见证。到了明天，大家终日的留心，果然下午的时候，有一家出殡的经过，所有衔牌、职事、孝子、灯笼，就同那眼线说的一般无二。大家就把他扣住了，说他棺材里是私货。那孝子又惊又怒，说怎见得我有私货。此时委员也出来了，大家围着商量，说有甚法子可以察验出来呢？除了开棺，再没有法子。委员问那孝子：‘棺材里到底是什么东西？’孝子道：‘是我父亲的尸首。’问：‘此刻要送到哪里去？’说：‘要运回原籍去。’问：‘几时死的？’说：‘昨日死的。’委员道：‘既是在这里作客身故，多少总有点后事要料理，怎么马上就可以运回原籍？这里面一定有点蹊跷，不开棺验过，万不能明白。’那孝子大惊道：‘开棺见尸，是有罪的；你们怎么仗着官势，这样横行起来！’此时大众听了委员的话，都道有理，都主张着开棺查验，委员也喝叫开棺。那孝子却抱着棺材，号啕大哭起来。内中有一个同事，是极细心的，看那孝子嘴里虽然嚷着像哭，眼睛里却没有一点眼泪，越发料定是私货无疑。当时巡丁、扦子手，七手八脚的，拿斧子、劈柴刀，把棺材劈开了。一看，吓得大众面无人色，哪里是什么私货，分明是直挺挺的睡着一个死人！那孝子便走过来，一把扭住了委员，要同他去见上官，不由分说，拉了就走。幸得人多拦住了，然而大家终是手足无措的。急寻那眼线的，不提防被他逃走去了。这里便闹到一个天翻地覆。从这天下午起，足足闹到次日黎明时候，方才说妥当了，同他另外买过上好棺材，重新收殓，委员具了素服祭过，另外又赔了他五千两银子，这才了事。却从这一回之后，一连几天，都有棺材出口，我们是个惊弓之鸟，哪里还敢过问。其实我看以后那些多是私货呢。他这法子想得真好，先拿一个真尸首来，叫你开了，闹了事，吃了亏，自然不敢再多事，他这才认真的运起私货来。”我道：“这个人也太伤天害理了！怎么拿他老子的尸首暴露一番，来做这个勾当？”述农道：“你是真笨还是假笨？这个何尝是他老子，不知他在哪里弄来一个死叫化子罢了。”

当下又谈了一番别话，我见天色不早了，要进城去。刚出了大门，只见那挑水阿三，提了一个画眉笼子走进来。我便叫住了问道：“这是谁养的？”阿三道：“刚才买来的。是一个人家的东西，因为等钱用，连笼子两吊钱就买了来；到雀子铺里去买，四吊还不肯呢。”我道：“是你买的么？”阿三道：“不是，是毕师爷叫买的。”说罢，去了。我一路上暗想，这个人只赚得四吊钱一月，却拿两吊钱去买这不相干的顽意儿，真是嗜好太深了。

回到家时，天已将黑，继之已经到我伯父处去了，留下话，叫我回来了就去。我到房里，把八十两银子放好，要水洗了脸才去。到得那边时，客已差不多齐了。除了继之之外，还有两个人：一个是首府的刑名老夫子，叫做郦士图；一个是督署文巡捕，叫做濮固修。大家相让，分坐寒暄，不必细表。

又坐了许久，家人来报苟大人到了。原来今日请的也有他。只见那苟才穿着衣冠，跨了进来，便拱着手道："对不住！对不住！到迟了，有劳久候了！兄弟今儿要上辕去谢委，又要到差，拜同寅，还要拜客谢步，整整的忙了一天儿。"又对继之连连拱手道："方才亲到公馆里去拜谢，那儿知道继翁先到这儿来了。昨天费心得很！"继之还没有回答他，他便回过脸来，对着固修拱手道："到了许久了！"又对士图道："久讳得很！久讳得很！"又对着我拱着手，一连说了六七个请字，然后对我伯父拱手道："昨儿劳了驾，今儿又来奉扰，不安得很！"伯父让他坐下，大众也都坐下。送过茶，大众又同声让他宽衣。就有他的底下人，拿了小帽子过来；他自己把大帽子除下，又卸了朝珠，宽去外褂，把那腰带上面滴溜打拉佩带的东西，卸了下来；解了腰带，换上一件一裹圆的袍子，又束好带子，穿上一件巴图鲁坎肩儿，在底下人手里，拿过小帽子来；那底下人便递起一面小小镜子，只见他对着镜子来戴小帽子；戴好了，又照了一照，方才坐下。便问我伯父道："今儿请的是几位客呀？我简直的没瞧见知单。"我伯父道："就是几位，没有外客。"苟才道："呀！咱们都是熟人，何必又闹这个呢。"我伯父道："一来为给大人贺喜；二来因为……"说到这里，就指着我道："继翁招呼了舍侄，借此也谢谢继翁。"苟才道："哦！这位是令侄么？英伟得很！英伟得很！你台甫呀？今年贵庚多少了？继翁，你请他办什么呢？"继之道："办书启。"苟才道："这不容易办呀！继翁，你是向来讲究笔墨的，你请到他，这是一定高明的了，真是'后生可畏'！"又捋了捋他的那八字胡子道："我们是'老大徒伤'的了。"又扭转头来，对着我伯父道："子翁，你不要见弃的话，怕还是小阮贤于大阮呢！"说着，又呵呵大笑起来。

当下满座之中，只听见他一个人在那里说话，如瓶泻水一般。他问了我台甫、贵庚，我也来不及答应他；就是答应他，他也来不及听见，只管唠唠叨叨的说个不断。一会儿，酒席摆好了，大众相让坐下。我留心打量他，只见他生得一张白脸，两撇黑须，小帽子上缀着一块蚕豆大的天蓝宝石，又拿珠子盘了一朵兰花，灯光底下，也辨不出他是真的，是假的。只见他问固修道："今天上头有什么新闻么？"固修道："今天没甚事。昨天接着电报，说驭远兵船在石浦地方遇见敌船，两下开仗，被敌船打沉了。"苟才吐了吐舌头道："这还了得！马江的事情，到底怎样？有个实信么？"固修道："败仗是败定了，听说船政局也毁了；但是又有一说，说法兰西的水师提督孤拔，也给我们打死了。此刻又听见说福建的同乡京官，联名参那位钦差呢。"

说话之间，酒过三巡，苟才高兴要豁拳。继之道："豁拳没甚趣味，又伤气。我那里有一个酒筹，是朋友新制，送给我的，上面都是四书句，随意掣出一根来，看是什么句子，该谁吃就是谁吃，这不有趣么？"大家都道："这个有趣，又省事。"继之就叫底下人回去取了来，原来是一个小小的象牙筒，里面插着几十枝象牙筹。继之接过来递给苟才道："请大人先掣。"苟才也不推辞，接在手里，摇了两摇，掣了一枝道："我看该敬到谁去喝？"说罢，仔细一看道："呀，不好！不好！继翁，你这是作弄我，不算数！不算数！"继之忙在他手里拿过那根筹来一看，我也在旁边看了一眼，原来上面刻着"二吾犹不足"一句，下面刻着一行小字道："掣此签者，自饮三杯。"继之道："好个二吾犹不足！自然该吃三杯了。这副酒筹，只有这一句最传神，大人不可不赏三杯。"苟才只得照吃了，把筹筒递给下首郦士图。士图接过，顺手掣了一根，念道："'刑罚不中'，量最浅者一大杯。"座中只有濮固修酒量最浅，几乎滴酒不沾的，众人都请他吃。固修摇头道："这酒筹太会作弄人了！"说罢，攒着眉头，吃了一口，众人不便勉强，只得算了。士图下首，便是主位。我伯父掣了一根，是'不亦乐乎，合席一杯'。继之道："这一根掣得好，又合了主人待客的意思。这里头还有一根合席吃酒的，却是一句'举疾首蹙额'，虽然比这个有趣，却没有这句说的快活。"说着，大家又吃过了，轮到固修掣筹。固修拿着筒儿，摇了一摇道："筹儿筹儿，你可不要叫我也掣了个二吾犹不足呢!”说着,掣了一根,看了一看,却不言语,拿起筷子来吃菜。我问道:“请教该谁吃酒? 是一句什么?”固修就把筹递给我看。我接来一看,却是一句“子归而求之”,下面刻着一行道:“问者即饮。”我只得吃了一杯。下来便轮到继之。继之掣了一根是“将以为暴”,下注是“打通关”三个字。继之道:“我最讨厌豁拳,他偏要我豁拳,真是岂有此理!”苟才道:“令上是这样,不怕你不遵令!”继之只得打了个通关。我道:“这一句隐着‘今之为关也’一句,却隐得甚好;只是继翁正在办着大关,这句话未免唐突了些。”继之道:“不要多说了,轮着你了,快掣吧。”我接过来掣了一根看时,却是“王速出令”一句,下面注着道:“随意另行一小令。”我道:“偏到我手里,就有这许多周折!”苟才拿过去一看道:“好呀! 请你出令呢。快出吧,我们恭听号令呢。”

我道:“我前天偶然想起俗写的‘时’字,都写成日字旁一个寸字;若照这个‘时’字类推过去,‘讨’字可以读做‘诗’字,‘付’字可以读做‘侍’字。我此刻就照这个意思,写一个字出来,哪一位认得的,我吃一杯;若是认不得,各位都请吃一杯。好么?”继之道:“那么说,你就写出来看。”我拿起筷子,在桌上写了一个“汉”字。苟才看了,先道:“我不识,认罚了。”拿起杯子,咕嘟一声,干了一杯。士图也不识、吃了一杯。我伯父道:“不识的都吃了,回来你说不出这个字来,或是说的没有道理,应该怎样?”我道:“说不出来,侄儿受罚。”我伯父也吃了一口。固修也吃了一口。继之对我道:“你先吃了一杯,我识了这个字。”我道:“吃也使得,只请先说了。”继之道:“这是个‘漢’字。”我听说,就吃了一杯。我伯父道:“这怎么是个‘漢’字?”继之道:“他是照着俗写的‘难’字化出来的,俗写‘难’字是个‘又’字旁,所以他也把这‘又’字替代了‘莫’字,岂不是个‘汉’字。”我道:“这个字还有一个读法,说出来对的,大家再请一杯,好么?”大家听了,都觉得一怔。正是:奇字尽堪供笑谑,不须载酒问扬雄。未知这个字还有什么读法,且待下回再记。

## 第十三回 拟禁烟痛陈快论 睹赃物暗尾佳人

当下我说这“汉”字还有一个读法，苟才便问：“读作什么？”我道：“俗写的‘鸡’字，是‘又’字旁加一个‘鸟’字；此刻借他这‘又’字，替代了‘奚’字，这个字就可以读作‘溪’字。”苟才道：“好！有这个变化，我先吃了。”继之道：“我再读一个字出来，你可要再吃一杯？”我道：“这个自然。”继之道：“照俗写的‘观’字算，这个就是‘灌’字。”我吃了一杯。苟才道：“怎么这个字有那许多变化？奇极了！……呀！有了！我也另读一个字，你也吃一杯，好么？”我道：“好，好！”苟才道：“俗写的‘对’字，也是又字旁，把‘又’字替代了‘丵’字，是一个……呀！这是个什么字？……呸！这个不是字，没有这个字，我自己罚一杯。”说着，咕嘟的又干了一杯。固修道：“这个字竟是一字三音，不知照这样的字还有么？”我道：“还有一个‘卩’字。这个字本来是古文的‘节’字，此刻世俗上，可也有好几个音，并且每一个音有一个用处：书铺子里拿他代‘部’字，铜铁铺里拿他代‘磅’字，木行里拿他代‘根’字。”士图道：“代‘部’字，自然是单写一个偏旁的缘故，怎么拿他代起‘磅’字、‘根’字来呢？”我道：“‘磅’字，他们起先图省笔，写个‘邦’字去代，久而久之，连这‘邦’字也单写个偏旁了；至于‘根’字，更是奇怪，起先也是单写个偏旁，写成一个‘艮’字，久而久之，把那一撇一捺也省了，带草写的就变了这么一个字。”说到这里，忽听得苟才把桌子一拍道：“有了！”众人都吓了一跳，忙问道：“有了什么？”苟才道：“这个‘卩’字，号房里挂号的号簿，还拿他代老爷的‘爷’字呢。我想叫认得古文的人去看号簿，他还不懂老爷是什么东西呢！”说的众人都笑了。

此时又该轮到苟才掣酒筹，他拿起筒儿来乱摇了一阵道：“可要再抽一个自饮三杯的？”说罢，掣了一根看时，却是“则必餍酒肉而后反……”下注“合席一杯完令”。我道：“这一句完令虽然是好，却有一点不合。”荀才道：“我们都是既醉且饱的了，为什么不合？”我道：“那做酒令的借着孟子的话骂我们，当我们是叫化子呢。”说得众人又笑了。继之道：“这酒筹一共有六十根，怎么就偏偏掣了完令这根呢？”固修道：“本来酒也够了，可以收令了，我倒说这根掣得好呢；不然，六十根都掣了，不知要吃到什么时候呢。”我道：“然而只掣得七‘节’，也未免太少。”我伯父道：“这酒筹怎么是一节一节的？”继之笑道：“他要借着木行里的‘根’字，读作古音呢。这个还好，不要将来过‘节’的时候，你却写了个古文，叫铜铁铺里的人看起来，我们都要过‘磅’呢。”说的众人又是一场好笑。一面大家干了门面杯，吃过饭，散坐一会，士图、固修先辞去了；我也辞了伯父，同继之两个步行回去。

我把今日在关上的事，告诉了继之。继之道：“这个只得慢慢查察去，一时哪里就查得出来。”我忽然想起一件事，问道：“我有一件事，怀疑了许久，要问大哥，不知怎样，得到见面的时候就忘记了。今天同席遇了郦士图，又想起来了。我好几次在路上碰见过那位江宁太守，见他坐在轿子里，总是打磕睡的。这个人的精神，怎么这么坏法？”继之道：“你说他磕睡么？他在那里死了一大半呢！”我听了，越发觉得诧异，忙问：“何以死了一大半？”继之道：“此刻这位总督大帅，最恨的是吃鸦片烟，大凡有烟瘾的人，不要叫他知道便罢；他要是知道了，现任的撤任，有差的撤差，那不曾有差事的，更不要望求得着差事。只有这一位太守，烟瘾大的了不得，他却又有本事瞒得过。大帅每天起来，先见藩台，第二个客就是江宁府。他一早在家先过足了瘾，才上衙门；见了下来，烟瘾又大发了，所以坐在轿子里，就同死了在家一般。回到衙门，轿子一直抬到二堂，四五个丫头，把他扶了出来，坐在醉翁椅上，抬到上房里去。他的两三个姨太太，早预备好了，在床上下了帐子，两三个人先在里面吃烟，吃的烟雾腾天的，把他扶到里面，把烟熏他，一面还吸了烟喷他。照这样闹法，总要闹到二十几分钟时候，他方才回了过来，有气力自己吸烟呢。”

我道：“这又奇了！那位大帅见客的时候，或者可以有一定；然而回公事的话，不能没有多少，比方这一天公事回的多，或者上头问话多,那就不能不耽搁时候了,那烟瘾不要发作么?”继之道:“这就难说了。据世俗的话,都说他官运亨通,不应该坏事的,所以他的烟瘾,就犹如懂人事的一般,碰了公事多的那一天,时候耽搁久了,那烟瘾也来得迟些,总是他运气好之故。依我看来,哪里是什么运气不运气,那烟瘾一半是真的,有一半是假的。他回公事的时候,如果工夫耽搁久了,那瘾未尝不发作,只因他慑于大帅的威严,恐怕露出马脚来,前程就保不住了,只好勉强支持,也未尝支持不住;等到退了出来,坐上轿子,那时候是惟我独尊的了,任凭怎样发作,也不要紧了,他就不肯去支持,凭得他瘫软下来,回到家去,好歹有人伏伺。至于回到家去,要把烟熏、拿烟喷的话,我看更是故作偃蹇的了。”

我笑道:“大哥这话,才是‘如见其肺肝焉’呢。这位大帅既然那么恨鸦片烟,为什么不禁了他?”继之道:“从前也商量过来,说是加重烟土烟膏的税,伸一个不禁自禁之法;后来不知怎样,就沉了下来,再也不提起了。依我看上去,一省两省禁,也不中用,必得要奏明立案,通国一齐禁了才好。”我道:“通国都禁,谈何容易!”继之道:“其实不难,只要立定了案,凡系吃烟的人,都要抽他的吃烟税,给他注了烟册,另外编成一份烟户;凡系烟户的人,非但不准他考试、出仕,并且不准他做大行商店,那吃烟的人,自然不久就断绝了。我还有一句最有把握的话:大凡政事,最怕的是扰民;只有这禁烟一项,正不妨拿出强硬手段去禁他,就是骚扰他点,也不要紧。那些鸦片鬼,任是怎样激怒他,他也造不起反来,究竟吃烟枪不能作洋枪用,烟泡不能作大炮用。就是刻薄得他死了,也不足惜;而且多死一个鸦片鬼,世上便少一个传染恶疾的人。如此说来,非但死不足惜,而且还是早死为佳呢。怎奈此时官场中人,十居其九是吃烟的,哪一个肯建这个政策作法自毙呢?——时候不早了,睡吧,明天再谈。”

一宿无话。次日一早,继之到关上去了。此时我想着要寄家信,拿出银子来,秤了一百两,打算要寄回去。又想买点南京的土货,顺便寄去。吃过午饭,就到街上去买。顺着脚步走去,走到了城隍庙里,随意游玩。忽见有两名督辕的亲兵,吆喝而来;后面跟着一顶洋蓝呢中轿,上着轿帘,想来里面坐的,定是一位女太太。那两名亲兵,走到大殿上,把烧香的人赶开,那轿子就在廊下停下。旁边一个老妈子过来,把轿帘揭下,扶出一位花枝招展的美人,打扮得珠围翠绕,锦簇花团,莲步姗姗的走上殿去。我一眼瞥见她襟头下挂着核桃大的一颗水晶球,心下暗吃一惊道:"莫非继之失的龙珠表,到了她手里么?"忽又回想道:"这是有得卖的东西,虽不知她是什么人,然而看她那举动阔绰,自然她也是买来的,何必一定是继之那个呢。"一面想着,只见她上到殿上,拈香膜拜。我忽然又想起,龙珠表虽是有一般的,但是那黑铜表坠不是常有的东西。可惜离的远,看她不清楚,怎样能够走近她身边一看就好。踌躇了一会,想起女子入庙烧香,一定要拜观音菩萨的,何妨去碰她一碰。想着,就走到旁边的观音殿去等她。等了许久,还不见来,以为她去了,仍旧走出来,恰好迎面同她遇着。留神一看,不禁又吃了一惊,她穿的是白灰色的衣裳,滚的是月白边,那一颗水晶球似的东西虽然已经藏在襟底,那一根链条儿还搭在外面,分明直显出一颗杏仁大的黑表坠来。这东西有十分之九是继之的失赃了。但是她是什么人,总要设法先打听着了,才可以再查探是什么人卖给她的。遂想了个法子,走到正殿上,同香火道人买了些香烛,胡乱烧了香;又随意取过签筒来,摇了几摇,摇出一根签来,看了号码,又到香火道人那里去买签,故意多给他几文钱,问他讨一碗茶来吃,略略同他谈两句,乘机就问他方才烧香的女子是什么人。香火道人道:"听说是制台衙门里面什么人的内眷,我也不知道底细。她每月总来烧几回香的。"我听了,仍是茫无头绪的,敷衍了两句就走了,不觉闷闷不乐。我虽然不是奉西教的,然而向来也不拜偶像。今天破了我的成例,不过为的是打听这件事;谁知例是破了,事情却打听不出来,当面见了真赃,势不能不打听个明白,站在庙门外面,呆呆的想法子。

只见她的轿子已经出来了。恰好有个马夫牵着一匹马走过,我便赁了他骑上了,远远的跟着那轿子去,要看她住在哪里。谁知她并不回家,又到一个什么观音庙里烧香去了。我好不懊恼!不便再进去碰她,只骑了马在左近地方跑了一会。等的我心也焦了,她方才出来,我又远远的跟着,她却又到一个关神庙去烧香。我不觉发烦起来,要想不跟她了,却又舍不得当面错过,只得按辔徐行,走将过去。只见同她做开路神的两名督辕亲兵,一个蹲在庙门外面,一个从里面走出来,嘴里打着湖南口音说:“唁!伙计,不要气了,大王庙是要到明天去了。”一个道:“我们找个茶铺子歇歇吧,嘴里燥得很咧。”一个道:“不必吧。这里菩萨少,就要走了,等回去了我们再吃。”我听了这话,就走到街头等了一会,果然见她坐着轿子出来了。我再远远的跟着她,转弯抹角,走了不少的路,走到一条街上,远远的看见她那轿子抬进一家门里去,那两名亲兵就一直的去了。我放开辔头,走到他那门口一看,只见一块朱红漆牌子,上刻着“汪公馆”三个大字。我拨转马头要回去,却已经不认得路了。我到南京虽说有了些日子,却不甚出门;南京城里地方又大,哪里认得许多,只得叫马夫在前面引着走。心里原想顺路买东西,因为天上起了一片黑云,恐怕要下雨,只得急急的回去。

今天做了她半天的跟班,才知道她是一个姓汪的内眷,累得我东西也买不成功。但不知她带的东西,到底是继之的失赃不是。如果是的,还不枉这一次的做跟班;要是不是的,那可真冤枉了。想了一会,拿起笔来,先写好了一封家信,打算明天买了东西,一齐寄去。谁知这一夜就下起个倾盆大雨来,一连三四天,不曾住点。到第五天,雨小了些,我就出去买东西。打算买了回来,封包好了,到关上去问继之,有便人带去没有;有的最好,要是没有,只好交信局寄去的了。回到家时,恰好继之已经回来了,我便同他商量,他答应了代我托人带去。当下,我便把前几天在城隍庙遇见那女子烧香的话,一五一十的告诉了继之。继之听了,凝神想了一想道:“哦!是了,我明白了。这会好得那个家贼就要走了。”正是:迷离仿佛疑团事,打破都从一语中。未知继之明白了什么,那家贼又是谁人,且待下回再记。

# 第十四回　宦海茫茫穷官自缢　烽烟渺渺兵舰先沉

话说继之听了我一席话,忽然觉悟了道:“一定是这个人了。好在他两三天之内,就要走的,也不必追究了。”我忙问:“是什么人?”继之道:“我也不过这么想,还不知道是他不是。我此刻疑心的是毕镜江。”我道:“这毕镜江是个什么样人?大哥不提起他,我也要问问。那天我在关上,看见他同一个挑水夫在那里下象棋,怎么这般不自重!”继之说:“他的出身,本来也同挑水的差不多,这又何足为奇!他本来是镇江的一个龟子,有两个妹子在镇江当娼,生得有几分姿色,一班嫖客就同他取起浑名来:大的叫做大乔,小的叫做小乔。那大乔不知嫁到哪里去了,这小乔,就是现在督署的文案委员汪子存赏识了,娶了回去作妾。这毕镜江就跟了来做个妾舅。子存宠上了小老婆,未免‘爱屋及乌’,把他也看得同上客一般。争奈他自己不争气,终日在公馆里,同那些底下人鬼混。子存要带他在身边教他,又没有这个闲工夫;因此荐给我,说是不论薪水多少,只要他在外面见识见识。你想我哪里用得他着?并且派他上等的事,他也不会做;要是派个下等事给他,子存面上又过不去;所以我只好送他几吊钱的干修,由他住在关上。谁料他又会偷东西呢!”

我道:“这么说,我碰见的大约就是小乔了?”继之道:“自然是的。这种小人用心,实在可笑。我还料到他为什么要偷我这表呢。半个月以前,子存就得了消息,将近奉委做芜湖电报局总办。他恐怕子存丢下他在这里,要叫他妹子去说,带了他去。因为要求妹子,不能不巴结,却又无从巴结她起,买点什么东西去送她,却又没有钱,所以只好偷了。你想是不是呢?”我道:“大哥怎么又说他将近要走了呢?莫非汪子存真是委了芜湖电报局了么?”继之道:“就是这话。听说前两天札子已经到了。子存把这里文案的公事交代过了,就要去接差。他前天喜孜孜的来对我说,说是子存要带他去,给他好事办呢。可不是几天就要走了么?”我道:“这个也何妨追究追究他?”继之道:“这又何苦!这到底是名节攸关的。虽然这种人没有什么名节,然而追究出来,究竟与子存脸上有碍。我那东西又不是很值钱的;就是那块黑铜表坠,也是人家送我的。追究他做什么呢。”

正在说话之间,只见门上来回说:“有一个女人,带着一个小孩子,都是穿重孝的,要来求见;说是姓陈,又没有个片子。”继之想了一想,叹一口气道:“请进来吧,你们好好的招呼着。”门上答应去了。不一会,果然一个四十多岁的妇人,带着一个十二三岁的小孩子,都是浑身重孝的,走了进来。看她那形状,愁眉苦脸,好像就要哭出来的样子。见了继之,跪下来就叩头;那小孩子跟在后面,也跪着叩头。我看了一点也不懂,恐怕他有什么碍着别人听见的话,正想回避出去,谁知她站起了来,回过身子,对着我也叩下头去,吓得我左不是,右不是,不知怎样才好。等她叩完了头,我倒乐得不回避,听听她说话了。

继之让她坐下。那妇人就坐下开言道:“本来在这热丧里面,不应该到人家家里来乱闯,但是出于无奈,求吴老爷见谅!”继之道:“我们都是出门的人,不拘这个。这两天丧事办得怎样了?此刻还是打算盘运回去呢,还是暂时在这里呢?”那妇人道:“现在还打不定主意,万事都要钱做主呀!此刻闹到带着这孩子,抛头露面的……”说到这里,便咽住了喉咙,说不出话来,那眼泪便从眼睛里直滚下来,连忙拿手帕去揩拭。继之道:“本来怪不得陈太太悲痛。但是事已如此,哭也无益,总要早点定个主意才好。”那妇人道:“舍间的事,吴老爷尽知道的,先夫咽了气下来,真是除了一个棕榻、一条草席,再无别物的了。前天有两位朋友商量着,只好在同寅里面告个帮,为此特来求吴老爷设个法。”说罢,在怀里掏出一个梅红全帖的知启来,交给他的小孩,递给继之。

继之看了,递给我。又对那妇人说道:“这件事不是这样办法。照这个样子,通南京城里的同寅都求遍了,也不中用。我替陈太太打算,不但是盘运灵柩的一件事要用钱,那是孩子们这几年的吃饭、穿衣、念书,都是要钱的。”那妇人道:“哪里还打算得那么长远!吴老爷肯替设个法,那更是感激不尽了!”继之道:“待我把这知启另外誊一份,明日我上衙门去,当面求藩台资助些。只要藩台肯了,无论多少,只要他写上一个名字就好了。人情势利,大抵如此,众人看见藩台也解囊,自然也高兴些,应该助一两的,或者也肯助二两、三两了。这是我这么一个想法,能够如愿不能,还不知道。藩台那里,我是一定说得动的,不过多少说不定就是了。我这里送一百两银子,不过不能写在知启上,不然,拿出去叫人家看见,不知说我发了多大的财呢。”那妇人听了,连忙站起来,叩下头去,嘴里说道:“妾此刻说不出个谢字来,只有代先夫感激涕零的了!”说着,声嘶喉哽,又吊下泪来。又拉那孩子过来道:“还不叩谢吴老伯!”那孩子跪下去,她却在孩子的脑后,使劲的按了三下,那孩子的头便嘣嘣嘣的碰在地上,一连磕了三个响头。继之道:“陈太太,何苦呢!小孩子痛呀!陈太太有事请便,这知启等我抄一份之后,就叫人送来吧。”那妇人便带着孩子告辞道:“老太太、太太那里,本来要进去请安,因为在这热丧里面,不敢造次,请吴老爷转致一声吧。”说着,辞了出去。

我在旁边听了这一问一答,虽然略知梗概,然而不能知道详细,等她去了,方问继之。继之叹道:“他这件事闹了出来,官场中更是一条危途了!刚才这个是陈仲眉的妻子。仲眉是四川人,也是个榜下的知县,而且人也很精明的;却是没有路子,到了省十多年,不要说是补缺署事,就是差事也不曾好好的当过几个。近来这几年,更是不得了,有人同他屈指算过,足足七年没有差事了。你想如何不吃尽当光,穷的不得了!前几天忽然起了个短见,居然吊死了!”这句话,把我吓了一大跳道:“呀!怎么吊死了!救得回来么?”继之道:“你不看见他么?她这一来,明明是为的仲眉死了,出来告帮,哪里还有救得活的话!”我道:“任是怎样没有路子,何至于七八年没有差事,这也是一件奇事!”继之叹道:“老弟,你未曾经历过宦途,哪里懂得这许多!大约一省里面的候补人员,可以分做四大宗:第一宗,是给督抚同乡,或是世交,那不必说是一定好的了;第二宗,就是藩台的同乡世好,自然也是有照应的;第三宗,是顶了大帽子的,挟了八行书来的。有了这三宗人,你想要多少差事才够安插?除了这三宗之外,誊下那一宗,自然是绝不相干的了,不要说是七八年,只要他的命尽长着,候到七八百年,只怕也没有人想着他呢。这回闹出仲眉这件事来,岂不是官场中的一个笑话！他死了的时候,地保因为地方上出了人命,就往江宁县里一报,少不免要来相验。可怜他的儿子又小,又没有个家人,害得他的夫人,抛头露面的出来拦请免验,把情节略略说了几句。江宁县已把这件事回了藩台,闻得藩台很叹了两口气,所以我想在藩台那里同他设个法子。此刻请你把这知启另写一个,看看有不妥当的,同他删改删改,等我明天拿去。”

我听了这番话,才晓得这宦海茫茫,竟与苦海无二的。翻开那知启重新看了一遍,词句尚还妥当,不必改削的了,就同他再誊出一份来。翻到末页看时,已经有几个写上资助的了,有助一千钱的,也有助一元的,甚至于有助五角的,也有助四百文的,不觉发了一声叹。回头来要交给继之,谁知继之已经出去了。我放下了知启,也踱出去看看。走到堂屋里,只见继之拿着一张报纸,在那里发棱。我道:“大哥看了什么好新闻,在这里出神呢?”继之把新闻纸递给我,指着一条道:“你看我们的国事怎么得了！”我接过来,依着继之所指的那一条看下去,标题是“兵轮自沉”四个字,其文曰:

驭远兵轮自某处开回上海,于某日道出石浦,遥见海平线上,一缕浓烟,疑为法兵舰。管带大惧,开足机器,拟速逃窜。觉来船甚速,管带益惧,遂自开放水门,将船沉下,率船上众人,乘舢舨渡登彼岸,捏报仓卒遇敌,致被击沉云。刻闻上峰将彻底根究,并札腿在地上,喊道:“火就是上海道,会商制造局,设法前往捞取矣。”

我看了不觉咋舌道:“前两天听见濮固修说是打沉的,不料有这等事!”继之叹道:“我们南洋的兵船,早就知道是没用的了,然而也料想不到这么一着。”我道:“南洋兵船不少,岂可一概抹煞?”继之道:“你未从此中过来,也难怪你不懂得。南洋兵船虽然不少,叵奈管带的一味知道营私舞弊,哪里还有公事在他心上。你看他们带上几年兵船,就都一个个的席丰履厚起来,哪里还肯去打仗!”我道:“带一个兵船,哪里有许多出息?”继之道:“这也一言难尽。克扣一节,且不要说他;单只领料一层,就是了不得的了。譬如他要领煤,这里南京是没有煤卖的,照例是到支应局去领价,到上海去买。他领了一百吨的煤价到上海去,上海是有一家专供应兵船物料的铺家,彼此久已相熟的,他到那里去,只买上二三十吨。"我啃道:"那么那七八十吨的价,他一齐吞没了!"继之道:"这又不能。他在这七八十吨价当中,提出二成贿了那铺家,叫他帐上写了一百吨;恐怕他与店里的帐目不符,就教他另外立一个暗记号,开支了那七八十吨的价银就是了。你想他们这样办法,就是吊了店家帐簿来查,也查不出他的弊病呢。有时他们在上海先向店家取了二三十吨煤,却出他个百把吨的收条,叫店家自己到支应局来领价,也是这么办法。你说他们发财不发财呢!"我道:"那许多兵船,难道个个管带都是这么着么?而且每一号兵船,未必就是一个管带到底,头一个作弊罢了,难道接手的也一定是这样的么?"继之道:"我说你到底没有经练,所以这些人情世故一点也不懂。你说谁是见了钱不要的?而且大众都是这样,你一个人却独标高洁起来,那些人的弊端,岂不都叫你打破了?只怕一天都不能容你呢!就如我现在办的大关,内中我不愿意要的钱,也不知多少,然而历来相沿如此,我何犯着把他叫穿了,叫后来接手的人埋怨我;只要不另外再想出新法子来舞弊,就算是个好人了。"

我道:"历来的督抚难道都是睡着的,何以不彻底根查一次?"继之道:"你又来了!督抚何曾睡着,他比你我还醒呢。他要是将一省的弊窦都厘剔干净,他又从哪里调剂私人呢?我且现身说法,说给你听:我这大关的差事,明明是给藩台有了交情,他有心调剂我的,所以我并未求他,他出于本心委给了我;若是没有交情的,求也求不着呢。其余你就可以类推了。"正说话时,忽报藩台着人来请,继之便去更衣。继之这一去,有分教:大善士奇形毕现,苦灾黎实惠难沾。未知藩台请继之去有什么事,且待下回再记。

## 第十五回 论善士微言议赈捐 见招帖书生谈会党

当下继之换了衣冠,再到书房里,取了知启道:“这回只怕是他的运气到了。我本来打算明日再去,可巧他来请,一定是单见的,更容易说话了。”说罢,又叫高升将那一份知启先送回去,然后出门上轿去了。我左右闲着没事,就走到我伯父公馆里去望望。谁知我伯母病了,伯父正在那里纳闷,少不免到上房去问病。坐了一会,看着大家都是无精打采的,我就辞了出来。在街上看见一个人在那里贴招纸,那招纸只有一寸来宽,五六寸长,上面写着“张大仙有求必应”七个字,歪歪的贴在墙上。我问贴招纸的道:“这张大仙是什么菩萨?在哪里呢?”那人对我笑了一笑,并不言语。我心中不觉暗暗称奇。只见他走到十字街口,又贴上一张,也是歪的。我不便再问他,一径走了回去。

继之却等到下午才回来,已经换上便衣了。我问道:“方伯那里有什么事呢?”继之道:“说也奇怪,我正要求他写捐,不料他今天请我,也是叫我写捐,你说奇怪不奇怪?我们今天可谓‘交易而退’了。”说到这里,跟去的底下人送进帖袋来,继之在里面抽出一本捐册来交给我看。我翻开看时,那知启也夹在里面,藩台已经写上了二十五两,这五字却像是涂改过的。我道:“怎么写这几个字,也错了一个?”继之道:“不是错的,先是写了二十四两,后来检出一张二十五两的票子来,说是就把这个给了他吧。所以又把那‘四’字改做‘五’字。”我道:“藩台也只送得这点,怪不得大哥送一百两,说不能写在知启上了,写了上去,岂不是要压倒藩台了么?”继之道:“不是这等说,这也没有什么压倒不压倒,看各人的交情罢了。其实我同陈仲眉并没有大不了的交情,不过是‘惺惺惜惺惺’的意思。但是写了上去,叫别人见了,以为我举动阔绰,这风声传了出去,那一班打抽丰的来个不了,岂不受累么?说也好笑,去年我忽然接了上海寄来的一包东西，打开看时，却是两方青田石的图书，刻上了我的名号；一张白折扇面，一面画的是没神没彩的两笔花卉，一面是写上几个怪字，都是写的我的上款。最奇怪的是称我做‘夫子大人’。还有一封信，那信上说了许多景仰感激的话，信末是写着‘门生张超顿首’六个字。我实在是莫名其妙，我从哪里得着这么一个门生，连我也不知道，只好不理他。不多几天，他又来了一封信，仍然是一片思慕感激的话，我也不曾在意。后来又来了一封信，诉说读书困苦，我才悟到他是要打把势的，封了八元银寄给他，顺便也写个信问他为甚这等称呼，谁知他这回却连回信也没有了，你道奇怪不奇怪？今年同文述农谈起，原来述农认得这个人，他的名字是没有一定的，是一个读书人当中的无赖，终年在外头靠打把势过日子的。前年冬季，上海格致书院的课题是这里方伯出的，齐了卷寄来之后，方伯交给我看，我将他的卷了取了超等第二。我也忘记了他卷上是个什么名字了。自从取了他超等之后，他就改了名字，叫做‘张超’。然而我总不明白他，为甚这么神通广大，怎样知道是我看的卷，就自己愿列门墙，叫起我老师来？”我道：“这个人也可以算得不要脸的了！”继之叹道：“脸是不要的了，然而据我看来，他还算是好的，总算不曾下流到十分。你不知道现在的读书人，专习下流的不知多少呢！”

说话时我翻开那本捐册来看，上面粘着一张红单帖，印了一篇小引，是募捐山西赈款的，便问道：“这是请大哥募捐的，还是怎样？”继之道：“这是上海寄来的。上海这几年里面，新出了一位大善士，叫做什么史绍经，竭尽心力的去做好事。这回又寄了二百份册子来，给这里藩台，要想派往各州县募捐。你想这江苏省里，连海门厅算在里面，统共只有八府、三州、六十八州县，内中还有一半是苏州那边藩台管的，哪里派得了一百册？只好省里的同寅也派了开来，只怕还有得多呢。”我道：“这位先生可谓勇于为善的了。”继之笑了一笑道：“岂但勇于为善，他这番送册子来，还要学那‘古之人与人为善’呢。其实这件事我就很不佩服。”我诧异道：“做好事有什么不佩服？”继之道：“说起来，这句话是我的一偏之见。我以为这些善事，不是我们做的。我以为一个人要做善事，先要从切近地方做起，第一件对着父母先要尽了子道，对着弟兄要尽了弟道，对了亲戚本族要尽了亲谊之道，然后对了朋友要尽了友道；果然自问孝养无亏了，所有兄弟、本族、亲戚、朋友，那能够自立，绰然有余的自不必说，那贫乏不能自立的，我都能够照应得他妥妥帖帖，无忧冻馁的了，还有余力，才可以讲究去做外面的好事。所以孔子说：'博施济众，尧舜犹病。'我不信现在办善事的人，果然能够照我这等说，由近及远么？"我道："倘是人族大的，就是本族、亲戚两项，就有上千的人，还有不止的，穷的总要占了一半，还有朋友呢，怎样能都照应得来？"继之道："就是这个话。我舍间在家乡虽不怎么，然而也算得是一家富户的了。先君在生时，曾经捐了五万银子的田产做赡族义田，又开了几家店铺，把那穷本家都延请了去，量材派事；所以敝族的人，希冀可以免了饥寒。还有亲戚呢，还是照应不了许多呀，何况朋友呢。试问现在的大善士，可曾想到这一着？"

我道："碰了荒年，也少不了这班人，不然，闹出那铤而走险的，更是不得了了。"继之道："这个自然。我这话并不是叫人不要做善事，不过做善事要从根本上做起罢了。现在那一班大善士，我虽然不敢说没有从根本做起的，然而沽名钓誉的，只怕也不少。"我道："'三代以下惟恐不好名'，能够从行善上沽个名誉也罢了。"继之道："本来也罢了，但还不止这个呢。他们起先投身入善会，做善事的时候，不过是一个光蛋；不多几年，就有好几个甲第连云起来了。难道真是'天富善人'么？这不是我说刻薄话，我可有点不敢相信的了。"我指着册子道："他这上面，不是刻着'经手私肥，雷殛火焚'么？"继之笑道："你真是小孩子见识。大凡世上肯拿出钱来做善事的，哪里有一个是认真存了'仁人恻隐'之心，行他那'民胞物与'的志向，不过都是在那里邀福。以为我做了好事，便可以望上天默佑，万事如意的。有了这个想头，他才肯拿出钱来做好事呢；不然，一个铜钱一点血，他哪里肯拿出来。世人心上都有了这一层迷信，被那善士看穿了，所以也拿这迷信的法子去坚他的信，于是乎就弄出这八个字来。我恐怕那雷没有闲工夫去处处监督着他呢。"我道："究竟他收了款，就登在报上，年年还有征信录，未必可以作弊。"继之道："别的我不知，有人告诉我一句话，却很在理上。他说，我们一年之中，吃没那无名氏的钱不少呢。譬如这一本册子，倘是写满了，可以有二三百户，内中总有许多不愿出名的，随手就写个‘无名氏’；那捐的数目，也没有什么大上落，总不过是一两元，或者三四元，内中总有同是无名氏，同是那个数目的。倘使有了这么二三十个无名氏同数目的，他只报出六七个或者十个八个来。就捐钱的人，只要看见有了个无名氏，就以为是自己了，哪个肯为了几元钱，去追究他呢。这个话我虽然不知道是真的，是伪的，然而没有一点影子，只怕也造不出这个谣言来。还有一层：人家送去做冬赈的棉衣棉裤，只要是那善士的亲戚朋友所用的轿班、车夫、老妈子，哪一个身上没有一套，还有一个人占两三套的。虽然这些也是穷人，然而比较起被灾的地方那些灾黎，是哪一处轻，哪一处重呢？这里多分了一套，那里就少了一套，况且北边地方，又比南边来得冷，认真是一位大善士，是拿人家的赈物来送人情的么？单是这一层，我就十二分不佩服了。”我道：“那么说，大哥这回还捐么？还去劝捐么？”继之道：“他用大帽子压下来，只得捐点；也只得去劝上十户八户，凑个百十来元钱，交了卷就算了。你想我这个是受了大帽子压的才肯捐；还有明日我出去劝捐起来，那些捐户就是讲交情的了，问他的本心实在不愿意捐，因为碍着我的交情，好歹化个几元钱，再问他的本心，他那几元钱，就犹如送给我的一般的了；加了方才说的希冀邀福的一班人，共是三种。行善的人只有这三种，办赈捐的法子也只有这三个，你想世人哪里还有个实心行善的呢？”

说罢，取过册子，写了二十元；又写了个条子，叫高升连册子一起送去。他这是送到哪一位朋友处募捐，我可不曾留心了。又取过那知启来，想了一想，只写上五两。我笑道：“送了一百两，只写个五两，这是个倒九五呢。”继之道：“这上头万不能写的太多，因为恐怕同寅的看见我送多了，少了他送不出，多了又送不起，岂不是叫人家为难么。”说着，又拿钥匙开了书橱，在橱内取出一个小拜匣，在拜匣里面，翻出了三张字纸，拿火要烧。我问道：“这又是什么东西？”继之道：“这是陈仲眉前后借我的二百元钱。他一定要写个票据，我不收，他一定不肯，只得收了。此刻还要他做什么呢。”说罢，取火烧了。又对我说道：“请你此刻到关上走一次吧。天已不早了，因为关上那些人，每每要留难人家的货船，我说了好几次，总不肯改。江面又宽，关前面又没有好好的一个靠船地方，把他留难住了，万一晚上起了风，叫人家怎样呢！我在关上，总是监督着他们，验过了马上就给票放行的。今日你去代我办这件事吧。明日我要在城里跑半天，就是为仲眉的事。下午出城，你也下午回来就是了。"

我答应了，骑马出城，一径到关上去。发放了几号船，天色已晚了，叫厨房里弄了几样菜，到述农房里同他对酌。述农笑道："你这个就算请我了么？也罢。我听见继翁说你在你令伯席上行得好酒令，我们今日也行个令吧。我道："两个人行令乏味得很，我们还是谈谈说说吧。我今日又遇了一件古怪的事，本来想问继翁，因为谈了半天的赈捐就忘记了，此刻又想起来了。"述农道："什么事呢？到了你的眼睛里，什么事都是古怪的。"我就把遇见贴招纸的述了一遍。述农道："这是人家江湖上的事情，你问他做什么？"我道："江湖上什么事？倒要请教，到底这个张大仙是什么东西？"述农道："张大仙并没有的，是他们江湖上什么会党的暗号，有了一个什么头目到了，住在哪里，恐怕他的会友不知道，就出来满处贴了这个，他们同会的看了就知道了。只看那条子贴的底下歪在那一边，就往那一边转弯；走到有转弯的地方，留心去看，有那条子没有，要是没有，还得一直走；但见了条子，就照着那歪的方向转去，自然走到他家。"我道："哪里认得他家门口呢？"述农道："他门口也有记认，或者挂着一把破蒲扇，或者挂着一个破灯笼，什么东西都说不定，总而言之，一定是个破旧不堪的。"我道："他这等暗号已经被人知道了，不怕地方官拿他么？"述农道："拿他做什么！到他家里，他原是一个好好的人，谁敢说他是会党。并且他的会友到他家去，打门也有一定的暗号，开口说话也有一定的暗号，他问出来也是暗号，你答上去也是暗号，样样都对了他才招接呢。"我道："他这暗号是什么样的呢？你可……"我这一句话还不曾说完，忽听得轰的一声，犹如天崩地塌一般，跟着又是一片澎湃之声，把门里的玻璃窗都震动了，桌上的杯箸都直跳起来，不觉吓了一跳。正是：忽来霹雳轰天响，打断纷披屑玉谈。未知那声响究竟是什么事，且待下回再记。

## 第十六回　观演水雷书生论战事　接来电信游子忽心惊

这一声响不打紧,偏又接着外面人声鼎沸起来,吓得我吃了一大惊。述农站起来道:“我们去看看来。”说着,拉了我就走。一面走,一面说道:“今日操演水雷,听说一共试放三个,赶紧出去,还望得见呢。”我听了方才明白。原来近日中法之役,尚未了结;这几日里,又听见台湾吃了败仗,法兵已在基隆地方登岸,这里江防格外吃紧,所以制台格外认真,吩咐操演水雷,定在今夜举行。我同述农走到江边一看,是夜宿雨初晴,一轮明月自东方升起,照得那浩荡江波,犹如金蛇万道一般,吃了几杯酒的人,到了此时,倒也觉得一快。只可惜看演水雷的人多,虽然不是十分挤拥,却已是立在人丛中的了。忽然又是轰然一声,远响四应。那江水陡然间壁立千仞。那一片澎湃之声,便如风卷松涛;加以那山鸣谷应的声音,还未断绝,两种声音,相和起来。这里看的人又是哄然一响。我生平的耳朵里,倒是头一回听见。接着又是演放一个。虽不是什么“心旷神怡”的事情,也可以算得耳目一新的了。

看罢,同述农回来,洗盏更酌。谈谈说说,又说到那会党的事。我再问道:“方才你说他们都有暗号,这暗号到底是怎么样的?”述农道:“这个我哪里得知,要是知道了,那就连我也是会党了。他们这个会党,声势也很大,内里面戴红顶的大员也不少呢。”我道:“即是那么说,你就是会党,也不辱没你了。”述农道:“罢,罢,我彀不上呢。”我道:“究竟他们办些什么事呢?”述农道:“其实他们空着没有一点事,也不见得怎么为患地方,不过声势浩大罢了。倘能利用他呢,未尝不可借他们的力量办点大事;要是不能利用他,这个‘养痈贻患’,也是不免的。”

正在讲论时,忽然一个人闯了进来,笑道:“你们吃酒取乐呢!”我回头一看,不觉诧异起来,原来不是别人,正是继之,还穿着衣帽呢。我道："大哥不说明天下午出城么？怎么这会来了？"继之坐下道："我本来打算明天出城，你走了不多几时，方伯又打发人来说，今天晚上试演水雷，制台、将军都出城来看，叫我也去站个班。我其实不愿意去献这个殷勤，因为放水雷是难得看见的，所以出来趁个热闹。因为时候不早了，不进城去，就到这里来。"我道："公馆里没有人呢。"继之道："偶然一夜，还不要紧。"一面说着，卸去衣冠道："我到帐房里去去就来，我也吃酒呢。"述农道："可是又到帐房里去拿钱给我们用呢？"继之笑了一笑，对我道："我要交代他们这个。"说罢，弯腰在靴统里，掏出那本捐册来道："叫他们到往来的那两家钱铺子里去写两户，同寅的朋友，留着办陈家那件事呢。"说罢，去了。歇了一会又过来。我已经叫厨房里另外添上两样菜，三个人借着吃酒，在那里谈天。

因为讲方才演放水雷，谈到中法战事。继之道："这回的事情，糜烂极了！台湾的败仗，已经得了官报了。那一位刘大帅，本来是个老军务，怎么也会吃了这个亏？真是难解！至于马江那一仗，更是传出许多笑话来：有人说那位钦差，只听见一声炮响，吓得马上就逃走了，一只脚穿着靴子，一只脚还没有穿袜子呢。又有人说不是的，他是坐了轿子逃走的，轿子后面，还挂着半只大腿呢。刚才我听见说，督署已接了电谕，将他定了军罪了。前两天我看见报纸上有一首什么词，咏这件事的。福建此时总督、船政，都是姓何，藩台、钦差都是姓张，所以我还记得那词上两句是：'两个是傅粉何郎，两个是画眉张敞。'"我道："这两句就俏皮得很！"继之道："俏皮么？我看轻薄罢了。大凡讥弹人家的话，是最容易说的。你试叫他去办起事来，也不过如此，只怕还不及呢。这军务的事情，何等重大！一旦败坏了，我们旁听的，只能生个恐惧心，生个忧愤心，哪里还有工夫去嬉笑怒骂呢？其实这件事情，只有政府担个不是，这是我们见得到，可以讥弹他的。"述农道："怎么是政府不是呢？"继之道："这位钦差年纪又轻，不过上了几个条陈，究竟是个'纸上空谈'，并未见他办过实事，怎么就好叫他独当一面，去办这个大事呢？纵使他条陈中有可采之处，也应该叫一个老于军务的去办，给他去做个参谋、会办之类，只怕他还可以有点建设,帮着那正办的成功呢。像我们这班读书人里面,很有些听见放鞭爆还吓了一跳的,怎么好叫他去看着放大炮呢?就像方才去看演放水雷,这不过是演放罢了,在那里伺候同看的人,听得这轰的一声,就很有几个抖了一抖,吐出舌头的,还有举起双手,做势子去挡的。”我同述农,不觉笑了起来。继之又道:“这不过演放两三响已经这样了,何况炮火连天,亲临大敌呢,自然也要逃走了。然而方才那一班吐舌头、做手势的,你若同他说起马江战事来,他也是一味的讥评谩骂,试问配不配他骂呢?”当下一面吃酒,一面谈了一席话,酒也够了,菜也残了,撤了出去,大家散坐。又到外面看了一回月色,各各就寝。

到了次日,我因为继之已在关上,遂进城去,赁了一匹马,按辔徐行。走到城内不多点路,只见路旁有一张那张大仙的招纸,因想起述农昨夜的话,不知到底确不确,我何妨试去看看有什么影迹。就跟着那招纸歪处,转了个弯,一路上留心细看,只见了招纸就转弯,谁知转得几转,那地方就慢慢的冷落起来了。我勒住马想道:“倘使迷了路,便怎么好?”忽又回想道:“不要紧,我只要回来时也跟着那招纸走,自然也走到方才来的地方了。”忽听得那马夫说了几句话,我不曾留心,不知他说什么,并不理他,依然向前而去。那马夫在后面跟着,又说了几句,我一些也听不懂,回头问道:“你说什么呀?”他便不言语了。我又向前走,走到一处,抬头一望,前面竟是一片荒野,暗想这南京城里,怎么有这么大的一片荒地。

正走着,只见路旁一株紫杨树上,也粘了这么一张;跟着他转了一个弯,走了一箭之路,路旁一个茅厕,墙上也有一张;顺着他歪的方向望过去时,那边一带有四五十间小小的房子,那房子前面就是一片空地,那里还憩着一乘轿子。恰好看见一家门首有人送客出来,那送客的只穿了一件斗纹布灰布袍子,并没有穿马褂,那客人倒是衣冠楚楚的。我一面看,一面走近了,见那客人生的一脸圆白脸儿,八字胡子,好生面善,只是想不起来。那客上了那乘轿时,这里送客的也进去了。我看他那门口,又矮又小,暗想这种人家,怎样有这等阔客。猛抬头看见他檐下挂着一把破扫帚,暗想道:“是了,述农的话是不错的了。”骑在马上，不好只管在这里呆看，只得仍向前行。行了一箭多路，猛然又想起方才那个客人，就是我在元和船上看见他扮官做贼，后来继之说他居然是官的人。又想起他在船上给他伙伴说的话，叽叽咕咕听不懂的，想来就是他们的暗号暗话，这个人一定也是会党。猛然又想起方才那马夫同我说过两回话，我也没有听得出来，只怕那马夫也是他们会党里人，见我一路上寻看那招纸，以为我也是他们一伙的，拿那暗话来问我，所以我两回都听得不懂。

想到这里，不觉没了主意。暗想我又不是他们一伙，今天寻访的情形，又被他看穿了，此时又要拨转马头回去，越发要被他看出来，还要疑心我暗访他们做什么呢。若不回马，只管向前走，又认不得哪条路可以绕得回去，不要闹出个笑话来。并且今天不能到家下马，不要叫那马夫知道了我的门口才好，不然，叫他看见了吴公馆的牌子，还当是官场里暗地访查他们的踪迹，在他们会党里传播起来，不定要闹个什么笑话呢。思量之间，又走出一箭多路。因想了个法子，勒住马，问马夫道：“我今天怎么走迷了路呢？我本来要到夫子庙里去，怎么走到这里来了？”马夫道：“怎么，要到夫子庙？怎不早点说？这冤枉路才走得不少呢！”我道：“你领着走吧，加你点马钱就是了。”马夫道：“拨过来呀。”说着，先走了，到那片大空地上，在这空地上横截过去，有了几家人家，弯弯曲曲的走过去，又是一片空地；走完了，到了一条小弄，仅仅容得一人一骑；穿尽了小弄，便是大街；到了此地，我已经认得了。

此处离继之公馆不远了，我下了马说道：“我此刻要先买点东西，夫子庙不去了，你先带了马去吧。”说罢，付了马钱，又加了他几文，他自去了，我才慢慢地走了回去。我本来一早就进城的，因为绕了这大圈子，闹到十一点钟方才到家，人也乏了，歇息了好一会。吃过了午饭，因想起我伯母有病，不免去探望探望，就走到我伯父公馆里去。

我伯父也正在吃饭呢，见了我便问道：“你吃过饭没有？”我道：“吃过了，来望伯母呢，不知伯母可好了些？”伯父道：“总是这么样，不好不坏的。你来了，到房里去看看她吧。”我听说就走了进去。只见我伯母坐床上,床前安放一张茶儿,正伏在茶儿上啜粥。床上还坐着一个十三四岁的丫头在那里捶背。我便问道:“伯母今天可好些?”我伯母道:“侄少爷请坐。今日觉得好点了。难得你惦记着来看看我。我这病,只怕难得好的了!”我道:“哪里来的话!一个人谁没有三天两天的病,只要调理几天,自然好了。”伯母道:“不是这么说。我这个病时常发作,近来医生都说要成个痨病的了。我今年五十多岁的人了,如果成了痨病,还能够耽搁得多少日子呢?”我道:“伯母这回得病有几天了?”伯母道:“我一年到头,哪一天不是带着病的;只要不躺在床上,就算是个好人。这回又躺了七八天了。”我道:“为甚不给侄儿一个信,也好来望望?侄儿直到昨天来了才知道呢。”伯母听了叹一口气,推开了粥碗,旁边就有一个佣妇走过来,连茶儿端了去。我伯母便躺下道:“侄少爷,你到床跟前的椅子上坐下,我们谈谈吧。”我就走了过去坐下。歇了一歇,我伯母又叹了一口气道:“侄少爷,我自从入门以后,虽然生过两个孩子,却都养不住,此刻是早已绝望的了。你伯父虽然讨了两个姨娘,却都是同石田一般的。这回我的病要是不得好,你看可怜不可怜!”我道:“这是什么话!只要将息两天就好了,那医生的话未必都靠得住。”伯母又道:“你叔叔听说有两个儿子,他又远在山东,并且他的脾气古怪得很,这二十年里面,绝迹没有一封信来过。你可曾通过信?”我道:“就是去年父亲亡故之后,曾经写过一封信去,也没有回信;并且侄儿也不曾见过,就只知道有这么一位叔叔就是了。”伯母道:“我因为没有孩子,要想把你叔叔那个小的承继过来,去了十多封信,也总不见有一封信来。论起来,总是你伯父穷之过,要是有了十万八万的家当,不要说是自己亲房,只怕那远房的也争着要承继呢。你伯父常时说起,都说侄少爷是很明白能干的人,将来我有个什么三长两短,侄少爷又是独子,不便出继,只好请侄少爷照应我的后事,兼祧过来。不知侄少爷可肯不肯?”我道:“伯母且安心调理,不要性急,自然这病要好的,此刻何必耽这个无谓的心思。做侄儿的自然总尽个晚辈的义务,伯母但请放心,不要胡乱耽心思要紧。”一面说话时,只见伯母昏昏沉沉的,像是睡着了。床上那小丫头,还在那里捶着腿。我便悄悄的退了出来。

伯父已经吃过饭,往书房里去了,我便走到书房里去。只见伯父躺在烟床上吃烟,见了我便问道:“你看伯母那病要紧么?”我道:“据说医家说是要成痨病,只要趁早调理,怕还不要紧。”伯父站起来,在护书里面检出一封电报,递给我道:“这是给你的。昨天已经到了,我本想叫人给你送去,因为我心绪乱得很,就忘了。”我急看那封面时,正是家乡来的,吃了一惊。忙问道:“伯父翻出来看过么?”伯父道:“我只翻了收信的人名,见是转交你的,底下我就没有翻了,你自己翻出吧。”我听得这话,心中十分忙乱,急急辞了伯父,回到继之公馆,手忙脚乱的,检出《电报新编》,逐字翻出来。谁知不翻犹可,只这一翻吓得我:魂飞魄越心无主,胆裂肝摧痛欲号!要知翻出些什么话来,且待下回再记。

# 第十七回　整归装游子走长途　抵家门慈亲喜无恙

你道翻出些什么来？原来第一个翻出来是个“母”字，第二个是“病”字；我见了这两个字已经急了，连忙再翻那第三个字时，禁不得又是一个“危”字。此时只吓得我手足冰冷！忙忙的往下再翻，却是一个“速”字，底下还有一个字。料来是个“归”字、“回”字之类，也无心去再翻了。连忙怀了电报，出门骑了一匹马，飞也似的跑到关上，见了继之，气也不曾喘定，话也说不出来，倒把继之吓了一跳。我在怀里掏出那电报来，递给继之道：“大哥，这会叫我怎样！”继之看了道：“那么你赶紧回去走一趟吧。”我道：“今日就动身，也得要十来天才得到家，叫我怎么样呢！”继之道：“好兄弟！急呢，是怪不得你急，但是你急也没用。今天下水船是断来不及了，明天动身吧。”我呆了半晌道：“昨天托大哥的家信，寄了么？”继之道：“没有呢，我因为一时没有便人，此刻还在家里书桌子抽屉里。你令伯知道了没有呢？”我道：“没有。”继之道：“你进城去吧。到令伯处告诉过了，回去拿了那家信银子，仍旧赶出城来，行李铺盖，也叫他们给你送出来。今天晚上，你就在这里住了，明日等下水船到了，就在这里叫个划子划了去，岂不便当？”

我听了不敢耽搁，一匹马飞跑进城，见了伯父，告诉了一切；又到房里去告诉了伯母。伯母叹道：“到底婶婶好福气，有了病，可以叫侄少爷回去。像我这个孤鬼……”说到这里，便咽住了。憩了一憩道：“侄少爷回去，等婶婶好了，还请早点出来，我这里很盼个自己人呢。今天早起给侄少爷说的话，我见侄少爷没有什么推托，正自欢喜，谁知为了婶婶的事，又要回去。这是我的孤苦命！侄少爷，你这回再到南京，还不知道见得着我不呢！”我正要回答，伯父慢腾腾的说道：“这回回去了，伏伺得你母亲好了，好歹在家里，安安分分的读书，用上两年功，等起了服，也好去小考；不然，就捐个监生下场。我这里等王组香的利钱寄到了,就给你寄回去。还出来鬼混些什么!小孩子们,有什么脾气不脾气的!前回你说什么不欢喜作八股,我就很想教训你一顿,可见得你是个不安分、不就范围的野性子,我们家的子侄,谁像你来!"我只得答应两个"是"字。伯母道:"侄少爷,你无论出来不出来,请你务必记着我。我虽然没有什么好处给你,也是一场情义。"我方欲回答,我伯父又问道:"你几时动身?"我道:"今日来不及了,打算明日就动身。"伯父道:"那么你早点去收拾吧。"我就辞了出来,回去取了银子。那家信用不着,就撕掉了。收拾过行李,交代底下人送到关上去。又到上房里,别过继之老太太与及继之夫人,不免也有些珍重的话,不必细表。

当下我又骑了马,走到大关,见过继之。继之道:"你此刻不要心急,不要在路上自己急出个病来!"我道:"但我所办的书启的事,叫哪个接办呢?"继之道:"这个你尽放心,其实我抽个空儿,自己也可办了,何况还有人呢。你这番回去,老伯母好了,可就早点出来。这一向盘桓熟了,倒有点恋恋不舍呢。"我就把伯父叫我在家读书的话,述了一遍。继之笑了一笑,并不说话。憩了一会,述农也来劝慰。

当夜我晚饭也不能下咽,那心里不知乱的怎么个样子。一夜天翻来覆去,何曾合得着眼。天还没亮就起来了,呆呆的坐到天明。走到签押房,继之也起来了,正在那里写信呢。见了我道:"好早呀!"我道:"一夜不曾睡着,早就起来了。大哥为什么也这么早?"继之道:"我也替你打算了一夜。你这回只剩了这一百两银子,一路做盘缠回去,总要用了点;到了家,老伯母的病,又不知怎么样,一切医药之费,恐怕不够,我正在代你踌躇呢。"我道:"费心得很!这个只好等回去了再说吧。"继之道:"这可不能。万一回去真是不够用,那可怎么样呢?我这里写着一封信,你带在身边。用不着最好;倘是要用钱时,你就拿这封信到我家里去。我接我家母出来的时候,写了信托我一位同族家叔,号叫伯衡的,代我经管着一切租米。你把这信给了他,你要用多少,就向他取多少,不必客气。到你动身出来的时候,带着给我汇五千银子出来。"我道:"万一我不出来呢?"继之道:"你怎么会不出来!你当真听令伯的话,要在家用功么?他何尝想你在家用功,他这话是另外有个道理,你自己不懂,我们旁观的是很明白的。”说罢,写完了那封信,又打上一颗小小的图书,交给我。又取过一个纸包道:“这里面是三枝土术,一枝肉桂,也是人家送我的,你也带在身边,恐怕老人家要用得着。”我一一领了,收拾起来。此时我感激多谢的话,一句也说不出来,不知怎样才好。一会梳洗过了,吃了点心。继之道:“我们也不用客气了。此时江水浅,汉口的下水船开得早,恐怕也到得早,你先走吧。我昨夜已经交代留下一只巡船送你去的,情愿摇到那里,我们等他。”于是指挥底下人,将行李搬到巡船上去。述农也过来送行。他同继之两人,同送我到巡船上面,还要送到洋船,我再三辞谢。继之道:“述农恐怕有事,请先上岸吧。我送他一程,还要谈谈。”述农听说就别去了。继之一直送我到了下关。等了半天,下水洋船到了;停了轮,巡船摇过去;我上了洋船,安置好行李。这洋船一会儿就要开的,继之匆匆别去。

我经过一次,知道长江船上人是最杂的,这回偏又寻不出房舱,坐在散舱里面,守着行李,寸步不敢离开。幸得过了一夜,第二天上午早就到了上海了,由客栈的伙伴,招呼我到洋泾浜谦益栈住下。这客栈是广东人开的,栈主人叫做胡乙庚,招呼甚好。我托他打听几时有船,他查了一查,说道:“要等三四天呢。”我越发觉得心急如焚,然而也是没法的事,成日里犹如坐在针毡上一般,只得走到外面去散步消遣。

却说洋泾浜各家客栈,差不多都是开在沿河一带,只有这谦益栈是开在一个巷子里面。这巷子叫做嘉记弄。这嘉记弄,前面对着洋泾浜,后面通到五马路的。我出得门时,便望后面踱去。刚转了个弯,忽见路旁站着一个年轻男子,手里抱着一个铺盖,地下还放着一个鞋篮;旁边一个五十多岁的妇人,在那里哭。我不禁站住了脚,见那男子只管恶狠狠的望着那妇人,一言不发。我忍不住,便问是什么事。那男子道:“我是苏州航船上的人。这个老太婆来趁船,没有船钱。她说到上海来寻她的儿子,寻着她儿子,就可以照付的了。我们船主人就趁了她来,叫我拿着行李,同去寻她儿子收船钱。谁知她一会又说在什么自来火厂,一会又说在什么高昌庙南铁厂,害我跟着她跑了二三十里的冤枉路，哪里有她儿子的影儿；这会又说在什么客栈了，我又陪着他到这里，家家客栈都问过了，还是没有。我哪里还有工夫去跟她瞎跑！此刻只要她还了我的船钱，我就还她的行李；不然，我只有拿了她的行李，到船上去交代的了。你看此刻已经两点多钟了，我中饭还没有吃的呢。”我听了，又触动了母子之情，暗想这妇人此刻寻儿子不着，心中不知怎样的着急，我母亲此刻病在床上，盼我回去，只怕比她还急呢。便问那男子道：“船钱要多少呢？”那男子道：“只要四百文就够了。”我就在身边取出四角小洋钱，交给他道：“我代她还了船钱，你还她铺盖吧。”那男子接了小洋钱，放下铺盖。我又取出六角小洋钱，给那妇人道：“你也去吃顿饭。要是寻你儿子不着，还是回苏州去吧，等打听着了你儿子到底在哪里，再来寻他未迟。”那妇人千恩万谢的受了。我便不顾而去。

走到马路上逛逛，绕了个圈子，方才回栈。胡乙庚迎着道：“方才到你房里去，谁知你出去了。明天晚上有船了呢。”我听了不胜之喜，便道：“那么费心代我写张船票吧。”乙庚道：“可以，可以。”说罢，让我到帐房里去坐。只见他两个小儿子，在那里念书呢，我随意考问了他几个字，甚觉得聪明。便闲坐给乙庚谈天，说起方才那妇人的事。乙庚道：“你给了钱他么？”我道：“只代他给了船钱。”乙庚道：“你上了他当了！他那两个人便是母子，故意串出这个样儿来骗钱的。下次万不要给他！”我不觉呆了一呆道：“还不要紧，他骗了去，也是拿来吃饭，我只当给了化子就是了。但是怎么知道他是母子呢？”乙庚道：“他时常在这些客栈相近的地方做这个把戏，我也碰见过好几次了。你们过路的人，虽然懂得他的话，却辨不出他的口音；像我们在这里久了，一一都听得出来的。若说这妇人是从苏州来寻儿子的，自然是苏州人，该是苏州口音，航船的人也是本帮、苏帮居多；他那两个人，可是一样的宁波口音，还是宁波奉化县的口音。你试去细看他，面目还有点相像呢，不是母子是什么？你说只当给了化子，他总是拿去吃饭的，可知那妇人并未十分衰颓，那男子更是强壮的时候，为什么那妇人不出来帮佣，那男子不做个小买卖，却串了出来，做这个勾当！还好可怜他么？”此时天气甚短，客栈里的饭，又格外早些,说话之间,茶房已经招呼吃饭。我便到自己房里去,吃过晚饭,仍然到帐房里,给乙庚谈天。谈至更深,方才就寝。

一宿无话。到了次日,我便写了两封信,一封给我伯父的,一封给继之的,拿到帐房,托乙庚代我交代信局,就便问几时下船。乙庚道:“早呢,要到半夜才开船。这里动身的人,往往看了夜戏才下船呢。”我道:“太晚了也不便当。”乙庚道:“太早了也无谓,总要吃了晚饭去。”我就请他算清了房饭钱,结过了帐,又到马路上逛逛,好容易又捱了这一天。到了晚上,动身下船,那时船上还在那里装货呢,人声嘈杂得很,一直到了十点钟时候,方才静了。我在房舱里没事,随意取过一本小说看看,不多一会,就睡着了。及至一觉醒来,耳边只听得一片波涛声音,开出房门看看,只见人声寂寂,只有些鼾呼的声音。我披上衣服,走上舱面一看,只见黑越越的看不见什么。远远望去,好像一片都是海面,看不见岸。舵楼上面,一个外国人在那里走来走去。天气甚冷,不觉打了一个寒噤,就退了下来。此时却睡不着了,又看了一回书,已经天亮了。我又带上房门,到舱面上去看看,只见天水相连,茫茫无际;喜得风平浪静,船也甚稳。从此天天都在舱面上,给那同船的人谈天,倒也不甚寂寞。内中那些人姓甚名谁,当时虽然一一请教过,却记不得许多了。只有一个姓邹的,他是个京官,请假出来的,我同他谈的天最多。他告诉我:这回出京,在张家湾打尖,看见一首题壁诗,内中有两句好的,是“三字官箴凭隔膜,八行京信便通神”。我便把这两句,写在日记簿上。又想起继之候补四宗人的话,越见得官场上面是一条危途,并且里面没有几个好人。不知我伯父当日为甚要走到官场上去,而且我叔叔在山东也是候补的河同知;幸得我父亲当日不走这条路,不然,只怕我也要入了这个迷呢。

闲话少提,却说轮船走了三天,已经到了,我便雇人挑了行李,一直回家。入得门时,只见我母亲同我的一位堂房婶娘,好好的坐在家里,没有一点病容,不觉心中大喜。只有我母亲见了我的面,倒顿时呆了,登时发怒。正是:天涯游子心方慰,坐上慈亲怒转加。要知我母亲为了甚事恼烦起来,且待下回再记。

# 第十八回 恣疯狂家庭现怪状 避险恶母子议离乡

我见母亲安然无恙,便上前拜见。我母亲吃惊怒道:“谁叫你回来的,你接到了我的信么?”我道:“只有吴家老太太带去的回信是收到的,并没有接到第二封信。”我母亲道:“这封信发了半个月了,怎么还没有收到?”我此时不及查问寄信及电报的事,拜见过母亲之后,又过来拜见婶娘;我那一位堂房姊姊也从房里出来,彼此相见。原来我这位婶娘,是我母亲的嫡堂妯娌,族中多少人,只有这位婶娘和我母亲最相得。我的这位叔父,在七八年前,早就身故了;这位姊姊就是婶娘的女儿,上前年出嫁的,去年那姊夫可也死了,母女两人,恰是一对寡妇。我母亲因为我出门去了,所以都接到家里来住,一则彼此都有个照应,二则也能解寂寞。表过不提。

当下我一一相见已毕,才问我母亲给我的是什么信。我母亲叹道:“这话也一言难尽。你老远的回来,也歇一歇再谈吧。”我道:“孩儿自从接了电报之后,心慌意乱……”这句话还没有往下说,我母亲大惊道:“你接了谁的电报?”我也吃惊道:“这电报不是母亲叫人打的么?”母亲道:“我何尝打过什么电报!那电报说些什么?”我道:“那电报说的是母亲病重了,叫孩儿赶快回来。”我母亲听了,对着我婶娘道:“婶婶,这可又是他们作怪的了。”婶娘道:“打电报叫他回来也罢了,怎么还咒人家病重呢!”母亲问我道:“你今天上岸回来的时候,在路上有遇见什么人没有?”我道:“没有遇见什么人。”母亲道:“那么你这两天先不要出去,等商量定了主意再讲。”

我此时满腹狐疑,不知究竟为了什么事,又不好十分追问,只得搭讪着检点一切行李,说些别后的话。我把到南京以后的情节,一一告知。我母亲听了,不觉淌下泪来道:“要不是吴继之,我的儿此刻不知流落到什么样子了!你此刻还打算回南京去么?”我道:“原打算要回去的。”我母亲道:“你这一回来,不定继之那里另外请了人,你不是白回去么?”我道:“这不见得。我来的时候,继之还再三叫我早点回去呢。”我母亲对我婶娘道:“不如我们同到南京去了,倒也干净。”婶娘道:“好是好的,然而侄少爷已经回来了,终久不能不露面,且把这些冤鬼打发开了再说吧。”我道:“到底家里出了什么事?好婶婶,告诉了我吧。”婶娘道:“没有什么事,只因上月落了几天雨,祠堂里被雷打了一个屋角,说是要修理。这里的族长,就是你的大叔公,倡议要众人分派,派到你名下要出一百两银子。你母亲不肯答应,说是族中人丁不少,修理这点点屋角,不过几十吊钱的事,怎么要派起我们一百两来?就是我们全承认了修理费,也用不了这些。从此之后,就天天闹个不休。还有许多小零碎的事,此刻一言也难尽述。后来你母亲没了法子想,只推说等你回来再讲。自从说出这句话去,就安静了好几天。你母亲就写了信去知照你,叫你且不要回来。谁知你又接了什么电报。想来这电报是他们打去,要骗你回来的,所以你母亲叫你这几天不要露面,等想定了对付他们的法子再讲。”我道:“本来我们族中人类不齐,我早知道的。母亲说都到了南京去,这也是避地之一法。且等我慢慢想个好主意,先要发付了他们。”我母亲道:“凭你怎么发付,我是不拿出钱去的。”我道:“这个自然。我们自己的钱,怎么肯胡乱给人家呢。”嘴里是这么说,我心里早就打定了主意。先开了箱子,取出那一百两银子,交给母亲。母亲道:“就只这点么?”我道:“是。”母亲道:“你先寄过五十两回来,那五千银子,就是五厘周息,也有二百五十两呀。”我听了这话,只得把伯父对我说王俎香借去三千的话,说了一遍。

我母亲默默无言。歇了一会,天色晚了,老妈子弄上晚饭来吃了。掌上灯,我母亲取出一本帐簿来道:“这是运灵柩回来的时候,你伯父给我的帐,你且看看,是些什么开销。”我拿过来一看,就是张鼎臣交出来的盘店那一本帐,内中一注一注列的很是清楚。到后来就是我伯父写的帐了:只见头一笔就付银二百两,底下注着代应酬用;以后是几笔不相干的零用帐;往下又是付银三百两,也注着代应酬用;像这么的帐,不下七八笔,付出了一千八百两。后来又有一笔是付找房价银一千五百两。我莫名其妙道:“什么找房价呢?”母亲道:“这个是你伯父说的,现在这一所房子是祖父遗下的东西,应该他们弟兄三个分住;此刻他及你叔叔都是出门的人,这房子分不着了,估起价来,可以值得二千多银子,他叫我将来估了价,把房价派了出来,这房子就算是我们的了,所以取去一千五百银子,他要了七百五,还有那七百五是寄给你叔叔的。”我道:“还有那些金子呢?”母亲道:“哪里有什么金子,我不知道。”只这一番问答,我心中犹如照了一面大镜子一般,前后的事,都了然明白,眼见得什么存庄生息的那五千银子,也有九分靠不住的了。家中的族人又是这样,不如依了母亲的话,搬到南京去吧。心中暗暗打定了主意。

忽听得外面有人打门,砰訇砰訇的打得很重。小丫头名叫春兰的,出去开了门,外面便走进一个人来。春兰翻身进来道:“二太爷来了!”我要出去,母亲道:“你且不要露面。”我道:“不要紧,丑媳妇总要见翁姑的。”说着出去了。母亲还要拦时,已经拦我不住。我走到外面,见是我的一位嫡堂伯父,号叫子英的,不知在哪里吃酒吃的满脸通红,反背着双手,躄躄着进来,向前走三步,往后退两步的,在那里蒙胧着一双眼睛。一见了我,便道:“你……你……你回来了么?几……几时到的?”我道:“方才到的。”子英道:“请你吃……”说时迟,那时快,他那三个字的一句话还不曾说了,忽然举起那反背的手来,拿着明晃晃的一把大刀,劈头便砍。我连忙一闪,春兰在旁边哇的一声,哭将起来。子英道:“你……别哭,先完了你!”说着提刀扑将过去,吓得春兰哭喊着飞跑去了。

我正要上前去劝时,不料他立脚不稳,訇的一响,跌倒在地,叮当一声,那把刀已经跌在二尺之外。我心中又好气,又好恼。只见他躺在地下,乱嚷起来道:“反了,反了!侄儿子打伯父了!”此时我母亲、婶娘、姊姊,都出来了。我母亲只气得面白唇青,一句话也没有。婶娘也是徬徨失措。我便上前去搀他起来,一面说道:“伯父有话好好的说,不要动怒。”我姊姊在旁道:“伯父起来吧,这地下冷呢。”子英道:“冷死了,少不了你们抵命!”一面说,一面起来。我道:“伯父到底为了什么事情动气?”子英道:“你不要管我,我今天输的很了,要见一个杀一个!”我道:“不过输了钱,何必这样动气呢?”子英道:

“哼！你知道我输了多少？”我道：“这个侄儿哪里知道。”子英忽地里直跳起来道：“你赔还我五两银子！”我道：“五两只怕不够了呢。”子英道：“我不管你够不够，你老子是发了财的人！你今天没有，就拚一个你死我活！”我连忙道：“有，有。”随手在身边取出一个小皮夹来一看，里面只剩了一元钱，七八个小角子，便一齐倾了出来道：“这个先送给伯父吧。”他伸手接了，拾起那刀子，一言不发，起来就走。我送他出去，顺便关门，他却回过头来道：“侄哥，我不过借来做本钱，明日赢了就还你。”说着去了。我关好了门，重复进内。我母亲道：“你给了他多少？”我道：“没有多少。”母亲道：“照你这样给起来，除非真是发了财；只怕发了财，也供应他们不起呢！”我道：“母亲放心，孩儿自有道理。”母亲道：“我的钱是不动的。”我道：“这个自然。”当下大家又把子英拿刀拚命的话，说笑了一番，各自归寝。

一夜无话。明日我检出了继之给我的信，走到继之家里，见了吴伯衡，交了信。伯衡看过道：“你要用多少呢？”我道：“请先借给我一百元。”伯衡依言，取了一百元交给我道：“不够时再来取吧。继之信上说，尽多尽少，随时要应付的呢。”我道：“是，是，到了不够时再来费心。”辞了伯衡回家，暗暗安放好了，就去寻那一位族长大叔公。此人是我的叔祖，号叫做借轩。我见了他，他先就说道：“好了，好了！你回来了！我正盼着你呢。上个月祠堂的房子出了毛病，大家说要各房派了银子好修理，谁知你母亲一毛不拔，耽搁到此刻还没有动工。”我道：“估过价没有？到底要多少银子才够呢？”借轩道：“价是没有估。此刻虽是多派些，修好了，余下来仍旧可以派还的。”我道：“何妨叫了泥水木匠来，估定了价，大家公派呢？不然，大家都是子孙，谁出多了，谁出少了，都不好。其实就是我一个人承认修了，在祖宗面上，原不要紧；不过在众兄弟面上，好像我一个人独占了面子，大家反为觉得不好看。老实说：有了钱，与其这样化的吃力不讨好，我倒不如拿来孝敬点给叔公了。”借轩拊掌道：“你这话一点也不错！你出了一回门，怎么就练得这么明白了？我说非你回来不行呢。尤云岫他还说你纯然是孩子气，他那双眼睛不知是怎么生的！”我道：“不然呢，还不想着回来；因为接了母亲的病信,才赶着来的。”借轩沉吟了半晌道:“其实呢,我也不应该骗你;但是你不回来,这祠堂总修不成功,祖宗也不安,就是你我做子孙的也不安呀,所以我设法叫你回来。我今天且给你说穿了,这电报是我打给你的,要想你早点回来料理这件事,只得撒个谎。那电报费,我倒出了五元七角呢。”我道:“费心得很!明日连电报费一齐送过来。”

说罢,辞了回家,我并不提起此事,只商量同到南京的话。母亲道:“我们此去,丢下你婶婶、姊姊怎么?”我道:“婶婶、姊姊左右没有牵挂,就一同去也好。”母亲道:“几千里路,谁高兴跟着你跑!知道你到外面去,将来混得怎么样呢?”婶娘道:“这倒不要紧,横竖我没有挂虑;只是我们小姐,虽然没了女婿,到底要算人家的人,有点不便就是了。”姊姊道:“不要紧。我明日回去问过婆婆,只要婆婆肯了,没有什么不便。我们去住他几年再回来,岂不是好?只是伯母这里的房子,不知托谁去照应?”我对母亲说道:“孩儿想我们在家乡是断断不能住的了,只有出门去的一个法子。并且我们今番出门,不是去三五年的话,是要打算长远的。这房子同那几亩田,不如拿来变了价,带了现银出去,觑便再图别的事业吧。”母亲道:“这也好。只是一时被他们知道了,又要来讹诈。”我道:“有孩儿在这里,不要怕他,包管风平浪静。”母亲道:“你不要只管说嘴,要小心点才好。”我道:“这个自然。只是这件事要办就办,在家万不能多耽搁日子的了。此刻没事,孩儿去寻尤云岫来,他做惯了这等中人的。”

说罢,去寻云岫,告明来意。云岫道:“近来大家都知你父亲剩下万把银子,这会为什么要变起产来?莫不是装穷么?”我道:“并不是装穷,是另外有个要紧用处。”云岫道:“到底有什么用处?”我想云岫不是个好人,不可对他说实话,且待我骗骗他,因说道:“因为家伯要补缺了,要来打点部费。”云岫道:“呀!真的么?补哪一个缺?”我道:“还是借补通州呢。”云岫道:“你老人家剩下的钱,都用完了么?”我道:“哪里就用完了,因为存在汇丰银行是存长年的,没有到日子,取不出来罢了。”云岫道:“你们那一片田,当日你老人家置的时候,也是我经手,只买得九百多银子,近来年岁不很好,只怕值不到那个价了呢。我明日给你回信吧。”我听说便辞了回家。入得门时,只见满座都挤满了人,不觉吓了一跳。正是:出门方欲图生计,入室何来座上宾?要知那些都是什么人,且待下回再记。

## 第十九回　具酒食博来满座欢声　变田产惹出一场恶气

及至定睛一看时，原来都不是外人，都是同族的一班叔兄弟侄，团坐在一起。我便上前一一相见。大众喧哗嘈杂，争着问上海、南京的风景，我只得有问即答，敷衍了好半天。我暗想今天众人齐集，不如趁这个时候，议定了捐款修祠的事。因对众人说道："我出门了一次，迢迢几千里，不容易回家；这回不多几天，又要动身去了。难得今日众位齐集，不嫌简慢，就请在这里用一顿饭，大家叙叙别情。有几位没有到的，索性也去请来，大家团叙一次，岂不是好？"众人一齐答应。我便打发人去把那没有到的都请了来。借轩、子英也都到了。众人纷纷的在那里谈天。

我悄悄的把借轩邀到书房里，让他坐下，说道："今日众位叔兄弟侄，难得齐集，我的意思，要烦叔公趁此议定了修祠堂的事，不知可好？"借轩绉着眉道："议是未尝不可以议得，但是怎么个议法呢？"我道："只要请叔公出个主意。"借轩道："怎么个主意呢？"我看他神情不对，连忙走到我自已卧房，取了二十元钱出来，轻轻的递给他道："做侄孙的虽说是出门一次，却不曾挣着甚钱回来，这一点点，不成敬意的，请叔公买杯酒吃。"借轩接在手里，颠了一颠，笑容可掬的说道："这个怎好生受你的？"我道："只可惜做侄孙的不曾发得财，不然，这点东西也不好意思拿出来呢。只求叔公今日就议定这件事，就感激不尽了！"借轩道："你的意思肯出多少呢？"我道："只凭叔公吩咐就是了。"

正说话时，只听得外面一迭连声的叫我。连忙同借轩出来看时，只见一个人拿了一封信，说是要回信的。我接来一看，原来是尤云岫送来的，信上说："方才打听过，那一片田，此刻时价只值得五百两。如果有意出脱，三两天里，就要成交；倘是迟了，恐怕不及……"云云。我便对来人说道："此刻我有事，来不及写回信，你只回去，说我明天当面来谈吧。”那送信的去了，我便有意把这封信给众人观看。内中有两个便问为什么事要变产起来。我道：“这话也一言难尽，等坐了席，慢慢再谈吧。”

顿时叫人调排桌椅，摆了八席，让众人坐下，暖上酒来，肥鱼大肉的都搬上来。借轩又问起我为甚事要变产，我就把骗尤云岫的话，照样说了一遍。众人听了，都眉飞色舞道：“果然补了缺，我们都要预备着去做官亲了。”我道：“这个自然。只要是补着了缺，大家也乐得出去走走。”内中一个道：“一个通州的缺，只怕容不下许多官亲。”一个道：“我们轮着班去，到了那里，经手一两件官司，发他一千、八百的财，就回来让第二个去，岂不是好！”又一个道：“说是这么说，到了那个时候，只叫先去的赚钱赚出滋味来了，不肯回来，又怎么呢？”又一个道：“不要紧。他不回来，我们到班的人到了，可以提他回来。”……满席上说的都是这些不相干的话，听得我暗暗好笑起来。借轩对我叹道：“我到此刻，方才知道人言难信呢。据尤云岫说：你老子身后剩下有一万多银子，被你自家伯父用了六七千；还有五六千，在你母亲手里。此刻据你说起来，你伯父要补缺，还要借你的产业做部费，可见得他的话是靠不住的了。”我听了这话，只笑了一笑，并不回答。

借轩又当着众人说道：“今日既然大家齐集，我们趁此把修祠堂的事议妥了吧。我前天叫了泥水木匠来估过，估定要五十吊钱，你们各位就今日各人认一分吧。至于我们族里，贫富不同，大家都称家之有无做事便了。”众人听了，也有几个赞成的。借轩就要了纸笔，要各人签名捐钱。先递给我。我接过来，在纸尾上写了名字，再问借轩道：“写多少呢？”借轩道：“这里有六十多人，只要捐五十吊钱，你随便写上多少就是了。难道有了这许多人，还捐不够么？”我听说，就写了五元。借轩道：“好了，好了！只这一下笔，就有十分之一了。你们大家写吧。”一面说话时，他自己也写上一元。以后挨次写去，不一会都写过了。拿来一算，还短着两元七角半。借轩道：“你们这个写的也太琐碎了，怎么闹出这零头来？”我道：“不要紧，待我认了就是。”随即照数添写在上面。众人又复畅饮起来，酣呼醉舞了好一会,方才散坐。借轩叫人到家去取了烟具来,在书房里开灯吃烟。众人陆续散去,只剩了借轩一个人。他便对我说道:“你知道众人今日的来意么?”我道:“不知道。”借轩道:“他们一个个都是约会了,要想个法子的。先就同我商量过,我也阻止他们不住。这会见你很客气的,请他们吃饭,只怕不好意思了。加之又听见你说要变产,你伯父将近补缺,当是又改了想头,要想去做官亲,所以不曾开口。一半也有了我在上头镇压住,不然,今日只怕要闹得个落花流水呢。”

正说话间,只见他所用的一个小厮,拿了个纸条儿递给他。他看了,叫小厮道:“你把烟家伙收了回去。”我道:“何不多坐一会呢?”借轩道:“我有事,去见一个朋友。”说着把那条子揣到怀里,起身去了。我送他出门,回到书房一看,只见那条子落在地下,顺手捡起来看看,原来正是尤云岫的手笔,叫他今日务必去一次,有事相商。看罢,便把字条团了,到上房去与母亲说知。据云岫说,我们那片田只值得五百两的话。母亲道:“哪里有这个话!我们买的时候!连中人费一切,也化到一千以外,此刻怎么只得个半价?若说是年岁不好,我们这几年的租米也不曾缺少一点。要是这个样子,我就不出门去了;就是出门,也可以托个人经营,我断不拿来贱卖的。”我道:“母亲只管放心,孩儿也不肯胡乱就把他卖掉了。”

当夜我左思右想,忽然想起一个主意。到了次日,一早起来,便去访吴伯衡,告知要卖田的话,又告知云岫说年岁不好,只值得五百两的话。伯衡道:“当日买来是多少钱呢?”我道:“买来时是差不多上千银子。”伯衡道:“何以差得到那许多呢?你还记得那图堡四至么?”我道:“这可有点糊涂了。”伯衡道:“你去查了来,待我给你查一查。”我答应了回来,检出契据,抄了下来,午饭后又拿去交给伯衡,方才回家。忽然云岫又打发人来请我。我暗想这件事已经托了伯衡,且不要去会他,等伯衡的回信来了再商量吧。因对来人说道:“我今日有点感冒,不便出去,明后天好了再来吧。”那来人便去了。

从这天起,我便不出门,只在家里同母亲、婶娘、姊姊,商量些到南京去的话,又谈谈家常。过了三天,云岫已经又叫人来请过两次。这一天我正想去访伯衡,恰好伯衡来了。寒暄已毕,伯衡便道:“府上的田，非但没有贬价，还在那里涨价呢。因为东西两至都是李家的地界，那李氏是个暴发家，他嫌府上的田把他的隔断了，打算要买了过去连成一片，这一向正打算要托人到府上商量……”正说到这里，忽然借轩也走了进来，我连忙对伯衡递个眼色，他便不说了。借轩道：“我听见说你病了，特地来望望你。”我道：“多谢叔公。我没有什么大病，不过有点感冒，避两天风罢了。”当下三人闲谈了一会。伯衡道：“我还有点事，少陪了。”我便送他出去，在门外约定，我就去访他，然后入内。

敷衍借轩走了，我就即刻去访伯衡，问这件事的底细。伯衡道：“这李氏是个暴发的人，他此刻想要买这田，其实大可以向他多要点价，他一定肯出的。况且府上的地，我已经查过，水源又好，出水的路又好，何至于贬价呢。还有一层：继之来信，叫我尽力招呼你，你到底为了什么事要变产，也要老实告诉我，倘是可以免得的就免了，要用钱，只管对我说；不要叫继之知道了，要怪我呢。”我道：“因为家母也要跟我出门去，放他在家里倒是个累，不如换了银子带走的便当。还有我那一所房屋，也打算要卖了呢。”伯衡道：“这又何必要卖呢。只要交给我代理，每年的租米，我拿来换了银子，给你汇去，还不好么？就是那房子，也可以租给人家，收点租钱。左右我要给继之经营房产，就多了这点，也不费什么事。”我想伯衡这话，也很有理，因对他说道：“这也很好，只是太费心了。且等我同家母商量定了，再来奉复吧。”说罢，辞了出来。因想去探尤云岫到底是什么意思，就走到云岫那里去。云岫一见了我便道：“好了么？我等你好几天了。你那片田，到底是卖不卖的？”我道：“自然是卖的，不过价钱太不对了。”云岫道：“随便什么东西，都有个时价；时价是这么样，哪里还能够多卖呢。”我道：“时价不对，我可以等到涨了价时再卖呢。”云岫道：“你伯父不等着要做部费用么？”我道：“那只好再到别处张罗，只要有了缺，京城里放官债的多得很呢。”云岫低头想了一想道：“其实卖给别人呢，并五百两也值不到；此刻是一个姓李的财主要买，他有的是钱，才肯出到这个价。我再去说说，许再添点，也省得你伯父再到别处张罗了。”我道：“我这片地，四至都记得很清楚。近来听说东西两至,都变了姓李的产业了,不知可是这一家?”云岫道:“正是。你怎么知道呢?”我道:“他要买我的,我非但照原价丝毫不减,并且非三倍原价我不肯卖呢。”云岫道:“这又是什么缘故?”我道:“他有的是钱,既然要把田地连成一片,就是多出几个钱也不为过。我的田又未少收过半粒租米,怎么乘人之急,希图贱买,这不是为富不仁么!”云岫听了,把脸涨的绯红。歇了一会,又道:“你不卖也罢。此刻不过这么谈谈,钱在他家里,田在你家里,谁也不能管谁的。但是此刻世界上,有了银子,就有面子。何况这位李公,现在已经捐了道衔,在家乡里也算是一位大乡绅。他的儿子已经捐了京官,明年是乡试,他此刻已经到京里去买关节,一旦中了举人,那还了得,只怕地方官也要让他三分!到了那时,怕他没有法子要你的田!”我听了,不觉冷笑道:“难道说中了举人,就好强买人家东西了么?”云岫也冷笑道:“他并不要强买你的,他只把南北两至也买了下来,那时四面都是他的地方,他只要设法断了你的水源,只怕连一文也不值呢。你若要同他打官司,他有的是银子、面子、功名,你抗得过他么?”我听了这话,不由的站起来道:“他果然有了这个本事,我就双手奉送与他,一文也不要!”

说着,就别了出来。一路上气忿忿的,却苦于无门可诉,因又走到伯衡处,告诉他一遍。伯衡笑道:“哪里有这等事!他不过想从中赚钱,拿这话来吓唬你罢了。那么我们继之呢,中了进士了,那不是要平白地去吃人了么?”我道:“我也明知没有这等事,但是可恨他还当我是个小孩子,拿这些话来吓唬我。我不念他是个父执,我还要打了他的嘴巴,再问他是说话还是放屁呢!”说到这里,我又猛然想起一件事来。正是:听来恶语方奇怒,念到奸谋又暗惊。要知想起的是什么事,且待下回再记。

## 第二十回　神出鬼没母子动身　冷嘲热谑世伯受窘

我忽然想起一件事来道:“他日这姓李的,果然照他说的这么办起来,虽然不怕他强横到底,但是不免一番口舌,岂不费事?”伯衡道:“岂有此理!哪里有了几个臭铜,就好在乡里上这么横行!”我道:“不然,姓李的或者本无此心,禁不得这班小人在旁边唆摆,难免他利令智昏呢。不如仍旧卖给他吧。”

伯衡沉吟了半晌道:“这么吧,你既然怕到这一着,此刻也用不着卖给他,且照原价卖给这里;也不必过户,将来你要用得着时,就可照原价赎回。好在继之同你是相好,没有办不到的。这个办法,不过是个名色,叫那姓李的知道已经是这里的产业,他便不敢十分横行。如果你愿意真卖了,他果然肯出价,我就代你卖了;多卖的钱,便给你汇去。你道好么?”我道:“这个主意很好。但是必要过了户才好,好叫他们知道是卖了,自然就安静些;不然,等他横行起来,再去理论,到底多一句说话。”伯衡道:“这也使得。”我道:“那么就连我那所房子,也这么办吧。”伯衡道:“不必吧,那房子又没有什么姓李不姓李的来谋你,留着收点房租吧。”我听了,也无可无不可。又谈了些别话,便辞了回家。

把上项事,一五一十的告诉了母亲。母亲道:“这样办法好极了!难得遇见这般好人。但是我想这房子,也要照田地一般办法才好,不然,我们要走了,房子说是要出租,我们族里的人,哪一个不争着来住。你要想收房租,只怕给他两个还换不转一个来呢。虽然吴伯衡答应照管,哪里照管得来!说起他,他就说我们是自家人住自家人的房子,用不着你来收什么房租。这么一撒赖,岂不叫照管的人为难么?我们走了,何苦要留下这个闲气给人家去淘呢。”我听了,觉得甚是有理。

到了次日,依然到伯衡处商量,承他也答应了,便问我道:“这房子原值多少呢?”我道:“去年家伯曾经估过价,说是值二千四五百银子;要问原值时,那是个祖屋,不可查考的了。”伯衡道:“这也容易,只要大家各请一个公正人估看就是了。”我道:“这又何必!这个明明是你推继之的情照应我的,我也不必张扬,去请甚公正人,只请你叫人去估看就是了。”伯衡答应了。到了下午,果然同了两个人来估看,说是照样新盖造起来,只要一千二百银子,地价约摸值到三百两,共是一千五百两。估完就先去了。伯衡便对我说道:“估的是这样,你的意思是怎样呢?”我道:“我是空空洞洞的,一无成见。既然估的是一千五百两,就照他立契就是了。我只有一个意见,是愈速愈好,我一日也等不得,哪一天有船,我就哪一天走了。”伯衡道:“这个容易。你可知道几时有船么?”我道:“听说后天有船。我们好在当面交易,用不着中保,此刻就可以立了契约,请你把那房价、地价,打了汇单给我吧。还有继之也要汇五千去呢,打在一起也不要紧。”伯衡答应了。我便取过纸笔,写了两张契约,交给伯衡。忽然春兰走来,说母亲叫我,我即进去,母亲同我如此这般的说了几句话,我便出来对伯衡说道:“还有舍下许多木器之类,不便带着出门,不知尊府可以寄放么?”伯衡道:“可以,可以。”我道:“我有了动身日子,即来知照。到了那天,请你带着人来,等我交割房子,并点交东西。若有人问时,只说我连东西一起卖了,方才妥当。”伯衡也答应了,又摇头道:“看不出贵族的人竟要这样防范,真是出人意外的了。”谈了一会,就去了。

下午时候,伯衡又亲自送来一张汇票,共是七千两,连继之那五千也在内了。又将五百两折成钞票,一齐交来道:“恐怕路上要零用,所以这五百两不打在汇票上了。”我暗想真是会替人打算。但是我在路上,也用不了那许多,因取出一百元,还他前日的借款。伯衡道:“何必这样忙呢,留着路上用,等到了南京,再还继之不迟。”我道:“这不行!我到那里还他,他又要推三阻四的不肯收,倒弄得无味,不如在这里先还了干净,左右我路上也用不了这些。”伯衡方才收了别去。

我就到外面去打听船期,恰好是在后天。我顺便先去关照了伯衡，然后回家，忙着连夜收拾行李。此时我姊姊已经到婆家去说明白了，肯叫她随我出门去，好不兴头！收拾了一天一夜，略略有点头绪。到了后天的下午，伯衡自己带了四个家人来，叫两个代我押送行李，两个点收东西。我先到祖祠里拜别，然后到借轩处交明了修祠的七元二角五分银元，告诉他我即刻就要动身了。借轩吃惊道："怎么就动身了！有什么要事么？"我道："因为有点事，要紧要走，今天带了母亲、婶婶、姊姊，一同动身。"借轩大惊道："怎么一起都走了！那房子呢？"我道："房子已经卖了。"借轩道："那田呢？"我道："也卖了。"借轩道："几时立的契约？怎么不拿来给我签个字？"我道："因为这都是祖父、父亲的私产，不是公产，所以不敢过来惊动。此刻我母亲要走了，我要去招呼，不能久耽搁了。"说罢，拜了一拜，别了出来。借轩现了满脸怅惘之色。我心中暗暗好笑，不知他怅惘些什么。

回到家时，交点明白了东西，别过伯衡，奉了母亲、婶娘、姊姊上轿，带了丫头春兰，一行五个人，径奔海边，用划子划到洋船上，天已不早了。洋船规例，船未开行是不开饭的，要吃时也可以到厨房里去买，当下我给了些钱，叫厨房的人开了晚饭吃过。伯衡又亲到船上来送行，拿出一封信，托带给继之，谈了一会去了。

忽然尤云岫慌慌张张的走来道："你今天怎么就动身了？"我道："因为有点要紧事，走得匆忙，未曾到世伯那里辞行，十分过意不去，此刻反劳了大驾，益发不安了。"云岫道："听说你的田已经卖了，可是真的么？"我道："是卖了。"云岫道："多少钱？卖给谁呢？"我有心要呕他气恼，因说道："只卖了六百两，是卖给吴家的。"云岫顿足道："此刻李家肯出一千了，你怎么轻易就把他卖掉？你说的是那一家吴家呢？"我道："就是吴继之家。前路一定要买，何妨去同吴家商量；前路既然肯出一千，他有了四百的赚头，怕他不卖么！"云岫道："吴继之是本省数一数二的富户，到了他手里，哪里还肯卖出来！"我有心再要呕他一呕，因说道："世伯不说过么，只要李家把那田的水源断了，那时一文不值，不怕他不卖！"只这一句话，气的云岫脸上，青一阵，红一阵，半句话也没有，只瞪着双眼看我。我又徐徐的说道："但只怕买了关节，中了举人，还敌不过继之的进士；除非再买关节，也去中个进士，才能敌个平手；要是点了翰林，那就得法了，那时地方官非但怕他三分，只怕还要怕到十足呢。”云岫一面听我说，一面气的目定口呆。歇了一会，才说道：“产业是你的，凭你卖给谁，也不干我事。只是我在李氏面前，夸了口，拍了胸，说一定买得到的；你想要不是你先来同我商量，我哪里敢说这个嘴？你就是有了别个受主，也应该问我一声，看我这里肯出多少，再卖也不迟呀。此刻害我做了个言不践行的人，我气的就是这一点。”我道：“世伯这话，可是先没有告诉过我，要是告诉过我，我就是少卖点钱，也要成全了世伯这个言能践行的美名。不是我夸句口，少卖点也不要紧，我是银钱上面看得很轻的，百把银子的事情，从来不曾十分追究。”云岫摇了半天的头道：“看不出来，你出门没有几时，就历练的这么麻利了！”我道：“我本来纯然是一个小孩子，那里够得上讲麻利呢，少上点当已经了不得了！”云岫听了，叹了一口气，把脚顿了一顿，立起来，在船上踱来踱去，一言不发；踱了两回，转到外面去了。我以为他到外面解手，谁知一等他不回来，再等他也不回来，竟是溜之乎也的去了。

我自从前几天受了他那无理取闹吓唬我的话，一向胸中没有好气，想着了就着恼，今夜被我一顿抢白，骂的他走了，心中好不畅快！便到房舱里，告知母亲、婶娘、姊姊，大家都笑着，代他没趣。姊姊道：“好兄弟！你今夜算是出了气了，但是细想起来，也是无谓得很。气虽然叫他受了，你从前上他的当，到底要不回来。”母亲道：“他既不仁，我就可以不义。你想他要乘人之急，要在我孤儿寡妇养命的产业上赚钱，这种人还不骂他几句么！”姊姊道：“伯娘，不是这等说。你看兄弟在家的时候，生得就同闺女一般，见个生人也要脸红的；此刻出去历练得有多少日子，就学得这么着了。他这个才是起头的一点点，已经这样了。将来学得好的，就是个精明强干的精明人；要是学坏了，可就是一个尖酸刻薄的刻薄鬼。那精明强干同尖酸刻薄，外面看着不差什么，骨子里面是截然两路的。方才兄弟对云岫那一番话，固然是快心之谈；然而细细想去，未免就近于刻薄了。一个人嘴里说话是最要紧的。我也曾读过几年书，近来做了未亡人，无可消遣，越发什么书都看看，心里比从前也明白多着。我并不是迷信那世俗折口福的话，但是精明的是正路，刻薄的是邪路，一个人何苦正路不走，走了邪路呢。伯娘，你教兄弟以后总要拿着这个主意，情愿他忠厚些，万万不可叫他流到刻薄一路去，叫万人切齿，到处结下冤家。这个于处世上面，很有关系的呢！”我母亲叫我道：“你听见了姊姊的话没有？”我道：“听见了。我心里正在这里又佩服又惭愧呢。”母亲道：“佩服就是了，又惭愧什么？”我道：“一则惭愧我是个男子，不及姊姊的见识；二则惭愧我方才不应该对云岫说那番话。”姊姊道：“这又不是了。云岫这东西，不给他两句，他当人家一辈子都是糊涂虫呢。只不过不应该这样旁敲侧击，应该要明亮亮的叫破了他。”我道：“我何尝不是这样想，只碍着他是个父执，想来想去，没法开口。”姊姊道：“是不是呢，这就是精明的没有到家之过；要是精明到家了，要说什么就说什么。”

正说话时，忽听得舱面人声嘈杂，带着起锚的声音，走出去一看，果然是要开行了。时候已经不早了，大家安排憩息。到了次日，已经出了洋海，喜得风平浪静，大家都还不晕船。左右没事，闲着便与姊姊谈天，总觉得她的见识比我高得多着，不觉心中暗喜，我这番同了姊姊出门，就同请了一位先生一般。这回到了南京，外面有继之，里面又有了这位姊姊，不怕我没有长进。我在家时，只知道她会做诗词小品，却原来有这等大学问，真是有眼不识泰山了。因此终日谈天，非但忘了离家，并且也忘了航海的辛苦。

谁知走到了第三天，忽然遇了大风，那船便颠播不定，船上的人，多半晕倒了。幸喜我还能支持，不时到舱面去打听什么时候好到，回来安慰众人。这风一日一夜不曾息，等到风息了，我再去探问时，说是快的今天晚上，迟便明天早起，就可以到了。于是这一夜大家安心睡觉。只因受了一日一夜的颠播，到了此时，困倦已极，便酣然浓睡。睡到天将亮时，平白地从梦中惊醒，只听得人声鼎沸，房门外面脚步乱响。正是：鼾然一觉邯郸梦，送到繁华境地来。要知为甚事人声鼎沸起来，且待下回再记。

## 第二十一回 作引线官场通赌棍 嗔直言巡抚报黄堂

当时平白无端,忽听得外面人声鼎沸,正不知为了何事,未免吃了一惊。连忙起来到外面一看,原来船已到了上海,泊了码头,一班挑夫、车夫,与及客栈里的接客伙友,都一哄上船,招揽生意,所以人声嘈杂。一时母亲、婶娘、姊姊都醒了,大家知道到了上海,自是喜欢,都忙着起来梳洗。我便收拾起零碎东西来。过了一会,天已大亮了,遇了谦益栈的伙计,我便招呼了,先把行李交给他,只剩了随身几件东西,留着还要用;他便招呼同伴的来,一一点交了带去。我等母亲、婶娘梳洗好了,方才上岸,叫了一辆马车往谦益栈里去,拣了两个房间,安排行李,暂时安歇。

因为在海船上受了几天的风浪,未免都有些困倦,直到晚上,方才写了一封信,打算明日发寄,先通知继之。拿到帐房,遇见了胡乙庚,我便把信交给他,托他等信局来收信时,交他带去。乙庚道:"这个容易。今晚长江船开,我有伙计去,就托他带了去吧。"又让到里间去坐,闲谈些路上风景,又问问在家耽搁几天。略略谈了几句,外面乱烘烘的人来人往,不知又是什么船到了,来了多少客人。乙庚有事出去招呼,我不便久坐,即辞了回房,对母亲说道:"孩儿已经写信给继之,托他先代我们找一处房子,等我们到了,好有得住。不然,到了南京要住客栈,继之一定不肯的,未免要住到他公馆里去。一则怕地方不够,二则年近岁逼的,将近过年了,搅扰着人家也不是事。"母亲道:"我们在这里住到什么时候?"我道:"稍住几天,等继之回了信来再说吧。在路上辛苦了几天,也乐得憩息憩息。"

婶娘道:"在家乡时,总听人家说上海地方热闹,今日在车上看看,果然街道甚宽,但不知可有什么热闹地方,可以去看看的?"我道:"侄儿虽然在这里经过三四次,却总没有到外头去逛过。这回喜得母亲、婶娘、姊姊都在这里,憩一天,我们同去逛逛。"婶娘道:"你姊姊不去也罢！她是个年轻的寡妇,出去抛头露面的作什么呢！”姊姊道:“我倒并不是一定要去逛,母亲说了这句话,我倒偏要去逛逛了。女子不可抛头露面这句话,我向来最不相信。须知这句话是为了不知自重的女子说的,并不是为正经女子说的。”婶娘道:“依你说,抛头露面的倒是正经女子?”姊姊道:“哪里话来！须知有一种不自重的女子,专欢喜涂脂抹粉,见了人,故意的扭扭捏捏,躲躲藏藏的,她却又不好好的认真躲藏,偏要拿眼梢去看人;便惹得那些轻薄男人,言三语四的,岂不从此多事?所以要切戒她抛头露面。若是正经的女子,见了人一样,不见人也是一样,举止大方,不轻言笑的,哪怕她在街上走路,又碍什么呢。”我母亲说道:“依你这么说,那古训的‘内言不出于阃,外言不入于阃’,也用不着的了?”姊姊笑道:“这句话,向来读书的人都解错,怪不得伯母。那内言不出,外言不入,并不是泛指一句说话,他说的是治家之道,政分内外:阃以内之政,女子主之;阃以外之政,男子主之。所以女子指挥家人做事,不过是阃以内之事;至于阃以外之事,就有男子主政,用不着女子说话了。这就叫‘内言不出于阃’。若要说是女子的说话,不许阃外听见,男子的说话,不许阃内听见,那就男女之间,永远没有交谈的时候了。试问把女子关在门内,永远不许他出门一步,这是内言不出,做得到的;若要外言不入,那就除非男子永远也不许他到内室,不然,到了内室,也硬要他装做哑子了。”一句话说的大家笑了。我道:“我小时候听蒙师讲的,却又是一样讲法:说是外面粗鄙之言,不传到里头去;里面猥亵之言,不传出外头来。”姊姊道:“这又是强作解人。这‘言’字所包甚广,照这所包甚广的言字,再依那个解法,是外言无不粗鄙,内言无不猥亵的了。”

我道:“‘七年男女不同席’,这总是古训。”姊姊道:“这是从形迹上行教化的意思,其实教化万不能从形迹上施行的。不信,你看周公制礼之后,自当风俗丕变了,何以《国风》又多是淫奔之诗呢?可见得这些礼仪节目,不过是教化上应用的家伙,他不是认真可以教化人的。要教化人,除非从心上教起;要从心上教起,除了读书明理之外,更无他法。古语还有一句说得岂有此理的,说什么‘女子无才便是德’，这句话，我最不佩服。或是古人这句话是有所为而言的，后人就奉了他做金科玉律，岂不是误尽了天下女子么？”我道：“何所为而言呢？”姊姊道：“大抵女子读了书，识了字，没有施展之处，所以拿着读书只当作格外之事。等到稍微识了几个字，便不肯再求长进的了。大不了的，能看得落两部弹词，就算是才女；甚至于连弹词也看不落，只知道看街上卖的那三五文一小本的淫词俚曲，闹得他满肚皮的佳人才子，赠帕遗金的故事，不定要从这个上头闹些笑话出来，所以才有‘女子无才便是德’的一句话。这句话，是指一人一事而言；若是后人不问来由，一律的奉以为法，岂不是因噎废食了么？”

我母亲笑道：“依你说，女子一定要有才的了？”姊姊道：“初读书的时候，便教她读了《女诫》《女孝经》之类，同她讲解明白了，自然她就明理；明了理，自然德性就有了基础；然后再读正经有用的书，哪里还有丧德的事干出来呢。兄弟也不是外人，我今天撒一句村话，像我们这种人，叫我们偷汉子去，我们可肯干么？”婶娘笑道：“呸！你今天发了疯了！怎么扯出这些话来？”姊姊道：“可不要这么说。倘使我们从小就看了那些淫词艳曲，也闹的一肚子佳人才子风流故事，此刻我们还不知干甚呢。这就是‘女子无才便是德’了。”婶娘笑的说不上话来，弯了腰，忍了一会，才说道：“这丫头今天越说越疯了！时候不早了，侄少爷，你请到你那屋里去睡吧，此刻应该外言不入于阃了。”说罢，大家又是一笑。

我辞了出来，回到房里。因为昨夜睡的多了，今夜只管睡不着。走到帐房里，打算要借一张报纸看看。只见胡乙庚和一个衣服褴褛的人说话，唧唧哝哝的，听不清楚。我不便开口，只在旁边坐下。一会儿，那个人去了，乙庚还送他一步，说道：“你一定要找他，只有后马路一带栈房，或者在那里。”那人径自去了。乙庚回身自言自语道：“早劝他不听，此刻后悔了，却是迟了。”我便和他借报纸，恰好被客人借了去，乙庚便叫茶房去找来。一面对我说道：“你说天下竟有这种荒唐人！带了四五千银子，说是到上海做生意，却先把那些钱输个干净，生意味也不曾尝着一点儿！”我道：“上海有那么大的赌场么？”乙庚道：“要说有赌场呢，上海的禁令严得很，算得一个赌场都没有；要说没有呢，却又到处都是赌场。这里上海专有一班人靠赌行骗的，或租了房子冒称公馆，或冒称什么洋货字号，排场阔得很，专门引诱那些过路行客或者年轻子弟。起初是吃酒、打茶围，慢慢的就小赌起来，从此由小而大，上了当的人，不到输干净不止的。”我道：“他们拿得准赢的么？”乙庚道：“用假骰子、假牌，哪里会不赢的。”

我道：“刚才这个人，想是贵友？”乙庚道：“在家乡时本来认得他，到了上海就住在我这里。那时候我栈里也住了一个赌棍，后来被我看破了，回了那赌棍，叫他搬到别处去。谁知我这敝友，已经同他结识了，上了赌瘾，就瞒了我，只说有了生意了，要搬出去，我也不知道他搬到哪里，后来就输到这个样子。此刻来查问我起先住在这里那赌棍搬到哪里去了，我哪里知道呢。并且这个赌棍神通大得很，他自称是个候选的郎中；笔底下很好，常时作两篇论送到报馆里去刊登，底下缀了他的名字，因此人家都知道他是个读书人。他却又官场消息极为灵通，每每报纸上还没有登出来的，他早先知道了。因此人家又疑他是官场中的红人。他同这班赌棍通了气，专代他们作引线。譬如他认得了你，他便请你吃茶吃酒，拉了两个赌棍来，同你相识；等到你们相识之后，他却避去了。后来那些人拉你入局，他也只装不知，始终他也不来入局，等你把钱都输光了，他却去按股分赃。你想就是找着他便怎样呢？”我道：“同赌的人可以去找他的，并且可以告他。”乙庚道：“那一班人都是行踪无定的，早就走散了，哪里告得来！并且他的姓名也没有一定的，今天叫‘张三’，明天就可以叫‘李四’，内中还有两个实缺的道、府，被参了下来，也混在里面闹这个顽意儿呢。若告到官司，他又有官面，其奈他何呢！”此时茶房已经取了报纸来，我便带到房里去看。

一宿无话。次日一早，我方才起来梳洗，忽听得隔壁房内一阵大吵，像是打架的声音，不知何事。我就走出来去看，只见两个老头子在那里吵嘴，一个是北京口音，一个是四川口音。那北京口音的攒着那四川口音的辫子，大喝道：“你且说，你是个什么东西，说了饶你！”一面说，一面提起手要打。那四川口音的说道：“我怕你了！我是个王八蛋，我是个王八蛋！”北京口音的道：“你应该还我钱么？”四川口音的道:“应该,应该!”北京口音的道:“你敢欠我丝毫么?”四川口音的道:“不敢欠,不敢欠!回来就送来。”北京口音的一撒手,那四川口音的就“溜之乎也”的去了。北京口音的冷笑道:“旁人恭维你是个名士,你想拿着名士来欺我!我看着你不过这么一件东西,叫你认得我。”当下我在房门外面看着,只见他那屋里罗列着许多书,也有包好的,也有未曾包好的,还有不曾装订好的,便知道是个贩书客人。顺脚踱了进去,要看有合用的书买两部;选了两部京版的书,问了价钱,便同他请教起来。说也奇怪,就同那作小说的话一般,叫做“无巧不成书”,这个人不是别人,却是我的一位姻伯,姓王,名显仁,表字伯述。说到这里,我却要先把这位王伯述的历史,先叙一番。

看官们听者:这位王伯述,本来是世代书香的人家。他自己出身是一个主事,补缺之后,升了员外郎,又升了郎中,放了山西大同府。为人十分精明强干。到任之后,最喜微服私行,去访问民间疾苦。生成一双大近视眼,然而带起眼镜来,打鸟枪的准头又极好。山西地方最多鹏,他私访时,便带了鸟枪去打鹏。有一回,为了公事晋省;公事毕后,未免又在省城微行起来。在那些茶坊酒肆之中,遇了一个人,大家谈起地方上的事,那个人便问他:“现在这位抚台的德政如何?”伯述便道:“他少年科第出身,在京里不过上了几个条陈,就闹红了,放了这个缺;其实是一个白面书生,干得了什么事!你看他一到任时,便铺张扬厉的,要办这个,办那个,几时见有一件事成了功呢!第一件说的是禁烟。这鸦片烟我也知道是要禁的,然而你看他拜折子也说禁烟,出告示也说禁烟,下札子也说禁烟,却始终不曾说出禁烟的办法来。总而言之,这种人坐言则有余,至于起行,他非但不足,简直的是不行!”说罢,就散了。哈哈!真事有凑巧,你道他遇见的是什么人?却恰好是本省抚台。这位抚台,果然是少年科第;果然是上条陈上红了的;果然是到了山西任上,便尽情张致,第一件说是禁烟,却自他到任之后,吃鸦片烟的人格外多些。这天忽然高兴,出来私行察访,遇了这王伯述,当面抢白了一顿,好生没趣!且慢,这句话近乎荒唐,他两个,一个是上司,一个是下属,虽不是常常见面,然而回起公事来,见面的时候也不少,难道彼此不认得的么?谁知王伯述是个大近视的人,除了眼镜,三尺之外,便仅辨颜色的了。官场的臭规矩,见了上司是不能戴眼镜的,所以伯述虽见过抚台,却是当面不认得。那抚台却认得他,故意试试他的,谁知试出了这一大段好议论,心中好生着恼!一心只想参了他的功名,却寻不出他的短处来,便要吹毛求疵,也无处可求。若是轻轻放过,却又咽不下这口恶气,就和他无事生出事来。正是:闲闲一席话,引入是非门。不知生出什么事,且待下回再记。

## 第二十二回 论狂士撩起忧国心 接电信再惊游子魄

原来那位山西抚台，自从探花及第之后，一帆风顺的，开坊外放，你想谁人不奉承他。并且向来有个才子之目，但得他说一声好，便以为荣耀无比的，谁还敢批评他。那天凭空受了伯述的一席话，他便引为生平莫大之辱。要参他功名，既是无隙可乘，又咽不下这口恶气，因此拜了一折，说他“人地不宜，难资表率”，请将他“开缺撤任，调省察看”。谁知这王伯述信息也很灵通，知道他将近要下手，便上了个公事，只说“因病自请开缺就医”。他那里正在办撤任的折子，这边禀请开缺的公事也到了，他倒也无可奈何，只得在附片上陈明。王伯述便交卸了大同府篆。这是他以前的历史，以后之事，我就不知道了。因为这一门姻亲隔得远，我向来未曾会过的，只有上辈出门的伯叔父辈会过。

当下彼此谈起，知是亲戚，自是欢喜。伯述又自己说自从开了缺之后，便改行贩书。从上海买了石印书贩到京里去，倒换些京版书出来，又换了石印的去，如此换上几回，居然可以赚个对本利呢。我又问起方才那四川口音的老头子。伯述道：“他么，他是一位大名士呢！叫做李玉轩，是江西的一个实缺知县，也同我一般的开了缺了。”我道：“他欠了姻伯书价么？”伯述道：“可不是么！这种狂奴，他敢在我跟前发狂，我是不饶他的。他狂的抚台也怕了他，不料今天遇了我。”我道：“怎么抚台也怕他呢？”伯述道：“说来话长。他在江西上藩台衙门，却带了鸦片烟具，在官厅上面开起灯来。被藩台知道了，就很不愿意，打发底下人去对他说：‘老爷要过瘾，请回去过了瘾再来，在官厅上吃烟不像样。’他听了这话，立刻站了起来，一直跑到花厅上去。此时藩台正会着几个当要差的候补道，商量公事。他也不问情由，便对着藩台大骂说：‘你是个什么东西，不准我吃烟！你可知我先师曾文正公的签押房，我也常常开灯。我眼睛里何曾见着你来！你的官厅，可能比我先师的签押房大？……’藩台不等说完，就大怒起来，喝道：‘这不是反了么！快撵他出去！’他听了一个‘撵’字，便把自己头上的大帽子摘了下来，对准藩台，照脸摔了过去，嘴里说道：‘你是个什么东西，你配撵我！我的官也不要了！’那顶帽子，不偏不倚的恰好打在藩台脸上。藩台喝叫拿下他来。当时底下人便围了过去，要拿他；他越发了狂，犹如疯狗一般，在那里乱叫。亏得旁边几个候补道把藩台劝住，才把他放走了。他回到衙门，也不等后任来交代，收拾了行李，即刻就动身走了。藩台当日即去见了抚台，商量要动详文参他。那抚台倒说：‘算了吧！这种狂士，本来不是做官的材料，你便委个人去接他的任吧。’藩台见抚台如此，只得隐忍住了。他到了上海来，做了几首歪诗登到报上，有两个人便恭维得他是什么姜白石、李青莲，所以他越发狂了。”我道：“想来诗总是好的？”伯述道：“也不知他好不好。我只记得他《咏自来水》的一联是‘灌向瓮中何必井，来从湖上不须舟’，这不是小孩子打的谜谜儿么。这个叫做姜白石、李青莲，只怕姜白石、李青莲在九泉之下，要痛哭流涕呢！”我道：“这两句诗果然不好，但是就做好了，也何必这样发狂呢？”伯述道：“这种人若是抉出他的心肝来，简直是一个无耻小人！他那一种发狂，就同那下婢贱妾，恃宠生骄的一般行径。凡是下婢贱妾，一旦得了宠，没有不撒娇撒痴的。起初的时候，因他撒娇痴，未尝不恼他。回头一想已经宠了他，只得容忍着点，并且叫人家听见，只道自己不能容物，因此一次两次的隐忍，就把他惯的无法无天的了。这一班狂奴，正是一类，偶然作了一两句歪诗，或起了个文稿，叫那些督抚贵人点了点头，他就得意的了不得，从此就故作偃蹇之态去骄人。照他那种行径，那督抚贵人何尝不恼他，只因为或者自己曾经赏识过他的，或者同僚中有人赏识过他的，一时同他认起真来，被人说是不能容物，所以才惯出这种东西来。依我说，把他绑了，赏他一千八百的皮鞭，看他还敢发狂！就如那李玉轩，他骂了藩台两句什么东西，那藩台没理会他，他就到处都拿这句话骂人了。他和我买书，想赖我的书价，又拿这句话骂我，被我发了怒，攒着他的辫子，还问他一句，他便自己甘心认了是个‘王八蛋’。你想这种人还有丝毫骨气么？孔子说的，‘唯女子与小人为难养也’，女子便是那下婢贱妾，小人正是指这班无耻狂徒呢。还有一班不长进的，并没有人赏识过他，也学着他去瞎狂，说什么‘贫贱骄人’。你想贫贱有什么高贵，却可以拿来骄人？他不怪自己贫贱是贪吃懒做弄出来的，还自命清高，反说富贵的是俗人。其实他是眼热那富贵人的钱，又没法去分他几个过来，所以做出这个样子。”我说：“他竟是想钱想疯了的呢！”说罢，呵呵大笑。

又叹了一口气道：“遍地都是这些东西，我们中国怎么了哪！这两天你看报来没有？小小的一个法兰西，又是主客异形的，尚且打他不过，这两天听说要和了。此刻外国人都是讲究实学的，我们中国却单讲究读书。读书原是好事，却被那一班人读了，便都读成了名士！不幸一旦被他得法做了官，他在衙门里公案上面还是饮酒赋诗，你想地方哪里会弄得好？国家哪里会强？国家不强，哪里对付那些强国？外国人久有一句说话，说中国将来一定不能自立，他们各国要来把中国瓜分了的。你想，被他们瓜分了之后，莫说是饮酒赋诗，只怕连屁他也不许你放一个呢！”我道：“何至于这么厉害呢？”伯述方要答话，只见春兰丫头过来，叫我吃饭。伯述便道：“你请吧，我们饭后再谈。”

我于是别了过来，告知母亲，说遇见伯述的话。我因为刚才听了伯述的话，很有道理，吃了饭就要去望他，谁知他锁了门出去了，只得仍旧回房去。只见我姊姊拿着一本书看，我走近看时，却画的是画，翻过书面一看，始知是《点石斋画报》，便问哪里来的？姊姊道：“刚才一个小孩子拿来卖的，还有两张报纸呢。”说罢，递了报纸给我。我便拿了报纸，到我自己的卧房里去看。忽然母亲又打发春兰来叫了我去，问道：“你昨日写继之的信，可曾写一封给你伯父？”我道：“没有写。”母亲道：“要是我们不大耽搁呢，就可以不必写了。如果有几天耽搁，也应该先写个信去通知。”我道：“孩儿写去给继之，不过托他找房子，三五天里面等他回信到了，我们再定。”母亲道：“既是这么着，也应该写信给你伯父，请伯父也代我们找找房子。单靠继之，人家有许多工夫么？”我答应了，便去写了一封信，给母亲看过，要待封口,姊姊道:“你且慢着。有一句要紧话你没有写上,须得要说明了,无论房子租着与否,要通知继之一声;不然,倘使两下都租着了,我们一起人去,怎么住两起房子呢?”我笑道:“到底姊姊精细。”遂附了这一笔,封好了,送到帐房里去。

恰好遇了伯述回来,我又同他到房里谈天。伯述在案头取过一本书来递给我道:“我送给你这个看看。看了这种书,得点实用,那就不至于要学那一种不知天高地厚的名士了。”我接过来谢了,看那书面是《富国策》,便道:“这想是新出的?”伯述道:“是日本人著的书,近年中国人译成汉文的。”又道:“此刻天下的大势,倘使不把读书人的路改正了,我就不敢说十年以后的事了。我常常听见人家说中国的官不好,我也曾经做过官来,我也不能说这句话不是。但是仔细想去,这个官是什么人做的呢?又没有个官种像世袭似的,那做官的代代做官,那不做官的代代不能做官,倘使是这样,就可以说那句话了。做官原是要读书人做的,那就先要埋怨读书人不好了。上半天说的那种狂士,不要说了。除此之外,还有一种人,这里上海有一句土话,叫什么‘书毒头’,就是此边说的‘书呆子’的意思。你想,好好的书,叫他们读了,便受了毒,变了‘呆子’,这将来还能办事么?”

我道:“早上姻伯说瓜分之后,连屁也不能放一个,这是什么道理?”伯述叹道:“现在的世界,不能死守着中国的古籍做榜样的了!你不过看了《廿四史》上,五胡大闹时,他们到了中国,都变成中国样子,归了中国教化。就是本朝,也不是中国人,然而入关三百年来,一律都归了中国教化了。甚至于此刻的旗人,有许多并不懂得满洲话的了,所以大家都想忘了。此刻外国人灭人的国,还是这样吗?此时还没有瓜分,他已经遍地的设立教堂,传起教来,他倒想先把他的教传遍了中国呢,那么瓜分以后的情形,你就可想了。我在山西的时候,认得一个外国人,这外国人姓李,是到山西传教去的,常到我衙门里来坐。我问了他许多外国事情,一时也说不了许多,我单说俄罗斯的一件故事给你听吧。俄罗斯灭了波兰,他在波兰行的政令,第一件不许波兰人说波兰话,还不许用波兰文字。”我道:“那么要说甚话,用甚文字呢?”伯述道:“要说他的俄罗斯话,用他的俄罗斯文字呢!”

我道:“不懂的便怎样呢?”伯述道:“不懂的,他押着打着要学。无论在什么地方,他听见了一句波兰话,他就拿了去办。”我道:“这是什么意思呢?”伯述道:“他怕的是这些人只管说着故国的话,便起了怀想故国之念,一旦要光复起来呢。第二件政令,是不准波兰人在路旁走路,一律要走马路当中。”我道:“这个意思更难解了。”伯述道:“我虽不是波兰人,说着也代波兰人可恨!他说波兰人都是贱种,个个都是做贼的,走了路旁,恐怕他偷了店铺的东西。”说到这里,把桌子一拍道:“你说可恨不可恨!”

我听了这话,不觉毛骨悚然。呆了半晌,问道:“我们中国不知可有这一天?倘是要有的,不知有甚方法可以挽回?”伯述道:“只要上下齐心协力的认真办起事来,节省了那些不相干的虚糜,认真办起海防、边防来就是了。我在京的时候,曾上过一个条陈给堂官。到山西之后,听那李教士说他外国的好处,无论那一门,都有专门学堂。我未曾到过外国,也不知他的说话,是否全靠得住。然而仔细想去,未必是假的;倘是假的,他为甚要造出这种谣言来呢。那时我又据了李教士的话,搀了自己的意思,上了一个条陈给本省巡抚,谁知他只当没事一般,提也不提起,我们干着急。那有权办事的,却只如此。自从丢了官之后,我自南自北的,走了不知几次,看着那些读书人,又只如此。我所以别的买卖不干,要贩书往来之故,也有个深意在内。因为市上的书贾,都是胸无点墨的,只知道什么书销场好,利钱深,却不知什么书是有用的,什么书是无用的。所以我立意贩书,是要选些有用之书去卖。谁知那买书的人,也同书贾一样,只有什么《多宝塔》《珍珠船》《大题文府》之类,是他晓得的;还有那石印能做夹带的,销场最厉害。至于《经世文编》《富国策》,以及一切舆图册籍之类,他非但不买,并且连书名也不晓得;等我说出来请他买时,他却莫名其妙,取出书来,送到他眼里,他也不晓得看。你说可叹不可叹!这一班混蛋东西,叫他侥幸通了籍,做了官,试问如何得了!”我道:“做官的未必都是那一班人,然而我在南京住了几时,官场上面的举动,也见了许多,竟有不堪言状的。”伯述道:“那捐班里面,更不必说了,他们哪里是做官,其实也在那里同我此刻一样的做生意,他那牟利之心,比做买卖的还厉害呢！你想做官的人,不是此类,便是彼类,天下事如何得了!"我道:"姻伯既抱了一片救世热心,何不还是出山去呢,将来望升官起来,势位大了,便有所凭借,可以设施了。"伯述笑道:"我已是上五十岁的人了,此刻我就去销病假,也要等坐补原缺。再混几年,上了六十岁,一个人就有了暮气了,如何还能办事。说中国要亡呢,一时只怕也还亡不去。我们年纪大的,已是末路的人,没用的了。所望你们英年的人,巴巴的学好,中国还有可望。总而言之:中国不是亡了,便是强起来;不强起来,便亡了;断不会有神没气的,就这样永远存在那里的。然而我们总是不及见的了。"正说话时,他有客来。我便辞了去。

从此没事时,就到伯述那里谈天,倒也增长了许多见识。过得两天,叫了马车,陪着母亲、婶娘、姊姊到申园去逛了一遍。此时天气寒冷,游人绝少。又到静安寺前看那涌泉,用石栏围住,刻着"天下第六泉"。我姊姊笑道:"这总是市井之夫做出来的,天下的泉水,叫他辱没尽了！这种混浊不堪的要算第六泉,那天下的清泉,屈他居第几呢?"逛了一遍,仍旧上车回栈。刚进栈门,胡乙庚便连忙招呼着,递给我一封电报。我接在手里一看是南京来的,不觉惊疑不定。正是:无端天外飞鸿到,传得家庭噩耗来。不知此电报究竟是谁打来的,且待下回再记。

## 第二十三回 老伯母遗言嘱兼祧 师兄弟挑灯谈换帖

当下拿了电报，回到房里，却没有《电报新编》，只得走出来，向胡乙庚借了来翻，原来是伯母没了，我伯父打来的，叫我即刻去。我母亲道："隔别了二十年的老妯娌了，满打算今番可以见着，谁知等我们到了此地，她却没了！"说着，不觉流下泪来。我道："本来孩儿动身的时候，伯母就病了。我去辞行，伯母还说恐怕要见不着了，谁知果然应了这句话。我们还是即刻动身呢，还是怎样呢？但是继之那里，又没见有回信。"婶娘道："即然有电报叫到你，总是有什么事要商量的，还是赶着走吧。"母亲也是这么说。我看了一看表，已经四下多钟了，此时天气又短，将近要断黑了，恐怕码头上不便当，遂议定了明天动身，出去知照乙庚。晚饭后，又去看伯述，告诉了他明天要走的话，谈了一会别去。

一宿无话。次日一早，伯述送来几份地图，几种书籍，说是送给我的。又补送我父亲的一份奠仪，我叩谢了，回了母亲。大家收拾行李。到了下午，先发了行李出去，然后众人下船，直到半夜时，船才开行。一路无话。到了南京，只得就近先上了客栈，安顿好众人，我便骑了马，加上几鞭，走到伯父公馆里去，见过伯父，拜过了伯母。伯父便道："你母亲也来了？"我答道："是。"伯父道："病好了？"我只顺口答道："好了。"又问道："不知伯母是几时过的？"伯父道："明天就是头七了。躺了下来，我还有个电报打到家里去的，谁知你倒到了上海了。第二天就接了你的信，所以再打电叫你。此刻耽搁在哪里？快接了你母亲来，我有话同你母子商量。"我道："还有婶婶、姊姊，也都来了。"伯父愕然道："是哪个婶婶、姊姊？"我道："是三房的婶婶。"伯父道："他们来做什么？"我道："因为姊姊也守了寡了，是侄儿的意思，接了出来，一则他母女两个在家没有可靠的，二则也请来给我母亲做伴。"伯父道："好没有知识的！在外头作客，好容易么？拉拉扯扯的带了一大堆子人来,我看你将来怎么得了!我满意你母亲到了,可以住在我这里;此刻七拉八扯的,我这里怎么住得下!”我道:“侄儿也有信托继之代租房子,不知租定了没有。”伯父道:“继之那里住得下么?”我道:“并非要住到继之那里,不过托他代租房子。”伯父道:“你先去接了母亲来,我和她商量事情。”

我答应了出来,仍旧骑了马,到继之处去。继之不在家,我便进去见了他的老太太和他的夫人。她两位知道我母亲和婶婶、姊姊都到了,不胜之喜。老太太道:“你接了继之的信没有?他给你找着房子了。起先他找的一处,地方本来很好,是个公馆排场,只是离我这里太远了,我不愿意。难得他知我的意思,索性就在贴隔壁找出一处来。那里本来是人家住着的,不知他怎么和人家商量,贴了几个搬费,叫人家搬了去,我便硬同你们做主,在书房的天井里,开了一个便门通过去,我们就变成一家了。你说好不好?此刻还收拾着呢,我同你去看来。”说罢,扶了丫头便走。继之夫人也是欢喜的了不得,说道:“从此我们家热闹起来了!从前两年我婆婆不肯出来,害得大家都冷清清的,过那没趣的日子,幸得婆婆来了热闹些。不料你老太太又来了,还有婶老太太、姑太太,这回只怕乐得我要发胖了!”一面说,一面跟了他同走。老太太道:“阿弥陀佛!能够你发了胖,我的老命情愿短几年了。你瘦的也太可怜!”继之夫人道:“这么说,媳妇一辈子也不敢胖了!除非我胖了,婆婆看着乐,多长几十年寿,那我就胖起来。”老太太道:“我长命!我长命!你胖给我看!”

一面说着,到了书房,外面果然开了一个便门。大家走过去看,原来一排的三间正屋,两面厢房,西面另有一大间是厨房。老太太便道:“我已经代你们分派定了:你老太太住了东面一间;那西面一间把他打通了厢房,做个套间,你婶太太、姑太太,可以将就住得了;你就屈驾住了东面厢房;当中是个堂屋,我们常要来打吵的;你要会客呢,到我们那边去。要谨慎的,索性把大门关了,走我们那边出进更好。”我便道:“伯母布置得好,多谢费心!我此刻还要出城接家母去。”老太太道:“是呀。房子虽然没有收拾好,我们那边也可以暂时住住,不嫌委屈,我们就同榻也睡两夜了,没有住在客栈的道理,叫人家看见笑话，倒像是南京没有一个朋友似的。”我道：“等两天房子弄好了再来吧，此刻是接家母到家伯那里去，有话商量的。”老太太道：“是呀。你令伯母听说没了，不知是什么病，怪可怜的。那么你去吧。”我辞了要行，老太太又叫住道：“你慢着。你接了你老太太来时，难道还送出城去？倘使不去时，又丢你婶太太和姑太太在客栈里，人生路不熟的，又是女流，如何使得！我做了你的主，一起接了来吧。”说罢，叫丫头出去叫了两个家人来，叫他先雇两乘小轿来，叫两个老妈子坐了去，又叫那家人雇了马，跟我出城。我只得依了。

到了客栈，对母亲说知，便收拾起来。我亲自骑了马，跟着轿子，交代两个家人押行李，一时到了，大家行礼厮见。我便要请母亲到伯父家去。老太太道：“你这孩子好没意思！你母亲老远的来了，也不曾好好的歇一歇，你就死活要拉到那边去！须知到得那边去，见了灵柩，触动了妯娌之情，未免伤心要哭，这是一层；第二层呢，我这里婆媳两个，寂寞的要死了，好容易来了个远客，你就不容我谈谈，就来抢了去么？”我便问母亲怎样。母亲道：“既然这里老太太欢喜留下，你就自己去吧。只说我路上辛苦病了，有话对你说，也是一样的。我明天再过去吧。”

我便径到伯父那里去，只说母亲病了。伯父道：“病了，须不曾死了！我这里死了人，要请来商量一句话也不来，好大的架子！你老子死的时候，为什么又巴巴的打电报叫我，还带着你运柩回去？此刻我有了事了，你们就摆架子了！”一席话说的我不敢答应。歇了一歇，伯父又道：“你伯母临终的时候，说过要叫你兼祧，我不过要告诉你母亲一声，尽了我的道理，难道还怕她不肯么。你兼祧了过来，将来我身后的东西都是你的；就算我再娶填房生了儿子，你也是个长子了；我将来得了世职，也是你袭的。你赶着去告诉了你母亲，明日来回我的话。”我听一句，答应一句，始终没说话。

等说完了，就退了出来，回到继之公馆里去，只对母亲略略说了兼祧的话，其余一字不提。姊姊笑道：“恭喜你！又多一分家当了。”老太太道：“这是你们家事，你们到了晚上慢慢的细谈。我已经打发人赶出城去叫继之了。今日是我的东，给你们一家接风。我说过从此之后，不许回避，便是你和继之，今日也要围着在一起吃。我才给你老太太说过，你肯做我的干儿子，我也叫继之拜你老太太做干娘。”我道：“我拜老太太做干娘是好的，只是家母不敢当。”母亲笑道：“他小孩子家也懂得这句话，可见我方才不是瞎客气了。”我道：“老太太疼我就同疼我大哥一般，岂但是干儿子，我看亲儿子也不过如此呢。”当时大家说说笑笑，十分热闹。

不一分，已是上灯时候，继之赶回来了，逐一见礼。老太太先拉着我姊姊的手，指着我道：“这是他的姊姊，便是你的妹妹，快来见了。以后不要回避，我才快活。不然，住在一家，闹的躲躲藏藏的呕死人！”继之笑着，见过礼道：“孩儿说一句斗胆的话：母亲这么欢喜，何不把这位妹妹拜在膝下做个干女儿呢？况且我又没个亲姊姊、亲妹妹。”老太太听说，欢喜的搂着我姊姊道：“姑太太，你肯么？”姊姊道：“老太太既然这么欢喜，怎么又这等叫起女儿来呢？我从没有听见叫女儿做姑太太的。”老太太道：“是，是，这怪我不是。我的小姐，你不要动气，我老糊涂了。”一面又叫摆上酒席来。继之夫人便去安排杯箸，姊姊抢着也帮动手。老太太道：“你们都不许动。一个是初来的远客；一个是身子弱得怕人，今日早起还嚷肚子痛，都歇着吧，等丫头们去弄。”一会摆好了，老太太便邀入席。席间又谈起干儿子干娘的事，无非说说笑笑。

饭罢，我和继之同到书房里去。只见我的铺盖，已经开好了。小丫头送出继之的烟袋来，继之叫住道：“你去对太太说，预备出几样东西来，做明日我拜干娘，太太拜干婆婆的礼。”丫头答应着去了。我道：“大哥认真还要做么？”继之道：“我们何尝要干这个，这都是女人小孩子的事。不过老人家欢喜，我们也应该凑个趣，哄得老人家快活快活，古人‘斑衣戏彩’尚且要做，何况这个呢。论起情义来，何在多此一拜；倘使没了情义的，便亲的便怎么。”这一句话触动了我日间之事，便把两次到我伯父那里的话，一一告诉了继之。继之道：“后来那番话，你对老伯母说了么？”我道：“没有说。”继之道：“以后不说也罢，免得一家人存了意见。这兼祧的话，我看你只管糊里糊涂答应了就是。不过开吊和出殡两天，要你应个景儿，没有什么道理。”我不觉叹道:“这才是彼以伪来,此以伪应呢!”继之道:“这不叫做伪,这是权宜之计。倘使你一定不答应,一时闹起来,又是个笑话。我料定你令伯的意思,不过是为的开吊、出殡两件事,要有个孝子好看点罢了。”又叹道:“我旁观冷眼看去,你们骨肉之间,实在难说!”我道:“可不是吗!我看着有许多朋友讲交情的,拜个把子,比自己亲人好的多着呢。”

继之道:“你说起拜把子,我说个笑话给你听:半个月前,那时候恰好你回去了,这里盐巡道的衙门外面,有一个卖帖子的,席地而坐。面前铺了一大张出卖帖子的诉词,上写着:从某年某月起,识了这么个朋友;那时大家在困难之中,那个朋友要做生意,他怎么为难,借给他本钱,谁知亏折尽了。那朋友又要出门去谋事,缺了盘费,他又怎么为难,借给他盘费,才得动身。因此两个换了帖,说了许多‘贫贱相为命,富贵毋相忘’的话。那朋友一去几年,绝迹不回来,又没有个钱寄回家,他又怎么为难,代他养家……像这么乱七八糟的写了一大套,我也记不了那许多了。后头写的是:那朋友此刻阔了,做了道台,补了实缺了;他穷在家乡,依然如故。屡次写信和那朋友借几个钱,非但不借,连信也不回,因此凑了盘费,来到南京衙门里去拜见。谁知去了七八十次,一次也见不着,可见那朋友嫌他贫穷,不认他是换帖的了。他存了这帖也无用,因此情愿把那帖子拿出来卖几文钱回去。你们有钱的人,尽可买了去,认一位道台是换帖。既是有钱的人,那道台自然也肯认是个换帖朋友云云。末后摊着一张帖子,上面写的姓名、籍贯、生年月日、祖宗三代。你道是谁?就是那一位现任的盐巡道!你道拜把子的靠得住么?”我道:“后来便怎么样了?”继之道:“卖了两天,就不见了。大约那位观察知道了,打发了几个钱,叫他走了。”

我道:“亏他这个法子想得好!”继之道:“他这个有所本的。上海招商局有一个总办,是广东人。他有一个兄弟,很不长进,吃酒,赌钱,吃鸦片烟,嫖,无所不为。屡屡去和他哥哥要钱,又不是要的少,一要就是几百元。要了过来,就不见了他了,在外面糊里糊涂的化完了,却又来了。如此也不知几十次了,他哥哥恨的没法。一天他又来要钱，他哥哥恨极了，给了他一吊铜钱。他却并不嫌少，拿了就走。他拿了去，买上一个炉子，几斤炭，再买几斤山芋，天天早起，跑到金利源栈房门口摆个摊子，卖起煨山芋来。”我道：“想是他改邪归正了？”继之道：“什么改邪归正！那金利源是招商局的栈房，栈房的人，哪个不认得他是总办的兄弟；见他蓬头垢面那副形状，哪个不是指前指后的，传扬出去，连那推车扛抬的小工都知道了，来来往往，必定对他看看。他哥哥知道了，气的暴跳如雷，叫了他去骂。他反说道：‘我从前嫖赌，你说我不好也罢了；我此刻安分守己的做小生意，又怪我不好，叫我怎样才好呢？’气得他哥哥回答不上来。好容易请了同乡出来调停，许了他多少银，要他立了永不再到上海的结据，才把他打发回广东去。你道奇怪不奇怪呢？”我道：“这两件事虽然有点相像，然而负心之人不同。”继之道：“本来善抄蓝本的人，不过套个调罢了。”我道：“朋友之间，是富贵的负心；骨肉之间，倒是贫穷的无赖；这个只怕是个通例了。”继之道：“倒也差不多。只是近来很有拿交情当儿戏的，我曾见两个换帖的，都是膏粱子弟，有一天闹翻了脸，这个便找出那份帖子来，嗤的撕破了，拿个火烧了，说：你不配同我换帖……”说到这里，母亲打发春兰出来叫我，我就辞了继之走进去。正是：莲花方灿舌，蘧室又传呼。不知进去又有何事，且待下回再记。

## 第二十四回　臧获私逃酿出三条性命　翰林伸手装成八面威风

当下我到里面去,只见已经另外腾出一间大空房,支了四个床铺,被褥都已开好。老太太和继之夫人,都不在里面,只有我们的一家人。问起来,方知老太太酒多了,已经睡了。继之夫人有点不好过,我姊姊强她去睡了。

当下母亲便问我今天见了伯父,他说什么来。我道:"没说什么,不过就说是叫我兼祧,将来他的家当便是我的;纵使他将来生了儿子,我也是个长子。这兼祧的话,伯母病的时候先就同我说过,那时候我还当她是病中心急的话呢。"姊姊道:"只怕不止这两句话呢。"我道:"委实没有别的话。"姊姊道:"你不要瞒,你今日回来的时候,脸上颜色,我早看出来了。"母亲道:"你不要为了那金子银子去淘气,那个有我和他算帐。"我道:"这个孩儿怎敢! 其实母亲也不必去算他,有的自然伯父会还我们,没有的,算也是白算。只要孩儿好好的学出本事来,哪里希罕这几个钱!"姊姊道:"你的志气自然是好的,然而老人家一生勤俭积攒下来的,也不可拿来糟蹋了。"我笑道:"姊姊向来说话我都是最佩服的,今日这句话,我可要大胆驳一句了。这钱不错是我父亲一生勤俭积下来的,然而兄弟积了钱给哥哥用了,还是在家里一般,并不是叫外人用了,这又怕什么呢。"母亲道:"你便这么大量,我可不行!"我道:"这又何苦! 算起帐来,未免总要伤了和气,我看这事暂时且不必提起。倒是兼祧这件事,母亲看怎样?"母亲便和姊姊商量。姊姊道:"这个只得答应了他。只是继之这里又有事,必得要商量一个两便之法方好。"母亲对我说道:"你听见了,明日你商量去。"我答应了,便退了出来,继之还在那里看书呢。我便道:"大哥怎么还不去睡?"继之道:"早呢。只怕你路上辛苦,要早点睡了。"我道:"在船上没事只是睡,睡的太多了,此刻倒也不倦。"两个人又谈了些家乡的事,方才安歇。

一宿无话。次日,我便到伯父那里去,告知已同母亲说过,就依伯父的办法就是了。只是继之那里书启的事丢不下,怕不能天天在这里。伯父道:“你可以不必天天在这里,不过空了的时候来看看;到了开吊出殡那两天,你来招呼就是了。”因为今天是头七,我便到灵前行过了礼,推说有事,就走了回来,去看看匠人收拾房子。进去见了母亲,告知一切。母亲正在那里料理,要到伯父那里去呢。我问道:“婶婶、姊姊都去么?”姊姊道:“这位伯娘,我们又不曾见过面的,她一辈子不回家乡,我去她灵前叩了头,她做鬼也不知有我这个侄女,倒把她闹糊涂了呢,去做什么!至于伯父呢,也未必记得着这个弟妇、侄女,不消说,更不用去了。”一时我母亲动身,出来上轿去了。我便约了姊姊去看收拾房子,又同到书房里看看。姊姊道:“进去吧,回来有客来。”我道:“继之到关上去了,没有客;就是有客,也在外面客堂里,这里不来的。我有话和姊姊说呢。”姊姊坐下,我便把昨日两次见伯父说的话,告诉了她。姊姊道:“我就早知道的,幸而没有去做讨厌人。伯娘要去,我娘也说要去呢,被我止住了。不然,都去了,还说我母子没处投奔,到他那里去讨饭吃呢。”说着,便进去了。将近吃饭的时候,母亲回来了。

我等吃过饭,便骑了马到关上去拜望各同事,彼此叙了些别后的话。傍晚时候,仍旧赶了入城。过得一天,那边房子收拾好了,我便置备了些木器,搬了过去。老太太还忙着张罗送蜡烛鞭炮,虽不十分热闹,却也大家乐了一天。下半天继之回来了,我便把那汇票交给他,连我那二千,也叫他存到庄上去。

晚上仍在书房谈天。我想起一事,因问道:“昨日家母到家伯那边去回来,说着一件奇事:家伯那边本有两个姨娘,却都不见了。家母问得一声,家伯便回说不必提了。这两个姨娘我都见过来,不知到底怎么个情节?”继之道:“这件事我本来不知道,却是郦士图告诉我的。令伯那位姨娘,本来就是秦淮河的人物,和一个底下人干了些暧昧的事,只怕也不是一天的事了。那天忽然约定了要逃走,她便叫那底下人雇一只船在江边等着,却把衣服、首饰、箱笼偷着交给那底下人,叫他运到船上去。等到了晚上,自己便偷跑了出来。到得江边,谁知人也没了,船也没了,不必说,是那底下人撇了他,把东西拐走了。到了此时,她却又回去不得,没了主意,便跳到水里去死了。你令伯直到第二日天亮,才知道丢了人,查点东西,却也失了不少,连忙着人四处找寻。到了下午,那救生局招人认尸的招帖,已经贴遍了城厢内外,令伯叫人去看看,果然是那位姨娘。既然认了,又不能不要,只得买了一口薄棺,把她殓了。令伯母的病,本来已渐有起色,出了这件事,她一气一个死,说这些当小老婆的,没有一个好货。那时不是还有一个姨娘么?那姨娘听了这话,便回嘴说:'别人干了坏事,偷了东西,太太犯不着连我也骂在里面!'这里头不知又闹了个怎么样的天翻地覆,那姨娘便吃生鸦片烟死了。夫妻两个,又大闹起来。令伯又偏偏找了两件偷不尽的首饰,给那姨娘陪装了去。令伯母知道了,硬要开棺取回,令伯急急的叫人抬了出去。夫妻两个,整整的闹了三四天,令伯母便倒了下来。这回的死,竟是气死的!"我听了心中暗暗惭愧,自己家中出了这种丑事,叫人家拿着当新闻去传说,岂不是个笑话!因此默默无言。

继之便用别话岔开,又谈起那换帖的事。我便追问下去,要问那烧了帖子之后便怎样。继之道:"这一个被他烧了帖子,也连忙赶回去,要拿他那一份帖子也来烧了。谁知找了半天,只找不着,早就不知哪里去了。你道这可没了法了吧,谁知他却异想天开,另外弄一张纸烧了,却又拿纸包起,叫人送去还他。"我笑道:"法子倒也想得好。只是和人家换了帖,却把人家的帖子丢了,就可见得不是诚心相好的了。"继之道:"丢了算什么!你还不看见那些新翰林呢,出京之后,到一处打一处把势,就到一处换一处帖,他要存起来,等到'衣锦还乡'的时候,还要另外雇人抬帖子呢。"我道:"难道随处丢了?"继之道:"岂敢!我也不懂那些人骗不怕的,得那些新翰林同他点了点头,说了句话,便以为荣幸的了不得;求着他一副对子,一把扇子,那就视同拱璧,也不管他的字好歹。这个风气,广东人最厉害。那班洋行买办,他们向来都是羡慕外国人的,无论什么,都说是外国人好,甚至于外国人放个屁也是香的;说起中国来,是没有一样好的,甚至连孔夫子也是个迂儒。他也懂得八股不是枪炮,不能仗着他强国的,却不知怎么,见了这班新翰林,又那样崇敬起来,转弯托人去认识他,送钱把他用,请他吃,请他喝,设法同他换帖,不过为的是求他写两个字。”我道:“求他写字,何必要换帖呢?”继之道:“换了帖,他写起上下款来,便是如兄如弟的称呼,好夸耀于人呢。最奇怪的:这班买办平日都是一钱如命的,有什么穷亲戚、穷朋友投靠了他,承他的情,荐在本行做做西崽,赚得几块钱一个月,临了在他帐房里吃顿饭,他还要按月算饭钱呢;到见了那班新翰林,他就一百二百的滥送。有一位广东翰林,叫做吴日升,路过上海时,住了几个月,他走了之后,打扫的人在他床底下扫出来两大箩帖子。后来一个姓蔡的,也在上海住了几时,临走的时候,多少把兄把弟都送他到船上。他却把一个箱子扔到黄浦江里去,对众人说:‘这箱子里都是诸君的帖,我带了回去没处放,不如扔了的干净。’弄得那一班把兄把弟,一齐扫兴而去。然而过得三年,新翰林又出产了,又到上海来了,他们把前事却又忘了。你道奇怪不奇怪!”

我道:“原来点了翰林可以打一个大把势,无怪那些人下死劲的去用功了。可惜我不是广东人,我若是广东人,我一定用功去点个翰林,打个把势。”继之笑道:“不是广东人何尝不能打把势。还有一种靠着翰林,周游各省去打把势的呢。我还告诉你一个笑话:有一个广东姓梁的翰林,那时还是何小宋做闽浙总督,姓梁的是何小宋的晚辈亲戚,他仗着这个靠山,就跑到福州去打把势。他是制台的亲戚,自然大家都送钱给他了。有一位福建粮道姓谢,便送了他十两银子。谁知他老先生嫌少了,当时虽受了下来,他却换了一个封筒的签子,写了‘代茶’两个字,旁边注上一行小字,写的是:‘翰林院编修梁某,借粮道库内赢余代赏。’叫人送给粮道衙门门房。门房接着了,不敢隐瞒,便拿上去回了那位谢观察。那位谢观察笑了一笑,收了回来,便传伺候,即刻去见制台,把这封套银子请制台看了,还请制台的示,应该送多少。何小宋大怒,即刻把他叫了来一顿大骂,逼着他亲到粮道衙门请罪;又逼着他把满城文武所送的礼都一一退了,不许留下一份,不然,你单退了粮道的,别人的不退,是什么意思。他受了一场没趣,整整的哭了一夜。明日只得到粮道那边去谢罪,又把所收的礼,一一的都退了,悄悄的走了。你说可笑不可笑!"我道:"这件事自然是有的,然而内中恐怕有不实不尽之处。"继之道:"怎么不实不尽?"我道:"他整整的哭了一夜,是他一个人的事,有谁见来?这不是和那作小说的一般,故意装点出来的么?"继之道:"那时候他就住在总督衙门里,他哭的时候,还有两个师爷在旁边劝着他呢,不然人家怎么会知道。你原来疑心这个。"

我道:"这个人就太没有骨气了!退了礼,不过少用几两银子罢了,便是谢罪一层,也是他自取其辱,何必哭呢?"继之道:"你说他没有骨气么?他可曾经上折子参过李中堂,谁知非但参不动他,自己倒把一个翰林干掉了。折子上去,皇上怒了,说他末学新进,妄议大臣,交部议处。部议得降五级调用。"我道:"编修降了五级,是个什么东西?"继之道:"哪里还有什么东西!这明明是部里拿他开心罢了。"我屈着指头算道:"降级是降正不降从的,降一级便是八品,两级九品,三级未入流,四级就是个平民。还有一级呢?哦!有了!平民之下,还有娼、优、隶、卒四种人,也算他四级。他那第五级刚刚降到娼上,是个婊子了。"继之道:"没有男婊子的。"我道:"那么就是个王八。"继之道:"你说他王八,他却自以为荣耀得很呢,把这'降五级调用'的字样做了衔牌,竖在门口呢。"我道:"这有什么趣呸?"继之道:"有什么趣味呢,不过故作偃蹇,闹他那狂士派头罢了。其实他又不是真能狂的。他得了处分回家乡去,那些亲戚朋友有来慰问他的,他便哭了,说这件事不是他的本意,李中堂那种阔佬,巴结他也来不及,哪里敢参他。只因住在广州会馆,那会馆里住着有狐仙,长班不曾知照他,他无意中把狐仙得罪了,那狐仙便迷惘了他,不知怎样干出来的。"我道:"这个人倒善哭。"

我因为继之说起"狂士"两个字,想起王伯述的一番话,遂逐一告诉了他。继之道:"他是你的令亲么?我虽不认得他,却也知道这个人,料不到倒是一位有心人呢。"我道:"大哥怎么知道他呢?"继之道:"他前年在上海打过一回官司,很奇怪的,是我一个朋友经手审问,所以知道详细。又因为他太健讼了,所以把这件案当新闻记着。后来那朋友到了南京,我们谈天就谈起来。我的朋友姓窦,那时上海县姓陆。你那位令亲有三千两的款子,存在庄上,也不是存的,是在京里汇出来,已经照过票,不过暂时没有拿去。谁知这一家钱庄恰在这一两天内倒闭了,于是各债户都告起来,他自然也告了。他告时,却把一个知府藏起来,只当一个平民。上海县断了个七成还帐。大家都具了结领了,他也具结领了。人家领去了没事;他领了去,却到松江府上控,告的是上海县意存偏袒。府里自然仍发到县里来再问。这回上海县不曾亲审,就是我那朋友姓窦的审的。官问他:'你为甚告上海县意存偏袒?怎么叫做偏袒?'他道:'子程子曰:"不偏之谓中。"可见得不中之谓偏了。'问:'何以见得不中?'他道:'若要中时,便当杀人偿命,欠债还钱。我交给他三千银子,为什么只断他还我二千一呢?'问道:'你既然不服,为甚又具结领去?'他道:'我本来不愿领,因为我所有的就是这一笔银子,我若不领出来,客店里、饭店里欠下的钱没得还,不还他们就要打我,只得先领了来开发他们。'问道:'你既领了,为甚又上控?'他道:'断得不公,自然上控。'官只得问被告怎样。被告加了个八成。官再问他。他道:'就是加一成也好,我也领的;只是领了之后,怨不得我再上控。'官倒闹得没法,判了个交差理楚,卒之被他收了个十足。差人要向他讨点好处,他倒满口应承,却伸手拉了差人,要去当官面给,吓得那差人缩手不迭。后来打听了,才知道他是个开缺的大同府,从前就在上海公堂上,开过顽笑的。"正是:不怕狼官兼虎吏,却来谈笑会官司。不知王伯述从前又在上海公堂上开过什么顽笑,且待下回再记。

## 第二十五回　引书义破除迷信　较资财衅起家庭

我听说王伯述以前曾在上海公堂上闹过一回顽笑，便急急的追问。继之道："他放了大同府时，往山西到任，路过上海，住在客栈里。一天邻近地方失火，他便忙着搬东西，匆忙之间，和一个栈里的伙计拌起嘴来，那伙计拉了他一把辫子。后来火熄了，客栈并没有波累着。他便顶了那知府的官衔，到会审公堂去告那伙计。问官见是极细微的事，便判那伙计罚洋两元充公。他听了这种判法，便在身边掏出两块钱，放在公案上道：'大老爷是朝廷命官，我也是朝廷命官，请大老爷下来，也叫他拉一拉辫子，我代他出了罚款。'那问官出其不意的被他这么一顶，倒没了主意，反问他要怎么办。他道：'这一座法堂，权不自我操，怎么问起我来！'问官没了法，便把那伙计送县，叫上海县去办。却写一封信知照上海县，说明原告的出身来历，又是怎么个刁钻古怪。上海县得了信，便到客栈去拜访他，问他要怎样办法。他道：'我并非要十分难为他，不过看见新衙门判得太轻描淡写了，有意和他作难。谁知他是个脓包，这一点他就担不起了。随便怎样办一办就是了。'上海县回去，就打了那伙计一百小板，又把他架到客栈门口，示了几天众，这才罢了。他是你令亲，怎样这些事都不知道？"我道："从前我并不出门，这门姻亲远得很，不常通信，不是先君从前说过，我还不知道呢。这个人在公堂上又能掉文，又能取笑，真是从容不迫。"继之道："掉文一层，还许是早先想好了主意的。这马上拿出两块钱来，叫他也下来受辱，这个倒是亏他的急智。"我又把他在山西的一段故事，告诉了继之。

此时夜色已深，安排歇息。过了几天，伯父那边定了开吊出殡的日子，又租定了殡房，赶着年内办事。又请了母亲去照应里面事情。到了日子，我便去招呼了两天。继之这边，又要写多少的拜年信，家里又忙着要过年，因此忙了些时。到了新年上，方才空点，继之老太太又起了忙头，要请春酒；请了不算，还叫继之夫人又做东请了一回，又要叫继之再请。我母亲、婶娘，也分着请过。

老太太又提起干娘、干儿子的事情，说去年白说了这句话，因为事情忙，没有办到，此刻大家空了，要择日办起来了。于是办这件事又忙了两天，已是过了元宵，我便到关上去。此时家中人多了，热闹起来，不必十分照应，我便在关上盘桓几天。

一天晚上，有两个同事，约着扶乩。这天继之进城去了，我便约了述农，看他们鬼混。只见他们香火灯烛的供起来，在那里叩头膜拜。拜罢，又在那里书符念咒。鬼混已毕，便一人一面的用指头扶起那乩。憩了半天，乩动起来，却只在乩盘内画大圈子，闹了半夜，不曾写出一个字来。我便拉了述农回房，议论这件事。我道："这都是虚无缥缈的事，哪里有什么神仙鬼怪！我却向来不信这些。还有一说，最可笑的，说什么'信则有，不信则无'。照这样说起来，那鬼神的有无，是凭人去作主的了。譬如你是信的，我是不信的，我两个同在这屋里，这屋里还是有鬼神呢，还是没鬼神呢？"述农道："这个我看将来必有一个绝世聪明的人，去考求出来的。这件事我是不敢断定，因为我看见了几件希奇古怪的事。那年我在福建，几个同事也欢喜顽这个，差不多天天晚上弄。请了仙来，却是作诗唱和的，从来不谈祸福。"我道："这个我也会。不信，我到外面扶起来，我只要自己作了往上写，我还成了个仙呢。"述农道："这倒不尽然。那回扶乩的两个人，一个是做买卖出身，只懂得三一三十一的打算盘，哪里会作诗；一个是秀才，却是八股朋友，作起八韵诗来，连平仄都闹不明白的。"我道："那么他哪里能进学？"述农道："他到了考场时，是请人枪替做的，他却情愿代人家作八股去换。你想这么个人，哪里能作古、近体诗呢。并且作出来很有些好句子，内中也有不通的，他们都抄起来，订成本子。我看见有两首很好，也抄了下来。"我道："抄的是什么诗，可否给我看看？"述农道："抄的是《帘钩》诗，我只誊在一张纸上，不知道可还找得出来。"说罢，取过护书，找了一遍没有；又开了书橱，另取出一本护书来，却检着了，交给我看。只见题目是"帘钩"二字，那诗是：

银蒜双垂碧户中，樱桃花下约帘栊。楼东乙字初三月，亭北丁当廿四风。翡翠倒含春水绿，珊瑚返挂夕阳红。双双燕子惊飞处，鹦鹉无言倚玉笼。

绿杨深处最关情，十二红楼界碧城。似我勾留原有约，嫦人消息久无声。带三分暖收丁字，隔一重纱放午晴。却是太真含笑人，钗光鬓影可怜生。

丫叉扶上碧楼阑，押住炉烟玳瑁斑。四面有声珠落索，一拳无力玉弯环。攀来桃竹招红袖，罥去杨花上翠环。记得昨宵踏歌处，有人连臂唱刀钚。

曲璚犹记楚人词，落日偏宜子美诗。一样书空摹蚕尾，三分月影却蛾眉。玲珑腕弱娇无力，宛转绳轻风不知。玉凤半垂钗半堕，簪花人去未移时。

我看了便道："这几首诗好像在哪里见过的。"述农道："奇怪！人人见了都说是好像见过的，就是我当时见了，也是好像见过的，却只说不出在哪里见过。有人说在什么专集上，有人说在《随园诗话》上。我想《随园诗话》是人人都看见过的，不过看了就忘了罢了。这几首诗也许是在那上头，然而谁有这些闲工夫，为了他再去把《随园诗话》念一遍呢。"我一面听说，一面取过一张纸来，把这四首诗抄了，放在衣袋里。述农也把原稿收好。

我道："像这种当个顽意儿，不必问他真的假的，倒也无伤大雅。至于那一种妄谈祸福的，就要不得。"述农道："那谈祸福的还好，还有一种开药方代人治病的，才荒唐呢！前年我在上海赋闲时，就亲眼看见一回坏事的。一个什么洋行的买办，他的一位小姐得了个干血痨的毛病，总医不好。女眷们信了神佛，便到一家什么'报恩堂'去扶乩，求仙方。外头传说得那报恩堂的乩坛，不知有多少灵验；及至求出来，却写着'大红柿子，日食三枚，其病自愈'云云。女眷们信了，就照方给她吃；吃了三天之后，果然好了。"我道："奇了！怎么真是吃得好的呢？"述农道："气也没了，血也冷了，身子也硬了，永远不要再受痨病的苦了，岂不是好了么！然而也有灵的很奇怪的。我有一个朋友叫倪子枚，是行医的。他家里设了个吕仙的乩坛。有一天我去看子枚,他不在家,只有他的兄弟子翼在那里。我要等子枚说话,便在那里和子翼谈天。忽然来了一个乡下人,要请子枚看病,说是他的弟媳妇肚子痛的要死。可奈子枚不在家。子翼便道:'不如同你扶乩,求个仙方吧。'那乡下人没法,只得依了。子翼便扶起来,写的是:'病虽危,莫着急;生化汤,加料吃',便对那乡下人道:'说加料吃,你就撮两服吧。那生化汤是药店里懂得的。'乡下人去了,我便问这扶乩灵么?子翼道:'其实这个东西并不是自己会动,原是人去动他的,然而往往灵验得非常,大约是因人而灵的。我看见他那个慌张样子,说弟妇肚痛得要死,我看女人肚子痛得那么厉害,或者是作痛要生小孩子,也未可知,所以给他开了个生化汤。'我听了,正在心中暗暗怪他荒唐。恰好子枚回来,见炉上有香,便道:'扶乩来着么?'子翼道:'方才张老五来请你看病,说他的弟妇肚痛得要死,你又不在家,我便同他扶乩,写了两服生化汤。'子翼大惊道:'怎么开起生化汤来?'子翼道:'女人家肚痛得那么厉害,怕不是生产,这正是对症发药呢。'子枚跌足道:'该死,该死!他兄弟张老六出门四五年了,你叫他弟妇拿什么去生产!'子翼呆了一呆道:'也许他是血痛,生化汤未尝不对。'子枚道:'近来外面闹绞肠痧闹得厉害呢,你倒是给他点痧药也罢了。'说过这话,我们便谈我们的事,谈完了,我刚起来要走,只见方才那乡下人怒气冲天,满头大汗的跑了来,一屁股坐下,便在那里喘气。我心中暗想不好了,一定闯了祸了,且听他说什么。只见他喘定了,才说道:'真真气煞人!今天那贱人忽然嚷起肚子痛来,嚷了个神嚎鬼哭,我见她这样辛苦,便来请先生;偏偏先生不在家,二先生和我扶了乩,开了个什么生化汤来。我忙着去撮了两服,赶到家去,一气一个死,原来他的肚子痛不是病,赶我到了家时,他的私孩子已经下地了!'这才大家称奇道怪起来。照这一件事看起来,又怎么说他全是没有的呢。"我心里本来是全然不信的,被述农这一说,倒闹得半疑半信起来。

当下夜色已深,各各安歇。次日继之出来。我便进城去。回到家时,却不见了我母亲,问起方知是到伯父家去了。我吃惊便问:"怎么想着去的?"婶娘道:"也不知她怎么想着去的,忽然一声说要去,马上就叫打轿子。”我听了好不放心,便要赶去。姊姊道:“你不要去!好得伯娘只知你在关上,你不去也断不怪你。这回去,不定是算帐,大家总没有好气,你此刻赶了去,不免两个人都要拿你出气。”我问:“几时去的?”姊姊道:“才去了一会。等一等,再不来时,我代你请伯娘回来。”我只得答应了,到继之这边上房去走了一遍。

此时干娘,大嫂子,干儿子,叔叔的,叫得分外亲热。坐了一会,回到自己家去,把那四首诗给姊姊看。姊姊看了,便问:“哪里来的?这倒像闺阁诗。”我道:“不要亵渎了他,这是神仙作的呢。”姊姊又问:“端的哪里来的?”我就把扶乩的话说了一遍。姊姊又把那诗看了再看,道:“这是神仙作的,也说不定。”我道:“姊姊真是奇人说奇话,怎么看得出来呢?”姊姊道:“这并不奇。你看这四首诗,炼字炼句及那对仗,看着虽像是小品,然而非真正作手作不出来。但是讲究咏物诗,不重在描摹,却重在寄托。是一位诗人,他作了四首之多,内中必有几联写他的寄托的,他这个却是绝无寄托,或者仙人万虑皆空,所以用不着寄托。所以我说是仙人作的,也说不定。”

我不觉叹了一口气。姊姊道:“好端端的为什么叹气?”我道:“我叹妇人女子,任凭怎么聪明才干,总离不了‘信鬼神’三个字。天下哪里有许多神仙!”姊姊笑道:“你说我信鬼神,可见你是不信的了。我问你一句:你为什么不信?”我道:“这是没有的东西,我所以不信。”姊姊道:“怎见得没有?也要还一个没有的凭据出来。”我道:“只我不曾看见过,我便知道一定是没有的。”姊姊道:“你这个又是中了宋儒之毒,什么‘六合之外,存而勿论’,凡自己眼睛看不见的,都说是没有的。天上有个玉皇大帝,你是不曾看见过的,你说没有;北京有个皇帝,你也没有见过,你也说是没有的么?”我道:“这么说,姊姊是说有的了?”姊姊道:“惟其我有了那没有的凭据,才敢考你。”我连忙问:“凭据在哪里?”姊姊道:“我问你一句书,‘先王以神道设教’,怎么解?”我想了一想道:“先王也信他,我们可以不必谈了。”姊姊道:“是不是呢,这样粗心的人还读书么!这句书重在一个‘设’字,本来没有的,比方出来,就叫做设。犹如我此刻没有死,要比方我死了,行起文来,便是‘设我死’或是‘我设死’,人家见了,就明知我没有死了。所以神道本来是没有的,先王因为那些愚民有时非王法所能及,并且王法只能治其身,不能治其心,所以先王设出一个神道来,教化愚民。我每想到这里就觉得好笑,古人不过闲闲的撒了一个谎,天下后世多少聪明绝顶之人,一齐都叫他瞒住了,你说可笑不可笑呢。我再问你这个'如'字怎么解?"我道:"如,似也,就是俗话的'像'字,如何不会解。"姊姊道:"'祭如在,祭神如神在'这两句,你解解看。"我想了一想,笑道:"又像在,又像神在,可见得都不在,这也是没有的凭据了。"姊姊道:"既然没有,为什么孔子还祭呢?两个'祭'字,为什么不解?"我道:"这就是神道设教的意思了,难道还不懂么。"姊姊道:"又错了!两个'祭'字是两个讲法:上一个'祭'字是祭祖宗,是追远的意思;鬼神可以没有,祖宗不可没有,虽然死了一样是没有的,但念我身之所自来,不敢或忘,祖宗虽没了,然而孝子慈孙,追远起来,便如在其上,如在其左右。下一个'祭'字是祭神,那才是神道设教的意思呢。"我不禁点头道:"我也不敢多说了,明日我送一份门生帖子来拜先生吧。"姊姊道:"什么先生门生!我这个又是谁教的,还不是自己体会出来。大凡读书,总要体会出古人的意思,方不负了古人作书的一番苦心。"

讲到这里,姊姊忽然看了看表,道:"到时候了,叫他们打轿子吧。"我惊问甚事。姊姊道:"我直对你说吧:伯娘是到那边算帐去的,我死活劝不住,因约了到了这个时候不回来我便去,倘使有甚争执,也好解劝解劝。谈谈不觉过了时候了,此刻不知怎样闹呢。"我道:"还是我去吧。"姊姊道:"使不得!你去白讨气受。伯娘也说过,你回来了,也不叫你去。"说罢,匆匆打轿去了。正是:要凭三寸莲花舌,去劝争多论寡人。不知此去如何,且待下回再记。

## 第二十六回　干嫂子色笑代承欢　老捕役潜身拿臬使

当下我姊姊匆匆的上轿去了。忽报关上有人到，我迎出去看时，原来是帐房里的同事多子明。到客堂里坐下。子明道："今日送一笔款到庄上去，还要算结去年的帐；天气不早了，恐怕多耽搁了，来不及出城，所以我先来知照一声，倘来不及出城，便到这里寄宿。"我道："谨当扫榻恭候。"子明道："何以忽然这么客气？"大家笑了一笑。子明便先到庄上去了。

等了一会，母亲和姊姊回来了。只见母亲面带怒容。我正要上前相问，姊姊对我使了个眼色，我便不开口。只见母亲一言不发的坐着，又没有说话好去劝解。想了一会，仍退到继之这边，进了上房，对继之夫人道："家母到家伯那边去了一次回来，好像发了气，我又不敢劝，求大嫂子代我去劝劝如何？"继之夫人听说，立起来道："好端端的发什么气呢？"说着就走。忽然又站着道："没头没脑的怎么劝法呀！"低了头一会儿，再走到里间，请了老太太同去。我道："怎么惊动了干娘？"继之夫人忙对我看了一眼，我不解其意，只得跟着走。继之夫人道："你到书房去憩憩吧！"我就到书房里看了一回书。憩了好一会，听得房外有脚步声音，便问："哪个？"外面答道："是我。"这是春兰的声音。我便叫她进来，问作什么。春兰道："吴老太太叫把晚饭开到我们那边去吃。"我问："此刻老太太做什么？"春兰道："打牌呢。"我便走过去看看，只见四个人围着打牌，姊姊在旁观局；母亲脸上的怒气，已是没有了。

姊姊见了我，便走到母亲房里去，我也跟了进来。姊姊道："干娘、大嫂子，是你请了来的么？"我道："姊姊怎么知道？"姊姊道："不然哪里有这么巧？并且大嫂子向来是庄重的，今天走进来，便大说大笑，又倒在伯娘怀里，撒娇撒痴的要打牌。这会又说不过去吃饭了，要搬过来一起吃，还说今天这牌要打到天亮呢。"我道："这可来不得！何况大嫂子身体又不好。”姊姊道：“说说罢了，这么冷的天气，谁高兴闹一夜！”我道：“姊姊到那边去，到底看见闹的怎么样？”姊姊道：“我也不知道。我到那里，已经闹完了。一个在那里哭，一个在那里吓眉唬眼的。我劝住了哭，便拉着回来。临走时，伯父说了一句话道：‘总而言之：我不曾提挈侄儿子升官发财，是我的错处。’”我道：“这个奇了，哪里闹出这么一句蛮话来？”姊姊道：“我哪里得知。我教你，你只不要向伯娘问起这件事，只等我便中探讨出来告诉你，也是一样的。”说话之间，外面的牌已收了，点上灯，开上饭，大家围坐吃饭。继之夫人仍是说说笑笑的。吃过了饭，大家散坐。

忽见一个老妈子，抱了一个南瓜进来。原来是继之那边用的人，过了新年，便请假回去了几天，此刻回来，从乡下带了几个南瓜来送与主人，也送我这边一个。母亲便道：“生受你的，多谢了！但是大正月里，怎么就有了这个？”继之夫人道：“这还是去年藏到此刻的呢。见了他，倒想起一个笑话来：有一个乡下姑娘，嫁到城里去，生了个儿子，已经七八岁了。一天，那乡下姑娘带了儿子，回娘家去住了几天。及至回到夫家，有人问那孩子：‘你到外婆家去，吃些什么？’孩子道：‘外婆家好得很，吃菜当饭的。’你道什么叫‘吃菜当饭’？原来乡下人苦得很，种出稻子都卖了，自己只吃些杂粮。这回几天，正在那里吃南瓜，那孩子便闹了个吃菜当饭。”说的众人笑了。她又道：“还有一个城里姑娘，嫁到乡下去，也生下一个儿子，四五岁了。一天，男人们在田里抬了一个南瓜回来。那南瓜有多大，我也比他不出来。婆婆便叫媳妇煮了吃。那媳妇本来是个城里姑娘，从来不曾煮过；但婆婆叫煮，又不能不煮，把一个整瓜，也不削皮，也不切开，就那么煮了。婆婆看见了也没法，只得大家围着那大瓜来吃。”说到这里，众人已经笑了。她又道：“还没有说完呢。吃了一会，忽然那四五岁的孩子不见了，婆婆便吃了一惊，说：‘好好同在这里吃瓜的，怎么就丢了？’满屋子一找，都没有。那婆婆便提着名儿叫起来。忽听得瓜的里面答应着：‘奶奶呀，我在这里磕瓜子呢。’原来他把瓜吃了一个窟窿，扒到瓜瓤里面去了。”说的众人一齐大笑起来。

老太太道：“媳妇今天为甚这等快活起来？引得我们大家也笑

笑。我见你向来都是沉默寡言的，难得今天这样，你只常常如此便好。”继之夫人道：“这个只可偶一为之，代老人家解个闷儿。若常常如此，不怕失了规矩么？”老太太道：“哦！原来你为了这个。你须知我最恨的是规矩。一家人只要大节目上不错就是了，余下来便要大家说说笑笑，才是天伦之乐呢。处处立起规矩来，拘束得父子不成父子，婆媳不成婆媳，明明是自己一家人，却闹得同极生的生客一般，还有什么乐处？你公公在时，也是这个脾气。继之小的时候，他从来不肯抱一抱，问他时，他说《礼经》上说的：‘君子抱孙不抱子。’我便驳他：‘莫说是几千年前古人说的话，就是当今皇帝降的圣旨，他说了这句话，我也要驳他。他这个明明是教人父子生疏，照这样办起来，不要把父子的天性都汩灭了么？’这样说了，他才抱了两回。等得继之长到了十二三岁，他却又摆起老子的架子来了，见了他总是正颜厉色的。我同他本来在那里说着笑着的，儿子来了，他登时就正其衣冠，尊其瞻视起来。同儿子站起话来，总是呼来喝去的，见一回教训一回。儿子见了他，就和一根木头似的，挺着腰站着，除了一个‘是’字，没有回他老子的话。你想这种规矩怎么能受？后来也被我劝得他改了，一般的和儿子说说笑笑。”我道：“这个脾气，亏干娘有本事劝得过来。”老太太道：“他的理没有我长，他就不得不改。他每每说为人子者，要色笑承欢。我只问他：‘你见了儿子，便摆出那副阎王老子的面目来，他见了你，就同见了鬼一般，如何敢笑？他偶然笑了，你反骂他没规矩，那倒变了“色笑逢怒”了，哪里是“承欢”呢？古人“斑衣戏彩”，你想四个字当中，就着了一个“戏”字；倘照你的规矩，虽斑衣而不能戏，那只好穿了斑衣，直挺挺的站着，一动也不许动，那不成了庙里的菩萨了么？’”说的众人都笑了。

老太太又道：“男子们只要在那大庭广众之中，不要越了规矩就是了。回到家来，仍然是这般，怎么叫做‘父子有恩’呢？那父子的天性，不要叫这臭规矩磨灭尽了么？何况我们女子，婆媳、妯娌、姑嫂团在一处，第一件要紧的是和气，其次就要大家取乐了。有了大事，当了生客，难道也叫你们这般么？”姊姊道：“干娘说的是和气，我看和气两个字最难得。这个肯和，那个不肯和，也是没法的事。所以家庭之中,不能和气的十居八九。像我们这两家人家,真是十中无一二的呢。”老太太道:“那不和的,只是不懂道理之过,能把道理解说给他听了,自然就好了。”

姊姊道:“我也曾细细的考究过来,不懂道理,固然不错,然而还是第二层,还有第一层的讲究在里头。大抵家庭不睦,总是婆媳不睦居多。今天三位老人家都是明白的,我才敢说这句话。人家听说婆媳不睦,总要派媳妇的不是。据我看来,媳妇不是的固然也有,然而总是婆婆不是的居多。大抵那个做婆婆的,年轻时也做过媳妇来,做媳妇的时候,不免受了她婆婆的气,骂他不敢回口,打他不敢回手,捱了若干年,他婆婆死了,才敢把腰伸一伸。等到自己的儿子大了,娶了媳妇,他就想这是我出头之日了,把自己从前所受的,一一拿出来向媳妇头上施展。说起来,他还说是应该如此的,我当日也曾受过婆婆气来。你想叫那媳妇怎样受?哪里还讲什么和气?他那媳妇呢,将来有了做婆婆的一天,也是如此。所以天下的家庭,永远不会和睦的了。除非把女子叫来,一齐都读起书来,大家都明了理,这才有得可望呢。我常说过一句笑话:凡婆媳不睦的,不必说是不睦,只当她是报仇,不过报非其人,受在上代,报在下代罢了。”

我笑道:“姊姊的婆家,有报仇没有?”姊姊道:“我的婆婆,我起先当是天下独一无二的。到这里来,见了干娘,恰是一对。自从我寡了,她天天总对我哭两三次,却并不是哭儿子,哭的是我,只说怪贤德的媳妇,年纪又轻,怎么就叫她做了寡妇。其实我这么个人,少点过处就了不得了,哪里配称到‘贤德’两个字!若是那个报仇的婆婆,一个寡媳妇,哪里肯放她常回娘家,还跟着你跑几千里路呢,不硬留在家里,做一个出气的家伙么!”我道:“这报仇之说,不独是女子,男子也是这样。我听见大哥说,凡是做官的,上衙门碰了上司钉子,回家去却骂底下人出气呢。”姊姊道:“我这个不过是通论,大约是这样的居多罢了,怎么加得上‘凡是’两个字去一网打尽?”

说到这里,继之的家人来回说:“关上的多师爷又来了,在客堂里坐着。”我取表一看,已经亥正了。暗想何以此刻才来,一面对姊姊道:“这个你明日问大哥去,不是我要一网打尽的。”说着出来,会了子明,让到书房里坐。子明道:"还没睡么?"我道:"早呢。你在哪里吃的晚饭?"子明道:"饭是在庄上吃的。倒是弄拧了一笔帐,算到此刻还没有闹清楚,明日破天亮就要出城去查总册子。"我道:"何必那么早呢?"子明道:"还有别的事呢。"我道:"那么早点睡吧,时候不早了。"子明道:"你请便吧。我有个毛病,有了事在心上,要一夜睡不着的。我打算看几篇书,就过了这一夜了。"我道:"那么我们谈一夜好么?"子明道:"你又何必客气呢,只管请睡吧。"我道:"此刻我还不睡,我和你谈到要睡时,自去睡便了。我和继之谈天,往往谈到十二点、一点,不足为奇的。"子明笑道:"我也听见继之、述农都说你欢喜嬲人家说新闻故事。"我道:"你倘是有新闻故事和我说,我就陪你谈两三夜都可以。"子明道:"哪里有许多好谈!"我道:"你先请坐,我去去再来。"说罢,走到我那边去,只见老太太们已经散了,大家也安排睡觉,便对姊姊道:"我们家可有干点心,弄点出去,有个同事来了,说有事睡不着,在那里谈天,恐怕半夜里要饿呢。"姊姊道:"有。你去陪客吧,就送出来。"我便回到书房,扯七扯八的和子明谈起来,偶然说起我初出门时,遇见那扮官做贼,后来继之说他居然是官的那个人来。子明道:"区区一个候补县,有什么希奇!还有做贼的现任臬台呢。"我道:"是哪个臬台?几时的事?"子明道:"事情是好多年了,只怕还是初平'长发军'时的事呢。——你信星命不信?"我道:"奇了!怎么凭空岔着问我这么一句?"子明道:"这件事因谈星命而起,所以问你。"我道:"你只管谈,不必问我信不信。"

子明道:"这个人本来是一个飞檐走壁的贼。有一天,不知哪里来了一个算命先生,说是灵得很,他也去算。那先生把他八字排起来,开口便说你是个贼。他倒吃了一惊,问:'怎样见得?'那先生道:'我只据书论命。但你虽然是个贼,可也还官星高照,你若走了仕路,可以做到方面大员。只是你要记着我一句话:做官到了三品时,就要急流勇退,不然就有大祸临头。'他听了那先生的话,便去偷了一笔钱,捐上一个大八成知县,一样的到省当差,然而他还是偷。等到补了缺,他还是偷。只怕他去偷了治下的钱,人家来告了,他还比差捉贼呢。可怜那差役倒是被贼比了,你说不是笑话么?那时正是有军务的时候，连捐带保的，升官格外快。等到他升了道台时，他的三个儿子，已经有两个捐了道员、知府出身去了。那捐款无非是偷来的。后来居然放了安徽臬台。到任之后，又想代第三的儿子捐道员了，只是还短三千银子，要去偷呢。安庆虽是个省城，然而兵燹之后，元气未复，哪里有个富户，有现成的三千银子给他偷呢。他忽然想着一处好地方，当夜便到藩库里偷了一千两。到得明天，库吏知道了，立刻回了藩台，传了怀宁县，要立刻查办。怀宁县便传了通班捕役，严饬查拿。谁知这一天没有查着，这一夜藩库里又失了一千银子。藩台大怒，又传了首县去，立限严比。首县回到衙门，正要比差，内中一个老捕役禀道：'请老爷再宽一天的限，今夜小人就可以拿到这贼。'知县道：'莫非你已经知道他踪迹了么？'捕役道：'踪迹虽然不知，但是这贼前夜偷了，昨夜再偷，一定还在城内。这小小的安庆城，尽今天一天一夜，总要查着了。'官便准了一天限。谁知这老捕役对官说的是假话，他那里去满城查起来，他只料定他今夜一定再来偷的。到了夜静时，他便先到藩库左近的房子上伏定了。到了三更时，果然见一个贼，飞檐走壁而来，到藩库里去了。捕役且不惊动他，连忙跑在他的来路上伏着。不一会，见他来了，捕役伏在暗处，对准他脸部，飕的飞一片碎瓦过来。他低头一躲，恰中在额角上，仍是如飞而去。捕役赶来，忽见他在一所高大房子上，跳了下去。捕役正要跟着下去时，低头一看，吃了一惊。”正是：正欲投身探贼窟，谁知足下是官衙。不知那捕役惊的什么，且待下回再记。

## 第二十七回 管神机营王爷撤差 升镇国公小的交运

“那老捕役往下一看,贼不见了,那房子却是臬台衙门,不免吃了一惊,不敢跟下去,只得回来。等到了散更时,天还没亮,他就请了本官出来回了,把昨夜的事,如此这般的都告诉了。又说道:‘此刻知道了贼在臬署。老爷马上去上衙门,请臬台大人把阖署一查,只要额上受了伤的,就是个贼,他昨夜还偷了银子。老爷此刻不要等藩台传,先要到藩台那里去回明了,可见得我们办公事未尝怠慢。’知县听得有理,便连忙梳洗了,先上藩台衙门去。藩台正在那里发怒呢。知县见了,便把老捕役的话说了一遍。藩台道:‘法司衙门里面藏着贼,还了得么!赶紧去要了来!’知县便忙到了臬署。只见自己衙门里的通班捕役,都分布在臬署左右,要想等有打伤额角的出来捉他呢。知县上了官厅,号房拿了手版上去,一会下来,说‘大人头风发作,不能见客,挡驾’。知县只得仍回藩署里去,回明藩台。藩台怒不可遏,便亲自去拜臬台。知县吓得不敢回署,只管等着。等了好一会,藩台回来了,也是见不着。便叫知县把那老捕役传了来,问了几句话,便上院去。叫知县带着捕役跟了来。到得抚院,见了抚台,把上项事回了一遍。抚台大怒,叫旗牌官快快传臬司去,说无论什么病,必要来一次。不然,本部院便要亲到臬署查办事件了。几句话到了臬署,阖署之人,都惊疑不定。那臬台没法,只得打轿上院去。到得那里时,只见藩台以下,首道、首府、首县,都在那里,还有保甲局总办、委员,黑压压的挤满一花厅。众官见他来,都起立相迎。只见他头上扎了一条黑帕,说是头风痛得厉害,扎上了稍为好些。众官都信以为实。抚台便告诉了以上一节,他便答应了马上回去就查。只见那老捕役脱了大帽,跑上来对着臬台请了个安道:‘大人的头风病,小人可以医得’。臬台道:‘莫非是个偏方?’捕役道:‘是一个家传的秘方。只求大人把帕子去了,小人看看头部,方好下药。’臬台听了,颜色大变,勉强道:‘这个帕子去不得的,去了痛得厉害。’捕役道:‘只求大人开恩,可怜小人受本官比责的够了!’臬台面无人色的说道:‘你说些什么?我不懂呀!’当下众官听见他二人一问一答,都面面相觑。那捕役一回身,又对首县跪下禀道:‘小人该死!昨夜飞瓦打伤的,正是臬宪大人!’首县正要喝他胡说,那臬台早仓皇失措的道:‘你……你……你可是疯了!’说着也不顾失礼,立起来便想踢他。当时首道坐在他下手,便拦住道:‘大人贵恙未痊,不宜动怒。’那位藩台见了这副情形,也着实疑心。抚台只是呆呆的看着,在那里纳闷。捕役又过来对他说道:‘好歹求大人把昨夜的情形说了,好脱了小人干系。不然,众位大人在这里,莫怪小人无礼!’臬台又惊,又慌,又怒道:‘你敢无礼!’捕役走近一步道:‘小人要脱干系,说不得无礼也要做一次!’说时便要动手。众官一齐喝住。首县见他这般卤莽,更是手足无措,连连喝他,却只喝不住。捕役回身对抚台跪下道:‘求大人请臬台大人升一升冠,露一露头部,倘没有受伤痕迹,小人死而无怨。’此时藩台也有九分信是臬台做的了。失了库款,责罚非轻,不如试他一试。倘使不是的,也不过同寅上失了礼,罪名自有捕投去当。倘果然是他,今日不验明白,过两天他把伤痕养好了,岂不是没了凭据。此时捕役正对抚台跪着回话,藩台便站起来对臬台道:‘阁下便升一升冠,把帕子去了,好治他个诬攀大员的重罪!’臬台正待支吾,抚台已吩咐家人,代臬宪大人升冠。一个家人走了过来,嘴里说‘请大人升冠’,却不动手。此时官厅上乱烘烘的,闹了个不成体统。捕役便乘乱溜到臬台背后,把他的大帽子往前一掀,早掉了,乘势把那黑帕一扯,扯了下来。臬台不知是谁,忙回过头来看,恰好把那额上所受一寸来长的伤痕,送到捕役眼里。捕役扬起了黑帕,走到当中,朝上跪下,高声禀道:‘盗藩库银子的真贼已在这里,求列位大人老爷作主!’一时抚台怒了,藩台乐了,首道、首府惊的呆了,首县却一时慌的没了主了。那位臬台却气得直挺挺的坐在椅子上,嘴里只说‘罢了罢了’。一时之间,倒弄得人声寂然,大家面面相觑。却是藩台先开口,请抚台示下办法。抚台便叫传中军来,先看管了他。一时之间,中军到了。那捕役等抚台吩咐了话,便抢上一步,对中军禀道:‘臬台大人飞檐走壁的工夫很厉害,请大人小心!’那臬台顿足道:‘罢了!不必多说了!待我当堂直供了,你们上了刑具吧!’于是跪下来,把自从算命先生代他算命供起,一直供到昨夜之事,当堂画了供,便收了府监。抚台一面拜折参办。这位臬台办了个尽法不必说,两个儿子的功名也就此送了,还不知得了个什么军流的罪。你说天下事不是无奇不有么。”

此时已响过三炮许久,我正要到里面催点心,回头一看,那点心早已整整的摆了四盘在那里,还有鸡鸣壶,燉上一壶热茶,便让子明吃点心。两个对坐下来,子明问道:“近来这城里面,晚上安靖么?”我道:“还没听见什么。你这问,莫非城外有什么事?”子明道:“近来外面贼多得很呢。只因和局有了消息,这里便先把新募的营勇,遣散了两营。”我道:“要用就募起来,不用就遣散了,也怨不得那些散勇作贼。其实平时营里的缺额只要补足了,到了要用时,只怕也够了。”子明道:“哪里会够!他倒正想借个题目招募新勇,从中沾些光呢。莫说补足了额,就是溢出额来,也不够呢。”我笑道:“不缺已经好了,哪里还有溢额的?”子明道:“你真是少见多怪!外面的营里都是缺额的,差不多照例只有六成勇额。到了京城的神机营,却一定溢额的,并且溢的不少,总是溢个加倍。”我诧道:“那么这粮饷怎样呢?”子明笑道:“粮饷却没有领溢的。但是神机营每出起队子来,是五百人一营的,他却足足有一千人,比方这五百名是枪队,也是一千杆枪。”我道:“怎么军器也有得多呢?”子明道:“凡是神机营当兵的,都是黄带子、红带子的宗室,他们阔得很呢!每人都用一个家人,出起队来,各人都带着家人走,这不是五百成了一千了么。”我道:“军器怎么也加倍呢?”子明道:“每一个家人,都代他老爷带着一杆鸦片烟枪,合了那五百枝火枪,不成了一千了么。并且火枪也是家人代拿着,他自己的手里,不是拿了鹌鹑囊,便是臂了鹰。他们出来,无非是到操场上去操。到了操场时,他们各人先把手里的鹰安置好了,用一根铁条儿,或插在树上,或插在墙上,把鹰站在上头,然后肯归队伍。操起来的时候,他的眼睛还是望着自己的鹰。偶然那铁条儿插不稳,掉了下来,那怕操到要紧的时候,他也先把火枪撂下,先去把他那鹰弄好了，还代他理好了毛，再归到队里去。你道这种操法奇么?”我道:“那带兵的难道就不管?”子明道:“哪里肯管他！带兵的还不是同他们一个道儿上的人么。那管理神机营的都是王爷。前年有一位郡王奉旨管理神机营，他便对人家说:‘我今天得了这个差使，一定要把神机营整顿起来。当日祖宗入关的时候，神机营兵士临阵能站在马鞍上放箭的，此刻闹得不成样子了，倘再不整顿，将来不知怎样了！’旁边有人劝他说:‘不必多事吧，这个是不能整顿的了。’他不信。到差那一天，就点名阅操，拣那十分不像样的，照营例办了两个。这一办可不得了，不到三天，那王爷便又奉旨撤去管理神机营的差使了。你道他们的神通大不大?”

我道:“他们既然是宗室，又是王爷都干得下来，那么大的神通，何必还去当兵?”子明道:“当兵还是上等的呢。到了京城里，有一种化子，手里拿一根香，跟着车子讨钱。”我道:“讨钱拿一根香作什么?”子明道:“他算是送火给你吃烟的。这种化子，你可不能得罪他；得罪了他时，他马上把外面的衣服一撂，里边束着的不是红带子，便是黄带子，那就被他讹一个不得了！”我道:“他的带子何以要束在里层呢?”子明道:“束在里层，好叫人家看不见，得罪了他，他才好讹人呀；倘使束在外层，谁也不敢惹他了。其实也可怜得很，他们又不能作买卖，说是说得好听得很，‘天潢贵胄’呢，谁知一点生机都没有，所以就只能靠着那带子上的颜色去行诈了。他们诈到没得好诈的时候，还装死呢。”我道:“装死只怕也是为的讹人?”子明道:“他们死了，报到宗人府去，照例有几两殡葬银子。他穷到不得了，又没有法想的时候便装死了，叫老婆、儿子哭丧着脸儿去报。报过之后，宗人府还派委员来看呢。委员来看时，他便直挺挺的躺着，老婆、儿子对他跪着哭。委员见了，自然信以为真，哪个还伸手去摸他，仔细去验他呢，只望望是有个躺着的就算是了。他领了殡葬银，登时又活过来。这才是个活僵尸呢。”我道:“他已经骗了这回，等他真正死了的时候，还有得领没有呢?”子明道:“这可是不得而知了。”

我道:“他们虽然定例是不能作买卖，然而私下出来干点营生，也可以过活，宗人府未必就查着了。”子明道:“这一班都是好吃懒做的人，你叫他干什么营生！只怕赶车是会的，京城里赶车的车夫里面，这班人不少，或者当家人也有的。除此之外，这班人只怕干得来的，只有讹诈讨饭了。所以每每有些谣言，说某大人和车夫换帖，某大老和底下人认了干亲家，起先听见，总以为是糟蹋人的话，谁知竟是真的。他们阔起来也快得很，等他阔了，认识了大人先生，和他往来，自然是少不免的，那些人却把他从前的事业提出来作个笑话。”

我道：“他们怎么又很阔得快呢？”子明道：“上一科我到京里去考北闱，住在我舍亲宅里。舍亲是个京官，自已养了一辆车，用了一个车夫，有好几年了，一向倒还相安无事。我到京那几天，恰好一天舍亲要去拜两个要紧的客，叫套车，却不见了车夫，遍找没有，不得已雇了一辆车去拜客。等拜完了客回来，他却来了，在门口站着。舍亲问他一天到哪里去了。他道：‘今儿早起，我们宗人府来传了去问话，所以去了大半天。’舍亲问他问什么话。他道：‘有一个镇国公缺出了，应该轮到小的补，所以传了去问话。’舍亲问此刻补定了没有。他道：‘没有呢，此刻正在想法子。’问他想什么法子。他道：‘要化几十两银子的使费，才补得上呢。可否求老爷赏借给小的六十两银子，去打点个前程，将来自当补报。’说罢，跪下去就磕头，起来又请了一个安。舍亲正在沉吟，他又左一个安，右一个安的乱请，嘴里只说求老爷的恩典。舍亲被他缠不过，给了他六十两银子。喜欢得他连忙叩了三个响头，嘴里说谢老爷的恩典，并求老爷再赏半天的假。舍亲道：‘既如此，你赶紧去打点吧。’他欢欢喜喜的去了。我还埋怨我舍亲太过信他了，哪里有穷到出来当车夫的，平白地会做镇国公起来。舍亲对我说：‘这是常有的事。’我还不信呢。到得明天，他又欢欢喜喜的来了说：‘一切都打点好了，明天就要谢恩。’并且还带了一个车夫来，说是他的朋友，‘很靠得住的，荐给老爷试用吧。’舍亲收了这车夫，他再是千恩万谢的去了。到了明天，他车也有了，马也有了，戴着红顶子花翎，到四处去拜客。到了舍亲门口，他不好意思递片子进来，就那么下了车进来了。还对舍亲请了个安说：‘小的今天是镇国公了！老爷的恩典，永不敢忘！’你看这不是他们阔得很快么？”

我道：“这么一个镇国公，有多少俸银一年呢？”子明道：“我不甚了了，听说大约三百多银子一年。”我笑道：“这个给我们就馆的差不多，阔不到哪里去。”子明道：“你要知道他得了镇国公，那讹人的手段更大了。他天天跑到西苑门里去，在廊檐底下站着，专找那些引见的人去吓唬。那吓唬不动的，他也没有法子。他那吓唬的话，总是说这是什么地方，你敢乱跑。倘使被他吓唬动了，他便说：‘你今日幸而遇了我，还不要紧，你谨慎点就是了。’这个人自然感激他，他却留着神看你是第几班第几名，记了你的名字，打听了你的住处，明天他却来拜你，向你借钱。”我道：“镇国公天天要到里面的么？”子明道：“何尝要他们去，不过他们可以去得。他去了时，遇见值年旗王大臣到了，他过去站一个班，只算是他来当差的。”我道：“他们虽是天潢贵胄，却是出身寒微得很，自然不见得多读书的了，怎么会当差办事？”子明道：“他们虽不识字，然而很会说话，他们那黄带子，都是四品宗室，所以有人送他们一副对联是：‘心中乌黑嘴明白，腰上鹅黄顶暗蓝’。”我道：“对仗倒很工的。”说话之间，外面已放天明炮，子明便要走。我道：“太早了，洗了脸去。”便到我那边，叫起老妈子，燉了热水出来，让子明洗，他匆匆洗了便去。正是：一夕长谈方娓娓，五更归去太匆匆。未知子明去后如何，且待下回再记。

## 第二十八回 办礼物携资走上海 控影射遣伙出京师

我送子明去了,便在书房里随意歪着,和衣稍歇,及至醒来,已是午饭时候。自此之后,一连几个月,没有甚事。忽然一天在辕门抄上,看见我伯父请假赴苏。我想自从母亲去过一次之后,我虽然去过几次,大家都是极冷淡的,所以我也不很常去了。昨天请了假,不知几时动身,未免去看看。走到公馆门前看时,只见高高的贴着一张招租条子,里面阒其无人。暗想动身走了,似乎也应该知照一声,怎么悄悄的就走了。回家去对母亲说知,母亲也没甚话说。

又过了几天,继之从关上回来,晚上约我到书房里去,说道:“这两天我想烦你走一次上海,你可肯去?”我道:“这又何难。但不知办什么事?”继之道:“下月十九是藩台老太太生日,请你到上海去办一份寿礼。”我道:“到下月十九,还有一个多月光景,何必这么亟亟?”继之道:“这里头有个缘故。去年你来的时候,代我汇了五千银子来,你道我当真要用么?我这里多少还有万把银子,我是要立一个小小基业,以为退步,因为此地的钱不够,所以才叫你汇那一笔来。今年正月里,就在上海开了一间字号,专办客货,统共是二万银子下本。此刻过了端节,前几天他们寄来一笔帐,我想我不能分身,所以请你去对一对帐。老实对你说:‘你的二千,我也同你放在里头,一层做生意的官息比庄上好,二层多少总有点赢余。这字号里面,你也是个东家,所以我不烦别人,要烦你去。再者,这份寿礼也与前不同。我这里已经办的差不多了,只差一个如意。这里各人送的,也有翡翠的,也有羊脂的,甚至于黄杨、竹根、紫檀、瓷器、水晶、珊瑚、玛瑙……无论整的,镶的都有了;我想要办一个出乎这几种之外的,价钱又不能十分大,所以要你早去几天,好慢慢搜寻起来。还要办一个小轮船……”我道:“这办来作什么?大哥又不常出门。”继之笑道:“哪里是这个,我要办的是一尺来长的顽意儿。因为藩署花园里有一个池子,从前藩台买过一个,老太太欢喜的了不得,天天叫家人放着顽。今年春上,不知怎样翻了,沉了下去,好容易捞起来,已经坏了,被他们七搅八搅,越是闹得个不可收拾,所以要买一个送他。”我道:“这个东西从来没有买过,不知要多少价钱呢?”继之道:“大约百把块钱是要的。你收拾收拾,一两天里头走一趟去吧。”我答应了,又谈些别话,就各去安歇。

次日我把这话告诉了母亲,母亲自是欢喜。此时五月里天气,带的衣服不多,行李极少。继之又拿了银子过来,问我几时动身。我道:“来得及今日也可以走得。”继之道:“先要叫人去打听了的好,不然老远的白跑一趟。”当即叫人打听了,果然今日来不及,要明日一早。又说这几天江水溜得很,恐怕下水船到得早,最好是今日先到洋篷上去住着。于是我定了主意,这天吃过晚饭,别过众人,就赶出城,到洋篷里歇下。果然次日天才破亮,下水船到了,用舢舨渡到轮船上。

次日早起,便到了上海,叫了小车推着行李,到字号里去。继之先已有信来知照过,于是同众伙友相见。那当事的叫做管德泉,连忙指了一个房间,安歇行李。我便把继之要买如意及小火轮的话说了。德泉道:“小火轮只怕还有觅处,那如意他这个不要,那个不要,又不曾指定一个名色,怎么办法呢?明日待我去找两个珠宝掮客来问问吧。那小火轮呢,只怕发昌还有。”当下我就在字号里歇住。

到了下午,德泉来约了我同到虹口发昌里去。那边有一个小东家叫方佚庐,从小就专考究机器,所以一切制造等事,都极精明。他那铺子,除了门面专卖铜铁机件之外,后面还有厂房,用了多少工匠,自己制造各样机器。德泉同他相识。当下彼此见过,问起小火轮一事,佚庐便道:“有是有一个,只是多年没有动了,不知可还要得。”说罢,便叫伙计在架子上拿了下来,扫去了灰尘,拿过来看,加上了水,又点了火酒,机件依然活动,只是旧的太不像了。我道:“可有新的么?”佚庐道:“新的没有。其实铜铁东西没有新旧,只要拆开来擦过,又是新的了。”我道:“定做一个新的,可要几天?”佚庐道:“此刻厂里忙得很,这些小件东西,来不及做了。”我问他这个旧的价钱,他要一百元。我便道:“再商量吧。”

同德泉别去,回到字号里。早有伙计们代招呼了一个珠宝掮客来,叫做辛若江,说起要买如意,要别致的,所有翡翠、白玉、水晶、珊瑚、玛瑙,一概不要。若江道:“你打算出多少价呢?”我道:“见了东西再讲吧。”说着,他辞去了。

是日天气甚热,吃过晚饭,德泉同了我到四马路升平楼,泡茶乘凉,带着谈天。可奈茶客太多,人声嘈杂。我便道:“这里一天到晚,都是这许多人么?”德泉道:“上半天人少,早起更是一个人没有呢。”我道:“早起他不卖茶么?”德泉道:“不过没有人来吃茶罢了,你要吃茶,他如何不卖。”坐了一会,便回去安歇。

次日早起,更是炎热。我想起昨夜到的升平楼,甚觉凉快,何不去坐一会儿呢。早上各伙计都有事,德泉也要照应一切,我便不去惊动他们,一个人逛到四马路,只见许多铺家都还没有开门。走到升平楼看时,门是开了。上楼一看,谁知他那些橇子都反过来,放在桌子上。问他泡茶时,堂倌还在那里揉眼睛,答道:“水还没有开呢。”我只得惘惘而出。取出表看时,已是八点钟了。在马路逛荡着,走了好一会,再回到升平楼,只见地方刚才收拾好,还有一个堂倌在那里扫地。我不管他,就靠阑杆坐了。又歇了许久,方才泡上茶来。我便凭阑下视,慢慢的清风徐来,颇觉凉快。

忽见马路上一大群人,远远的自东而西,走将过来,正不知因何事故。及至走近楼下时,仔细一看,原来是几个巡捕押着一起犯人走过,后面围了许多闲人跟着观看。那犯人当中,有七八个蓬头垢面的,那都不必管他。只有两个好生奇怪,两个手里都拿着一顶熏皮小帽,一个穿的是京酱色宁绸狐皮袍子,天青缎天马出风马褂,一个是二蓝宁绸羔皮袍子,白灰色宁绸羔皮马褂,脚上一式的穿了棉鞋。我看了老大吃了一惊,这个时候,人家赤膊摇扇还是热,他两个怎么闹出一身大毛来?这才是千古奇谈呢!看他走得汗流被面的,真是何苦!然而此中必定有个道理,不过我不知道罢了。

再坐一会,已是十点钟时候,遂惠了茶帐回去。早有那辛若江在那里等着,拿了一枝如意来看,原是水晶的,不过水晶里面,藏着一个虫儿,可巧做在如意头上。我看了不对,便还他去了。德泉问我到哪里去来,我告诉了他。又说起那个穿皮衣服的,煞是奇怪可笑。德泉道:“这个不足为奇。这里巡捕房的规矩,犯了事捉进去时穿什么,放出来时仍要他穿上出来。这个只怕是在冬天犯事的。”旁边一个管帐的金子安插嘴道:“不错。去年冬月里那一起打房间的,内中有两个不是判了押半年么。恰是这个时候该放,想必是他们了。”我问什么叫做“打房间”。德泉道:“到妓馆里,把妓女的房里东西打毁了,叫打房间。这里妓馆里的新闻多呢,那逞强的便去打房间,那下流的,便去偷东西。”我道:“我今日看见那个人穿的很体面的,难道在妓院里闹点小事,巡捕还去拿他么?”德泉道:“莫说是穿的体面,就是认真体面人,他也一样要拿呢。前几年有一个笑话:一个姓朱的,是个江苏同知,在上海当差多年的了。一个姓袁的知县,从前还做过上海县丞的。两个人同到棋盘街么二妓馆里去顽。那姓朱的是官派十足的人,偏偏那么二妓院的规矩,凡是客人,不分老小,一律叫少爷的。妓院的丫头,叫了他一声朱少爷,姓朱的劈面就是一个巴掌打过去道:‘我明明是老爷,你为什么叫我少爷!’那丫头哭了,登时就两下里大闹起来。妓馆的人,便暗暗的出去叫巡捕。姓袁的知机,乘人乱时,溜了出去,一口气跑回城里花园弄公馆里去了。那姓朱的还在那里‘羔子’‘王八蛋’的乱骂。一时巡捕来了,不由分晓,拉到了巡捕房里去,关了一夜。到明天解公堂。他和公堂问官是认得的,到了堂上,他抢上一步,对着问官拱拱手,弯弯腰道:‘久违了。’那问官吃了一惊,站起来也弯弯腰道:‘久违了,呀!这是朱大老爷,到这里什么事?’那捉他的巡捕见问官和他认得,便一溜烟走了。妓馆的人,本来照例要跟来做原告的,到了此时,也吓的抱头鼠窜而去。堂上陪审的洋官,见是华官的朋友,也就不问了,姓朱的才徜徉而去。当时有人编出了一个小说的回目,是:‘朱司马被困棋盘街,袁大令逃回花园弄。’”

我道:“那偷东西的便怎么办法呢?”德泉道:“那是一案一案不同的。”我道:“偷的还是贼呢,还是嫖客呢?”德泉道:“偷东西自是个贼,然而他总是扮了嫖客去的多。若是撬窗挖壁的,那又不奇了。”

子安插嘴道:“那偷水烟袋的,真是一段新闻。这个人的履历,非但是新闻,简直可以按着他编一部小说,或者编一出戏来。”我忙问什么新闻。德泉道:“这个说起来话长,此刻事情多着呢,说得连连断断的无味,莫若等到晚上,我们说着当谈天罢。”于是各干正事去了。

下午时候,那辛若江又带了两个人来,手里都捧着如意匣子,却又都是些不堪的东西,鬼混了半天才去。我乘暇时,便向德泉要了帐册来,对了几篇,不觉晚了。晚饭过后,大家散坐乘凉,复又提起妓馆偷烟袋的事情来。德泉道:“其实就是那么一个人,到妓馆里偷了一支银水烟袋,妓馆报了巡捕房,被包探查着了,捉了去,后来却被一个报馆里的主笔保了出来,并没有重办,就是这么回事了。若要知道他前后的细情,却要问子安。”子安道:“若要细说起来,只怕谈到天亮也谈不完呢,可不要厌烦?”我道:“哪怕今夜谈不完,还有明夜,怕什么呢。”子安道:“这个人姓沈,名瑞,此刻的号是经武。”我道:“第一句通名先奇,难道他以前不号经武么?”子安道:“以前号辑五,是四川人,从小就在一家当铺里学生意。这当铺的东家是姓山的,号叫仲彭。这仲彭的家眷,就住在当铺左近。因为这沈经武年纪小,时时叫到内宅去使唤,他就和一个丫头鬼混上了。后来他升了个小伙计,居然也一样的成家生子,却心中只忘不了那个丫头。有一天,事情闹穿了,仲彭便把经武撵了,拿丫头嫁了。谁知她嫁到人家去,闹了个天翻地覆,后来竟当着众人,把衣服脱光了。人家说她是个疯子,退了回来。这沈经武便设法拐了出来,带了家眷,逃到了湖北,住在武昌,居然是一妻一妾,学起齐人来。他的神通可也真大,又被他结识了一个现任通判,拿钱出来,叫他开了个当铺,不上两年就倒了。他还怕那通判同他理论,却去先发制人,对那通判说:‘本钱没了,要添本;若不添本,就要倒了。’通判说:‘我无本可添,只得由他倒了。’他说:‘既如此,倒了下来要打官司,不免要供出你的东家来;你是现任地方官,做了生意要担处分的。’那通判急了,和他商量,他却乘机要借三千两银子讼费,然后关了当铺门。他把那三千银子,一齐交给那拐来的丫头。等到人家告了,他就在江夏县监里挺押起来。那丫头拿了他的三千银子,却往上海一跑。他的老婆,便天天代他往监里送饭。足足的挺了三年,实在逼他不出来,只得取保把他放了。他被放之后,撇下了一个老婆、两个儿子,也跑到上海来了。亏他的本事,被他把那丫头找着了,然而那三千银子,却一个也不存了。于是两个人又过起日子来,在胡家宅租了一间小小的门面,买了些茶叶,搀上些紫苏、防风之类,贴起一张纸,写的是'出卖药茶'。两个人终日在店面坐着,每天只怕也有百十来个钱的生意。谁知那位山仲彭,年纪大了,一切家事都不管,忽然高兴,却从四川跑到上海来逛一趟。这位仲彭,虽是个当铺东家,却也是个风流名士,一到上海,便结识了几个报馆主笔。有一天,在街上闲逛,从他门首经过,见他二人双双坐着,不觉吃了一惊,就踱了进去。他二人也是吃惊不小,只道捉拐子、逃婢的来了,所以一见了仲彭,就连忙双双跪下,叩头如捣蒜一般。仲彭是年高之人,哪禁得他两个这种乞怜的模样,长叹一声道:'这是你们的孽缘,我也不来追究了!'二人方才放了心。仲彭问起经武的老婆,经武便诡说她死了。那丫头又千般巴结,引得仲彭欢喜,便认做了女儿。那丫头本来粗粗的识得几个字,仲彭自从认了她做女儿之后,不知怎样,就和一个报馆主笔胡绘声说起。绘声本是个风雅人物,听说仲彭有个识字的女儿,就要见见。仲彭带去见了,又叫他拜绘声做先生。这就是他后来做贼得保的来由了。从此之后,那经武便搬到大马路去,是个一楼一底房子,胡乱弄了几种丸药,挂上一个京都同仁堂的招牌,又在报上登了京都同仁堂的告白。谁知这告白一登,却被京里的真正同仁堂看见了,以为这是假冒招牌,即刻打发人到上海来告他。"正是:影射须知干例禁,衙门准备会官司。未知他这场官司胜负如何,且待下回再记。

## 第二十九回 送出洋强盗读西书 卖轮船局员造私货

“京都大栅栏的同仁堂，本来是几百年的老铺，从来没有人敢影射他招牌的。此时看见报上的告白，明明说是京都同仁堂分设上海大马路，这分明是影射招牌，遂专打发了一个能干的伙计，带了使费出京，到上海来，和他会官司。这伙计既到上海之后，心想不要把他冒冒失失的一告，他其中怕别有因由，而且明人不作暗事，我就明告诉了他要告，他也没奈我何，我何不先去见见这个人呢。想罢，就找到他那同仁堂里去。他一见了之后，问起知道真正同仁堂来的，早已猜到了几分。又连用说话去套那伙计。那伙计是北边人，直爽脾气，便直告诉了他。他听了要告，倒连忙堆下笑来，和那伙计拉交情。又说：‘我也是个伙计，当日曾经劝过东家，说宝号的招牌是冒不得的，他一定不信，今日果然宝号出来告了。好在吃官司不关伙计的事。’又拉了许多不相干的话，和那伙计缠着谈天。把他耽搁到吃晚饭时候，便留着吃饭，又另外叫了几样菜，打了酒，把那伙计灌得烂醉如泥，便扶他到床上睡下。”

子安说到这里，两手一拍道：“你们试猜他这是什么主意？那时候，他铺子里只有门外一个横招牌，还是写在纸上，糊在板上的。其余竖招牌，一个没有。他把人家灌醉之后，便连夜把那招牌取下来，连涂带改的，把当中一个‘仁’字另外改了一个别的字。等到明日，等那伙计醒了，向他道歉。但又同人家谈了一会，方才送他出门。等那伙计出了门时，回身向他点头，他才说道：‘阁下这回到上海来打官司，必要认清楚了招牌方才可告。’那伙计听说，抬头一看，只见不是同仁堂了，不禁气的目定口呆。可笑他火热般出京，准备打官司，只因贪了两杯，便闹得冰清水冷的回去。从此他便自以为足智多谋，了无忌惮起来。上海是个花天酒地的地方，跟着人家出来逛逛，也是有的。他不知怎样逛的穷了，没处想法子，却走到妓馆里打茶围，把人家的一支银水烟袋偷了。人家报了巡捕房，派了包探一查，把他查着了，捉到巡捕房，解到公堂惩办。那丫头急了，走到胡绘声那里，长跪不起的哀求。胡绘声却不过情面，便连夜写一封信到新衙门里，保了出来。他因为辑五两个字的号，已在公堂存了窃案，所以才改了个经武，混到此刻，听说生意还过得去呢。这个人的花样也真多，倘使常在上海，不知还要闹多少新闻呢。"德泉道："看着吧，好得我们总在上海。"我笑道："单为看他留在上海，也无谓了。"大家笑了一笑，方才分散安歇。

自此每日无事便对帐；或早上，或晚上，也到外头逛一回。这天晚上，忽然想起王伯述来，不知可还在上海，遂走到谦益栈去望望。只见他原住的房门锁了，因到帐房去打听。乙庚说："他今年开河头班船就走了，说是进京去的，直到此时，没有来过。"我便辞了出来。正走出大门，迎头遇见了伯父。伯父道："你到上海作什么？"我道："代继之买东西。那天看了辕门抄，知道伯父到苏州，赶着到公馆里去送行，谁知伯父已动身了。"伯父道："我到了此地，有事耽搁住了，还不曾去得。你且到我房里去一趟。"我就跟着进来。到了房里，伯父道："你到这里找谁？"我道："去年住在这里，遇见了王伯述姻伯，今晚没事，来看看他，谁知早就动身了。"伯父道："我们虽是亲戚，然而这个人尖酸刻薄，你可少亲近他。你想，放着现成的官不做，却跑来贩书，成了个什么样了！"我道："这是抚台要撤他的任，他才告病的。"伯父道："撤任也是他自取的，谁叫他批评上司！我问你：我们家里有一个小名叫土儿的，你记得这个人么？"我道："记得。年纪小，却同伯父一辈的，我们都叫他小七叔。"伯父道："是哪一房的？"我道："是老十房的，到了侄儿这一辈，刚刚出服。我父亲才出门的那一年，伯父回家乡去，还逗他顽呢。"伯父道："他不知怎么，也跑到上海来了，在某洋行里。那洋行的买办是我认得的，告诉了我。我没有去看他。我不过这么告诉你一声罢了，不必去找他。家里出来的人，是惹不得的。"正说话时，只见一个人，拿进一张条子来，却是把字写在红纸背面的。伯父看了，便对那人道："知道了。"又对我道："你先去吧，我也有事要出去。"

我便回到字号里，只见德泉也才回来。我问道："今天有半天没见呢，有什么贵事？"德泉叹口气道："送我一个舍亲到公司船上，跑了一次吴淞。"我道："出洋么？"德泉道："正是，出洋读书呢。"我道："出洋读书是一件好事，又何必叹气呢？"德泉道："小孩子不长进，真是没法，这送他出洋读书，也是无可奈何的。"我道："这也奇了！这有什么无可奈何的事？既是小孩子不长进，也就不必送他去读书了。"德泉道："这件事说出来，真是出人意外。舍亲是在上海做买办的，多了几个钱，多讨了几房姬妾，生的儿子有七八个，从小都是骄纵的，所以没有一个好好的学得成人。单是这一个最坏，才上了十三四岁，便学的吃喝嫖赌，无所不为了。在家里还时时闯祸。他老子恼了，把他锁起来，锁了几个月，他的娘代他讨情放了。他得放之后，就一去不回。他老子倒也罢了，说只当没有生这个孽障。有一夜，无端被强盗明火执仗的抢了进来，一个个都是涂了面的，抢了好几千银子的东西，临走还放了一把火，亏得救得快，没有烧着。事后开了失单，报了官，不久就捉住了两个强盗，当堂供出那为首的来，你道是谁？就是他这个儿子！他老子知道了，气得一个要死，自己当官销了案，把他找了回去，要亲手杀他，被多少人劝住了，又把他锁起来。然而终久不是可以长监不放的，于是想出法子来，送他出洋去。"我道："这种人，只怕就是出洋，也学不好的了。"德泉道："谁还承望他学好，只当把他撵走了吧。"

子安道："方才我有个敝友，从贵州回来的，我谈起买如意的事，他说有一支很别致的，只怕大江南北的玉器店，找不出一个来，除非是人家家藏的，可以有一两个。"我问是什么的。子安道："东西已经送来了，不妨拿来大家看看，猜是什么东西。"于是取出一个纸匣来，打开一看，这东西颜色很红，内中有几条冰裂纹，不是珊瑚，也不是玛瑙，拿起来一照，却是透明的。这东西好像常常看见，却一时说不出他的名来。子安笑道："这是雄精雕的。"这才大家明白了。我问价钱。子安道："便宜得很！只怕东家嫌他太贱了。"我道："只要东西人家没有的，这倒不妨。"子安道："要不是透明的，只要几吊钱；他这是透明的，来价是三十吊钱光景。不过贵州那边钱贵，一吊钱差不多一两银子,就合到三十两银子了。”我道:“你的贵友还要赚呢。”子安道:“我们买,他不要赚;倘是看对了,就照价给他就是了。”我道:“这可不好。人家老远带来的,多少总要叫他赚点,就同我们做生意一般,哪里有照本买的道理。”子安道:“不妨,他不是做生意的,况且他说是原价三十吊,焉知他不是二十吊呢。”我道:“此刻灯底,怕颜色看不真,等明天看了再说吧。”于是大家安歇。次日再看那如意,颜色甚好,就买定了,另外去配紫檀玻璃匣子。只是那小轮船,一时没处买。德泉道:“且等后天礼拜,我有个朋友说有这个东西,要送来看,或者也可以同那如意一般,捞一个便宜货。”我问是哪里的朋友。德泉道:“是一个制造局画图的学生,他自己画了图,便到机器厂里,叫那些工匠代他做起来的。”我道:“工匠们都有正经公事的,怎么肯代他做这顽意东西?”德泉道:“他并不是一口气做成功的,今天做一件,明天做一件,都做了来,他自己装配上的。”

这天我就到某洋行去,见那远房叔叔,谈起了家里一切事情,方知道自我动身之后,非但没有修理祠堂,并把祠内的东西,都拿出去卖。起先还是偷着做,后来竟是彰明较著的了。我不觉叹了口气道:“倒是我们出门的,眼底里干净!”叔叔道:“可不是么!我母亲因为你去年回去,办事很有点见地,说是到底出门历练的好,姑娘们一个人,出了一次门,就把志气练出来了。恰好这里买办,我们沾点亲,写信问了他,得他允了就来,也是回避那班人的意思。此刻不过在这里闲住着,只当学生意,看将来罢了。”我道:“可有钱用么?”叔叔道:“才到了几天,还不曾知道。”谈了一会,方才别去。我心中暗想,我伯父是什么意思,家里的人,一概不招接,真是莫明其用心之所在,还要叫我不要理他,这才奇怪呢!

过了两天,果然有个人拿了个小轮船来。这个人叫赵小云,就是那画图学生。看他那小轮船时,却是油漆的崭新,是长江船的式子。船里的机器,都被上面装的房舱、望台等件盖住。这房舱、望台,又都是活动的,可以拿起来,就是这船的一个盖就是了,做得十分灵巧。又点火试过,机器也极灵动。德泉问他价钱,小云道:“外头做起来,只怕不便宜,我这个只要一百两。”德泉笑道:“这不过一个顽意罢了，谁拿成百银子去买他！”小云道：“这也难说。你肯出多少呢？”德泉道：“我不过偶然高兴，要买一个顽顽，要是二三十块钱，我就买了他，多可出不起，也犯不着。”我见德泉这般说，便知道他不曾说是我买的，索性走开了，等他去说。等了一会，那赵小云走了。我问德泉说的怎样。德泉道：“他减定了一百元，我没有还他实价，由他摆在这里吧。他说去去就来。”我道：“发昌那个旧的不堪，并且机器一切都露在外面的，也还要一百元呢。”德泉道：“这个不同。人家的是下了本钱做的，他这个是拿了皇上家的钱，吃了皇上家的饭，教会了他本事，他却用了皇上家的工料，做了这个私货来换钱，不应该杀他点价么！”

我道：“照这样做起私货来，还了得！”德泉道：“岂但这个！去年外国新到了一种纸卷烟的机器，小巧得很，卖两块钱一个。他们局里的人，买了一个回去，后来局里做出来的，总有二三千个呢。拿着到处去送人。却也做得好，同外国来的一样，不过就是壳子上不曾镀镍。”我问什么叫镀镍。德泉道：“据说镍是中国没有的，外国名字叫Nickel，中国译化学书的时候，便译成一个‘镍’字。所有小自鸣钟、洋灯等件，都是镀上这个东西。中国人不知，一切都说他是镀银的，哪里有许多银子去镀呢。其实我看云南白铜，就是这个东西。不然，广东琼州山黎峒的铜，一定是的。”我道：“铜只怕没有那么亮。”德泉笑道：“那是镀了之后擦亮的。你看元宝，又何尝是亮的呢。”我道：“做了三千个私货，照市价算，就是六千洋钱，还了得么！”德泉道：“岂只这个！有一回局里的总办，想了一件东西，照插銮驾的架子样缩小了，做一个铜架子插笔，不到几时，合局一百多委员、司事的公事桌上，没有一个没有这个东西的。已经一百多了，还有他们家里呢，还有做了送人的呢。后来闹到外面铜匠店，仿着样子也做出来了，要买四五百钱一个呢。其余切菜刀、劈柴刀、杓子……总而言之，是铜铁东西，是局里人用的，没有一件不是私货。其实一个人做一把刀，一个杓子，是有限得很。然而积少成多，这笔账就难算了，何况更是历年如此呢。私货之外，还有一个偷……”

说到这里，只见赵小云又匆匆走来道：“你到底出什么价钱呀？”

德泉道:“你到底再减多少呢?”小云道:“罢,罢! 八十元吧。”德泉道:“不必多说了,你要肯卖时,拿四十元去。”小云道:“我已经减了个对成,你还要折半,好狠呀!”德泉道:“其实多了我买不起。”小云道:“其实讲交情呢,应该送给你。只是我今天等着用。这样吧。你给我六十元,这二十元算我借的,将来还你。”德泉道:“借是借,买价是买价,不能混的。你要拿五十元去吧,恰好有一张现成的票子。”说罢,到里间拿了一张庄票给他。小云道:“何苦又要我走一趟钱庄,你就给我洋钱吧。”德泉叫子安点洋钱给他,他又嫌重,换了钞票才去。临走对德泉道:“今日晚上请你吃酒,去么?”德泉道:“哪里?”小云道:“不是沈月卿,便是黄银宝。”说着,一径去了。德泉道:“你看! 卖了钱,又这样化法。”

我道:“你方才说那偷的,又是什么?”德泉道:“只要是用得着的,无一不偷。他那外场面做得实在好看,大门外面,设了个稽查处,不准拿一点东西出去呢。谁知局里有一种烧不透的煤,还可以再烧小炉子的,照例是当煤渣子不要的了,所以准局里人拿到家里去烧,这名目叫做‘二煤’,他们整箩的抬出去。试问那煤箩里要藏多少东西!”我道:“照这样说起来,还不把一个制造局偷完了么!”说话时,我又把那轮船揭开细看。德泉道:“今日礼拜,我们写个条子请佚庐来,估估这个价,到底值得了多少。”我道:“好极,好极!”于是写了条子去请,一会到了。正是:要知真价值,须俟眼明人。不知估得多少价值,且待下回再记。

## 第三十回 试开车保民船下水 误纪年制造局编书

当下方佚庐走来,大家招呼坐下。德泉便指着那小轮船,请他估价。佚庐离坐过来,德泉揭开上层,又注上火酒点起来,一会儿机船转动。佚庐一一看过道:"买定了么?"德泉道:"买定了。但不知上当不上当?所以请你来估估价。"佚庐道:"要三百两么?"德泉笑道:"只化了一百两银子。"佚庐道:"哪里有这个话!这里面的机器,何等精细!他这个何尝是做来顽的,简直照这个小样放大了,可以做大的,里面没有一样不全备。只怕你们虽买了来,还不知他的窍呢。"说罢,把机簧一拨,那机件便转的慢了,道:"你看,这是慢车。"又把一个机簧一拨,那机件全停了,道:"你看,这是停车了。"说罢,又另拨一个机簧,那机件又动起来。佚庐问道:"你们看得出来么?这是倒车了。"留神一看,两傍的明轮,果然倒转。佚庐又仔细再看道:"只怕还有汽筒呢。"向一根小铜丝上轻轻的拉了一下,果然呜呜的放出一下微声,就像箫上的"乙"音。佚庐不觉叹道:"可称精极了!三百两的价,我是估错的。此刻有了这个样子,就叫我照做,三百两还做不起来呢。但是白费了工夫,那倒车、慢车、停车、放汽,都要人去弄的,哪里找个小人去弄他呢。倒底买了多少?"德泉道:"的确是一百两买来的。"佚庐道:"没有的话,除非是贼赃。"

德泉笑道:"虽不是贼赃,却也差不多。"遂把画图学生私造的话说了。佚庐叹道:"这也难怪他们。人家听见说他们做私货,就都怪学生不好。依我说起来,实在是总办不好。你所说的赵小云,我也认识他,我并且出钱请他画过图。他在里面当了上十年的学生,本事学的不小了。此刻要请一个人,照他的本事,大约百把银子一个月,也没有请处。他在局里,却还是当一个学生的名目,一个月才四吊钱的膏火,你叫他怎么够用!可不要出这些花样了?可笑那些总办,眼光比绿豆还小,有一回画图教习上去回总办,说这个赵小云本事学出了，求总办派他个差事，起点薪水。你猜总办说句什么话？他说：‘起初十两、八两的薪水，不够他坐马车呢。’”我道：“奇了！怎么发出这么一句话来？”佚庐道：“总是赵小云坐了马车，被他碰见了一两次，才有这话呢。本来为的是要人才，才教学生；教会了，就应该用他；用了他，就应该给他钱，给了他钱，他化他的，你何必管他坐牛车、马车呢。就如从前派到美国去的学生，回来了也不用，此刻有多少在外头当洋行买办，当律师翻译的。我化了钱，教出了人，却叫外国人去用，这才是‘楚材晋用’呢。此刻局里有本事的学生不少，听说一个个都打算向外头谋事。你道这都不是总办之过么？”

德泉道：“其实那做总办的，哪一个懂得这些。几时得能够你去做了总办就好了。”佚庐道：“我又懂得什么呢！不过有一层，是考究过工艺的做起来，虽不敢说十分出色，也可以少上点当。你们知道那保民船，才笑话呢！未开工之前，单为了这条船，专请了一个外国人做工师，打出了船样，总办看了，叫照样做。那时锅炉厂有一个中国工师，叫梁桂生，是广东人，他说这样子不对，照他的龙骨，恐怕走不动；照他的舵，怕转不过头来。锅炉厂的委员，就去回了总办。那总办倒恼起来了，说：‘梁桂生他有多大的本领！外国人打的样子，还有错的么？不信他比外国人还强！’委员碰了钉子，便去埋怨梁桂生。桂生道：‘不要埋怨，有一天我也会还他一个钉子。就照他做吧。’于是乎劳民伤财的做起来。好容易完了工，要试车了，总办请了上海道及多少官员到船上去，还有许多外国人也来看。出了船坞，便向闵行驶去。足足走了六七点钟之久，才望见闵行的影子。及至要回来时，却回不过头来，凭你把那舵攀足了，那个船只当不知。无可奈何，只得打倒车回来，益发走的慢了。各官员都是有事的，不觉都焦燥起来。于是打发人放舢舨登岸，跑回局里去，招呼放了小轮船去，把主人接回。那保民船直到天黑后，才捱了回来。这一来总办急了，问那外国人。那外国人说修得好的。谁知修了个把月，依然如故。无可奈何，只得叫了梁桂生去商量。桂生道：‘这个都是依了外国人图样做的，但不知有走了样没有？如果走了样，少不得工匠们都要受罚。’总办道：‘外国人说过，并不曾走样。’桂生道：‘那么就问外国人。’总办道：‘他总弄不好，怎样呢？’桂生道：‘外国人有通天的本事，哪里会做不好。既然外国人也做不好，我们中国人更是不敢做了。’总办碰了他这么一个软钉子，气的又不敢恼出来，只得和他软商量。他却始终说是没有法子。总办没奈他何，等他去了，又叫了委员去商量。那些委员懂得什么，除了磕头请安之外，便是拿钱吃饭，还有的是逢迎总办的意旨罢了，所以商量了半天，仍旧没法，只得仍然和桂生商量。桂生道：‘这个有什么法子呢，只好另做一个。’委员吐了舌头出来道：‘那么怎样报销？’这件事被桂生作难了许久，把他前头受的恶气都出尽了，才换上一门舵，把船后头的一段龙骨改了，这才走得动、回得转，然而终是走得慢。你们看，这不是笑话么。倘使懂得工艺的总办，何至于上这个当！”我道：“最奇的他们只信服外国人，这是什么意思？”佚庐道：“这些制造法子，本来都是外国来的，也难怪他们信服外国人。但是外国人也有懂的，也有不懂的，譬如我们中国人专门会作八股，然而也必要读书人才会。读书人当中，也还有作的好，作的丑之分呢。叫我们生意人看着他，就一窍不通的了。难道是个中国人就会作八股么？他们的工艺，也是这样。然而官场中人，只要看见一个没辫子的，那怕他是个外国化子，也看得他同天上神仙一般。这个全是没有学问之过。”

我问道：“佚翁才说的，那里面的委员，什么都不懂，他们办些什么事呢？”佚庐道：“其实那里头无所谓委员，一切都是司事。不过两个管厂的，薪水大点，就叫他委员罢了。他们无非是记个工帐，还有什么事办呢。还有连工帐都记不来的，一个字不识的人，都有在里面。要问起他们的来历，却是当过兵的也有，当过底下人的也有。我小号和局里常有交易，所以我也常常到局里去。前几年里头，有个笑话：我到了局里，只看见一个司事，抱着一块虎头牌，在那里号啕大哭着跑来跑去，一面哭着，嘴里嚷着叫老太太。”我道：“只怕是他老太太没了。”德泉道：“只怕是的。”佚庐道：“没了老太太，他何必抱着虎头牌呢？”我道：“不然，这个办公事的地方，何以忽然叫起个女人来？”佚庐道：“便是我当日也疑惑得很，后来打听了他的同事，方才知道。那时候的总办是李勉林。这个司事叫什么周寄芸，从前兵燹的时候,曾经背负了那位李老太太在兵火里逃出来的。后来这位李总办得了这个差,便栽培他,在局里派他一件事。这天不知为了什么事,李总办挂出牌来,开除了他,所以他抱着那块牌子哭。”我道:“哭便怎样？这也无谓极了!”佚庐道:“你听我说呢。那时那位李老太太养迎在局里,他哭跳了一回,扛着那牌去见老太太,果然被他把那事情哭回来了。你想代人家背负了女眷逃难的,是什么出身!”我道:“讲究实业的地方,用了这种人,哪里会搅得好！那李总办也无谓得很,你要报私恩,就送他几两银子罢了,这种人哪里办得事来!”佚庐道:“你说他不能办事,他却是越弄越红起来呢。今年现在的这位总办,给他一个札子,叫他管理船厂,居然是委员了。”我笑了笑道:“偏是这样人他会红,真是奇事!”佚庐道:“船厂的工师,告诉了我一件事,大家笑了好几天。他奉了札子,到了船厂,便传齐了一切工匠、小工、护勇等人,当面分付说:‘今天蒙总办的恩典,做了委员,你们从此要叫我“周老爷”了,不能再叫我“周师爷”的了。’”说的我和德泉都哈哈大笑起来。

金子安在帐房里,也出来问笑什么。佚庐道:“还有好笑的呢。他到了船厂之日,先吊了众工匠、小工花名册来看。这本来是一件公事。你道他看什么？他看过之后,就指了几名工匠来,逼勒着他们改了名字,说:‘你的名字犯了总办祖上的讳,他的名字犯了总办的讳;虽然不是这个字,然而同音也是不应该的。你们怎么这等没王法!哪怕你犯了我的讳,倒不要紧。’”说的众人又是一场好笑。

佚庐道:“还有好笑的呢。局里有一个裁缝,叫做冯涤生。有一回,这裁缝承办了一票号衣,未免写个承揽单,签上名字。不知怎样被他看见了,吓得他面无人色。”说到这里,顿住了道:“你们猜他为什么吃惊?”大家想了一会,都猜不出,催他快点说。佚庐道:“他指着那裁缝的名字道:‘你好大胆！没规矩,没王法的！犯了这制造局的开山始祖曾中堂、曾文正公的讳！况且曾中堂又是现任总办的丈人,你还想吃饭么!’裁缝道:‘曾中堂叫曾国藩,不叫涤生。’他听了,登时暴跳如雷起来,大喝道:‘你可反了！提了曾中堂的正讳叫起来！你知道这两个字,除了皇帝,谁敢提在口里！你用的两个字,虽不是正讳，却是个次印。你快快换写一张，改了名字。这个拿上去，总办看了，也要生气的。'"众人又是一笑。佚庐道："那裁缝只得换写一张，胡乱改了个什么阿猫、阿狗的名字，他才快活了，还拿这个话去回了总办请功呢。"众人更是狂笑不止。我道："这个人不料有许多笑话。还有没有？何妨再说点我们听听。"佚庐道："我不过道听途说罢了，倘使他们局里的人说起来，只怕新鲜笑话多着呢。"

此时已是晚饭的时候，便留佚庐便饭。他同德泉是极熟的，也不推辞。一时饭罢，大家坐到院子里乘凉，闲闲的又谈起制造局来。我问起这局的来历。佚庐道："制造局开创的总办是冯竹儒，守成的是郑玉轩、李勉林，以后的就平常得很了。到了现在这一位，更是百事都不管，天天只在家里念佛，你想那个局如何会办得好呢。"我道："开创的颇不容易。"佚庐道："正是。不讲别的，偌大的一个局，定那章程规则，就很不容易。冯总办的时候，规矩极严，此刻宽的不像样子了。据他们说：当日冯总办，每天亲巡各厂去查工，晚上还查夜。有一夜极冷，有两三个司事同住在一个房里，大家烧了一小炉炭御寒，可巧冯总办查夜到了，吓得他们什么似的，内中一个，便把这个炭炉子藏在椅子底下，把身子挡住。偏偏他老先生又坐下来谈了几句天才去，等他去后，连忙取出炭炉时，那椅面已经烘的焦了，倘使他再不走，坐这把椅子的那位先生，屁股都要烧了呢。此刻一到冬天，那一个司事房里没有一个煤炉，只举此一端，其余就可想了。这位总办，别的事情不懂，一味的讲究节省，局里的司事穿一件新衣服，他也不喜欢，要说闲话。你想赵小云坐马车，被他看见了，他也不愿意，就可想而知了。其实我看是没有一处不糜费。单是局里用的几个外国人，我看就大可以省得。他们拿了一百、二百的大薪水，遇了疑难的事，还要和中国工师商量，这又何苦用着他呢。还有广方言馆那译书的，二三百银子一月，还要用一个中国人同他对译，一天也不知译得上几百个字，成了一部书之后，单是这笔译费就了不得。"我道："却译些什么书呢?"佚庐道："都有。天文、地理、机器、算学、声光、电化，都是全的。"我道："这些书倒好，明日去买他两部看看，也可以长点学问。"佚庐摇头道："不中用。他所译的书，我都看过，除了天文我不懂，其余那些声光电化的书，我都看遍了，都没有说的完备。说了一大篇，到了最紧要的窍眼，却不点出来。若是打算看了他作为谈天的材料，是用得着的；若是打算从这上头长学问，却是不能。”我道：“出了偌大薪水，怎么译成这么样？”佚庐道：“这本难怪。大凡译技艺的书，必要是这门技艺出身的人去译，还要中西文字兼通的才行。不然，必有个词不达意的毛病。你想他那里译书，始终是这一个人，难道这个人就能晓尽了天文、地理、机器、算学、声光、电化各门么？外国人单考究一门学问，有考了一辈子考不出来，或是儿子，或是朋友，去继他志才考出来的。谈何容易，就胡乱可以译得！只怕许多名目还闹不清楚呢。何况又两个人对译，这又多隔了一层膜了。”我道：“胡乱看看，就是做了谈天的材料也好。”佚庐道：“也未尝不可以看看，然而也有误人的地方。局里编了一部《四裔编年表》，中国的年代，却从帝喾编起。我读的书很少，也不敢胡乱批评他，但是我知道的，中国年代，从唐尧元年甲辰起，才有个甲子可以纪年，以前都是含含糊糊的，不知他从那里考得来。这也罢了。谁知到了周朝的时候，竟大错起来。你想拿年代合年代的事，不过是一本中西合历，只费点翻检的工夫罢了，也会错的，何况那中国从来未曾经见的学问呢。”我道：“是怎么错法呢？是把外国年份对错了中国年份不是？”佚庐道：“这个错不错，我还不曾留心。只是中国自己的年份错了，亏他还刻出来卖呢。你要看，我那里有一部，明日送过来你看。我那书头上，把他的错处，都批出来的。”正是：不是山中无历日，如何岁月也模糊？当下夜色已深，大家散了。要知他错的怎么，且待我看过了再记。

## 第三十一回　论江湖揭破伪术　小勾留惊遇故人

到了次日午后，方佚庐果然打发人送来一部《四裔编年表》。我这两天帐也对好了，东西也买齐备了，只等那如意的装璜匣子做好了，就可以动身，左右闲着，便翻开来看，见书眉上果然批了许多小字，原书中国历数，是从少昊四十年起的，却又注上“壬子”两个字。我便向德泉借了一部《纲鉴易知录》，去对那年干。从唐尧元年甲辰起，逆推上去，帝挚在位九年，帝喾在位七十年，颛顼氏在位七十八年，少昊氏在位八十四年；从尧元年扣至少昊四十年，共二百零一年。照着甲辰干支逆推上去，至二百零一年应该是癸未，断不会变成壬子之理。这是开篇第一年的中国干支已经错了。他底下又注着西历前二千三百四十九年。我又检查一检查，耶稣降生，应该在汉哀帝元寿二年；逆推至汉高祖乙未元年，是二百零六年；又加上秦四十二年，周八百七十二年，商六百四十四年，夏四百三十九年，舜五十年，尧一百年，帝挚九年，帝喾七十年，颛顼氏七十八年，少昊共在位八十四年；扣至四十年时，西历应该是耶稣降生前二千五百五十五年。其中或者有两回改换朝代的时候，参差了三两年，也说不定的，然而照他那书上，已经差了二百年了。开卷第一年，就中西都错，真是奇事。又翻到第三页上，见佚庐书眉上的批写着：“夏帝启在位九年，太康二十九年，帝相二十八年；自帝启五年至帝相六年，中间相距五十一年。今以帝启五年作一千九百七十四年，帝相六年作一千九百三十七年，中间相距才三十七年耳，此处即舛误十四年之多矣”云云。以后逐篇翻去，都有好些批，无非是指斥编辑的，算去却都批的不错。

金子安跑过来对我一看道：“呀！你莫非在这里打铁算盘？”我此时看他错误的太多，也就无心去看。想来他把中西的年岁，做一个对表，尚且如此错误，中间的事迹，我更无可稽考的，看他做什么呢。正在这么想着，听得金子安这话，我便笑问道：“怎么叫个铁算盘？

我还不懂呢。"金子安道:"这里又摆着历本,又摆着算盘,又堆了那些书,不是打铁算盘么。"我问到底什么叫铁算盘。子安道:"不是拿算盘算八字么?"我笑道:"我不会这个,我是在这里算上古的年数。"子安道:"上古的年数还算他做什么?"我问道:"那铁算盘到底是什么?"子安道:"是算命的一个名色。大概算命的都是排定八字,以五行生克推算,那批出来的词句,都是随他意写出来的,惟有这铁算盘的词句,都在书上刻着,排八字又不讲五行,只讲数目,把八个字的数目叠起来,往书上去查,不知他怎样的加法,加了又查,每查着的,只有一个字,慢慢加上,自然成文,判断的很有灵验呢。"我道:"此刻可有懂这个的?何妨去算算。"说话间,管德泉走过来说道:"江湖上的事,哪里好去信他!从前有一个什么吴少澜,说算命算得很准,一时哄动了多少人。这里道台冯竹儒也相信了,叫他到衙门里去算,把合家男女的八字,都叫他算起来。他的兄弟吉云有意要试那吴少澜灵不灵,便把他家一个底下人和一个老妈子的八字,也写了搀在一起。及至他批了出来,底下人的命,也是什么正途出身,封疆开府;那老妈子的命,也是什么恭人、淑人,夫荣子贵的。你说可笑不可笑呢!"

子安道:"这铁算盘不是这样的。拿八字给他看了,他先要算父母在不在,全不全,兄弟几人。父母不全的,是那一年丁的优,或丧父或丧母。先把这几样算的都对了,才往下算。倘有一样不对,便是时辰错了,他就不算了。"德泉道:"你还说这个呢!你可知前年京里,有一个算隔夜数的,他说今日几个人来算命,他昨夜已经先知道的,预先算下。要算命的人,到他那里,先告诉了他八字;又要把自己以前的事情,和他说知,如父母全不全,兄弟几个,那一年有什么大事之类,都要直说出来。他听了,说是对的,就在抽屉里取出一张批就的八字来,上面批的词句,以前之事,无一不应;以后的事,也批好了,应不应,灵不灵,是不可知的了。"我道:"这岂不是神奇之极了么?"德泉笑道:"谁知后来却被人家算去了!他的生意非常之好,就有人算计要拜他为师,他只不肯教人。后来来了一个人,天天请他吃馆子。起先还不在意,后来看看,每吃过了之后,到柜上去结帐,这个人取出一包碎银子给掌柜的,总是不多不少,恰恰如数。这算命的就起了疑心,怎么他能预先知道吃多少的呢?忍不住就问他。他道:'我天天该用多少银子,都是隔夜预先算定的,该在哪里用多少,哪里用多少,一一算好、称好、包好了,不过是省得临时秤算的意思。'算命的道:'哪里有这个术数?'他道:'岂不闻一饮一啄,莫非前定;既是前定,自然有术数可以算得出了。'算命的求他教这法子。他道:'你算命都会隔夜算定,难道这个小小术数都不会么?'算命的求之不已,他总是拿这句话回他。算命的没法,只得直说道:'我这个法子是假的。我的住房,同隔壁的房,只隔得一层板壁,在板壁上挖了一个小小的洞。我坐位的那个抽屉桌子,便把那小洞堵住,堵小洞的那横头桌子上的板,也挖去了,我那抽屉,便可以通到隔壁房里。有人来算命时,他一一告诉我的话,隔壁预先埋伏了人,听他说一句,便写一句;这个人笔下飞快,一面说完了,一面也写完了。至于那以后的批评,是糊里糊涂预写下的,灵不灵那个去管他呢。写完了,就从那小洞口递到抽屉里,我取了出来给人,从来不曾被人窥破。这便是我的法子了。'那人大笑道:'你既然懂得这个,又何必再问我的法子呢。我也不过预先算定,明日请你吃饭,吃些什么菜,应该用多少银子,预先秤下罢了。'算命的还不信,说道:'吃的菜也有我点的,你怎么知道我点的是什么菜、多少价呢?'那人笑道:'我是本京人,名馆子的情形烂熟。比方我打算定请你吃四个菜,每个一钱银子,你点了一个钱二的,我就点一个八分的来就你,你点了个六分的,我也会点一个钱四的来凑数,这有什么难处呢。'算命的呆了一呆道:'然则你何必一定请我?'那人笑道:'我何尝要请你,不过拿我这个法子,骗出你那个法子来罢了。'说罢一场干笑。那算命的被他识穿了,就连忙收拾出京去了。你道这些江湖上的人,可以信得么!"一席话说得大家一笑。

德泉道:"我今年活了五十多岁,这些江湖上的事情,见得多了。起先我本来是极迷信的,后来听见一班读书人都斥为异端邪术,我反起了疑心,这等神奇之事,都有人不信的,我倒怪那些读书人的不是呢。后来慢慢的听得多了,方才疑心到那江湖上的事情,不能尽信,却被我设法查出了他许多作假的法子。从此以后,我的不信,是有凭据可指的,那一班读书先生,倒成了徒托空言了。我说一件事给你两位听:当日我有一位舍亲,五十多岁,只有一个儿子,才十一二岁,得了个痫症,请了许多医生,都医不好。后来请了几个茅山道士来打醮禳灾,那为头的道士说他也懂得医道,舍亲就请他看了脉。他说这病是因惊而起,必要吃金银汤才镇压得住。问他什么叫金银汤,可是拿金子、银子煎汤。他说:'煎汤吃没有功效,必要拿出金银来,待他作了法事,请了上界真神,把金银化成仙丹,用开水冲服,才能见效。'舍亲信了,就拿出一枝金簪、两元洋钱,请他作法。他道:'现在打醮,不能做这个,要等完了醮,另作法事,方能办到。'舍亲也依了,等完了醮,就请他做起法事来。他又说:'洋钱不能用,因为是外国东西,菩萨不鉴的,必要锭子上剪下来的碎银。'舍亲又叫人拿洋钱去换了碎银来交与他。他却不用手接,先念了半天的经,又是什么通诚;通过了诚,才用一个金漆盘子,托了一方黄缎,缎上面画了一道符,叫舍亲把金簪、碎银放在上面。他捧到坛上去,又念了一回经卷,才把他包起来放在桌子上,撤去金漆盘子,道众大吹大擂起来,一面取二升米,撒在缎包上面,二升米撒完了,那缎包也盖没了。他又戟指在米上画了一道符,又拜了许久,念了半天经咒,方才拿他那牙笏把米扫开,现出缎包。他卷起衣袖,把缎包取来,放在金漆盘子里,轻轻打开。说也奇怪,那金簪、银子都不见了,缎子上的一道符还是照旧,却多了一个小小的黄纸包儿,拿下来打开看时,是一包雪白的末子。他说:'这就是那金银化的,是请了上界真神,才化得出来,把开水冲来服了,包管就好。'此时亲眷朋友,在座观看的人,总有二三十,就是我也在场同看,明明看着他手脚极干净,不由得不信。然而吃了下去,也不见好,后来还是请了医生看好的。在当时人人都疑是真有神仙,便是我也还在迷信时候上。多少读书人,却一口咬定是假的,他一定掉了包去。然而几人虎视眈眈的看着他,拿缎包时,总是卷起袖子,如果掉包,岂没有一个人看穿的道理。后来却被我考了出来,明明是假的,他仗着这个法子去拐骗金银,又乐得人人甘心被他拐骗,这才是神乎其技呢!"我连忙问:"是怎么假法?"德泉取一张纸,裁了两方,折了两个包,给我们看。(看官,当日管德泉是当面做给我看的,所以我一看就明白;此刻我是笔述这件事,不能做了纸包,夹在书里面,给看官们看,只能画个图出来,让看官们好按图去演做出来,方知这骗法神妙。)图如下:

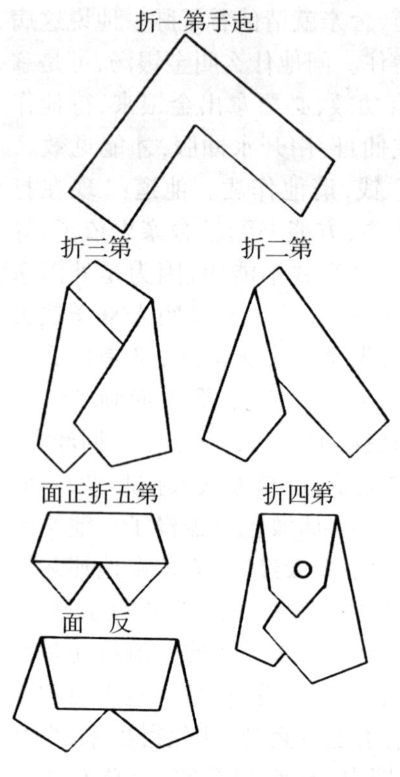


德泉折了这一式的两个纸包道:"你们看这两个纸包,是一式无异的了。他把两个包的反面对着反面,用胶水粘连起来,不成了两面都是正面,都有了包口的了么?他在那一面先藏了别的东西,却拿这一面包你的金银。纵使看的人疑心他做手脚,也不过留神在他身上袖子里,哪知道他在金漆盘里拿到桌子上,或在桌子上拿回金漆盘里时,轻轻翻一个身,已经掉去了呢。"我道:"这个法子,说穿了也不算什么希奇。"德泉道:"说穿了,自然不希奇,然而不说穿是再没有人看得出的。我初考得这个法子时,便小试其技,拿纸来做了一个小包,预包了一角小洋钱在里面,却叫人家给一个铜钱,我包在这一面,攒在手里,假意叫他吹一口气,把纸包翻过来,就变了个小洋钱。有一个年轻朋友看了,当以为真,一定要我教他。我要他请我吃了好几回小馆子,才教了他。他懊悔的了不得。"我道:"教会了他,为甚倒懊悔起来呢?"德泉道:"他以为果然一个铜钱,能变做一角小洋钱,他想学会了,就可以发财,所以才破费了请我吃那许多回馆子。谁知说穿了是假的,他那得不懊悔。"子安和我,不觉一齐笑起来。

我又问道:"还有什么作假的呢?"德泉道:"不必说起,没有一件不是作假的,不过一时考不出来。我只说一两件,就可以概其余了。

那'祝由科'代人治病,不用吃药,只画两道符就好了。最惊人的,用小刀割破舌头取血画符,看他割得血淋淋的,又行所无事,人人都以为神奇。其实不相干,你试叫他拿刀来把舌头横割一下,他就不能。原来这舌头竖割是不伤的,随割随就长合,并且不甚痛,常常割他,割惯了竟是毫无痛苦的。若是横割了,就流血不止,极难收口的。只要大着胆,人人都可以做得来。不信,你试细细的一想,有时吃东西,偶然大牙咬了舌边,虽有点微痛,却不十分难受;倘是门牙咬了舌尖,就痛的了不得。论理大牙的咬劲,比门牙大得多,何以反为不甚痛?这就是一横一竖的道理了。又有那茅山道士探油锅的法子,看看他作起法来,烧了一锅油,沸腾腾的滚着,放了多少铜钱下去,再伸手去一个一个的捞起来,他那只手只当不知。看了他,岂不是仙人了么?岂知他把些硼砂,暗暗的放在油锅里,只要得了些须暖气,硼砂在油里面要化水,化不开,便变了白沫,浮到油面,人家看了,就犹如那油滚了一般,其实还没有大热呢。"说话之间,已到了晚饭时候。

这一天格外炎热,晚饭过后,便和德泉到黄浦滩边,草皮地上乘了一回凉,方才回来安歇。这一夜,热的睡不着,直到三点多钟,方才退尽了暑气,朦胧睡去。忽然有人叫醒,说是有个朋友来访我。连忙起来,到堂屋一看,见了这个人,不觉吃了一惊。正是:昨听江湖施伪术,今看骨肉出新闻。未知此人是谁,且听下回再记。

# 第三十二回　轻性命天伦遭惨变　豁眼界北里试嬉游

哈哈！你道那人是谁？原来是我父亲当日在杭州开的店里一个小伙计，姓黎，表字景翼，广东人氏。我见了他，为甚吃惊呢？只因见他穿了一身的重孝，不由的不吃一个惊。然而叙起他来，我又为什么哈哈一笑？只因我这回见他之后，晓得他闹了一件丧心病狂的事，笑不得、怒不得，只得干笑两声，出出这口恶气。

看官们听我叙来：这个人，他的父亲是个做官的，官名一个逵字，表字鸿甫。本来是福建的一个巡检，署过两回事，弄了几文，就在福州省城，盖造了一座小小花园，题名叫做水鸥小榭。生平欢喜做诗，在福建结交了好些官场名士，那小鸥小榭，就终年都是冠盖往来，日积月累的，就闹得亏空起来。大凡理财之道，积聚是极难，亏空是极易的。然而官场中的习气，又看得那亏空是极平常的事。所以越空越大，慢慢的闹得那水鸥小榭的门口，除了往来的冠盖之外，又多添了一班讨债鬼。这位黎鸿甫少尹，明知不得了，他便一不做，二不休，索性带了一妻两妾三个儿子，逃了出来，撇了那小鸥小榭也不要了。走到杭州，安顿了家小，加捐了一个知县，进京办了引见，指省浙江，又到杭州候补去了。我父亲开着店的时候，也常常和官场交易，因此认识了他的三个儿子：大的叫慕枚，第二的就是这个景翼，第三的叫希铨。你道他们兄弟，为甚取了这么三个别致名字？只因他老子欢喜做诗，做名士，便望他的儿子也学他那样，因此大的叫他仰慕袁枚，就叫慕枚；第二的叫他景企赵翼，就叫景翼；第三的叫他希冀蒋士铨，就叫希铨。他便这般希望儿子，谁知他的三个儿子，除了大的还略为通顺，其次两个，连字也认不得多少，却偏又要讲两句歪诗。当年鸿甫把景翼荐到我父亲店里，我到杭州时，他还在店里，所以认得他。

当下相见毕，他就叙起别后之事来。原来鸿甫已经到了天津，在开平矿务局当差。家眷都搬到上海，住在虹口源坊弄。慕枚到台湾去谋事,死在台湾。鸿甫的老婆,上月在上海寓所死了,所以景翼穿了重孝。景翼把前事诉说已毕,又说道:"舍弟希铨,不幸昨日又亡故了,家父远在开平,我近来又连年赋闲,所以一切后事,都不能举办。我们忝在世交,所以特地来奉求借几块洋钱,料理后事。"我问他要多少,景翼道:"多也不敢望,只求借十元罢了。"我听说,就取了十元钱给他去了。

今天早上,下了一阵雨,天气风凉,我闲着没事,便到谦益栈看伯父。谁知他已经动身到苏州去了。又去看看小七叔,谈了一回,出来到虹口源坊弄,回看景翼,并吊乃弟之丧。

到得他寓所时,恰好他送灵柩到广肇山庄去了,未曾回来,只有同居的一个王端甫在那里,代他招呼。这王端甫是个医生。我请问过姓氏之后,便同他闲谈,问起希铨是什么病死的。端甫只叹一口气,并不说是什么病。我不免有点疑心,正要再问,端甫道:"听景翼说起,同阁下是世交,不知交情可深厚?"我道:"这也无所谓深厚不深厚,总算两代相识罢了。"端甫道:"我也是和鸿甫相好。近来鸿甫老的糊涂了,这黎氏的家运,也闹了个一败涂地。我们做朋友的,看着也没奈何。偏偏慕枚又先死了,这一家人只怕从此没事的了。"我道:"究竟希铨是什么病死的?"端甫叹道:"哪里是病死的,是吃生鸦片烟死的呀!"我惊道:"为着什么事?"端甫道:"竟是鸿甫写了信来叫他死的。"我更是大惊失色,问是什么缘故。端甫道:"这也一言难尽。鸿甫的那一位老姨太太,本是他夫人的陪嫁丫头。他弟兄三个,都是嫡出;这位姨太太,也生过两个儿子,却养不住。鸿甫夫人便把希铨指给他,所以这位姨太太十分爱惜希铨。希铨又得了个瘫痪的病,总医不好。上前年就和他娶了个亲。这种瘫子,有谁肯嫁他,只娶了人家一个粗丫头。去年那老姨太太不在了,把自己的几口皮箱,都给了希铨。这希铨也索作怪,娶了亲来,并不曾圆房,却同一个朋友同起同卧。这个朋友是一个下等人,也不知他姓什么,只知道名字叫阿良。家里人都说希铨和那阿良,有甚暧昧的事。希铨又本来生得一张白脸,柔声下气,就和女人一般的,也怪不得人家疑心。然而这总是房帏琐事,我们旁边人却不敢乱说。这一位景翼先生,他近来赋闲得无聊极了，手边没有钱化，便向希铨借东西当，希铨却是一毛不拔的，因此弟兄们闹不得了。景翼便把阿良那节事写信给鸿甫，信里面总是加了些油盐酱醋。鸿甫得了信，便写了信回来，叫希铨快死；又另外给景翼信，叫他逼着兄弟自尽。我做同居的，也不知劝了多少。谁知这位景翼，竟是别有肺肠的，他的眼睛只看着老姨太太的几口皮箱，哪里还有什么兄弟，竟然亲自去买了鸦片烟来，立逼着希铨吃了。一头咽了气，他便去开那皮箱，谁知竟是几口空箱子，里面塞满了许多字纸、砖头、瓦石，这才大失所望。大家又说是希铨在时，都给了阿良了。然而这个却又毫无凭据的，不好去讨。只好哑子吃黄连，自家心里苦罢了。”我听了一番话，也不觉为之长叹。一会儿，景翼回来了，彼此周旋了一番，我便告辞回去。

过了两天，王端甫忽然气冲冲的走来，对我说道：“景翼这东西，真是个畜生！岂有此理！”我忙问什么事。端甫道：“希铨才死了有多少天，他居然把他的弟妇卖了！”我道：“这还了得！卖到了什么地方去了？”端甫道：“卖到妓院里去了！”我不觉顿足道：“可曾成交？”端甫道：“今天早起，人已经送去了；成交不成交，还没知道。”我道：“总要设法止住他才好。”端甫道：“我也为了这个，来和你商量。我今天打听了一早起，知道他卖在虹口广东妓院里面。我想不必和景翼那厮说话，我们只到妓院里，和他把人要回来再讲。所以特地来约同你去，因为你懂得广东话。”原来端甫是盂河人，不会说广东话。我笑问道：“你怎么知道我懂广东话呢？”端甫道：“你前两天和景翼说的，不是广东话么。”我道：“只怕他成了交，就是懂话也不中用。”端甫道：“所以要赶着办，迟了就怕误事。”我道：“把人要了出来，作何安置呢？也要预先筹画好了呀。”端甫道：“且要了出来再说。嫁总是要嫁的，他还没有圆过房，并且一无依靠的，又有了景翼那种大伯子，哪里能叫人家守呢。”我道：“此刻天气不早了，你就在这里吃了晚饭，我同你去走走吧。左右救出这个女子来，总是一件好事。”端甫答应了。

饭后便叫了两辆东洋车，同到虹口去。那一条巷子叫同顺里。走了进去，只见两边的人家，都是乌里八糟的。走到一家门前，端甫带着我进去,一直上到楼上。这一间楼面,便隔做了两间。楼梯口上,挂了一盏洋铁洋油灯,黑暗异常。入到房里,只见安设着一张板床,高高的挂了一顶洋布帐子;床前摆了一张杉木抽屉桌子;靠窗口一张杉木八仙桌,桌上放着一盏没有磁罩的洋灯,那玻璃灯筒儿,已经是熏得漆黑焦黄的了;还有一个大瓦钵,满满的盛着一钵切碎的西瓜皮,七横八竖的放着几双毛竹筷子。我头一次到这等地方,不觉暗暗称奇,只得将就坐下。便有两个女子上来招呼,一般的都是生就一张黄面,穿了一套拷绸衫裤,脚下没有穿袜,拖了一双皮鞋,一个眼皮上还长了一个大疤,都前来问贵姓。我道:"我们不是来打茶围的,要来问你们一句话,你去把你们鸨母叫了上来。"那一个便去了。我便问端甫,可认得希铨的妻子。端甫道:"我同他同居,怎么不认得。"一会儿,那鸨妇上来了。我问她道:"听说你这里新来一个姑娘,为什么不见?"鸨妇脸上现了错愕之色,回眼望一望端甫,又望着我道:"没有呀。"说话时,那两个妓女,又在那里交头接耳。我冷笑道:"今天姓黎的送来一个人,还没有么?"鸨妇道:"委实没有。我家现在只有这两个。"我道:"这姓黎的所卖的人,是他自己的弟妇,如果送到这里,你好好的实说,交了出来,我们不难为你。如果已经成交,我们还可以代你追回身价。你倘是买了不交出来,你可小心点!"鸨妇慌忙道:"没有,没有!你老爷吩咐过,如果他送来我这里,也断不敢买了。"我把这番问答,告诉了端甫。端甫道:"我懂得。我打听得明明白白的,怎么说没有!"我对鸨妇道:"我们是打听明白了来的,你如果不交出人来,我们先要在这里搜一搜。"鸨妇笑道:"两位要搜,只管搜就是。难道我有这么大的胆,敢藏过一个人。我老实说了吧:人是送来看过的,因为身价不曾谈成。我不知道这里面还有别样葛藤,幸得两位今夜来,不然,等买成了才晓得,那就受累了。"我道:"他明明带到你这里来的,怎么不在这里?你这句话有点靠不住。"鸨妇道:"或者他又带到别处去看,也难说的。吃这个门户饭的,不止我这一家。"我听了,又告诉了端甫,只得罢休。当下又交代了几句万不可买的话,方才出来,与端甫分手。约定明日早上,我去看他,顺便觑景翼动静,然后分投回去。

德泉问事情办得妥么。我道:“事情不曾办妥,却开了个眼界。我向来不曾到过妓院,今日算是头一次。常时听见人说什么花天酒地,以为是一个好去处,却不道是这么一个地方,真是耳闻不如目见了。”德泉道:“是怎么样地方?”我就把所见的,一一说了。德泉笑道:“那是最坏的地方;有好的,你没有见过。多偺我同你去打一个茶围,你便知道了。”说时,恰好有人送了一张条子来,德泉看了笑道:“哪有这等巧事!说要打茶围,果然就有人请你吃花酒了。”说罢,把那条子递给我看,原来是赵小云请德泉和我到尚仁里黄银宝处吃酒。那一张请客条子,是用红纸反过来写的。德泉便对来人说:“就来。”原来赵小云自从卖了那小火轮之后,曾来过两次,同我也相熟了,所以请德泉便顺带着请我。我意思要不去。德泉道:“这吃花酒本来不是一件正经事,不过去开开眼界罢了。只去一次,下次不去,有什么要紧呢。”看看钟才九点一刻,于是穿了长衣,同德泉慢慢的走去。在路上,德泉说起小云近日总算翻了一个大身,被一个马矿师聘了去,每月薪水二百二十两,所以就阔起来了。这是制造局里几吊钱一个月的学生。你想值得到二百多两的价值,才给人家几吊钱,叫人家怎么样肯呢。”我道:“然而既是倒贴了他膏火教出来的,也要念念这个学出本事的源头。”德泉道:“自然做学生的也要思念本源,但是你要用他呀。搁着他不用,他自然不能不出来谋事了。”我道:“化了钱,教出了人材,却被外人去用,其实也不值得。”德泉道:“这个岂止一个赵小云,曾文正和李合肥,从前派美国的学生,回来之后,去做洋行买办,当律师翻译的,不知多少呢。”一面说着话,不觉走到了,便入门一径登楼。这一登楼,有分教:涉足偶来花世界,猜拳酣战酒将军。不知此回赴席,有无怪现状,且待下回再记。

# 第三十三回　假风雅当筵呈丑态　真义侠拯人出火坑

当下我两人走到楼上，入到房中，赵小云正和众人围着桌子吃西瓜。内中一个方佚庐是认得的。还有一个是小云的新同事，叫做李伯申。一个是洋行买办，姓唐，表字玉生，起了个别号，叫做啸庐居士，画了一幅《啸庐吟诗图》，请了多少名士题诗；又另有一个别号，叫做酒将军，因为他酒量好，所以人家送他这么一个外号，他自己也居之不疑。当下彼此招呼过了，小云让吃西瓜。那黄银宝便拿瓜子敬客，请问贵姓。我抬头看时，大约这个人的年纪，总在二十以外了，鸡蛋脸儿，两颧上现出几点雀斑，搽了粉也盖不住，鼻准上及两旁，又现出许多粉刺，厚厚的嘴唇儿，浓浓的眉毛儿，穿一件广东白香云纱衫子，束一条黑纱百褶裙，里面衬的是白官纱裤子。却有一样可奇之处，她的举动，甚为安详，全不露着轻佻样子。敬过瓜子之后，就在一旁坐下。

他们吃完了西瓜，我便和佚庐说起那《四裔编年表》，果然错得厉害，所以我也无心去看他的事迹了。——他一个年岁都考不清楚，那事迹自然也靠不住了，所以无心去看他。佚庐道："这个不然。他的事迹都是从西史上译下来的。他的西历并不曾错，不过就是错了华历。这华历有两个错处：一个是错了甲子，一个是合错了西历。只为这一点，就闹的人家眼光撩乱了。"唐玉生道："怎的都被你们考了出来，何妨去纠正他呢？"佚庐笑道："他们都是大名家编定的，我们纵使纠正了，谁来信我们；不过考了出来，自己知道罢了。"玉生道："做大名家也极容易。像我小弟，倘使不知自爱，不过是终身一个买办罢了；自从结交了几位名士，画了那《啸庐吟诗图》，请人题咏，那题咏的诗词，都送到报馆里登在报上，此刻哪一个不知道区区的小名，从此出来交结个朋友也便宜些。"说罢，呵呵大笑。又道："此刻我那《吟诗图》，题的人居然有了二百多人，诗、词、歌、赋，什么体都有了，写的这也是真、草、隶、篆，式式全备；只少了一套曲了，我还想请人拍一套曲子在上头，就可以完全无憾了。”说罢，又把题诗的人名字，屈着手指头数出来，说了许多什么生，什么主人，什么居士，什么词人，什么词客……滔滔汩汩，数个不了。

小云道：“还是办我们的正经吧。时候不早了，那两位怕不来了，摆起来吧，我们一面写局票。”房内的丫头老妈子，便一迭连声叫摆起来。小云叫写局票，一一都写了，只有我没有。小云道：“没有就不叫也使得。”玉生道：“无味，无味！我来代一个。”就写了一个西公和沈月英。一时起过手巾，大众坐席。黄银宝上来筛过一巡酒，敬过瓜子，方在旁边侍坐。我们一面吃酒，一面谈天。我说起：“这里妓院，既然收拾得这般雅洁，只可惜那叫局的纸条儿，太不雅观。上海有这许多的诗人墨客，为什么总没有人提倡，同他们弄些好笺纸？”玉生道：“好主意！我明天就到大吉楼买几盒送他们。”我道：“这又不好。总要自己出花样，或字或画，或者贴切这个人名，或者贴切吃酒的事，才有趣呢。”玉生道：“这更有趣了。画画难求人，还是想几个字吧。”说着，侧着头想了一会道：“‘灯红酒绿’好么？”我道：“也使得。”玉生又道：“‘骚人韵士，絮果兰因’，八个字更好。”我笑道：“有谁名字叫韵兰的，这两句倒是一副现成对了。”玉生道：“你既然会出主意，何妨想一个呢？”我道：“现成有一句《西厢》，又轻飘，又风雅，又贴切，何不用呢？”玉生道：“是哪一句？”我道：“管教那人来探你一遭儿。”玉生拍手道：“好，好！妙极，妙极！”又闭着眼睛，曼声念道：“管教那人来探你一遭儿。妙极，妙极！”小云道：“你用了这一句，我明日用西法画一个元宝刻起来，用黄笺纸刷印了，送给银宝，不是‘黄银宝’三个字都有了么？”说罢，大家一笑。

叫的局陆续都到，玉生代我叫的那沈月英也到了。只见她流星送目，翠黛舒眉，倒也十分清秀。玉生道：“寡饮无味，我们何不豁拳呢？”小云道：“算了吧，你酒将军的拳，没有人豁得过。”玉生不肯，一定要豁，于是打起通关来。一时履舄交错，钏动钗飞。我听见小云说他拳豁得好，便留神去看他出指头，一路轮过来到我，已被我看的差不多了，同他对豁五拳，却赢了他四拳。他不服气，再豁五拳，却又输给我三拳。他还不服气,要再豁,又拿大杯来赌酒,这回他居然输了个“直落五”。小云呵呵大笑道:“酒将军的旗倒了!”我道:“豁拳太伤气,我们何妨赌酒对吃呢。一样大的杯子,取两个来,一人一杯对吃,看谁先叫饶,便是输了。”玉生道:“倒也爽快!”便叫取过两个大茶盅来,我和他两个对饮。一连饮过二十多杯,方才稍歇。过了一会,又对吃起来,又是一连二三十杯。德泉道:“少吃点吧,天气热呀。”于是我两人方才住了。一会儿,席散了,各人都辞去。

一同出门,好好的正走着,玉生忽然哇的一声吐了。连忙站到旁边,一只手扶着墙,一面尽情大吐,吐完了,取手巾拭泪。说道:“我今天没有醉,这……这是他……他们的酒太……太新了!”一句话还未说完,脚步一浮,身子一歪,几乎跌个筋斗,幸得方佚庐、李伯申两个,连忙扶住。出了巷口,他的包车夫扶了他上车去了。各人分散。我和德泉两个回去,在路上说起玉生不济。我道:“在南京时,听继之说上海的斗方名士,我总以为继之糟蹋人,今日我才亲眼看见了。我恼他那酒将军的名字,时常诌些歪诗,登在报上,我以为他的酒量有多大,所以要和他比一比。是你劝住了,又是天热,不然,再吃上十来杯,他还等不到出来才吐呢。天底下竟有这些狂人,真是奇事!”当下回去,洗澡安歇。

次日,我惦着端甫处的事,一早起来,便叫车到虹口去。只见景翼正和端甫谈天。端甫和我使个眼色,我就会了意,不提那件事,只说二位好早。景翼道:“我因为和端甫商量一件事,今日格外早些。”我问什么事。景翼叹口气道:“家运颓败起来,便接二连三的出些古怪事。舍弟没了才得几天,舍弟妇又逃走去了!”我只装不知道这事,故意诧异道:“是几时逃去的?”景翼道:“就是昨天早起的事。”我道:“倘是出去好好的嫁一个人呢,倒还罢了,只不要葬送到那不相干的地方去,那就有碍府上的清誉了。”景翼听了我这句话,脸上涨得绯红,好一会才答道:“可不是!我也就怕的这个。”端甫道:“景兄还说要去追寻,依我说,她既然存了去志,就寻回来,也未必相安。况且不是我得罪的话,黎府上的境况也不好,去了可以省了一口人吃饭,她妇人家坐在家里,也做不来什么事。”我道:“这倒也说得是。

这一传扬出去,寻得着寻不着还不晓得,先要闹得通国皆知了。”景翼一句话也不答,看他那样子,很是局促不安。我向端甫使个眼色,起身告辞。端甫道:“你还到哪里去?”我道:“就回去。”端甫道:“我们学学上海人,到茶馆里吃碗早茶吧。”我道:“左右没事,走走也好。”又约景翼,景翼推故不去,我便同端甫走了出来。端甫道:“我昨夜回来,他不久也回来了,那脸上现了一种惊惶之色,不住的唉声叹气,我未曾动问他。今天一早,他就来和我说,弟妇逃走了。这件事你看怎处?”我道:“我也筹算过来,我们既然沾了手,万不能半途而废,一定要弄他个水落石出才好。只怕他已经成了交,那边已经叫她接了客,那就不成话了。”端甫道:“此刻无踪无影的,往哪里去访寻呢。只得破了脸,追问景翼。”我道:“景翼这等行为,就是同他破脸,也不为过。不过事情未曾访明,似乎太早些。我们最好是先在外面访着了,再和他讲理。”端甫道:“外面从何访起呢?”我道:“昨天那鸨妇虽然嘴硬,那形色甚是慌张,我们再到她那里问去。”端甫道:“也是一法。”于是同走到那妓院里。

那鸨妇正在那里扫地呢,见了我们,便丢下扫帚,说道:“两位好早。不知又有什么事?”我道:“还是来寻黎家媳妇。”鸨妇冷笑道:“昨天请两位在各房里去搜,两位又不搜,怎么今天又来问我?在上海开妓院的,又不是我一家,怎见得便在我这里?”我听了不觉大怒,把桌子一拍道:“姓黎的已经明白告诉了我,说他亲自把弟妇送到你这里的,你还敢赖!你再不交出来,我也不和你讲,只到新衙门里一告,等老爷和你要,看你有几个指头捱拶子!”鸨妇闻了这话,才低头不语,我道:“你到底把人藏在哪里?”鸨妇道:“委实不知道,不干我事。”我道:“姓黎的亲身送他来,你怎么委说不知?你果然把她藏过了,我们不和你要人,那姓黎的也不答应。”鸨妇道:“是王大嫂送来的,我看了不对,她便带回去了,哪里是什么姓黎的送来!”我道:“什么王大嫂?是个什么人?”鸨妇道:“是专门做媒人的。”我道:“她住在什么地方?你引我去问他。”鸨妇道:“她住在广东街,你两位自去找她便是,我这里有事呢。”我道:“你好糊涂!你引了我们去,便脱了你的干系。不然,我只向你要人!”鸨妇无奈,只得起身引了我们到广东街,指了门口,便要先回去。我道:“这个不行!我们不认得她,要你先去和她说。”鸨妇只得先行一步进去,我等也跟着进去。

只见里面一个浓眉大眼的黑面肥胖妇人,穿着一件黑夏布小衣,两袖勒得高高的,连胳膊肘子也露了出来,赤着脚,穿了一双拖鞋,那裤子也勒高露膝,坐在一张矮脚小凳子上,手里拿着一把破芭蕉扇,在那里扇着取凉。鸨妇道:“大嫂,秋菊在你这里么?”我暗问端甫道:“秋菊是谁?”端甫道:“就是他弟妇的名字。”我不觉暗暗称奇。此时不暇细问,只听得那王大嫂道:“不是在你家里么?怎么问起我来?你又带了这两位来做什么?”鸨妇涨红了脸道:“不是你带了她出来的,怎么说在我家?”王大嫂站起来大声道:“天在头上!你平白地含血喷人!自己做事不机密,却想把官司推在我身上!”鸨妇也大声道:“都是你带了这个不吉利、克死老公的货来带累我!我明明看见那个货头不对,当时还了你的,怎么凭空赖起来!”王大嫂丢下了破芭蕉扇,口里嚷道:“天杀的!你自己胆小,和黎二少交易不成,我们当场走开,好好的一个秋菊在你房里,怎么平白地赖起我来!我同你拚了命,和你到十王殿里,请阎王爷判这是非!”说时迟,那时快,她一面嚷着,早一头撞到鸨妇怀里去。鸨妇连忙用手推开,也嚷着道:“你昨夜被鬼遮了眼睛,他两个同你一齐出来,你不看见了么?”我听她两个对骂的话里有因,就劝住道:“你两个且不要闹,这个不是拼命的事,昨夜怎么他两个一同出来,你且告诉了我,我自有主意,可不要遮三瞒四的;说得明白,找出人来,你们也好脱累。”王大嫂道:“你两位不厌烦琐,等我慢慢的讲来。”又指着端甫道:“这位王先生,我认得你,你只怕不认得我。我时常到黎家去,总见你的。前天黎二少来,说三少死了,要把秋菊卖掉,做盘费到天津寻黎老爷,越快越好。我道:‘卖人的事,要等有人要买才好讲得,哪里性急得来。’他说:‘妓院里是随时可以买人的。’我还对他说:‘恐怕不妥当,秋菊虽是丫头出身,然而却是你们黎公馆的少奶奶,卖到那里去须不好听,怕与你们老爷做官的面子有碍。’他说:‘秋菊何尝算什么少奶奶!三少在日,并不曾和他圆房。只有老姨太太在时,叫他一声媳妇儿;老太太虽然也叫过两声,后来问得他做丫头的名字叫秋菊,就把他叫着顽，后来就叫开了。阖家人等，哪个当她是个少奶奶。今日卖她，只当卖丫头。’他说得这么斩截，我才答应了他。”又指着鸨妇道：“我素知这个阿七妈要添个姑娘，就来和她说了。昨天早起，我就领了秋菊到他家去看。到了晚上，我又带了黎二少去，等他们当面讲价。黎二少要他一百五十元，阿七妈只还他八十。还是我从中说合，说当日娶她的时候，也是我的原媒，是一百元财礼，此刻就照一百元的价吧。两家都依允了，契据也写好了，只欠未曾交银。忽然他家姑娘来说，有两个包探在楼上，要阿七妈去问话。我也吃了一惊，跟着到楼上去，在门外偷看，见你两位问话。我想王先生是他同居，此刻出头邀了包探来，这件事沾不得手。等问完了话，阿七奶也不敢买了，我也不敢做中了，当时大家分散，我便回来。他两个往哪里去了，我可不晓得了。”我问端甫道：“难道回去了？”端甫道：“断未回去！我同他同居，统共只有两楼两底的地方，我便占了一底，回去了岂有不知之理。”我道：“莫非景翼把她藏过了？然而这种事，正经人是不肯代她藏的，藏到哪里去呢？”端甫猛然省悟道：“不错，他有一个咸水妹相好，和我去坐过的，不定藏在那里。”我道：“如此，我们去寻来。”端甫道：“此刻不过十点钟，到那些地方太早。”我道：“我们只说有要紧事找景翼，怕什么！”说罢，端甫领了路一同去。好得就在虹口一带地方，不远就到了。

打开门进去，只见那咸水妹蓬着头，像才起来的样子。我就问景翼有没有来。咸水妹道：“有个把月没有来了。他近来发了财，还到我们这里来么，要到四马路嫖长三去了！”我道：“他发了什么财？”咸水妹道：“他的兄弟死了，八口皮箱里的金珠首饰、细软衣服，怕不都是他的么！这不是发了财了！”我见这情形，不像是同他藏着人的样子，便和端甫起身出来。端甫道：“这可没处寻了，我们散了吧，慢慢再想法子。”正想要分散，我忽然想起一处地方来道：“一定在那里！”便拉着端甫同走。正是：踏破铁鞋无觅处，得来全不费工夫。不知想着什么地方，且待下回再记。

## 第三十四回　蓬荜中喜逢贤女子　市井上结识老书生

当下正要分手,我猛然想起那个什么王大嫂,说过当日娶的时候,也是她的原媒,她自然知道那秋菊的旧主人的了。或者她逃回旧主人处,也未可知,何不去找那王大嫂,叫她领到她旧主人处一问呢。当下对端甫说了这个主意,端甫也说不错。于是又回到广东街,找着了王大嫂,告知来意。王大嫂也不推辞,便领了我们,走到靖远街,从一家后门进去。门口贴了"蔡宅"两个字。王大嫂一进门,便叫着问道:"蔡嫂,你家秋菊有回来么?"我等跟着进去,只见屋内安着一铺床,床前摆着一张小桌子,这边放着两张竹杌;地下爬着两个三四岁的孩子;广东的风炉,以及沙锅瓦罐等,纵横满地。原来这家人家,只住得一间破屋,真是寝于斯、食于斯的了。我暗想这等人家也养着丫头,也算是一件奇事。只见一个骨瘦如柴的妇人,站起来应道:"我道是谁,原来是王大嫂。那两位是谁?"王大嫂道:"是来寻你们秋菊的。"那蔡嫂道:"我搬到这里来,她还不曾来过,只怕她还没有知道呢。要找她有什么事,何不到黎家去?昨天我听见说她的男人死了,不知是不是?"王大嫂道:"有甚不是!此刻只怕尸也化了呢。"蔡嫂道:"这个孩子好命苦!我很悔当初不曾打听明白,把她嫁了个瘫子。谁知她瘫子也守不住!这两位怎么忽然找起她来?"一面说,一面把孩子抱到床上,一面又端了竹杌子过来让坐。王大嫂便把前情后节,详细说了出来。蔡嫂不胜错愕道:"黎二少枉了是个读书人,怎么做了这种禽兽事!无论她出身微贱,总是明媒正娶的,是他的弟妇,怎么要卖到妓院里去?纵使不遇见这两位君子仗义出头,我知道了也是要和他讲理的,有他的礼书、婚帖在这里。我虽然受过他一百元财礼,我办的陪嫁,也用了七八十。我是当女儿嫁的,不信,你到他家去查那婚帖,我们写的是义女,不是什么丫头;就是丫头,这卖良为娼,我告到官司去,怕输了他!你也不是个人,怎么平白地就和他干这个丧心的事！须知这事若成了，被我知道，连你也不得了。你四个儿子死剩了一个，还不快点代他积点德，反去作这种孽。照你这种行径，只怕连死剩那个小儿子还保不住呢！”一席话，说得王大嫂哑口无言。我不禁暗暗称奇，不料这荜门圭窦中，有这等明理女子，真是“十步之内，必有芳草”。因说道：“此刻幸得事未办成，也不必埋怨了，先要找出人来要紧。”蔡嫂流着泪道：“那孩子笨得很，不定被人拐了，不但负了两位君子的盛心，也枉了我抚养她一场！”又对王大嫂道：“她在青云里旧居时，曾拜了同居的张婶婶做干娘。她昨夜不敢回夫家去，一定找我，我又搬了，张婶婶一定留住了她。然而为什么今天还不送她来我处呢？要就到她那里去看看，那里没有，就绝望了。”说着，不住的拭泪。我道：“既然有了这个地方，我们就去走走。”蔡嫂站起来道：“恕我走路不便，不能奉陪了，还是王大嫂领路去吧。两位君子做了这个好事，公侯万代！”说着，居然呜呜的哭起来，嘴里叫着“苦命的孩子”。

我同端甫走了出来，王大嫂也跟着。我对端甫道：“这位蔡嫂很明白，不料小户人家里面有这种人才！”端甫道：“不知他的男人是做什么的？”王大嫂道：“是一个废人，文不文，武不武，穷的没饭吃，还穿着一件长衫，说什么不要失了斯文体统。两句书只怕也不曾读通，所以教了一年馆，只得两个学生，第二年连一个也不来了。此刻穷的了不得，在三元宫里面测字。”我对端甫道：“其妇如此，其夫可知，回来倒可以找他谈谈，看是什么样的人。”端甫道：“且等把这件正经事办妥了再讲。只是最可笑的是，这件事我始终不曾开一句口，是我闹起来的，却累了你。”我道：“这是什么话！这种不平之事，我是赴汤蹈火，都要做的。我虽不认得黎希铨，然而先君认得鸿甫，我同他便是世交，岂有世交的妻子被辱也不救之理。承你一片热心知照我，把这个美举分给我做，我还感激你呢。”

端甫道：“其实广东话我句句都懂，只是说不上来。像你便好，不拘那里话都能说。”我道：“学两句话还不容易么。我是凭着一卷《诗韵》学说话，倒可以有‘举一反三’的效验。”端甫道：“奇极了！学说话怎么用起《诗韵》来？”我道：“并不奇怪。各省的方音，虽然不同,然而读到有韵之文,却总不能脱韵的。比如此地上海的口音,把歌舞的歌字读成‘孤’音,凡五歌韵里的字,都可以类推起来:‘搓’字便一定读成‘粗’音,‘磨’字一定读成‘模’音的了。所以我学说话,只要得了一个字音,便这一韵的音都可以贯通起来,学着似乎比别人快点。”端甫道:“这个可谓神乎其用了!不知广东话又是怎样?”我道:“上海音是五歌韵混了六鱼、七虞,广东音却是六鱼、七虞混了四豪,那‘都’‘刀’两个字是同音的,这就可以类推了。”端甫道:“那么‘到’‘妒’也同音了?”我道:“自然。”端甫道:“‘道’‘度’如何?”我道:“也同音。”端甫喜道:“我可得了这个学话求音的捷径了。”

一面说着话,不觉到了青云里。王大嫂认准了门口,推门进去,我们站在他身后。只见门里面一个肥胖妇人,翻身就跑了进去,还听得咯蹬咯蹬的楼梯响。王大嫂喊道:“秋菊,你的救星恩人到了,跑什么!”我心中一喜道:“好了!找着了!”就跟着王大嫂进去。只见一个中年妇人在那里做针黹,一个小丫头在旁边打着扇。见了人来,便站起来道:“甚风吹得王大嫂到?”王大嫂道:“不要说起!我为了秋菊,把腿都跑断了,却没有一些好处。张婶婶,你叫她下来吧。”那张婶婶道:“怎么秋菊会跑到我这里来?你不要乱说!”王大嫂道:“好张婶婶!你不要瞒我,我已经看见她了。”张婶婶道:“听见说你做媒,把她卖了到妓院里去,怎么会跑到这里。你要秋菊还是问你自己。”王大嫂道:“你还说这个呢,我几乎受了个大累!”说罢,便把如此长短的说了一遍。张婶婶才欢喜道:“原来如此。秋菊昨夜慌慌张张的跑了来,说又说得不甚明白,只说有两个包探,要捉她家二少。这两位想是包探了?”王大嫂道:“这一位是他们同居的王先生,那一位是包探。”我听了,不觉哈哈大笑道:“好奇怪,原来你们只当我是包探。”王大嫂呆了脸道:“你不是包探么?”我道:“我是从南京来的,是黎二少的朋友,怎么是包探。”王大嫂道:“你既然和他是朋友,为甚又这样害他?”我笑道:“不必多说了,叫了秋菊下来吧。”张婶婶便走到堂屋门口,仰着脸叫了两声。只听得上面答道:“我们大丫头同她到隔壁李家去了。”原来秋菊一眼瞥见了王大嫂,只道是妓院里寻她,忽然又见她身后站着我和端甫两个,不知为了甚事,又怕是景翼央了端甫拿她回去，一发慌了，便跑到楼上。楼上同居的，便叫自己丫头悄悄的陪她到隔壁去躲避。张婶婶叫小丫头去叫了回来，那楼上的大丫头自上楼去了。

只见那秋菊生得肿胖脸儿，两条线缝般的眼，一把黄头发，腰圆背厚，臂耸肩横。不觉心中暗笑，这种人怎么能卖到妓院里去，真是无奇不有的了。又想这副尊容，怎么配叫秋菊！这“秋菊”两个字何等清秀，我们家的春兰，相貌甚是娇好，我姊姊还说她不配叫“春兰”呢，这个人的尊范，倒可以叫做“冬瓜”。想到这里，几乎要笑出来。忽又转念：我此刻代她办正经事，如何暗地里调笑她，显见得是轻薄了，连忙止了妄念道：“既然找了出来，我们且把她送回蔡嫂处吧，她那里惦记得很呢。”张婶婶道：“便是我清早就想送她回去，因为这孩子嘴舌笨，说什么包探咧、妓院咧，又是二少也吓慌了咧，我不知是什么事，所以不敢叫她露脸。此刻回去吧。但不知还回黎家不回？”我道：“黎家已经卖了她出来了，还回去作什么！”于是一行四个人，出了青云里，叫了四辆车，到靖远街去。

那蔡嫂一见了秋菊，没有一句说话，搂过去便放声大哭。秋菊不知怎的，也哀哀的哭起来。哭了一会，方才止住。问秋菊道：“你谢过了两位君子不曾？”秋菊道：“怎的谢？”蔡嫂道：“傻丫头！磕个头去。”我忙说：“不必了。”她已经跪下磕头。那房子又小，挤了一屋子的人，转身不得，只得站着生受了她的。她磕完了，又向端甫磕头。我便对蔡嫂道：“我办这件事时，正愁着找了出来，没有地方安插她。我们两个，又都没有家眷在这里。此刻她得了旧主人最好了，就叫她暂时在这里住着吧。”蔡嫂道：“这个自然，黎家还去得么。她就在我这里守一辈子，我们虽是穷，该吃饭的熬了粥吃，也不多这一口。”我道：“还讲什么守的话！我听说希铨是个瘫废的人，娶亲之后，并未曾圆房，此刻又被景翼那厮卖出来，已是义断恩绝的了，还有什么守节的道理。赶紧的同她另寻一头亲事，不要误了她的年纪是真。”蔡嫂道：“人家明媒正娶的，圆房不圆房，谁能知道。至于卖的事，是大伯子的不是，翁姑丈夫，并不曾说过什么。倘使不守，未免礼上说不过去，理上也说不过去。”我道：“他家何尝把她当媳妇看待，个个都提着名儿叫,只当到他家当了几年丫头罢了。"蔡嫂沉吟了半晌道:"这件事还得与拙夫商量,妇道人家,不便十分作主。"

我听了,又叮嘱了两句好生看待秋菊的话,与端甫两个别了出来。取出表一看,已经十二点半了。我道:"时候不早了,我们找个地方吃饭去吧。"端甫道:"还有一件事情,我们办了去。"我讶道:"还有什么?"端甫道:"这个蔡嫂,煞是来得古怪,小户人家里面,哪里出生这种女子。想来他的男人,一定有点道理的,我们何不到三元宫去看看他?"我喜道:"我正要看他,我们就去来。只是三元宫在哪里,你可认得?"端甫向前指道:"就在这里去不远。"于是一同前去。

走到了三元宫,进了大门,却是一条甬道,两面空场,没有什么测字的。再走到庙里面,廊下摆了一个测字摊;旁边墙上,贴了一张红纸条子,写着"蔡侣笙论字处"。摊上坐了一人,生得眉清目秀,年纪约有四十上下,穿了一件捉襟见肘的夏布长衫。我对端甫道:"只怕就是他。我们且不要说穿,叫他测一个字看。"端甫笑着,点了点头,我便走近一步,只见摊上写着"论字四文"。我顺手取了一个纸卷递给他。他接在手里,展开一看,是个"捌"字。他把字写在粉板上,便问叩什么事。我道:"走了一个人,问可寻得着。"他低头看了一看道:"这个字左边现了个'拐'字,当是被拐去的;右边现了个'别'字,当是别人家的事,与问者无干;然而'拐'字之旁,只剩了个侧刀,不成为利,主那拐子不利;'别'字之旁,明现'手'字,若是代别人寻觅,主一定得手。却还有一层:这个'别'字不是好字眼,或者主离别;虽然寻得着,只怕也要离别的意思。并且这个'捌'字,照字典的注,含着有'破'字、'分'字的意思,这个字义也不见佳。"我笑道:"先生真是断事如神!但是照这个断法,在我是别人的事,在先生只怕是自己的事呢。"他道:"我是照字论断,休得取笑!"我道:"并不是取笑,确是先生的事。"他道:"我有什么事,不要胡说!"一面说着,便检点收摊。我因问道:"这个时候就收摊,下半天不做生意么?"他也不言语,把摊上东西,寄在香火道人处道:"今天这时候还不送饭来,我只得回去吃了再来。"我跟在他后头道:"先生,我们一起吃饭去,我有话告诉你。"他回过头来道:"你何苦和我胡缠!"我道:"我是实话,并不是胡缠。”端甫道：“你告诉了他吧，你只管藏头露尾的，他自然疑心你同他打趣。”他听了端甫的话，才问道：“二位何人？有何事见教？”我问道：“尊府可是住在靖远街？”他道：“正是。”我指着墙上的招帖道：“侣笙就是尊篆？”他道：“是。”我道：“可是有个尊婢嫁在黎家？”他道：“是。”我便把上项事，从头至尾，说了一遍。侣笙连忙作揖道：“原来是两位义士！失敬，失敬！适间简慢，望勿见怪！”

正在说话时，一个小女孩，提了一个篮，篮内盛了一盂饭，一盘子豆腐，一盘子青菜，走来说道：“蔡先生，饭来了。你家今天有事，你们阿杏也没有工夫，叫我代送来的。”我便道：“不必吃了，我们同去找个地方吃吧。”侣笙道：“怎好打搅！”我道：“不是这样讲。我两个也不曾吃饭，我们同去谈谈，商量个善后办法。”侣笙便叫那小孩子把饭拿回去，三人一同出庙。端甫道：“这里虹口一带没有好馆子，怎么好呢？”我道：“我们只要吃两碗饭罢了，何必讲究好馆子呢。”端甫道：“也要干净点的地方。那种苏州饭馆，脏的了不得，怎样坐得下！还是广东馆子干净点，不过这个要蔡先生才在行。”侣笙道：“这也没有什么在行不在行，我当得引路。”于是同走到一家广东馆子里，点了两样菜，先吃起酒来。我对侣笙道：“尊婢已经寻了回来了。我听说她虽嫁了一年多，却不曾圆房，此刻男人死了，景翼又要把她卖出来，已是义断恩绝的了。不知尊意还是叫她守，还是遣她嫁？”侣笙低头想了一想道：“讲究女子从一而终呢，就应该守；此刻她家庭出了变故，遇了这种没廉耻、灭人伦的人，叫她往哪里守？小孩子今年才十九岁，岂不是误了她后半辈子？只得遣她嫁的了。只是有一层，那黎景翼弟妇都卖得的，一定是个无赖，倘使他要追回财礼，我却没得还他。这一边任你说破了嘴，总是个再醮之妇，哪里还领得着多少财礼抵还给他呢。”我筹思了半晌道：“我有个法子，等吃过了饭，试去办办吧。”只这一设法，有分教：凭他无赖横行辈，也要低头伏了输。不知是甚法子，如何办法，且听下回分解。

# 第三十五回　声罪恶当面绝交　聆怪论笑肠几断

我因想起一个法子，可以杜绝景翼索回财礼，因不知办得到与否，未便说穿。当下吃完了饭，大家分散，伯笙自去测字，端甫也自回去。我约道："等一会，我或者仍要到你处说话，请你在家等我。"端甫答应去了。

我一个人走到那同顺里妓院里去，问那鸨妇道："昨天晚上，你们几乎成交，契据也写好了，却被我来冲散，未曾交易。姓黎的写下那张契据在哪里？你拿来给我。"鸨妇道："我并未有接收他的，说声有了包探，他就匆匆的走了，只怕他自己带去了。"我道："你且找找看。"鸨妇道："往哪里找呀？"我现了怒色道："此刻秋菊的旧主人出来了，要告姓黎的，我来找这契据做凭据。你好好的拿了出来便没事，不然，呈子上便带你一笔，叫你受点累！"鸨妇道："这是哪里的晦气！事情不曾办成，倒弄了一窝子的是非口舌。"说着，走到房里去，拿了一个字纸篓来道："我委实不曾接收他的，要就团在这里，这里没有便是他带去了。你自己找吧，我不识字。"我便低下头去细检，却被我检了出来，已是撕成了七八片了。我道："好了，寻着了。只是你还要代我弄点浆糊来，再给我一张白纸。"鸨妇无奈，叫人到裁缝店里，讨了点浆糊，又给了我一张白纸，我就把那撕破的契据，细细的粘补起来。那上面写的是：

立卖婢契人黎景翼，今将婢女秋菊一口，年十九岁，凭中卖与阿七妈为女，当收身价洋二百元。自卖之后，一切婚嫁，皆由阿七妈作主。如有不遵教训，任凭为良为贱，两无异言，立此为据。

下面注了年月日，中保等人；景翼名字底下，已经签了押。我一面粘补，一面问道："你们说定了一百元身价，怎么写上二百元？"鸨妇道："这是规矩如此，恐怕他翻悔起来，要来取赎，少不得要照契上的价，我也不至吃亏。"我补好了，站起来要走。鸨妇忽然发了一个怔，问道："你拿了这个去做凭据，不是倒像已经交易过了么？"我笑道："正是。我要拿这个呈官，问你要人。"鸨妇听了，要想来夺，我已放在衣袋里，脱身便走。鸨妇便号啕大哭起来。我走出巷口，便叫一辆车，直到源坊弄去。

见了端甫，我便问："景翼在家么？"端甫道："我回来还不曾见着他，说是吃醉酒睡了，此刻只怕已经醒了吧。"说话时，景翼果然来了。我猝然问道："令弟媳找着了没有？"景翼道："只好由她去，我也无心去找她了。她年纪又轻，未必能守得住。与其他日出丑，莫若此时由她去了的干净。"我冷笑道："我倒代你找着了。只是她不肯回来，大约要你做大伯伯的去接她才肯来呢。"景翼吃惊道："找着在哪里？"我在衣袋里，取出那张契据，摊在桌上道："你请过来，一看便知。"景翼过来一看，只吓得他唇青面白，一言不发。原来昨夜的事，他只知是两个包探，并不知是我和端甫干的。端甫道："你怎么把这个东西找了出来？"我一面把契据收起，一面说道："我方才吃饭的时候，说有法子想，就是这个法子。"回头对景翼道："你是个灭绝天理的人，我也没有闲气和你说话！从此之后，我也不认你是个朋友！今日当面，我要问你讨个主意。我得了这东西，有三个办法：第一个是拿去交给蔡侣笙，叫他告你个卖良为贱；第二个是仍然交还阿七妈，叫她拿了这个凭据和你要人，没有人交，便要追还身价；第三个是把这件事的详细情形，写一封信，连这个凭据，寄给你老翁看。问你愿从哪一个办法？"景翼只是目定口呆，无言可对。我又道："你这种没天理的人！向你讲道理，就同向狗讲了一般！我也不值得向你讲！只是不懂道理，也还应该要懂点利害。你既然被人弄穿了，冲散了，这个东西，为甚还不当场烧了，留下这个祸根？你不要怨我设法收拾你，只怨你自己粗心荒唐。"端甫道："你三个办法，第一个累他吃官司不好，第三个累他老子生气也不好，还是用了第二个吧。"景翼始终不发一言，到了此时，站起来走出去。才到了房门口，便放声大哭，一直走到楼上去了。端甫笑向我道："亏你沉得下这张脸！"我道："这种没天理的人，不同他绝交等什么！他嫡亲的兄弟尚且可以逼得死，何况我们朋友！"端甫道："你拿了这凭据，当真打算怎么办法?"我悄悄的道:"才说的三个办法,都可以行得,只是未免太狠了。他与我无怨无仇,何苦逼他到绝地上去。我只把这东西交给侣笙,叫他收着,遣嫁了秋菊,怕他还敢放一个屁!"端甫道:"果然是个好法子。"我又把对鸨妇说谎,吓得她大哭的话,告诉了端甫。端甫大笑道:"你一会工夫,倒弄哭了两个人,倒也有趣。"我略坐了一会,便辞了出来,坐车到了三元宫,把那契据交给侣笙道:"你收好了,只管遣嫁秋菊。如果他来罗唆,你便把这个给他看,包他不敢多事。"侣笙道:"已蒙拯救了小婢,又承如此委曲成全,真是令人感入骨髓!"我道:"这是成人之美的事情,何必言感。如果有暇,可到我那里谈谈。"说罢,取一张纸,写了住址给他。侣笙道:"多领盛情,自当登门拜谢。"我别了出来,便叫车回去。

我早起七点钟出来,此刻已经下午三点多钟了。德泉接着道:"到哪里畅游了一天?"我道:"不是畅游,倒是乱钻。"德泉笑道:"这话怎讲?"我道:"今天汗透了,叫他们舀水来擦了身再说。"小伙计们舀上水来。德泉道:"你向来不出门,坐在家里没事;今天出了一天的门,朋友也来了,请吃酒的条子也到了,求题诗的也到了,南京信也来了。"我一面擦身,一面说道:"别的都不相干,先给南京信我看。"德泉取了出来,我拆开一看,是继之的信,叫我把买定的东西,先托妥人带去,且莫回南京,先同德泉到苏州去办一件事,那件事只问德泉便知云云。我便问德泉。德泉道:"他也有信给我,说要到苏州开一家坐庄,接应这里的货物。"我道:"到苏州去一次倒好,只是没有妥人送东西去;并且那个如意匣子,不知几时做得好?"德泉道:"匣子今天早起送来了,妥人也有,你只写封回信,我包你办妥。"说罢,又递了一张条子给我,却是唐玉生的,今天晚上讲在荟芳里花多福家吃酒,又请题他的那《啸庐吟诗图》。我笑道:"一之为甚,其可再乎?"德泉道:"岂但是再,方才小云、佚庐都来过,佚庐说明天请你呢。上海的吃花酒,只要三天吃过,以后便无了无休的了。"我道:"这个了不得,我们明天就动身吧,且避了这个风头再说。"德泉笑道:"你不去,他又不来捉你,何必要避呢。你才说今天乱钻,是钻什么来?"我道:"所有虹口那些什么青云里、靖远街都叫我走到了,可不是乱钻。”德泉道:“果然你走到那些地方做什么?”我就把今天所办的事,告诉了他一遍。德泉也十分叹息。我到房里去,只见桌上摆了一部大册子,走近去一看,却是唐玉生的《啸庐吟诗图》。翻开来看,第一张是小照,布景的是书画琴棋之类;以后便是各家的题咏,全是一班上海名士。我无心细看,便放过一边。想起他那以吟诗命图,殊觉可笑。这四个字的字面,本来很雅的,不知怎么叫他搬弄坏了,却一时想不出个所以然来,哪里有心去和他题。今日走的路多,有点倦了,便躺在醉翁椅上憩息,不觉天气晚将下来。方才吃过夜饭,玉生早送请客条子来。德泉向来人道:“都出去了,不在家,回来就来。”我忙道:“这样说累他等,不好,等我回他。”遂取过纸笔,挥了个条子,只说昨天过醉了,今天发了病,不能来。德泉道:“也代我写上一笔。”我道:“你也不去么?”德泉点头。我道:“不能说两个都有病呀,怎么说呢?”想了一想,只写着说德泉忙着收拾行李货物,明日一早往苏州,也不得来。写好了交代来人。过了一会,玉生亲身来了,一定拉着要去。我推说身子不好,不能去。玉生道:“我进门就听见你说笑了,身子何尝不好,不过你不赏脸罢了。我的脸你可以不赏,今日这个高会?你可不能不到。”我问是什么高会。玉生道:“今天请的全是诗人,这个会叫做‘竹汤饼会’。”我道:“奇了!什么叫做‘竹汤饼会’?”玉生道:“五月十三是竹生日,到了六月十三,不是竹满月了么。俗例小孩子满月要请客,叫做‘汤饼宴’;我们商量到了那天,代竹开汤饼宴,嫌那‘宴’字太俗,所以改了个‘会’字,这还不是个高会么。”我听了几乎忍不住笑。被他缠不过,只得跟着他走。

出门坐了车,到四马路,入荟芳里,到得花多福房里时,却已经黑压压的挤满一屋子人。我对玉生道:“今天才初九,汤饼还早呢。”玉生道:“我们五个人都要做,若是并在一天,未免太局促了,所以分开日子做。我输了第一个,所以在今天。”我请问那些人姓名时,因为人太多,一时混的记不得许多了。却是个个都有别号的,而且不问自报,离奇古怪的别号,听了也觉得好笑;一个姓梅的,别号叫做“几生修得到客”；一个游过南岳的，叫做“七十二朵青芙蓉最高处游客”；一个姓贾的，起了个楼名，叫做“前生端合住红楼”，别号就叫了“前身端合住红楼旧主人”，又叫做“我也是多情公子”。只这几个最奇怪的，叫我听了一辈子都忘不掉的，其余那些什么诗人、词客、侍者之类，也不知多少。众人又问我的别号，我回说没有。那姓梅的道：“诗人岂可以没有别号；倘使不弄个别号，那诗名就湮没不彰了。所以古来的诗人，如李白叫‘青莲居士’，杜甫叫‘玉溪生’。”我不禁扑嗤一声笑了出来。忽然一个高声说道：“你记不清楚，不要乱说，被人家笑话。”我忽然想起当面笑人，不是好事，连忙敛容正色。又听那人道：“玉溪生是杜牧的别号，只因他两个都姓杜，你就记错了。”姓梅的道：“那么杜甫的别号呢？”那人道：“樊川居士不是么。”这一问一答，听得我咬着牙，背着脸，在那里忍笑。忽然又一个道：“我今日看见一张颜鲁公的墨迹，那骨董掮客要一千元。字写得真好，看了他，再看那石刻的碑帖，便毫无精神了。”一个道：“只要是真的，就是一千元也不贵，何况他总还要让点呢。但不知写的是什么？”那一个道：“写的是苏东坡《前赤壁赋》。”这一个道：“那么明日叫他送给我看。”我方才好容易把笑忍住了，忽然又听了这一问一答，又害得我咬牙忍住。争奈肚子里偏要笑出来，倘再忍住，我的肚肠可要胀裂了。

姓贾的便道：“你们都不必谈古论今，赶紧分了韵，作‘竹汤饼会’诗吧。”玉生道：“先要拟定了诗体才好。”姓梅的道：“只要作‘七绝’，哪怕作两首都不要紧。千万不要作‘七律’，那个对仗我先怕：对工了，不得切题；切了题，又对不工；真是‘吟成七个字，捻断几根髭’呢。”我戏道：“怕对仗，何不作‘古风’呢？”姓梅的道：“你不知道古风要作得长，这个‘竹汤饼’是个僻典，哪里有许多话说呢。”我道：“古风不必一定要长，对仗也何必要工呢。”姓梅的道：“古风不长，显见得肚子里没有材料；至于对仗，岂可以不工！甚至杜少陵的‘香稻啄余鹦鹉粒，碧梧栖老凤凰枝’，我也嫌他那‘香’字对不得‘碧’字，代他改了个‘白’字。海上这一般名士哪一个不佩服，还说我是杜少陵的一字师呢。”忽然一个问道：“前两个礼拜，我就托你查查杜少陵是什么人,查着了没有?”姓梅的道:“什么书都查过,却只查不着。我看不必查他,一定是杜甫的老子无疑的。”那个人道:“你查过《幼学句解》没有?”姓梅的扑嗤一声,笑了出来道:“亏你只知得一部《幼学句解》!我连《龙文鞭影》都查过了。”我听了这些话,这回的笑,真是忍不住了,任凭咬牙切齿,总是忍不住。

正在没奈何的时候,忽然一个人走过来递了一个茶碗,碗内盛了许多纸阄,道:“请拈韵。”我倒一错愕道:“拈什么韵?”那个人道:“分韵做诗呢。”我道:“我不会做诗,拈什么韵呢?”那个人道:“玉生打听了足下是一位书启老夫子,岂有书启老夫子不会做诗的。我们遇了这等高会,从来不请不做诗的人,玉生岂是乱请的么?”我被他缠的不堪,只得拈了一个阄出来,打开一看,是七阳,又写着“竹汤饼会即席分韵,限三天交卷”。那个人便高声叫道:“没有别号的新客七阳。”那边便有人提笔记帐。那个人又递给姓梅的,他却拈了五微,便悔恨道:“偏是我拈了个窄韵。”那个人又高声报道:“几生修得到客五微。”如此一路递去。

我对姓梅的道:“照了尊篆的意思,倒可以加一个字,赠给花多福。”姓梅的道:“怎么讲?”我道:“代她起个别号,叫做几生修得到梅客,不是隐了他的‘花’字么。”姓梅的道:“妙极,妙极!”忽又顿住口道:“要不得。女人没有称客的,应该要改了这个字。”我道:“就改了个女史,也可以使得。”姓梅的忽然拍手道:“有了。就叫几生修得到梅词史。她们做妓女的本来叫做词史,我们男人又有了词人、词客之称,这不成了对了么。”说罢,一叠连声,要找花多福,却是出局未回。他便对玉生道:“啸庐居士,你的贵相好一定可以成个名妓了,我们送她一个别号,有了别号,不就成了名妓了么。”忽又听得妆台旁边有个人大声说道:“这个糟蹋得还了得!快叫多福不要用!”原来上海妓女行用名片,同男人的一般起一个单名,平常叫的只算是号;不知那一客人同多福写了个名片,是“花锡”二字,这明明是把“锡”贴切“福”字的意思。这个人不懂这个意思,一见了便大惊小怪的说道:“富贵人家的女子,便叫千金小姐;这上海的妓女也叫小姐,虽比不到千金,也该叫百金,纵使一金都不值,也该叫个‘银’字,怎么比起‘锡’来!”我听了,又是忍笑不住。

忽然号里一个小伙计来道:“南京有了电报到来,快请回去。”我听了此言,吃了一大惊,连忙辞了众人,匆匆出去。正是:才苦笑肠几欲断,何来警信扰芳筵?不知此电有何要事,且待下回再记。

## 第三十六回 阻进身兄遭弟谮 破奸谋妇弃夫逃

我从前在南京接过一回家乡的电报，在上海接过一回南京的电报，都是传来可惊之信，所以我听见了“电报”两个字，便先要吃惊。此刻听说南京有了电报，便把我一肚子的笑，都吓回去了。匆匆向玉生告辞。玉生道：“你有了正事，不敢强留。不知可还来不来？”我道：“翻看了电报，没有什么要紧事，我便还来；如果有事，就不来了。客齐了请先坐，不要等。”说罢，匆匆出来，叫了车子回去。

入门，只见德泉、子安陪侣笙坐着。我忙问：“什么电报？可曾翻出来？”德泉道：“哪里是有什么电报。我知道你不愿意赴他的席，正要设法请你回来，恰好蔡先生来看你，我便撒了个谎，叫人请你。”我听了，这才放心。蔡侣笙便过来道谢。我谦逊了几句，又对德泉道：“我从前接过两回电报，都是些恶消息，所以听了电报两个字，便吓的魂不附体。”德泉笑道：“这回总算是个虚惊。然而不这样说，怕他们不肯放你走。”我道：“还亏得这一吓，把我笑都吓退了。不然，我迸了一肚子的笑，又不敢笑出来，倘使没有这一吓，我的肚子只怕要迸破了呢。”侣笙道：“有什么事这样好笑？”我方把方才听得那一番高论，述了出来。侣笙道：“这班人可以算得无耻之尤了！要叫我听了，怒还来不及呢，有什么可笑！”我道：“他平空把李商隐的玉溪生送给杜牧，又把牧之的樊川加到老杜头上，又把少陵、杜甫派做了两个人，还说是父子，如何不好笑。况且唐朝颜清臣又写起宋朝苏子瞻的文章来，还不要笑死人么。”侣笙笑道：“这个又有所本的。我曾经见过一幅《史湘云醉眠芍药裀图》，那题识上，就打横写了这九个字，下面的小字是‘曾见仇十洲有此粉本，偶背临之’。明朝人能画清朝小说的故事，难道唐朝人不能写宋朝人的文章么。”子安道：“你们读书人的记性真了不得，怎么把古人的姓名、来历、朝代，都记得清清楚楚的？”我道：“这个又算什么呢。”侣笙道：“索性做生意人不晓得,倒也罢了,也没甚可耻。譬如此刻叫我做生意,估行情,我也是一窍不通的,人家可不能说我什么,我原是读书出身,不曾学过生意,这不懂是我分内的事。偏是他们那一班人,胡说乱道的,闹个了斯文扫地,听了也令人可恼。”我又问起秋菊的事。侣笙道:“已和内人说定,择人遣嫁了。可笑那王大嫂,引了个阿七妈来,百般的哭求,求我不要告她。我对她说,并不告她。她一定不信,求之不已,好容易才打发走了。我本来收了摊就要来拜谢,因为白天没有工夫,却被她缠绕的耽搁到此刻。”

我道:“我们豁去虚文,且谈谈正事。那阿七妈是我吓唬她的,也不必谈她。不知阁下到了上海几年,一向办些什么事?这个测字摊,每天能混多少钱?”侣笙道:“说来话长,我到上海有了十多年了。同治末年,这里的道台姓马,是敝同乡,从前是个举人,在京城里就馆,穷的了不得,先父那时在京当部曹,和他认得,很照应他。那时候还年纪轻,也在京里同他相识,事以父执之礼;他对了先父,却又执子侄之礼。人是十分和气的。日子久了,京官的俸薄,也照应不来许多。先母也很器重他,常时拿了钗钏之类,典当了周济他。后来先父母都去世了,我便举了灵柩回去。服满之后,侥幸补了个廪。听见他放了上海道,我仗着从前那点交情,要出来谋个馆地。谁知上了二三十次衙门,一回也不曾见着。在上海住的穷了,不能回去。我想这位马道台,不像这等无情的,何以这样拒绝我。后来仔细一打听,才知道是我舍弟先见了他,在他跟前,痛痛的说了我些坏话。因他最恨的是吃鸦片烟,舍弟便头一件说我吃上了烟瘾,以后的坏说,也不知他怎么说的了。因此他恼了。我又见不着他,无从分辩,只得叹口气罢了。后来另外自己谋事,就了几回小馆地,都不过仅可餬口,舍眷便寻到上海来,更加了一层累。这几年失了馆地,更闹的不得了。因看见敝同乡,多有在虹口一带设蒙馆的,到了无聊之时,也想效颦一二,所以去年就设了个馆。谁知那些学生,全凭引荐的,我一则不懂这个窍,二来也怕求人,因此只教得三个学生,所得的束脩,还不够房租,到了今年,就不敢干了。然而又不能坐吃,只得摆个摊子来胡混,哪里能混出几个钱呢。”我听了这话,暗想原来是个仕宦书香人家,怪不得他的夫人那样明理。因问道:“你令弟此刻怎样了呢?”俉笙道:“他是个小班子的候补,那时候马道台和货捐局说了,委了他浏河厘局的差使。不多两年,他便改捐了个盐运判,到两淮候补,近来听说可望补缺了。”

我道:“那测字断事,可有点道理的么?”俉笙道:“有什么道理,不过胡说乱道,骗人罢了。我从来不肯骗人,不过此时到了日暮途穷的时候,不得已而为之。好在测一个字,只要人家四个钱,还算取不伤廉;倘使有一个小小馆地,我也决不干这个的了。”我道:“是胡说乱道的,何以今日测那个‘捌’字,又这样灵呢?”俉笙笑道:“这不过偶然说着罢了。况且‘测’字本是‘窥测’、‘测度’的意思,俗人却误了个‘拆’字,取出一个字来,拆得七零八落,想起也好笑。还有一个测字的老笑话,说是:‘有人失了一颗珍珠,去测字,取了个“酉”字,这个测字的断不出来。旁边一个朋友笑道:“据我看这个‘酉’字,那颗珠子是被鸡吃了。你回去杀了鸡,在鸡肚里寻吧。”那失珠的果然杀了家里几个鸡,在鸡肚子里,把珠子寻出来了。欢喜得了不得,买了彩物去谢测字的。测字的也欢喜,便找了那天在旁边的朋友,要拜他做先生,说是他测的字灵。过两天,一个乡下人失了一把锄头,来测字,也取了个“酉”字。测字的猝然说道:“这一把锄头一定是鸡吃了。”乡人惊道:“鸡怎的会吃下锄头去?”测字的道:“这是我先生说过,不会错吃。你只回去把所养的鸡杀了,包你在鸡肚里找出锄头来。”乡人哪里肯信,测字的便带了他去见先生说明缘故。先生道:“这把锄头在门里面。你家里有什么常关着不开的门么?”乡人道:“有了门,哪里有常关着的呢。只有田边看更的草房,那两扇门是关的时候多。”先生道:“你便往那里去找。”乡人依言,果然在看更草房里找着了。又一天,铁店里失了铁锤,也去测字,也拈了个“酉”字。测字的道:“是鸡吃了。”铁匠怒道:“凭你牛也吃不下一个铁锤去,莫说是鸡!”测字的道:“你家里有常关着的门,在那门里找去,包你找着。”铁匠又怒道:“我店里的排门,是天亮就开,卸下来倚在街上的;我又不曾倒了店,哪里有常关着的门!”测字的道:“这是我先生说的,无有不灵,别的我不知道。”铁匠不依,又同去见先生,说明缘故。

先生道:“起先那失珠的,因为十二生肖之中,酉生肖鸡,那珠子又是一样小而圆的东西,所以说是鸡吃了;后来那把锄头,因为酉字像掩上的两扇门,所以那么断;今天这个铁锤,他铁匠店里终日敞着门的,哪里有常关的门呢。这个酉字,竖看像铁砧,横看像风箱,只往那两处去找吧。”果然是在铁砧底下找着了。’这虽是笑话,也可见得是测字不是拆字。”

我道:“测字可有来历?”侣笙道:“说到来历,可又是拆字不是测字了。曾见《玉堂杂记》内载一条云:‘谢石善拆字,有士人戏以“乃”字为问。石曰:“及字不成,君终身不及第。”有人遇于涂,告以妇不能产,书“日”字于地。石曰“明出地上,得男矣。”’又《夷坚志》载:‘谢石拆字,名闻京师。’这个就是拆字的来历。”我道:“我曾见过一部书,专讲占卜的,我忘了书名了,内中分开门类,如六壬课、文王课之类,也有测字的一门。”侣笙道:“这都是后人附会的,还托名邵康节先生的遗法。可笑一代名人,千古之后,负了这个冤枉。”我暗想这位先生甚是渊博,连《玉堂杂记》那种冷书都看了。想要试他一试,又自顾年纪比他轻得多,怎好冒昧。

因想起玉生的图来,便对他说道:“有个朋友找我题一个图,我明日又要到苏州去了,无暇及此,敢烦阁下代作一两首诗,不知可肯见教?”侣笙道:“不知是个什么图?”我便取出图来给他看。他一看见题签,便道:“图名先劣了。我常在报纸上,见有题这个图的诗,可总不曾见过一句好的。”我道:“我也不曾细看里面的诗,也觉得这个图名不大妥当。”侣笙道:“把这个诗字去了,改一个什么吟啸图,还好些。”我道:“便是。字面都是很雅的,却是他们安放得不妥当,便搅坏了。”侣笙翻开图来看了两页,仍旧掩了,放下道:“这种东西,同他题些什么!题了污了自己笔墨;写了名字上去,更是污了自己名姓。只索回了他,说不会作诗罢了。见委代作,本不敢推辞,但是题到这上头去的,我不敢作。倘有别样事见委,再当效劳。”我暗想这个人自视甚高,看来文字总也好的,便不相强。再坐了一会,侣笙辞去。

德泉道:“此刻已经十点多钟了,你快去写了信,待我送到船上去,带给继之。”我道:“还来得及么?”德泉道:“来得及之至!并且托船上的事情,最好是这个时候;倘使去早了,船上帐房还没有人呢。”我便赶忙写了信,又附了一封家信,封好了交给德泉。德泉便叫人拿了小火轮船及如意,自己带着去了。

子安道:“方才那个蔡侣笙,有点古怪脾气,他已经穷到摆测字摊,还要说什么污了笔墨,污了姓名,不肯题上去,难道题图不比测字干净么?”我道:“莫怪他。我今日亲见了那一班名士,实在令人看不起。大约此人的脾气也过于鲠直,所以才潦倒到这步地位。他的那位夫人,更是明理慈爱。这样的人我很爱敬他,回去见了继之,打算要代他谋一个馆地。”子安道:“这种人只怕有了馆地也不得长呢。”我道:“何以见得?”子安道:“他穷到这种地位,还要看人不起;得了馆地,更不知怎样看不起人了。”我道:“这个不然。那一班人本来不是东西,就是我也看他们不起;不过我听了他们的胡说要笑,他听了要恨,脾气两样点罢了。”说着,我又想起他们的说话,不觉狂笑了一顿。一会,德泉回来了,便议定了明日一准到苏州。大家安歇,一宿无话。

次日早起,德泉叫人到船行里雇船。这里收拾行李。忽然方佚庐走来,约今夜吃酒,我告诉他要动身的话,他便去了。忽然王端甫又走来说道:“有一桩极新鲜的新闻。”我忙问什么事。端甫道:“昨日你走了之后,景翼还在楼上哭个不了,哭了许久,才不听见消息。到得晚上八点来钟,他忽然走下来,找他的老婆和女儿,说是他哭的倦了,不觉睡去,此时醒来,却不见老婆,所以下来找她;看见没有,他便仍上楼去。不一会,哭丧着脸下来,说是几件银首饰、绸衣服都不见了,可见得是老婆带了那五岁的女儿逃走了。”我笑道:“活应该的!他把弟妇拐卖了,还要栽她一个逃走的名字,此刻他的妻子真个逃走了也罢了。”端甫道:“他的妻子来路本不甚清楚,又不曾听见他娶妻,就有了这个人。有人说他是个咸水妹,还有人说他那女孩子也是带来的。”我一想道:“不错。我前年在杭州见他时,他还说不曾娶妻;算他说过就娶,这三年的工夫,哪里能养成个五岁孩子呢。”端甫道:“他也是前年十月间到上海的。鸿甫把他们安顿好了,才带了小妾到天津去,不料就接二连三的死人,此刻竟闹的家散人亡了。景翼从昨夜到此刻还没有睡,今天早起又不想出去寻找,不知打什么主意。”我道:“来路不正的,他自然见势头不妙,就先奉身以退了。他也明知寻亦无益,所以不去寻了,这倒是他的见识。”端甫见我们行色匆匆,也不久坐,就去了。我同德泉两个,叫人挑了行李,同到船上,解维向苏州而去。

一路上晓行夜泊,在水面行走,倒觉得风凉,不比得在上海那重楼迭角里面,热起来没处透气。两天到了苏州,找个客栈歇下。先把客栈住址,发个电报到南京去,因为怕继之有信没处寄之故。歇息已定,我便和德泉在热闹市上走了两遍。我道:“我们初到此地,人生路不熟,必要找出一个人做向导才好。”德泉道:“我也这么想。我有一个朋友,叫做江雪渔,住在桃花坞,只是问路不便。今天晚了,明日起早些乘着早凉去。”我道:“怕问路,我有好法子。不然我也不知这个法子,因为有一回在南京走迷了路,认不得回去,亏得是骑着马,得那马夫引了回去。后来我就买了一张南京地图,天天没事便对他看,看得烂熟,走起路来,就不会迷了。我们何不也买一张苏州地图看看,就容易找得多了。”德泉道:“你骑了马走,怎么也会迷路?难道马夫也不认得么?”我便把那回在南京看见“张大仙有求必应”的条子,一路寻去的话,说了一遍。德泉便到书坊店里要买苏州图,却问了两家都没有。

到了次日,只得先从栈里问起,一路问到桃花坞,果然会着了江雪渔。只见他家四壁都钉着许多画片,桌子上堆着许多扇面,也有画成的,也有未画成的。原来这江雪渔是一位画师,生得眉清目秀,年纪不过二十多岁。当下彼此相见,我同他通过姓名。雪渔便问:“几时到的?可曾到观前逛过?”原来苏州的玄妙观算是城里的名胜,凡到苏州之人都要去逛,苏州人见了外来的人,也必问去逛过没有。当下德泉便回说昨日才到,还没去过。雪渔道:“如此我们同去吃茶吧。”说罢,相约同行。我也久闻玄妙观是个名胜,乐得去逛一逛。谁知到得观前,大失所望,真是百闻不如一见。正是:徒有虚名传齿颊,何来胜地足遨游。未知逛过玄妙观之后,又有何事,且待下回再记。

## 第三十七回 说大话谬引同宗 写佳画偏留笑柄

我当日只当苏州玄妙观是个什么名胜地方,今日亲身到了,原来只是一座庙。庙前一片空场,庙里摆了无数牛鬼蛇神的画摊。两廊开了些店铺,空场上也摆了几个摊。这种地方好叫名胜,那六街三市,没有一处不是名胜了,想来实在好笑。山门外面有两家茶馆,我们便到一家茶馆里去泡茶,围坐谈天。德泉便说起要找房子,请雪渔做向导的话。雪渔道:"本来可以奉陪,因为近来笔底下甚忙,加之夏天的扇子又多,夜以继日的都应酬不下,实在腾不出工夫来。"德泉便不言语。

雪渔又道:"近来苏州竟然没有能画的,所有求画的,都到我那里去。这里潘家、彭家两处,竟然没有一幅不是我的。今年端午那一天,潘伯寅家预备了节酒,前三天先来关照,说请我吃节酒。到了端午那天,一早就打发轿子来请,立等着上轿,抬到潘家,一直到仪门里面,方才下轿。座上除了主人之外,先有一位客,我同他通起姓名来,才知道是原任广东藩台姚彦士方伯,官名上头是个'觐'字,底下是个'元'字,是嘉庆己未状元、姚文僖公的嫡孙。那天请的只有我们两个。因为伯寅系军机大臣,虽然丁忧在家,他自避嫌疑,绝不见客。因为伯寅令祖文恭公,是嘉庆己未会试房官,姚文僖公是这科的进士,两家有了年谊,所以请了来。你道他好意请我吃酒?原来他安排下纸笔颜料,要我代他画钟馗。人家端午日画的钟馗不过是用原笔大写意,钩两笔罢了;他又偏是要设色的,又要画三张之多,都是五尺纸的。我既然入了他的牢笼,又碍着交情,只得提起精神,同他赶忙画起来。从早上八点钟赶到十一点钟,画好了三张,方才坐席吃酒;吃到了十二点钟正午,方才用泥金调了朱砂,点过眼睛。这三张东西,我自己画的也觉得意,真是神来之笔。我点过睛,姚方伯便题赞。我方才明白请他吃酒,原来是为的要他题赞。这一天直吃到下午三点钟才散。我是吃得酩酊大醉，伯寅才叫打轿子送我回去，足足害了三天酒病。”德泉等他说完了道：“回来就到我栈房里吃中饭，我们添两样菜，也打点酒来吃，大家叙叙也好。”雪渔道：“何必要到栈里，就到酒店里不好么？”德泉道：“我从来没有到过苏州，不知酒店里可有好菜？”雪渔道：“我们请吃酒，何必考究菜，我觉得清淡点的好。所以我最怕和富贵人家来往，他们总是一来燕窝，两来鱼翅的，吃得人也腻了。”

我因为没有话好说，因请问他贵府哪里。雪渔道：“原籍是湖南新宁县。”我道：“那么是江忠烈公一家了？”雪渔道：“忠烈公是五服内的先伯。”我道：“足下倒说的苏州口音。”雪渔道：“我们这一支从明朝万历年间，由湖南搬到无锡；康熙末年，再由无锡搬到苏州，到我已经八代了。”我听了，就同在上海花多福家听那种怪论一般，忍不住笑，连忙把嘴唇咬住。暗想今天又遇见一位奇人了，不知蔡侣笙听了，还是怒还是笑。因忍着笑道：“适在尊寓，拜观大作，佩服得很！”雪渔道：“实在因为应酬太忙，草草得很。幸得我笔底下还快，不然，就真正来不及了。”德泉道：“我们就到酒店里吃两杯如何？”雪渔道：“也罢。我许久不吃早酒了；翁六先生由京里寄信来，要画一张丈二纸的寿星，待我吃两杯回去，乘兴挥毫。”说着，德泉惠了茶钱，相将出来，转央雪渔引路，到酒店里去。坐定，要了两壶酒来，且斟且饮。雪渔的酒量，却也甚豪。酒至半酣，德泉又道：“我们初到此地，路径不熟，要寻一所房子，求你指引指引，难道这点交情都没有么？”雪渔道：“不是这样说。我实在一张寿星，明天就要的。你一定要我引路，让我今天把寿星画了，明天再来奉陪。”德泉又灌了他三四大碗，说道：“你今天可以画得好么？”雪渔道：“要动起手来，三个钟头就完了事了。”德泉又灌了他两碗，才说道：“我们也不回栈吃饭了，就在这里叫点饭菜吃饭，同到你尊寓，看你画寿星，当面领教你的法笔。在上海时我常看你画，此刻久不看见了，也要看看。”雪渔道：“这个使得。”于是交代酒家，叫了饭菜来，吃过了，一同仍到桃花坞去。

到了雪渔家，他叫人舀了热水来，一同洗过脸。又拿了一锭大墨，一个墨海，到房里去。又到厨下取出几个大碗来，亲自用水洗净；

把各样颜色,分放在碗里,用水调开;又用大海碗盛了两大碗清水。一面张罗,一面让我们坐。我也一面应酬他,一面细看他墙上画就的画片:也有花卉翎毛,也有山水,也有各种草虫小品,笔法十分秀劲;然而内中失了章法的也不少。虽然如此,也不能掩其所长。我暗想此公也可算得多才多艺了。我从前曾经要学画两笔山水,东涂西抹的,闹了多少时候,还学不会呢。不知他这是从那里学来的。因问道:"足下的画,不知从哪位先生学的?"雪渔道:"先师是吴三桥。"我暗想吴三桥是专画美人的,怎么他画出这许多门来。可见此人甚是聪明,虽然喜说大话,却比上海那班名士高的多了。我一面看着画,一面想着,德泉在那里同他谈天。

过了一会,只听见房里面一声"墨磨好了",雪渔便进去,把墨海端了出来。站在那里想了一想,把椅子板凳,都搬到旁边。又央着德泉,同他把那靠门口的一张书桌,搬到天井里去。自己把地扫干净了,拿出一张丈二纸来,铺在地下,把墨海放在纸上;又取了一碗水,一方干净砚台,都放下。拿一枝条幅笔,脱了鞋子,走到纸上,跪下弯着腰,用笔蘸了墨,试了浓淡,先画了鼻子,再画眼睛,又画眉毛画嘴,钩了几笔胡子,方才框出头脸,补画了耳朵。就站起来自己看了一看。我站在旁边看着,这寿星的头,比巴斗还大。只见他退后看了看地步,又跪下去,钩了半个大桃子,才画了一只手。又把桃子补完全了,恰好是托在手上。方才起来,穿了鞋子,想了半天,取出一枝对笔、一根头绳,一根帐竿竹子,把笔先洗净了,扎在帐竿竹子上,拿起地下的墨水等,把帐竿竹子扛在肩膀上,手里拿着对笔,蘸了墨,试了浓淡,然后双手拿起竹子,就送到纸上去,站在地上,一笔一笔的画起来。双脚一进一退的,以补手腕所不及。不一会儿,全身衣折都画好了,把帐竿竹子倚在墙上,说道:"见笑,见笑!"我道:"果然画法神奇!"雪渔道:"不瞒两位说,自我画画以来,这种大画,连这张才两回。上回那个是借裱画店的裱台画的,还不如今日这个爽快。"德泉道:"亏你想出这个法子来!"雪渔道:"不由你不想,家里哪里有这么大的桌子呢;莫说桌子,你看铺在地下,已经占了我半间堂屋了。"一面谈着天,等那墨笔干了,他又拿了揸笔,蹲到画上,着了颜色。等到半干时候，他便把钉在墙上的画片都收了下来，到隔壁借了个竹梯子，把一把杌子放在桌上，自己站上去，央德泉拿画递给他，又央德泉上梯子去，帮他把画钉起来。我在底下看着，果然神采奕奕。

又谈了一会，我取表一看，才三点多钟。德泉道："我们再吃酒吧。"雪渔道："此刻就吃，未免太早。"德泉道："我们且走着顽，到了五六点钟再吃也好。"于是一同走了出来，又到观前去吃了一回茶，才一同回栈。德泉叫茶房去买了一坛原坛花雕酒来，又去叫了两样菜，开坛燉酒，三人对吃。德泉道："今天看房子来不及了，明日请你早点来，陪我们同去。"雪渔道："这苏州城大得很，像这种大海捞针一般，往哪里看呢？"德泉道："只管到市上去看看，或者有个空房子，或者有店家召盘的，都可以。"雪渔道："召盘的或者还可以碰着，至于空房子，市面上是不会有的。到明日再说吧。"于是痛饮一顿，雪渔方才辞去。

德泉笑道："几碗黄汤买着他了。"我道："这个人酒量很好。"德泉道："他生平就是欢喜吃酒，画两笔画也过得去。就是一个毛病，第一欢喜嫖，又是欢喜说大话。"我想起他在酒店里的话，不觉笑起来道："果然是个说大话的人，然而却不能自圆其说。他认了江忠源做五服内的伯父，却又说是明朝万历年间由湖南迁江苏的，岂不可笑！以此类推，他说的话，都不足信的了。"

德泉道："本来这扯谎说大话，是苏州人的专长。有个老笑话，说是一个书呆子，要到苏州，先向人访问苏州风俗。有人告诉他，苏州人专会说谎，所说的话，只有一半可信。书呆子到了苏州，到外面买东西，买卖人要十文价，他还了五文，就买着了。于是信定了苏州人的说话，只能信一半的了。一天问一个苏州人贵姓，那苏州人说姓伍。书呆子心中暗暗称奇道，原来苏州人有姓'两个半'的。这个虽是形容书呆子，也可见苏州人之善于扯谎，久为别处人所知的了。"我道："他今天那张寿星的画法，却也难为他。不知多少润笔？"德泉道："上了这样大的，只怕是面议的了。他虽然定了仿单，然而到了他穷极渴酒的时候，只要请他到酒店里吃两壶酒，他就什么都肯画了。"我道："他说忙得很，家里又画下了那些，何至于穷到没酒吃呢?”德泉笑道:“你看他有一张人物么?”我道:“没有。”德泉道:“凡是画人物,才是人家出润笔请他画的;其余那些翎毛、花卉、草虫小品,都是画了卖给扇子店里的,不过几角洋钱一幅中堂,还不知几时才有人来买呢。他们这个,叫做‘交行生意’。”

我道:“喜欢扯谎的人,多半是无品的,不知雪渔怎样?”德泉道:“岂但扯谎的无品,我眼睛里看见画得好的画家,没有一个有品的。任伯年是两三个月不肯剃头的,每剃一回头,篦下来的石青、石绿,也不知多少。这个还是小节。有一位任立凡,画的人物极好,并且能画小照。刘芝田做上海道的时候,出五百银子,请他画一张合家欢,先差人拿了一百两,放了小火轮到苏州来接他去。他到了衙门里,只画了一个脸面,便借了二百两银子,到租界上去顽,也不知他顽到哪里,只三个月没有见面。一天来了,又画了一只手,又借了一百两银子,就此溜回苏州来了。那位刘观察,化了四百银子只得了一张脸、一只手。你道这个成了什么品格呢?又吃的顶重的烟瘾,人家好好的出钱请他画的,却搁着一年两年不画。等穷的急了,没有烟吃的时候,只要请他吃二钱烟,要画什么是什么。你想这种人是受人抬举的么!说起来他还是名士派呢。还有一个胡公寿,是松江人,诗、书、画都好,也是赫赫有名的。这个人人品倒也没甚坏处,只是一件,要钱要的太认真了。有一位松江府知府任满进京引见,请他写的、画的不少,打算带进京去送大人先生礼的。臭款,买了纸送去,约了日子来取。他应允了,也就写画起来。到了约定那一天,那位太守打发人拿了片子去取。他对来人说道:‘所写所画的东西,照仿单算要三百元的润笔,你去拿了润笔来取。’来人说道:‘且交我拿去,润笔自然送来。’他道:‘我向来是先润后动笔的,因为是太尊的东西,先动了笔,已经是个情面,怎么能够一文不看见就拿东西去!’来人没法,只得空手回去,果然拿了三百元来,他也把东西交了出来。过了几天,那位太守交卸了,还住在衙门里。定了一天,大宴宾客,请了满城官员,与及各家绅士,连胡公寿也请在内。饮酒中间,那位太守极口夸奖胡公寿的字画,怎样好,怎样好。又把他前日所写所画的,都拿出来彼此传观,大家也都赞好。太守道:“可有一层,像这样好东西,自然应该是个无价宝了,却只值得三百元!我这回拿进京去,送人要当一份重礼的。倘京里面那些大人先生,知道我仅化了三百元买来的,却送几十家的礼,未免要怪我悭吝,所以我也不要他了。'说罢,叫家人拿火来一齐烧了。羞得胡公寿逃席而去。从此之后,他遇了求书画的,也不敢孳孳计较了,还算他的好处。"我道:"这段故事,好像《儒林外史》上有的,不过没有这许多曲折。这位太守,也算善抄蓝本的了。"说话之间,天色晚将下来,一宿无话。

次日起来,便望雪渔,谁知等到十点钟还不见到。我道:"这位先生只怕靠不住了。"德泉道:"有酒在这里,怕他不来。这个人酒便是他的性命。再等一等,包管就到了。"说声未绝,雪渔已走了进来,说道:"你们要找房子,再巧也没有,养育巷有一家小钱庄,只有一家门面,后进却是三开间、四厢房的大房子,此刻要把后进租与人家。你们要做字号,那里最好了。我们就去看来。"德泉道:"费心得很!你且坐坐,我们吃了饭去看。"雪渔道:"先看了吧,吃饭还有一会呢。而且看定了,吃饭时便好痛痛的吃酒。"德泉笑道:"也罢,我们去看了来。"于是一同出去,到养育巷看了,果然甚为合式。说定了,明日再来下定。

于是一同回栈,德泉沿路买了两把团扇,几张宣纸,又买了许多颜料、画笔之类。雪渔道:"你又要我画什么了?"德泉道:"随便画什么都好。"回到栈里,吃午饭时,雪渔又吃了好些酒。饭后,德泉才叫他画一幅中堂。雪渔道:"是你自己的,还是送人的?"德泉道:"是送一位做官的,上款写'继之'吧。"雪渔拿起笔来,便画了一个红袍纱帽的人,骑了一匹马,马前画一个太监,双手举着一顶金冠。画完了,在上面写了"马上升官"四个字。问道:"这位继之是什么官?"德泉道:"是知县。"他便写"继之明府大人法家教正"。我暗想继之不懂画,何必称他法家呢。正这么想着,只见他接着又写"质诸明眼,以为何如"。这"明眼"两个字,又是抬头写的。我心中不觉暗暗可惜道:"画的很好,这个款可下坏了!"再看他写下款时,更是奇怪。正是:偏是胸中无点墨,喜从纸上乱涂鸦。要知他写出什么下款来,且待下回再记。

## 第三十八回 画士攘诗一何老脸 官场问案高坐盲人

只见他写的下款是:"吴下雪渔江笠醉笔,时同客姑苏台畔。"我不禁暗暗顿足道:"这一张画可糟蹋了!"然而当面又不好说他,只得由他去吧。此时德泉叫人买了水果来醒酒,等他画好了,大家吃西瓜,旁边还堆着些石榴莲藕。吃罢了,雪渔取过一把团扇,画了鸡蛋大的一个美人脸,就放下了。德泉道:"要画就把他画好了,又不是杀强盗示众,单画一个脑袋做什么呢?"雪渔看见旁边的石榴,就在团扇上也画了个石榴,又加上几笔衣褶,就画成了一个半截美人,手捧石榴。画完,就放下了道:"这是谁的?"德泉道:"也是继之的。"雪渔道:"可惜我今日诗兴不来,不然,题上一首也好。"我心中不觉暗暗好笑,因说道:"我代作一首如何?"雪渔道:"那就费心了。"我一想,这个题目颇难,美人与石榴什么相干,要把他扭在一起,也颇不容易。这个须要用作"无情搭"的钩挽钓渡法子,才可以连得合呢。想了一想,取过笔来写出四句,是:

兰闺女伴话喃喃,摘果拈花笑语憨。

闻说石榴最多子,何须萱草始宜男。

雪渔接去看了看道:"萱草是宜男草,怎么这萱草也是宜男草么?"他却把这"萱"字念成"爰"音。我不觉又暗笑起来。因说道:"这个'谖'字同'萱'字是一样的,并不念做'爰'音。"雪渔道:"这才是呀,我说的天下不能有两种宜男草呢。"说罢,便把这首诗写上去。那上下款竟写的是:"继之明府大人两政,雪渔并题。"我心中又不免好笑,这竟是当面抢的。我虽是答应过代作,这写款又何妨含糊些,便老实到如此,倒是令人无可奈何。只见他又拿起那一把团扇道:"这又是谁的?"德泉指着我道:"这是送他的。"雪渔便问我欢喜什么。我道:"随便什么都好。"他便画了一个美人,睡在芭蕉叶上;旁边画了一度红栏,上面用花青烘出一个月亮。又对我说道:"这个也费心代题一首吧。”我想这个题目还易；而且我作了他便攘为己有的，就作得不好也不要紧，好在作坏了由他去出丑，不干我事。我提笔写道：

一天凉月洗炎熇，庭院无人太寂寥。

扑罢流萤微倦后，戏从栏外卧芭蕉。

雪渔见了，就抄了上去，却一般的写着“两政”“并题”的款。我心中着实好笑，只得说了两声“费心”。此时德泉又叫人去买了三把团扇来。雪渔道：“一发拿过来都画了吧。你有本事把苏州城里的扇子都买了来，我也有本事都画了他。”说罢，取过一把，画了个浔阳琵琶，问写什么款。德泉道：“这是我送同事金子安的，写‘子安’款吧。”雪渔对我道：“可否再费心题一首？”我心中暗想，德泉与他是老朋友，所以向他作无厌之求；我同他初会面，怎么也这般无厌起来了！并且一作了，就攘为己有，真可以算得涎脸的了。因笑了笑道：“这个容易。”就提笔写出来：

四弦弹起一天秋，凄绝浔阳江上头。

我亦天涯伤老大，知音谁是白江州？

他又抄了，写款不必赘，也是“两政”“并题”的了。德泉又递过一把道：“这是我自己用的，可不要美人。”他取笔就画了一幅苏武牧羊，画了又要我题。我见他画时，明知他画好又要我题的了，所以早把稿子想好在肚里，等他一问，我便写道：

雪地冰天且耐寒，头颅虽白寸心丹。

眼前多少匈奴辈，等作群羊一例看。

雪渔又照抄了上去，便丢下笔不画了。德泉不依道：“只剩这一把了，画完了我们再吃酒。”我问德泉道：“这是送谁的？”德泉道：“我也不曾想定。但既买了来，总要画了他。这一放过，又不知要搁到什么时候了。”我想起文述农，因对雪渔道：“这一把算我求你的吧。你画了，我再代你题诗。”雪渔道：“美人、人物委实画不动了，画两笔花卉还使得。”我道：“花卉也好。”雪渔便取过来，画了两枝夹竹桃。我见他画时，先就把诗作好了；他画好了，便拿过稿去，抄在上面。诗云：

林边斜绽一枝春，带笑无言最可人。
欲为优婆宣法语，不妨权现女儿身。

却把“宣”字写成了个“宜”字。又问我上款。我道：“述农。”他便写了上去。写完，站起来伸一伸腰道：“够了。”我看看表时，已是五点半钟。德泉叫茶房去把藕切了，燉起酒来，就把藕下酒。吃到七点钟时，茶房开上饭来，德泉叫添了菜，且不吃饭，仍是吃酒。直吃到九点钟，大家都醉了，胡乱吃些饭，便留雪渔住下。

次日早起，便同到养育巷去，立了租折，付了押租，方才回栈。我便把一切情形，写了封信，交给栈里帐房，代交信局，寄与继之。及至中饭时，要打酒吃，谁知那一坛五十斤的酒，我们三个人，只吃了三顿，已经吃完了。德泉又叫去买一坛。饭后央及雪渔做向导，叫了一只小船，由山塘摇到虎丘去，逛了一次。那虎丘山上，不过一座庙；半山上有一堆乱石，内中一块石头，同馒头一般，上面錾了“点头”两个字，说这里是生公说法台的故址，那一块便是点头的顽石。又有剑池、二仙亭、真娘墓。还有一块吴王试剑石，是极大的一个石卵子，截做两段的，同那点头石，一般都是后人附会之物，明白人是不言而喻的；不过因为他是个古迹，不便说破他去杀风景。那些无知之人，便啧啧称奇，想来也是可笑。

过了一天，又逛一次范坟。对着的山，真是万峰齐起，半山上錾着钱大昕写的“万笏朝天”四个小篆。又逛到天平山上去。因为天气太热，逛过这回，便不再到别处了。

这天接到继之的信，说电报已接到，嘱速寻定房子，随后便有人来办事云云。这两天闲着，我想起伯父在苏州，但不知住在那里，何不去打听打听呢。他到此地，无非是要见抚台，见藩台，我只到这两处的号房里打听，自然知道了。想罢，便出去问路，到抚台衙门号房里打听，没有。因为天气热，只得回栈歇息。过一天，又到藩台衙门去问，也没有消息，只得罢了。

这天雪渔又来了，嬲着要吃酒，还同着一个人来。这个人叫做许澄波，是一个苏州候补佐杂。相见过后，我和德泉便叫茶房去叫了几样菜，买些水果之类，燉起酒来对吃。这位许澄波，倒也十分倜傥风流,不像个风尘俗吏。我便和他谈些官场事情,问些苏州吏治。澄波道:“官场的事情有什么谈头,无非是靠着奥援与及运气罢了。所以官场与吏治,本来是一件事;晚近官场风气日下,官场与吏治,变成东西背驰的两途了。只有前两年的谭中丞还好,还讲究些吏治;然而又嫌他太亲细事了,甚至于卖烧饼的摊子,他也叫人逐摊去买一个来,每个都要记着是谁家的,他老先生拿天平来逐个秤过,拣最重的赏他几百文,那最轻的便传了来大加申斥。”我道:“这又何必呢,未免太琐屑了。”澄波道:“他说这些烧饼,每每有贫民买来抵饭吃的,重一些是一些。做买卖的人,只要心平点,少看点利钱,那些贫民便受惠多了。”我笑道:“这可谓体贴入微了。”

澄波道:“他有一件小事,却是大快人意的:有一个乡下人,挑了一挑粪,走过一家衣庄门口,不知怎样,把粪桶打翻了,溅到衣庄的里面去,吓的乡下人情愿代他洗,代他扫,只请他拿水拿扫帚出来。那衣庄的人也不好,欺他是乡下人,不给他扫帚,要他脱下身上的破棉袄来揩;乡下人急了,只是哭求。顿时就围了许多人观看,把一条街都塞满了。恰好他老先生拜客走过,见许多人,使叫差役来问是什么事。差役过去把一个衣庄伙计及乡下人,带到轿前,乡下人哭诉如此如此。他老先生大怒,骂乡下人道:‘你自己不小心,弄龌龊了人家地方,莫说要你的破棉袄来揩,就要你舐干净,你也只得舐了。还不快点揩了去!’乡下人见是官分付的,不敢违拗,哭哀哀的脱下衣服去揩。他又叫把轿子抬近衣庄门口,亲自督看。衣庄里的人,扬扬得意。等那乡下人揩完了,他老先生却叫衣庄伙计来,分付‘在你店里取一件新棉袄赔还乡下人。’衣庄伙计稍为迟疑,他便大怒,喝道:‘此刻天冷的时候,他只得这件破棉袄御寒,为了你们弄坏了,还不应该赔他一件么?你再迟疑,我办你一个欺压乡愚之罪!’衣庄里只得取了一件绸棉袄,给了乡下人。看的人没有一个不称快。”我道:“这个我也称快。但是那衣庄里,就给他一件布的也够了,何必要给他绸的,格外讨好呢?”澄波笑道:“你须知大衣庄里,不卖布衣服的呀。”我不觉拍手道:“这乡下人好造化也!”

澄波道:“自从谭中丞去后,这里的吏治就日坏了。”雪渔道:“谭中丞非但吏治好,他的运气也真好。他做苏州府的时候,上海道是刘芝田。正月里,刘观察上省拜年,他是拿手版去见的。不多两个月,他放了粮道,还没有到任;不多几天,又升了臬台,便交卸了府篆,进京陛见;在路上又奉了上谕,着毋庸来京,升了藩台,就回到苏州来到任;不上几个月,抚台出了缺,他就护理抚台。那时刘观察仍然是上海道,却要上省来拿手版同他叩喜。前后相去不过半年,就颠倒过来。你道他运气多好!”说罢,满满的干了一杯,面有得意之色。

澄波道:“若要讲到运气,没有比洪观察再好的了!”雪渔愕然道:“是哪一位?”澄波道:“就是洪瞎子。”雪渔道:“洪瞎子不过一个候补道罢了,有什么好运气?”澄波道:“他两个眼睛都全瞎了,要是别人一百个也参了,他还是络绎不绝的差使,还要署臬台,不是运气好么?”我道:“认真是瞎子么?”澄波道:“怎么不是!难道这个好造他谣言的么?”雪渔笑道:“不过是个大近视罢了,怎么好算全瞎。倘使认真全瞎了,他又怎样还能够行礼呢?不能行礼,还怎样能做官?”澄波道:“其实我也不知他还是全瞎,还是半瞎。有一回抚台请客,坐中也有他。饮酒中间,大家都往盘子里抓瓜子磕,他也往盘子里抓,可抓的不是瓜子,抓了一手的糖黄皮蛋,闹了个哄堂大笑。你若是说他全瞎,他可还看见那黑黑儿的皮蛋,才误以为瓜子,好像还有一点点的光。可是他当六门总巡的时候,有一天差役拿了地棍来回他,他连忙升了公座,那地棍还没有带上来,他就‘混帐羔子’‘忘八蛋’的一顿臭骂;又问你一共犯过多少案子,又问你姓什么,叫什么,是哪里人。问了半天,那地棍还没有带上来,谁去答应他呢。两旁差役,只是抿着嘴暗笑。他见没有人答应,忽然拍案大怒,骂那差役道:‘你这个狗才!我叫你去访拿地棍,你拿不来倒也罢了,为什么又拿一个哑子来搪塞我!’”澄波这一句话,说的众人大笑。澄波又道:“若照这件事论,他可是个全瞎的了。若说是大近视,难道公案底下有人没有都分不出么?”我道:“难道上头不知道他是个瞎子?这种人虽不参他,也该叫他休致了。”澄波道:“所以我说他运气好呢。”德泉道:“俗语说的好,‘朝里无人莫做官’,大约这位洪观察是朝内有人的了。”四个人说说笑笑,吃了几壶酒就散了。雪渔、澄波辞了去。次日,继之打发来的人已经到了,叫做钱伯安。带了继之的信来,信上说苏州坐庄的事,一切都托钱伯安经管;伯安到后,德泉可回上海;如已看定房子,叫我也回南京,还有别样事情商量云云。

当下我们同伯安相见过后,略为憩息,就同他到养育巷去看那所房子,商量应该怎样装修。看了过后,伯安便去先买几件木器动用家伙,先送到那房子里去。在客栈歇了一宿,次日伯安即搬了过去。我们也叫客栈里代叫一只船,打算明日动身回上海去。又拖德泉到桃花坞去看雪渔,告诉他要走的话。雪渔道:"你二位来了,我还不曾稍尽地主之谊,却反扰了你二位几遭,正打算过天风凉点叙叙,怎么就走了?"德泉道:"我们至好,何必拘拘这个。你几时到上海去,我们再叙。"德泉在那里同他应酬。我抬头看见他墙上,钉了一张新画的美人,也是捧了个石榴,把我代他题的那首诗写在上面,一样的是"两政""并题"的上下款,心中不觉暗暗好笑。雪渔又约了同到观前吃了一碗茶,方才散去。临别,雪渔又道:"明日恕不到船上送行了。"德泉道:"不敢,不敢。你几时到上海去,我们痛痛的吃几顿酒。"雪渔道:"我也想到上海许久了,看几时有便我就来;这回我打算连家眷一起都搬到上海去了。"说罢作别,我们回栈。

次日早起,就结算了房饭钱,收拾行李上船,解缆开行,向上海进发。回到上海,金子安便交给我一张条子,却是王端甫的,约着我回来即给他信,他要来候我,有话说云云。我暂且搁过一边,洗脸歇息。子安又道:"唐玉生来过两次,头一次是来催题诗,我回他到苏州去了;第二次他来把那本册页拿回去了。"我道:"拿了去最好,省得他来麻烦。"当下德泉便稽查连日出进各项货物帐目。我歇息了一会,便叫车到源坊弄去访端甫,偏他又出诊去了;问景翼时,说搬去了;我只得留下一张条子出来,缓步走着,去看侣笙。谁知他也不曾摆摊,只得叫了车子回来。回到号里时,端甫却已在座。相见已毕,端甫先道:"你可知侣笙今天嫁女儿么?"我道:"嫁什么女儿?可是秋菊?"端甫道:"可不是。他恐怕又像嫁给黎家一样,夫家仍只当她丫头,所以这回他认真当女儿嫁了。那女婿是个木匠,倒也罢了。他今天一早带了秋菊到我那里叩谢;因知道你去了苏州,所以不曾来这里。

我此刻来告诉你景翼的新闻。”我忙问:“又出了什么新闻了?”端甫不慌不忙的说了出来。正是:任尔奸谋千百变,也须落魄走穷途。未知景翼又出了什么新闻,且待下回再记。

# 第三十九回　老寒酸峻辞乾馆　小书生妙改新词

我听见端甫说景翼又出了新闻,便忙问是什么事。端甫道:“这个人只怕死了！你走的那一天,他就叫了人来,把几件木器及空箱子等,一齐都卖了,却还卖了四十多元。那房子本是我转租给他的,欠下两个月房租,也不给我,就这么走了。我到楼上去看,竟是一无所有的了。”我道:“他家还有慕枚的妻子呀,哪里去了?”端甫道:“慕枚是在福建娶的亲,一向都是住在娘家,此刻还在福建呢。那景翼拿了四十多元洋钱,出去了三天,也不知他到哪里去的。第四天一早,我还没有起来,他便来打门;我连忙起来时,家人已经开门放他进来了。蓬着头,赤着脚,鞋袜都没有,一条蓝夏布裤子,也扯破了,只穿得一件破多罗麻的短衫。见了我就磕头,要求我借给他一块洋钱。问他为何弄得这等狼狈,他只流泪不答。又告诉我说,从前逼死兄弟,图卖弟妇,一切都是他老婆的主意,他此刻懊悔不及。我问他要一块洋钱做什么,他说到杭州去做盘费,我只得给了他,他就去了。直到今天,仍无消息。前天我已经写了一封信,通知鸿甫去了。”我道:“这种人由他去罢了,死了也不足惜。”端甫道:“后来我听见人说,他拿了四十多元钱,到赌场上去,一口气就输了一半;第二天再赌,却赢了些;第三天去赌,却输的一文也没了。出了赌场,碰见他的老婆,他便去盘问,谁知他老婆已经另外跟了一个人,便甜言蜜语的引他回去,却叫后跟的男人,把他毒打了一顿。你道可笑不可笑呢。”

我道:“今日嫁女儿,你曾送他礼没有?”端甫道:“我送了他一元,他一定不收,这也没法。”我道:“这个人竟是个廉士!”端甫道:“他不廉,也不至于穷到这个地步了。况且我们同他奔走过一次,也更是不好意思受了。他还送给我一副对,写的甚好。他说也送你一副,你收着了么?”我道:“不曾。”因走进去问子安。子安道:“不错,是有的,我忘了。”说着,在架子上取下来。我拿出来同端甫打开来看，写的是“慷慨丈夫志，跌宕古人心”一联，一笔好董字，甚是飞舞。我道：“这个人潦倒如此，真是可惜可叹！”端甫道：“你看南京有什么事，荐他一个也好。”我道：“我本有此意。而且我还嫌回南京去急不及待，打算就在这号里安置他一件事，好歹送他几元银一月；等南京有了好事，再叫他去。你道如何？”端甫道：“这更好了。”当下又谈了一会，端甫辞了去。我封了四元洋银贺仪，叫出店的送到侣笙那里去。一会仍旧拿了回来，说他一定不肯收。子安笑道：“这个人倒穷得硬直。”我道：“可知道不硬直的人，就不穷了。”子安道：“这又不然。难道有钱的人，便都是不硬直的么？”我道：“不是如此说。就是富翁也未尝没有硬直的；不过穷人倘不是硬直的，便不肯安于穷，未免要设法钻营，甚至非义之财也要妄想，就不肯像他那样摆个测字摊的了。”当下歇过一宿。

次日我便去访侣笙，怪他昨日不肯受礼。侣笙道：“小婢受了莫大之恩，还不曾报德，怎么敢受！”我道：“这些事还提他做什么。我此刻倒想代你弄个馆地，只是我到南京去，不知几时才有机会，不如先奉屈到小号去，暂住几时，就请帮忙办理往来书信。”侣笙连忙拱手道：“多谢提挈！”我道：“日间就请收了摊，到小号里去。”侣笙沉吟了一会道：“宝号办笔墨的，向来是哪一位？”我道：“向来是没有的。不过我为足下起见，在这里摆个摊，终不是事，不如到小号里去，奉屈几时，就同干俸一般。等我到南京去，有了机会，便来相请。”侣笙道：“这却使不得！我与足下未遇之先，已受先施之惠；及至萍水相遇，怎好为我破格！况且生意中的事情，与官场截然两路，断不能多立名目，以致浮费，岂可为我开了此端。这个断不敢领教！如蒙见爱，请随处代为留心，代谋一席，那就受惠不浅了。”我道：“如此说，就同我一起到南京去谋事如何？”侣笙道：“好虽好，只是舍眷无可安顿，每日就靠我混几文回去开销，一时怎撇得下呢。”我道：“这不要紧，在我这里先拿点钱安家便是。”侣笙道：“足下盛情美意，真是令人感激无地！但我向来非义不取，无功不受；此刻便算借了尊款安家，万一到南京去谋不着事，将何以偿还呢？还求足下听我自便的好。如果有了机会，请写个信来，我接了信，就料理起程。”我听了他一番话，不觉暗暗嗟叹，天下竟有如此清洁的人，真是可敬。只得辞了他出来，顺路去看端甫。端甫也是十分叹息道："不料风尘中有此等气节之人！你到南京，一定要代他设法，不可失此朋友。但不知你几时动身。"我道："打算今夜就走。在苏州就接了南京信，叫快点回去，说还有事，正不知是什么事。"说话时，有人来诊脉，我就辞了回去。

是夜附了轮船动身，第三天一早，到了南京。我便叫挑夫挑了行李上岸，骑马进城，先到里面见过吴老太太及继之夫人。老太太道："你回来了！辛苦了！身子好么？我惦记你得很呢。"我道："托干娘的福，一路都好。"老太太道："你见过娘没有？"我道："还没有呢。"老太太道："好孩子！快去吧！你娘念你得很。你回来了，怎么不先见娘，却先来见我？你见了娘，也不必到关上去，你大哥一会儿就回来了。我今天做东，准备了酒席，贺荷花生日。你回来了，就带着代你接风了。"我陪笑道："这个哪里敢当！不要折煞干儿子吧！"老太太道："胡说！掌嘴！快去吧。"我便出来，由便门过去，见过母亲、婶婶、姊姊。母亲问几时到的。我道："才到。"母亲问见过干娘和嫂子没有。我道："都见过了。我这回在上海，遇见伯父的。"母亲道："说什么来？"我道："没说什么，只告诉我说小七叔来了。"母亲讶道："来什么地方？"我道："到了上海，在洋行里面。我去见过两次。他此刻白天学生意，晚上念洋书。"姊姊道："这小孩子怪可怜的，六七岁上没了老子，没念上两年书，就荒废了，在家里养得同野马一般。此刻不知怎样了？"我道："此刻好了，很沉静，不像从前那种七纵八跳的了。"母亲瞅了我一眼道："你小时候安静！"姊姊道："没念几年书，就去念洋书，也不中用。"我道："只怕他自己还在那里用功呢。我看他两遍，都见他床头桌上，堆着些《古文观止》《分类尺牍》之类；有不懂的，还问过我些。他此刻自己改了个号，叫做叔尧；他的小名叫土儿，读书的名字，就是单名叫一个'尧'字，此刻号也用这个'尧'字。我问他是什么意思。他说小时候，父母因为他的八字五行缺土，所以叫做土儿，取'尧'字做名字，也是这个意思。其实是毫无道理的，未必取了这种名字，就可以补上五行所缺。不过要取好的号，取不出来。

他底下还有老八、老九,所以按孟、仲、叔、季的排次,加一个‘叔’字在上面做了号,倒爽利些。”姊姊讶道:“读了两年书的孩子,发出这种议论,有这种见解,就了不得!”

我道:“本来我们家里没有生出笨人过来。”母亲道:“单是你最聪明!”我道:“自然。我们家里的人已经聪明了,更是我娘的儿子,所以又格外聪明些。”婶婶道:“了不得,你走了一次苏州,就把苏州人的油嘴学来了。从来拍娘的马屁,也不曾有过这种拍法。”我道:“我也不是油嘴,也不是拍马屁,相书上说的‘左耳有痣聪明,右耳有痣孝顺’。我娘左耳朵上有一颗痣,是聪明人,自然生出聪明儿子来了。”姊姊走到母亲前,把左耳看了看道:“果然一颗小痣,我们一向倒不曾留心。”又过来把我两个耳朵看过,拍手笑道:“兄弟这张嘴真学油了!他右耳上一颗痣,就随口杜撰两句相书,非但说了伯娘聪明,还要夸说自已孝顺呢。”我道:“娘不要听姊姊的话,这两句我的确在‘麻衣神相’上看下来的。”姊姊道:“伯娘不要听他,他连书名都闹不清楚,好好的《麻衣相法》,他弄了个‘麻衣神相’。这《麻衣相法》是我看了又看的,哪里有这两句。”我道:“好姊姊!何苦说破我!我要骗骗娘相信我是个天生的孝子,心里好偷着欢喜,何苦说破我呢。”说的众人都笑了。只见春兰来说道:“那边吴老爷回来了。”我连忙过去,到书房里相见。

继之笑着道:“辛苦,辛苦!”我也笑道:“费心,费心!”继之道:“你费我什么心来?”我道:“我走了,我的事自然都是大哥自己办了,如何不费心。”坐下便把上海、苏州一切细情都述了一遍。继之道:“我催你回来,不为别的,我这个生意,上海是个总字号,此刻苏州分设定了,将来上游芜湖、九江、汉口,都要设分号,下游镇江,也要设个字号,杭州也是要的。你口音好,各处的话都可以说,我要把这件事烦了你。你只要到各处去开辟码头,经理的我自有人。将来都开设定了,你可往来稽查。这里南京是个中站,又可以时常回来,岂不好么。”我道:“大哥何以忽然这样大做起来?”继之道:“我家里本是经商出身,岂可以忘了本。可有一层:我在此地做官,不便出面做生意,所以一切都用的是某记,并不出名。在人家跟前,我只推说是你的。

你见了那些伙计,万不要说穿,只有管德泉一个知道实情,其余都不知道的。"我笑道:"名者,实之宾也;吾其为宾乎?"继之也一笑。我道:"我去年交给大哥的,是整数二千银子;怎么我这回去查帐,却见我名下的股份,是二千二百五十两?"继之道:"那二百五十两,是去年年底帐房里派到你名下的,我料你没有什么用处,就一齐代你入了股。一时忘记了,没有告诉你。你走了这一次,辛苦了,我给你一样东西开开心。"说罢,在抽屉里取出一本极旧极残的本子来。这本子只有两三页,上面浓圈密点的,是一本词稿。我问道:"这是哪里来的?"继之道:"你且看了再说,我和述农已是读的烂熟了。"我看第一阕是《误佳期》,题目是"美人嚏"。我笑道:"只这个题目便有趣。"继之道:"还有有趣的呢。"我念那词:

浴罢兰汤夜,一阵凉风恁好。陡然娇嚏两三声,消息难分晓。　莫是意中人,提着名儿叫?笑他鹦鹉却回头,错道侬家恼。

我道:"这倒亏他想着。"再看第二阕是《荆州亭》,题目是"美人孕"。我道:"这个可向来不曾见过题咏的,倒是头一次。"再看那词是:

一自梦熊占后,惹得娇慵病久。个里自分明,羞向人前说有。　镇日贪眠作呕,茶饭都难适口。含笑问檀郎:梅子枝头黄否?

我道:"这句'羞向人前说有',亏他想出来。"又有第三阕是《解佩令》"美人怒",词是:

喜容原好,愁容也好,蓦地间怒容越好。一点娇嗔,衬出桃花红小,有心儿使乖弄巧。　问伊声悄,凭伊怎了,拚温存解伊懊恼。刚得回嗔,便笑把檀郎推倒,甚来由到底不晓。

我道:"这一首是收处最好。"第四阕是《一痕沙》"美人乳"。我笑道:"美人乳明明是两堆肉,他用这《一痕沙》的词牌,不通!"继之笑道:"莫说笑话,看吧。"我看那词是:

迟日昏昏如醉,斜倚桃笙慵睡。乍起领环松,露酥胸。
小簇双峰莹腻,玉手自家摩戏。欲扣又还停,尽憨生。

我道:“这首只平平。”继之道:“好高法眼!”我道:“不是我的法眼高,实在是前头三阕太好了。如果先看这首,也不免要说好的。”再看第五阕是《蝶恋花》“夫婿醉归”。我道:“咏美人写到夫婿,是从对面着想,这题目先好了,词一定好的。”看那词是:

日暮挑灯闲徙倚,郎不归来留恋谁家里?及到归来沉醉矣,东歪西倒扶难起。 不是贪杯何至此?便太常般,难道侬嫌你?只恐瞢腾伤玉体,教人怜惜浑无计。

我道:“这却全在美人心意上着想,倒也体贴入微。”第六阕是《眼儿媚》“晓妆”:

晓起娇慵力不胜,对镜自惺忪。淡描青黛,轻匀红粉,约略妆成。 檀郎含笑将人戏,故问夜来情。回头斜眄,一声低啐,你作么生!

我道:“这一阕太轻佻了,这一句‘故问夜来情’,必要改了他才好。”继之道:“改什么呢?”我道:“这种香艳词句,必要使他流入闺阁方好;有了这种猥亵句子,怎么好把他流入闺阁呢。”继之道:“你改什么呢?”我道:“且等我看完了,总要改他出来。”因看第七阕,是《忆汉月》“美人小字”。词是:

恩爱夫妻年少,私语喁喁轻悄。问到小字每模糊,欲说又还含笑。 被他缠不过,说便说郎须记了。切休说与别人知,更不许人前叫!

我不禁拍手道:“好极,好极!这一阕要算绝唱了。亏他怎么想得出来!”继之道:“我和述农也评了这阕最好,可见得所见略同。”我道:“我看了这一阕,连那‘故问夜来情’也改着了。”继之道:“改什么?”我道:“改个‘悄地唤芳名’,不好么?”继之拍手道:“好极,好极!改得好!”再看第八阕,是《忆王孙》“闺思”:

昨宵灯爆喜情多,今日窗前鹊又过,莫是归期近了么?鹊儿呵!再叫声儿听若何?

我道:“这无非是晨占喜鹊,夕卜灯花之意,不过痴得好顽。”第九阕是《三字令》“闺情”。我道:“这《三字令》是难得神理,他只限着三个字一句,哪得跌宕!”看那词是:

人乍起，晓莺鸣，眼犹饧；帘半卷，槛斜凭，绽新红，呈嫩绿，雨初经。　　开宝镜，扫眉轻，淡汝成；才歇息，听分明，那边厢，墙角外，卖花声。

我道："只有下半阕好。"这一本稿，统共只有九阕，都看完了。我问继之道："词是很好，但不知是谁作的？看这本子残旧到如此，总不见得是个时人吧。"继之道："那天我闲着没事，到夫子庙前闲逛，看见冷摊上有这本东西，只化了五个铜钱买了来。只恨不知作者姓名。这等名作，埋没在风尘中，也不知几许年数了。倘使不遇我辈，岂不是徒供鼠啮虫伤，终于复瓿！"我因继之这句话，不觉触动了一桩心事。正是：一样沉沦增感慨，伟人瑰宝共风尘。不知触动了什么心事，且待下回再记。

# 第四十回　披画图即席题词　发电信促归阅卷

我听见继之赞叹那几阕词，说是倘不遇我辈，岂不是终于复瓿，我便忽然想起蔡侣笙来，因把在上海遇见黎景翼，如此这般，告诉了一遍。又告诉他蔡侣笙如何廉介，他的夫人如何明理，都说了一遍。继之道："原来你这回到上海，干了这么一回事，也不虚此一行。"我道："我应允了蔡侣笙，一到南京，就同他谋事，求大哥代我留意。"继之道："你同他写下两个名条，我觑便同他荐个事便了。"

说话间，春兰来叫我吃午饭，我便过去。饭后在行李内取出团扇及画片，拿过来给继之，说明是德泉送的。继之先看扇子，把那题的诗念了一遍道："这回倒没有抄错。"我道："怎么说是抄的？"继之道："你怎么忘了？我头回给你看的那把团扇，把题花卉的诗题在美人上，不就是这个人画的么。"我猛然想起当日看那把团扇来，并想起继之说的那诗画交易的故事，又想起江雪渔那老脸攘诗，才信继之从前的话，并不曾有意刻薄他们。因把在苏州遇见江雪渔的话，及代题诗的话，述了一遍。老太太在旁听见，便说道："原来是你题的诗，快念给我听。"继之把扇子递给他夫人。他夫人便念了一遍，又逐句解说了。老太太道："好口彩！好吉兆！果然石榴多子！明日继之生了儿子，我好好的请你。"我笑说："多谢。"继之摊开那画片来看，见了那款，不觉笑道："他自己不通，如何把我也拉到苏州去？好好的一张画，这几个字写的成了废物了。"我道："我也曾想过，只要叫裱画匠，把那几个字挖了去，还可以用得。"继之道："只得如此的了。"我又回去，把我的及送述农的扇子，都拿来给继之看。继之道："这怕都是你题的？"我道："是的。他画一把我就题一首。"继之道："这个人画的着实可以，只可惜太不通了。但既然不通，就安分些，好好的写个上下款也罢了，偏要题什么诗。你看这几首诗，他将来又不知要错到什么画上去了。"我道："他自己说是吴三桥的学生呢。"继之道:"这也说不定的。说起吴三桥,我还买了一幅小中堂在那里,你既欢喜题诗,也同我题上两首去。"我道:"画在哪里?"继之道:"在书房里,我同你去看来。"于是一同到书房里去。继之在书架上取下画来,原来是一幅美人,布景是满幅梅花,梅梢上烘出一钩斜月,当中月洞里,露出美人,斜倚在熏笼上。裱的全绫边,那绫边上都题满了,却剩了一方。继之指着道:"这一方就是虚左以待的。"我道:"大哥哪里去找了这些人题?"继之道:"我哪里去找人题,买来就是如此的了。"我道:"这一方的地位很大,不是一两首绝诗写得满的。"继之道:"你就多作几首也不妨。"我想了一想道:"也罢。早上看了绝妙好词,等我也效颦填一阕词吧。"继之道:"随你便。"我取出《诗韵》翻了一翻,填了一阕《疏影》词曰:

香消炉歇,正冷侵翠被,霜禽啼彻。斜月三更,谯鼓城笳,一枕梦痕明灭。无端惊起佳人睡,况酒醒天寒时节。算几回倚遍熏笼,依旧黛眉双结。良夜迢迢甚伴?对空庭寂寞,花光清绝。蓦逗春心,偷数年华,独自暗伤离别。年来消瘦知何似,应不减素梅孤洁。且待伊塞上归来,密与拥炉愁说。

用纸写了出来,递给继之道:"大哥看用得,我便写上去。"继之看了道:"你倒是个词章家呢。但何以忽然用出那离别字眼出来?"我道:"这有甚一定的道理,不过随手拈来,就随意用去。不然,只管赞梅花的清幽,美人的标致,有甚意思呢。我只觉得词句生涩得很。"继之道:"不生涩!很好!写上去吧。"我摊开画,写了上去,署了款。继之便叫家人来,把他挂起。

日长无事,我便和继之对了一局围棋。又把那九阕香奁词抄了,只把《眼儿媚》的"故问夜来情",改了个"悄地唤芳名",拿去给姊姊看了。姊姊看了一遍道:"好便好,只是轻薄些。"我道:"这个只能撇开他那轻薄,看他的巧思。"姊姊笑道:"我最不服气,男子们动不动拿女子做题目来作诗填词,任情取笑!"我道:"岂但作诗填词,就是画画,何尝不是只画美人,不画男子。要画男子,除非是画故事,若是随意坐立的,断没有画个男子之理。"姊姊道:"正是。我才看见你的一把团扇,画的很好,是在哪里画来的?"我道:"在苏州。姊姊欢喜,我写信去画一把来。”姊姊道:“我不要。你几时便当,顺便同我买点颜料来,还要买一份画碟、画笔,我的丢在家里,没有带来。”我欢喜道:“原来姊姊会画,是几时学会的?我也要跟着姊姊学。”

正说到这里,吴老太太打发人来请,于是一同过去。那边已经摆下点心。吴老太太道:“我今天这个东做得着,又做了荷花生日,又和干儿子接风。这会请先用点心,晚上凉快些再吃酒。”我因为荷花生日,想起了“竹汤饼会”来,和继之说了。继之道:“这种人只算得现世!”我道:“有愁闷时听听他们的问答,也可以笑笑。”于是把在花多福家所闻的话,述了一遍。母亲道:“你到妓院里去来?”我道:“只坐得一坐就走的。”姊姊道:“依我说,到妓院里去倒不要紧,倒是那班人少亲近些。”我道:“他硬拉我去的,谁去亲近他。”姊姊道:“并不是什么亲近不得,只小心被他们熏臭了。”说的大众一笑。当夜陪了吴老太太的高兴,吃酒到二炮才散。

次日继之出城,我也到关上去,顺带了团扇送给述农。大家不免说了些别后的话,在关上盘桓了一天。到晚上,继之设了个小酌,单邀了我同述农两个吃酒,赏那香奁词。述农道:“徒然赏他,不免为作者所笑,我们也应该和他一阕。”我道:“香奁体我作不来,并且有他的珠玉在前,我何敢去佛头着粪!”继之道:“你今天题画的那一阕《疏影》,不是香奁么?”我道:“那不过是稍为带点香奁气。他这个是专写儿女的,又自不同。”述农道:“说起题画,一个朋友前天送来一个手卷要我题,我还没工夫去作。不如拿出来,大家题上一阕词吧。”我道:“我倒使得。”述农便亲自到房里取了来,签上题着“金陵图”三字。展开来看,是一幅工笔青绿山水,把南京的大概,画了上去。继之道:“用了什么词牌呢?”述农道:“词牌倒不必限。”我道:“限了的好。不限定了,回来有了一句合这个牌,又有一句合那个牌,倒把主意闹乱了。”继之道:“秦淮多丽,我们就用《多丽》吧。”我道:“好。我已经有起句了:‘大江横,古今烟锁金陵。’”述农道:“好敏捷!”我道:“起两句便敏捷,这个牌,还有排偶对仗,颇不容易呢。”继之道:“我也有个起句,是‘古金陵,秦淮烟水冥冥’。”我道:“既如此,也限了八庚韵吧。”于是一面吃酒,一面寻思。倒是述农先作好

了,用纸誊了出来。继之拿在手里,念道:

水盈盈,吴头楚尾波平。指参差帆樯隐处,三山天外摇青。丹脂销墙根蛩泣,金粉灭江上烟腥。北固云颓,中泛泉咽,潮声怒吼石头城。只千古《后庭》一曲,回首不堪听!休遗恨霸图销歇,王、谢飘零!　但南朝繁华已尽,梦蕉何事重醒?舞台倾夕烽惊雀,歌馆寂磷火为萤。荒径香埋,空庭鬼啸,春风秋雨总愁凝。更谁家秦淮夜月,笛韵写凄清?伤心处画图难足,词客牵情。

继之念完了,便到书案上去写,我站在前面,看他写的是:

古金陵,秦淮烟水冥冥。写苍茫势吞南北,斜阳返射孤城。泣胭脂泪干陈井,横铁锁缆系吴舲。《玉树》歌残,铜琶咽断,怒潮终古不平声。算只有蒋山如壁,依旧六朝青。空余恨凤台寂寞,鸦点零星。　叹豪华灰飞王、谢,那堪鼙鼓重惊!指灯船光销火蜃,凭水榭影乱秋萤。坏堞荒烟,寒笳夜雨,鬼磷鹃血暗愁生。画图中长桥片月,如对碧波明。乌衣巷年年燕至,故国多情。

我等继之写完,我也写了出来,交给述农看。我的词是:

大江横,古今烟锁金陵。忆六朝几番兴废,恍如一局棋枰。见风帆去来眼底,望楼橹颓败心惊。几代笙歌,十年鼙鼓,不堪回首叹雕零。想昔日秦淮觞咏,似幻梦初醒。空留得一轮明月,渔火零星。　最销魂红羊劫尽,但余一座孤城。剩铜驼无言衰草,闻铁马凄断邮亭。举目沧桑,感怀陵谷,落花流水总关情。偶披图旧时景象,历历可追凭。描摹出江山如故,输与丹青。

当下彼此传观,又吃了一回酒。述农自回房安歇。

继之对我道:“你将息两天,到芜湖走一次。你但找定了屋子,就写信给我,这里派人去,你便再到九江、汉口,都是如此。”我道:“这找房子的事,何必一定要我?”继之道:“你去找定了,回来可以告诉我一切细情。若叫别人去,他们去了,就在那里办事了。还有一层:将来你往来稽查,也还可以熟悉些。”我道:“这里南京开办么?”继之道:“这里叫德泉倒派人上来办,才好掩人耳目。你从上江回来,就可以到镇江去。”我道:“这里书启的事怎样呢?”继之道:“我这个差事,上前天奉了札子,又连办一年。书启我打算另外再请人。”我道:“那么何不就请了蔡侣笙呢?”继之道:“但不知他笔下如何?”我道:“包你好!我虽然未见过他的东西,然而保过廪的人,断不至于不通。顶多作出来的东西,有点腐八股气罢了,何况还不见得。他还送我一副对子,一笔好董字。”继之道:“我就请了他,你明日就写信去吧,连关书一齐寄去也好。”我听说不胜之喜,连夜写好了,次日一早,便叫家人寄去。又另外寄给王端甫一信,嘱他劝驾。

我便赁马进城,顺路买了画碟、画笔、颜料等件;又买了几张宣纸、扇面、画绢等,回来送与姊姊,并央她教我画。姊姊道:“你只要在旁边留着心看我画,看多了就会了,难道还要把着手教么。”我道:“我从前学画山水,学了三个多月,画出来的山,还像一个土馒头,我就丢下了。”姊姊便裁了一张小中堂。我道:“画什么?”姊姊道:“画一幅美人,送我干嫂子。”说罢坐下,调开颜色,先画了个美人面,又布了一树梅花。我道:“姊姊可是看见了书房那张,要背临他的稿子?”姊姊道:“大凡作画要临稿本,便是低手。书房那是我看见的,我却并不临他。”我道:“初学时总是要临的。”姊姊道:“这个自然。但是学会之后,总要胸中有了丘壑,要画什么,就是什么,才能称得画家。”

说话间,春兰拿了一卷东西进来,说是他家周二爷从关上带回来的。拆开看时,原是那幅《金陵图》,昨夜的词,未曾写上,今天继之、述农都写了,拿来叫我写的。姊姊道:“书房那张,你也题了一阕词,怎么这样词兴大发?我这张也要请教一阕了。”我道:“才题过一张梅花美人,今日再题,恐怕要犯了。”姊姊道:“胡说!我不信你腹俭到如此。我已经填了一阕《解语花》,在干嫂子那里,你去看来。”我道:“既如此,我不看词,且看画的是什么样子个大局,我好切题做去。”姊姊道:“没有什么样子,就是一个月亮;一个美人,站在梅花树下。”我便低头思索一会,问姊姊要纸写出来。姊姊道:“填的什么词牌?不必写,先念给我听。”我道:“自然也是《解语花》。”因念道:

思萦邓尉,梦绕罗浮,身似梅花瘦。故园依旧,慵梳掠,谁共寻芳携手？芳心恐负，正酒醒天寒时候。唤鸦鬟招鹤归来，请与冰魂守。　羌笛怕听吹骤，念陇头人远，怎堪回首，翠蛾愁皱。相偎处，惹得暗香盈袖。凝情待久，无限恨，癯仙知否？应为伊惆怅江南，月落参横后。

姊姊听了道："大凡填词，用笔要如快马入阵，盘旋曲折，随意所之。我们不知怎的，总觉着有点拙涩，词句总不能圆转，大约总是少用功之过。念我的你听：

芳痕淡抹，粉影含娇，隐隐云衣迭，一般清绝。偎花立，空自暗伤离别。销魂似妾，心上事更凭谁说？倩何人寄语陇头，镜里春难折。　寂寞黄昏片月，伴珊珊环佩，满庭香雪，蛾眉愁切。关情处，怕听丽谯吹彻。冰姿似铁，叹尔我，生来孤洁。恐飘残倦倚风前，一任霜华拂。"

我道："姊姊这首就圆转得多了。"姊姊道："也不见得。"此时那画已画好了，我便把题词写上。又写了那《金陵图》的题词。

过得两天，我便到芜湖去，看定了房子，等继之派人来经理了，我又到九江，到汉口；回南京歇了几天，又到镇江，到杭州。从此我便来往苏、杭及长江上下游。原来继之在家乡，提了一笔巨款来，做这个买卖，专收各路的土货，贩到天津、牛庄、广东等处去发卖，生意倒也十分顺手。我只管往来稽查帐目，在路的日子多，在家的日子少，这日子就觉得容易过了。不知不觉过了一个周年。直到次年七月里，我稽查到了上海，正在上海号里住下，忽接了继之的电报，叫速到南京去，电文简略，也不曾叙明何事。我想继之大关的差使，留办一年，又已期满，莫非叫我去办交代；然而办交代用不着我呀。既然电报来叫，必定是一件要事，我且即日动身去吧。正是：只道书来询货殖，谁知此去却衡文。未知此去有何要事，且听下回再记。

## 第四十一回　破资财穷形极相　感知己沥胆披肝

我接了继之电信，便即日动身，到了南京，便走马进城，问继之有甚要事。恰好继之在家里，他且不说做什么，问了些各处生意情形，我一一据实回答。我问起蔡侣笙。继之道："上月藩台和我说，要想请一位清客，要能诗，能酒，能写，能画的，杂技愈多愈好；又要能谈天，又要品行端方，托我找这样一个人，你想叫我往哪里去找，只有侣笙，他琴棋书画，件件可以来得，不过就是脾气古板些；就把他荐去了，倒甚是相得。大关的差事，前天也交卸了。"我道："述农呢？"继之道："述农馆地还连下去。"我道："这回叫我回来，有什么事？"继之道："你且见了老伯母，我们再细谈。"我便出了书房，先去见了吴老太太及继之夫人，方才过来见了母亲、婶娘、姊姊，谈了些家常话。

我见母亲房里，摆着一枝三镶白玉如意，便问是哪里来的。母亲道："上月我的生日，蔡侣笙送来的，还有一个董其昌手卷。"我仔细看了那如意一遍，不觉大惊道："这个东西，怎么好受他的！虽然我荐他一个馆地，只怕他就把这馆地一年的薪水还买不来！这个如何使得！"母亲道："便是我也说是小生日，不惊动人，不肯受。他再三的送来，只得收下。原是预备你来家，再当面还他的。"我道："他又怎么知道母亲生日呢？"姊姊道："怕不是大哥谈起的。他非但生日那天送这个礼，就是平常日子送吃的，送用的，零碎东西，也不知送了多少。"我道："这个使不得！偏是我从荐了他的馆地之后，就没有看见过他。"姊姊道："难道一回都没见过？"我道："委实一回都没见过。他是住在关上的，他初到时，来过一次，那时我到芜湖去了；嗣后我就东走西走，偶尔回来，也住不上十天八天，我不到关上，他也无从知道，就他知道了，我又动身了，所以从来遇不着。——还有那手卷呢？"姊姊在抽屉里取出来给我看，是一个三丈多长的绫本。我看了，便到继之那边，和继之说。继之道："他感激你得很呢，时时念着你。这两样东西,我也曾见来。若讲现买起来呢,也不知要值到多少钱。他说这是他家藏的东西,在上海穷极的时候,拿去押给人家了。两样东西,他只押得四十元;他得了馆地之后,就赎了回来,拿来送你。"我道:"是他先代之物,我更不能受,明日待我当面还了他。此刻他在藩署里,近便得很,我也想看看他去。"

继之道:"你自从丢下了书本以来,还能作'八股'么?"我笑道:"我就是未丢书本之前,也不见得能作'八股'。"继之道:"说虽是如此说,你究竟是在那里作的。我记得你十三岁考书院,便常常的取在五名前;以后两年出了门,我可不知道了。"我道:"此刻凭空还问这个做什么呢?"继之道:"只管胡乱谈谈,有何不可。"我道:"我想这个不是胡乱谈的,或者另外有什么道理。"继之笑着,指着一个大纸包道:"你看这个是什么?"我拆开来一看,却是钟山书院的课卷。我道:"只怕又是藩台委看的?"继之道:"正是。这是生卷,童卷是侣笙在那里看。藩台委了我,我打算要烦劳了你。"我道:"帮着看是可以的,不过我不能定甲乙。"继之道:"你只管定了甲乙,顺着迭起来,不要写上,等我看过再写就是了。"我道:"这倒使得。但不知几时要?这里又是多少卷?要取几名?"继之道:"这里共是八百多卷,大约取一百五十卷左右。佳卷若多,就多取几卷也使得。你几时可以看完就几时要,但是越快越好,藩台交下来好几天了,我专等着你。你在这里看,还是拿过去看?"我道:"但只看看,不过天把就看完了。但是还要加批加圈,只怕要三天。我还是拿过去看的好,那边静点,这边恐怕有人来。"继之道:"那么你拿过去看吧。"我笑道:"看了使不得,休要怪我。"继之道:"不怪你就是。"

当下又谈了一会,继之叫家人把卷子送到我房里去,我便过来。看见姊姊正在那里画画。我道:"画什么?"姊姊道:"九月十九,是干娘五十整寿,我画一堂海满寿屏,共是八幅。"我道:"呀!这个我还不曾记得。我们送什么呢?"姊姊道:"这里有一堂屏了,还有一个多月呢,慢慢办起来,什么不好送。"我道:"这份礼,是很难送的:送厚了,继之不肯收;送薄了,过不去。怎么好呢?"想了一想道:"有了一样了。我前月在杭州,收了一尊柴窑的弥勒佛,只化得四吊钱,的真是古货。只可惜放在上海。回来写个信,叫德泉寄了来。”姊姊道:“你又来了,柴窑的东西,怎么只卖得四吊钱?”我道:“不然我也不知,因为这东西买得便宜,我也有点疑心,特为打听了来。原来这一家人家,本来是杭州的富户,祖上在扬州做盐商的;后来折了本,倒了下来,便回杭州,生意虽然倒了,却也还有几万银子家资。后来的子孙,一代不如一代,起初是卖田,后来卖房产,卖桌椅东西,卖衣服首饰,闹的家人仆妇也用不起了。一天在堆存杂物的楼上看见有一大堆红漆竹筒子,也不知是几个。这是扬州戴春林的茶油筒子,知道还是祖上从扬州带回来的茶油,此刻差不多上百年了,想来油也干了,留下他无用,不如卖了。打定了主意,就叫了收买旧货的人来,讲定了十来个钱一个,当堂点过,却是九十九个都卖了。过得几天,又在角子上寻出一个,想道:‘这个东西原是一百个,那天怎样寻他不出来。’摇了一摇,没有声响,想是油都干了。想这油透了的竹子,劈细了生火倒好,于是拿出来劈了。原来里面并不是油,却是用木屑藏着一条十两重的足赤金条子。不觉又惊又喜,又悔又恨:惊的是许久不见这样东西,如今无意中又见着了;喜的是有了这个,又可以换钱化了;悔的是那九十九个,不应该卖了;恨的是那天见了这筒子,怎么一定当他是茶油,不劈开来先看看再卖。只得先把这金子去换了银来。有银在手,又忘怀了,吃喝嫖赌,不上两个月又没了。他自想眼睁睁看着九百九十两金子,没福享用,吊把钱把他卖了,还要这些东西作什么,不如都把他卖了完事。因此索性在自己门口,摆了个摊子,把那眼前用不着的家私什物,都拿出来,只要有人还价就卖。那天我走过他门口,看见这尊佛,问他要多少钱,他并不要价,只问我肯出多少。我说了个四吊,原不过说着顽,谁知他当真卖了。”

姊姊道:“不要撒谎,天下哪里有这种呆人。”我道:“惟其呆,所以才能败家;他不呆,也不至于如此了。这些破落户,千奇百怪的形状,也说不尽许多。记得我小时候上学,一天放晚学回来,同着一个大学生走,遇了一个人,手里提着一把酒壶。那大学生叫我去揭开他那酒壶盖,看是什么酒。我顽皮,果然蹑足潜踪在他后头,把壶盖一揭。你道壶里是些什么?原来不是酒,不是茶,也不是水,不是湿的,是干的，却是一壶米！”说的姊姊扑嗤的一声笑了道：“这是怎么讲?”我道：“那个人当时就大骂起来，要打我，吓得我摔了壶盖，飞跑回家去。明日我问那大学生，才知道这个人是就近的一个破落户，穷的逐顿买米；又恐怕人讥笑，所以拿一把酒壶来盛米。有人遇了他，他还说顿顿要吃酒呢。就是前年我回去料理祠堂的一回，有一天在路上遇见子英伯父，抱着一包衣服，在一家当铺门首东张西望。我知道他要当东西，不好去撞破他，远远的躲着偷看。那当门是开在一个转角子上，他看见没人，才要进去，谁知角子上转出一个地保来，看见了他，抢行两步，请了个安，羞得他脸上青一片、红一片，嘴里喃喃呐呐的不知说些什么，就走了，只怕要拿到别家去当了。”姊姊道：“大约越是破落户，越要摆架子，也是有的。”我道：“非但摆架子，还要贪小便宜呢。我不知听谁说的，一个破落户，拾了一个斗死了的鹌鹑，拿回家去，开了膛，拔了毛，要炸来吃，又嫌费事，家里又没有那些油。因拿了鹌鹑，假意去买油炸脍，故意把鹌鹑掉在油锅里面，还做成大惊小怪的样子；那油锅是沸沸腾腾的，不一会就熟了。人家同他捞起来，他非但不谢一声，还要埋怨说：‘我本来要做五香的，这一炸可炸坏了，五香的吃不成了！’”姊姊笑道：“你少要胡说吧，我这里赶着要画呢。”

我也想起了那尊弥勒佛，便回到房里，写了一封寄德泉的信，叫人寄去。一面取过课本来看，看得不好的，便放在一边；好的，便另放一处。看至天晚，已看了一半。暗想原来这件事甚容易的。晚饭后，又潜心去看，不知不觉，把好不好都全分别出来了。天色也微明了，连忙到床上去睡下。一觉醒来，已是十点钟。母亲道：“为甚睡到这个时候?”我道：“天亮才睡的呢。”母亲道：“晚上做什么来?”我道：“代继之看卷子。”母亲便不言语了。我便过来，和继之说了些闲话。

饭后，再拿那看过好的，又细加淘汰，逐篇加批加圈点。又看了一天，晚上又看了一夜，取了一百六十卷，定了甲乙，一顺迭起。天色已经大明了，我便不再睡，等继之起来了，便拿去交给他道：“还有许多落卷，叫人去取了来吧。”继之翻开看了两卷，大喜道：“妙，妙！怎么这些批语的字，都摹仿着我的字迹，连我自己粗看去，也看不出来。”我道：“不过偶尔学着写，正是婢学夫人，哪里及得到大哥什一！”继之道：“辛苦得很！今夜请你吃酒酬劳。”我道：“这算什么劳呢。我此刻先要出去一次。”继之问到那里。我道：“去看蔡侣笙。”继之道：“正是。他和我说过，你一到了就知照他，我因为你要看卷子，所以不曾去知照得。你去看看他也好。”

我便出来，带了片子，走到藩台衙门，到门房递了，说明要见蔡师爷。门上拿了进去，一会出来，说是蔡师爷出去了，不敢当，挡驾。我想来得不凑巧，只得怏怏而回，对继之说侣笙不在家的话。继之道：“他在关上一年，是足迹不出户外的，此刻怎么老早就出去了呢？”话还未说完，只见王富来回说：“蔡师爷来了。”我连忙迎到客堂上，只见蔡侣笙穿了衣冠，带了底下人，还有一个小厮挑了两个食盒。侣笙出落得精神焕发，洗绝了从前那落拓模样，眉宇间还带几分威严气象。见了我，便抢前行礼，吓的我连忙回拜，起来让坐。侣笙道：“今日带了贽见，特地叩谒老伯母，望乞代为通禀一声。”我道：“家母不敢当，阁下太客气了！”侣笙道：“前月老伯母华诞，本当就来叩祝，因阁下公出，未曾在侍，不敢造次。今日特具衣冠叩谒，千万勿辞！”我见他诚挚，只得进来，告知母亲。母亲道：“你回了他就是了。”我道：“我何尝不回；他诚挚得很，特为具了衣冠，不如就见他一见吧。”姊姊道：“人家既然一片诚心，伯娘何必推托，只索见他一见罢了。”母亲答应了，婶娘、姊姊都回避过，我出来领了侣笙进去。侣笙叫小厮挑了食盒，一同进去，端端正正的行了礼。我在旁陪着，又回谢过了。侣笙叫小厮端上食盒道：“区区几色敝省的土仪，权当贽见，请老伯母赏收。”母亲道：“一向多承厚赐，还不曾道谢，怎好又要费心！”我道：“侣笙太客气了！我们彼此以心交，何必如此烦琐？”侣笙道：“改日内子还要过来给老伯母请安。”母亲道：“我还没有去拜望，怎敢枉驾！”我道：“嫂夫人几时接来的？”侣笙道：“上月才来的，没有过来请安，荒唐得很。”我道：“什么话！嫂夫人深明大义，一向景仰的。我们书房里坐吧。”侣笙便告辞母亲，同到书房里来。我忙让宽衣。

侣笙一面与继之相见。我说道：“侣笙何必这样客气，还具起衣冠来？”侣笙道：“我们原句可以脱略，要拜见老伯母，怎敢亵渎。”我道:“上月家母寿日,承赐厚礼,概不敢当,明日当即璧还。”侣笙道:“这是什么话!我今日披肝沥胆的说一句话:我在穷途之中,多承援手,荐我馆谷,自当感激。然而我从前也就过几次馆,也有人荐的;就是现在这个馆,是继翁荐的,虽是一般的感激,然而总没有这种激切。须知我这个是知己之感,不是恩遇之感。当我落拓的时候,也不知受尽多少人欺侮。我摆了那个摊,有些居然自命是读书人的,也三三两两常来戏辱。所谓人穷志短,我哪里敢和他较量,只索避了。所以头一次阁下过访时,我待要理不理的,连忙收了摊要走,也是被人戏辱的多了,吓怕了,所以才如此。”我道:“这班人就很没道理,人家摆个摊,碍他什么,要来戏侮人家呢?”侣笙道:“说来有个缘故。因为我上一年做了个蒙馆,虹口这一班蒙师,以为又多了一个,未免要分他们的润,就很不愿意了。次年我因来学者少,不敢再干,才出来测字。他们已经是你一嘴我一嘴的说是只配测字的,如何妄想坐起馆来。我因为坐在摊上闲着,常带两本书去看看。有一天,我看的是《经世文编》,被一个刻薄鬼看见了,就同我哄传起来,说是测字先生看《经世文编》,看来他还想做官,还想大用呢。从此就三三两两,时来挖苦。你想我在这种境地上处着,忽然天外飞来一个绝不相识、绝不相知之人,赏识我于风尘之中,叫我焉得不感!”说到这里,流下泪来。“所以我当老伯母华诞之日,送上两件薄礼,并不是表我的心,正要阁下留着,做个纪念。倘使一定要还我,便是不许我感这知己了。”说着,便起身道:“方伯那里还有事等着,先要告辞了。”我同继之不便强留,送他出去。我回来对继之说道:“在我是以为闲闲一件事,却累他送了礼物,还赔了眼泪,倒叫我难为情起来。”继之道:“这也足见他的肫挚。且不必谈他,我们谈我们的正事吧。”我问谈什么正事。继之指着我看定的课卷,说出一件事来。正是:只为金篦能刮眼,更将玉尺付君身。未知继之说出什么事来,且待下回再记。

## 第四十二回　露关节同考装疯　入文闱童生射猎

当下继之对我说道:“我日来得了个闱差,怕是分房,要请一个朋友到里面帮忙去,所以打电报请你回来。我又恐怕你荒疏了,所以把这课卷试你一试,谁知你的眼睛竟是很高的。此刻我决意带你进去。”我道:“只要记得那‘八股’的范围格局,那文章的魄力之厚薄,气机之畅塞,词藻之枯腴,笔仗之灵钝,古文时文,总是一样的。我时文虽荒了,然而当日也曾入过他那范围的,怎会就忘了,况且我古文还不肯丢荒的。但是怎能够同着进去?这个顽意儿,却没有干过。”继之道:“这个只好要奉屈的了:那天只能扮作家人模样混进去。”我道:“大约是房官,都带人进去的了?”继之道:“岂但房官,是内帘的都带人进去的。常有到了里面,派定了,又更动起来。我曾记得有过一回,一个已经分定了房的,凭空又撤了,换了一个收掌。”我道:“这又为什么?”继之道:“他一得了这差使,便在外头通关节,收门生,谁知临时闹穿了,所以弄出这个笑话。”我道:“这科场的防范,总算不严密的了,然而内中的毛病,我看总不能免。”继之道:“岂但不能免,并且千奇百怪的毛病,层出不穷:有偷题目出去的,有传递文章进号的,有换卷的。”我道:“传递先不要说他,换卷是怎样换法呢?”继之道:“通了外收掌,初十交卷出场,这卷先不要解,在外面请人再作一篇,誊好了,等进二场时交给他换了。广东有了闱姓一项,便又有压卷及私拆弥封的毛病。广东曾经闹过一回,一场失了十三本卷子的。你道这十三个人是哪里的晦气。然而这种毛病,都不与官房相干,房官只有一个关节是毛病。”我道:“这个顽意儿我没干过,不知关节怎么通法?”继之道:“不过预先约定了几个字,用在破题上,我见了便荐罢了。”我道:“这么说,中不中还不能必呢。”继之道:“这个自然。他要中,去通主考的关节。”

我道:“还有一层难处,比如这一本不落在他房里呢?”继之道:

"各房官都是声气相通的,不落在他那里,可以到别房去找;别房落到他那里的关节卷子,也听人家来找。最怕遇见一种拘迂古执的,他自己不通关节,别人通了关节,也不敢被他知道。那种人的房,叫做黑房。只要卷子不落在黑房里,或者这一科没有黑房,就都不要紧了。"我笑道:"大哥还是做黑房,还是做红房?"继之道:"我在这里,绝不交结绅士,就是同寅中我往来也少,固然没有人来通我的关节,我也不要关节。然而到了里面,我却不做什么正颜厉色的君子去讨人厌,有人来寻什么卷子只管叫他拿去。"我笑道:"这倒是取巧的办法,正人也做了,好人也做了。"继之道:"你不知道黑房是做不得的。现在新任的江宁府何太尊,他是翰林出身,在京里时有一回会试分房,他同人家通了关节,就是你那个话,偏偏这本卷子不曾到他房里。他正在那里设法搜寻,可巧来了一位别房的房官是个老翰林,著名的是个'清朝孔夫子',没有人不畏惮他的,这位何太尊不知怎样一时糊涂,就对他说有个关节的话;谁知被他听了,便大嚷起来,说某房有关节,要去回总裁。登时闹的各房都知道了,围过来看,见是这位先生吵闹,都不敢劝。这位太尊急了,要想个阻止他的法子,哪里想得出来,只得对他作揖打拱的求饶。他哪里肯依,说什么'皇上家抡才大典,怎容得你们为鬼为蜮!照这样做起来,要屈煞了多少寒酸,这个非回明白了,认真办一办,不足以警将来'。何太尊到了此时,人急智生,忽的一下,直跳起来,把双眼瞪直了,口中大呼小叫,说神说鬼的,便装起疯来。那位老先生还冷笑道:'你便装疯,也须瞒不过去。'何太尊更急了,便取起桌上的裁纸刀,飞舞起来,吓的众人倒退。他又是东奔西逐的,忽然又撩起衣服,在自己肚子上划了一刀。众人才劝住了那位先生,说他果然真疯了,不然哪里肯自己戳伤身子。那位先生才没了说话。当时回明了,开门把他扶了出去,这才了事。你想,自己要做君子,立崖岸,却不顾害人,这又何苦呢。"我道:"这一场风波,确是闹的不小。那位老先生固然太过,然而士人进身之始,即以贿求,将来出身做官的品行,也就可想了。"继之道:"这个固是正论,然而以'八股'取士,那作'八股'的就何尝都是正人。"

说话时,春兰来说午饭已经开了,我就别了继之,过来吃饭,告诉母亲，说进场看卷的话。母亲道："你有本事看人家的卷，何不自己去中一个？你此刻起了服，也该回去赶小考，好歹挣个秀才。"我道："挣了秀才，还望举人；挣了举人，又望进士；挣了进士，又望翰林；不点翰林还好，万一点了，两吊银子的家私，不上几年，都要光了；再没有差使，还不是仍然要处馆。这些身外的功名，要他做什么呢？"母亲道："我只一句话，便惹了你一大套。这样说，你是不望上进的了。然则你从前还读书做什么？"我道："读书只求明理达用，何必要为了功名才读书呢。"姊姊道："兄弟今番以童生进场看卷，将来中了几个出来，再是他们去中了进士，点了翰林，却都是兄弟的门生了。"我笑道："果然照姊姊这般说，我以后不能再考试了。"姊姊道："这却为何？"我道："我去考试，未必就中，倘迟了两科，我所荐中的都已出了身，万一我中在他们手里，那时候明里他是我的老师，暗里实在我是他的老师，那才不值得呢。"

吃过了饭，我打算去回看侣笙，又告诉了他方才的话。姊姊道："他既这样说，就不必退还他吧。做人该爽直的地方，也要爽直些才好，若是太古板，也不入时宜。"母亲道："他才说他的太太要来，你要去回拜他，先要和他说明白，千万不要同他那个样子，穿了大衣服来，累我们也要穿了陪他。"我道："我只说若是穿了大衣服，我们挡驾不会他，他自然不穿了。"说罢，便出来，到藩台衙门里，会了侣笙。只见他在那里起草稿。我问他作什么。侣笙道："这里制军的折稿，衙门里几位老夫子都弄不好，就委了方伯，方伯又转委我。"我道："是什么奏稿，这般烦难？"侣笙道："这有什么烦难，不过为了前回法越之役，各处都招募了些新兵，事定了，又遣散了；募时与散时，都经奏闻。此时有个廷寄下来，查问江南军政，就是这件事要作一个复折罢了。"我又把母亲的话，述了一遍。侣笙道："本来应该要穿大衣服过去的，既然老伯母分付，就恭敬不如从命了。"我又问是几时来。侣笙道："本来早该去请安了，因为未曾得先容，所以不敢冒昧。此刻已经达到了，就是明天过来。"

我道："尊寓在哪里？"侣笙道："这署内闲房尽多着，承方伯的美意，指拨了两间，安置舍眷。"我道："秋菊没有跟了来么？"侣笙道：

"她已经嫁了人,如何能跟得来。前天接了信,已经生了儿子了。这小孩子倒好,颇知道点好歹。据内人说,她自从出嫁之后,不像那般蠢笨了,聪明了许多。她家里供着端甫和你的长生禄位,旦夕香花供奉,朔望焚香叩头。"我大惊道:"这个如何使得!快写信叫她不要如此!况且这件事是王端甫打听出来的,我在旁边不过代她传了几句话,怎么这样起来。她要供,只供端甫就够了,攀出我来做什么呢。"侶笙笑道:"小孩子要这样,也是她一点穷心,由她去干罢了,又不费她什么。"我道:"并且无谓得很!她只管那样仆仆亟拜,我这里一点不知,彼有所施,我无所受,徒然对了那木头牌子去拜,何苦呢!"侶笙道:"这是她出于至诚的,谅来止也止她不住。去年端甫接了家眷到上海,秋菊那小孩子时常去帮忙;家眷入宅时,房子未免要另外装修油漆,都是她男人做的,并且不敢收受工价,连物料都是送的。这虽是小事,也可见得她知恩报恩的诚心,我倒很喜欢。"我道:"施恩莫望报,何况我这个断不能算恩,不过是个路见不平,聊助一臂之意罢了。"侶笙道:"你便自己要做君子,施恩不望报;却不能责她人必为小人,受恩竟忘报呀。"说得我笑了,然而心中总是闷闷不乐。辞了回来,告诉姊姊这件事。母亲、婶婶一齐说道:"你快点叫她写信去止住了,不要折煞你这孩子!"姊姊笑道:"哪里便折得煞,她要如此,不过是尽她一点心罢了。"

我道:"这样说起来,我初到南京时,伯父出差去了,伯母又不肯见我,倘不遇了继之,怕我不流落在南京,幸得遇了他,不但解衣推食,并且哪一处不受他的教导,我也应该供起继之的长生禄位了。"姊姊笑道:"枉了你是个读书明理之人!这种不过是下愚所为罢了。岂不闻'士为知己者死?又岂不闻'国士遇我,国士报之'。从古英雄豪杰,受人意外之恩时,何尝肯道一个'谢'字。等他后来行他那报恩之志时,却是用出惊天动地的手段,这才是叫做报恩呢。据我看,继之待你,那给你馆地招呼你一层,不过是朋友交情上应有之义。倒是他那随时随事教诲你,无论文字的纰缪,处世的机宜,知无不言,这一层倒是可遇不可求的殊恩,不可不报的。"我道:"拿什么去报他呢?"姊姊道:"比如你今番跟他去看卷子,只要能放出眼光,拔取几个真才，本房里中的比别房多些，内中中的还要是知名之士，让他享一个知文之名，也可以算得报他了。其余随时随事，都可以报得。只要存了心，何时非报恩之时，何地非报恩之地，明人还要细说么？”

我道：“只是我那回的上海走的不好，多了一点事，就闹的这里说感激，那里也说感激，把这种贵重东西送了来，看看他也有点难受。我从此再不敢多事了。”姊姊道：“这又不然。路见不平，拔刀相助，本来是抑强扶弱，互相维持之意。比如遇了老虎吃人，我力能杀虎的，自然奋勇去救；就是力不能杀虎，也要招呼众人去救，断没有坐视之理。你见了他送你的东西难受，不过是怕人说你望报的意思。其实这是出于他自己的诚心，与你何干呢。”我道：“那一天寻到了侣笙家里，他的夫人口口声声叫我君子；见了侣笙，又是满口的义士：叫得人怪害臊的。”母亲道：“叫你君子、义士不好，倒是叫你小人、混帐行子的好！”姊姊道：“不是的。这是他的天真，也是他的稚气，以为做了这一点点的事，值不得这样恭维。你自己看见并没有出什么大力量，又没有化钱，以为是一件极小的事；不知那秋菊从那一天以后的日子，都是你和王端甫给他过的了，如何不感激！莫说供长生禄位，就是天天来给你们磕头，也是该的。”我摇头道：“我到底不以为然。”姊姊笑道：“所以我说你又是天真，又是稚气。你满肚子要做施恩不受报的好汉，自己又说不出来。照着你这个性子，只要莫磨灭了，再加点学问，将来怕不是个侠士！”我笑道：“我说姊姊不过，只得退避三舍了。”说罢，走了出来。

暗想姊姊今天何以这样恭维我，说我可以做侠士，我且把这话问继之去。走到书房里，继之出去了，问知是送课卷到藩台衙门去的。我便到上房里去，只见老妈子、丫头在那里忙着迭锡箔，安排香烛，整备素斋。我道：“干娘今天上什么供？”吴老太太道：“今天七月三十，是地藏王菩萨生日。他老人家，一年到头都是闭着眼睛的，只有今天是张开眼睛。祭了他，消灾降福。你这小孩子，怎不省得？”我向来厌烦这些事，只为是老太太做的，不好说什么，便把些别话岔开去。

继之夫人道：“你这一年来，兄弟总没有好好的在家里住。这回来了，又叫你大哥拉到场里去，白白的闹一个多月，这是哪里说起。”

我道："出闱之后，我总要住到拜了干娘寿才动身，还有好几天呢。"老太太道："你这回进去帮大哥看卷，要小心些，只要取年轻的，不要取年老的，最好是都在十七岁以内的。"我道："这是何意?"老太太道："你才十八岁，倘使那五六十岁的中在你手里，不叫他羞死么!"我笑道："我但看文章，怎么知道他的年纪?"老太太道："考试不要填了三代、年、貌的么?"我道："弥封了的，看不见。"老太太道："还有个法子，你只看字迹苍老的，便是个老头子。"我道："字迹也看不见，是用誊录誊过的。"老太太笑道："这就没法了。"正说笑着，继之回来了，问笑什么，我告诉了，大家又笑了一笑。我谈了几句，便回到自己房里略睡一会，黄昏时，方才起来吃饭。一宿无话。次日，蔡侣笙夫人来了，又过去见了吴老太太、继之夫人。我便在书房陪继之。他们盘桓了一天才散。光阴迅速，不觉到了初五日入闱之期，我便青衣小帽，跟了继之，带了家人王富，同到公堂伺候。行礼已毕，便随着继之入了内帘。继之派在第三房，正是东首的第二间。外面早把大门封了，加上封条。王富便开铺盖。开到我的，忽诧道："这是什么?"我一看，原来是一枝风枪。继之道："你带这个来做什么?"我道："这是在上海买的，到苏、杭去，沿路猎鸟，所以一向都是卷在铺盖里的。这回家来了，家里有现成铺陈，便没有打开他，进来时就顺便带了他，还是在轮船上卷的呢。"说罢，取过一边。这一天没有事。第二天早起，主考差人出来，请了继之去，好一会才出来。我问有什么事。继之道："这是照例的写题目。"我问什么题。继之道："告诉了你，可要代我拟作一篇的。"我答应了。继之告诉了我，我便代他拟作了一个次题、一首诗。到了傍晚时候，我走出房外闲望，只见一个鸽子，站在檐上。我忽然想起风枪在这里，这回用得着了。忙忙到房里，取了枪，装好铅子，跑出来，那鸽子已飞到墙头上；我取了准头，扳动机簧，飕的一声着了，那鸽子便掉了下来，我连忙跑过去拾起一看，不觉吃了一惊。正是：任尔关防严且密，何如一弹破玄机。不知为了何事大惊，且待下回再记。

## 第四十三回　试乡科文闱放榜　上母寿戏采称觞

当时我无意中拿风枪打着了一个鸽子,那鸽子便从墙头上掉了下来,还在那里腾扑。我连忙过去拿住,觉得那鸽子尾巴上有异。仔细一看,果是缚着一张纸;把他解了下来,拆开一看,却是一张刷印出来已经用了印的题目纸,不觉吃了一惊。丢了鸽子,拿了题目纸,走到房里,给继之看。继之大惊道:"这是哪里来的?"我举起风枪道:"打来的。我方才进来拿枪时,大哥还低着头写字呢。"继之道:"你说明白点,怎么打得来?"我道:"是拴在鸽子尾巴上,我打了鸽子,取下来的。"继之道:"鸽子呢?"我道:"还在外面墙脚下。"说话间,王富点上蜡烛来。继之对王富道:"外面墙脚下的鸽子,想法子把他藏过了。"王富答应着去了。

我道:"这不消说是传递了。但是太荒唐些,怎么用这个笨鸽子传递?"继之道:"鸽子未必笨,只是放鸽子的人太笨了,到了这个时候才放。大凡鸽子,到了太阳下山时,他的眼睛便看不见,所以才被你打着。"说罢,便把题目纸在蜡烛上烧了。我道:"这又何必烧了他呢?"继之道:"被人看见了,这岂不是嫌疑所在。你没有从此中过来,怨不得你不知道此中厉害。此刻你和我便知道了题目,不足为奇;那外面买传递的不知多少,这一张纸,你有本事拿了出去,包你值得五六百元,所以里面看这东西很重。听说上一科,题目已经印了一万六千零六十张,及至再点数,少了十张,连忙劈了板片,另外再换过题目呢。"我笑道:"防这些士子,就如防贼一般,他们来考试,直头是来取辱。前几天家母还叫我回家乡去应小考,我是再也不去讨这个贱的了。"继之道:"科名这东西,局外人看见,似是十分名贵,其实也贱得很。你还不知,到中了进士去殿试,那个矮桌子,也有三条腿的,也有两条腿的,也有破了半个面子的,也有全张松动的。总而言之,是没有一张完全能用的。到了殿试那天,可笑一班新进士,穿了衣冠,各人都背着一张桌子进去。你要看见了,管你肚肠也笑断了,嘴也笑歪了呢。”我笑道:“大哥想也背过的了?”继之道:“背的又不是我一个。”我道:“背了进去,还要背出来呢。”继之道:“这是定做的粗东西,考完了就撂下了,谁还要他。”

闲话少提。到了初十以后,就有朱卷送来了。起先不过几十本,我和继之分看,一会就看完了;到后来越弄越多,大有应接不暇之势。只得每卷只看一个起讲:要得的就留着,待再看下文;要不得的,便归在落卷一起。拣了好的,给继之再看;看定了,就拿去荐。头场才了,二场的经卷又来;二场完了,接着又是三场的策问。可笑这第三场的卷子,十本有九本是空策,只因头场的“八股”荐了,这个就是空策,也只得荐在里面。我有心要拣一本好策,却只没有好的,只要他不空,已经算好了。后来看了一本好的,却是头、二场没有荐过,便在落卷里对了出来。看他那经卷,也还过得去,只是那“八股”不对。我问继之道:“这么一本好策,奈何这个人不会作‘八股’!”继之看了道:“他这个不过枝节太多,大约是个古文家,你何妨同他略为改几个字,成全了这个人。”我吐出舌头,提起笔道:“这个笔,怎么改得上去?”继之道:“我文具箱里带着有银朱锭子。”我道:“亏大哥怎么想到,就带了来。可是预备改朱卷的?”继之道:“是内帘的,哪一个不带着。你去看,有两房还堂而皇之的摆在桌上呢。”我开了文具箱,取了朱锭、朱砚出来,把那本卷子看了两遍,同他改了几个字,收了朱砚,又给继之看。继之看过了,笑道:“真是点铁成金,会者不难,只改得二三十个字,便通篇改观了。这一份我另外特荐,等他中了,叫他来拜你的老师。”我道:“大哥莫取笑。请你倒是力荐这本策,莫糟蹋了,这个人是有实学的。”继之果然把他三场的卷子,迭做一迭,拿进去荐。回来说道:“你特荐的一本,只怕有望了。两位主考正在那里发烦,说没有好策呢。”

三场卷子都看完了,就没有事,天天只是吃饭睡觉。我道:“此刻没有事,其实应该放我们出去了,还当囚犯一般,关在这里做什么呢。此刻倒是应试的比我们逍遥了。”继之忽地扑嗤的笑了一声。我道:“这有什么好笑?”继之道:“我不笑你,我想着一个笑话,不觉笑了。”我道:“什么笑话?”继之道:“也不知是哪一省哪一科的事,题目是‘邦君之妻’一章。有一本卷子,那破题是:‘圣人思邦君之妻,愈思而愈有味焉。’”我听了不觉大笑。继之道:“当下这本卷子,到了房里,那位房官看见了,也像你这样一场大笑,拿到隔壁房里去,当笑话说;一时惊动了各房,都来看笑话。笑的太厉害了,惊动了主考,吊了这本卷子去看,要看他底下还有甚笑话。谁知通篇都是引用《礼经》,竟是堂皇典丽的一篇好文章。主考忙又交出去,叫把破题改了荐进去,居然中在第一名。”我道:“既是通篇好的,为何又闹这个破题儿?”继之道:“传说是他梦见他已死的老子,教他这两句的,还说不用这两句不会中。”我道:“哪里有这么灵的鬼,只怕靠不住。”继之道:“我也这么说。这件事没有便罢,倘是有的,那个人一定是个狂士,恐怕人家看不出他的好处,故意在破题上弄个笑话,自然要彼此传观,看的人多了,自然有看得出的。是这个主意也不定。”

我道:“这个也难说。只是此刻我们不得出去,怎么好呢?”继之道:“你怎那么野性?”我道:“不是野性。在家里哪怕一年不出门,也不要紧。此地关着大门,不由你出去,不觉就要烦燥起来。只要把大门开了,我就住在这里不出去也不要紧。”继之道:“这里左右隔壁,人多得很,找两个人谈天,就不寂寞了。”我道:“这个更不要说。那做房官的,我看见他,都是气象尊严,不苟言笑的,那种官派,我一见先就怕了。那些请来帮阅卷的,又都是些耸肩曲背的,酸的怕人,而且又多半是吃鸦片烟的,那嘴里的恶气味,说起话直喷过来,好不难受!里面第七房一个姓王的,昨天我在外面同他说了几句话,他也说了十来句话,都是满口之乎者也的。十来句话当中,说了三个‘夫然后’。”继之笑道:“亏你还同他记着帐!”我道:“我昨天拿了风枪出去,挂了装茶叶的那个洋铁罐的盖做靶子,在那里打着顽。他出来一见了,便摇头摆尾的说道:‘此所谓有文事者,必有武备。’他正说这话时,我放了一枪,中了靶子,砉的一声响了。他又说道:“必以此物为靶始妙,盖可以聆声而知其中也;不然,此弹太小,不及辨其命中与否矣。’说罢,又过来问我要枪看,又问我如何放法。我告诉了他,又放给他看。他拿了枪,自言自语的,一面试演,一面说道:‘必先屈而折之，夫然后纳弹；再伸之以复其原，夫然后拨其机簧；机动而弹发，弹着于靶，夫然后有声。’”继之笑道：“不要学了，倒是你去打靶消遣吧。”我便取了洋铁罐盖和枪，到外头去打了一回靶，不觉天色晚了。

自此以后，天天不过打靶消遣。主考还要搜遗，又时时要斟酌改几个朱卷的字，这都是继之自己去办了。直等到九月十二方才写榜，好不热闹！监临、主考之外，还有同考官、内外监试、提调、弥封、收掌、巡绰各官，挤满了一大堂。一面拆弥封唱名，榜吏一面写，从第六名写起，两旁的人，都点了一把蜡烛来照着，也有点一把香的，只照得一照，便拿去熄了，换点新的上来，这便是什么“龙门香”、“龙门烛”了。写完了正榜，各官歇息了一回，此时已经四更天光景了，众官再出来升座，再写了副榜，然后填写前五名。到了此时，那点香点烛的，更是热闹。直等榜填好了，卷起来，到天色黎明时，开放龙门，张挂全榜。

此时继之还在里面，我不及顾他，犹如临死的人得了性命一般，往外一溜，就回家去了。时候虽早，那看榜的人，却也万头攒动。一路上往来飞跑的，却是报子分投报喜的。我一面走，一面想着：“作了几篇臭‘八股’，把姓名写到那上头去，便算是个举人，到底有什么荣耀？这个举人，又有什么用处？可笑那班人，便下死劲的去争他，真是好笨！”又想到：“我何妨也去弄他一个。但是我未进学，必要捐了监生，才能下场。化一百多两银子买那张皮纸，却也犯不着。”一路想着，回到家，恰好李升打着轿子出来去接继之。我到里面去，家里却没有人，连春兰也不看见，只有一个老妈子在那里扫地。我知道都在继之那边了，走了过去，果然不出我之所料，上前一一见过。母亲道：“怎么你一个人回来？大哥呢？”我道：“大哥此刻只怕也就要出来了。我被关了一个多月，闷得慌了，开了龙门就跑的。”吴老太太道：“我的儿！你辛苦了！我们昨天晚上也没有睡，打了一夜牌，一半是等你们，一半也替你们分些辛苦。”说着，自己笑了。姊姊道：“只关了一个多月，便说是慌了，像我们终年不出门的怎样呢！”我道：“不是这样说。叫我在家里不出门，也并不至于发闷；因为那里眼睁睁看着有门口，却是封锁了，不能出来的，这才闷人呢。而且他又不是不开,也常常开的,拿伙食东西等进来,却不许人出进,一个在门外递入,一个在门里接收;拿一个碗进来,连碗底都要看过。无论何人,偶然脚踹了门阈旁边的人便叱喝起来。主考和监临说话,开了门,一个坐在门里,一个坐在门外。”母亲道:“怎么场里面的规矩这么严紧?”我道:“什么规矩!我看着直头是捣鬼!要作弊时,何在乎这个门口。我还打了一个鸽子,鸽子身上带着题目呢。”老太太道:“规矩也罢,捣鬼也罢,你不要管了,快点吃点心吧。”说着,便叫丫头:“拿我吃剩下的莲子汤来。”我忙道:“多谢干娘。”

等一会,继之也回来了。与众人相见过,对我说道:“本房中了几名,你知道了么?”我道:“我只管看卷子,不管记帐,哪里知道。”继之道:“中了十一卷,又拨了三卷给第一房,这回算我这房最多了。你特荐的好策,那一本中在第十七名上。两位主考都赞我好法眼,哪里知道是你的法眼呢。”我道:“大哥自己也看的不少,怎么都推到我身上?”继之道:“说也奇怪,所中的十一卷,都是你看的,我看的一卷也不曾中。”说罢,吃了点心,又出去了。大约场后的事,还要料理两天,我可不去帮忙了。

坐了一会,我便回去。母亲、婶婶、姊姊,也都辞了过来。只见那个柴窑的弥勒佛,已经摆在桌上了。我问寿屏怎样了。姊姊道:“已经裱好了。但只有这两件,还配些什么呢?伯娘意思,要把这如意送去。我那天偶然拿起来看,谁知紫檀柄的背后,镶了一块小小的象牙,侣笙把你救秋菊和遇见他的事,详详细细的撰了一篇记刻在上面,这如何能送得人。”我听见连忙开了匣子,取出如意来看,果然一片小牌子,上面刻了一篇记。那字刻得细入毫芒,却又波磔分明。不觉叹道:“此公真是多才多艺!”姊姊道:“你且慢赞别人,且先料理了这件事,应该再配两样什么?”我道:“急什么!明日去配上两件衣料便是。”忽然春兰拿了一封信来,是继之给我的。拆开看时,却是叫我写请帖的签条,说帖子都在书房里。我便过去,见已套好了一大叠帖子,签条也粘好了,旁边一本簿子,开列着人名,我便照写了。这一天功夫,全是写签条,写到了晚上九点钟,才完了事。交代家人,明日一早去发。一宿无话。

次日我便出去，配了两件衣料回来，又配了些烛酒面之类，送了过去。却只受了寿屏、水礼，其余都退了回来。往返推让了几次，总是不受，只得罢了。

继之商通了隔壁，到十九那天，借他的房子用，在客堂外面天井里，拆一堵墙，通了过去。那隔壁是一所大房子，前面是五开间大厅；后进的宽大，也相仿佛，不过隔了东西两间暗房，恰好继之的上房开个门，可以通得过去。就把大厅上的屏风撤去，一律挂了竹帘，以便女客在内看戏。前面天井里，搭了戏台；在自己的客堂里，设了寿座。先一天，我备了酒，过去暖寿。又叫了变戏法的来，顽了一天。连日把书房改做了帐房，专管收礼、发赏号的事。

到了十九那一天，一早我先过去拜寿。只见继之夫妇，正在盛服向老太太行礼。铺设得五色缤纷，当中挂了姊姊画的那一堂寿屏，两旁点着五六对寿烛。我也上前去行过礼。那边母亲、婶婶、姊姊，也都过来了。我恐怕有女客，便退了出来，到外面寿堂上去。只见当中挂着一堂泥金寿屏，是藩台送的，上面却是侣笙写的字；两旁是道台、首府、首县的寿幛；寿座上供了一匣翡翠三镶如意，还有许多果品之类，也不能尽记。地下设了拜垫，两旁点了两排寿烛，供了十多盆菊花。走过隔壁看时，一律的挂着寿联、寿幛，红光耀眼。阶沿墙脚，都供了五色菊花。不一会，继之请的几位知客，都衣冠到了。除了上司挡驾之外，其余各同寅纷纷都到，各局所的总办、提调、委员，无非是些官场。到了午间，摆了酒席，一律的是六个人一桌。入席开戏，席间每来一个客，便跳一回加官，后面来了女客，又跳女加冠，好好的一本戏，却被那跳加官占去了时候不少。到了下午时候，我回到后面去解手，方才走到寿座的天井里，只见一个大脚女人，面红耳赤，满头是汗，直闯过来。家人们连忙拦住道："女客从这边走。"就引她到上房里去。我回家解过手，仍旧过来，只见座上各人，都不看戏，一个个的都回过脸来，向帘内观看。那帘内是一片叫骂之声，不绝于耳。正是：庭前方竞笙歌奏，座后何来叫骂声？不知叫骂的是谁，又是为着甚事叫骂，且待下回再记。

## 第四十四回 苟观察被捉归公馆 吴令尹奉委署江都

当日女客座上,来的是藩台夫人及两房姨太太、两位少太太、一位小姐,这是他们向有交情的,所以都到了。其余便是各家官眷,都是很有体面的,一个个都是披风红裙。当这个热闹的时候,哪里会叫骂起来?原来那位苟才,自从那年买嘱了那制台亲信的人,便是接二连三的差事。近来又委了南京制造局总办,又兼了筹防局、货捐局两个差使,格外阔绰起来。时常到秦淮河去嫖,看上了一个妓女,化上两吊银子,讨了回去做妾,却不叫大老婆得知,另外租了小公馆安顿。他那位大老婆是著名泼皮的,日子久了,也有点风闻,只因不曾知得实在,未曾发作。这回继之家的寿事,送了帖子去,苟才也送了一份礼。请帖当中,也有请的女客帖子。他老婆便问去不去。苟才说:"既然有了帖子,就去一遭儿也好。"谁知到了十八那天,苟才对她说:"吴家的女帖是个虚套,继之夫人病了,不能应酬,不去也罢。"他老婆倒也信了。你道他为何要骗老婆?只因那讨来的婊子,知道这边有寿事唱戏,便撒娇撒痴的要去看热闹,苟才被她缠不过,只得应许了。又怕她同老婆当面不便,因此撒一个谎,止住了老婆。又想只打发侍妾来拜寿,恐怕继之见怪。好在两家眷属不曾来往过,他便置备了二品命妇的服式,叫婊子穿上,扮了旗装,只当是正室。传了帖子进去,继之夫人相见时,便有点疑心,暗想她是旗人,为甚裹了一双小脚,而且举动轻佻,言语鹘突,喜笑无时,只是不便说出。

苟才的公馆与继之处相去不过五六家,今日开通了隔壁,又近了一家,这边锣鼓喧天,鞭炮齐放,那边都听得见。家人仆妇在外面看见女客来的不少,便去告诉了那苟太太。这几个仆妇之中,也有略略知道这件事的,趁便讨好,便告诉她说,听说老爷今天叫新姨太太到吴家拜寿听戏,所以昨天预先止住了太太,不叫太太去。他老婆听了,便气得三尸乱暴,七窍生烟,趁苟才不在家,便传了外面家人来拷问。家人们起先只推不知,禁不起那妇人一番恫喝,一番软骗,只得说了出来。妇人又问了住处,便叫打轿子。再三吩咐家人,有谁去送了信的,我回来审出来了,先撕下她的皮,再送到江宁县里打屁股,因此没有人敢给信。她带了一个家人,两名仆妇,径奔小公馆来。进了门去,不问情由,打了个落花流水。喝叫把这边的家人仆妇绑了,叫带来的家人看守,"不是我叫放,不准放"。

又带了两名仆妇,仍上轿子,奔向继之家来。我在寿座天井里碰见的正是她。因为这天女客多,进出的仆妇不少,她虽跟着有两个仆妇,我可不曾留意。她一径走到女座里,又不认得人,也不行礼,直闯进去。继之夫人也不知是什么事,只当是谁家的一个仆妇。她竟直闯第一座上,高声问道:"哪一个是秦淮河的蹄子?"继之夫人吃了一惊。我姊姊连忙上去拉她下来,问她找谁,"怎么这样没规矩! 那首座的是藩台、盐道的夫人,两边陪坐的都是首府、首县的太太,你胡说些什么!"妇人道:"便是藩台夫人便怎么! 须知我也不弱!"继之夫人道:"你到底找谁?"妇人道:"我只找秦淮河的蹄子!"我姊姊怒道:"秦淮河的蹄子是谁? 怎么会走到这里来? 哪里来的疯婆子,快与我打出去!"妇人大叫道:"你们又下帖子请我,我来了又打我出去,这是什么话!"继之夫人道:"既然如此,你是谁家宅眷? 来找谁? 到底说个明白。"妇人道:"我找苟才的小老婆。"继之夫人道:"苟大人的姨太太没有来,倒是他的太太在这里。"妇人问是哪一个,继之夫人指给她看。妇人便撇了继之夫人,三步两步闯了上去,对准那婊子的脸上,劈面就是一个大巴掌。那婊子没有提防,被她猛一下打得耳鸣眼热,禁不得劈拍劈拍接连又是两下,只打得珠花散落一地。连忙还手去打,却被妇人一手挡开。只这一挡一格,那婊子带的两个镀金指甲套子,不知飞到哪里去了。妇人顺手把婊子的头发抓住,拉出座来,两个扭做一堆,口里千蹄子,万淫妇的乱骂。婊子口里也嚷骂老狐狸,老泼货。我姊姊道:"反了! 这成个什么样子!"喝叫仆妇把这两个怪物,连拖带拽的拉到自己上房那边去。又叫继之夫人,只管招呼众客,这件事我来安排。又叫家人快请继之。此时我正解完了手,回到外面,听见里面叫骂,正不知为着甚事,当中虽然挂的是竹帘,望进去却隐隐约约的,看不清楚。看见家人来请继之,我也跟了进去看看。只见他两个在天井里仍然扭做一团,妇人伸出大脚,去踩那婊子的小脚;踩着她的小脚尖儿,痛的她站立不住,便倒了下来,扭着妇人不放,妇人也跟着倒了。婊子在妇人肩膀上,死命的咬了一口,而且咬住了不放。妇人双手便往她脸上乱抓乱打,两个都哭了。我姊姊却端坐在上面不动。各家的仆妇挤了一天井看热闹。继之忙问什么事。姊姊道:“连我们都不知道。大哥快请苟大人进来,这总是他的家事,他进来就明白了,也可以解散了。”继之叫家人去请。姊姊便仍到那边去了。

不一会,家人领着苟才进来。那妇人见了,便撇了婊子,尽力挣脱了咬口,飞奔苟才,一头撞将过去,便动手撕起来,把朝珠扯断了,撒了一地。妇人嘴里嚷道:“我同你去见将军去!问问这宠妾灭妻,是出在《大清会典》那一条上?你这老杀才!你嫌我老了,须知我也曾有年轻的时候对付过你来!你就是讨婊子,也不应该叫她穿了我的命服,居然充做夫人!你把我安放到哪里?须知你不是皇帝,家里没有冷宫!你还一个安放我的所在来,我便随你干去!”苟才气的目瞪口呆,只连说“罢了罢了”。那婊子盘膝坐在地上,双手握着脚尖儿,嘴里也是老泼货,老不死的乱骂。一面爬起来,一步一拐的,走到苟才身边撕住了哭喊道:“你当初许下了我,永远不见泼辣货的面,我才嫁你。不然,南京地面,怕少了年轻标致的人,怕少了万贯家财的人,我要嫁你这个老杀才!你骗了我入门,今天做成这个圈套捉弄我!到了这里,当着许多人羞辱我!”一边一个,把苟才褫住,倒闹得苟才左右为难。我同继之又不好上前去劝。苟才只有叹气顿足,被她两个闹得衣宽带松,补服也扯了下来。闹了好一会,方才说道:“人家这里拜寿做喜事。你们也太闹的不成话了,有话回家去说呀。”妇人听说,拉了苟才便走。继之倒也不好去送,只得由他去了。婊子倒是一松手道:“凭你老不要脸的抢了汉子去·我看你死了也搂他到棺材里!”继之对我道:“还是请你姊姊招呼她吧。”说着出去了。我叫仆妇到那边,请了姊姊过来,姊姊便带那婊子到我们那边去,我出到外面去了。

此时众人都卸了衣冠,撤了筵席,桌上只摆了瓜子果碟。众人看见继之和我出去,都争着问是什么事,只得约略说了点,大家议论纷纷,都说苟才的不是,怎么把命服给姨娘穿起来,怪不得他夫人动气,然而未免暴躁些。有个说苟观察向来讲究排场,却不道今天丢了这个大脸。

正在议论之间,忽听得外面一迭连声叫报喜。正要叫人打听时,早抢进了一个人,向继之请了个安道:"给吴老爷报喜、道喜!"继之道:"什么事?"那人道:"恭喜吴老爷!署理江都县,已经挂了牌了!"原来藩台和继之,是几代的交情,向来往来甚密。只因此刻彼此做了官,反被官礼拘束住了,不能十分往来,也是彼此避嫌的意思。藩台早就有心给继之一个署缺,因知道今天是他老太太的整寿,前几天江都县出了缺,论理就应该即刻委人,他却先委了扬州府经历暂行代理,故意挨到今日挂牌,要博老太太一笑。这来报喜的,却是藩台门上。向来两司门上是很阔的,候补州县官,有时要望同他拜个把子也够不上呢,他如何肯亲来报喜?因为他知道藩台和继之交情深,也知道藩台今天挂牌的意思,所以特地跑来讨好。又出来到寿座前拜了寿。继之让他坐,他也不敢就坐,只说公事忙,便辞去了。这话传到了里头去,老太太欢喜不尽,传说出来,叫这出戏完了,点一出《连升三级》。戏班里听见这个消息,等完了这出戏,又跳了一个加官讨了赏,才唱点戏。

到了晚上,点起灯烛,照耀如同白日,重新设席,直到三鼓才散。我进去便向老太太道喜。劳乏了一天,大家商量要早点安歇。我和姊姊便奉了母亲、婶婶回家。我问起那位苟姨太太怎样了。姊姊道:"那种人真是没廉耻!我同了她过来,取了奁具给她重新理妆,她洗过了脸,梳掠了头髻,重施脂粉,依然穿了命服,还过去坐席,毫不羞耻。后来她家中接连打发三起人接她,她才去了。"我道:"回去还不知怎样吵呢。"姊姊道:"这个我们管他做甚!"说罢,各自回房歇息。

次日,继之先到藩署谢委,又到督辕禀知、禀谢,顺道到各处谢寿。我在家里,帮着指挥家人收拾各处,整整的忙了三天,方才停当。

此时继之已经奉了劄子,饬知到任,便和我商量。因为中秋节后各码头都未去过，叫我先到上江一带去查一查帐目，再到上海、苏、杭，然后再回头到扬州衙门里相会。我问继之，还带家眷去不带。继之道："这署事不过一年就回来了，还搬动什么呢。我就一个人去，好在有你来往于两间，这一年之中，我不定因公晋省也有两三次，莫若仍旧安顿在这里吧。"我听了，自然无甚说话。当下又谈谈别的事情。忽然家人来报说："藩台的门上大爷来了。"继之便出去会他。一会儿进来了，我忙问是什么事。继之道："方伯升了安徽巡抚，方才电报到了，所以他来给我一个信。"说着，便叫取衣服来，换过衣帽，上衙门去道喜。继之去后，我便到上房里去，恰好我母亲和姊姊也在这边，大家说起藩台升官，都是欢喜，自不必说。只有我姊姊，默默无言，众人也不在意。过了一会，继之回来了，说道："我本来日间便要禀辞到任，此刻只得送过中丞再走的了。"我道："新任藩台是谁？只怕等新任到了算交代，有两个月呢。"继之道："新藩台是浙江臬台升调的，到这里本来有些日子，因为安徽抚台是被参的，这里中丞接的电谕是'速赴新任，毋容来京请训'，所以制台打算委巡道代理藩司，以便中丞好交卸赴新任去，大约日子不能过远的，顶多不过十天八天罢了。"说着话，一面卸下衣冠，又对我说道："起先我打算等我走后，你再动身；此刻你犯不着等我了，过一两天，你先到上江去，我们还是在江都会吧。我近来每处都派了自己家里人在那里，你顺便去留心查察，看有能办事的，我们便派了他们管理；算来自己家里人，总比外人靠得住。"我答应了。

过了两天，附了上水船，到汉口去，稽查一切。事毕回到九江，一路上倒没有什么事。九江事完之后，便附下水船到了芜湖，耽搁了两天。打听得今年米价甚是便宜，我便译好了电码，亲自到电报局里去，打电报给上海管德泉，叫他商量应该办否。刚刚走到电报局门口，只见一乘红轿围的蓝呢中轿，在局门口憩下，轿子里走出一个人来，身穿湖色绉纱密行棉袍，天青缎对襟马褂，脸上架了一副茶碗口大的墨晶眼镜，头上戴着瓜皮纱小帽。下得轿来，对我看了一眼，便把眼镜摘下，对我拱手道："久违了！是几时到的？"我倒吃了一个闷葫芦，仔细一看，原来不是别人，正是在大关上和挑水阿三着象棋的毕镜江;面貌丰腴的了不得,他不向我招呼,我竟然要认不得他了。当下只得上前厮见。镜江便让我到电局里客堂上坐。我道:“我要发个电信呢。”他道:“这个交给我就是。”我只得随他到客堂里去,分宾坐下。他便要了我的底子,叫人送进去。一面问我现在在什么地方,可还同继之一起。我心里一想,这种人何犯上给他说真话,因说道:“分手多时了。此刻在沿江一带跑跑,也没有一定事情。”他道:“继之这种人,和他分了手倒也罢了,这个人刻薄得很。舍亲此刻当这局子的老总,带了兄弟来,当一个收支委员。本来这收支上面还有几位司事,兄弟是很空的;无奈舍亲事情忙,把一切事都交给兄弟去办,兄弟倒变了这局子的老总了。说来也不值当,拿了收支的薪水,办的总办的事,你说冤不冤呢。”我听了一席话,不觉暗暗好笑,嘴里只得应道:“这叫做‘能者多劳’啊。”正说话时,便来了两个人,都是趾高气扬的,嚷着叫调桌子打牌。镜江便邀我入局,我推说不懂,要了电报收单,照算了报费,便辞了回去。

第二天德泉回电到了,说准定赁船来装运。我一面交代照办,便附了下水船,先回南京去一趟。继之已经送过中丞,自己也到任去了。姊姊交给我一封信,却是蔡侣笙留别的,大约说此番随中丞到安徽去,后会有期的话。我盘桓了两天,才到上海,和德泉商量了一切。又到苏州走了一趟,才到杭州去。料理清楚,要打算回上海去,却有一两件琐事不曾弄明白,只得暂时歇下。

这天天气晴朗,我想着人家逛西湖都在二三月里,到了这个冬天,湖上便冷落得很。我虽不必逛湖,又何妨到三雅园去吃一杯茶,望望这冬天的湖光山色呢。想罢,便独自一人,缓步前去。刚刚走到城门口,劈头遇见一个和尚,身穿破衲,脚踏草鞋,向我打了一个问讯。正是:不是偷闲来竹院,如何此地也逢僧?不知这和尚是谁,且待下回再记。

## 第四十五回 评骨董门客巧欺蒙 送忤逆县官托访察

你道那和尚是谁？原来不是别人，正是那逼死胞弟、图卖弟妇的黎景翼。不觉吃了一惊，便问道："你是几时出家的？为甚弄到这个模样？"景翼道："一言难尽！自从那回事之后，我想在上海站不住了，自己也看破一切，就走到这里来，投到天竺寺，拜了师傅做和尚。谁知运气不好，就走到哪里都不是，那些僧伴，一个个都和我不对。只得别了师傅，到别处去挂单，终日流离浪荡，身边的盘费，弄的一文也没了，真是苦不胜言！"他一面说话，我一面走，他只管跟着，不觉到了三雅园。我便进去泡茶，景翼也跟着进去坐下。茶博士泡上茶来。景翼又问我到这里为甚事，住在那里。我心中一想，这个人招惹他不得，因说道："我到这里没有什么事，不过看个朋友，就住我朋友家里。"景翼又问我借钱，我无奈，在身边取了一圆洋钱给他，他才去了。

那茶博士见他去了，对我说道："客人怎么认得这个和尚？"我道："他在俗家的时候，我就认得他的。"茶博士道："客人不认得他也罢。"我道："这话奇了！我已经认得他了，怎么能够不认得呢。"茶博士道："客人有所不知：这个和尚不是个好东西，专门调戏人家妇女，被他师傅说他不守清规，把他赶了出来。他又投到别家庙儿里去。有一回，城里乡绅人家做大佛事，请了一百多僧众念经，他也投在里面，到了人家，却乘机偷了人家许多东西，被人家查出了，送他到仁和县里去请办，办了个枷号一个月示众。从此他要挂单，就没有人家肯留他了。"我听了这话，只好不做理会。闲坐了一会，眺望了一回湖光山色，便进城来。

忽然想起当年和我办父亲后事的一位张鼎臣，我来到杭州几次，总没有去访他；此时想着访他谈谈，又不知他住在那里。仔细想来，我父亲开店的时候，和几家店铺有来往，我在帐簿上都看见过的，只是一时想不起来。猛可想起鼓楼湾保合和广东丸药店，是当日来往极熟的，只怕他可以知道鼎臣下落。想罢，便一径问路到鼓楼湾去，寻到了保合和，只见里面纷纷发行李出来，不知何故。我便挨了进去，打着广东话，向一位有年纪的拱手招呼，问他贵姓。那人见我说出广东话，以为是乡亲，便让坐送茶，说是姓梁，号展图。又转问了我，我告诉了，并说出来意，问他知道张鼎臣下落不知。展图道："听说他做了官了，我也不知底细，等我问问舍侄便知道了。"说罢，便向一个后生问道："你知道张鼎臣现在哪里？"那后生道："他捐了个盐知事，到两淮候补去了。"只见一个人进来道："客人快点下船吧，不然潮要来了！"展图道："知道，我就来。"我道："原来老丈要动身，打扰了！"说罢起身。展图道："我是要到兰溪去走一次。"我别了出来，自行回去。

到了次日，便叫了船仍回上海，耽搁一大，又到镇江稽查了两天帐目，才雇了船渡江到扬州去。入到了江都县衙门，自然又是一番景象。除了继之之外，只有文述农是个熟人。我把各处的帐目给继之看了，又述了各处的情形，便与述农谈天。此时述农派做了帐房，彼此多时未见，不免各诉别后之事。我便在帐房里设了榻位，从此和述农联床夜话。好得继之并不叫我管事，闲了时，便到外面访访古迹，或游几处名胜。最好笑的，是相传扬州的二十四桥，一向我只当是个名胜地方。谁知到了此地问时，那二十四桥竟是一条街名。被古人欺了十多年，到此方才明白。继之又带了我去逛花园。原来扬州地方，花园最多，都是那些盐商；上半天任人游玩，到了下午，园主人就来园里请客，或做戏不等。

这天述农同了我去逛容园。据说这容园是一个姓张的产业，扬州花园，算这一所最好。除了各处楼台亭阁之外，单是厅堂，就有了三十八处，却又处处的装璜不同。游罢了回来，我问起述农，说这容园的繁华，也可以算绝顶了。久闻扬州的盐商阔绰，今日到了此地，方才知道是名不虚传。述农道："他们还是拿着钱不当钱用，每年冤枉化去的不知多少；若是懂得的，少化几个冤枉钱，还要阔呢。"我道："银钱都积在他们家里也不是事，只要他肯化了出来，外面有得流通便好,管他冤枉不冤枉。搁不住这班人都做了守财奴,年年只有入款,他却死搂着不放出来,不要把天下的钱,都辇到他家么。”述农道:“你这个自是正论。然而我看他们化的钱,实在冤枉得可笑!平白无端的,养了一班读书不成的假名士在家里,以为是亲近风雅,要借此洗刷他那市侩的名字。化了钱养了几个寒酸,倒也罢了,那最奇的,是养了两班戏子,不过供几个商家家宴之用,每年要用到三万多银子!这还说是养了几个人,只有他那买古董,却另外成就一种癖性,好好的东西拿去他不买,只要把东西打破了拿去,他却出了重价。”我不觉笑道:“这却为何?”述农道:“这件事你且慢点谈,可否代我当一个差?我请你吃酒。”我道:“说得好好的,又当什么差?”

述农在箱子里取出一卷画来,展开给我看,却是一幅横披,是阮文达公写的字。我道:“忽然看起这个做什么?”述农指着一方图书道:“我向来知道你会刻图书,要请你摹出这一个来,有个用处。”我看那图书时,却是“节性斋”三个字。因说道:“这是刻的近于邓石如一派,还可以仿摹得来,若是汉印就难了。但不知你仿来何用?”述农一面把横披卷起,仍旧放在箱子里道:“摹下来自有用处。方才说的那一班盐商买古董,好东西他不要,打破了送去,他却肯出价钱,你道他是什么意思?原来他拿定了一个死主意,说是那东西既是千百年前相传下来的,没有完全之理;若是完全的,便是假货。因为他们个个如此,那一班贩古董的知道了,就弄了多少破东西买给他们,你说冤枉不冤枉?有一个在江西买了一个花瓶是仿成化窑的东西,并不见好,不过值上三四元钱;这个人却叫玉工来,把瓶口磨去了一截,配了座子,贩到扬州来,却卖了二百元。你说奇不奇呢。他那买字画,也是这个主意,见了东西,也不问真假,先要有名人图书没有,也不问这名人图书的真假,只要有了两方图书,便连字画也是真的了。我有一个董其昌手卷,是假的,藏着他没用,打算冤给他们,所以请你摹了这方图书下来,好盖上去。”我笑道:“这个容易,只要买了石来。但怕他看出是假的,那就无谓了。”述农道:“只要先通了他的门客,便不要紧。”我道:“他的门客,难道倒帮了外人么?”述农道:“这班东西懂得什么外人内人,只要有了回佣,他便拍合。有一回有个人拿了一幅画去卖，要价一千银子，那门客要他二成回佣，那人以为做生意九五回佣，是有规矩的，如何要起二成来，便不答应他。他说若不答应，便交易不成，不要后悔。卖画的自以为这幅画是好的，何忧卖不去，便没有答应他。及至拿了画去看，却是画的一张人物，大约是‘岁朝图’之类，画了三四个人，围着掷骰子，骰盘里两颗骰子坐了五，一个还在盘里转，旁边一个人，举起了手，五指齐舒，又张开了口，双眼看着盘内，真是神彩奕奕。东家看了，十分欢喜，以为千金不贵。那门客却在旁边说道：“‘这幅画虽好，可惜画错了，便一文不值’。东家问他怎么画错了。他说：‘三颗骰子，两颗坐了五，这一颗还转着未定，喝骰子的人，不消说也喝六的了；他画的那喝骰子的，张开了口，这“六”字是合口音，张开了口，如何喝得“六”字的音来？’东家听了，果然不错，便价也不还，退了回去。那卖画的人，一场没趣，只得又来求那门客。此时他更乐得拿腔了，说已经说煞了，挽回不易，必要三成回佣。卖画的只得应允了。他却拿了这幅画，仍然去见东家，说我仔细看了这画，足值千金。东家问有甚凭据。他说：‘这幅画是福建人画的，福建口音叫“六”字，犹如扬州人叫“落”字一般，所以是开口的；他画了开口，正所以传那叫“六”字之神呢。’他的东家听了，便打着扬州话‘落落’的叫了两声，果然是开口的，便乐不可支，说道：‘亏得先生渊博，不然几乎当面错过。’马上兑了一千银子出来，他便落了三百。”

我听了，不觉笑起来道：“原来多懂两处方言，却有这等用处。但不知这班盐商怎么弄得许多钱？我看此中必定有个弊端。”述农道：“这个何消说得。这里面的毛病，我也弄不清楚。闻得两淮盐额有一千六百九万多引，叫做‘纲盐’。每引大约三百七十斤，每斤场价不过七八文，课银不过三厘多。运到汉口，便每斤要卖五六十文不等。愈远愈贵，并且愈远愈杂。这里场盐是雪白的，运到汉口，便变了半黄半黑的了。有部帖的盐商，叫做‘根窝’。有根窝的，每盐一引，他要抽银一两，运脚公用。每年定额是七十万，近来加了差不多一倍；其实运脚所用，不及四分之一，汉口的岸费，每引又要派到一两多，如何不发财。所以盐院的供应，以及缉私犒赏，赡养穷商子孙，一切费用,都出在里面。最奇的,他们自己对自己,也在做弊:总商去见运司,这是他们商家的公事了,见运司那个手本,不过几十文就买来了,他开起帐来,却是一千两,你说奇不奇?”我听到这里,不觉吐出了舌头道:“这还了得!难道众商家就由得他混开么?”述农道:“这个我们局外人哪里知道,他自然有许多名目立出来。其实纲盐之利,不在官不在民,商家独占其利;又不能尽享,大约幕友、门客等辈分的不少,甚至用的底下人、丫头、老妈子,也有余润可沾。船户埠行,有许多代运盐斤,情愿不领脚价,还怕谋不到手的,所以广行贿赂,连用人也都贿遍了,以求承揽载运。”我道:“不领脚价,也有什好处么?”述农道:“自然有好处。凡运盐到了汉口,靠在码头上,逐船编了号头,挨号轮销。他只要弄了手脚,把号头编得后些,赶未及轮到他船时,先把盐偷着卖了;等到轮着他时,却就地买些私盐来充数。这个办法,叫做‘过笼蒸糕’。万一买不着私盐,他便连船也不要了,等夜静时,凿穿了船底,由他沉下去,便报了个沉没。这个办法叫做‘放生’。后来两江总督陶文毅公知道这种弊端,便创了一个票盐的办法:无论那一省的人,都可以领票,也不论数目多少;只要领了票,一样的到场灶上计引授盐,却仍然要按着引地行销。此时一众盐商,无弊可作,窘的了不得,于是怨恨陶公,入于骨髓;无可发泄,却把陶公的一家人编成了纸牌,我还记得有一张是画了一个人,拿了一双斧头砍一棵桃树,借此以为咒诅之计,你道可笑么。”我道:“这种不过儿戏罢了,有甚益处。”述农道:“从行了票盐之后,却是倒了好几家盐商,盐法为之一变。此时为日已久,又不知经了多少变局了……”

我因为谈了半天盐务,忽然想起张鼎臣,便想去访他,因开了他的官阶名姓,叫人到盐运司衙门去打听。一面踱到继之签押房里来。继之正在那里批着公事,见了我,便放下了笔道:“我正要找你,你来得恰好。”我道:“有什么事找我呢?”继之道:“我到任后,放告的头一天,便有一个已故盐商之妾罗魏氏,告他儿子罗荣统的不孝。我提到案下问时,那罗荣统呆似木鸡,一句话也说不出。问他话时,他只是哭。问罗魏氏,却又说不出个不孝的实据,只说他不听教训,结交匪人。问他匪人是哪个,他又说不出,只说是都已跑了。只得把罗荣统暂时管押。不过一天,又有他罗氏族长来具结保了去,只说是领回管束。本来就放下了,前几天我偶然翻检旧案卷,见前任官内,罗魏氏已经告过他一次忤逆,便问起书吏。据那书吏说:罗荣统委实不孝,有一年结交了几个匪徒,谋弑其母,幸而机谋不密,得为防备,那匪徒便逃走了。罗魏氏便把儿子送了不孝,经族长保了出去。从此每一个新官到任,罗魏氏便送一次,一连四五任官,都是如此。我想这个里面,必定有个缘故。你闲着没事,何妨到外面去查访个明白。"我道:"他母亲送了不孝,他族长保了去便罢了。自古说,'清官难断家务事',哪里管得许多呢,访他做什么。"继之道:"这件事可小可大。果然是个不孝之子,也应该设法感化他,这是行政上应有之义。万一他果然是个结交匪类的人,也要提防他,不要在我手里出了个逆伦重案,这是我们做官的私话,如何好看轻了。"我道:"既如此,我便去查访便了。只是怎么个访法呢?"继之道:"这个哪里论得定。好在不是限定日子,只要你在外面,随机应变的暗访罢了。茶坊酒肆之中,都可以访得。况且他罗家也是著名的盐商,不过近年稍为疲了点罢了,在外面还是赫赫有名的,怕没人知道么。"于是我便答应了。

谈了一会,仍到帐房里来。述农正在有事,我只在旁边闲坐。过一会,述农事完了,对我笑道:"我恰才开发厨房里饭钱,忽然想着一件可笑的事,天下事真是无奇不有。"我忙问是什么事。述农不慌不忙,说出一件事来。正是:一任旁人讥龌龊,无如廉吏最难为。不知述农到底说出什么事,且待下回再记。

# 第四十六回 翻旧案借券作酬劳 告卖缺县丞难总督

当下我笑对述农道:“因为开销厨子想出来的话,大约总不离吃饭的事情了?”述农道:“虽然是吃饭的事情,却未免吃的龌龊一点。前任的本县姓伍,这里的百姓起他一个浑名,叫做‘五谷虫’。”我笑道:“《本草》上的‘五谷虫’不是粪蛆么?”述农道:“因为粪蛆两个字不雅,所以才用了这个别号呀。那位伍大令初到任时,便发誓每事必躬必亲,绝不假手书吏家丁。大门以内的事,无论公私,都要自己经手。百姓们听见了,以为是一个好官,欢喜的了不得。谁知他到任之后,做事十分刻薄,又且一钱如命。别的刻薄都不说了,这大门里面的一所毛厕,向来系家丁们包与乡下人淘去的,每月多少也有几文好处。这位伍大令说:‘是我说过不假手家丁的,还得我老爷自己经手。’于是他把每月这几文臭钱也囊括了,却叫厨子经手去收,拿来抵了饭钱。这不是个大笑话么。”我道:“那有这等琐碎的人,真是无奇不有了!”

说话之间,去打听张鼎臣的人回来了,言是打听得张老爷在古旗亭地方租有公馆。我听了便记着,预备明日去拜访。一面正和述农谈天,忽然家人来报说:“继之接了电报。”我连忙和述农同到签押房来,问是甚事。原来前回那江宁藩台升了安徽抚台,未曾交卸之前数天,就把继之请补了江都县,此时部复回来议准了,所以藩署书吏,打个电报来通知。于是大家都向继之道喜。

过了这天,明日一早,我便出了衙门,去拜张鼎臣。鼎臣见了我,十分欢喜,便留着谈天。问起我别后的事,我便大略告诉了一遍。又想起当日我父亲不在时,十分得他的力。他又曾经拦阻我给电信与伯父,是我不听他的话,后来闹到如此。我虽然不把这些事放在心上,然而母亲已是大不愿意的了。当日若是听了他的话,何至如此。鼎臣又问起我伯父来,我只得也略说了点。说到自从他到苏州以后,便杳无音信的话，鼎臣叹了一口气道："我拿一样东西你看。"说罢，引我到他书房去坐，他在文具箱里，取出一个信封，在信封里面，抽出一张条子来递给我。我接过来一看，不觉吃了一惊，原来是我伯父亲笔写给他的一百两银子借票。我还没有开口，鼎臣便说道："那年在上海长发栈，令伯当着大众说谢我一百两银子的，我为人爽直，便没有推托。他到了晚上，和我说穷的了不得，你令先翁遗下的钱，他又不敢乱用，要和我借这一百银子。你想当时我怎好回复他，只好允了，他便给了我这么一张东西。自别后，他并一封信也不曾有来过。我前年要办验看，寄给他一封信，要张罗点盘费，他只字也不曾回。"我道："便是小侄别后，也不曾有信给世伯请安，这两年事情又忙点，还求世伯恕我荒唐。"鼎臣道："这又当别论。我们是交割清楚的了，彼此没了手尾，便是事忙路远，不写信也极平常。纠葛未清的，如何也好这样呢。"此时我要代伯父分辩几句，却是辩无可辩，只好不做声；而且自己家里人做下这等对不住人的事，也觉得难为情，想到这里，未免局促不安。鼎臣便把别话岔开，谈谈他的官况，又讲讲两淮的盐务。

我便说起述农昨天所说纲盐的话。鼎臣道："这是几十年前的话了。自从改了票盐之后，盐场的举动都大变了。大约当改盐票之时，很有几家盐商吃亏的；慢慢的这个风波定了之后，倒的是倒定了，站住的也站住了。只不过商家之外，又提拔了多少人发财，那就是盐票之功了。当日曾文正做两江时，要栽培两个戚友，无非是送两张盐票，等他们凭票贩盐，这里头发财的不少。此刻有盐票的人，自己不愿做生意，还可以拿这票子租给人家呢。"我道："改了票盐之后，只怕就没有弊病了。"鼎臣道："天下事有一利即有一弊，哪里有没有弊病的道理。不过我到这里日子浅，统共只住了一年半，不曾探得实在罢了。"当下又谈了一会，便辞了回来。

回到衙门口，只见许多轿马。到里面打听，才知道继之补实的信，外面都知道了，此时同城各官与及绅士，都来道喜。过得几天，南京藩台的饬知到了，继之便打点到南京去禀谢。我此时离家已久，打算一同前去。继之道："我去，顶多前后五天，便要回到此地的，你何不等我回来了再走。”我便答应了。

过一天，继之便到府里禀知动身。我无事便访鼎臣；或者不出门，便和述农谈天。忽然想起继之叫我访察罗荣统的事，据说是个盐商，鼎臣现在是个盐官，我何不问问鼎臣，或者他知道些，也说不定。想罢，便到古旗亭去，访着鼎臣，寒暄已毕，我问起罗荣统的事。鼎臣道：“这件事十分奇怪，外面的人言不一，有许多都说是他不孝，又有许多说他母亲不好的。大抵家庭不睦是有的，那罗荣统怎样不孝，只怕不见得。若要知道底细，只有一个人知道。”我忙问是谁。鼎臣道：“大观楼酒馆里的一个厨子，是他家用的多年老仆，今年不知为着什么，辞了出来，便投到大观楼去。他是一定知道的。”我道：“那厨子姓什么？叫什么呢？”鼎臣道：“这可不知道了。不过前回有人请我吃馆子，说是罗家出来了一个厨子，投到大观楼去，做得好鱼翅。这厨子是在罗家二十多年，专做鱼翅的，合扬州城里的盐商请客，只有他家的鱼翅最出色，后来无论谁家请客，多有借这他厨子的。我不过听了这句话罢了，哪里去问他姓名呢。”我道：“这就难了。不比馆子里当跑堂的，还可以去上馆子，假以辞色，问他底细；这厨子虽是上他馆子，也看不见的，怎样打听呢。”鼎臣道：“你苦苦的打听他做什么呢？”我道：“也不是一定要苦苦打听他，不过为的人家多说扬州城里有个不孝子，顺便问一声罢了。”

当下又扯些别话，谈了几句，便辞了鼎臣回去，和述农商量，有甚法子可以访察得出的。述农道：“有了这厨子，便容易了。几时继翁请客，叫他传了那厨子来当一次差，我们在旁边假以辞色，逐细盘问他，怕问不出来。”我道：“这却不好。我们这里是衙门，他哪里敢乱说，不怕招是非么。”述农道：“除此之外，可没有法子了。”我道：“因为那厨子，我又想起一件事来：他罗家用的仆人，一定不少，总有辞了出来的，只要打听着一个，便好商量。”述农道：“这又从何打听起来呢？”我道：“这个只好慢慢来的了。”当时便把这件事暂行搁下。

不多几天，继之回来了，又到本府去禀知，即日备了文书，申报上去，即日作为到任日子。一班书吏衙役，都来叩贺；同城文武官和乡绅等，重新又来道喜。继之一一回拜谢步，忙了几天，方才停当。我便打算回南京去走一遭。继之便和我商量道："日子过的实在是快，不久又要过年了。你今番回去，等过了年，便到上江一带去查看。我陆续都调了些自己本族人在各号里，你去查察情形，可以叫他们管事的，就派了他们管事，左右比外人靠得住些。回头便到下江一带去，也是如此。都办好了，大约二月底三月初，可以到这里，我到了那时，预备和你接风。"我笑道："一路说来，都是正事，忽然说这么一句收梢，倒像唱戏的好好一出正戏，却借着科诨下场，格外见精神呢。"说的继之也笑了。

我因为日内要走，恐怕彼此有甚话说，便在签押房和继之盘桓，谈谈说说。我问起新任方伯如何。继之摇头道："方伯倒没有什么，所用的人，未免太难了，到任不到两个月，便闹了一场大笑话。"我道："是什么事呢？"继之道："总不过为补缺的事。大约做藩台的，照例总有一个手折，开列着各州县姓名；那捐班人员，另有一个轮补的规矩。这件事连我也闹不清楚。大抵每出了一个缺，看应该是那一个轮到，这个轮到的人，才具如何，品行如何，藩台都有个成见的。或者虽然轮到，做藩台的也可以把他捺住；那捺住之故，不是因这个人才具不对，品行不好，便是调剂私人，应酬大帽子了。他拟补的人，便开在手折上面，所开又不止一个人，总开到两三个，第一个总是应该补的，第二三个是预备督抚拣换的。然而历来督抚拣换的甚少。藩台写了这本手折，预备给督抚看的，本来办得十分机密。这一回那藩台开了手折，不知怎样，被他帐房里一位师爷偷看见了，便出来撞木钟。听说是盐城出了缺，藩台拟定一个人，被他看见了，便对那个人说：'此刻盐城的缺，你只消给我三千银子，我包你补了。'那个人信了他，兑给他三千银子。谁知那藩台不知怎样，忽然把那个人的名字换了，及至挂出牌来，竟不是他。那个人便来和他说话。他暗想这个木钟撞哑了，然而句容的缺也要出快了，这个人总是要轮到的，不如且把些说话搪塞过去再说。便说道：'这回本来是你的，因为制台交代，不得不换一个人。几天句容出缺，一定是你的了。'句容与盐城都是好缺，所以那个人也答应了。到过了几天，挂出句容的牌来，又不是的。那个人又不答应了。他又把些话搪塞过去。再过了几天，忽然挂出一张牌来，把那个人补了安东。这可不得了了，那个人跑到客厅上去，大闹起来，说安东这个缺，每年要贴三千的，我为甚反拿三千银子去买！他闹得个不得了，藩台知道了，只得叫那帐房师爷还了他三千银子，并辞了他的馆地，这才了事。”我道：“凡赃私的银，是与受同科的，他怎敢闹出来？”继之道：“所以这才是笑话啊。”

我道：“这个人也可谓胆大极了。倘使藩台是有脾气的，一面撵了帐房，一面详参了他，岂不把功名送掉了。大不了藩台自己也自行检举起来，失察在先，正办在后，顶多不过一个罚俸的处分罢了。”继之笑道：“照你这样火性，还能出来做官么。这个人闹了一场，还了他银子便算了，还算好的呢。前几年福建出了个笑话，比这个还厉害，竟是总督敌不过一个县丞，你说奇不奇呢。”我道：“这一定又是一个怪物了。”继之道：“这件事我直到此刻，还有点疑心，那福建侯官县县丞的缺怎么个好法，竟有人拿四千银子买他！我仿佛记得这县丞姓彭，他老子是个提督。那回侯官县丞是应该他轮补的，被人家拿四千银子买了去。他便去上制台衙门，说有要紧公事禀见；制台不知是什么，便见了他。他见了面不说别的，只诉说他这个县丞捐了多少钱，办验看、指省又是多少钱，从某年到省，直到如今，候补费又用了多少钱，要制台照数还了他，注销了这个县丞，不做官了。制台大怒，说他是个疯子。又说：‘都照你这样候补得不耐烦，便要还银注销，哪里还成个体统！’他说：‘还银注销不成体统，难道买缺倒是个体统么？这回侯官县丞，应该是卑职轮补的，某人化了四千银子买了去，这又是个什么体统？’制军一想，这回补侯官县丞的，却是自己授意藩司，然而并未得钱，这句话是那里来的。不觉又大怒起来，说道：‘你说的话可有凭据么？’他道：‘没有真凭实据，卑职怎敢放恣！’制台就叫他拿凭据出来，他道：‘凭据是可以拿得，但是必要请大帅发给两名亲兵，方能拿到。’制台便传了两名亲兵来，叫他带去。他当着制台，对两名亲兵说：‘这回我是奉了大帅委的，我叫你拿什么人，便拿什么人。’制台也分付，只管听彭县丞的指挥去拿人。他带了两个亲兵，只走到麒麟门外，便把一个裁缝拿了，翻身进去回话，说这个便是凭据。制台又大怒起来，说：‘这是我从家乡带来的人，最安分，哪有这等事！并且一个裁缝，怎么便做得动我的主？'他却笑道：'大帅何必动怒。只要交委员问他的口供，便知真假。他是大帅心爱的人，承审委员未必敢难为他。等到问不出凭据时，大帅便把卑职参了，岂不干净！'制台一肚子没好气，只得发交闽县问话。他便意气扬扬的跑到闽县衙门，立等着对质。闽县知县哪里肯就问。他道：'堂翁既是不肯问，就请同我一起去辞差。这件事非同小可，我在这里和制军拚命拚出来的，稍迟一会，便有了传递，要闹不清楚了。这件事闹不清楚，我一定丢了功名。我的功名不要紧，只怕京控起来，那时就是堂翁也有些不便。'知县被他逼的没法，只得升座提审，他却站在底下对质。那裁缝一味抵赖。他却嬉皮笑脸的，对着裁缝蹲了下来，说道：'你不要赖了。某日有人来约你在某处某楼吃茶；某日又约你到某处酒楼吃酒；某日你到某人公馆里去；某日某人到你家里来，送给你四千两银子的票子，是某家钱庄所出的票，号码是第几号，你拿到庄上去照票，又把票打散了，一千的一张，几百的几张，然后拿到衙门里面去。你好好的说了，免得又要牵累见证。你再不招，我可以叫一个人来，连你们在酒楼上面，坐那一个座，吃那几样菜，说的什么话，都可以一一说出来的呢。'那裁缝没得好赖，只得供了，说所有四千银子，是某人要补侯官县丞缺的使费，小姐得了若干，某姨太太得了若干，某姨太太得了若干，太太房里大丫头得了若干，孙少爷的奶妈得了若干，一一招了，画了供。闽县知县便要去禀复。他说问明了便不必劳驾，我来代回话吧。说罢，攫取了那张亲供便走。正是：取来一纸真凭据，准备千言辨是非。要知那县丞到底闹到什么样子，且待下回再记。

## 第四十七回 恣儿戏末秩侮上官 忒轻生荐人代抵命

继之说到这里,我便插嘴道:“法堂上的亲供,怎么好攫取?这不成了儿戏么。”继之道:“他后来更儿戏呢!拿了这张亲供去见制台,却又不肯交过手,只自己拿着张开了给制台看。嘴里说道:‘凭据有在这里,请教大帅如何办法?’制台见了,倒不能奈何他,只得说道:‘我办给你看!’他道:‘不知大帅几时办呢?’制台没好气的说道:‘三天之内总办了。’说罢不睬他,便进去了。他出来等了三天,不见动静,又去上衙门,制台给他一个不见。他等到了衙门期那天,司道进见的时候,却跟着司道掩了进去。人家正在拱揖行礼的时候,他突然走近制台跟前,把制台的衣裳一拉,说道:‘喂!你说三天办给我看啊,今天第几天了?我看见那裁缝,又在那里安安稳稳的做衣裳了!’此时他闯在前面,藩台恰好在他后头,看见这种情形,便轻轻地拉他一把;他回头看时,藩台又轻轻的说道:‘没规矩!’他听见藩台又说了这句话,便大声道:‘没规矩!卖缺的便没规矩!我不像一班奴颜婢膝的,只知道巴结上司,自以为规矩的了不得。我明日京控起来,看谁没规矩!’说罢,又把那裁缝的亲供背诵了一遍,对臬台说道:‘你是司刑名的,画了这对付赃私的供,只要这里姨太太一句话便要了出来,是有规矩是没规矩?’此时一众官员,面面相觑,没奈他何。制台是气的三尸乱暴,七窍生烟,一迭连声叫把裁缝锁了,交首县去,是谁叫他出来的!他却冷笑道:‘是七姨太太叫出来的。我也知道了,还装糊涂呢!’说着,便佯长而出。嘴里自言自语道:‘搁不住我不干了,看你咬掉了我的□□!什么叫个规矩!’走到了大堂以外,看见两个戈什哈,正押着那裁缝要走。那裁缝道:‘太爷,你何苦定要和我作对呢!’他笑道:‘却是难为了你,你再求七姨太太去吧。’戈什哈道:‘好大的县丞!’他道:‘大也罢,小也罢,豁着我这县丞和总督去碰,总碰得他过。’说道,自去了。

到了下半天,忽然藩台传他去见。对他说:‘制军也知道这回老兄受了委屈了,交代给你老兄一个缺。’他却呵呵大笑起来道:‘我若是要了缺,我便是为私不为公了。我一心要和他整顿整顿吏治,个把缺何足以动我心。他若不照例好好的办,我便到京里上控,方见得我始终是为公事。我此刻受了一个缺,一年半载之后,他何难把我奏参了。他虽然年纪大,须知我年纪虽不及他,然而也不是个小孩子,他不要想把这点小甜头来哄我。我只等三天不见明文,或者他的办法不对,我便打算进京去上控,你叫他小心点就是!’说罢,竟就不别而行的去了。”我道:“这个人倒是有心要整顿的。”继之道:“什么有心整顿!不过乘机讹诈,故为刁难罢了。你想这件事牵涉到上房姨太太、小姐,叫那制台怎样办法呢;那裁缝的亲供,又落在他手里。所以后来反是制台托人出来说话,同他讲和。据说那候官县丞缺,一年有八千的好处,三年一任,共是二万四千金,被他讹的一定要了一任好处才罢了手呢。”我笑道:“这倒是桩爽快事。假使候补官个个如此,那卖缺之风,可以绝了。”

继之也笑道:“你这句话,只好在这里说;若到外面说了,人家就要说此风不可长了。其实官场上面的笑话,车载斗量,也不知多少。前年和法兰西打仗的时候,福建长门炮台,没有人敢去守,只有一个姓蓝的都司肯去。他叫做蓝宝堂,得了札子到差之后,便去见总督,回说向来当炮台统领的都是提督、总兵,此刻卑职还是个都司,镇压不住,求大帅想法子。总督说:‘你本是个都司,有甚法子好想呢。’他说:‘大帅不能想法子,卑职驾驭不来,只好要辞差了。’制台一想,那法兰西虎视眈眈的看着福建,这个差事大家都不肯当,若准他辞了,又委哪个呢。只得答应他道:‘你且退去,我这里同你想法子便了。’他道:‘顶色不红,一天也驾驭不住。卑职只得在这里等着,等大帅想了法子之后,再回防次去的了。’制台被他嬲的没了法,便发气道:‘那么你去戴个红顶子,暂算一个总兵吧。’他便打了个扦,说:‘谢过大帅。’居然戴起红顶子来。”我道:“这竟是无赖了。”

继之道:“这个人听说从小就无赖。他小时候和他娘住在娘舅家里,大约是没了老子的了。却又不安分,一天偷了他娘舅四十元银,没处安放,怕人在身上搜出,却拿到当铺里当了两元。他娘舅疑心到他,却又搜不出赃证。他娘等他睡着了,搜他衣袋,搜出当票来,便去赎了出来,正是四十元的原赃。他娘未免打了他一顿,他便逃走了,走到夹板船上去当水手,几年没有音信回去。过了三四年,他忽然托人带了八十元银送给他母亲。他母亲盘问来人,知道他在夹板船上,并且船也到了,便要见他一面,叫来人去说。来人对他说了,他又打发人去说,说道:'我今生今世不回家的了!要见我,可到岸边来见。'他娘念子情切,便飞奔岸边来。他却早已上岸,远远望见他母亲来了,便爬上树去。那棵树又高又大,他一直爬到树梢。他娘来了,他便问:'你要见我做什么?'他娘说:'你爬到树上做什么,快下来相见。'他说:'我下来了,你要和我覙琐。我是发过誓不回家的了。从前为了四十元银,你已经和我绝了母子之情,我此刻加倍还了你,从此义绝恩绝了。你要见我,无非是要看看我的面貌,此刻看见了,你可回去了。'他娘说:'我守在此处,你终要下来。'他说:'你再不走,我这里一撒手,便跌下来死了,看你怎样!'他娘没了法,哀求他下来,他始终不下,哭哭啼啼的去了。他便笑嘻嘻的下来。对着娘,他还这等无赖呢。"我道:"这不独无赖,竟是灭尽天性的了。"

继之道:"他还有无赖的事呢。他管带海航差船的时候,有一个福建船政局的提调,奉了船政大臣的委,到台湾去公干,及至回福州时,坐了他的船。那提调也不好,好好的官舱他不坐,一定要坐管带的房。若是别人,也没有不将就的。谁知遇了他这个宝货,一听说提调要坐他的房,他马上把一房被褥家伙都搬了出来,只剩下一所空房,便请那提调去住。骗得提调进房,他却把门锁了,自己带了钥匙,然后把船驶到澎湖相近,浪头最大的地方,颠播了一日一夜,又不开饭给他吃。那提调被他颠播得呕吐狼籍,腹中又是饥饿不堪,房门又锁着,叫人也没得答应。同他在海上飘了三天,才驶进口。进口之后,还不肯便放,自己先去见船政大臣,说'此番提调坐了船来,卑职伺候不到,被提调大人动了气,在船上任情糟蹋,自己带了餐具,便在官舱烧饭,卑职劝止,提调又要到卑职房里去烧饭,卑职只得把房让了出来;下次遇了提调的差,请大人另派别人'云云。告诉了一遍,方才回船,把他放了。那提调狼狈不堪,到了岸上,见了钦差,回完了公事话,正要诉苦,才提到了'海航管带'四个字,被钦差拍着桌子,狗血喷头的一顿大骂。"我笑道:"虽然是无赖,却倒也爽快。"

继之道:"虽然是爽快,然而出来处世,究竟不宜如此。我还记得有一个也是差船管带,却忘记了他的姓名了,带的是伏波轮船。他是广东人,因为伏波常时驻扎福州,便回广东去接取家眷,到福州居住。在广东上轮船时,恰好闽浙总督何小宋的儿子中了举,也带着家眷到福州。海船的房舱本来甚少,都被那位何孝廉定去了。这位管带也不管是谁,便硬占了人家定下的两个房舱。那何孝廉打听得他是伏波管带,只笑了一笑,不去和他理论。等到了福州,没有几天,那管带的差事就撤掉了。你想取快一时的,有甚益处么?不过这蓝宝堂虽然无赖,却有一回无赖得十分爽快的:是前年中法失和时,他守着长门炮台。忽然有一天来了一艘外国兵船,我忘了是哪一国的了,总而言之,不是法兰西的。他见了,以为我们正在海疆戒严的时候,别国兵轮如何好到我海口里来,便拉起了旗号,叫他停轮。那船上不理,仍旧前行。他又打起了旗号知照他,再不停轮,便开炮了。那船上仍旧不理。他便开了一炮,轰的一声,把那船上的望台打毁了,吊桥打断了,一个大副受了重伤,只得停了轮。到了岸上来,惊动了他的本国领事打官司。一时福建的大小各官,都吓得面无人色,战战兢兢的出来会审。领事官也气忿忿的来到。这蓝宝堂却从从容容的,到了法堂之上,侃侃直谈,据着公理争辩,竟被他得了赢官司,岂不争气?谁知当时闽省大吏,非独不奖他,反责备他,交代说这一回是侥幸的,下次无论何国船来,不准如此。后来法国船来了,他便不敢做主,打电报到里面去请示,回电来说不准开炮。等第二艘来了,再请示,仍旧不准。于是法兰西陆续来了二十多号船,所以才有那马江之败呢。"

我道:"说起那马江之败,近来台湾改了行省,说的是要展拓生番的地方。头回我在上海经过,听得人说,这件事颇觉得有名无实。不知到底是怎么回事?"继之道:"便是我这回到省里去,也听得这样说。有个朋友从那边来,说非但地方弄不好,并且那一位刘省三大帅,自己害了自己。”我道:“这又为何?”继之道:“那刘省帅向来最恨的是吃鸦片烟,这是那一班中兴名将公共的脾气,惟有他恨的最厉害。凡是属下的人,有烟瘾的,被他知道了,立刻撤差驱逐,片刻不许停留。是他帐下的兵弁犯了这个,还要以军法从事呢。到了台湾,瘴气十分厉害,凡是内地的人,大半都受不住,又都说是鸦片烟可以消除瘴气,不免要吃几口,又恐怕被他知道,于是设出一法,要他自己先上了瘾。”我道:“他不吃的,如何会上瘾?”继之道:“所以要设法呀。设法先通了他的家人,许下了重谢。省帅向来用长烟筒吃旱烟,叫他家人代他装旱烟时,偷搀了一个鸦片烟泡在内,天天如是。约过了一个多月,忽然一天不搀烟泡了,老头子便觉得难过,眼泪鼻涕,流个不止。那家人知道他瘾来了,便乘机进言,说这里瘴气重得很,莫非是瘴气作怪,何不吃两口鸦片试试看。他哪里肯吃,说既是瘴气,自有瘴气的方子,可请医生来诊治。哪里禁得医生也是受了贿嘱的,诊过了脉,也说是瘴气,非鸦片不能解。他还是不肯吃。熬了一天,到底熬不过,虽然吃了些药,又不见功效,只得拿鸦片烟来吃了几口下肚,便见精神,从此竟是一天不能离的了。这不是害了自己么?”

我道:“这种小人,真是防不胜防。然而也是吃旱烟之过,倘使连这旱烟都不吃,他又从何下手呢。”继之道:“就是连旱烟不吃,也可以有法子的。我初到省那一年,便当了一个洋务局的差事。一个同寅县广东人,他对我说:香港有一个外国人,用了一个厨子,也不知用了多少年了,一向相安无事。忽然一天,把那厨子辞掉了,便觉得合家人都无精打采起来,吃的东西,都十分无味。以为新来的厨子不好,再换一个,也是如此。没了法,只得再叫那旧厨子来。说也奇怪,他一回来,可合家都好了。”我道:“难道酒菜里面也可以下鸦片烟么?”继之道:“酒菜里面虽不能下,外国人饭后,必吃一杯咖啡,他煮咖啡之时,必用一个烟泡放在里面,等滚了两滚,再捞起来。这咖啡本来是苦的,又搀上糖才吃,如何吃得出来。久而久之,就上了瘾了。”我道:“鸦片烟本是他们那里来的,就叫他们吃上了,不过是‘即以其人之道,还治其人之身’。但不知那刘省帅吃上了之后怎么样?”继之道:“已经吃上了,还怎么样呢。”

我道："他说要开拓生番的地方，到底不知开拓了多少？"继之道："头回看见京报有他的奏章，说是已经降了多少，每人给与剃刀一把，大约总有些降服的。然而究竟是未开化的人，纵然降服了，也不见得是靠得住。他那杀人不眨眼的野性，忽然高兴，又杀个把人来顽顽，如何约束得住他呢。而且他杀人专杀的是我们这些人，自己却不肯相杀的。杀了人，把脑袋带回去，弄些酒来，在死人脑袋的嘴里灌进去，等他在嗓子里流出来，却据在自己嘴里吃了。吃了之后，便出去打猎。若是这回猎得禽兽多的，回来便把这脑袋敬如神明。若是猎不着什么回来，便把这脑袋尽情的乱摔乱踢了。他还有一层，绝不怕死，说出来还要令人可笑呢。那生番里面，也有个头目，省帅因为生番每每出来杀人，便委员到里面去，和他的头目立了一个约：如果我们这些人杀了生番，便是一人抵一命；若是生番杀了我们这些人，却要他五个人抵一个命。这不过要吓得他不敢再杀人的意思。他那头目也应允了。谁知立了约不多几天，就有了生番杀人的事。地方官便捉拿凶手。谁知这个生番，只有夫妻两个，父母、兄弟、子女都没有的，虽捉了来，还不够抵命。也打算将就了结了。谁知过得几天，有三个生番自行投到，说是凶手的亲戚荐他来抵命，以符五人之数的。你说奇不奇。"正是：义侠捐生践然诺，鸿毛番重泰山轻。要知后事如何，且待下回再记。

## 第四十八回　内外吏胥神奸狙猾　风尘妓女豪侠多情

我正和继之说着话时，只见刑房书吏，拿了一宗案卷进来。继之叫且放下，那书吏便放下，退了出去。我道："人家都说衙门里书吏的权，比官还大，差不多州县官竟是木偶，全凭书吏做主的，不知可有这件事？"继之道："这看本官做得怎样罢了，何尝是一定的。不过此辈舞弊起来，最容易上下其手。这一边想不出法子，便往那一边想；那一边又想不出来，他也会别寻门路。总而言之：做州县官的，只能把大出进的地方防闲住了；那小节目不能处处留心，只得由他去的了。"我道："把大出进的防闲住了，他们纵在小节目上出些花样，也不见得能有多少好处了。怎么我见他们都是很阔绰的呢？"继之道："这个哪里说得定。他们遇了机会，只要轻轻一举手，便是银子。前年苏州接了一角刑部的钉封文书。凡是钉封文书，总是斩决要犯的居多，拆开来一看，内中却是云南的一个案件。大家看见，莫名其妙，只得把他退回去。直等到去年年底，又来了一角，却是处决一名斩犯。事后大家传说，才知道这里面一个大毛病。原来这一名斩犯，本来是个富家之子，又是个三代单传，还没有子女，不幸犯了个死罪，起先是百计出脱，也不知费了多少钱，无奈证据确凿，情真罪当，无可出脱，就定了个斩立决，通详上去。从定罪那天起，他家里便弄尽了神通，先把县署内监买通了，又出了重价，买了几个乡下姑娘，都是身体茁壮的，轮流到内监去陪他住宿，希图留下一点血脉。然而这件事迟早却不由人做主的，所以多耽搁一天好一天，于是又在臬司和抚台那里，设法耽搁，这里面已经不知捺了多少日子了。却又专差了人到京里去，在刑部里打点。铁案如山的，虽打点也无用。于是用了巨款，贿通了书吏，求他设法，不求开脱死罪，只求延缓日子。刑部书吏得了他的贿赂，便异想天开的，设出一法来。这天该发两路钉封文书，一路是云南的，一路是江苏的，他便轻轻的把江苏案卷放在云南文书壳里,把云南案卷放在江苏文书壳里。等一站站的递到了江苏,拆开看过,知道错了,又一站站的退回刑部。刑部堂司各官,也是莫名其妙,跟查起来,知道是错封了,只好等云南的回来再发。又不知等了多少时候,云南的才退回来,然后再封发了。这一转换间,便耽搁了一年多。你说他们的手段厉害么!"我道:"耽搁了这一年多,不知这犯人有生下子女没有?"继之道:"这个谁还打听他呢。"

我道:"文书何以要用钉封?这却不懂,并且没有看见过这样东西。"继之道:"儿戏得很!那文书不用浆糊封口,只用锥子在上面扎一个眼儿,用纸拈穿上,算是一个钉子,算是这件事情非常紧急,来不及封口的意思。"我道:"不怕人家偷拆了看么?"继之道:"怕什么!拆看钉封公文是照例的。譬如此刻有了钉封公文到站,遇了空的时候,只管拆开看看,有什么要紧,只要不把他弄残缺了就是了。"我道:"弄残缺了就怎样呢?"继之道:"此刻譬如我弄残缺了,倒有个现成的法子了。从前有一个出过事的,这个州县官是个鸦片鬼,接到了这件东西,他便抽了出来,躺在烟炕上看。不提防发了一个烟迷,把里面文书烧了一个角。这一来吓急了,忙请了老夫子来商量。这个老夫子好得很,他说幸而是烧了里面的,还有法子好想;若是烧了壳子,就没法想了。然而这个法子要卖五千银子呢。那鸦片鬼没法,只得依了他。他又说,这个法子做了出来便不希奇,怕东翁要赖,必得先打了票子再说出来。鸦片鬼没法,只得打了票子给他。他接了票子,拿过那烧不尽的文书,索性放在灯头上烧了。可笑那鸦片鬼吓得手足无措,只说:'这回坑死我了!'他却不慌不忙,拿一张空白的文书纸,放在壳子里面,仍然钉好,使发出去。那鸦片鬼还不明白,扭着他拚命。他偏不肯就说出这里面的道理来,故意取笑,由得那鸦片鬼着急。闹了半天,他方才说道:'这里发出去,交到下站,下站拆开看了,是个空白,请教他敢声张么,也不过照旧封好发去罢了。以下站站如此,直等到了站头,当堂开拆,见了个空白,他哪里想得到是半路掉换的呢,无非是怪部吏粗心罢了。如此便打回到部里去。部里少不免要代你担了这粗心疏忽的罪过。纵不然,他便行文到各站来查,试问所过各站,谁肯说是我私下拆开来看过的呢,还不是推一个不知。就是问到这里,也把‘不知’两个字还了他,这件事不就过去了么。’可笑那鸦片鬼,直到此时才恍然大悟,没命的去追悔那五千银子。”我笑道:“大哥说话,一向还是这样,只管形容别人。”继之也笑道:“这一个小小玄虚,说穿了一文不值的,被他硬讹了五千银子,如何不懊悔。便是我凭空上了这个当,我也要懊悔的,何尝是形容人家呢。”说话时,述农着人来请我到帐房里,我便走了过去。

原来述农已买了一方青田石来,要我仿刻那一方节性斋的图书。我笑道:“你真要干这个么?”述农道:“无论干不干,仿刻一个,总不是犯法的事。”说着,取出那幅横披来。我先把图书石验了大小,嫌他大了些,取过刀来,修去了一道边;验得大小对了,然后摹了那三个字,镌刻起来,刻了半天,才刻好了。取过印色,盖了一个,看有不对的去处,又修改了一会,盖出来看,却差不多了。述农看了,说像得很。另取一张薄贡川纸来,盖了一个,蒙在那横披的图书上去对。看了又看道:“好奇怪!竟是一丝不走的。”不觉手舞足蹈起来,连横披一共拿给继之看去。继之也笑道:“居然充得过了。”述农笑道:“继翁,你提防他私刻你的印信呢。”我笑道:“不合和你作了这个假,你倒要提防我做贼起来了。”继之道:“只是印色太新了,也是要看出来的。”述农道:“我学那书画家,撒上点桃丹,去了那层油光,自然不新了。”我道:“这个不行。要弄旧他也很容易,只是卖了东西,我要分佣钱的。”述农笑道:“阿弥陀佛!人家穷的要卖字画了,你还要分佣钱呢。”我笑道:“可惜不是福建人画的掷骰子图,不然,我还可望个三七分佣呢。”述农笑道:“罢,罢,我卖了好歹请你。你说了那什么法子吧,说了出来,算你是个金石家。”我道:“这又不是什么难事。你盖了图书之后,在图书上铺上一层顶薄的桑皮纸,在纸上撒点石膏粉,叫裁缝拿熨斗来熨上几熨,那印色油自然都干枯了,便是旧的;若用桃丹,那一层鲜红,火气得很,哪里充得过呢。”述农道:“那么我知道了,你哪里是什么金石家,竟是一个制造赝鼎的工匠!”

说的继之也笑了道:“本来作假是此刻最趋时的事。方才我这里才商量了一起命案的供词。你想命案供词还要造假的,何况别样。”我诧道:“命案怎么好造假的?”继之道:“命案是真的,因这一起案子牵连的人太多,所以把供词改了,免得牵三搭四的,左右‘杀人者死’,这凶手不错就是了。”述农道:“不错。从前我到广东去就事,恰好就碰上一回,几乎闹一个大乱子,也是为的是真命假案。”我道:“什么又是真命假案呢?”述农道:“就是方才说的,改供词的话了。总而言之:出了一个命案,问到结案之后,总要把本案牵涉的枝叶,一概删除净尽,所以这案就不得不假了。那回广东的案子,实在是械斗起的。然而叙起械斗来,牵涉的人自然不少,于是改了案卷,只说是因为看戏碰撞,彼此扭殴致毙的。这种案卷,总是臬司衙门的刑名主稿。那回奏报出去之后,猛然刑部里来了一封信,要和广州城大小各衙门借十万银子。制台接了这封信,吃了一大惊,却又不知为了什么事。请了抚台来商量,也没有头绪。一时两司、道、府都到了,彼此详细思索,才想到了奏报这案子,声称某月某日看戏肇事,所说这一天恰好是忌辰。凡忌辰是奉禁鼓乐的日子,省会地方,如何做起戏来!这个处分如何担得起!所以部里就借此敲诈了。当下想出这个缘故,制台便狠命的埋怨臬司。臬司受了埋怨,便回去埋怨刑名老夫子。那刑名老夫子检查一检查,果然不错。因笑道:‘我当是什么大事,原来为了这个,也值得埋怨起来!’臬台见他说得这等轻描淡写,更是着急,说道:‘此刻大部来了信,要和合省官员借十万银子。这个案是本衙门的原详,闹了这个乱子,怕他们不向本衙门要钱,却怎生发付?’那刑名师爷道:‘这个容易。只要大人去问问制台,他可舍得三个月俸?如果舍得,便大家没事;如果舍不得,那就只可以大家摊十万银子去应酬的了。’臬台问他舍得三个月俸,便怎么办法?他又不肯说,必要问明了制台,方才肯把办法说出来。臬台无奈,只得又去见制台。制台听说只要三个月俸,如何不肯,便一口应承了。交代说:‘只要办得妥当,莫说三个月,便是三年也愿意的。’臬司得了意旨,便赶忙回衙门去说明原委。他却早已拟定一个折稿了。那折稿起首的帽子是:‘奏为自行检举事:某月日奏报某案看戏肇事句内,看字之下,戏字之上,误脱落一猴字’云云。照例奏折内错一个字,罚俸三个月,于是乎热烘烘的一件大事,轻轻的被他弄的瓦解冰销。你想这种人厉害么。”我笑道:“原来这等大事也可以假的,区区一个图章,更不要紧了。”当下谈了一会各散。我到鼎臣处,告诉他要到南京,顺便辞行。

到了次日,我便收拾行李,渡江过去。到得镇江号里,却得了一封继之的电报,说上海有电来,叫我先到上海去一次。我便附了下水轮船,径奔上海,料理了些生意的事,盘桓了两天,又要动身。这天晚上,正要到金利源码头上船,忽然金子安从外面走来,说道:“且慢着走吧,此刻黄浦滩一带严紧得很!”管德泉吃了一惊道:“为着什么事?”子安道:“说也奇怪,无端来了几十个人去打劫有利银行,听说当场拿住了两个;此刻派了通班巡捕,在黄浦滩一带稽查呢。”我道:“怎么银行也去打劫起来,真是无奇不有了。”子安道:“在上海倒是头一次听见。”德泉道:“本来银行最易起歹人的觊觎,莫说是打劫,便是冒取银子的也不少呢。他的那取银的规矩,是上半天送了支票去,下半天才拿银子,所以取银的人,放下票子就先走了,到下半天才去拿;等再去拿的时候,是绝无凭据的了,倘被一个冒取了去,更从哪里追寻呢。”子安道:“这也说说罢了,哪里便冒得这般容易。”德泉道:“我不是亲眼见过的,也不敢说。前年我一个朋友到有利去取银,便被人冒了。他先知道了你的数目,知道你送了票子到里面去了,他却故意和你拉殷勤,请你吃茶吃酒,设法绊住你一点、半点钟,却另差一个人去冒取了来,你奈他何呢。”

这里正在说话,忽然有人送来一张条子,德泉接来看了,转交与我,原来是赵小云请到黄银宝处吃花酒,请的是德泉、子安和我三个人。德泉道:“横竖今夜黄浦滩路上不便,缓一天动身也不要紧,何妨去扰他这一顿呢。”我是无可无不可的,便答应了。德泉又叫子安。子安道:“我奉陪不起,你二位请吧,替我说声心领谢谢。”我和德泉便不再强。二人出来,叫了车,到尚仁里黄银宝家,与赵小云厮见。

此时坐上已有了四五个客,小云便张罗写局票。内中只有我没有叫处。小云道:“我来荐给你一个。”于是举笔一挥而就。我看时,却是写的“东公和里沈月卿”。一一写过了发下去,这边便入席吃酒。不一会,诸局陆续到了。沈月卿坐在我背后。我回头一看,见是个瘦瘦的脸儿,倒还清秀。只见她和了琵琶,唱了一枝小曲。又坐了一会,便转坐到小云那边去,与我恰好是对面;起先在我后面时,不便屡屡回头看她,此时倒可以任我尽情细看了。只见她年纪约有二十来岁,清俊面庞,眉目韶秀,只是隐隐含着忧愁之色。更有一层奇特之处;此时十一月天气,明天已是冬至,所来的局,全都穿着细狐、洋灰鼠之类,那面子更是五光十色,头上的首饰,亦都甚华灿,只有那沈月卿只穿了一件玄色绉纱皮袄,没有出锋,看不出什么统子。后来小云输了拳,她伸手取了酒杯代吃,我这边从她袖子里看去,却是一件羔皮统子。头上戴了一顶乌绒女帽,连帽准也没有一颗。我暗想这个想是很穷的了。正在出神之时,诸局陆续散去,沈月卿也起身别去。她走到房门口,我回眼一望,头上扎的是白头绳,押的是银押发,暗想她原来是穿着孝在这里。

正在想着,猛听得小云问道:"我这个条子荐得好么?"我道:"很静穆!也很清秀!"小云道:"既然你赏识了,回来我们同去坐坐。"一时席散了,各人纷纷辞去。小云留下我和德泉,等众人散完了,便约了同到沈月卿家去,于是出了黄银宝家,径向东公和里来。一路上只见各妓院门首,都是车马盈门,十分热闹。及到了沈月卿处,他那院里各妓房内,也都是有人吃酒,只有月卿房内是静悄悄的。三人进内坐定,月卿过来招呼。小云先说道:"我荐了客给你,特为带他来认认门口,下次他好自己来。"月卿一笑道谢。小云又道:"那柳老爷可曾来?"月卿见问,不觉眼圈儿一红。正是:骨肉每多乖背事,风尘翻遇有情人。未知月卿为着甚事伤心,且待下回再记。

## 第四十九回 串外人同胞遭晦气 摛词藻嫖界有机关

当下我看见沈月卿那种神情,不禁暗暗疑讶。只见她用手向后面套房一指道:"就在那里。"小云笑道:"怎么坐到小房间里去? 我们是熟人,何妨请出来谈谈。"月卿道:"他怕有人来吃酒,不肯坐在这里。"小云道:"吃过几台了?"月卿摇摇头。小云讶道:"怎么说?"我笑道:"你又怎么说? 难道必要有人吃酒的么?"小云道:"你不懂得,明天冬至,今天晚上叫'冬至夜',他们的规矩,这一夜以酒多为荣,视同大典的。"我听了,方才明白沿路上看见热闹之故。小云又对月卿道:"不料你为了柳老爷,弄到这个样子!"月卿道:"我已是久厌风尘,看着这等事,绝不因之动心;只是外间的飞短流长,未免令人闻而生厌罢了。"我听了这几句话,觉得她吐属闲雅,又不觉纳罕起来。小云道:"我倒并不为飞短流长所动,你就叫他们摆起一桌来。"小云这句话才说出来,早有一个十七八岁的丫头,走近一步问道:"赵老爷可是要吃酒?"小云点点头。那丫头便清点菜。小云道:"不必点。"他便咯噔咯噔的走到楼下去了。小云笑着对我道:"这一桌酒应该让了你;你应酬了他这个大典,也是我做媒人的面子。"我道:"我向来没干过这个。"小云笑道:"谁是出世便干的? 总是从没干过上来的啊。"月卿道:"这位老爷是初交,赵老爷,何必呢?"小云又对我道:"你不知道这位月卿,是一个又豪侠,又多情的人,并且作得好诗。你要是知道了她的底细,还不知要怎样倾倒呢。"月卿道:"赵老爷不要谬奖,令人惭愧!"我问小云道:"你要吃酒,还不赶紧请客? 况且时候不早了。"小云道:"时候倒不要紧,上海本是个不夜天,何况今夜。客倒是不必请了,大众都有应酬,难请得很,就请了柳采卿过来吧。"说着,又对月卿道:"就央及你去请一声吧,难道还要写请客票么。"月卿便走到后房去,一会儿,同着柳采卿过来。只见那采卿,生得一张紫色胖脸儿,唇上疏疏的两撇八字黑须;身裁是痴肥笨重，步履蹒跚；身穿着一件大团花二蓝线绉皮袍，天青缎灰鼠马褂。当下各人一一相见，通过姓名。小云道过违教，方才坐下。外场早已把席面摆好，小云忙着要写局票。采卿不叫外局，只写了本堂沈月卿。小云道："客已少了，局再少，就太寂寞了。"我道："人少点，清谈也很好，并且你同采翁两位，都是月卿的老客，你说月卿豪侠多情，何妨趁此清谈，把那豪侠多情之处告诉我呢。"小云道："你要我告诉你也容易，不过你要把今日这一席，赏赏她那豪侠多情之处才好呢。"我一想，我前回买他那个小火轮船时，曾经扰过他一顿，今夜又是他请的，我何妨借此作为还席呢。因说道："就是我的，也没甚要紧的。"小云大喜，便乱七八糟，自己写了多少局票，嘴里乱叫起手巾。于是大家坐席。

我坐了主位，月卿招呼过一阵，便自坐向后面唱曲。我便急要请问这沈月卿豪侠多情的梗概。小云猛然指了采卿一下道："你看采翁这副尊范，可是能取悦妇人的么？"我被他突然这一问，倒楞住了，不懂是什么意思。小云又道："外间的人，传说月卿和采卿是恩相好。"我道："什么叫做'恩相好'？"小云笑道："这是上海的一句俗话，就是要好得很的意思。"我道："就是要好，也平常得很。"小云道："不是这等说。凡做妓女的，看上了一个客人，只一心向他要好，置他客于不顾，这才叫恩相好。凡做恩相好的，必要这客人长得体面，合了北边一句话，叫做'小白脸儿'，才够得上呢。你看采翁这副尊范，像这等人不像？"我道："然则这句话从何而来的呢？"小云道："说来话长。你要知底细，只问采翁便知。"柳采卿这个人倒也十分爽快，不等问，便一五一十的告诉了我。

原来采卿是一个江苏候补府经历，分在上海道差遣。公馆就在城内。生下两个儿子，大的名叫柳清臣，才一十八岁，还在家里读书，资质向来鲁钝，看着是不能靠八股猎科名的了；采卿有心叫他去学生意，却又高低不就。忽然一天，他公馆隔壁一个姓方的，带了一个人来相见，说是姓齐，名明如，向做洋货生意，专和外国人交易。此刻有一个外国人，要在上海开一家洋行，要请一个买办；这买办只要先垫出五千银子，不懂外国话也使得。因听姓方的说起，说柳清臣要做生意，特地来推荐。采卿听了一想，向来做买办，是出息甚好的，不禁就生了个侥幸之心。当下便对那齐明如说：“等商量定了，过一天给回信。”于是就出来和朋友商量，也有说好的，也有说不好的。采卿终是发财心胜，听了那说不好的，以为人家妒忌；听了那说好的，就十分相信。便在沈月卿家请齐明如吃了一回酒，准定先垫五千银子，叫儿子清臣去做买办。又叫明如带了清臣去见过外国人，问答的说话，都是由明如做通事。过了几天，便订了一张洋文合同，清臣和外国人都签了字，齐明如做见证，也签了字。采卿先自己拼凑了些，又向朋友处通融挪借，又把他夫人的金首饰拿去兑了，方才凑足五千银子，交了出去。就在五马路租定了一所洋房，取名叫景华洋行。开了不彀三个月，五千银子被外国人支完了不算，另外还亏空了三千多；那外国人忽然不见了，也不知他往别处去了，还是藏起来。这才着了忙，四面八方去寻起来，哪里有个影子。便是齐明如也不见了。亏空的款子，人家又来催逼，只得倒闭了。往英国领事处去告那外国人，英领事在册籍上一查，没有这个人的名字；更是着忙，托了人各处一查，总查不着，这才知道他是一个没有领事管束的流氓，也不知他是哪一国的，还不知他是外国人不是。于是只得到会审公堂去告齐明如。谁知齐明如是一个做外国衣服的成衣匠，本是个光蛋，官向他追问外国人的来历，他只供说是因来买衣服认得，并且不知他的来历。官便判他一个串骗，押着他追款。俗语说得好：“不怕凶，只怕穷。”他光蛋般一个人，任凭你押着，粃糠哪里榨得出油来！此刻这件事已拖了三四个月，还未了结，讨债的却是天天不绝。急得采卿走头无路，家里坐不住，便常到沈月卿处避债。这沈月卿今年恰好二十岁，从十四岁上，采卿便叫她的局，一向不曾再叫别人。缠头之费，虽然不多，却是节节清楚；如今六七年之久，积算起来，也不为少了。前两年月卿向鸨母赎身时，采卿曾经帮了点忙，因此月卿心中十分感激。这回看见采卿这般狼狈，便千方百计，代采卿凑借了一千元；又把自己的金珠首饰，尽情变卖了，也凑了一千元，一齐给与采卿，打点债务。这种风声，被别个客人知道了，因此造起谣言来，说他两人是恩相好。……采卿覙缕述了一遍，我不觉抬头望了月卿一眼，说道：“不图风尘中有此人,我们不可不赏一大杯!"

正等举杯要吃,小云猛然说道:"对不住你!你化了钱请我,却倒装了我的体面。"我举眼看时,只见小云背后,珠围翠绕的,坐了七八个人。内中只有一个黄银宝是认得的,却是满面怒容,冷笑对我道:"费你老爷的心!"我听了小云的话,已是不懂,又听了这么一句,更是茫然,便问怎么讲。小云道:"无端的在这里吃寡醋,说这一席是我吃的,怕他知道,却屈你坐了主位,遮他耳目,你说奇不奇。"我不禁笑了一笑道:"这个本来不算奇,律重主谋。怪了你也不错。"那黄银宝不懂得"律重主谋"之说,只听得我说怪得不错,便自以为料着了,没好气起身去了。小云道:"索性虚题实做一回。"便对月卿道:"叫他们再预备一席,我请客!"我道:"时候太晚了,留着明天吃吧。"小云道:"你明天动身,我给你饯行;二则也给采翁解解闷。今夜四马路的酒,是吃到天亮不希奇的。"我道:"我可不能奉陪了。"管德泉道:"我也不敢陪了,时候已经一下钟了。"小云道:"只要你二位走得脱!"说着,便催着草草终席。我和德泉要走,却被小云苦苦拉着,只得依他。小云又去写局票,问我叫那一个。我道:"去年六月间,唐玉生代我叫过一个,我却连名字也忘了,并且那一个局钱还没有开发她呢。"德泉道:"早代你开发了,那是西公和沈月英。"小云道:"月英过了年后,就嫁了人了。"我道:"那可没有了。"小云道:"我再给你代一个。"我一定不肯,小云也就罢了,仍叫了月卿。大家坐席。此时人人都饱的要涨了,一样一样的菜拿上来,只摆了一摆,便撤了下去,就和上供的一般,谁还吃得下。幸得各人酒量还好,都吃两片梨子、苹果之类下酒。

我偶然想起小云说月卿作得好诗的话,便问月卿要诗看。月卿道:"这是赵老爷说的笑话,我何尝会作诗。"小云听说,便起身走向梳妆台的抽屉里,一阵乱翻,却翻不出来。采卿对月卿道:"就拿出来看看何妨。"月卿才亲自起身,在衣橱里取出薄薄的一个本子来,递给采卿;采卿转递给我。我接在手里,翻开一看,写的小楷虽不算好,却还端正。内中有批的,有改的,有圈点的。我道:"这是谁改过的?"月卿接口道:"柳老爷改的;便是我诌两句,也是柳老爷教的。"

我对采卿道:“原来你二位是师弟,怪不得如此相待了。”采卿道:“说着也奇!我初识她时,才十四岁。我见她生得很聪明,偶尔教她识几个字,她认了,便都记得;便买了一部《唐诗》教教他,近来两年,居然被她学会了。我想女子学作诗,本是性之所近,苏、常一带的妓女,学作诗更应该容易些。”我道:“这句话很奇,倒要请教是怎么讲?”采卿道:“他们从小学唱那小调,本来就是七字句的有韵之文,并且那小调之中,有一种马如飞撰的叫做‘马调’,词句之中,很有些雅驯的。他们从小就输进了好些诗料在肚子里,岂不是学起来更容易么。”我点头道:“这也是一理。”因再翻那诗本,拣一首浓圈密点的一看,题目是《无题》,诗是:

自怜生就好丰裁,疑是云英谪降来。弄巧试调鹦鹉舌,学愁初孕杜鹃胎。铜琶铁板声声恨,剩馥残膏字字哀。知否有人楼下过,一腔心事暗成灰。

好春如梦酿愁天,何必能痴始可怜!杨柳有芽初蘸水,牡丹才蕊不胜烟。从知眼底花皆幻,闻说江南月未圆。人静漏残灯惨绿,碧纱窗外一声鹃。

我看了,不觉暗暗惊奇,古来才妓之说,我一向疑为后人附会,不图我今日亲眼看见了。据这两首诗,虽未必便可称才,然而在闺秀之中,已经不可多得,何况在北里呢。因对采卿道:“这是极力要炼字炼句的,真难为她!”月卿接口道:“这都是柳老爷改过才誊正的。”采卿道:“这里面有两首《野花》诗,我始终未改一字,请你批评批评。”说罢,取过本子去,翻给我看。只见那诗是:

蓬门莫笑托根低,不共杨花逐马蹄。混迹自怜依旷野,添妆未许入深闺。荣枯有命劳嘘植,闻达无心谢品题。……

我看到这里,不觉击节道:“好个‘闻达无心谢品题’!往往看见报上,有人登了些诗词,去提倡妓女,我看着那种诗词,也提倡不出什么道理来。”采卿道:“姑勿论提倡出什么道理,先问他被提倡的懂得不懂,再提倡不迟。”

月卿听说,忽然嗤的一声笑。我问笑什么。月卿道:“前回有一位客人,叫什么遁叟,填了一阕《长相思》词,赠他的相好吴宝香,登了报。过得一天,那遁叟到宝香家去,忽然被宝香扭住了不依。"我笑道:"这又为何?"月卿道:"总是被那些识一个字不识一个字的人见了,念给他听,他听了题目《赠吴宝香调寄长相思》一句,所以恼了,说遁叟造她谣言,说她害相思病了,所以和他不依。"说得我和小云都笑了。我再看那《野花》诗是:

……惆怅秋风明月夜,荒烟蔓草助凄凄。惭愧飘零古道旁,本来无意绽青黄。东皇曾许分余润,村女何妨理俭妆。讵借馨香迷蛱蝶,不胜蹂躏怨牛羊。可怜车马分驰后,剩粉残脂吊夕阳!

我看毕道:"寄托恰合身分,居然名作了。"只见月卿附着采卿耳朵说了两句话。采卿便问我和唐玉生可是相识。我道:"只去年六月里同过一回席,这两回在上海都未遇着。"采卿道:"倘偶然遇见了,请不必谈起月卿作诗的事。"我道:"作诗又不是什么坏事,何必要秘密呢?"采卿道:"不是要秘密,是怕他们闹不清楚。"我想起那一班人的故事,不觉又好笑。便道:"也怪不得月卿要避他们,他们那死不通的材料,实在令人肉麻!"说着,便把他们"竹汤饼会"的故事,略略述了一遍。月卿也是笑不可仰。采卿道:"我教月卿识几个字,虽不是有意秘密,却除了几个熟人之外,没有人知道,不像那堂哉皇哉收女弟子的。"我道:"不错。我常在报上看见有个什么侍者收什么女弟子,弄了好些诗词之类,登在报上面,还有作诗词贺他的。"采卿道:"可不是!这都是那轻薄少年做出来的,要借这报纸做他嫖的机关。"我道:"嫖还有什么机关,这说奇了。"采卿道:"这一班本是寒酸,掷不起缠头,便弄些诗词登在报上,算揄扬他,以为市恩之地,叫那些妓女们好巴结他,不敢得罪他;倘得罪了他时,他又弄点讥刺的诗词去登报,这还不是机关么。其实有几个懂得的,所以有遁叟与吴宝香那回事。"说犹未了,忽听得楼下外场高叫一声客来,便听得咯噔咯蹬上楼梯的声音,房里丫头便迎了出去。正是:毁誉方闻凭喜怒,蹒跚又听上梯阶。未知那来人是谁,且待下回再记。

## 第五十回 溯本源赌徒充骗子 走长江舅氏召夫人

那丫头掀帘出去，便听得有人问道："赵老爷在这里么?"丫头答应在，那人便掀帘进来。抬头看时，却是方佚庐。大家起身招呼。只见他吃的满面通红，对众人拱一拱手，走到席边一看，呵呵大笑道："你们整整齐齐的摆在这里，莫非是摆来看的？不然，何以热炒盘子，也不动一动呢?"小云便叫取凳子让他坐。佚庐道："我不是赴席的，是来请客的，请你们各位一同去。"小云道："是你请客?"佚庐道："不是我请，是代邀的。"小云在身边取出表来一看，吐出舌头道："三下一刻了。是你请客我便去，你代邀的我便少陪了。"月卿插嘴道："便是方老爷也可以不必去了。外面西北风大得很，天已阴下来，提防下雪。并且各位的酒都不少了，到外面去吹了风，不是顽的。"佚庐道："果然。我方才在外面走动，很作了几个恶心，头脑子生疼，到了屋里，暖和多了。"说着便坐下，叫拿纸笔来，写个条子回了那边，只说寻不着朋友，自己也醉了，要回去了。写毕，叫外场送去。方才和采卿招呼，彼此通过姓名。坐了一会便散席。月卿道："此刻天要快亮了，外面寒气逼人，各位不如就在这里谈谈，等天亮了去；或者要睡，床榻被窝，都是现成的。"众人或说走，或说不走，都无一定。只有柳采卿住在城里，此时叫城门不便，准定不能走的。便说道："不然，我再请一席，就可以吃到天亮了。"小云道："这又何苦呢。方才已经上了一回供了，难道再要上一回么。"月卿道："那么各位都不要走，我叫他们生一盆炭火来。昨天有人送给我一瓶上好的雨前龙井茶，叫他们酽酽的泡上一壶，我们围炉品茗，消此长夜，岂不好么。"众人听说，便都一齐留下。佚庐道："月卿一发做了秀才了，说起话来，总是掉文。"月卿笑道："这总是识了几个字，看了几本书的不好，不知不觉的就这样说起来，其实并不是有意的。"

小云道："有一部小说，叫做《花月痕》，你看过么?"月卿道："看过的。”小云道：“那上头的人，动辄嘴里就念诗，你说他是有意，是无意？”月卿道：“天下哪里有这等人，这等事！就是掉文，也不过古人的成句，恰好凑到我这句说话上来，不觉冲口而出的，借来用用罢了。不拘在枕上，在席上，把些陈言老句，吟哦起来，偶一为之，倒也罢了，却处处如此，哪有这个道理！这部书作得甚好，只这一点是他的疵瑕。”采卿道：“听说这部书是福建人作的，福建人本有这念诗的毛病。”小云忽然呵呵大笑起来。众人忙问他笑什么。小云道：“我才听了月卿说什么疵瑕，心中正在那里想：‘疵瑕者，毛病之文言也。’这又是月卿掉文。不料还没有想完，采翁就说出‘毛病’两个字来，所以好笑。”说话间，丫头早把火盆生好，茶也泡了，一齐送了进来，众人便围炉品茗起来。

佚庐与采卿谈天，采卿又谈起被骗一事。佚庐道：“我们若是早点相识，我断不叫采翁去上这个当。你道齐明如是个什么人？他出身是个外国成衣匠，却不以成衣匠为业，行径是个流氓，事业是靠局赌。从前犯了案，在上海县监禁了一年多；出来之后，又被我办过他一回。”采卿道：“办他什么？”佚庐道：“他有一回带了两个合肥口音的人来，说是李中堂家里的帐房，要来定做两艘小轮船，叫我先打了样子看过，再定价钱。这两艘小轮船，到有七八千银子的生意，自然要应酬他，未免请他们吃一两回酒。他们也回请我，却是吃花酒。吃完之后，他们便赌起来，邀我入局。我只推说不会，在旁边观看，见他们输赢很大，还以为他们是豪客。后来见一个输家输的急了，竟拿出庄票来赌，也输了，又在身边掏出金条来。我心里才明白了，这是明明局赌，他们都是通同一气的，要来引我。须知我也是个老江湖，岂肯上你的当。然而单是避了你，我也不为好汉，须给点颜色你看看。当夜局散之后，我便有意说这赌牌九很有趣，他们便又邀我入局。我道：‘今天没有带钱，过天再来。’于是散了。我一想，这两艘小轮船，不必说是不买的了，不过借此好入我的门。但是无端端的要我打那个图样，虽是我自己动手，不费本钱，也是耽搁了我多少事。若是别人请我画起来，最少也要五十两银子。我被他们如此玩弄，哪里肯甘心。到明天齐明如一个人来了，我便向他要七十两画图银，请他们来看图。明如邀我出去,我只推说有事,一连几天,不会他们。于是齐明如又同了他们来,看过图样,略略谈了一谈船价。我又先向他要这画图钱。齐明如从中答应,说傍晚在一品香吃大茶面交,又约定了是夜开局。我答应了,送了他们去。到了时候,我便到一品香取了他七十两的庄票。看看他们一班人都齐了,我推说还有点小事,去去就来。出来上了马车,到后马路照票,却是真的。连忙回到四马路,先到巡捕房里去。那巡捕头是我向来认得的,我和他说了这班人的行径,叫他捉人。捕头便派了几名包探、巡捕,跟我去捉人。我和那探捕约好,恐怕他们这班人未齐,被他跑了一个,也不值得,不如等我先上去,好在坐的是靠马路的房间,如果他们人齐了,我掷一个酒杯下来,这边再上去,岂不是好。那探捕答应了,守在门口。我便走了上楼,果然内中少了一个人,问起来,说是取本钱去的。一面让我点茶。俄延了一会,那个人来了,手里提了一个外国皮夹,嘴里嚷道:'今天如果再输,我便从此戒赌了!'我看见人齐,便悄悄拿了一个玻璃杯,走到栏杆边,轻轻往下一丢,四五名探捕,一拥上楼,入到房间,见人便捉。我一同到了捕房,做了原告。在他们身边,搜出了不少的假票子、假金条。捕头对我说:'这些假东西,告他们骗则可以,告他赌,可没有凭据。'说时,恰好在那皮夹里搜出两颗象牙骰子。我道:'这便是赌具。'捕头看了看,问怎么赌法。我道:'单拿这个赌还不算骗人。我还可以在他这里面拿出骗人的凭据。'捕头疑讶起来,拿起骰子细看。我道:'把他打碎了,这里面有铅。'捕头不信。我问他要了个铁锤,把骰子磕碎了一颗,只见一颗又白又亮的东西,骨碌碌滚到地下,却不是铅,是水银。捕头这才信了。这一个案子,两个合肥人办了递解;还有两个办了监禁一年,期满驱逐出境;齐明如侥幸没有在身上搜出东西,只办了个监禁半年。你想这种人结交出什么好外国人来。"

采卿道:"此刻这外国人逃走了,可有什么法子去找他?"佚庐道:"往哪里找呢?并且找着了也没用。我们中国的官,见了外国人比老子还怕些,你和他打官司哪里打得赢。"德泉道:"打官司只讲理,管他什么外国人不外国人!"佚庐道:"有那许多理好讲!我前回接了家信,敝省那里有一片公地,共是二十多亩,一向荒弃着没用,却被一个土棍瞒了众人,四两银子一亩,卖给了一个外国人。敝省人最迷信风水,说那片地上不能盖造房子,造了房子,与什么有碍的。所以众人得了这个信息慌了,便往县里去告。提那土棍来问,已经卖绝了,就是办了他,也没用。众人又情愿备了价买转来,那外国人不肯。众人又联名上控,省里派了委员来查办。此时那外国人已经兴工造房子了。那公地旁边,本来有一排二三十家房子,单靠这公地做出路的,他这一造房子,却把出路塞断了,众人越发急了。等那委员到时,都拿了香,环跪在委员老爷跟前,求他设法。”佚庐说到这里,顿住了口道:“你几位猜猜看:这位委员老爷怎么个办法?”众人听得正在高兴,被他这一问,都呆着脸去想那办法。我道:“我们想不出,你快说了吧。”佚庐道:“大凡买了贼赃,明知故买的,是与受同科;不知误买的,应该听凭失主备价取赎。这个法律,只怕是走遍地球,都是一样的了。地棍私卖公地,还不同贼赃一般么?这位委员老爷,才是神明父母呢,他办不下了,却叫人家把那二三十家房子,一齐都卖给了那外国人算完案。”一席话说得众人面面相觑,不能赞一词。

佚庐又道:“做官的非但怕外国人,还有一种人,他怕得很有趣的。有一个人为了一件事去告状,官批驳了,再去告,又批驳了。这个人急了,想了个法子,再具个呈子,写的是‘具禀教民某某’。官见了,连忙传审。把这个案判断清楚了之后,官问他:‘你是教民,信的是什么教?’这个人回说道:‘小人信的是孔夫子教。’官倒没奈他何。”说的众人一齐大笑。

当下谈谈说说,不觉天亮。月卿叫起下人收拾地方,又招呼了点心,众人才散,其时已经九点多钟了。我和德泉走出四马路,只见静悄悄的绝少行人,两旁店铺都没有开门。便回到号里,略睡一睡。是夜便坐了轮船,到南京去。到家之后,彼此相见,不过都是些家常说话,不必多赘。停顿下来,母亲取出一封信,及一个大纸包,递给我看。我接在手里一看,是伯父的信,却从武昌寄来的。看那信上时,说的是王俎香现在湖南办捐局差事,前回借去的三千银子,已经写信托他代我捐了一个监生,又捐了一个不论双单月的候选通判,统共用了三千二百多两银子，连利钱算上，已经差不多。将来可以到京引见，出来做官，在外面当朋友，终久不是事情……云云。又叙上这回到湖北，是两湖总督奏调过去，现在还没有差使。我看完了，倒是一怔。再看那大纸包的是一张监照、一张候选通判的官照，上面还填上个五品衔。我道："拿着三千多银子，买了两张皮纸，这才无谓呢；又填了我的名字，我要他做什么！"母亲道："办个引见，不知再要化多少？就拿这个出去混混也好，总比这跑来跑去的好点。"我道："继之不在这里，我敢说一句话：这个官竟然不是人做的！头一件先要学会了卑污苟贱，才可以求得着差使；又要把良心搁过一边，放出那杀人不见血的手段，才弄得着钱。这两件事我都办不到的，怎么好做官！"母亲道："依你说，继之也卑污苟贱的了？"我道："怎么好比继之。他遇了前任藩台同他有交情，所以样样顺手。并且继之家里钱多，就是永远没差没缺，他那候补费总是绰绰有余的。我在扬州看见张鼎臣，他那上运司衙门，是底下人背了包裹，托了帽盒子，提了靴子，到官厅上去换衣服的；见了下来，又换了便衣出来。据说这还是好的呢，那比张鼎臣不如的，还要难看呢。"母亲道："那么这两张照竟是废的了？"我道："看着吧，碰个机会，转卖了他。"母亲道："转卖了，人家顶了你的名字也罢了，难道还认了你的祖宗三代么？"我道："这不要紧，只要到部里化上几个钱，可以改的。"母亲道："虽如此说，但是哪个要买，又哪个知道你有官出卖？"我道："自从前两年开了这个山西赈捐，到了此刻，已成了强弩之末，我看不到几时，就要停止的了。到了停止之后，那一班发官迷的，一时捐不及，后来空自懊悔，倘遇了我这个，他还求之不得呢。到了那时，只怕还可以多卖他几百银子。"姊姊从旁笑道："兄弟近来竟入了生意行了，处处打算赚钱，非但不愿意做官，还要拿着官来当货物卖呢。"我笑道："我这是退不了的，才打算拿去卖。至于拿官当货物，这个货只有皇帝有，也只有皇帝卖，我们这个，只好算是'饭店里买葱'。"当下说笑一回，我仍去料理别的事。

有话便长，无话便短，不知不觉，早又过了新年，转瞬又是元宵佳节，我便料理到汉口去。打听得这天是怡和的上水船。此时怡和、太古两家,南京还没有趸船,只有一家,因官场上落起见,是有的。我便带了行李,到怡和洋篷上去等。等不多时,只见远远的一艘轮船,往上水驶来,却是有趸船一家的。暗想今日他家何以也有船来,早知如此,便应该到他那趸船去等,也省了坐划子。正想着时,洋篷里的人,也三三两两议论起来。那船也渐驶渐近了,趸船上也扯起了旗子。谁知那船一直上驶,并不停轮。我向来是近视眼,远远的只隐约看见船名上,一个字是三点水旁的,那一个字便看不出了。旁边的人都指手画脚,有个说是这个,有个说是那个,有个说断不是那个,那个字笔画没有那么多。然而为什么一直上驶,并不停轮呢?于是又纷纷议论起来:有个说是恐怕上江那里出了乱事,运兵上去的;有个说是不知专送什么大好老到哪里的;有个说怕是因为南京没有客,没有货,所以不停泊的……大众瞎猜瞎论了一回,早望见红烟囱的元和船到了,在江心停轮。这边的人,纷纷上了划子船,划到轮船边上去。轮船上又下来了多少人。一会儿便听得一声铃响,船又开行了。我找了一个房舱,放下行李,走出官舱散坐,和一班搭客闲谈,说起有一艘船直放上水的事,各人也都不解。恰好那里买办走来,也说道:"这是向来未曾见过之事,并且开足了快车。我们这元和船,上水一点钟走十二英里,在长江船里,也算头等的快船了。我们在镇江开行,他还没有到,此刻倒被他赶上前头去了。"旁边一个帐房道:"他那个船只怕一点货也不曾装,你不看他轻飘飘的么,船轻了,自然走得快些。但不知到底为了什么事。"当下也是胡猜乱度了一回,各自散开。

第三天船到了汉口,我便登岸,到蔡家巷字号里去。一路上只听见汉口的人,三三两两的传说新闻。正是:直溯长江翻醋浪,谁教平地起酸风。不知传说什么新闻,且待下回再记。

## 第五十一回 喜孜孜限期营箧室 乱烘烘连夜出吴淞

耳边只听得那些汉口人说什么吃醋吃到这个样子,才算是个会吃醋的。又有个说,自然她必要有了这个本事,才做得起夫人;又有个说,这有什么希奇,只要你做了督办,你的婆子也会这样办法。我一路上听得不明不白。一直走到字号里,自有一班伙友接待,不消细说。我稽查了些帐目,掉动了两个人。与众人谈起,方才知道那艘轮船直放上水的缘故,怪不得人家三三两两,当作新闻传说,说什么吃醋吃醋。照我看起来,这场醋吃的,只怕长江的水也变酸了呢!

原来这一家轮船公司有一个督办,总公司在上海,督办自然也在上海了。这回那督办到汉口来勾当公事,这里分公司的总理,自然是巴结他的了。那一位督办,年纪虽大,却还色心未死。有一天出门拜客,坐在轿子里,走到一条什么街,看见一家门首,有一个十七八岁的姑娘,生得十分标致。他看在眼里,记在心上,回到分公司里,便说起来。那总理要巴结他,便问了街名及门口的方向,着人去打听。打听了几天,好容易打听着了,便挽人去对那姑娘的父母说,要代督办讨她做小。汉口人最是势利,听见说督办要,如何不乐从。可奈这姑娘虽未出嫁,却已许了人家的了。总理听说,便着人去叫了那姑娘的老子来,当面和他商量,叫他先把女儿送到公司里来,等督办看过,看得果然对了,另有法子商量。虽然许了人家,也不要紧的。这是那总理小心,恐怕督办遇见的不是这个人,自己打听错了的意思。那姑娘的老子道:“他女孩子家害臊,怕不肯来你家。”总理道:“我明天请督办在这屋里吃大菜。”又指着一个窗户道:“这窗户外面是个走廊,我们约定了时候,等吃大菜时,只叫你女儿在窗户外面走过便是,又不要当面看她。”那姑娘的老子答应着,约了时候去了。回到家里,和他婆子商量,如何骗女儿去呢?想来想去,没有法子,只得直说了。谁知他女儿非但不害臊,并且听见督办要讨她做姨太太,欢喜得什么似的,一口便答应了。

到了明天,一早起来,着意打扮,浑身上下都换过衣服,又穿上一条撒腿裤子,打扮好了,便盼太阳落山。到了下午四点钟时,他老子叫了一乘囚笼似的小轿子,叫女儿坐了,自己跟在后头,直抬到公司门前歇下。他老子悄悄地领她走了进去。那看门的人,都是总理预先知照过的,所以并无阻挡。那位姑娘走到走廊窗户外面,故意对着窗户里面嫣然一笑,俄延了半晌。此时总理正在那里请督办吃大菜,故意请督办坐在正对窗户的一把椅子上。此时吃的是英骽腿在地上,喊道:"火就是蛋。"那督办用叉子托了一个整蛋,低下头正要往嘴里送,猛然瞥见窗外一个美人,便连忙把那蛋往嘴里一送,意思要快点送到嘴里,好快点抬起头来看。谁知手忙脚乱,把蛋送歪了,在胡子上一碰,碰破了那蛋,糊的满胡子的蛋黄,他自已还不觉着。抬头看见那美人,正在笑呢。回头对总埋道:"莫非我在这里做梦?"总理道:"明明在这里吃大菜,怎么是做梦。"督办道:"我前天看见的那姑娘,怎么会跑到这里来?还不是做梦么。"说完,再回头看时,已不见了。督办道:"可惜,可惜走了。不然,请她来吃两样。想她既然来得,想来总肯吃的。"总理听了,连忙亲自离座,出来招呼,幸得他父女两个还不曾走。总理便对那姑娘的老子道:"督办要请你女儿吃大菜,但不知她肯吃不肯?"他老子道:"督办赏脸,哪里敢说个不字,你和姑娘进去吧,我在外面等你。"那姑娘便扭扭捏捏的跟了总理进去,也不懂得叫人,也不懂得万福,只远远的靠桌子坐下。早有当差的送上一份汤匙刀叉。总理对那姑娘说道:"这是本公司的督办。"那姑娘回眼望了督办一望,嗤的一声笑了;连忙用手帕掩着口,尽情狂笑。那督办一怔道:"笑什么?莫非笑我老么?"那姑娘忍着笑,轻轻的说道:"胡子。"只说得两个字,又复笑起来。总理对督办仔细一望,只见那碰在胡子上的鸡蛋黄,流到胡子尖儿上,凝结得圆圆儿的,倒像是小珊瑚珠儿挂在上面,还有两处被蛋黄把胡子粘连起来的。因说道:"胡子脏了。"便回头叫手巾。谁知蛋黄有点干了,擦不下来。当差的送上洗脸水,方才洗净了。

此时当差的早把一盘汤,送到那姑娘跟前。督办便道:"请吃汤。"

那女子又掩着口,笑了一会道:“我们湖北汤是喝的,不是吃的。”又道:“拿盘子盛汤,回来那么子盛菜?”说罢,拿起汤匙喝汤,却把汤匙碰得那盘子砰訇砰訇乱响。喝完了,还有点底子,她却放下汤匙,双手拿起盘子来喝,恰好把盘子盖在脸上。这回却是督办呵呵一笑,引得陪席众人都笑了。那姑娘道:“喝剩下来糟蹋了罪过的。”此时当差的受了总理的分付,把各人的菜先停一停,先把那姑娘吃的送上,好等后来一齐吃,一齐完,于是收了汤盘上去,送上一盘白汁鳜鱼来。那姑娘怔怔的道:“怎么没得筷子?”督办道:“吃大菜是用刀叉吃的,不用筷子。”说罢,又取自己跟前的刀叉,演给她看。那姑娘果然如法炮制吃了。却剩了一段鱼脊骨吃不干净,只得用手拿起来吮了又吮。总理暗想:她将来是督办的姨太太,今天岂可以叫她尽着闹笑话。又不便教她,于是又分付当差的,以后只拣没有骨头的给那姑娘吃。当差的自然到厨房里关照去了。谁知到后来,吃着一样纸围鸽,她却又拿起那张纸来,舐了几舐。一时吃毕,喝过咖啡,大家散坐。有两个本公司里的人请来陪坐的,都各自办事去了。那姑娘也告辞走了。

此时只有督办、总理及督办的舅老爷在座。这舅老爷是从上海跟着来的,三人散坐闲谈。那舅老爷便道:“哪里弄来的这个姑娘?粗得很!”督办道:“这是女孩子的憨态,要这样才有意味呢。”总理方才看见情形,本来也虑到督办嫌她粗,今得了此言,便放下了心。因自献殷勤,把如何去打听,如何挽人去说,如何叫她来看,一一都说了。又道:“这姑娘已经许了人家了,我想只要给她点银子,叫她退了婚,他们小户人家,有了银子,怕他不答应么。并且可以许她女婿,如果肯退婚时,看他是个什么材料,就在公司里派他一个事情。我想又有了银子,又有了事情,他断乎不会不肯的。”督办听了一番言语,只快活得眉花眼笑,说道:“多谢!费心得很!但是我还有个无厌之求,求你要办就从速办,因为我三五天就要到上海去的。”总理道:“就是说成了,也要看个日子啊。”督办笑道:“我们吃了一辈子洋务饭,还信这个么?说定了,一乘轿子抬了来就完了。”总理连连答应。当下各自散开。

不提防那舅老爷从旁听了,连忙背着督办,把这件事情写了出来，译成电码，到电报局里，打了一个急电到上海给他姊姊去了。他姊姊是谁？就是这位督办的继室夫人。那夫人比督办小了二十多岁。督办本来是满堂姬妾的了，因为和官场往来，正室死了之后，内眷应酬起来，没有个正室不像样子，所以才娶了这位继室。这位继室夫人生得十分精明强干，成亲的第三天，便和督办约法三章，约定从此之后，不许再娶姨太太。督办那时老夫得其少妻，心中无限欢喜，自然一口应允了。夫人终是放心不下，每逢督办出门，必要叫着他兄弟同走。嘴里说是等他兄弟练点见识，其实是叫他兄弟暗中做督办的监督，恐怕他在外头胡混。

这回得了他兄弟的电报，不觉酸风勃发，巴不得拿自己拴在电报局的电线上，一下子就打到汉口去才好。叫人到公司里去问，今天本公司有长江船开没有。去了一会，回来说是长江船刚刚昨天开了，今天上午到了一艘，要后天才是本公司的船期。夫人低头想了一想，便叫人预备马车，连忙收拾了几件随身衣服及梳头东西，带了两个老妈子，坐上马车，直到本公司码头上，上了那长江轮船，入到大餐间坐下。便叫请船主，请买办，谁知都不在船上。夫人恼了，叫快去寻来。船上执事人等见是督办夫人，如何敢违拗，便忙着分头去寻。此时已是晚上八点来钟的时候，夫人等得十分焦燥。幸得分头去寻的人多，一会儿在外国总会里把船主找来了。见了夫人，自然脱帽为礼。怎奈言语不通，夫人说的话，船主一句也听不懂。船主便叫了西崽来传话，那西崽又懂一句不懂一句的，说不完全。夫人气的三尸乱暴，七窍生烟。船主虽然不懂话，气色是看得出来的，又不知她恼些什么。那西崽传话，只传得一句，说夫人要马上开船去汉口。问他为着什么事，西崽又闹不清楚。船主一想，船上的管事只怕比西崽好点，便叫西崽去叫管事，偏偏管事也上岸去了。

正在无可奈何的时候，幸得茶房在妓院里把买办找来了。夫人一见了，便冷笑道："好买办！督办整个船交给你，船一到了码头就跑了！万一有点小事出了，这个干系谁担戴得起来！"一句话吓得买办不敢答应，只垂了手，说得两个"是"字。夫人又道："我有要紧事情，要到汉口。你替我传话，叫船主即刻开船赶去，我赏他三千银子，叫他辛苦一次。”买办听了,不知是何等要事,想了一想道:“开船是容易,夫人说一声,怕他敢不开!只是还有半船货未曾起上,要等明天起完了货,才可以开得呢。”夫人怔了一怔道:“就带着这货走,等回头来再起,不一样么?”买办想了一想道:“带着货走是可以的,只是关上要罗嗦。这边出口要给他出口税,到那边进口又要给他进口税,等回头来,那边又要出口税,这边又要进口税;我们白白代人上那些冤枉税,何犯着呢。上江来的又都是土货,不比洋货,仍复退出口有退税的例。单是这件事为难。”夫人道:“你和船主说说看,可有什么法子商量。”买办便先对船主说明了夫人要他即刻开船,赏他三千银子的话说了,又把还有半船货未起完的话说了,和他商量。船主听说有三千银子,自然乐从。又想了一想道:“即刻连夜开夜工起货,只怕到天亮也起完了;起完了就可以开船。随便什么大事,也不在乎这一夜。只是这件事要公司做主,我们先要和公司商量妥了才对。”买办道:“督办夫人要特开一次船;公司也没有不答应之理。”船主点头称是。买办把这番话转对夫人说了。夫人道:“好,好!那么你们就快点去办,一面多叫小工,能够半夜里起完更好。”买办听了,方答应一个“是”字,回身要走。夫人又叫住道:“能在天亮以前起完了,我再赏你一千银子,快去干吧。”买办答应了,连忙出来,自己到公司里说知原委。公司执事人听得督办夫人要开船,不知是何等大事,哪里敢违拗,只得援例请关,报关出口。那买办又分头打发人去开栈房间,又去找管舱的,一面招呼工头去叫小工;船主也打发人去寻大伙、二伙,大车、二车,叫一律回船预备。大伙回来了,便叫人传知各水手,大车回来了,便叫人传知各火夫。一时间忙乱起来。偏偏栈房开了,货舱开了,小工也到得不少了,那两个收筹的却还没有找得来。当时帐房里还有一个人未曾上岸,买办把他叫来,当了收筹脚色。然而只管得一个舱口,还有一个,买办便自己动起手来。好忙呀!顿时乱纷纷,呀许之声大作。

看官,大凡在船上当职事的人,一到了码头,便没魂灵的往岸上跑。也有回家的,也有打茶围、吃花酒的,也有赌钱的,也有吃花烟的,也有打野鸡的,也有看朋友的。这是个个船上如此,个个船上的人如此，不足为奇。但是这几种人之中，那回家的自然好找；就是嫖的赌的，他们也有个地方好追寻；那看朋友的，虽然行无定踪，然而看完了朋友，有家的自然回家，可以交代他家里通知，没有家的，到半夜里自然回船上来了；只有那打野鸡的踪迹，最是没处追寻。这船上的两个收筹朋友，船到了之后，别人都上岸去了，只有他两个要管着起货，到了晚上收了工，焉有不上岸之理。偏又他两个上岸之后，约定同去打野鸡，任凭你翻天覆地去找，只是找不着。这买办和那帐房，便整整的当了一夜收筹，直到船开了出口，他两个还在那里做梦呢。

买办心中要想捞夫人那一千银子，叫了工头来，要他加班，只要能在四点钟以前清了舱，答应他五十元酬谢。工头起初不肯，后来听见有了五十元的好处，便应允了。叫人再分头去叫小工，加班赶快。船主忽然想起，又叫人去把领港的找了回来。夫人在船上也是陪着通宵不寐。到半夜里，忽然想起，叫一个老妈子来，交给她一个钥匙，叫她回公馆里去，"请金姨太太快点收拾两件随身衣服到船上来，和我一起到汉口去。这个钥匙，叫金姨太太开了我那第六十五号皮箱，箱里面有一个红皮描金小拜匣，和我拿得来，钥匙带好。"老妈子答应去了。过了一点钟的时候，金姨太太果然带了那老妈子坐马车来了。老妈子扶到船上，与夫人相见，交代了拜匣、钥匙，夫人才把接电报的话，告诉了一遍。原来督办公馆的房子极大，夫人接了电报，众人都不曾知道，只知道夫人乘怒坐了马车出门，又不知到哪里去的。及至马夫回来说起，方才知道，又不知为了什么，要干什么，所以此时夫人对金姨太太追述一遍，金姨太太方才明白。陪着夫人闲谈，一会走到外面栏杆上俯看，一会怕冷了，又退了回来。要睡哪里睡得着，只好坐在那里，不住的掏出金表来看时候。真是"有钱使得鬼推磨"，到了四点一刻钟时候，只见买办进来回说："货起完了，马上开船了。"果然听得起锚声，拔跳声，忽的汽筒里呜呜的响了一声，船便移动了。此时正是正月十七八的时候，乘着下半夜的月色，鼓轮出口，到了吴淞，天色方才平明。这夫人的心，方才略定。正是：老夫欲置房中宠，娘子班来水上军。要知走了几时方到汉口，到汉口之后，又是什么情形，且待下回再记。

## 第五十二回 酸风醋浪拆散鸳鸯 半夜三更几疑鬼魅

当下出了吴淞口，天色才平明。夫人和金姨太太到床上略躺了一躺。到十点钟时起来，梳洗过了；西崽送上牛奶点心，用过之后，夫人便叫西崽去叫买办来。一会儿买办来了，垂手请示。夫人在描金拜匣里，取出一千两的一张票子来，放在桌上道：“你辛苦了一夜，这个给你喝杯酒吧。你去和我叫船主来。”买办看见了银票，满脸堆下笑来，连忙请了一个安，说“谢夫人赏”，便伸手取了。夫人见他请安没有样式，不觉好笑。那买办辞了夫人出去，一会儿进来，回道：“船主此刻正在那里驶船，不能走开，等下了班就来。”夫人道：“那么你代我给了他吧。”说罢，又在描金拜匣里，取出一张三千两的银票来，放在桌上，买办便拿了出去。到了十二点钟，西崽送上大餐，夫人和金姨太太对坐着吃大菜。只见船主和买办，在窗户外面晃了一晃去了，夫人也没做理会。一会吃完了大菜，那买办才带了船主进来。那船主满面笑容，脱下帽子，对着夫人叽咕叽咕的说了两句。买办便代他传话道：“船主说：谢夫人的赏赐！他祝夫人身体康健！”夫人笑了一笑道：“你问他，我们沿路不要耽搁，开足了快车，几时可以到汉口？”买办问了船主，回道：“约后天晚上半夜里可以到得。因为是个空船，不敢十分开足了车，恐怕船要颠播。”夫人着急道：“我不怕颠播，哪怕把船颠播坏了，有督办担当。你叫他赶紧开足了快车，不要误了我的事！”买办和船主说了，船主只得答应了，和买办辞了出来。此时是大伙的班，船主便到船头上和大伙说知；大伙便发下快车号令。大车听了号铃，便把机器开足，那船便飞也似的向上水驶去。所过各处码头，本公司的趸船望见船来了，都连忙拉了旗子迎接，谁知那船理也不理，一直过去了。趸船上只得又把旗子扯下。这里船上的水手等人看见了，嘻嘻哈哈的说着笑。

果然好快船，走了两天半，早到了汉口了。汉口趸船上的人，远远望见了来船,便扯起了旗子。众人望见来船甚轻,都十分疑讶。并且算定今天不是有船到的日期,不解是何缘故。来船驶近趸船,相隔还有一丈多远,那买办便倚在船栏上,和趸船司事招呼,高声说道:“快点预备轿子!督办太太和姨太太到了。”司事吃了一惊,连忙叫人去把督办的绿呢大轿及总理的蓝呢官轿请来,当差人等飞奔的去了。司事连忙叫人取出现成的红绸,满趸船上张挂起来。一面将闲杂人等,一齐驱散;一面自己和同事几个人,换了衣帽,拿了手本,来船还隔着一尺多远,便一跃而过,直到大餐间禀见请安,恭迎宪太太、宪姨太太。公司里面此时早知道了,督办不免吃了一惊,不知为了甚事。

总理自从那晚上吃了大菜之后,次日一早,就打发人叫了那姑娘的老子来,叫他去找着原媒,去说退亲,限今天一天之内回话。“他若是肯退,我这里贴还他一百吊钱,并且在公司里面安置他一个事。他若是不肯,我却另有办法。”那姑娘的老子,连连答应着去了。到了下午,便带了他那个未曾成亲的女婿来,却是个白脸小后生。见了总理,便抢上前,打了个扦道:“谢你家栽培!”总理只伸了一伸手,问那姑娘的老子道:“他就是你的女婿么?”姑娘的老子道:“起头是我的女婿,此刻他退了亲,就不是的咧,你家。”总理问那后生道:“你是肯退亲了么?”后生道:“莫说还没成亲的,就是成过了亲,督办说要,哪个敢道个不字,你家。”总理笑了一笑,叫当差的到帐房取一百吊钱来。总理又问后生道:“你向来做什么的?”后生道:“向来在森裕木器店里当学徒,你家。”总理道:“可是学木匠?”后生道:“不是。他家的木器,都是从宁波运来的。”总理道:“那么是学写算?”后生道:“是,你家。”说话时,当差的送来一百吊的钱票。回道:“师爷问:出在什么帐上?”总理想了一想道:“一百吊钱,杂用帐上随便哪一笔带过去就是了。”当差答应“是”,回头就走。总理又叫“来”,当差回来站住。总理出了一会神道:“再去拿一百吊来。这一百吊暂时宕一宕,我再想法子报销。”当差答应去了。总理把钱票给与后生道:“这里一百吊钱给你另外说一头亲事。”后生连忙接了,又打了个扦道:“谢你家!”总理道:“你这孩子还有点意思。你常来走走,我觑便看公司的职事有缺，我派你一个事情。”后生又忙打了一个扦道：“谢你家。”总理道：“没事你先去吧。”后生道：“是，你家。”遂退了出来。

恰好当差取到一百吊钱票子，总理便交给姑娘的老子道：“这个给你做聘金。三两天里头，督办就来娶的。”姑娘老子道：“这是多少？你家。”总理道：“一百吊。”姑娘老子陪笑道：“请你家高升点吧，你家。”总理道：“督办赏识了你的女儿，后来的福气正长呢，此刻争什么。”姑娘老子道：“是，你家。高升点，你家。我家姑娘头回定亲的时节，受了他家二十吊钱定礼；此时退了亲，这二十吊就要退还他了，你家一百吊，我只落了八十吊，你家。请高升点，你家。”总理道：“那么那二十吊我再贴给你就是了。”姑娘老子陪笑道：“谢你家。再请高升点，你家。你家不在乎此，你家。”总理被他嬲不过，又给了他五十吊的票子，方才罢休。又约定了后天傍晚去娶，他方才退去。总理又去告诉了督办，督办自是欢喜。

一时合公司都忙起来。你想督办要娶姨太太，哪一个不趋承巴结；还有那赶不上巴结的，引为憾事呢。这里乱烘烘的忙着，哪里会做梦想到太太已经动身了呢。到了后天，一切事情都妥当了，只等傍晚去迎娶。总理把自己的一乘蓝呢官轿，换上红绸轿帏，在轿顶上打叉儿披了两条红绿丝绸；恰好停妥下来，忽报督办太太和姨太太来了，要这乘轿子去接。总理听了一想，这是预备的喜轿，不宜再动，且去借一乘官轿来吧。交代当差的去了，自己便连忙换了衣帽，走到趸船上去迎接。这公司本是背江建造，前门在街上，后面就是大江，所以不出大门一步，就到了江边。一时到了趸船，跨过船上去，夫人及姨太太还没有出来。总理这才想起，不曾拿手本，忙着叫当差去取，自己等在船上。买办连忙过来招呼，让到官舱里坐等。此时督办带来的家人，已有七八个戴了大帽过来伺候。总理问起宪太太几时动身，为着甚事，何以不先给一个信。买办道：“到底不知为了甚事。上前天我们才到上海，货还没有起完，到了半夜里，忽然宪太太来了，风雷火炮的一阵，马上就要开船，脸上很带点怒色。”总理吃了一惊道：“为什么？”买办道：“不知道啊。”道犹未了，忽听得外面一叠连声的喊“传伺候”。总理、买办两个连忙出来，只见两位宪太太，已经在上层梯子下来了。总理、买办连忙垂了手站班。谁知那位宪太太，正眼也不看一看；倒是那宪姨太太，含笑点了点头。两个老妈子搀着过了趸船，自有趸船司事站班伺候宪太太上轿，然后随了总理先行一步，急急过了跳板，步上码头，飞奔到公司花厅门口站班伺候。此处公司办事人，是备有衣帽的，都穿着了来站班迎接。不一会，宪太太轿子到了，在花厅门口下轿，姨太太也下轿，先后都到花厅里，和督办厮见，总理及各人方才退去回避了。

那督办和舅老爷早等在花厅里面。夫人一见了面，便对督办冷笑道："哼！办得好事！"督办听说夫人来了，早有三分猜到这件事泄漏了；忙着人到船上去打听，知道那种忙促动身情形，就猜到了五分，然而不知她怎生知道的。此时见面，见了这个情形，已经十分猜透。猛然想起这件事，一定是舅老爷打了电报去的，不觉对舅老爷望了一眼。舅老爷不好意思，把头一低。夫人道："新姨娘几时过的门？生得怎么个标致模样儿？也好等我们见识见识。"督办道："哪里有这个事！怪不得夫人走进来满脸怒气。这是谁造出来的谣言？"夫人冷笑道："你要办这个事，除非我眼睛瞎了，耳朵聋了！你把人家已经定亲的姑娘，要硬逼着人家退亲，就是有势力，也不是这等用法！"督办猛然吃一惊，暗想难道这些枝节，也由电信传去的？因勉强分辩道："这个不过说着顽的一句笑话，哪里人家便肯退亲！"夫人听说，望着舅老爷，怔了一怔。舅老爷望着夫人，把嘴对着花厅后面，努了一努。夫人道："有话便说，做这些鬼脸做什么！"舅老爷把头一低，默默无言。

夫人站起来道："金姨，我们到里面看看新姨去。"说着，扶了老妈子先走，姨太太也跟着进去。夫人走到花厅后进，只见三间轩敞平屋，一律的都张灯结彩，比花厅上尤觉辉煌，却都是客座陈设，看不出什么，也没有新姨，只有几个仆人，垂手侍立。回头一望，院子东面有个便门，便走过去一看，只见另外一个院落，种的竹木森森，是个花园景致。靠北有三间房子，走进去一看，也是张着灯彩，当中明晃晃的点着一对龙凤花烛。有两个老妈子，过来相见招呼。这两个老妈子，是总理新代雇来，预备粗使的，村头村脑，不懂规矩，也不知是督办太太。夫人问道:“新姨娘呢?”老妈子道:“新姨娘还没娶过来,听说要三点钟呢,你家。你家请屋里坐坐吧,这边是新房,你家。”早有跟来的老妈子打起大红缎子硬门帘,夫人进去一看,一式的是西式陈设:房顶上交加纵横,绷了五色绸丝花;外国床上,挂了湖色绉纱外国式的帐子,罩着醉杨妃色的顾绣帐檐,两床大红鹦哥绿的绉纱被窝,白褥子上罩了一张五彩花洋毡,床当中一叠放了两个粉红色外国绸套的洋式枕头;床前是一张外国梳妆台,当中摆着一面俯仰活动的屏镜,旁边放着一瓶林文烟花露水,一瓶兰花香水。随手把小抽屉拉开一看,牙梳、角抿,式式俱全,还有两片柏叶,几颗莲子、桂圆之类;再拉开大抽屉一看,是一匣夹边小手巾,一叠广东绣花丝巾,还有一绞粉红绒头绳。不觉转怒为笑道:“这班办差的倒也周到!”说的金姨太太也笑了。再看过去,梳妆台那边,是一排外国椅子;对着椅子那边,是一口高大玻璃门衣柜;外面当窗是一张小圆桌子,上面用哥窑白磁盆供着一棵蟹爪水仙花,盆上贴着梅红纸剪成的双喜字。猛抬头看见窗外面一个人,正是舅老爷,夫人便叫他进来。舅老爷进来笑道:“姊姊来得好快!幸得早到了三四点钟工夫,不然,还有戏看呢。那时生米成了熟饭,倒不好办了。”夫人道:“此刻怎样?”舅老爷道:“此刻说是不娶了,姊夫已经对总理说过,叫人去回了那家;但不知人家怎样。”夫人道:“此刻姊夫在哪里?”舅老爷道:“步行出去了,不知往哪里去的。”夫人听说,便仍旧带了金姨太太,步出花厅,舅老爷也跟在后面。恰好迎头遇了督办回来。夫人冷笑道:“好个说着顽的笑话!里面新房也是摆着顽的笑话么?”督办涎着脸道:“这是替夫人办的差。”说的夫人和金姨太太都扑嗤的一声笑了。舅老爷道:“其实姊夫并无此心,都是这里的总理撮弄出来的。”督办乘机又涎脸道:“就是这句话。人家好意送给我一个姨娘,难道我好意思说我怕老婆,不敢要么?”说的金姨太太和舅老爷都笑个不住。夫人却正颜厉色的对舅老爷说道:“叫他们叫总理来!”站在廊下伺候的家人,便一迭连声的叫“传总理”。

原来这位夫人,向来庄重寡言,治家严肃,家人们对了夫人,比对了督办还惧怕三分,所以一听了这话,便都争先恐后的去了,督办要阻止也来不及。一会儿总理到了，捏手捏脚的走上来，对夫人请了个安，回身又对金姨太太请了个安。督办便让他坐。他只在下首，斜签着坐了半个屁股。夫人歇了半天，没有言语，忽然对着总理道："督办年纪大了，要你们代他活的不耐烦！"这句话吓得总理不知所对，挺着腰，两个眼睛看着鼻子，回道："是，是，是。"这三个"是"字一说，倒引的夫人和金姨太太扑嗤一声笑了出来，督办也笑了，舅老爷一想也笑了。总理自己回想一想，满脸涨的绯红。夫人又敛容正色道："你们为着差使起见，要巴结督办，那是我不来管你。但是巴结也走一条正路，什么事情不好干，什么东西不好送，却弄一个妖狐狸来媚他老头子。可是你代他活的不耐烦？"总理这才回道："卑职不敢。"夫人道："别处我不管，以后督办到了汉口，走差了一步，我只问你！"总理一句话也回不出来。督办着实代他难过，因对他说道："你有公事，请便吧。"总理巴不得一声，站起来辞了就走，到了外面，已是吓的汗透重裘了。

过了一天，便是本公司开船日期，夫人率领金姨太太，押着督办下船，回上海去了。他们下船那一天，恰好是我到汉口那一天。这公司里面，地大人多，知道了这件事，便当做新闻，到外头来说，一人传十，十人传百，不到半天，外面便沸沸扬扬的传遍了，比上了新闻纸传的还快。我在汉口料理各事停当，想起伯父在武昌，不免去看看。叫个划子，划过对江，到几处衙门里号房打听，都说是新年里奉了札子，委办宜昌土捐局，带着家眷到差去了。我只得仍旧渡江回来。但是我伯父不曾听见说续弦纳妾，何以有带家眷之说，实在不解。即日趁了轮船，沿路到九江、芜湖一带去过，回到南京。南京本来也有一家字号，这天我在字号里吃过晚饭，谈了一回天，提着灯笼回家。走过一条街上，看见几团黑影子，围着一炉火，吃了一惊。走近看时，却是三四个人在那里蹲着，口中唧喳有声。旁边是一个卖汤圆的担子，那火便是煮汤圆的火。我走到近时，几个人一齐站起来。正是：怪状奇形呈眼底，是人是鬼不分明。不知那几个是什么人，且待下回再记。

## 第五十三回　变幻离奇治家无术　误交朋友失路堪怜

那几个人却是对着我走来,一个提着半明不灭的灯笼,那两个每人扛着一根七八尺长的竹竿子。走到和我摩肩而过的时候,我举起灯笼向他们一照,那提灯笼的是个驼子,那扛竹竿子的一个是一只眼的,一个满面烟容,火光底下看他,竟是一张青灰颜色的脸儿,却一律的都穿着残缺不完全的号衣,方才想着是冬防查夜的,那两根不是竹竿,是长矛。不觉叹一口气,暗想这还成了个什么样子。不觉站住了脚,回头看他,慢慢的见他走远了。忽听得那卖汤圆的高叫一声:"卖圆子咧!"接着又咕哝道:"出来还没做着二百钱的生意,却碰了这几个瘟神,去了二十多个圆子,汤瓢也打断了一个!"一面唠叨,一面洗碗。猛然又听得一声怪叫,却是那几个查夜的在那里唱京调。我问那卖汤圆的道:"难道他们吃了不给钱的么? 怎么说去了二十几个?"卖汤圆的道:"给钱不要说! 只得两只手,就再多生两只手,也拿他不动。"我道:"这个何不同他理论?"卖汤圆的道:"哪里闹得他过! 闹起来,他一把辫子拉到局里去,说你犯夜。"我道:"何不到局里告他呢?"卖汤圆的道:"告他! 以后还想做生意么!"我一想此说也不错,叹道:"那只得避他的了!"卖汤圆的道:"先生,你不晓得我们做小生意的难处,出来做生意要喊的,他们就闻声而来了。"我听了不觉叹气,一路走回家去。

我再表明一遍:我的住家虽在继之公馆隔壁,然而已经开通了,我自己那边大门是长关着的,总是走继之公馆大门出进的。我走进大门,继之的家人迎着说道:"扬州文师爷来了,住在书房里。"我听了,便先到书房里来,和述农相见,问几时到的,为甚事上省。述农道:"下午傍晚到的,有点公事来。"又问我几时到下江去。我道:"三五天里面,也打算动身了。我打算赶二月中旬到杭州逛一趟西湖,再到衙门里去。"述农道:"你今年只怕要出远门呢。听见继之说,打算请你到广东去。”我道：“也好。等我多走一处地方，也多开一个眼界。”说罢，我便先到两边上房里都去走一次，然后再出来和述农谈天。我说起方才遇见那冬防查夜兵的情形。述农道：“你上下江走了这两年，见识应该增长得多了，怎么还是这样少见多怪的？他们穿了号衣出来，白吃两个汤圆，又算得什么！你不知道这些营兵，有一个上好徽号，叫做‘当官强盗’呢。近边地方有了一个营盘，左右那一带居民，就不要想得安逸：田里种的菜，池里养的鱼，放出来的鸡子鸭子，哪一种不是任凭那些营兵随意携取，就同是营里公用的东西一般。过往的乡下妇女，任凭他调笑，谁敢和他较量一句半句。你要看见那种情形，还不知要怎样大惊小怪呢。——头回继之托你查访那罗魏氏送罗荣统不孝的一节，你访着了没有？”我道：“我在扬州的时候很少，哪里访得着。”述农道：“倒被我查得清清楚楚的了。说起他这件事，倒可以做一部传奇。”我道：“是怎样访着的？继之可曾知道？”述农道：“我这回来在镇江访着的，继之还不曾得知。”我道：“扬州的事何以倒到镇江去访得来，这也奇了！”述农道：“罗家那个厨子不在大观楼了，到镇江去开了个馆子。这回到镇江，遇了几个朋友，盘桓了几天，天天上他那馆子，就被我问了个底细。原来这罗魏氏不是个东西！罗荣统是个过继的儿子。他家本是个盐商，自从废了纲盐，改了票盐之后，他家也领了有二十多张盐票，也是数一数二的富家。罗魏氏本来生过一个儿子，养到三岁上就死了，不久她的丈夫也死了，就在近支里面，抱了这个罗荣统来承嗣。魏氏自从丈夫死后，她把一切家政，都用自己娘家人管了。那一班人得到事权到手，便没有一处不侵蚀，慢慢的就弄的不成样子了。把那些盐票，一张一张的都租给人家去办，竟有一大半租出去的了，剩下的自己又无力去办了，只得弃置在一旁。那租出去的，慢慢把租费拖欠了，也没有人去追取。大凡做盐商的，向来是阔绰惯的了，吃酒唱戏，是他的家常事；那罗府上已经败到这个样子，那一位罗太太还是循着他的老例去闹阔绰，只要三天自己家里没请客，便闹说饥荒了、寒尘了。当时罗荣统还是个小孩子，自然不懂得；及至那锦绣帷中，弦歌队里长大起来仍然是不知稼穑艰难，混混沌沌的过日子。他家里有个老家人，看不过了,便觑个便,劝罗荣统把家务整顿整顿,又把家里的弊病,逐一说了出来。这罗荣统起初不以为意,禁不得这老家人屡次苦劝,罗荣统也慢慢留起心来,到帐房里留意稽查,那老家人又从旁指点,竟查出好些花帐来。无奈管帐的、当事的,都是他的娘舅、姨夫、表兄之类,就有一两个本族的人,也是仰承他母亲鼻息的,哪里敢拿他怎样。只好去给他母亲商量,却碰了他母亲一个大钉子,说:'我青年守节,苦苦的绷着这个家,抚养你成人,此刻你长大了,连我娘家人也不能容一个了。'罗荣统碰了这个钉子,吓得不敢则声,只得仍旧去和那老家人商量。那老家人倒有主意,说道:'现在家里虽然还有几张盐票,然而放着不用,也同没有一般。此刻家里闹拮据了,外面看着很好,不知内里已经空得不像样子了,哪里还能办盐。只好设法先把糜费省了,家里现有的房产田产,或者可以典借几万银子,逐渐把盐办起来,等办有起色,再取赎回来,慢慢的整顿;还可以把租给人家的盐票要回来,仍旧自己办。趁着此时动手,还可望个挽回;再过几年,便有办法,也怕来不及了。然而要办这件事,非得要先把几个当权的去了不行。若要去了这几个当权的,非下辣手不行。还有一层:去了这几个,也要添进几个办事的,方才妥当。'主仆两个,安排计策,先把那当权的历年弊病,查了好几件出来。又暗暗地约了几个本族可靠的人,前来接事。一面写了一张呈子,告那当权的盘踞舞弊。约定了日子,往江都县去告;连衙门上下人,都打点好了,只等呈子进去,即刻传人收押,一面便好派人接管一切。

也是合当有事,他主仆两个商议这件事时,只有一个小书童在旁,也算是机密到极处的了。一天,书童到帐房里去领取工钱,不知怎样,碰了个钉子。这书童便咕哝起来,背转身出去,一路自言自语道:'此刻便是你强,过两天到了江都县监里,看你还强到哪里!'这句话却被那帐房听了一半,还有一半听不清楚,便喝叫仆人,把书童抓了回来,问他说什么。那帐房本来是罗魏氏的胞兄,合宅人都叫他舅太爷,平日仗着妹子信用,作威作福,连罗荣统都不放在眼里,被那书童咕哝了,如何不怒!况且又隐约听得他说什么江都县监里的话,益发动了真火,抓了回来,便喝令打了一顿嘴巴,问他说什么。书童吓的不敢言语,只哀哀的哭。舅太爷又很很的踢了两脚,一定要追问他说什么江都县监里;再不说,便叫拿绳子捆了吊起来。这十来岁的小孩子,怎么禁得起这般的吓唬,只得把罗荣统主仆两个商量的话,说了一遍,却又说不甚清楚。舅太爷听了,暴跳如雷,喝叫捆了书童,径奔上房来,把书童的话,一五一十对妹子说了。罗魏氏不听犹可,一听了这话,只气得三尸乱暴,七窍生烟,一迭连声,喝叫把畜生拿来。家人们便赶到书房去请罗荣统。荣统知道事情发觉,吓得瑟瑟乱抖,一步一俄延的,到了上房。罗魏氏只恨的咬牙跺脚,千畜生、万畜生的骂个不了。又说:'我苦守了若干年,守大了你,成了个人,连娘舅也要告起来了,眼睛里想来连娘也没有的了！你是个过继的,要是我自己生的,我今天便剐了你!'罗荣统一个字也不敢回答。罗魏氏便带了舅太爷,到书房里去搜。把那呈子搜了出来,舅太爷念了一遍,把罗魏氏气一个死！喝叫仆人把老家人捆了,先痛打了一顿,然后送到县里去,告他引诱少主人为非;又在禁卒处化上几文,竟把那老家人的性命,不知怎样送了,报了个病毙。那舅太爷还放心不下,恐怕罗荣统还要发作,叫罗魏氏把他送了不孝,先存下案,好叫他以后动不得手。然后弄两个本族父老,做好做歹,保了出来,把他囚禁在家里。从此遇了一个新官到任,便送他一回不孝。你说这件事冤枉不冤枉呢。"我道:"天下事真无奇不有！母子之间,何以闹到如此呢?"

述农道:"近来江都又出了一个笑话,那才奇呢。有一天,县里接了一个呈子,是告一个盐商的,说那盐商从前当过长毛,某年陷某处,某年掠某处,都叙得原原本本。叙到后来,说是克复南京时,这盐商乘乱混了出城,又到某处地方,劫了一笔巨赃,方才剃了头发,改了名字,冒领了几张盐票,贩运淮盐。此时老而不死,犹复包藏祸心,若不尽法惩治,无以彰国法云云。继之见他告得荒唐,并且说什么包藏祸心,又没有指出证据,便没有批出来。那些盐商,时常也和官场往来,被告的这个,继之也认得出,年纪已上七十岁的了。有一日,遇见了他,继之同他谈起,有人将他告了。他听了很以为诧异。过一天,便到衙门里来拜会,要那呈子来看。谁知他只看得一行,便气的昏迷过去,几乎被他死在衙门里面。立刻传了官医,姜汤开水,一泡子乱救,才把他救醒过来。问他为什么这般气恼?——你猜他为什么来?”我道:“我不知道,你快说吧。”述农站起来,双手一拍道:“这具名告他的,是他的嫡嫡亲亲的儿子!你说奇不奇!”我听了,不觉愕然道:“天底下哪里有这种儿子,莫不是疯了!”述农道:“总而言之:姬妾众多,也是一因。据那盐商自己说,有五六房姬妾,儿子也七八个,告他的是嫡出。盐商自己因为年纪大了,预先把家当分开,每个儿子若干,都是很平均的。他却又每一个妾,另外分她三千银子,正室早亡故了,便没有分着。这嫡出的儿子,不肯甘心,在家里不知闹成个什么样的了。末末了,却闹出这个顽意来。”我道:“这种儿子,才应该送他不孝呢。”述农道:“何尝不想送他!他递了呈子之后,早跑的不知去向了。”当下夜色已深,各自归寝。

过了两天,述农的事勾当妥了,便赶着要回扬州,我便和他同行。到了镇江,述农自过江去。我在镇江料理了两天,便到上海。管德泉、金子安等辈,都一一相见,自不必说。一天没事,在门口站着闲看,忽然一个人手里拿着一纸冤单,前来诉冤,告帮。抬头看时,是一个乡下老头子,满脸愁容,对着我连连作揖,嘴里说话是绍兴口气。我略问他一句,他便唠唠叨叨的,述了一遍。我在衣袋里随意掏了几角洋钱给他去了。据他说是绍兴人,一向在绍兴居住,不曾出过门。因为今年三月要嫁女儿,拿了一百多洋钱,到上海来要办嫁妆,便有许多亲戚、朋友、街邻等人,顺便托他在上海带东西,这个十元,那个八元,统共也有一百多元,连自己的就有了三百外洋钱了。到了杭州住在客栈里,和一个同栈的人相识起来;知道这个人从上海来的,就要回上海去,这老头子便约他同行,又告诉他到上海买东西,求他指引。那人一口应允,便一同到了上海,也同住在一个客栈里,并且同住一个房间。那个人会作诗,在船上作了两首诗,到了栈房时,便誊了出来,叫茶房送到报馆里去,明天报上,便同他登了出来。那老头子便以为他是体面的了不得的人。又带着老头子到绸缎店里,剪了两件衣料,到算帐时,洋钱又多用了一二分,譬如今天洋钱价应该是七钱三分的,他却用了个七钱四五,老头子更是欢喜感激,说是幸亏遇见了先生,不然,我们乡下人哪里懂得这些法门。过了一两天,他写了一封信,交给老头子,叫他代送到徐家汇什么学堂里一个朋友,说是要请这个朋友出来谈谈,商量做生意,又给了二百铜钱他坐车。老头子答应了,坐了车子,到了徐家汇,问那学堂时,却是没有人知道,人生路不熟的,打听了半天,却只打听不着。看看天色早晚下来了,这条路又远,只得回去。却又想着,信没有给他送到,怎好拿他的钱坐车,遂走了回去。好在走路是乡下人走惯的。然而徐家汇到西门是一条马路,自然好走。及至到了租界外面,便道路纷歧,他初到的人,如何认得。沿途问人,还走错了不少路,竟到晚上八点多钟,才回到客栈。走进自己住的房一看,嗳呀!不好了!那个人不见了,便连自己的衣箱行李,也没有了,竟是一间空房。连忙走到帐房问时,帐房道:"他动身到苏州去了。"老头子着了急,问他走他的,为什么连我的行李也搬了去。帐房道:"你们本是一起来的,我们哪里管得许多。"老头子急的哭了。帐房问了备细情由,知道他是遇了骗子,便教他到巡捕房里去告。老头子只得去告了。巡捕头虽然答应代他访缉,无奈一时哪里就缉得着。他在上海举目无亲,一时又不敢就走,要希冀拿着了骗子,还要领赃,只得出来在外面求乞告帮。正是:谁知萍水相逢处,已种天涯失路因。未知后事如何,且待下回再记。

## 第五十四回 告冒饷把弟卖把兄 戕委员乃侄陷乃叔

那绍兴老头子唠叨了一遍，自向别家去了。我回到里面，便对德泉说知。德泉道：“骗个把乡下人，有什么希奇。藩库里的银子，也有人有本事去骗出来呢。”我道：“这更奇了！不知是哪里的事？”德泉道：“这就是前两年山东的事。说起来，话长得很，这里还像有点因果报应在里面呢。先是有两个人，都是县丞班子，向来都是办粮台差事的。两个人的名字，我可记不清楚了，单记得一个姓朱的，一个姓赵的，两个人是拜把子的兄弟，非常要好，平日无话不谈。后来姓朱的办了验看，到山东候补去了，和姓赵的许久不通音问了。山东藩库里存了一笔银子，是预备支那里协饷的。忽然一天，来了个委员，投到了一封提饷文书，文书上叙明即交那委员提解来，这边便备了公事，把饷银交那委员带去了。谁知过了两个月，那边又来了一角催饷文书，不觉大惊。查察起来，才知道起先那个文书是假的。只得另外筹了款项解了过去。一面出了赏格，访拿这个冒领的骗子，却是大海捞针似的，哪里拿得着。看看过了大半年，这件事就搁淡下来了。

忽然一天，姓赵的到了山东，去拜那姓朱的老把弟，说是已经加捐了同知，办了引见，指省江苏。因为惦着老把弟，特为绕着道儿，到济南来探望的。两个人自有一番阔叙。明天，姓朱的到客栈里回拜，只见他行李甚多，仆从煊赫，还带着两个十七八岁的侍妾，长得十分漂亮。姓朱的心中暗暗称奇，想起相隔不过几年，何以他便阔到如此，未免歆羡起来。于是打算应酬他几天，临了和他借几百银子。看见人家阔了，便要打算向人家借钱，这本是官场中人的惯技，不足为奇的。于是那姓朱的，便请他吃花酒，逛大明湖，盘桓了好几天，老把兄叫得应天响。这天又叫了船，在大明湖吃酒，姓朱的慢慢的把羡慕他的话也说出来了。姓赵的叹口气道：‘大凡我们捐个小功名，出来当差的，大半都是为贫而仕。然而十成人当中，倒有了九成九是越仕越贫的。就以你我而论;办了多少年粮台,从九品保了一个县丞,算是过了一班。讲到钱呢,还是囊空如洗,一天停了差使,便一天停了饭碗。如果不是用点机变,发一注横财,哪里能够发达?'姓朱的道:'机变便怎样?老把兄何不指教我一点。'姓赵的道:'机变是要随机应变的,哪里教得来。'姓朱的道:'老把兄只要把自己行过的机变,告诉我一点,就是指教了。'姓赵的此时已经吃了不少的酒,有点醉了,便正色道:'老弟,我告诉你一句话,只许你我两个知道,不能告诉第三个人的。'说着,便附耳说道:'老把弟,你知道我的钱是哪里来的?就是你们山东藩库的银子啊。我当着粮台差使时,便偷着用了几颗印,印在空白文书上;当时我也不曾打算定是怎样用法,后来撤了差,便做了个提饷文书,到这里来提去一笔款。这不是神不知、鬼不觉的事么?'姓朱的大惊道:'那么你还到这里来!上头出着赏格拿人呢!'姓赵的道:'那时候我用的是假名姓。并且我的头发早已苍白了,又没有留须。头回我到这里,上院的时候,先把乌须药拿头发染的漆黑,把胡子根儿刮得光光儿的,用引见胰子把脸擦得亮亮儿的,谁还看得出我的年纪。我到手之后,一出了济南,便把胡子留起来。你看我此刻须发都是苍白的了,谁还知道是我。并且犯了这等大事,没有不往远处逃的,谁还料到我自到这里来。老弟,你千万要机密,这是我贴身的姬妾都不知道的,咱们自己弟兄不要紧,所以我告诉你一点。'姓朱的连连答应。

及至席散之后,天色已晚。姓朱的回到家里,暗想老把兄真有能耐,平白地藩库的银子也拿去用了,怎能够也有机会学他一遭便好。想来想去,没有法子。忽然一转念道:'放着现成机会在这里,何不去干他一干呢。'又想了一想道:'不错啊,升官发财,都靠着这一回了。'打定了主意,便换过衣冠,连夜上院,口称禀报机密。抚台听见说有机密事,便传进去。他便把这姓赵的前情后节,彻底禀明。禀完,又请了一个安说:'本来上头出过赏格拿这个人,此刻不敢领赏银,只求大帅给一个破格保举。'抚台道:'老兄既然不领官赏,就把他随身所带的尽数充赏便了。至于保举一层,自然要给你的。'他又打了个扦谢过。抚台道:'那么老兄便去见历城令商量吧。'他辞了出来,又忙去找历城县。历城县听说是抚台委来的,连忙请见。他先把情节说了,然后请知县派差去拿人。知县道:‘还是连夜去拿呢,还是等明天呢?’他此时跑的乏了,因说道:‘等明天去吧。明天请派差先到晚生公馆里去,议定了下手方法才好。不然,冒冒失失的跑去,万一遇不见,倒走了风声,把他吓跑了,就费手脚了。’知县便连连答应。他就回家安歇。

到了明天,县里因为拿重要人犯,派了通班捕役,到他公馆伺候。他和捕役说明,叫他们且在客栈前后门守住,等听见里面鞭炮响,才进去拿人。说定了,他便叫人买了一挂鞭炮,揣在怀里,带了通班捕役,去找他老把兄。两人相见,谈了几句天;他故意拿了一枝水烟筒吸烟,顺脚走到院子里去,把鞭炮放起来。姓赵的在屋里听见,甚是诧异道:‘这是谁放的鞭……’话犹未了,一班差役,早蜂拥进来。姓朱的伸手把姓赵的一指,众差役便上前擒住。姓赵的慌了,忙问道:‘为了什么事?’差役们不由分说,先上了刑具。便问:‘朱太爷,犯眷怎样发落?’姓朱的道:‘奉宪只拿他一个,这些有我在这里看管。’姓赵的这才知道被老把弟卖了。不觉叹一口气道:‘好老把弟!卖得我好!这回我的脑袋可送在你手里了!然而你这样待朋友,只怕你的脑袋也不过暂时寄在脖子上罢了!’众差役不等他说完,便簇拥着他去了。这姓朱的便沉下脸来,把那带来的仆从,都撵走了。叫了人来,把那些行李,都抬回自家公馆里去。那两个侍妾,也叫轿子抬去,居然拥为己有了。这行李里面,有十多口皮箱子,还有一千多现银,真是人财两进。过得几天,定了案,这姓赵的杀了。抚台给他开了保举,免补县丞,以知县留省尽先补用。部里议准了,登时又升了官。抚台还授意藩台,给他一个缺。藩台不知怎样,知道他两个的底细,以为姓赵的所犯的罪,本来该杀,然而姓朱的是他至交,不应该出他的首。若说是为了国法,所以公而忘私,然而姓朱的却又明明为着升官发财,才出首的;所以有点看不起这个人。这会抚台要给他缺,藩台有意弄一个苦缺给他,就委他署了一个兖州府的峄县。

这峄县是著名的苦缺,他虽然不满意,然而不到一年,一个候补县丞升了一个现任知县,也是兴头的,便带了两个侍妾去到任,又带了一个侄儿去做帐房。做到年底下,他那侄少爷嫌出息少,要想法子在外面弄几文;无奈峄县是个苦地方,想遍了城里城外各家店铺,都没有下手的去处。只有一家当铺,资本富足,可以诈得出的。便和稿案门丁商量,拿一个皮箱子,装满了砖头瓦石之类,锁上了,加上本县的封条,叫人抬了,门丁跟着到当铺里去要当八百银子。当铺的人见了,便说道:'当是可以当的,只是箱子里是什么东西,总得要看看。'门丁道:'这是本县太爷亲手加封的,哪个敢开!'当铺里人见不肯开看,也就不肯当。那门丁便叫人抬了回去。当铺里的伙计,大家商量,县太爷来当东西,如何好不应酬他。不过他那箱子封锁住了,不知是什么东西,怎好胡乱当他的,倒是借给他点银子,也没甚要紧。我们在他治下,总有求他的时候,不如到衙门里探探口气,简直借给他几百银子吧。商量妥当,等到晚上关门之后,当铺的当事便到衙门里来,先寻见了门丁,说明来意。门丁道:'这件事要到帐房里和侄少爷商量。'当事的便到帐房里去。那侄少爷听见说是当铺里来的,登时翻转脸皮,大骂门上人都到哪里去了,'可是瞎了眼睛,黹夜里放人闯到衙门里来!还不快点给我拿下!'左右的人听了这话,便七手八脚,把当事拿了,交给差役,往班房里一送。当铺里的人知道了,着急的了不得;又是年关在即,如何少得了一个当事的人。便连夜打了电报给东家讨主意。这东家是黄县姓丁的,是山东著名的富户,所有阖山东省里的当铺,十居六七是他开的。得了电报,便马上回了个电,说只要设法把人放出来,无论用多少钱都使得。当铺里人得了主意,便寻出两个绅士,去和侄少爷说情,到底被他诈了八百银子,方才把当事的放了出来。

等过了年,那当铺的东家,便把这个情形,写了个呈子,到省里去告了。然而衙门里的事,自然是本官作主,所以告的是告县太爷,却不是告侄少爷。上头得了呈子,便派了两个委员到了峄县去查办。这回派的委员,却又奇怪,是派了一文一武。那文的姓傅,我忘了他的官阶了。一个姓高的,却是个都司,就是本山东人。等两个委员到峄县,那位姓朱的县太爷,方才知道侄少爷闯了祸,未免埋怨一番。正要设法弥缝,谁知那侄少爷私下先去见那两个委员。那姓傅的倒还圆通，不过是拿官场套语‘再商量’三个字来敷衍；那姓高的却摆出了一副办公事的面目，口口声声，只说公事公办。那侄少爷见如此情形，又羞又怒又怕。回去之后，忽然生了一个‘无毒不丈夫’的主意来，传齐了本衙门的四十名练勇，桌上放着两个大元宝，问道：‘你们谁有杀人的胆量，杀人的本事，和我去杀一个人？这二百两银子，就是赏号，我还包他没事。’四十名练勇听了，有三十九名面面相觑，只有一个应声说道：‘我可以杀人！但不知杀的是谁？’侄少爷道：‘你可到委员公馆里去，他们要问你做什么，你只说本县派来看守的；觑便把那高委员杀了，回来领赏。’那练勇答应下来，回去取一把尖刀，磨得雪亮飞快，带在身边，径奔委员公馆来。傅委员听了，倒不以为意；那高委员可不答应了，骂道：‘这还了得！省里派来的委员，都被他们看守了，这成了个什么话！’倒是傅委员把他劝住。到了傍晚时，高委员到院子里小便，那练勇看见了，走到他后头，拔出尖刀，飕的一下，雪白的一把尖刀，便从他后心刺进去，那刀尖直从前心透出，拔了红刀子出来，翻身便走。一个家人在堂屋里看见，大喊道：‘不好了！练勇杀人啊！’这一声喊，惊起众家人出来看时，那练勇早出大门去了。众人见他握刀在手，又不敢追他。看那高委员时，只有双脚乱蹬了一阵，就直挺了。傅委员见此情形，急的了不得，忙喝众人道：‘怎么放那凶手跑了，还不赶上去拿了来！’

说话时便迟，那时却是甚快，那练勇离了大门，不过几丈远，众人听傅委员的话，便硬着胆子赶上去。那练勇听见有人追来，却返身仗刀在手道：‘本官叫我来杀他的，谁能奈我何！你们要赶我，管叫你来一个死一个！’说罢，回身徜徉而去。众人谁敢向前，只得回报傅委员。傅委员听了，吓得魂不附体，暗想他能杀姓高的，便能杀我，这个虎口之地，如何住得！便连夜出城，就近飞奔到兖州府告变去了。兖州府得报，也吓得大惊失色。连忙委了本府经历厅，到峄县去摘了印绶，权时代理县事；另外委员去把姓朱的押送来府，暂时看管。因为原告呈子，词连稿案门丁，叫一并提了。一面飞详上宪。等经历厅到峄县时，那侄少爷和那练勇，早不知逃到哪里去了。不多几天，省里来了委员，把姓朱的上了刑具，提回省里，原来已经揭参出去了。

可笑一向还说是侄儿子做的事，与他无涉；直到此时，方才悔恨起来。到了省城，审了两堂，他只供是侄儿子所做的，自己只承了个约束不平。上面便把他押着，一面悬赏缉凶。

这件事本就可以延宕过去了，谁知那高委员也有个侄儿子，却是个翰林，一向在京供职，得了这个消息，不觉大怒，惊动了同乡，联合了山东同乡京官，会衔参了一折，坐定了是姓朱的主谋，奉旨着山东巡抚彻底根究，不得徇情回护。抚台接到了廷寄，看见词旨严厉，重新又把这个案提起来，严刑审讯。那门丁熬刑不过，便瘐死了。那姓朱的也备尝三木，终是熬不住痛苦，便承了主谋。这才定了案，拿他论抵。那时他还有些同寅朋友，平素有交情的，都到监里去看他，也有安慰他的，也有代他筹后事的，也有送饮食给他的。最有见识的一个，是劝他预先服毒自尽的。谁知他不以为忠言，倒以为和他取笑，说是正凶还没有缉着，焉见得就杀我。那劝他的人，倒不好再说了。他自从听了那朋友这句话之后，连人家送他的饮食也不敢入口，恐怕人家害他，天天只把囚粮果腹。直等到钉封文书到了，在监里提了出来绑了，历城县会了城守，亲自押出西关。他那忠告的朋友，化了几十吊钱，买了一点鹤顶红，搀在茶里面，等在西关外面，等到他走过时，便劝他吃一口茶。谁知他偏不肯吃，一直到了法场上，就在三年前头杀姓赵的地方，一样的伸着脖子，吃了一刀。”正是：富贵浮云成一梦，葫芦依样只三年。要知后事如何，且待下回再记。

## 第五十五回 箕踞忘形军门被逐 设施已毕医士脱逃

德泉说完了这一套故事，我问道："协饷银子未必是现银，是打汇票的，他如何骗得去？这也奇了！"德泉道："这一笔听说是甘肃协饷。甘肃与各省通汇兑的很少，都是汇到了山西或陕西转汇的，他就在转汇的地方做些手脚，出点机谋，自然到手了。"子安从旁道："我在一部什么书上看见一条，说嘉、道年间，还有一个冒充了成亲王到南京，从将军、总督以下的钱，都骗到了的呢。"德泉道："这是从前没有电报，才被他瞒过了。若到此刻，只消打个电报一问，马上就要穿了。"

说话时，只见电报局的信差，送来一封电报。我笑道："说着电报，电报就到了。"德泉填了收条，打发去了。翻出来一看，却是继之给我的，说苏、杭两处，可托德泉代去；叫我速回扬州一次，再到广东云云。德泉道："广东这个地方，只有你可以去得。要是我们去了，那是同到了外国一般了。"子安道："近来在上海久了，这里广东人多，也常有交易，倒有点听得懂了。初和广东人交谈，那才不得了呢。"德泉道："可笑我有一回，到棋盘街一家药房去买一瓶安眠药水，跑了进去，那柜上全是广东人，说的话都是所问非所答的，我一句也听不懂。我要买大瓶的，他给了我个小瓶；我要掉，他又不懂，必要做手势，比给他看，才懂了，换了大瓶的。我正在付价给他，忽然内进里跑出一个广东人来，右手把那瓶水拿起来，提得高与额齐，拿左手指着瓶，眼睛看着我道：'这瓶药水，顶刮刮罗！顶刮刮罗！有仿单在此，你拿回去一看，便知明白了。'"听得我和子安都狂笑起来。德泉道："我当时听了他这几句话，也忍不住要笑。他对我说完之后，还对他那伙计叽咕了几句，虽然听他不懂，看他那神色，好像说他那伙计不懂官话的意思。我付过了价，拿了药水要走，他忽然又叫住我道：'俄基，俄基！'你猜他说什么？便是我当时也棱住了。他拿起我付给他的洋钱,在柜上掼了两掼,是块哑板。这才懂了,他要和我说上海话,说这一块洋钱是哑子,又说得不正,便说成一个'俄基'了。"

当下说笑了一会,我不知继之叫我到广东,有甚要事,便即夜趁了轮船动身。偏偏第二天到镇江,已经晚上八点钟,看着不能过江,我也懒得到街上去了,就在趸船上住了一夜。次日一早过江,赶得到城里,已是十二点多钟。见了继之,谈起到广东的事,原来也是经营商业的事情。我不觉笑道:"我本来是个读书的,虽说是我生来的无意科名,然而困在家里没事,总不免要走这条路。无端的跑了出来,遇见大哥,就变了个幕友,这几年更是变了个商家了。"继之笑道:"岂但是商家,还是个江湖客人呢。你这回到广东去,怕要四五个月才得回来,你不如先回南京一转,叙叙家常再去。"我道:"这倒不必,写个信回去,告诉一声便了。"当下继之检出一本帐目给我。是夜盘桓了一夜。

明日我便收拾行李,别过众人,仍旧渡过江去,趁了下水船,仍到上海,又添置了点应用东西,等有了走广东的海船,便要动身。看了新闻纸,知道广利后天开行,便打发人到招商沪局去,写了一张官舱船票。到了那天,搬了行李上船。这个船的官舱,是在舱面的,倒也爽快。当天半夜里开船,及至天亮起来,已经出了吴淞口,走的老远的了。喜得风平浪静,没事便在舱面散步。到了中午时候,只看一个人,摆着一张小小圆桌,在舱面吃酒;和我招呼起来,请问了姓氏,知道他姓李,便是本船买办。于是大家叙谈起来。我偶然问起这上海到广东,坐大餐房收多少水脚。买办道:"一主一仆,单是一去,收五十元;写来回票,收九十元。这还是本局的船,若是外国行家的船,他还情愿空着,不准中国人坐呢。"我道:"这是什么意思?"买办道:"这也是我们中国人自取的。有一回,一个什么军门大人,带着家眷,坐了大餐房。那回是夏天,那位军门,光着脊梁,光着脚,坐在客座里,还要支给着腿,在那里拘脚丫,外国人看着,已经厌烦的了不得了。大餐间里本来备着水厕,厕门上有钥匙,男女可用的,那位太太偏要用自己的马桶;用了,舀了,洗了,就拿回他自己房里,倒也罢了,偏又嫌他湿,搁在客座里晾着。洗了裹脚布,又晾到客座椅靠背上。外国人见了,可大不答应了,把他们撵了出来。船到了上海,船主便到行里,见了大班,回了这件事。从此外国人家的船,便不准中国人坐大餐房了。你说这不是中国人自取的么!"我道:"这个本来太不像样了。然而我们中国人不见得个个如此。"买办道:"这个合了我们广东人一句话,'一个小鸡不好,带坏一笼'了。"正说话时,又有一个广东人来招呼,自己说是姓何,号理之,是广东名利客栈招呼客人的伙伴,终年跟着轮船往来,以便招接客人的。便邀我到广东住到名利栈去。我答应了,托他招呼行李。这船走了三天,到了香港,停泊了一夜。香港此时没有码头,船在海当中下锚。到了晚上,望见香港万家灯火,一层高似一层,竟成了个灯山,倒也是一个奇景。次日早晨启轮,到了广东,用驳船驳到岸上。原来名利栈就开在珠江边上,后门正对珠江,就在后门登岸。

安息了一天,便出去勾当我的正事,一面写信寄给继之。谁知我到了这里,头一次到街上去走走,就遇见了一件新闻。我走到一条街,这条街叫做沙基。沙基上有一所极大的房子,房子外面,挂着药房的招牌,门口围了不少的人,像是看热闹的光景。我再走过去看看,原来那药房里在哪里拍卖,所卖的全是药水。我暗想这件事好奇怪,既然药房倒了,只有召人盘受,哪里好拍卖得来;便是那个买的,他不是开药房,一单一单的药水买去,做什么呢。正在想着,只见他又指着两箱蓝玻璃瓶的来叫拍。我吃了一惊,暗想外国药房的规矩,蓝瓶是盛毒药的,有几种还是轻易不肯卖,必要外国医生开到药方上才肯卖的,怎么也胡乱拍卖起来呢。此时我身上还有正事,不便多耽搁,只看了一看,便走了。

下午时候,回到名利栈。晚上没事,广利船还没有开行,何理之便到我房里来谈天。他嘴里有的没的乱说,一阵说什么把韭菜带到新加坡,要卖一块洋钱一片菜叶;新鲜荔枝带到法兰西,要卖五个法郎一个;又是什么播威表,在法兰西只卖半个法郎一个。他只管乱说,我只管乱听,也不同他辩论。后来我说起药房拍卖一节,很以为奇。理之拍手道:"拍卖了么?可惜我不知道,不然,我倒要去和他记一记帐,看他还捞得回几个。"我道:"这药房倒帐的情形,想是你知道的了?”理之道:“倒帐的有甚希奇!这是一个富而不仁的人,遭了个大骗子。这位大富翁姓荀,名叫莺楼,本来是由赌博起家;后来又运动了官场,包收什么捐,尽情剥削。我们广东人都恨得他了不得。”我道:“他不是广东人么?”理之道:“他是直隶沧州人,不过在广东日子长久,学会说广东话罢了。他剥削的钱,也不知多少了。忽然一天,他走沙基经过,看见一个外国人,在那里指挥工匠装修房子,装修得很是富丽,不知要开什么洋行,托了旁人去打听,才知道是开药房的。那外国人并不是外国人,不过扮了西装罢了,还是中国的辽东人呢。这荀莺楼听说他是辽东原籍,总算同是北边人,可以算得同乡,便又托人介绍去拜访他。见面之后,才知道他姓祖,《贰臣传》上祖大寿之后,单名一个武字;从四五岁的时候,他老子便带了他到外国去,到了七八岁时,便到外国学堂里去读书,另外取了个外国的名字,叫做 Cove。后来回到中国,又把他译成中国北边口音,叫做劳佛,就把这劳佛两个字做了号。他外国书读得差不多了,便到医学堂里去学西医。在外国时,所有往来的中国人都是广东人,所以他倒说了一口广东话,把他自己的辽东话,倒反忘记个干净了。等在医学堂毕业出来,不知在哪里混了两年,跑到这里来,要开个药房。恰好这荀莺楼是最信用西药的,两人见面之下,便谈起这件事。荀莺楼问他药房生意有多少利息。劳佛道:‘利息是说不定的,有九分利的,也有一二分利的,然而总是利息厚的居多,通扯起来,可以算个七分利钱。’荀莺楼道:‘照这样说,做一万银子生意,可以赚到七千了。不知要多少本钱?’劳佛道:‘本钱哪里有一定的,外国的大药房,几十万本钱的不足为奇。’荀莺楼道:‘不知你开这个打算多少?’劳佛道:‘我只备了五万资本。’荀莺楼道:‘比方有人肯附点本钱,可能附得进去?’劳佛道:‘这有什么不可的。’荀莺楼道:‘那么我打算附十万银子如何?’劳佛满口答应,便道:‘如此我便扩张起来。’他两个因此成了知己。

不多几天,荀莺楼划了十万银子来,又派了一个帐房来。劳佛便取出一扣三千银子往来的庄折,叫他收存,要支什么零用,只管去取。从此铺里一切杂用,劳佛便不过问,天天只忙着定货催货,铺里慢慢的用上十多个伙计。劳佛逐一细问,却没有一个懂得外国话,认得外国字的。荀鸳楼闻得,便又荐了一个懂洋文的来;劳佛考他一考,说是他的工夫不够用,不要。又道:‘不过起头个把月忙点,关着洋文的事,我一个人来就是了。’荀鸳楼见他习勤耐劳,倒反十分敬重他起来。过得个把月,劳佛对荀鸳楼道:‘我的五万资本,因为扩充生意起见,已经一齐拿去定了货了。尊款十万,我托个朋友拿到汇丰存了。我本要存逐日往来的,谁知他拿去给我存了六个月期,真是误事!昨日头批定货到了,要三万银子起货,只得请你暂时挪一挪,好早点起了出来,早点开张。’荀鸳楼满口答应,登时划了过来。到了明天,果然有人送来无数箱子,方的、长的,大小不等。劳佛督率各小伙计开箱,开了出来,都是各种的药水,一瓶一瓶的都上了架,登时满坑满谷起来;后来陆续再送来的,竟来不及开了,开了也没有架子放了,只得都堆到后头栈房里去,足足堆了一屋子。荀鸳楼也来看热闹,又一一问讯,这是什么,那是什么,劳佛也一一告诉了。

正在忙乱之际,忽然一个电局信差送来一封洋文电报,劳佛看了失惊道:“怎么就死了!唉!这便怎么处!’荀鸳楼忙问死了什么人。劳佛把电报递给他,他看了,是一字不认得的。劳佛便告诉他道:‘香港大药房里一个总理配药的医生,他是我的好朋友,将来我这里有多少事,还靠他帮忙呢,谁知他今天死了。他的遗嘱,他死后,叫我去暂时代理他的职业。在交情上,又不得不去;这一去,最少也要三个月,那外国派来的人才得到,这里又有事,怎样呢?’荀鸳楼也棱住了。劳佛想了一想道:‘这样罢,我到香港去找一个配药的人,到这里代了我吧。’帐房道:‘这里没有人懂话,怎样办呢?’劳佛道:‘这个不要紧,我找一个懂中国话的来。十分找不着,我叫他带一个西崽来;你们要和他说话,只对西崽说就是。好在只有三个月,我就来的。’荀鸳楼问他香港那大药房是什么招牌,劳佛叽叽咕咕说了个外国名字道:‘中国名字叫什么,我也记不大清楚了,等到了那里,写信来通知,以便通信吧。我今天要坐晚轮船去了。’说罢,取出许多外国字纸来,交代给帐房,一一指点:这一迭是燕威士,这个货差不多就要到的了;这一迭是定单,这里面那几张是电定的,那几张是信定的;

洋行里倘有燕威士送来，便好好收下，打还他回单图书。又拿出一扣折子来，十分慎重的交代道：'这就是我那误事朋友，低存汇丰的十万银子的存折，是……哪一天存的，扣到……哪一天，便到了六个月期，你便去换上一个逐日往来的折子，以便随时应用。'荀鸾楼拿起折子一看道：'怎么我存汇丰的存折，不是这个样子？'劳佛道：'汇丰存折本来有两种：一种用给中国人的，一种用给外国人的。我这个是托一个外国朋友去存的，所以和用给中国人的两样了。'劳佛交代清楚，也不带什么行李，只提了一个大皮包，便匆匆上晚轮船到香港去了。

这里一等五六天，杳无音信，看见货物堆满了一铺子，不便久搁，只得先行开张。谁知开张之后，凡来买药水的，无有一个不来退换；退换去后，又回来要退还银子。原来那瓶子里，全是一瓶一瓶的清水；除了两箱林文烟花露水，和两箱洋胰子是真的，其余没有一瓶不是清水；帐房大惊，连忙通知荀鸾楼，叫他带了懂洋文的人来，查看各种定单燕威士，谁知都是假造出来的。忙看那十万银子存折时，哪里是什么汇丰存折，是一个外国人用的日记簿子。这才知道遇了骗子，忙乱起来，派人到香港寻他，他已经不知跑到哪里去了。再查那栈房里的货箱，连瓶也没有在里面，一箱箱的全是砖头瓦石，所以要拍卖了这些瓶，好退还人家房子啊。"我道："这个什么劳佛，难道知道姓荀要来兜搭他，故意设这圈套的么？"理之道："这倒不见得。他是学医生出身，有意是要开个药房，自己顺便挂个招牌行道，也是极平常的事；等到无端碰了这么个冤大头，一口便肯拿出十万，他便乐得如此设施了。像这样剥削来的钱，叫他这样失去，还不知多少人拍手称快呢。"正是：悖入自应还悖出，且留快语快人心。未知后事如何，且待下回再记。

## 第五十六回 施奇计奸夫变凶手 翻新样淫妇建牌坊

何理之正和我谈得高兴，忽然一个茶房走来说道："何先生，去天字码头看杀人不去？帐房李先生已经去了。"何理之道："杀人有什么好看，我不去。但不知杀什么人？"茶房道："就是杀那个什么苦打成招的夏作人。"何理之道："我不看。"那茶房便去了。我问道："什么苦打成招的？岂不是一个冤枉案子么？"理之道："论情论理，这个夏作人是可杀的。然而这个案子可是冤枉得很，不过犯了和奸的案子，怎么杀得他呢。"我不觉纳闷道："依律，强奸也不过是个绞罪，我记得好像还是绞监候呢！怎么就罗织成一个斩罪？岂不是一件怪事！"理之道："这是奸妇的本夫做的圈套。说起来又是一篇长话：这夏作人是新安县人氏，捐了一个都司职衔。平日包揽词讼，无恶不作，横行乡里，欺压民懦，那不必说了；更欢喜渔猎女色。因此他乡里的人，没有一个不恨他如切骨的了。我们广东地方，各乡都设一个公局，公举几个绅士在局里，遇了乡人有什么争执等事，都由公局绅士议断。这夏作人又是坐了公局绅士的第一把交椅，你想谁还敢惹他？他看上了本乡一个婆娘，这婆娘的丈夫姓李，单名一个壮字，是在新嘉坡经商的，每年二三月回来一次，历年都是如此的。夏作人设法和那婆娘上了手之后，只在李壮回家那几天是避开的，李壮一走他就来了，犹如是他的家一般。左右邻里，无有一个不知道的。就是李壮回来，也略有所闻，不过拿不着凭据。

有一回，李壮有个本家，也到新嘉坡去，见了李壮，说起这件事，说的千真万真，并且说夏作人竟是住在他家里。李壮听了，忿火中烧，便想了一个计策，买了一对快刀，两把是一式无异的，便附了船回家。这李壮本来是一个窃贼出身，飞檐走壁的工夫是很熟的。从前因为犯了案，官府要捉他，才逃走到新嘉坡，改业经商，居然多了几个钱。后来事情到冷了，方才回家乡来娶亲的。他此番回到家乡，先不到家,在外面捱到天黑,方才掩了回去。又不进门,先耸身上屋,在天窗上望下一看,果然看见夏作人在那里和那婆娘对面说话,犹如夫妻一般。他此时若跳了下去,一刀一个,只怕也杀了。他一来怕夏作人力大,杀他不动;二来就是杀了,也要到官报杀奸,受了讼累,还要把一顶戴过的绿帽子晾出来。所以他未曾回来之先,已预定下计策。此时看得真切,且不下去,跳至墙外,走到夏作人家里,逾墙而入,掩到他书房里,把所买的一对刀,取一把放在炕床底下,方才出来,一径回家去打门。里面问是哪个,李壮答应一声。那婆娘认得声音,未免慌了,先把奸夫安顿,藏在床背后,方才出来开门。李壮不动声色的道:'今天船到得晚了,弄到这个时候才到家,晚饭也不曾吃。'他婆娘听了,便去弄饭。一面又问他为什么这一回不先给一个信,便突然回来。李壮道:'这回是香港一家素有往来的字号,打电报叫我到香港去的,所以不及给信。'婆娘到厨下去了,很不放心,恐防李壮到房里去,看见了奸夫。喜得李壮并不进去,此时七月天气,他只在院子里摇着蒲扇取凉。一会儿饭好了,婆娘摆开了几样家常小菜,端了一壶家藏旧酒,又摆了两份杯箸。李壮道:'怎么只摆两份?再添一份来。'婆娘道:'我们只有两个人,为甚要三份?'李壮笑道:'你何必瞒我!放着一个夏老爷在房里,难道我们两个好偏了他么?'这一句话,把婆娘吓得面如土色,做声不得。李壮又道:'这个怕什么!有什么要紧!我并不在这个上头计论的。快请夏老爷出来,虽然家常便饭,也没有背客自吃之理啊。'

那夏作人躲在里面,本来也有三分害怕,仗着自己气力大,预备打倒了李壮,还可以脱身;此刻听了他这两句话,越发胆壮得意,以为自己平日的威福足以慑服人,所以李壮虽然妻子被我奸了,还要这等相待。于是昂然而出。及至见了面,不知不觉的,也带了三分羞惭。倒是李壮坦然无事,一见了面,便道:'夏老爷,违教许久了。舍下一向多承照应,实在感激!'夏作人连道:'不敢,不敢!'李壮便让坐吃酒。那婆娘倒是羞答答起来。李壮正色道:'你何必如此!我终年出门在外,家中没人照应,本不是事,就是我在外头,也不放心。得夏老爷这种好人肯照应你,是最好的了。你总要和我不在家时一样才好,不然,就同在一处吃饭,也是乏味的。'又对夏作人道:'夏老爷,你说是不是呢。难得你老人家赏脸,不然,这一乡里面,夏老爷要看中谁,谁敢道个不字呢!'一席话说得夏作人洋洋得意。李壮又殷勤劝酒。那婆娘暗想:'这个乌龟,自己情愿拿绿帽子往脑袋上磕,我一向倒是白耽惊怕的了。'于是也有说有笑起来。夏作人越是乐不可支,连连吃酒。李壮又道:'可笑世上那些谋杀亲夫的,我看他们都是自取其祸。若像我这样,夏老爷,你两口子舍得杀我么?'婆娘接口道:'天下哪里有你这样好人!'李壮笑道:'我也并不是好人,不过想起我们在外头嫖,不算犯法的,何以你们就养不得汉子呢。这么一想,心就平了。'夏作人点头道:'李哥果然是个知趣朋友。'

说话间,酒已多了。李壮看夏作人已经醉了,便叫婆娘盛饭,匆匆吃过,婆娘收拾开去。夏作人道:'李哥,我要先走了。你初回来,我理当让你。'李壮道:'且慢!我要和你借一样东西呢。'夏作人道:'什么东西?'李壮道:'这件事,我便不计较,只是祖宗面上过不去。人家说:家里出了养汉子的媳妇,祖宗做鬼也哭的。除非把奸夫捉住,剪了他的辫子,在祖宗跟前,烧香禀告过,已经捉获奸夫,那祖宗才转悲为喜呢。夏老爷跟前,我不敢动粗,请夏老爷自己剪下来,借给我供一供祖宗。'夏作人愕然道:'这个如何使得!'李壮忽然翻转了脸,飕的一声,在裤带上拔出一枝六响手枪,指着夏作人道:'你偷了我老婆,我一点不计较,还是酒饭相待,此刻和你借一条无关痛痒的辫子也不肯!你可不要怪我,这枝枪是不认得人的!'这一下把夏作人的酒也吓醒了。要待不肯时,此时酒后力乏,恐怕闹他不过。况且他洋枪在手,只要把机簧一扳,就不是好顽的了。只得连连说道:'给你,给你!只求你剪剩二三寸,等我好另外装一条假的;不然,怎样见人呢。'李壮重新把洋枪插向裤带上道:'这个自然。难道好齐根剪下么?方才卤莽,夏老爷莫怪。'说罢,叫婆娘拿剪子来,走向夏作人身后,提起辫子。夏作人道:'稍为留长一点。'李壮道:'这个自然。'嘴里便这样说,手里早飕的一声,把那根辫子贴肉齐根的剪了下来。夏作人觉着,已经来不及了,只得怏怏而去,幸喜时在黑夜,无人看见,且等明日再设法罢了。

李壮等他去后，便打开一个皮包，叫那婆娘道：‘你来看，这是什么东西？’婆娘走过去弯腰看时，他飕的一声，拔出一把一尺四五寸长的雪亮快刀，对准喉咙，尽力一刺。那婆娘只喊得一声‘嗳’，那‘呀’字还不曾喊出来，便往前倒了下去。李壮又在左手上、左肋上，搠了几刀，那婆娘便一缕淫魂，望鬼门关去了。李壮却拿夏作人的辫子，缠在死婆娘的右臂上；把剪下来的一头，给她握在手里。才断气的时候，手足还未全僵，李壮代他握了头发；又拿刀搠了他握发的手两刀；又拿自己的手握住他的手，等他冻僵了才放。安置停当，把自己身上整理洁净，已是三更多天了。他提了带回来的皮包，走了出来，把门反掩了，走出村外一间破庙里，胡乱歇了一夜。

到天明起来，提了皮包，仍然走回家里。昨夜他回来时，是在黑夜，乡下人一到了断黑时，便家家关门闭户的了；却又起来极早，才破天亮，便家家都起来了，赶集的，耕田的，放牛的，往来的人已是络绎不绝，所以他提着皮包入村，大家都看见他了。都拱手招呼，说：‘李哥回来了，几时到的？我们都惦记你呢。新嘉坡生意可好？你发财啊。’李壮道：‘今天一早到的。承记挂，多谢！我托福还好！’如此一路招呼到家，一村的人，都知道李壮今天回来了。到得门前，那左右邻居，也是一般的招呼，却是捏了一把汗，知道夏作人准在里面，今番只怕要撞破了！看着他举手，轻轻叩了两下门，不见答应；又叩了两三下，仍然没人答应。李壮道：‘怎么这个时候，还不起来呢？’用力打了一下，那门呀的一声开了，原来是虚掩着的。李壮故装成诧异的样子道：‘唔！’一面走了进去。不一会，忽然大呼小叫的走了出来道：‘不好了！我的女人给人杀死了！’众人听说，老大吃了一惊，都纷纷进去。看见他手里握着一条辫子，鲜血满地，身上伤了七八刀。个个都称奇道怪。一面先惊动了地保，先去报官。李壮一面奔到公局，求众绅士作主。

这天众绅士都到了，单少了个夏作人。众绅听见说地方出了命案，便叫人去请他。一会回来说，夏老爷有点感冒，不能出来。李壮道：‘我是今天才回来的，平空遇了这件事，不得主意。向来地方上有事，都是夏老爷做主的，偏偏他又病了；他既然是感冒避风，说不得请众位老爷带着我到他府上,求个主意的了。’众人见是人命大事,便同了李壮到夏家来。夏作人仍旧不肯相见,说是在上房睡了,不能起来。众人道:‘今天地方上出了命案,夏老爷不能起来,我们也要到上房去相见的了。’说罢,也不等传报,一齐踱了进去。只见夏作人睡在床上,盖上一床夹被窝,脸向外躺着。众人告诉这件事,他这一吓,非同小可,脸色登时大变起来,嘴里装着哼哼之声,没有半句说话,却拿双眼看着李壮。李壮故意走到床前道:‘夏老爷是什么病?可有点发烧?’说罢,伸手在他额上去摸,故意摸到脑后,说一声‘嗳呀’! 回头对众人道:‘我的死女人,手里握了一条辫子,此刻夏老爷的辫子是齐根没了的,莫非杀人的是夏老爷?’众人听说,吃了一惊,一拥上前去看。李壮不顾众人,便飞奔到县里去击鼓鸣冤,说夏作人杀人。

知县官方才得了地保的报,正要去验尸,问了李壮口供,便带了仵作,出城下乡相验。官看了这个情形,明明是拒奸被杀,倒不觉对着那尸首肃然起敬。验过之后,叫取下辫子带回去,顺路去拜夏绅士。投帖进去,回出来说挡驾。官怒道:‘有人告了他在案,我不传他,亲来拜他,他倒装模做样起来了! 莫非是情虚么?’说着,不等请,便自下轿进来。这夏作人喜欢结交官场,时常往来,所以他家里的路,官也走熟的了,不用引导,便到书房坐下。那官本来听了李壮说夏作人没了辫子,所以要亲来察看的,如何肯空回去。夏作人没法,又不曾装好假辫子,只得把老婆的髭子打了一条假辫,装在凉帽箍里面;匆忙之间,又没有辫繐子,将就用一根黑头绳打了结,换上衣冠,出来相见。因为有了亏心的事,脸色未免一阵红、一阵白,知县已是疑心。相见过后,分宾坐定。官有心要体察他,便说道:‘天气热得很,我们何妨升冠谈谈。’说着,自己先除了帽子。夏作人忙说‘不必’,脸上的汗,却直流下来。偏偏那官带来装烟的小跟班,把烟窝掉在地下,低头去拾,一瞥眼看见炕底下一把雪亮的刀,不觉失惊道:‘这个刀是杀人的啊!’夏作人方在那里说‘不必不必’,忽听了这句话,猛然吃了一惊道:‘哪里有什么刀?’小跟班道:‘炕底下的不是么。’说着,走进弯腰伸手拾了起来。夏作人此时心虚已经到了极点，一看见了，吓得魂不附体，汗如雨下，不觉战抖起来，说道：'这……这……这是谁……谁放在这里的？这……这……这不是我的啊！'这个时候，恰好一个家人在夏作人背后，把他辫子捏了一捏，觉得油腻腻的；因回道：'夏老爷的辫子是假的。'知县顿时翻了脸，喝叫把他带了衙门里去，这把凶刀也带了去。说着，先出来上轿去了。

回到衙门，把凶刀和尸格一对，竟是一丝不走的。不由分说，先交代动公事详革了他的职衔，便坐堂提审。夏作人供道：'这妇人向来与职员有奸的。'只说得这一句，官喝住了，喝叫先打五十嘴巴。打完了，才说道：'这妇人明明是拒奸被杀的，我见了她还肃然起敬，你开口便诬蔑她，这还了得！这五十下是打你的诬蔑烈妇！'又喝再打五十。打完了，又道：'你犯了法，这个职衔经本县详革了，你还称什么职员？有什么话，你讲！'夏作人道：'小人和这已死妇人，委实一向有奸的。'官大怒道：'你还要诬蔑好人！'喝再打一百嘴巴。打得夏作人两腮红肿，牙血直流。又供道：'这妇人不是小人杀的，青天大老爷冤枉！'官怒道：'你不杀他，你的辫子，怎么给他死握着？'夏作人要把昨夜的情由叙出来，无奈这个官不准他说和妇人犯奸，一说着，便不问情由，先打嘴巴，竟是无从叙起。又一时心慌意乱，不得主意，只含糊辩道：'这条辫子怕不是小人的。'官叫差役拿辫子在他头上去验，验得颜色粗细，与及断处痕迹，一一相符。从此便是跪铁链、上夹棍、背板凳、天平架，没有一样不曾尝过，熬不过痛苦，只得招了个'强奸不遂，一时性起，把妇人杀死；辫发被妇人扭住，不能摆脱，割辫而逃'。于是详上去，定了个斩决。上头还夸奖他破案神速，他又敬那婆娘节烈，定了案之后，他写了'节烈可风'四个字，做了匾，送给李壮悬挂。又办了祭品，委了典史太爷去祭那婆娘；更兼动了公事，申请大宪，和那婆娘奏请旌表，乞恩准其建坊。今天斩决公文到了，只怕那请旌的公事，也快回来了。"正是：世事何须问真假，内容强半是糊涂。未知后事如何，且待下回再记。

## 第五十七回　充苦力乡人得奇遇　发狂怒老父责顽儿

理之述完了这件事，我从头仔细一想，这李壮布置的实在周密狠毒，因问道："他这种的秘密布置，外头人哪里知得这么详细呢？"何理之道："天下事，若要人不知，除非己莫为，何况我们帐房的李先生，就是李壮的胞叔，他们叔侄之间，等定过案之后，自然说起，所以我们知的格外详细。"说话之间，已到了吃饭时候，理之散去。我在广东部署了几天，便到香港去办事，也耽搁了十多天。

一天，走到上环大街，看见一家洋货店新开张，十分热闹。路上行人，都啧啧称羡，都说不料这个古井叫他淘着。我虽然懂得广东话，却不懂他们那市井的隐语，这"淘古井"是什么？听了十分纳闷。后来问了旁人，才知道凡娶着不甚正路的妇人如妓女、寡妇之类一做老婆，却带着银钱来的，叫做"淘古井"。知道这件事里面，一定有什么新闻，再三打听，却又被我查着了。

原来花县地方，有一个乡下人，姓恽，名叫阿来，年纪二十多岁，一向在家耕田度日，和他老子两个，都是当佃户的。有一天，被他老子骂了几句，这恽来便赌气逃了出来，来到香港，当苦力度日。这"苦力"两个字，本来是一句外国话 Coolie，是扛抬搬运等小工之通称。广东人依着外国音，这么叫叫，日子久了，便成了一个名词，也忘了他是一句外国话了。恽来当了两个月苦力之后，一天，公司船到了，他便走到码头上去等着，代人搬运行李，好赚几文工钱。到了码头，看见一个咸水妹（看官先要明白了"咸水妹"这句名词，是指的什么人？香港初开埠的时候，外国人渐渐来的多了，要寻个妓女也没有。为什么呢？因为他们生的相貌和我们两样，那时大家都未曾看惯，看见他那种生得金黄头发，蓝眼睛珠子，没有一个不害怕的，那些妇女谁敢近他。只有香港海面那些摇舢舨的女子，他们渡外国人上下轮船，先看惯了，言语也慢慢的通了，外国人和她们兜搭起来，她们自后就以此为业了。香港是一个海岛,海水是咸的,他们都在海面做生意,所以叫他做“咸水妹”。以后便成了接洋人的妓女之通称。这个“妹”字是广东俗话,女子未曾出嫁之称,又可作婢女解。现在有许多人,凡是广东妓女,都叫他做“咸水妹”,那就差得远了。)——这咸水妹从公司轮下来,跨上舢舨,摇到岸边,恰好碰见恽来,便把两个大皮包交给他。问他这里哪一家客栈最好,你和我扛了送去,我跟着你走。恽来答应了,把一个大的扛在肩膀上,一个稍为小点的提在手里,领着那咸水妹走。走到了一处十字路口,路上车马交驰,一辆马车,在恽来身后飞驰而来,几乎马头碰到身上;恽来急忙一闪,那边又来了一辆,又闪到路旁。回头一看,不见了那咸水妹,呆呆的站着等了一会,还不见到。他心中暗想:这里面不知是什么东西?她是从外国回来的,除了这两个皮包,别无行李,倘然失了,便是一无所有的了,只怕性命也要误出来,这便怎么处呢。想了半天,还不见来,他便把两个皮包送到大馆里去。——旅香港粤人,称巡捕房为大馆。——一径走到写字间,要报明存放,等失主来领。谁知那咸水妹已经先在那里报失了,形色十分张皇,一见了恽来,登时欢喜的说不出来,一迭连声说:“你真是好人……”巡捕头问恽来——来做什么?那咸水妹表明她不见了物主,送来存放待领的话,巡捕头道:“那么你就仍旧叫他给你拿了去吧。”

于是两个出了大馆,寻到了客栈,拣定了房间。咸水妹问道:“你这送一送,要多少工钱?有定例的么?”恽来道:“没有什么定例。码头上送到这里,约莫是两毫子左右。——粤人呼小银元为毫子。——此刻多走一次大馆,随你多给我几文吧。”咸水妹给他三个毫子。他拿了,说一声“承惠”!——承惠二字是广东话,义自明。——便要走。咸水妹笑道:“你回来。这两个皮包,是我性命交关的东西,我走失了,你不拿了我的去,还送到大馆待领,我岂有仅给你三个毫子之理,你也太老实了。”说罢,在一个小皮夹里,取出五个金元来给他。恽来欢喜的了不得,暗想我自从到香港以来,只听见人说金仔,——粤人呼金元为金仔——却还没有见过。总想积起钱来,买他一个顽顽,不料今日一得五个。因说道:“这个我拿回去不便当。我住的地方人杂得很,恐怕失了,你有心给我,请你代我存着吧。”咸水妹道:“也好。你住在哪里?”恽来道:“我住在苦力馆。——小工总会也,粤言。——每天两毫子租钱,已经欠了三天租了。”咸水妹又在衣袋里,随意抓了十来个毫子给他。恽来道:“已经承惠了五个金仔,这个不要了。”咸水妹道:“你只管拿了去。你明天不要到别处去了,到我这里来,和我买点东西吧。”恽来答应着去了。

次日,他果然一早就来了。咸水妹见他光着一双脚,拿出两元洋钱,叫他自己去买了鞋袜穿了。方问他汇丰在那里,你领我去。他便同着咸水妹出来。在路上,咸水妹又拿些金元,向钱铺里兑换了墨银。一路到了汇丰,只是那咸水妹取出一张纸,交到柜上,说了两句话,便带了他一同出来,回到客栈。因对他说道:“我住在客栈里,不甚便当。你没有事,到外面去找找房子去,找着了,我就要搬了。”又给他几元银道:“你自己去买一套干净点衣服,身上穿的太要不得了。”恽来答应着,便出去找房子。他当了两个多月苦力,香港的地方也走熟了,哪里冷静,哪里热闹,哪里是铺户多,哪里是人家多,一一都知道的了。出来买了衣服,便去寻找房子,绕了几个圈子,随便到小饭店里吃了午饭;又走了一趟,看了有三四处,到三点钟时候,便回到客栈。劈面遇见咸水妹,从栈里出来。恽来道:“房子找了三四处,请你同去看看哪一处合式?”咸水妹道:“我此刻要到汇丰去,没有工夫。”说着,在衣袋里取出房门钥匙,交给他道:“你开了门,在房里等着吧。”说罢,去了。恽来开门进房,趁着此时没有人,便把衣裤换了。桌上放着一面屏镜,自己弯下腰来一照,暗想我不料遇了这个好人,天下哪里有这便宜事?此刻我身上的东西,都是她的了。不过代她扛送了一回东西,便赚了这许多钱。想着,又锁了房门,把两件破衣裤拿到露台上去洗了,晾了,方才下来。恰好咸水妹回来了,手里提着一个小皮包,两个人扛着一个保险铁柜送了来。恽来连忙开了门,把铁柜安放妥当。送来的人去了。咸水妹开了铁柜,把小皮包放进去;又开了那两个大皮包,取了好些一包一包的东西,也放了进去;又开了一个洋式拜匣,检了一检,取了一个钻石戒指带上,方才锁起来。恽来便问去看房子不去,又把买衣服剩下的钱缴还。咸水妹笑道:“你带在身边用吧。我也性急得很,要搬出去,我们就去看看吧。”

于是一同出来,去看定了一处,是三层楼上,一间楼面。讲定了租钱,便交代恽来去叫一个木匠来,指定地方,叫他隔作两间,前间大些,后间小些,都要装上洋锁;价钱大点都不要紧,明天一天之内,定要完工的。木匠听说价钱大也不要紧,能多赚两文,自然没有不肯的了。讲定之后,二人仍回到客栈里。恽来看见没事,便要回去。咸水妹道:“你去把铺盖拿了来,叫栈里开一个房,住一夜吧。从此你就跟着我帮忙,我每月给还你工钱,不比做苦力轻松些么?”恽来暗想我是什么运气,碰了这么个好人。因说道:“我本来没有铺盖,一向都是和人家借用的。”咸水妹道:“那么你就不要去了。”一会,茶房开了饭来,咸水妹叫多开一客,一会添了来,咸水妹叫恽来同吃。恽来道:“那不行,你吃完了我再吃。”咸水妹道:“这有什么要紧。我请你来帮忙,就和请个伙计一般,并不当你是个下人。”恽来只得坐下同吃,却只觉着坐立不安。

吃过了晚饭,已是上火时候。咸水妹想了一想,便叫恽来领到洋货铺里去,拣了一张美国红毡,便问恽来这个好不好?恽来莫名其妙,只答应好。咸水妹便出了十八元银,买了两张。又拣了一床龙须席,问恽来好不好?恽来也只答应是好的。咸水妹也买了。又买了一对洋式枕头,方才回栈,对恽来道:“你叫茶房另外开一个房,你拿这个去用吧。你跑了一天,辛苦了,早点去睡。”恽来大惊道:“这几件东西,我看着买了二十多元银,怎么拿来给我?我没有这种福气!只怕用了一夜,还不止折短一年的命呢!”咸水妹笑道:“我给了你,便是你的福气,不要紧的,你拿去用吧。”恽来推托再三,无奈只得受了。叫茶房另外开一间房,把东西放好;恐怕自己身上脏,把东西都盖脏了,走上露台自来水管地方,洗了个澡,方才回房安睡。一夜睡的龙须席,盖的金山毡,只喜得个心痒难挠,算是享尽了平生未有之福。酣然一觉,便到天亮。咸水妹又叫他同去买铁床桌椅,及一切动用家私,一切都送到那边房子里去。又叫恽来去监督着木匠赶紧做,“我饭后就要搬来的”。恽来答应去了。到了午饭时候,便回栈吃饭。吃过饭,便算清房饭钱,叫人来搬东西。恽来道:“只要叫一个人来,我帮着便抬去了,只有这铁箱子重些。”咸水妹道:“我请你帮忙,不过是买东西等轻便的事;这些粗重的事不要你做,你以后不要如此。”于是另外叫了苦力,搬了过去。那三四个木匠,还在那里砰砰訇訇的做工,直到下午,方才完竣。两个人收拾好了。一一陈设起来。把恽来安置在后间,睡的还是一张小小铁床。又到近处包饭人家,说定了包饭。从此恽来便住在咸水妹处,一连几个月,居然“养尊处优”的,养得他又白又胖起来。然而他到底是个忠厚人,始终不涉于邪,并好像不知那咸水妹是女人似的。那咸水妹也十分信他,门上配了两个钥匙,一人带了一个,出入无碍的。

一天,恽来偶然在外面闲行,遇见了一个从前同做苦力的人,问道:“老恽,你好啊!几个月没看见,怎么这样光鲜了?哪里发的财?”恽来终是个老实人,人家一问,便一五一十的都告诉了。那人一棱道:“你和她有那回事么?”恽来愕然道:“是哪一回事?”那人知道他是个呆子,便不和他多说,只道:“这是从金山发财回来的,铁柜里面不知有多少银纸,——粤言钞票也。——好歹捞他几张,逃回乡下去,还不发财么?何必还在这里听使唤,做他的西崽?”恽来听了,心中一动,默默无言,各自分散。回到屋里,恰好那咸水妹不在家,看看桌上小钟,恰是省河轮船将近开行的时候。回想那苦力之言不错,便到咸水妹枕头边一翻,翻出了铁柜钥匙,开了柜门,果然横七竖八的放了好几卷银纸。恽来心中暴暴乱跳,取了两卷;还想再取,一想不要拿得太多了,害得没得用。又怕她回来碰见,急急的忘了关上柜门,忙忙出来,把房门顺手一带;喜得房门是装了弹簧锁的,一碰便碰上了。恽来急急走了出来,径登轮船,竟回省城去了。

回到省城,又附了乡下渡船,——犹江南之航船也。——回到花县。到了家,见了他老子,便喜孜孜的拿出银纸来道:“一个人到底是要出门,你看我已经发了财了。”他老子名叫阿亨,因他年纪老了,人家都叫他老亨。当下老亨听了儿子的话,拿起一卷,打开一看,大惊道:“这是银纸啊!我还是前年才见过,我欢喜他,凑了一元银,买了一张藏着,永远舍不得用。你哪里来这许多?莫非你在外面做了强盗么？你可不要在外头闯了祸累我！’恽来是老实到极的人，便把上项事一一说出。老亨不听犹可，听了之时，顿时三尸乱暴，七窍生烟，飞起脚来，就是一脚，接连就是两个嘴巴。大骂：“你这畜生！不安分在家耕田，却出去学做那下流事情，回来辱没祖宗！还不给我去死了！”说着，又是没头没脑的两三拳。恽来知道自己的错，不敢动，也不敢则声。老亨气过一阵，想了个主意，取了一根又粗又大、拴牛的麻绳来，把儿子反绑了，手提了一根桑木棍，把那两卷银纸紧紧藏在身边，押着下船。在路上饭也不许他吃。到了省城，换坐轮船，到了香港，叫他领到咸水妹家里。

那咸水妹为失了五百元的银纸，知是恽来所为，心中正自纳闷。过了一天，忽见一个老头子，绑着他押了来，心中正在不解。看那老头子，又不是公差打扮，正要开言相问，老亨先自陈了来历，又把儿子偷银纸的事说了，取出银纸，一一点交，然后说道：“这个人从此不是我的儿子了，听凭阿姑——粤人面称妓者为阿姑——怎样发落，打死他，淹死他，杀他，剐他，我都不管了！”说着，举起桑木棍，对准恽来头上尽力打去。吓得咸水妹抢上前来，双手接住。只听得“嗳呀”一声。正是：双手高擎方挞子，一声娇啭忽惊人。不知叫嗳呀的是谁，打痛了哪里，且待下回再记。

## 第五十八回 陡发财一朝成眷属 狂骚扰遍地索强梁

原来恽老亨用力过猛，他当着盛怒之下，巴不得这一下就要结果了他的儿子。咸水妹抢过来双手往上一接，震伤了虎口，不觉喊了一声嗳呀。一面夺过了桑木棍，忙着舀了一碗茶送过来。又去松了恽来的绑。方才说道："这点小事，何必动了真气！老爷不要气坏了自己，我还有说话商量呢。"这恽老亨一向在乡下耕田，只有自己叫人家老爷，哪里有人去叫过他一声老爷的呢，此刻忽然听得咸水妹这等称呼，弄得他周身不安起来。然而那个怒气终是未息，便说道："偷了许多银纸还算是小事，当真要杀了人才算大事么？阿姑你便饶了他，我可饶他不得，此刻银纸交还了你，请你点一点，我便要带他回去治死了他，免得人家说起来，总说我恽老亨没家教，纵容儿子作贼。"说着，又站起来，挥起拳头，打将过去。

咸水妹连忙拦住道："老爷有话慢慢说。等我说明白了，你就不恼了。"

说罢便把上岸遇见恽来的事，从头说了一遍。又道："我因为看他为人忠厚，所以十分信他敬他。就是他拿了这五百多元，我想也未必是他自己起意，必是有人唆弄他的。他虽然做了这个事，到底还是忠厚；若是别人，既然开了我的铁柜，岂有不尽情偷去之理。就是银纸，一起放着的，也有十二三卷，他只拿得两卷，还有多少钻石、宝石、金器、首饰，都在里面，他还丝毫没动。这不是他忠厚之处么？所以我前天回来，看见铁柜开了，点了点数，只少了五百多元，我心中还自好笑，这个就像小孩子偷两文钱买东西吃的行为。我还耽着心，恐怕他惧罪，不知逃到哪里去，就可惜了这个人了。难得老爷也这般忠厚，亲自送了来。我这一向本来有个心事，今天索性说明白了：我从十八岁那年，在这里香港做生意，头一个客人就是个美国人，一见了我就欢喜了，便包了我，一住半年。他得了电报要回去，又和我商量，要带我到美国,情愿多加我包银。我便跟他到美国去了,一住七年,不幸他死了。这个人本是个富家,他一心只想娶我,我也未尝不肯嫁他;然而他因为我究竟担了个妓女的名字,恐怕朋友看不起,所以迟迟未果,他却又不肯另娶别人,所以始终未曾娶亲。他临死的时候,写了遗嘱,把家财分给我二万,连我平日积蓄的也有万把。我想有了这点,在美国不算什么,拿回中国来,是很好的一家人家了,所以附了公司船回来。不想一登岸便碰了他。见他十分老实可靠,他虽然无意,我倒有意要想嫁他了。我在外国住了七八年,学了些外国习气,不敢胡乱查问人家底细;后来试探了他的口气,知道他还没有娶亲,我越发欢喜。然而他家里的人是怎样的,还没有知道,此刻见了老爷也是这等好人,我意思更加决定了。但不知老爷的意思怎样?"

恽老亨听了,心中不觉十分诧异,她何以看上了我们乡下人。娶了她做媳妇,马上就变了个财主了。只是她带了偌大的一分家当过来,不知要闹什么脾气?倘使闹到一家人都要听她号令起来,岂不讨厌。心中在那里踌躇不定。咸水妹见他迟疑,便道:"我虽然不幸吃了这碗饭,然而始终只有一个客,自问和那胡拉乱扯的还不同。老爷如果嫌到这一层,不妨先和他娶一房正室,我便情愿做了侍妾。"恽老亨吐出舌头道:"我们乡下人,还讲纳妾么?"咸水妹道:"那么就请老爷给个主意。"恽老亨还自沉吟。咸水妹道:"老爷不要多心。莫非疑心到我带了几个钱过来,怕我仗着这个,在翁姑丈夫跟前失了规矩么?我是要终身相靠的,要嫁他,也是我的至诚,怎肯那个样子呢。"恽老亨见她诚恳,便欢喜起来,一口应允。咸水妹见他应允了,更是欢喜。只有那恽来在旁边听得呆了,自己也不知是欢喜的好,还是不欢喜的好,心里头好有一件东西,在那里七上八下,自己也不知是何缘故。咸水妹便拿了两张银纸给恽来,叫他带着老子,先去买一套光鲜衣裤鞋袜之类,恽老亨便登时光鲜起来。又叫了裁缝来,量了他父子两个的身裁,去做长衣。因为恽老亨住在这里不便,又买了一分铺盖,叫他父子两个,先到客栈里住下再另寻房屋。不到两天,寻着了一处,便置备木器及日用家私,搬了进去。择了吉日迎娶,一般的鼓乐彩舆,凤冠霞帔,花烛拜堂,成了好事。那女子在美国多年,那洋货的价钱都知道的，到了香港，看见香港卖的价钱，以为有利，便拿出本钱，开了这家洋货店。我打听得这件事，觉得官场、士类、商家等，都是鬼蜮世界，倒是乡下人当中，有这种忠厚君子，实在可叹。那女子择人而事，居然能赏识在牝牡骊黄以外，也可算得一个奇女子了。

勾当了几天，便回省城。如此来来去去，不觉过了几个月。有一天，又从香港坐了夜船到省城。船到了省河时，却不靠码头，只在当中下了锚，不知是什么意思。停了一会，来了四五艘舢舨，摇到船边来；二三十个关上扦子手，一拥上船，先把各处舱口守住，便到舱里来翻箱倒匣的搜索。此时是六月下旬天气，带行李的甚少。我来往向来只带一个皮包，统共不过八九寸长、五六寸高，他们也要开了看看，里面不过是些笔墨帐单之类，也舀了出来翻检一遍，连坐的藤椅，也翻转来看过；甚至客人的身上，也要摸摸。有两起外省人，带了家眷从上海来，在香港上岸，顽了两天，今天才附了这个船来的，有二三十件行李，那些扦子手便逐一翻腾起来，闹了个乱七八糟。也有看了之后，还要重新再看的；连那女客带的马桶，也揭开看过；夜壶箱也要开了，把夜壶拿出来看看。忽然又听得外面訇的一声，放了一响洋枪，吓得人人惊疑不定。忽然又在一个搭客衣箱里，搜出一杆六响手枪来，那扦子手便拿出手铐，把那人铐住了，派人守了。又搜索了半天，方才一哄出去。

我要到外面看时，舱口一个关上洋人守着，摇手禁止，不得出去。此时买办也在舱里面，我便问为了什么事？买办道："便是连我也不知道。方才船主进来，问那关上洋人，那洋人回说不便泄漏。正是不知为了什么事呢。"我道："已经搜过了，怎么还不让我们出去？"买办道："此刻去搜水手、火夫的房呢，大约是恐怕走散了，有搜不到的去处，所以暂时禁止。"我道："刚才外面为什么放枪？"买办道："关上派人守了船边，不准舢舨摇拢来。有一个舢舨，不知死活，硬是摇过来，所以放枪吓他的。"我听了不觉十分纳闷，这个到底为了什么，何以忽然这般严紧起来？又等了一大会，扦子手又进来了，把那铐了的客带了出去，然后叫一众搭客，十个一起的，鱼贯而出。走到船边，还要检搜一遍,方才下了舢舨,每十个人一船摇到码头上来。码头上却一字儿站了一队兵,一个蓝顶花翎,一个晶顶蓝翎的官,相对坐在马鞍上。众人上岸要走,却被两个官喝住。便有兵丁过来,每人检搜了一遍。我皮包里有三四元银,那检搜的兵丁,便拿了两元,往自己袋里一放,方放我走了。走到街上,遇着两个兵勇,各人扛着一枝已经生锈的洋枪,迎面走来。走不多路,又遇了两个。一径走到名利栈,倒遇见了七八对,也有来的,也有往的。

回到栈里,我便问帐房里的李吉人,今天为了什么事,香港来船,搜得这般严紧,街上又派了兵勇,到底为了什么事?吉人道:“我也不知道。昨夜二更之后,忽然派了营兵,在城里城外各客栈,挨家搜查起来,说是捉拿反贼。到底是谁人造反,也不得而知。我已经着人进城去打听了。”我只得自回房里去歇息,写了几封信。吃过午饭,再到帐房里问信。那去打听的伙计已经回来了,也打听不出什么,只说总督、巡抚两个衙门,都扎了重兵,把甬道变了操场,官厅变了营房,还听说昨天晚上,连夜发了十三枝令箭调来的,此刻陆续还有兵来呢。督抚两个衙门,今天都止了辕,只传了臬台去问了一回话,到底也不知商量些什么?城门也严紧得很,箱笼等东西,只准往外来,不准往里送;若是要送进去,先要由城门官搜检过才放得进去呢。两县已经出了告示,从今天起,起更便要关闸。——街上栅栏,广东谓之闸。——我道:“这些都不过是严紧的情形罢了,至于为了什么事这般严紧,还是毫无头绪。”

正说话时,忽听得门外一声吆喝。回头看时,只见两名勇丁在前开道,跟着一匹马,驮着一个骨瘦如柴,满面烟色,几茎鼠须的人,戴着红顶花翎。我们便站到门口去看,只见后头还有五六匹马,马上的人,也有蓝顶子的,也有晶顶子的。几匹马过去后,便是一大队兵:起先是大旗队;大旗队过去,便有一队扛叉的,扛刀的,扛长矛的;过完这一队,又是一队抬枪;抬枪之后,便是洋枪队。最是这洋枪队好看:也有长杆子林明敦枪的;也有短杆子毛瑟枪的;有拿枪扛在肩膀上的;有提在手里的;有上了枪头刀的,有不曾上枪头刀的。路旁歇了一担西瓜,一个兵便拿枪头刀向一个西瓜戳去,顺手便挑起来。那瓜又重,瓜皮又跪,挑起来时,便破开了,豁剌一声,掉了下来,跌成七八块。那兵嘴里说了一句□□□□。我听他这一句,是合肥人骂人的村话,方知道是淮军。随后来的兵,又学着拿枪头刀去戳。吓得那卖西瓜的挑起来要走,可怜没处好走。我便招手叫他,让他挑到栈里避一避,卖瓜的便踉踉跄跄挑了进来,已经又被他戳破一个了。卖瓜的进来之后,又见一个老婆子,手里拿着一个碗,从隔壁杂货店里出来,颤巍巍的走过去,不期误踏了那跌破的西瓜,仰面一交跌倒,手里那碗便掼了出去打破了,碗里的酱油泼了出来,那一个兵身上穿的号衣,溅着了一点。那兵便出了队,抓住那老婆子要打。那老婆子才爬了起来,就被他抓住了,吓得跪在地下叩头求饶,还合着掌乱拜。又拿自己衣服,代他拭了那污点。旁边又走过几个人,前去排解,说她年纪大了,又不是有心的,求你大量饶了他吧,那个兵方悻悻的胡乱归队去了。这洋枪队过完之后,还有一个押队官,戴着砗磲顶子,骑着马。看他过完之后,我们方进来。大家议论这一队兵,又不知是从什么地方调来的了。此时看大众情形,大有人心惶惶的样子。

我想要探听这件事情的底细,在帐房里坐到三点多钟。忽又见街上一对一对往来巡查的兵都没了,换上了街坊团练勇,也是一对一对的往来巡查,手中却是拿的单刀藤牌,腰上插了六响手枪。这些团练勇都是土人,吉人多有认识的,便出去问为什么调了你们出来?今天到底为了什么事?团练勇道:“连我们也不知道,只听分付查察形迹可疑之人。上半天巡查那些兵,听说调去保护藩库了。”我听了这话,知道是有了强盗的风声;然而何至于如此的张皇,实在不解。只得仍回房里,看一回书,觉得烦热,便到后面露台上去乘凉。

原来这家名利栈,楼上设了一座倒朝的客厅,作为会客之地。厅前面是一个极开辟的露台,正对珠江,十分豁目。我走到外面,先有一个人在那里,手里拿着水烟筒,坐在一把皮马靸上,是一个同栈住的客人,他也住了有个把月,相见得面也熟了,彼此便点头招呼。我看他那举动,颇似官场中人,便和他谈起今天的事,希冀他知道。那客道:“很奇怪!我今天进城上院,走到城门口,那城门官逼着住了轿,把帽盒子打开看过;又要我出了轿,他要验轿里有无夹带,我不肯，他便拿出令箭来，说是制台分付的，没法，只得给他看了，才放进去。到了抚院，又碰了止辕，衙门里扎了许多兵，如临大敌。我问了巡捕，才知道两院昨夜接了一个什么洋文电报，便登时张皇起来。至于那电报说些什么，便连签押房的家人也不知道。”

正说话时，有客来拜他，他就在客厅里会客。我仍在露台上乘凉。听见他和那客谈的也是这件事，只是听不甚清楚。谈了一会，他的客去了，便出来对我说道：“这件事了不得！刚才我敝友来说起，他知道详细。那封洋文电报，说的是有人私从香港运了军火过来，要谋为不轨；已经挖成了隧道，直达万寿宫底下，装满了炸药，等万寿那天，阖城官员聚会拜牌时，便要施放。此刻城里这个风声传开来了，万寿宫就近的一带居民铺户，胆小的都纷纷搬走了。两院的内眷，都已避到泮塘——地名——一个乡绅人家去了。”我吃了一惊道：“明天就是二十六了，这还了得！”那客道：“明天行礼，已经改在制台衙门了。”正是：如火如荼，军容何盛；疑神疑鬼，草木皆兵。未知这件事闹得起来与否，且待下回再记。

## 第五十九回　干儿子贪得被拐出洋　戈什哈神通能撤人任

我听那同栈寓客的话,心中也十分疑虑,万一明日出起事来,岂不是一番扰乱。早知如此,何不在香港多住两天呢。此刻如果再回香港去,又未免太张皇了。一个人回到房里,闷闷不乐。到了傍晚时候,忽听得房外有搬运东西的声音,这本来是客栈里的常事,也不在意。忽又听得一个人道:“你也走么?”一个应道:“暂时避一避再说。好在香港一夜就到了,打听着没事再来。”我听了,知道居然有人走避的了。便到帐房里去打听打听,还有什么消息。吉人一见了我,就道:“你走么?要走就要快点下船了,再迟一刻,只怕船上站也没处站了。”我道:“何以挤到如此?”吉人道:“而且今天还特为多开一艘船呢。孖舲艇——广东小快船——码头的孖舲艇都叫空了。”我道:“这又到哪里去的?”吉人道:“这都是到四乡去的了。”我道:“要走,就要到香港、澳门去。这件事要是闹大了,只怕四乡也不见得安靖。若是一哄而散的,这里离万寿宫很远,又有一城之隔,只怕还不要紧。而且我撒开的事情在外面,走了也不是事。我这回来,本打算料理一料理,就要到上海去的了,所以我打算不走了。”吉人点头无语。我又到门口闲望一回,只见团练勇巡的更紧了。忽然一个人,扛着一扇牌,牌上贴了一张四言有韵告示,手里敲着锣,嘴里喊道:“走路各人听啊!今天早点回家。县大老爷出了告示,今天断黑关闸,没有公事,不准私开的啊!”这个人想是个地保了。

看了一会,仍旧回房。虽说是定了主意不走,然而总不免有些耽心。幸喜我所办的事,都在城外的,还可以稍为宽慰。又想到明日既然在督署行礼,或者那强徒得了信息,罢了手不放那炸药,也未可知。既而又想到,他既然预备了,怎肯白白放过,虽然众官不在那里,他也可以借此起事。终夜耽着这个心,竟夜不曾合眼。听着街上打过五更,一会儿天窗上透出白色来,天色已经黎明了。便起来走到露台上,一来乘凉,二来听听声息。过了一会,太阳出来了,却还绝无消息。这一天大家都是惊疑不定,草木皆兵。迨及到了晚上,仍然毫无动静。一连过了三天,竟是没有这件事,那巡查的就慢慢疏了;再过两天,督抚衙门的防守兵也撤退,算是解严了。这两天我的事也料理妥贴,打算走了。一天正在客厅闲坐,同栈的那客也走了来道:"'无罪而戮民,则士可以徙',我们可以走了。"我问道:"这话怎讲?"他道:"今天杀了二十多人,你还不知道么?"我惊道:"是什么案子?"他道:"就是为的前两天的谣言了。也不知在哪里抓住了这些人,没有一点证据,就这么杀了。有人上了条陈,叫他们雇人把万寿宫的地挖开,查看那隧道通到哪里,这案便可以有了头绪了。你想这不是极容易、极应该的么?他们却又一定不肯这么办。你想照这样情形看去,这挖成隧道,谋为不轨的话,岂不是他们以意为之拟议之词么。此刻自诩为弭巨患于无形呢。"说罢,喟然长叹。我和他谈论了一回,便各自走开。恰好何理之走来,我问可是广利到了。理之道:"不是。我回乡下去了一个多月,这回要附富顺到上海。"我问富顺几时走。理之道:"到了好几天了,说是今天走,大约还要明天,此刻还上货呢。"我道:"既如此,代我写一张船票吧。"理之道:"怎么便回去了?几时再来?"我道:"这个一年半载说不定的;走动了,总要常来。"理之便去预备船票,定了地方。到了明天,发行李下船。下午时展轮出口。到了香港,便下锚停泊。这一停泊,总要耽搁一天多才启轮,我便上岸去走一趟,买点零碎东西。

广东用的银元,是每经一个人的手,便打上一个硬印的;硬印打多了,便成了一块烂板,甚至碎成数片,除了广东、福建,没处使用的。此时我要回上海,这些烂板银,早在广州贴水换了光板银元。此时在香港买东西,讲好了价钱,便取出一元光板银元给他。那店伙拿在手里,看了又看,掼了又掼,说道:"换一元吧。"我换给他一元,他仍然看个不了,掼个不了,又对我看看。我倒不懂起来,难道我贴了水换来的,倒是铜银。便把小皮夹里十几元一起拿出来道:"你拣一元吧。"那店伙又看看我,倒不另拣,就那么收了。再到一家买东西,亦复如此。买完了,又走了几处有往来的人家,方才回船上去。

停泊一夜,次日便开行。在船上没事,便和理之谈天,谈起我昨天买东西,那店伙看银元的光景。理之笑道:“光板和烂板比较,要伸三分多银子的水;你用出去,不和他讨补水,他那得不疑心你用铜银呢。”我听了方才恍然大悟。然而那些香港人,也未免太不张眼睛了。我连年和继之办事经营,虽说是趸来趸去,也是一般的做买卖,何尝这样小器来。于是和理之谈谈香港的风气。

我谈起那咸水妹嫁乡下人的事。理之道:“这个是喜出意外的。我此次回家,住了一个多月,却看见一件祸出意外的事。”我问什么祸出意外?理之道:“我家里隔壁一家人家,有两间房子空着,便贴了一张‘余屋召租’的条子。不多几天,来了一个老婆子,租来住了,起居动用,像是很宽裕的;然而只有一个人,用了一个仆妇。住了两个月,便与那女房东相好起来。她自己说是在新嘉坡开什么行栈的,丈夫没了,又没有儿子,此刻回来,要在同族中过继一个儿子。谁知回来一查,族中的子侄,竟没有一个成器的,自己身后,正不知依靠谁人。说着,便不胜凄惶,以后便常常说起。新嘉坡也常常有信来,有银子汇来;来了信,她便央男房东念给他听。以后更形相熟了。房东本有三个儿子,那第二个已经十七八岁了。那老婆子常常说他好:‘我有了这么个儿子就好了!’那女房东便说:‘你欢喜他,何不收他做个干儿子呢?’那老婆子不胜欢喜,便看了黄道吉日,拜干娘。到了这天,她还慎重其事的,置酒庆贺。干娘干儿子,叫得十分亲热。她又说要替干儿子娶亲了,一切费用,她都一力担任。那房东也乐得依她。于是就张罗起来,便有许多媒人来送庚帖说亲。说定了,便忙着拣日子行聘迎娶,十分热闹。待媳妇也十分和气。又替媳妇用了一个年轻梳头老妈子。

房东见他这等相待,便说是亲生儿子,也不过这样了。老婆子道:‘我们没有儿子的人,干儿子就和亲生的一般。我今年五十多岁,没有几年的人了,只要他将来肯当我亲娘一般,送我的终,我的一分家当便传授给他,也不去族中过继什么儿子了。’女房东一想,她是个开行栈的人,家当至少也有几万,如何不乐从。便叫了儿子来,说知此事,儿子自然也乐得应允。老婆子更是欢喜,就在那里天天望孙了。偏偏这媳妇娶了来差不多一年,还没有喜信。老婆子就天天求神拜佛,请医生调理身子。过了几个月,依然没有信息。老婆子急不能待,便要和干儿子纳妾。叫了媒婆来说知,看了几家丫头和贫家女儿;看对了,便娶了一个过来。一样的和她用一个年轻梳头老妈子。

刚娶了没有几天,忽然新嘉坡来了一封电信,说有一单货到期要出,恰好行里所有存款,都支发了出去;放在外面的,一时又收不回来。银行的一个存折,被女东带了回粤,务祈从速寄来云云。老婆子央房东翻出来,念了一遍,便道:'你看,我不在那里,便一点主意都没了。自己的款项虽然支发出去,又何妨在别处调动呢。我们几十年的老行号,还怕没有相信么?'说着,闷闷不乐。又道:'这个存折怎好便轻易寄去,倘或寄失了,那还了得么!'商量了半天道:'不如我自己回去一趟吧。我还想带了干儿子同去。他此刻是小东家了,叫他去看看,也历练点见识,出来经历过一两年,自己就好当事了。'房东一心以为儿子承受了这分大家当,有什么不肯之理。她见房东应允了,自是不胜欢喜。于是带了一个干儿子、两房干媳妇、两个梳头老妈子,一同到新嘉坡去了。这是去年的事。

我这回到家里去,那房东接了他儿子的信了。你晓得他在新嘉坡开的是什么行号?原来开的是娼寮。那老婆子便是鸨妇。一到了新嘉坡,她便翻转了面皮,把干儿子关在一间暗室里面。把两房干媳妇和两个梳头老妈子,都改上名字,要她们当娼,倘若不从,她家里有的是皮鞭烙铁,便要请你尝这个滋味。可怜这四个好人家女子,从此便跳落火坑了。那个干儿子呢,被他幽禁了两个月,便把他卖猪仔到吉冷去了。卖了猪仔到那边做工,那边管得极为苛虐,一步都不能乱走的,这位先生能够设法寄一封信回来,算是他天大的本领了。"我道:"卖猪仔之说,我也常有得听见,但不知是怎么个情形?说的那么苦,谁还去呢?"理之道:"卖猪仔其实并不是卖断了,就是那招工馆代外国人招的工,招去做工,不过订定了几年合同,合同满了,就可以回来。外国人本来招去做工,也未必一定要怎么苛待;后来偶然苛待了一两次,我们中国政府也不过问。那没有中国领事的地方,不要说了；就是设有中国领事的地方中国人被人苛虐了，那领事就和不见不闻，与他绝不相干的一般。外国人从此知道中国人不护卫自己百姓的，便一天苛似一天起来了。”我道：“那苛虐的情形，是怎么样的呢？”理之道：“这个我也不仔细，大约各处的办法不同。听说南洋那边有一个软办法：他招工的时候，恐怕人家不去，把工钱定得极优。他却在工场旁边，设了许多妓馆、赌馆、酒馆、烟馆之类，无非是销耗钱财的所在。做工的进了工场，合同未满，本来不能出工场一步的，惟有这个地方，他准你到。若是一无嗜好的，就不必说了；倘使有了一门嗜好，任凭你工钱怎么优，也都被他赚了回去，依然两手空空。他不肯借给你，等你十年八年的合同满了，总要亏空他几年工钱，脱身不得，只得又联几年合同下去。你想这个人这一辈子还可以望有回来的一天么，还不和卖了给他一样么？因此广东人起他一个名字，叫他卖猪仔。”说话之间，船上买办打发人来招呼理之去有事，便各自走开。

一路无事，到了上海便登岸，搬行李到字号里去。德泉接着道：“辛苦了！何以到此时才来？继之半个月前，就说你要到了呢。”我道：“继之到上海来过么？”德泉道：“没有来过，只怕也会来走一趟呢。有信在这里，你看了就知道了。”说着，检出一封信来道：“半个月前就寄来的，说是不必寄给你，你就要到上海的了。”我拆开一看，吃了一惊，原来继之得了个撤任调省的处分，不知为了什么事？此时不知交卸了没有？连忙打了个电报去问。直到次日午间，才接了个回电。一看电码的末了一个字，不是继之的名字。继之向来通电给我，只押一个“吴”字，这吴字的码，是〇七〇二，这是我看惯了，一望而知的；这回的码，却是个六六一五，因先翻出来一看，是个“述”字，知道是述农复的了。逐字翻好，是“继昨已回省。述。”六个字。

我得了这个电，便即晚动身，回到南京，与继之相见。却喜得家中人人康健。继之又新生了一个儿子，不免去见老太太，先和干娘道喜。老太太一见了我，便欢喜的了不得，忙叫奶娘抱撤儿出来见叔叔。我接过一看，小孩子生得血红的脸儿，十分茁壮。因赞了两句，交还奶娘道：“已经有了名儿了，干娘叫他什么，我还没有听清楚。

是几时生的？大嫂身子可好？”老太太道：“他娘身子坏得很，继之也为了她赶回来的。此刻交代还没有算清，只留下文师爷在那边。这小孩子还有三天就满月了。他出世那一天，恰好挂出撤任的牌来，所以继之给他个名字叫撤儿。”我道：“大哥虽然撤了任，却还得常在干娘跟前，又抱了孙子，还该喜欢才是。”老太太道：“可不是么？我也说继之丢了一个印把子，得了个儿子，只好算秤钩儿打钉，扯直罢了。”我笑道：“印把子什么希奇，交了出去，乐得清净些；还是儿子好。”说罢，辞了出来，仍到书房和继之说话，问起撤任缘由，未免道恼。继之道：“这有什么可恼。得失之间，我看得极淡的。”于是撤任情由，对我说了。

原来今年是大阅年期，这位制军代天巡狩。到了扬州，江、甘两县自然照例办差。扬州两首县，是著名的“甜江都、苦甘泉”。然而州县官应酬上司，以及衙门里的一切开销，都是个老例，有一本老帐簿的。新任接印时，便由新帐房向旧帐房要了来：也有讲交情要来的，也有出钱买来的。这回帅节到了扬州，述农查了老例，去开销一切。谁知那戈什哈嫌钱少，退了回来。述农也不和继之商量，在例外再加丰了点再送去。谁知他依然不受。述农只得和继之商量；还没有商量定，那戈什哈竟然亲自到县里来，说非五百两银子不受。继之恼了，便一文不送，由他去。那戈什哈见诈不着，并且连照例的都没了。那位大帅向来是听他们说话的，他倘去说继之坏话，撤他的任倒也罢了，谁知后来打听得那戈什哈并未说坏话。正是：不必蜚言腾毁谤，敢将直道拨雷霆。那戈什哈不是说继之坏话，不知说的是什么话，且待下回再记。

## 第六十回 谈官况令尹弃官 乱著书遗名被骂

那戈什哈,他不是说继之的坏话,难道他倒说继之的好话不成?哪有这个道理!他说的话,说得太爽快了,所以我听了,就很以为奇怪。你猜他说什么来?他简直的对那大帅说:"江都这个缺很不坏。沐恩等向吴令借五百银子,他居然回绝了,求大帅作主。"这种话你说奇不奇?那大帅听了,又是奇怪,他不责罚那戈什哈倒也罢了,却又登时大怒起来,说:"我身边这几个人,是跟着我出生入死过来的,好容易有了今天。他们一个一个都有缺的,都不去到任,都情愿仍旧跟着我,他们不想两个钱想什么?区区五百两都不肯应酬,这种糊涂东西还能做官么?"也等不及回省,就写了一封信,专差送给藩台,叫撤了江都吴令的任,还说回省之后要参办呢。

我问继之道:"他参办的话,不知可是真的?又拿个什么考语出参?"继之道:"官场中的办事,总是起头一阵风雷火炮,打一个转身就要忘个干净了。至于他一定要怎样我,那出参的考语,正是欲加之罪,何患无词。好在参属员的折子上去,总是'着照所请,该部知道'的,从来没有驳过一回。"我道:"本来这件事很不公的,怎么保举折子上去,总是交部议奏;至于参折,就不必议奏呢?"继之道:"这个未尽然。交部议奏的保折,不过是例案的保举;就是交部,那部里你当他认真的堂官、司员会议起来么?不过交给部办去查一查旧例,看看与旧例符不符罢了。其实这一条就是部中书吏发财的门路。所以得了保举以及补缺,都首先要化部费。那查例案最是混帐的事,你打点得到的,他便引这条例;打点不到,他又引那条例,哪里有一定的呢。至于明保、密保的折子上去,也一样不交部议的。"我道:"虽说欲加之罪,何患无词,究竟也要拿着人家的罪案,才有话好说啊。"继之道:"这又何必。他此刻随便出个考语,说我'心地糊涂',或者'办事颟顸',或者'听断不明',我还到哪里同他辩去呢。这个还是改教的局面。他一定要送断了我，就随意加重点，难道我还到京里面告御状，同他辨是非么？”我道：“提起这个，我又想起来了。每每看见京报，有许多参知县的折子，譬如‘听断不明’的改教，倒也罢了；那‘办事颟顸，心地糊涂’的，既然‘难膺民社’，还要说他‘文理尚优，着以教职归部铨选’，难道儒官就一点事都没得办么？把那心地糊涂的去当学老师，那些秀才们，不都叫他教成了糊涂虫么？”继之道：“照你这样说起来，可驳的地方也不知多少。参一个道员，说他‘品行卑污，着以同知降补’，可见得品行卑污的人，都可以做同知的了。这一位降补同知的先生，更是奉旨品行卑污的了。参一个知县，说他‘行止不端，以县丞降补’；那县丞就是奉了旨行止不端的了。照这样说穿了，官场中办的事，哪一件不是可笑的。这个还是字眼上的虚文，还有那办实事的，候选人员到部投供，以及小班子的验看，大约一大半都是请人去代的，将来只怕引见也要闹到用替身的了。”我道：“那些验看王大臣，难道不知道的么？”继之道：“哪有不知之理！就和唱戏的一样，不过要唱给别人听，做给别人看吧，肚子里哪一个不知道是假的。碰了岔子，那王大臣还帮他忙呢。有一回，一个代人验看，临时忘了所代那人的姓名，报不出来，涨红了脸，楞了半天。一位王爷看见他那样子，一想这件事要闹穿了，事情就大了，便假意着恼道：“唔！这个某人，怎么那么糊涂？’这明明是告诉他姓名，那个人才报了出来。你想，这不是串通做假的一样么？”

我笑道：“我也要托人代我去投供了。”继之道：“你几时弄了个候选功名？”我道：“我并不要什么功名，是我家伯代我捐的一个通判。”继之道：“化了多少钱？”我道：“颇不便宜，三千多呢。”继之默然。一会道：“你倒弄了个少爷官，以后我见你，倒要上手本，称大老爷、卑职呢。”我道：“怎么叫做少爷官？这倒不懂。”继之道：“世上那些阔少爷想做官，州县太烦剧，他懒做；再小的，他又不愿意做；要捐道府，未免价钱太贵：所以往往都捐个通判，这通判就成了个少爷官了。这里头他还有个得意之处：这通判是个三府，所以他一个六品官，和四品的知府是平行的，拜会时只拿个晚生帖子；却是比他小了一级的七品县官，是他的下属，见他要上手本，称大老爷、卑职。实缺通判和知县行起公事来,是下札子的,他的署缺又多,上可以署知府、直隶州;下可以署州县。占了这许多便宜,所以那些少爷,便都走了这条路了。其实你既然有了这个功名,很可以办了引见到省,出来候补。”我道:“我舒舒服服的事不干,却去学磕头请安作什么?”继之想了一想道:“劝你出来候补是取笑的。你回去把那第几卯,第几名,及部照的号数,一切都抄了来,我和你设法,去请个封典。”我道:“又要化这个冤钱做什么?”继之道:“因为不必化钱;纵使化,也化不上几个,我才劝你干啊。你拿这个通判底子,加上两级,请一个封赠,未尝不可以博老伯母的欢喜。”我道:“要是化得少,未尝不可以弄一个;但不知到哪里去弄?”继之道:“就是上海那些办赈捐的,就可以办得到。”我道:“他们何以能便宜,这是什么讲究?”继之道:“说来话长。向来出资助赈,是可以请奖的。那出一千银子,可以请建坊,是大家都知道的了;其余不及一千的,也有奖虚衔,也有奖封典,是听随人便的。甚至那捐助的小数,自一元几角起到几十元,那够不上请奖的,拿了钱出去就完了,谁还管他。可是数目是积少成多的,那一本总册在他那里,收条的存根也在他那里;那办赈捐的人一定兼办捐局,有人拿了钱去捐封典、虚衔,他们拿了那零碎赈捐,凑足了数目,在部办那里打点几个小钱,就给你弄了来,你的钱他可上了腰了。所以他们那里捐虚衔、封典,格外便宜,总可以打个七折。然而已经不好了,你送一百银子去助赈,他不错一点弊都不做,完全一百银子拿去赈饥,他可是在这一百之外,稳稳的赚了七十了。所以‘善人是富’的,就是这个道理。这个毛病,起先人家还不知道,这又是他们做贼心虚弄穿的。有一回,一个当道荐一个人给他,他收了,派这个人管理收捐帐目,每月给他二十两的薪水。这个人已经觉得出于意外了。过得两个月便是中秋节,又送他二百两的节敬。这个人就大疑心起来,以为善堂办赈捐哪里用得着如此开销,而用这种钱又往哪里去报销?若说他自己掏腰包,又断没有这等事。一定这里面有什么大弊病,拿这个来堵我的口的,我倒不可不留心查查他,以为他日要挟地步。于是细心静意的查他那帐簿,果然被他查了这个弊病出来,自此外面也渐渐有人知道了。有知道他这毛病的,他们总肯送一个虚衔或者一个封典，这也同贿赂一般，免得你到处同他传扬。前回一个大善士，专诚到扬州去劝捐，做得那种痌瘝在抱，愁眉苦目的样子，真正有'己饥己溺'的神情，被述农讥诮了两句。他们江苏人最会的是议诮人，也最会听人家话里的因由。他们两个江苏人碰在一起，自然彼此会意。述农不知弄了他一个什么，他还要送我的封典，我是早请过的了，不曾要他的。此刻叫述农写一封信去，怕不弄了来，顶多部里的小费由我们认还他罢了。"我道："这也罢了。等我翻着时，顺便抄了出来就是。"当下，又把广东、香港所办各事大略情形，告诉了继之一遍，方才回到我那边，和母亲、婶娘、姊姊，说点别后的事，又谈点家务事情。在行李里面，取出两本帐簿和我在广东的日记，叫丫头送去给继之。

过得两天，撤儿满月，开了个汤饼会，宴会了一天，来客倒也不少。再过了十多天，述农算清交代回省，就在继之书房下榻。继之便去上衙门禀知，又请了个回籍措资的假，我和述农都不曾知道；及至明天看了辕门抄，方才晓得。便问为甚事请这个假？继之道："我又不想回任，又不想求差，只管住在南京做什么？我打算把家眷搬到上海去住几时，高兴我还想回家乡去一趟。这个措资假，是没有定期的，我永远不销假，就此少陪了，随便他开了我的缺也罢，参了我的功名也罢，我读书十年，总算上过场，唱过戏了，迟早总有下场的一天，不如趁此走了的干净。"述农道："做官的人，像继翁这样乐于恬退的，倒很少呢。"继之道："我倒不是乐于恬退。从小读书，我以为读了书，便什么事都可以懂得的了。从到省以来，当过几次差事，做了两年实缺，觉得所办的事，都是我不曾经练的，兵、刑、钱、谷，没有一件事不要假手于人；我纵使处处留心，也怕免不了人家的蒙蔽。只有那回分校乡闱试卷，是我在行的。此刻回想起来，那一班取中的人，将来做了官，也是和我一样。老实说一句，只怕他们还不及我想得到这一层呢。我这一番到上海去，上海是个开通的地方，在那里多住几天，也好多知点时事。"述农道："这么说，继翁倒深悔从前的做官了？"继之道："这又不然。寒家世代是出来做官的，先人的期望我是如此，所以我也不得不如此还了先人的期望；已经还过了，我就可告无罪了。以后的日子,我就要自己做主了。我们三个,有半年不曾会齐了,从此之后,我无官一身轻,咱们三个痛痛快快的叙他几天。”说着,便叫预备酒菜吃酒。述农对我道:“是啊。你从前只嬲人家谈故事,此刻你走了一次广东,自然经历了不少,也应该说点我们听了。”继之道:“他不说,我已经知道了。他备了一本日记,除记正事之外,把那所见所闻的,都记在上面,很有两件希奇古怪的事情,你看了便知,省他点气,叫他留着说那个未曾记上的吧。”于是把我的日记给述农看。述农看了一半,已经摆上酒菜,三人入席,吃酒谈天。

述农一面看日记,末后指着一句道:“这‘《续客窗闲话》毁于潮人’,是什么道理?”我道:“不错。这件事本来我要记个详细,还要发几句议论的,因为这天恰好有事,来不及,我便只记了这一句,以后便忘了。我在上海动身的时候,恐怕船上寂寞,没有人谈天,便买了几部小说,预备破闷的。到了广东,住在名利栈里,隔壁房里住了一个潮州人,他也闷得慌,看见我桌子上堆了些书,便和我借来看。我顺手拿了部《续客窗闲话》给他。谁知倒看出他的气来了。我在房里,忽听见他拍桌子跺脚的一顿大骂。他说的潮州话,我不甚懂,还以为他骂茶房,后来听来听去,只有他一个人的声音,不像骂人,便到他门口望望。他一见了我,便指手画脚的剖说起来。我见他手里拿着一本撕破的书,正是我借给他的。他先打了广州话对我说道:‘你的书,被我毁了,买了多少钱,我照价赔还就是。’我说:‘赔倒不必。只是你看了这书为何动怒?倒要请教。’他找出一张撕破的,重新拼凑起来给我看。我看时,是一段《乌蛇已癞》的题目。起首两行泛叙的是:‘潮州凡幼女皆蕴癞毒,故及笄须有人过癞去,方可婚配。女子年十五六,无论贫富,皆在大门外工作,诱外来浮浪子弟,交往弥月。女之父母,张灯彩,设筵席,会亲友,以明女癞去,可结婚矣’云云。那潮州人便道:‘这麻疯是我们广东人有的,我何必讳他。但是他何以诬蔑起我合府人来?不知我们潮州人杀了他合族,还是我们潮州人谋了他的祖宗,他造了这个谣言,还要刻起书来,这不要气死人么!’说着,还拿纸笔抄了著书人的名字:海盐吴炽昌号芗厈’,夹在护书里,说要打听这个人,如果还在世,要约了潮州合府的人,去同他评理呢。”述农道：“本来著书立说，自己未曾知得清楚的，怎么好胡说，何况这个关乎闺女名节的呢。我做了潮州人，也要恨他。”我道：“因为他这一怒，我倒把那广东麻疯的事情，打听明白了。”述农道：“是啊。他那条笔记说的是癞，怎么拉到麻疯上来？”我道：“这个是朱子的典故。他注‘伯牛有疾’章说：‘先儒以为癞也。’据《说文》：‘癞，恶疾也。’广东人便引了他做一个麻疯的雅名。”继之扑嗤一声，回过脸来，喷了一地的酒道：“麻疯有雅名呢。”我道：“这个不可笑，还有可笑的呢。其实麻疯这个病，外省也未尝没有，我在上海便见过一个。不过外省人不忌，广东人极忌罢了。那忌不忌的缘故，也不可解。大约广东地土热，犯了这个病要溃烂的，外省不至于溃烂，所以有忌有不忌罢了。广东地方，有犯了这个病的，便是父子也不相认的了，另外造了一个麻疯院，专收养这一班人，防他传染。这个病非但传染，并且传种的；要到了第三代，才看不出来，然而骨子里还是存着病根。这一种人，便要设法过人了。男子自然容易设法，那女子却是掩在野外，勾引行人，不过一两回就过完了，那上当的男子，可是从此要到麻疯院去的了。这个名目，叫做‘卖疯’，却是背着人在外面暗做的，没有彰明昭著在自己家里做的，也不是要经月之久才能过尽，更没有张灯宴客的事，更何至于阖府都如此呢。”继之棱棱的道：“你说还有可笑的，却说了半天麻疯的掌故，没有可笑的啊。”我道：“可笑的也是麻疯掌故：广东人最信鬼神，也最重始祖，如靴业祀孙膑，木匠祀鲁班，裁缝祀轩辕之类，各处差不多相同的。惟有广东人，哪怕没得可祀的，他也要硬找出一个来，这麻疯院当中供奉的却是冉伯牛。”正是：享此千秋奇血食，斯人斯疾尚模糊。未知麻疯院还有什么掌故，且待下回再记。

## 第六十一回 因赌博入棘闱舞弊 误虚惊制造局班兵

我说了这一句话，以为继之必笑的了，谁知继之不笑，说道："这个附会得岂有此理！麻疯这个毛病，要地土热的地方才有，大约总是湿热相郁成毒，人感受了就成了这个病。冉子是山东人，怎么会害起这个病来。并且癞虽然是个恶疾，然而恶疾焉见得就是麻疯呢？这句注，并且曾经毛西河驳过的。"我道："那一班溃烂得血肉狼籍的，拈香行礼起来，那冉子才是血食呢。"述农皱眉道："在这里吃着喝着，你说这个，怪恶心的。"我道："广东人的迷信鬼神，有在理的，也有极不在理的。他们医家只止有个华佗；那些华佗庙里，每每在配殿上供了神农氏，这不是无理取闹么？至于张仲景，竟是没有知道的。真是做古人也有幸有不幸。我在江、浙一带，看见水木两作都供的是鲁班，广东的泥水匠却供着个有巢氏，这不是还在理么？"继之摇头道："不在理。有巢氏构木为巢，还应该是木匠的祖师。"我道："最可笑的是那搭棚匠，他们供的不是古人。"述农道："难道供个时人？"我道："供的是个人，倒也罢了，他们供的却是一个蜘蛛，说他们搭棚就和蜘蛛布网一般，所以他们就奉以为师了。这个还说有所取意的。最奇的是剃头匠这一行事业，本来中国没有的，他又不懂得到满洲去查考查考这个事业是谁所创，却供了一个吕洞宾。他还附会着说：有一回，吕洞宾座下的柳仙下凡，到剃头店里去混闹，叫他们剃头，那头发只管随剃随长，足足剃了一整天，还剃不干净。幸得吕洞宾知道了，也摇身一变，变了个凡人模样，把那斩黄龙的飞剑取出来，吹了一口仙气，变了一把剃刀，走来代他剃干净了。柳仙不觉惊奇起来，问你是什么人，有这等法力？吕洞宾微微一笑，现了原形，柳仙才知道是师傅，连忙也现了原形，脑袋上长了一棵柳树，倒身下拜。师徒两个，化一阵清风而去。一班剃头匠，方才知道是神仙临凡，连忙焚香叩谢，从此就奉为祖师。"继之笑道："这才像乡下人讲《封神榜》呢。"

述农道:“剃头虽是满洲的制度,然而汉人剃头,有名色的,第一个要算范文程了,何不供了他呢?”继之道:“范文程不过是被剃的,不是主剃的;必要查着当日第一个和汉人剃头的人,那才是剃头祖师呢。”我道:“这些都是他们各家的私家祖师;还有那公用的,无论什么店铺,都是供着关神。其实关壮缪并未到过广东,不知广东人何以这般恭维他。还有一层最可笑的:凡姓关的人都要说是原籍山西,是关神之后。其实《三国志》载,‘庞德之子庞会,随邓艾入蜀,灭尽关氏家’,哪里还有个后来。”继之道:“这是小说之功。那一部《三国演义》,无论哪一种人,都喜欢看的。这部小说却又做得好,却又极推尊他,好像这一部大书都是为他而作的,所以就哄动了天下的人。”我道:“《三国》这部书,不错,是好的。若说是为关壮缪而作,却没有凭据。”继之道:“虽然没有凭据,然而一部书之中,多少人物,除了皇帝之外,没有一个不是提名道姓的,只有叙到他的事,必称之为‘公’,这还不是代一个人作墓碑家传的体裁么?其实讲究敬他忠义,我看岳武穆比他还完全得多,先没有他那种骄矜之气。然而后人的敬武穆不及敬他的多,就因为那一部《岳传》做得不好之故。大约天下愚人居多。愚人不能看深奥的书,见了一部小说,就是金科玉律,说起话来便是有书为证,不像我们看小说是当一件消遣的事。小说能把他们哄动了,他们敬信了,不因不由的,便连上等人也跟着他敬信了,就闹的请加封号,什么王咧、帝咧,闹这种把戏,其实那古人的魂灵,已经不知散到哪里去了。想穿了真是笑得死人!”

我道:“此刻还有人议论岳武穆不是的呢。”继之道:“奇了!这个人还有甚批评?倒要请教。”我道:“有人说他,‘将在外,君命有所不受’,况且十二道金牌,他未必不知道是假的,何必就班师回去,以致功败垂成。”继之道:“生在千年以后去议论古人,也要代古人想想所处的境界。那时候严旨催迫,自有一番必要他班师的话。看他百姓遮留时,出诏示之曰:‘我不得擅留。’可见得他自有必不能留的道理,不过史上没有载上那道诏书罢了。这样批评起古人来,哪里不好批评。怪不得近来好些念了两天外国书的,便要讥诮孔子不知洋务;看得一张平圆地球图的,便要骂孔子动辄讲平天下,说来说去都是千乘之国，不知支那之外，更有五洲万国的了。”我笑道：“天下未必有这等人。”继之道：“今年三月里，一个德国人到扬州游历，来拜我，带来的一个翻译，就是这种议论。”述农道：“这种人谈他做什么，谈起来呕气。还是谈我们那对着迷信的见解，还可以说说笑笑。”我道：“要讲究迷信，倘若我开个店铺，情愿供桓侯，断不肯供壮缪。”述农道：“这又为什么？”我道：“俗人凡事都取个吉利。店铺开张交易，供了桓侯，还取他的姓是个开张的‘张’字；若供了壮缪，一面才开张，一面便供出那关门的‘关’字来，这不是不祥之兆么。”说得述农、继之一齐笑了。

述农道：“广东的赌风向来是极盛的，不知你这回去住了半年，可曾赌过没有？”我道：“说起来可是奇怪。那摊馆我也到过，但是挤拥的不堪，总挨不到台边去看看；我倒并不要赌，不过要见识见识他们那个赌法罢了。谁知他们的赌法不曾看见，倒又看见了他们的祖师，用绿纸写了什么‘地主财神’的神位，不住的烧化纸帛，那香烛更是烧得烟雾腾天的。”述农道：“地主是广东人家都供的，只怕不是什么祖师。”我道：“便是我也知道，只是他为甚用绿纸写的，不能无疑。问问他的土人，他们也说不出个所以然来。”述农道：“这龙门摊的赌博，上海也很厉害，也是广东人顽的。而且他们的神通实在大，巡捕房那等严密，却只拿他们不着。有一回，巡捕头查得许多人都得了他们的陋规，所以想着要去拿他，就有人通了风声；这一回出其不意，叫一个广东包探，带了几十个巡捕，自己还亲自跟着去捉，真是雷厉风行，说走就走的了。走到半路上，那包探要吃吕宋烟，到一家烟店去买，拣了许久，才拣了一支，要自来火来吸着了。及至走到赌台时，连桌椅板凳都搬空了，只剩下两间大篷厂。巡捕头也棱住了，不知他们怎样得的信。没奈何，只放一把火，把那篷厂烧了回来。”我惊道：“怎么放起火来？”述农笑道：“他的那篷厂是搭在空场上面，纵使烧了，也是四面干连不着的。”我道：“这只可算是聊以解嘲的举动。然而他们到底哪里得的信呢？”述农道：“他们那个赌场也是合了公司开的，有股份的人也不知多少。那家烟铺子也是股东。那包探去买烟时，轻轻的递了一个暗号，又故意以拣烟为名，俄延了许久，那铺子里早差人从后门出去,坐上车子,飞奔的报信去了,这边是步行去的,如何不搬一个空。"

继之道:"不知是什么道理,单是广东人欢喜赌。那骨牌、纸牌、骰子,制成的赌具,拿他去赌,倒也罢了;那绝不是赌具,落了广东人的手,也要拿来赌,岂不奇么?像那个闱姓,人家好好的考试,他却借着他去做输赢。"述农道:"这种赌法,倒是大公无私,不能作弊的。"我道:"我从前也这么想,这回走了一次广东,才知道这里面的毛病大得很呢。第一件是主考,学台自己买了闱姓,那个毛病便说不尽了。还有透了关节给主考,学台,中这个不中那个的。最奇的,俗语常说,'没有场外举子';广东可闹过不曾进场,中了举人的了。"述农道:"这个奇了!不曾入场,如何得中?"我道:"他们买闱姓的赌,所夺的只在一姓半姓之间;倘能多中了一个姓,便是头彩。那一班赌棍,拣那最人少的姓买上一个,这是大众不买的;他却查出这一姓里的一个不去考的生员,请了枪手,或通了关节,冒了他的姓名进场去考,自然要中了。等到放出榜来,报子报到,那个被人冒名去考的,还疑心是做梦,或者是疑心报子报错的呢。"继之道:"犯到了赌,自然不会没弊的,然而这种未免太胡闹了。"我道:"这个乡科冒名的,不过中了就完了;等到赴鹿鸣宴、谒座主,还通知本人,叫他自己来。还有那外府荒僻小县,冒名小考的,并竭圣、簪花、谒师,都一切冒顶了,那个人竟是事后安享一名秀才呢。"述农道:"听说广东进一名学极不容易,这等被人冒名的人,未免太便宜了。"我道:"说也奇怪,一名秀才值得什么,听说他们院考的时候,竟有交了白卷,拿银票夹在卷里,希冀学台取进他的呢。"继之道:"随便那一项,都有人发迷的,像这种真是发秀才迷了。其实我也当过秀才,回想起来,有什么意味呢。我们且谈正经事吧:我这几天打算到安庆去一走。你可到上海去,先找下一处房子,我们仍旧同住;只是述农就要分手,我们相处惯了,倒有点难以离开呢。我们且设个什么法子呢?"

述农道:"我这几年总没有回去过,继翁又说要到上海去住,我最好就近在上海弄一个馆地,一则我也免于出门,二则同在上海,时常可以往来。"继之想了一想道:"也好。我来同你设一个法。但不知你要什么馆地?”述农道:“那倒不必论定,只要有个名色,说起来不是赋闲就罢了。我这几天,也打算回上海去了。我们将来在上海会吧。”当下说定了。

过得两天,继之动身到安庆去。我和述农同到上海,述农自回家去了。我看定了房子,写信通知继之。约过了半个月,继之带了两家家眷,到了上海,搬到租定的房子里,忙了几天,才忙定了。继之托我去找述农。我素知他住在城里也是园滨的,便进城去访着了他,同到也是园一逛。这小小的一座花园,也还有点曲折,里面供着李中堂的长生禄位。游了一回出来,迎面遇见一个人,年纪不过三十多岁,却留了一部浓胡子,走起路来,两眼望着天。等他走过了,述农问道:“你认得他么?”我道:“不。”述农道:“这就是为参了李中堂被议的那位太史公。此刻因为李大先生做了两广,他回避了出来,住在这里蕊珠书院呢。”我想起继之说他在福建的情形,此刻见了他的貌,大约是色厉内荏的一流人了。一面和述农出城,到字号时去,与继之相见。述农先笑道:“继翁此刻居然弃官而商了,其实当商家倒比做官的少耽心些。”继之道:“耽心不耽心且不必说,先免了受那一种龌龊气了。我这回到安庆去,见了中丞,他老人家也有告退之意了。我说起要代你在上海谋一个馆地,又不知你怎样的才合式,因和他要了一张启事名片,等你想定了哪里,我就代你写一封荐信。”述农道:“有这种好说话的荐主,真是了不得!但是局卡衙门的事,我不想干了。这些事情,东家走了,我们也跟着散,不如弄一个长局的好。好在我并不较量薪水,只要有了个处馆的名色罢了。这里的制造局,倒是个长局……”我不等说完,便道:“好,好。我听说那个局子里面故事很多的,你进去了,我们也可以多听点故事。”述农也笑了一笑。议定了,继之便写了一封信,夹了片子,交给述农。不多几天,述农来说,已经投了信,那总办已经答应了。此刻搬了行李到局里去住,只等派事。坐了一会就去了。

此时已过了中秋节,继之要到各处去逛逛,所以这回长江、苏、杭一带,都是继之去的。我在上海没有甚事,一天,坐了车子,到制造局去访述农。述农留下谈天,不觉谈的晚了。述农道:“你不如在这里下榻一宵，明日再走吧。”我是无可无不可的，就答应了。到得晚上，一同出了局门，到街上去散步。到了一家酒店，述农便邀我进去，烫了一壶酒对吃。说道：“这里倒很有点乡村风味，为十里洋场所无的，也不可不领略领略。”一面谈着天，不觉吃了两壶酒。忽听得门外一声洋号吹起，接连一阵咯蹬咯蹬的脚步声，连忙抬头往外望时，只见一队兵，排了队伍，向局子里走去，正不知为了什么事。等那队兵走过了，忽然一个人闯进来道：“不好了！局子里来了强盗了！”我听了，吃了一惊，取出表来一看，只得八点一刻钟，暗想时候早得很，怎么就打劫了呢。此时述农早已开发了酒钱，就一同出来。

走到栅门口，只见两排兵，都穿了号衣，擎着洋枪，在黑暗地下对面站着。进了栅门，便望见总办公馆门口，也站了一排兵，严阵以待。走过护勇栅时，只见一个人，生得一张狭长青灰色的脸儿，浓浓的眉毛，一双抠了进去的大眼睛，下额上生成的挂脸胡子，却不曾留；穿一件缺襟箭袖袍子，却将袍脚撩起，掖在腰带上面，外面罩一件马褂，脚上穿了薄底快靴，腰上佩了一把三尺多长的腰刀，头上却还戴的是瓜皮小帽，年纪不过三十多岁，在那里指手画脚，撇着京腔说话。一班护勇都垂手站立。述农拉我从旁边走过道：“这个便是总办。”走过护勇栅，向西转弯，便是公务厅，这里又是有两排兵守着。过了公务厅，往北走了半箭多路，便是述农的住房。述农到得房里，叫当差的来问，外面到底是什么事？当差的道：“说是洋枪楼藏了贼呢。”述农道：“谁见来？”当差的道：“不知道。”正说话间，听得外面又是一声洋号。出来看时，只见灯球火把，照耀如同白日，又是一大队洋枪队来。看他那号衣，头一队是督标忠字营，第二队是督标信字营字样。正是：调来似虎如貔辈，要捉偷鸡盗狗徒。未知到底有多少强盗，如何捉获，且待下回再记。

## 第六十二回　大惊小怪何来强盗潜踪　上张下罗也算商人团体

述农指着西北角上道："那边便是洋枪楼，到底不知有了什么贼？这忠字营在徽州会馆面前，信字营在日晖桥，都调了来了。"我道："我们何妨跟着去看看呢。"述农道："倘使认真有了强盗，不免要放枪，我们何苦冒险呢。"说话间，两队兵都走过了，跟着两个蓝顶行装的武官押着阵，那总办也跟在后头，一个家人扛着一枝洋枪伺候着过去。我到底耐不住，往北走了几步，再往西一望，只见那些兵一字儿面北排班站着，一个个擎枪在手，肃静无哗。到底不知强盗在哪里，只得回到述农处。述农已经叫当差的打听去了。一会儿回来说道："此刻东栅门只放人进来，不放人出去。进来的兵只有两哨，其余的也有分派在码头上，也有分派在西炮台。沪军营也调来了，都在局外面团团围住。听见有几十个强盗，藏在洋枪楼里面呢。此刻又不敢开门，恐怕这里一开门，那里一拥而出，未免要伤人呢。"述农道："奇了！洋枪楼是一放了工便锁门的，难道把强盗锁到里头去了？"

正说话间，外面来了一群人，当头一个身穿一件蜜色宁绸单缺襟袍，罩了一件崭新的团花天青宁绸对襟马褂，脚穿的是一双粉底内城式京靴，头上却是光光的没有戴帽；后面跟着两个家人，打着两个灯笼；家人后面，跟了四名穿号衣的护勇，手里都拿着回光灯，在天井里乱照。述农便起身招呼。当头那人只点了点头；对我看了一眼，便问这是谁？述农道："这是晚生的兄弟。"那人道："兄弟还不要紧，局子里不要胡乱留人住！"述农道："是。"又道："本来吃过晚饭要去的，因为此刻东栅门不放出去，不便走。"那人也不回话，转身出去，跟来的人一窝蜂似的都去了。述农道："这是会办。大约因为有了强盗，出来查夜的。"我道："这个会办生得一张小白脸儿，又是那么打扮，倒很像个京油子，可惜说起话来是湖南口音。"

说话间,忽听得远远的一声枪响。我道:“是了,只怕是打强盗了。”过了一会,忽听得有人说话,述农喊着问是谁?当差的进来说道:“听说提调在大厅上打倒了一个强盗。”述农忙叫快去打听,那当差的答应着去了。一会回来,笑了个弯腰捧腹。我和述农忙问什么事情?当差道:“今天晚上出了这件事,总办亲自出来督兵,会办和提调便出来查夜。提调查到大厅上面,看见角子上一团黑影,窣窸有声,便喝问是谁;喝了两声,不见答应。提调手里本来拿了一枝六响手枪,见喝他不答应,以为是个贼,便放了一枪。谁知这一枪放去,汪的一声叫了起来,不是贼,是两只狗,打了一只,跑了一只。那只跑的直扑门口来,在提调身边擦过。提调吃了一惊,把手枪掉在地下,拾起来看时,已经跌坏了机簧,此刻在那里跺脚骂人呢。”说得我和述农一齐笑了。我道:“今天我进来时,看见这局里许多狗,不知都是谁养的?”述农道:“谁去养他!大约是衙门、大局子,都有一群野狗,听其自己孳生,左右大厨房里现成的剩菜剩饭,总够供他吃的。这里的狗,听说曾经捉了送到浦东去,谁知他遇了渡江的船,仍旧渡了过来。”我道:“狗这东西,本来懂点人事的,自然会渡回来。”述农道:“说这件事,我又想起一件事了:浙江抚台衙门也是许多狗,那位抚台讨厌他,便叫人捉了,都送到钱塘江当中一块涨滩上去。这块涨滩上面,有几十家人家,那滩地都已经开垦的了。那滩上的居民,除了完粮以外,绝不进城,大有与世隔绝的光景。那一群狗送到之后,一天天孳生起来,不到两年,变了好几百,内中还有变了疯狗的,践踏得那田禾不成样子。乡下人要赶他,又没处可赶,迫得到钱塘县去报荒。钱塘县派差去查过,果然那些狗东奔西窜,践踏田禾。差人回来禀知,钱塘县回了抚台,派了两棚兵,带了洋枪出去剿狗,你说不是笑话么?”我听了,又说笑了一会。惦记着外面的事,和述农出来望望,见那些兵仍旧排列着,那两个押队官和总办,却在熟铁厂帐房里坐着。

此时已有三更时分,望了一会,殊无动静,仍回到房里去。方才坐下,外面查夜的又来了。当头那人,生得臃肿肥胖,唇上长了几根八字鼠须,脸上架了一副茶碗口大的水晶眼镜,身上穿的是半截湖色熟罗长衫，也没罩马褂，挺着一个大肚子，脚上却也穿了一双靴子，一样的带了家人护勇，只站在门口望了一望。述农起身招呼。那人道："还没睡么？"述农道："没有呢。外面乱得很，也睡不安稳。"那人自去了。述农道："这个便是提调。"我道："这局子只有一个总办，一个会办么？"述农道："这有一个襄办，这两天到苏州去了。"……两个谈至更深，方才安歇。外面那洋号一回一回的，吹得呜呜响，人来人往的脚步声音，又是那打更的梆子敲个不住，如何睡得着。方才朦胧睡去，忽听得外面呜呜的洋号声，蓬蓬的铜鼓声，大振起来。连忙起身一望，天色已经微明，看看桌上的钟，才交到五点半的时候。述农也起来了，忙到外面去看，只见忠字营、信字营、沪军营、炮队营的兵，纷纷齐集到洋枪楼外面。

我见路旁边一棵柳树，柳树底下放着一件很大的铁家伙，也不知是什么东西，我便跨了上去，借他垫了脚，扶住了柳树，向洋枪楼那边望去。恰好看见两个人在门口，一个拿了钥匙开锁，这边站的三四排兵，都拿洋枪对着洋枪楼门口。那开锁的人开了，便一人推一扇门，只推开了一点，便飞跑的走开了，却又不见有甚动静。忽见一个戴水晶顶子的官，嘴里喊了一句什么话，那穿炮队营号衣的兵，便一步步向洋枪楼走去，把那大门推的开足了，鱼贯而入。这里忠、信两营，与及沪军营的兵，也跟着进去。不一会，只见楼上楼下的窗门，一齐开了。众兵在里面来来往往，一会儿又都出来了，便是嘻嘻哈哈的一阵说笑。进去的是兵，出来的依旧是兵，何尝有半个强盗影子。便下来和述农回房。述农道："惊天动地的闹了一夜，这才是笑话呢。"我道："倒底怎样闹出这句话来呢？"说话时，当差送上水，盥洗过，又送点心来。当差说道："真是笑话！原来昨天晚上，熟铁厂里的一个师爷，提了手灯到外面墙脚下出恭，那手灯的火光，正射在洋枪楼向东面的玻璃窗上。恰好那打更的护勇从东面走来，远远的看见玻璃窗里面的灯影子，便飞跑的到总办公馆去报，说洋枪楼里面有了人；那家人传了护勇的话进去，却把一个'人'字，说成了一个'贼'字。那总办慌了，却又把一个'贼'字，听成了'强盗'两个字。便即刻传了本局的炮队营来，又挥了条子，请了忠、信两营来；去请沪军营请不动,还专差人到道台那里,请了令箭调来呢。此刻听说总办在那里发气呢。”我和述农不觉一笑。

吃过点心,不久就听见放汽筒开工了。开过工之后,述农便带着我到各厂去看看,十点钟时候,方才回房。走过一处,听得里面人声嘈杂,抬头一看,门外挂着“议价处”三个字的牌子。我问这是什么地方?述农道:“这不明明标着议价处么?是买东西的地方。你可要做生意?进去看看,或者可以做一票。”我道:“生意不必一定要做,倒要进去见识见识怎么个议法。”述农便领了我进去。只见当中一间是空着的,旁边一间,摆着一张西式大桌子,围着许多人,也有站的,也有坐的。上面打横坐了三个人,述农介绍了与我相见,通过姓名,方知两个是议价委员,一个是誊帐司事。那委员问我可是要做生意。我道:“进来见识见识罢了,有合式的也可以做点。”委员一面问我宝号,一面递一张纸给我看。我一面告诉了,一面接过那张纸看,上面写着:“请饬购可介子煤三千吨、豆油十篓、高粱酒二篓”等字。旁边又批了“照购”两个字,还有两个长方图书磕在上面。我想这一票煤倒有万把银子生意,但不知那豆油、高粱酒,这里买来何用?看罢了,交还委员。委员问道:“你可会做煤么?这是一票大生意呢。”我道:“会是会的。不知要栈货,还是路货?”旁边一个宁波人接口道:“此地向来不用栈货的,都是买路货。”我道:“这两年头番可介子很少了。”委员道:“我们不管头番、二番,只要东西好,价钱便宜。”我道:“关税怎样算呢?”委员道:“关税是由此地请免单的。”我道:“不知要几天交货?”委员道:“二十天、一个月,都可以。你原船送到码头就是,起到岸上是我们的事。多少银子一吨?你说吧。”我默算一算道:“每吨四两五钱银子吧。”一个宁波人看了我一眼道:“我四两四。”那委员又对那些人道:“你们呢?”却没人则声。委员又对我道:“你呢,再减点,你做了去。”我道:“那么就四两三吧。”又一个宁波人抢着道:“我四两二。”我心中暗想,这个哪里是议价,只是在这里跌价。外国人的拍卖行是拍卖,这里是拍买呢。算一算,这个价钱没甚利息,我便不再跌了。那宁波人对我道:“你再跌吧,再跌一钱,你做了去。”我道:“三千吨呢,跌一钱便是三百两,好胡乱跌么?”委员道:

"你再减点吧,早得很呢。"我筹算了一会道:"再减去五分吧。"说犹未了,忽听得一声拍桌子响,接着一声大吼道:"我四两,齐头数!"接着,哄然一声叫好。我暗想,这个明明是欺我生,和我作对。这个情形,外头拍卖行也有的,几个老拍卖联合了不肯抬价,及至有一个生人到了要拍,他们便狠命把价抬起来。照这样看起来,纵使我再跌,他们也不肯让给我做的了,我何不弄他们一弄,看他们怎样。想罢,便道:"三两九吧。"道犹未了,忽的一声跳起一个宁波人来,把手一扬,喊道:"三两五!"接着又是哄然叫好。委员拿了一张承揽纸,叫他写。我在旁边看时,那承揽纸上印就的格式,什么限月日交货,什么不得以低货朦充等字样,都是刻就的,只要把现在所定的货物、价目,填写上去便是了。看他拿起笔要写时,我故意道:"三两四如何?"那人拿着笔往桌上一拍道:"三两三!"我道:"三两二。"便有一班人劝他道:"让他做了去吧。"我心中一想,不好,他倘让我做了,吃亏不少,要弄他倒弄了自己了。想犹未了,只听他大喊道:"三两一!我今日要让旁人做了,便不是个好汉!"我笑道:"我三两,你还能进关么?"他抢着喊道:"二两九!"我也抢着道:"二两八。"他把双脚一跳,直站起来道:"二两五!"我道:"四钱半。"他便道:"让你,让你。"我一想,不好了,这回真上当了。便坐下去,拿过承揽纸来,提笔要写。忽听得另外一个人道:"二两四我来!"我听了方才把心放下,乐得推给他去做了。那个人写好了,两个委员画了押;又让那豆油、高粱酒,却是一个南京人做去的,并没有人向他抢跌价钱。等他写好时,已听得呜呜的汽筒响,放工了。我回头一看,不见了述农,想是先走了。那些人也一哄而散。我也出了议价处,好得贴着隔壁便是述农住的地方,我见了述农,说起刚才的情形。因说道:"这一票煤,最少也要赔两把银子一吨,不知他怎么做法。你在这里头,我倒托你打听打听呢。"述农道:"这里是各人管各事的,怎样打听得出来,而且我还生得很呢。"我道:"倒是那票油酒是好生意,我看见为数太少了,不去和他抢夺罢了。"

说话间,已经开饭。饭后别过述农,出来叫了车,回家走了一次,再到号里去,闲闲的又和管德泉说起制造局买煤的情形来。德泉吐出舌头来道:“你几乎惹出事来！这个生意做得的么？只怕就是四两五钱给你做了,也要累得你一个不亦乐乎呢!”我道:“我算过,从日本运到这里,不过三两七八钱左右便够了,如果四两五钱做了,何至受累?”德泉道:“就算三两八办到了,赚了七钱银子一吨,三七二千一到手了。轮船到了黄浦江,你要他驶到南头,最少要加他五十两。到了码头上,看煤的人来看了,凭你是拿花旗白煤代了东洋可介子,也说你是次货,不是碎了,便是潮了,挑剔了多少。有神通的,化上二三百,但求他不要原船退回,就万幸了。等到要起货时,归库房长夫经手,不是长夫忙得没有工夫,便是没有小工,给你一个三天起不清。轮船上耽搁他一天,最少也要赔他五百两,三五已经去了一千五了。好容易交清了货,要领货价时,他却给你个一搁半年,这笔拆息你和谁算去！他们是做了多年的,一切都熟了,应酬里面的人也应酬到了,所有里面议价处、核算处、库房、帐房,处处都要招呼到。见了委员、司事,卑污苟贱的,称他老爷、师爷;见了长夫、听差,呵腰打拱的,和他称兄道弟。到了礼拜那天,白天里在青莲阁请长夫、听差喝茶开灯,晚上请老爷、师爷在窑姐儿里碰和喝酒。这都是好几年的历练资格呢。”我道:“既如此,他们免不得要遍行贿赂的了。那里面人又多,照这样办起来,纵使做点买卖,哪里还有好处?”德泉道:“贿赂遍不遍,未曾见他过付,不能乱说。然而他们是联络一气的,所以你今天到了,他们便拚命的和你跌价,等你下次不敢去。他吃亏做了的买卖,便拿低货去充。譬如今天做的可介子,他却去弄了蒲古来充;如果还要吃亏,他便搀点石头下去,也没人挑剔。等你明天不去了,他们便把价钱揹住了不肯跌;再不然,值一两银子的东西,他们要价的时候,却要十两,几个人轮流减跌下来,到了五六两,也就成交了。那议价委员是一点事也不懂得,单知道要便宜。他们那赚头,却是大家记了帐,到了节下,照人数公摊的。你想初进去的人,怎么做得他们过!”我听了这话,不觉恍然大悟。正是:回首前情犹在目,顿将往事一撄心。不知悟出些什么来,且待下回再记。

## 第六十三回　设骗局财神遭小劫　谋复任臧获托空谈

我听德泉一番话，不觉恍然大悟道："怪不得今日那承揽油酒的，没有人和他抢夺。这两天豆油的行情，不过三两七八钱，他却做了六两四钱；高粱酒行情，不过四两二三，他却做了七两八钱；可见得是通同一气的了。"德泉道："这些话，我也是从佚庐处听来的，不然我哪里知道。他们当日本来是用了买办出来采办的，后来一个什么人上了条陈，说买办不妥，不如设了报价处，每日应买什么东西，挂出牌去，叫各行家弥封报价，派了委员会同开拆，拣最便宜的定买。谁知一班行家得了这个信，便大家联络起来。后来局里也看着不对，才行了这个当面跌价的规矩，报价处便改了议价处。起先大家要抢生意，自然总跌得贱些，不久却又联络起来了。其实做买卖联络了同行，多要点价钱，不能算弊病。那卖货的和那受货的联络起来，那个货却是公家之货，不是受货人自用之货，这个里面便无事不可为了。"我道："从前既是用买办的，不知为什么又要改了章程，只怕买办也出了弊病了。"德泉道："这个就难说了。官场中的事情，只准你暗中舞弊，却不准你明里要钱。其实用买办倒没有弊病，商家交易一个九五回佣，几乎是个通例的了。制造局每年用的物料，少说点，也有二三十万，那当买办的，安分照例办去，便坐享了万把银子一年，他何必再作弊呢。虽然说人心没厌足，谁能保他。不过作了弊，万一给人家攻击起来，撤了这个差使，便连那万把一年的好处也没了，不比这个单靠几两银子薪水的，除了舞弊，再不想有丝毫好处，就是闹穿了，开除了，他那个事情本来不甚可惜，这般利害相衡起来，那当买办的自然不敢舞弊了。谁知官场中却不这么说，拿了这照规矩的佣钱，他一定要说是弊，不肯放过；单立出这些名目来，自以为弊绝风清，中间却不知受了多少朦蔽。"

我道："他买货是一处，收货是一处，发价又是一处，要舞弊，可也不甚容易。”德泉道：“岂但这几处，那专跑制造局做生意的，连小工都是通同一气的。小工头，上海人叫做‘箩间’。那边做箩间的人，却兼着做砖灰生意，制造局所用的砖灰，都是用他的。他也天天往议价处跑，所以就格外容易串通了。有一回，买了一票砖，害得人家一个痛快淋漓。这里起造房子的砖，叫做‘新放砖’，名目是二寸厚，其实总不免有点厚薄。制造局买砖，向来是要验过厚薄的。其实此举也是多事，一二分的上下，起造时，那泥水匠本可以在用灰上设法的。他那验厚薄之法，是用五块砖迭起，把尺一量，是十寸，便算对了。那做砖灰生意的，自己是个箩间，验起来时自然容易设法，厚的薄的搀起来迭，自然总在十寸光景。他也不知垄断了若干年了。有一回，跑了个生脸的人，去承揽了十万新放砖。等到送货的时候，不免要请教他的小工。那小工却把厚的和厚的迭在一处，薄的和薄的迭在一处，拿尺量起来，不是量了十一寸，便是量了九寸。收货的司事，便摆出满脸公事样子来，说一定不能用，完全要退回去；又说什么工程赶急，限时限刻，要换了好货来。害得那家人家，雇了他的小工，一块一块的拣起来，十成之中，不过三成是恰合二寸厚的。只得到窑里去商量，窑里也不能设法一律匀净。十万砖，送了七次，还拣不到四万。一面又是风雷火炮的催货。那家人家没了法，只得不做这个生意，把下余未曾交齐的六万多砖，让给他去交货，每万还贴还他若干银子，方才了结。还要把人家那三万多的货价，捺了五个月，才发出来。照这样看去，那制造局的生意还做得么？这样把持的情形，那当总办的木头人，哪里知道，说起来，还是只有他家靠得住呢。”我道：“发价是局里的事，他怎么能捺得住？”德泉道：“他只要弄个玄虚，叫收货的人不把发票送到帐房里，帐房又从何发起；纵使发票已经到了帐房，他帐房也是通的，又奈他何呢。”

凡做小说的有一句老话，是有话便长，无话便短。等到继之查察了长江、苏、杭一带回来，已是十月初旬了。此时外面倒了一家极大的钱庄，一时市面上沸沸扬扬起来，十分紧急，我们未免也要留心打点。一时谈起这家钱庄的来历，德泉道：“这位大财东，本来是出身极寒微的，是一个小钱店的学徒，姓古，名叫雨山。他当学徒时，不知怎样认识了一个候补知县,往来得甚是亲密。有一回,那知县太爷要紧要用二百银子,没处张罗,便和雨山商量。雨山便在店里,偷了二百银子给他。过得一天查出了,知道是他偷的。问他偷了给谁,他却不肯说;百般拷问,他也只承认是偷,死也不肯供出来交给谁。累得荐保的人,受了赔累。店里把他赶走了,他便流离浪荡了好几年。碰巧那候补知县得了缺,便招呼了他,叫他开个钱庄,把一应公事银子都存在他那里,他就此起了家。他那经营的手段,也实在厉害,因此一年好似一年,各码头都有他的商店。也真会笼络人,他到一处码头,开一处店,便娶一房小老婆,立一个家。店里用的总理人,到他家里去,那小老婆是照例不回避的。住上几个月,他走了,由得那小老婆和总理人鬼混。那总理人办起店里事来,自然格外巴结了,所以没有一处店不是发财的。外面人家都说他是美人局。像他这种专会设美人局的,也有一回被人家局骗了,你说奇不奇。"我道:"是怎么个骗法呢?"

德泉道:"有一个专会做洋钱的,常常拿洋钱出来卖,却卖不多,不过一二百、二三百光景。然而总便宜点:譬如今天洋价七钱四分,他七钱三就卖了;明天洋市七钱三,他七钱二也就卖了,总便宜一分光景。这些钱庄上的人,眼睛最小,只要有点便宜给他,哪怕叫他给你捧屁股,都是肯的。上海人恨的叫他'钱庄鬼'。一百元里面,有了一两银子的好处,他如何不买,甚至于有定着他的。久而久之,闹得大家都知道了。问他洋钱是哪里来的?他说是自己做的。看着他那雪亮的光洋钱,丝毫看不出是私铸的。这件事叫古雨山知道了,托人买了他二百元,请外国人用化学把他化了,和那真洋钱比较,那成色丝毫不低。不觉动了心,托人介绍,请了他来,问他那洋钱是怎么做的?究竟每元要多少成本?他道:'做是很容易的,不过可惜我本钱少;要是多做了,不难发财。成本每元不过六钱七八分的谱子。'古雨山听了,不觉又动了心,要求他教那制造的法子。他道:"我就靠这一点手艺吃饭?教会了你们这些大富翁,我们还有饭吃么?'雨山又许他酬谢,他只是不肯教。雨山没奈何,便道:'你既然不肯教,我就请你代做,可使得?'他道:'代做也不能。你做起来,一定做得不少，未必信我把银子拿去做，一定要我到你家里来做。这件东西，只要得了窍，做起来是极容易的，不难就被你们偷学了去。”雨山道：‘我就请你拿了银子去做。但不知一天能做多少？’他道：“就是你信用我，我也不敢提承得多。至于做起来，一天大约可以做三四千。’雨山道：‘那么我和你定一个合同，以后你自己不必做了，专代我做。你六钱七八的成本，我照七钱算给你，先代我做一万元来，我这里便叫人先送七千两银子到你那里去。’他只推说不敢担承。说之再四，方才应允。合同订了，还请他吃了一顿馆子，约定明天送银子去。除了明天不算，三天可以做好，第四天便可以打发人去取洋钱。到了明天，这里便慎重其事的，送了七千两现银子过去。到第四天，打发人去取洋钱，谁知他家里，大门关得紧紧的，门上粘了一张‘召租’的帖子，这才知道上当了。”我道：“他用了多少本钱，费了多少手脚，只骗得七千银子，未免小题大做了。”德泉道：“你也不是个好人，还可惜他骗得少呢。他能用多少本钱，顶多卖过一万洋钱，也不过蚀了一百两银子罢了。好在古雨山当日有财神之目，去了他七千两，也不过是‘九牛一毛，太仓一粟’。若是别人，还了得么？”我道：“别人也不敢想发这种财。你看他这回的倒帐，不是为屯积了多少丝，要想垄断发财所致么？此刻市面各处都被他牵动，吃亏的还不止上海一处呢。”

正说话间，继之忽然跑了来，对我道：“苟才那家伙又来了。他来拜过我一次，我去回拜过他一次，都说些不相干的话。我厌烦的了不得，交代过家人们，他再来了，只说我不在家，挡驾。此刻他又来了，直闯进来；家人们回他说不在家，他说有要紧话，坐在那里，叫人出来找我。我从后门溜了出来，请你回去敷衍他几句，说到我的事情，你是全知道的，随意回复他就是了。”我听了莫名其妙，只得回去。原来我们住的房子，和字号里只隔得一条胡同，走不多路便到了。

当下与苟才相见，相让坐下。苟才便问继之到哪里去了。我道：“今天早起还在家，午饭后出去，遇了两个朋友，约着到南翔去了。”苟才愕然道：“到南翔做什么？怎么家里人也不晓得？”我道：“是在外面说起就走的，家里自然不知。听说那边有个古漪园，比上海的花园，较为古雅；还有人在那边起了个搓东诗社，只怕是寻诗玩景去了。”苟才道：“好雅兴！但不知几时才回来？”我道：“不过一两天罢了。不知有什么要紧事？”苟才沉吟道：“这件事，我已经和他当面说过了。倘使他明天回来，请他尽明天给我个信，我有人到南京。”我道：“到底为什么事？何妨告诉我。继之的事，我大半可以和他作主的，或者马上就可以说定，也未可知。”苟才又沉吟半晌道：“其实这件事本是他的事，不过我们朋友彼此要好，特地来通知一声罢了。兄弟这回到上海，是奉了札子来办军装的。藩台大人今年年下要嫁女儿，顺便托兄弟在上海代办点衣料之类。临行的时候，偶然说起，说是还差四十两金首饰，很费踌躇。兄弟到了这里，打听得继之还在上海，一想，这是他回任的好机会，能够托人送了四十两金子进去，怕藩台不请他回江都去么？”我道：“大人先和继之说时，继之怎样说呢？”苟才道：“他总是含含糊糊的。”我道：“他请假措资，此时未必便措了多少，一时怕拿不出来。”苟才道：“他哪里要措什么资！我看他不过请个假，暂时避避大帅的怒罢了。哪里有措资的人，堂哉皇哉，在上海打起公馆的？”我暗想：大约继之被他这种话聒得麻烦了，不如我代他回绝了吧。想罢，便道：“大人这一个‘避’字，倒是说着了，然而只着得一半。继之的避，并不是暂时避大帅的怒，却是要永远避开仕路的意思。此刻莫说是要化钱回任，便是不化钱叫他回任，只怕也不愿意的了。他常常和我说：等过了一年半载，上头不开他的缺，他也要告病开缺，他要自己去注销这个知县呢。”苟才愕然道：“这个奇了！江都又不是要赔累的缺，何至如此！若说碰钉子呢，我们做官的人，哪一天不碰上个把钉子？要都是这么使脾气，官场中的人不要跑光了么？”我道：“便是我也劝过他好几次，无奈他主意打定了，凭劝也劝不过来。大人这番美意，我总达到就是了。”苟才道：“就是继翁正当年富力强的时候，此刻已经得了实缺，巴结点的干，将来督抚也是意中事。”我没得好说，只答应了两个“是”字。苟才又道：“令伯许久不见了，此刻可好？在哪里当差？”我道：“在湖北，此刻当的是宜昌土捐局的差事。”苟才道：“这个差事怕不坏吧？”我道：“这倒不知道。”苟才道：“沾着厘捐的，左右没有坏差使。”说着，两手拿起茶碗，往嘴唇上送了一送，并不曾喝着一点茶；放下茶碗，便站起来，说道："费心继翁跟前达到这个话，并劝劝他不要那么固执，还是早点出山的好。"我一面答应着，就送他出去。我要送他到胡同口上马车，他一定拦住，我便回了进来。

继之的家人高升对我道："这么一个送上门的好机会，别人求也求不着的，怎么我们老爷不答应？求老爷好歹劝劝，我们老爷答应了，家人们也沾点儿光。"我笑道："你们老爷自己不愿意做官，叫我怎样劝呢。"高升道："这是一时气头上的话，不愿意做官，当初又何必出来考试呢！不要说有这么个机会，就是没有机会，也要找路子呢。前年盐城县王老爷不是的么？到任不满三个月，上忙没赶上，下忙还没到，为了乡下人一条牛的官司，叫他那舅老爷出去，左弄右弄，不知怎样弄拧了，就撤了任，闹了一身的亏空。后来找了一条路子，是一个候补道蔡大人，和藩台有交情，能说话；可是王老爷没有钱化，还是他的两三个家人，凑上了一吊多银子，不就回了任了吗？虽然赶回任的时候，把下忙又过了，明年的上忙还早着，到此刻，可是好了。倘使我们老爷不肯拿出钱来，就是家人们代凑着先垫起来，也可以使得。请老爷和家人说说。"我道："你跟了你老爷这几年，还不知他的脾气吗？我可不能代你去碰这个钉子，要说你自己说去。"高升道："家人们去说更不对了。"我正要走进去，字号里来了个出店，说有客来了。我便仍到字号里来。正是：仕路方聆新怪状，家庭又听出奇闻。不知那来客是谁，且听下回再记。

## 第六十四回 无意功名官照何妨是假 纵非因果恶人到底成空

那客不是别人,正是文述农。述农一见了我,便猝然问道:“你那个摇头大老爷,是哪里弄来的?”我愕然道:“什么摇头大老爷?我不懂啊。”继之笑道:“官场礼节,知县见了同通,都称大老爷。同知五品,比知县大了两级,就叫他一声大老爷,似乎还情愿的,所以叫做‘点头大老爷’;至于通判,只比他大得一级,叫起来未免有点不情愿,不情愿,就要摇头了,所以叫做‘摇头大老爷’。那回我和你说过请封典之后,我知道你于此等事是不在心上的,所以托你令姊抄了那卯数、号数出来,托述农和你办去。其余你问述农吧。”我道:“这是家伯托人在湖南捐局办来的。”述农道:“你令伯上了人家的当了。这张照是假的。”我不觉愕然,棱了半天道:“难道部里的印信都可以假的么?你又从哪里知道的呢?”述农道:“我把你官照的号码抄去,托人和你办封典;部里复了出来,说没有这张照,还不是假的么?”我道:“这真奇了!那一张官照的板可以假得,怎么假起紫花印信来?这做假的,胆子就很不小。”继之道:“官照也是真的,印信也是真的,一点也不假,不过是个废的罢了。你未曾办过,怨不得你不知道。本来各处办捐的老例,系先填一张实收,由捐局汇齐捐款,解到部里,由部里填了官照发出来,然后由报捐的拿了实收,去倒换官照。遇着急于筹款的时候,恐怕报捐的不踊跃,便变通办理,先把空白官照,填了号数,发了出来,由各捐局分领了去劝捐。有来报捐的,马上就填给官照。所有剩下来用不完的,不消缴部,只要报明由第几号起,用到第几号,其余均已销毁,部里便注了册,自第几号至第几号作废,叫做废照。外面报过废的照,却不肯销毁,仍旧存着,常时填上个把功名,送给人作个顽意见;也有就此穿了那个冠带,充做有职人员的,谁还去追究他。也有拿着这废照去骗钱的,听说南洋新嘉坡那边最多。大约一个人有了几个钱,虽不想做官,也想弄个顶戴。到新嘉坡那边发财的人很多，那边捐官极不容易，所以就有人搜罗了许多废照，到那边去骗人。你的那张，自然也是废照。你快点写信给你令伯，请他向前路追问。只怕……”说到这两个字，继之便不说了。述农道：“其实功名这样东西，真的便怎么，假的弄一个顽顽也好。”

我听了这话，想起苟才的话来，便告诉了继之。继之道：“这般回绝了他也好，省得他再来麻烦。”我道：“大哥放着现成真的不去干的，我却弄了个假的来，真是无谓。”述农道：“这样东西，真的假的，最没有凭据。我告诉你一个笑话：我们局里前几年，上头委了一个盐运司来做总办；这局子向来的总办都是道班，这一位是破天荒的。到差之后，过了一年多，才捐了个候选道。你道他为什么加捐起来？原来他那盐运司是假的。”继之道：“假功名，戴个顶子顽顽就罢了，怎么当起差来？”述农道：“他还是奉宪准他冒官的呢。他本是此地江苏人。他的老兄，是个实缺抚台。他是个广东盐大使。那年丁忧回籍，办过丧事之后，不免出门谢吊；谢过吊，就不免拜客。他老兄见了两江总督，便代自家兄弟求差使，说本籍人员，虽然不能当地方差使，但如洋务、工程等类，也求赏他一个。总督答应了，他便递了一张‘广东候补盐大使某某’的条子。说过之后，许久没有机会。忽然一天，这局子里的总办报了丁忧，两江总督便想着了他。可巧那张条子不见了，书桌上、书架上、护书里、抽屉里，翻遍了都没有。便仔细一想，把他名字想了出来，却忘了他的官阶。想了又想，仿佛想起一个‘盐’字，便糊里糊涂给他填上一个盐运司。这不是奉宪冒官么？”我道：“他已经捐过了道班，这件事又从哪里知道他的呢？”述农道：“不然哪里知道，后来他死了，出的讣帖，那官衔候选道之下，便是广东候补盐大使，竟没有盐运司的衔头，大家才知道的啊。”

继之道：“自从开捐之后，那些官儿竟是车载斗量，谁还去辨什么真假。我看将来是穿一件长衣服的，都是个官，只除了小工、车夫以及小买卖的，是百姓罢了。”述农道：“不然，不然！上一个礼拜，有个朋友请我吃花酒，吃的时候晚了，我想回家去，叫开老北门或新北门，到也是园滨还远得很，不如回局里去。赶到宁波会馆叫了一辆东洋车。那车夫是个老头子，走的慢得很，我叫他走快点，情愿加他点车钱。他说走不快了,年轻时候,出来打长毛,左腿上受过枪弹,所以走起路来,很不便当。我听了很以为奇怪,问他跟谁去打长毛,他便一五一十的背起履历来。他还是花翎、黄马褂、硕勇巴图鲁、记名总兵呢。背出那履历来,很是内行,断不是个假的。还有这里虹口鸿泰木行一个出店,也是个花翎、参将衔的都司。这都是我亲眼看见的,何必穿长衣的才是个官呢!”德泉道:“方佚庐那里一个看门的,听说还是一个曾经补过实缺的参将呢。”继之道:“军兴的时候,那武职功名,本来太不值钱了。到了兵事过后,没有地方安插他们,流落下来,也是有的。那年我进京,在客店里看见一首题壁诗,署款是:‘解弁将军’。那首诗很好的,可惜我都忘了。只记得第二句是‘到头赢得一声驱’。只这七个字,那种抑郁不平之气,也就可想了。”当下谈了一会,述农去了,各自散开。

我想这废照一节,不便告诉母亲,倘告诉了,不过白气恼一场,不如我自己写个信去问问伯父便了。于是写就一封信,交信局寄去。回到家来,我背着母亲、婶娘,把这件事对姊姊说了。姊姊道:“这东西一寄了来,我便知道有点蹊跷。伯娘又不曾说过要你去做官,你又不是想做官的人,何必费他的心,弄这东西来。你此刻只不要对伯娘说穿,有心代他瞒到底,免得伯娘白生气。”我道:“便是我也是这个意思,姊姊真是先得我心了。”姊姊道:“本来做官不是一件容易的事,便是真的,你未必便能出去做;就出去了,也未必混得好。前回在南京的时候,继之得了缺,接着方伯升到安徽去,那时你看干娘欢喜得什么似的,以为方伯升了抚台,继之更有照应了。他未曾明白,隔了一省,就是鞭长不及马腹了。俗语说的好,‘朝里无人莫做官’,所以才有撤任的这件事。此刻譬如你出去候补,靠着谁来照应呢?并且就算有人照应,这靠人终不是个事情。并且一走了官场,就是你前回说的话,先要学的卑污苟贱,灭绝天良。一个人有好人不学,何苦去学那个呢。这么一想,就管他真的也罢,废的也罢,你左右用他不着。不过……”说到这里,就顿住了口,歇一歇道:“这两年字号里的生意也很好,前两天我听继之和伯娘说起,我们的股本,积年将利作本,也上了一万多了。哪里不弄回三千银子来,只索看破点罢了。”

我道："不错，这里面很像有点盈虚消息。倘使老人家的几个钱，不这般糊里糊涂的弄去了，我便不至于出门；不出门，便不遇见继之，哪里能挣起这个事业来呢。到了此刻，却强我做达人。"

说话之间，婶娘走了进来道："侄少爷在这里说什么？大喜啊！"我愕然道："婶婶说什么？喜从何来？"婶娘对我姊姊说道："你看他一心只巴结做生意，把自己的事，全然不管，连问他也装做不知道了。"姊姊道："这件事来往信，一切都是我经理的，难怪他不知道。"婶娘道："难道继之也不向他提一句？"姊姊道："他们在外面遇见时，总有正经事谈，何必提到，况且继之哪里知道我们瞒着他呢。"说着，又回头对我道："你从前定下的亲，近来来了好几封信催娶了，已经定了明年三月的日子。这里过了年，就要动身回去办喜事。瞒着你，是伯娘的主意，说你起服那一年，伯娘和你说过好几遍，要回去娶媳妇儿，你总是推三阻四的；所以这回不和你商量，先定了日子，到了时候，不由你不去。"我笑着站起来道："我明年过了年，正月里便到宜昌去看伯父，住他一年半载才回来。"说着，走了下楼。

光阴荏苒，转瞬又到了年下，正忙着各处的帐目，忽然接到伯父的回信，我拆开一看，上面敷衍了好些不相干的话，末后写着说："我因知王俎香在湘省办捐，吾侄之款，被其久欠不还，屡次函催，伊总推称汇兑不便；故托其即以此款，代捐一功名，以为吾侄他日出山之地。不图其以废照塞责。今俎香已死，虽剖吾心，无以自明，惟有俟吾死后，于九泉之下，与之核算"云云。我看了，只好付之一笑。到了晚上回家，给姊姊看了，姊姊也是一笑。

腊月的日子格外易过，不觉又到了新年。过年之后，便商量动身。继之老太太也急着要带撤儿回家谒祖，一定要继之回去。继之便把一切的事都付托了管德泉，退了住宅房子，一同上了轮船。在路走了四天，回到家乡，真是河山无恙，桑梓依然。在上海时，先已商定由继之处拨借一所房子给我居住。好在继之房子多，尽拨得出来。所以起岸之后，一行人轿马纷纷，都向继之家中进发。伯衡接着，照应一切行李。当日草草在继之家中歇了一天。次日，继之把东西的一所三开间、两进深的宅子，指拨给我。我道："我住不了这些房子啊。”继之道：“住是住不了，然而办起喜事来却用得着。并且家母和你老太太同住热闹惯了，住远了不便。我自己这房子后面一所花园，却跨到那房子的后面，只要在那边开个后门，内眷们便可以不出大门一步，从花园里往来了。这是家母意思，你就住了吧。”我只得依了。继之又请伯衡和我过去，叫人扫除一切。

原来这所房子，是继之祖老太爷晚年习静之处。正屋是三开间、两进深；西面还有一个小小院落，一间小小花厅，带着一间精雅书房；东面另有一间厨房，布置得十分齐整。伯衡帮带着忙，扫除了一天，便把行李一切搬了过来，动用的木器家伙，还是我从前托伯衡寄存的，此时恰好应用，不够的便添置起来。母亲住了里进上首房间，婶娘暂时住了花厅，姊姊急着回婆家去了。我这边张罗办事，都是伯衡帮忙。安顿了三天，我才到各族长处走了一次，于是大家都知道我回来娶亲了。自此便天天有人到我家里来，这个说来帮忙，那个说来办事，我和母亲都一一谢去了。

有一天，要配两件零碎首饰，我暗想龙云岫向来开着一家首饰店的，何不到他那里去买，也顺便看看他。想罢，便一路走去。久别回乡的人，走到路上，看见各种店铺，各种招牌，以及路旁摆的小摊，都是似曾相识，如遇故人，心中另有一种说不出的情景。走到云岫那店时，谁知不是首饰店了，变了一家绸缎店，暗想莫非我走错了，仔细一认，却并未走错。只得到左右邻居店家去问一声，是搬到哪里去了，谁知都说不是搬去，却是关了。我暗想云岫这个人，何等会算计，何等尖刻，何至好好的一家店关了呢？只得到别家去买。这条街本是一个热闹所在，走不上多少路，就有了首饰店，我进去买了。因为他们同行，或者知道实情，顺便问问云岫的店为什么关了？一个店伙笑道：“没有关。”说着，把手往南面一指道：“搬到那边去了。往南走出了栅栏，路东第一家，便是他的宝号。”我听了，又暗暗诧异，怎么他的旧邻又说是关了呢？

谢过了那店伙，便向南走去，走出半里多路，到了栅栏，踱了过去，向路东第一间一望：只是这间房子，统共不过一丈开阔，还不到五尺深；地下摆了两个矮脚架子，架着两个玻璃扁匣，匣时面摆着些残旧破缺的日本耍货；匣旁边坐了一个老婆子，脸上戴着黄铜边老花眼镜，在那里糊自来火匣子，连柜台也没有一张。回过头来一看，却有一张不到三尺长的柜台，柜台上面也放着一个玻璃扁匣，匣里零零落落的放着几件残缺不全的首饰，旁边放着一块写在红纸贴在板上的招牌，是“包金法蓝”四个字。柜台里面坐着一个没有留胡子的老头子，戴了一顶油腻腻的瓜皮小帽，那帽顶结子，变了黑紫色的了。露出那苍白短头发，足有半寸多长，犹如洋灰鼠一般；身上穿了一件灰色洋布棉袄，肩上襟前，打了两个大补钉。仔细一看，正是龙云岫，不过面貌憔悴了好些。我跨进去一步，拱拱手，叫一声世伯。他抬起头来，我道：“世伯还认得我么？”云岫连忙站起来弯着腰道：“嗄！咦！啊！唔！哦！哦！哦！认得，认得！到哪里去？请坐，请坐！”我见他这种神气，不觉忍不住要笑。

正要答话，忽听得后面有人叫我，我回头一看，却是伯衡。我便对云岫道：“我有一点事，回来再谈吧。”弯了弯腰，辞了出来，问伯衡什么事？伯衡道：“继之老太太要送你一套袍褂，叫我剪料，恰好遇了你，请你同去看看花样颜色。”我道：“这个随便你去买就是，那有我自己去拣之理。”伯衡道：“既如此，买了穿不得的颜色，你不要怨我。”我道：“又何苦要买穿不得的颜色呢！”伯衡道：“不是我要买，老太太交代，袍料要出炉银颜色的呢。”我笑道：“老太太总还当我是小孩子，在他跟前，穿得老实点，他就不欢喜。今年新年里，还送我一条洒花腰带，硬督着要我束上，你想怎好拂她的意思。这样吧，袍料你买了蜜色的吧，只说我自己欢喜的，她老人家看了，也不算老实，我还可以穿得出。劳了你驾吧，我要和云岫谈谈去。”

伯衡答应去了，我便回头再到云岫那里。云岫见了我，连忙站起来道：“请坐！请坐！你几时回来的？我这才想起来了。你头回来，我实在茫然；后来你临去那一点头，一呵腰，那种神气，活像你尊大人，我这才想起来。请坐，请坐！”我看他只管说请坐，柜台外面却并没一把椅子。正是：剩有阶前盈尺地，不妨同作立谈人。柜台外面既没有椅子，不知坐在那里，且待下回再说。

## 第六十五回　一盛一衰世情商冷暖　忽从忽违辩语出温柔

云岫一口气说了六七句“请坐”,猛然自己觉着柜台外面没有凳子,连忙弯下腰去,要把自己坐的凳子端出来。我忙道:“不必了,我们外面去谈谈吧。但不知这里要看守不?”云岫道:“好,好,我们到外面去谈,这里不要紧的。”于是一同出来,拣了一家酒楼要上去,云岫道:“到茶楼上去谈谈,省点吧。”我道:“喝酒的好。”于是相将登楼,拣了坐位,跑堂的送上酒菜。云岫问起我连年在外光景,我约略说了一点。转问他近年景况。云岫叹口气道:“我不料到了晚年才走了坏运,接二连三的出几件事,便弄到我一败涂地!上前年先母见背下来,不上半年,先兄、先嫂,以及内人、小妾,陆续的都不在了。半年工夫,我便办了五回丧事。正在闹的筋疲力尽,接着小儿不肖,闯了个祸,便闹了个家散人亡!直是令我不堪回首!”我道:“此刻宝号里生意还好么?”云岫道:“这个哪里好算一个店,只算个摊罢了。并且也没有货物,全靠代人家包金、法蓝,赚点工钱,哪里算得个生意!”我道:“那个老婆子又是什么人?”云岫道:“我租了那一点点地方,每年租钱要十元洋钱,在这个时候哪里出得起!因此分租给她,每年也得她七元,我只要出三元就够了。”说时不住的欷歔叹息。我道:“这个不过暂屈一时,穷通得失,本来没有一定的。像世伯这等人,还怕翻不过身来么?”云岫道:“这么一把年纪,死期也要到快了,才闹出个朝不谋夕的景况来,不饿死就好了,还望翻身么?”我道:“世伯府上,此时还有甚人?”云岫见问,摇头不答,好像就要哭出来的样子。我也不便再问,让他吃酒吃菜。又叫了一盘炒面,他也就不客气,风卷残云的吃起来。一面又诉说他近年的苦况,竟是断炊的日子也过过了。去年一年的租钱还欠着,一文不曾付过;分租给人家的七元,早收来用了。我见他穷得着实可怜,在身边摸一摸,还有几元洋钱,两张钞票;洋钱留着,恐怕还要买东西,拿出那两张钞票一看,却是十元一张的,便递了给他道:“身边不曾多带得钱,世伯不嫌亵渎,请收了这个,一张清了房钱,一张留着零用吧。”云岫把脸涨得绯红,说道:“这个怎好受你的?”我道:“这个何须客气。朋友本来有通财之义,何况我们世交,这缓急相济,更是平常的事了。”云岫才收了,叹道:“人情冷暖,说来实是可叹!想我当日光景好的时候,一切的乡绅世族,哪一家哪一个不和我结交,办起大事来,哪一家不请我帮忙,就是你们贵族里,无论红事、白事,哪一回少了我的?自从倒败下来,一个个都掉头不顾了。先母躺了下来,还是很热闹的;及至内人死后,散出讣帖去,应酬的竟就寥寥了。到了今日,更不必说了。难得你这等慷慨,真是有其父必有其子。你老翁在家时,我就受他的惠不少,今天又叨扰你了。到底出门人,市面见得多,手段是两样的。”说着,不住的恭维。一时吃完了酒,我开发过酒钱,吃得他醺然别去。我也就回家。

晚上没事,我便到继之那边谈天,可巧伯衡也在书房里。我谈起云岫的事,不觉代他叹息。伯衡道:“你便代他叹息,这里的人看着他败下来,没有一个不拍手称快呢。你从前年纪小,长大了就出门去了,所以你不知道他。他本是一个包揽词讼,无恶不作的人啊!”我道:“他好好的一家铺子,怎样就至于一败涂地?”伯衡道:“你今天和他谈天,有说起他儿子的事么?”我道:“不曾说起。他儿子怎样?”伯衡道:“杀了头了。”我猛吃了一大惊道:“怎样杀的?”伯衡笑道:“杀头就杀头,还有多少样子的么?”我道:“不是。是我说急了,为什么事杀的?”伯衡道:“他家老大没有儿子,云岫也只有这一个庶出儿子,要算是兼祧两房的了,所以从小就骄纵得非常。到长大了,便吃喝嫖赌,没有一样不干。没钱化,到家来要;赌输了,也到家来要。云岫本来是生性悭吝的,如何受得起;无奈他仗着祖母疼爱,不怕云岫不依。及至云岫丁了忧,便想管束他,哪里管束得住。接着他家老大夫妻都死了,手边未免拮据,不能应他儿子所求。他那儿子妙不可言,不知跑到哪里弄了点闷香来,把他夫妻三个都闷住了,在父母身边搜出钥匙,把所有的现银首饰,搜个一空。又搜出云岫的一本底稿来;这本底稿在云岫是非常秘密的,内中都是代人家谋占田产,谋夺孀妇等种种信札,与及诬控人家的呈子。他儿子得了这个欢喜的了不得,说道:‘再不给我钱用,我便拿这个出首去!’云岫虽然闷住,心中眼中是很明白的,只不过说不出话来,动弹不得。他儿子去了许久,方才醒来,任从气恼暴跳,终是无法可施。他儿子从此可不回家来了;有时到店里去走走,也不过匆匆的就去了。你道他外面做什么?原来是做了强盗!抢了东西,便拿到店里,店里本有他的一个卧房,他便放在自己卧房里面。有一回,又纠众打劫,拒伤事主;告发之后,被官捉住了,追问赃物窝藏所在,他供了出来。官派差押着到店里起出赃物,便把店封了,连云岫也捉了去,拿他的同知职衔也详革了。罄其所有打点过去,方才仅以身免。那家店就此没了。因为案情重大,并且是积案累累的,就办了一个就地正法。云岫的一妻一妾,也为这件事,连吓带痛的死了。到了今日,云岫竟变了个孤家寡人了。”我听了方才明白日里我问他还有甚人,他现出了一种凄惶样子的缘故。当下又谈了一会,方才告别回去。这几天没事,我便到族中各处走走。有时谈到尤云岫,却是没有一个不恨他的。我暗想虽然云岫为人可恶,然而还是人情冷暖之故。记得我小的时候,云岫哪一天不到我们族中来,哪一个不和他拉相好。既然知道他不是个好人,为什么那时候不肯疏远他,一定要到了此时才恨他呢?这种行径,虽未尝投井,却是从而下石了。炎凉之态,想着实在可笑可怕。

闲话少提。不知不觉,已到了三月初旬,娶亲的吉期了。到了这天,云岫也还备了蜡烛、花爆等四式礼物送来。我想他穷到这个样子,哪里还好受他的;然而这些东西,我纵然退了回去,他却不能退回店家的了,只得受了下来,交代多给他脚钱。又想到这脚钱是来人得的,与他何干,因检出一张五元的钞票用信封封固了,交与来人,只说是一封要紧信,叫他带回去交与云岫。这里的拜堂、合卺、闹房、回门等事,都是照例的,也不必细细去说他了。

匆匆过了喜期,继之和我商量道:“我要先回上海去了,你在家里多住几时。从此我们两个人替换着回家。我到上海之后,过几时写信来叫你;等你到了,我再回来。”我道:“这个倒好,正是瓜时而往,及瓜而代呢。”继之道:“我们又不是戍兵,何必约定日子,不过轮流替换罢了。”商量既定，继之便定了日子，到上海去了。一天，云岫忽然着人送一封信来，要借一百银子。我回信给他，只说我的钱都放在上海，带回来有限，办喜事都用完了。回信去后，他又来了一封信，说什么“尊翁去世时，弟不远千里，送足下到浙，不无微劳，足下岂遂忘之？云云。我不禁着了恼，也不写回信，只对来人说知道了。来人道：“尤先生交代说，要取回信呢。”我道：“回信明日送来。”那人才去了。我暗想你要和我借钱，只诉诉穷苦还好；若提到前事，我巴不得吃你的肉呢！此后你莫想我半文；当日若是好好的彼此完全一个交情，我今日看你落魄到此，岂有不帮忙之理。到了明日，云岫又送了信来。我不觉厌烦了，叫人把原信还了他，回说我上坟修墓去了，要半个月才得回来。

从此我在家里，一住三年。婶娘便长住在我家里。姊姊时常归宁。仵房后面，开了个便门，通到花园里去，便与继之的住宅相通，两家时常在花园里聚会。这日子过得比在南京、上海，又觉有趣了。撤儿已经四岁，生得雪白肥胖，十分乖巧，大家都逗着他顽笑，更不寂寞，所以日子更容易过了。

直到三年之后，继之才有信来叫我去。我便定了日子，别过众人，上轮船到了上海，与继之相见。德泉、子安都来道候。盘桓了两天，我问继之几时动身回去。继之道：“我还不走，却要请你再走一遍。”我道：“又到哪里？”继之道：“这三年里面，办事倒还顺手；前年去年，我亲到汉口办了两年茶，也碰了好机会。此刻打算请你到天津、京城两处去走走，察看那边的市面能做些什么？”我道：“几时去呢？”继之道：“随便几时，这不是限时限刻的事。”

说话之间，文述农来了，大家握手道契阔。说起我要到天津的话，述农道：“你到那边很好。舍弟杏农在水师营里，我写封信给你带去，好歹有个人招呼招呼。”我道：“好极！你几时写好？我到你局里来取。”述农道：“不必吧，那边路远。今天是礼拜，我才出来，等再出来，又要一礼拜了，我就在这里写了吧。”说罢，就在帐桌上一挥而就，写了交给我，我接过来收好了。

大家谈些别后之事，我又问问别后上海的情形。述农道：“你到了两天,这上海的情形,总有人告诉你过了。我来告诉你我们局里的情形吧。你走的那年夏天,我们那位总办便高升了,放了上海道。换了一个总办来,局里面的风气就大变了。前头那位总办是爱朴素的,满局里的人,都穿的是布长褂子、布袍子。这一位是爱阔的,看见这个人朴素,便说这个人没用,于是乎大家都阔起来。他爱穿红色的。到了新年里团拜,一色的都是枣红摹本缎袍子。有一个委员,和他同姓,出来嫖,窑姐儿里都叫他大人。到了节下,窑姐儿里照例送节礼给嫖客。那送给委员的到了局里,便问某大人。须知局子里,只有一个总办是大人,那看栅门的护勇见问,便指引他到总办公馆里去了。底下人回上去,他却茫然,叫了来人进去问,方知是送那委员的,他还叫底下人带了他到委员家去。若是前头那位总办,还了得么?"

我道:"那么说,这位总办也嫖的了?"述农道:"怎么不嫖,还嫖出笑话来呢。我们局里的议价处,是你到过的了。此刻那议价处没了权了,不过买些零碎东西。凡大票的煤铁之类,都归了总办自己买。有一个什么洋行的买办,叫做什么舒淡湖,因为做生意起见,竭诚尽瘁的巴结。有一回,请总办吃酒,代他叫了个局,叫什么金红玉,总办一见了,便赏识的了不得,当堂给了他一百元的钞票。到第二回吃酒,又叫了她,不住口的赞好。舒淡湖便在自己家里,拾掇了一间密室,把总办请到家里来,把金红玉叫到家里来,由他两个去鬼混了两次。我们这位总办着了迷了,一定要娶他。舒淡湖便挺了腰子,揽在身上,去和金红玉说。往返说了几遍,说定了身价,定了日子要娶了。谁知金红玉有一个客人,听见红玉要嫁人,便到红玉处和她道喜,说道:'恭喜你高升了,做姨太太了!只是有一件事,我很代你耽心。'红玉问:'耽心什么?'客人道:'我是耽心做官的人,脾气不好。况且他们湖南人,长毛也把他杀绝了,你看凶的还了得么!'红玉笑道:'我又不是长毛,他未必杀我,况且杀长毛是一事,娶妾又是一事,怎么好扯到一起去说呢?'客人道:'话是不错。只是做官的人家,与平常人家不同,断不能准你出入自由的。况且他五十多岁的人,已经有了六七房姬妾了。今天欢喜了你,便娶了去;可知你进门之后,那六七个都冷淡的了。你保得住他过几时不又再看上一个,又娶回去么？须知再娶一个回去时,你便和这六七个今天一样了。若在平常人家,或者还可以重新出来,或者嫁人,或者再做生意;他们公馆里,能放你出来么？还不是活着在那里受冷淡！我是代你耽心到这一层,好意来关照你,随你自已打主意去。'红玉听了,总如冷水浇背一般,唇也青了,面也白了,做声不得。等那客人去了,便叫外场去请舒淡湖。舒淡湖是认定红玉是总办姨太太的了,莫说请他他不敢不来,就是传他他也不敢不来。来了之后,恭恭敬敬的请示。红玉劈头一句便道:"我不嫁了！'舒淡湖吃了一惊道:'这是什么话?'红玉道:'承某大人的情,抬举我,我有甚不愿意之理。但是我想来想去,我的娘只有我一个女儿,嫁了去,她便举目无亲了。虽说是大人赏的身价不少,但是她几十岁的一个老太婆,拿了这一笔钱,难保不给歹人骗去,那时叫她更靠谁来！'舒淡湖道:'我去和大人说,接了你娘到公馆里,养她的老,不就好了么?'红玉道:'便是我何尝不想到这一层。须知官宦人家,看那小老婆的娘,不过和老妈子一样,和那丫头、老妈子同食同睡。我嫁了过去,便那般锦衣玉食,却看着亲生的娘这般作践,我心里实在过不去。若说和亲戚一般看待呢,莫说官宦人家没有这种规矩,便是大人把我宠到头顶上去,我也不敢拿这种非礼的事去求大人啊。我十五岁出来做生意,今年十八了,这几年里面,只挣了两副金镯子。'说着,便在手上每副除下一只来,交给舒淡湖道:'这是每副上面的一只,费心舒老爷,代我转送给大人,做个纪念,以见我金红玉不是忘恩负义的人。上海标致女人尽多着,大人一定要娶个人,怕少了比我好的么?'舒淡湖听了一番言语,竟是无可挽回的了,就和红玉刚才听了那客人的话一般,唇也青了,面也白了,如水浇背,做声不得,接了金镯子,怏怏回去。暗想只恨不曾先下个定,倘是下了定,凭她怎样,也不能悔议。此刻弄到这个样子,别的不打紧,倘使总办恼了,说我不会办事,以后的生意便难做了。这件事竟急了他一天一夜,在床上翻来覆去想法子,总不得个善法。直至天明,忽然想了一条妙计,便一跃而起。"只因这一条妙计,有分教:谮语不如蜚语妙,解铃还是系铃人。不知是一条什么妙计,且待下回再记。

## 第六十六回　妙转圜行贿买蜚言　猜哑谜当筵宣谑语

舒淡湖一跃而起，匆匆梳洗了，藏好了两只金镯子，拿了一百元的钞票，坐了马车，到四马路波斯花园对过去，找着了《品花宝鉴》上侯石翁的一个孙子，叫做侯翔初的，和他商量。这侯翔初是一家什么报馆的主笔，当下见了淡湖，便也斜着眼睛，放出那一张似笑非笑的脸来道："好早啊！有什么好意？你许久不请我吃花酒了，想是军装生意忙？'淡湖陪笑道：'一向少候。今日特来，有点小事商量。'翔初拍手道：'你进门我就知道了。你们这一班军装大买办，平日眼高于天，何尝有个朋友在心上！除了呵外国人的卵脬，便是拍大人先生的马屁，天天拿这两件事当功课做。余下的时候，便是打茶围、吃花酒，放出阔老的面目去骄其娼妓了，哪里有个朋友在心上！所以你一进门，我就知道你是有为而来的了。这才是无事不登三宝殿啊。'淡湖被他一顿抢白，倒没意思起来。搭讪了良久，方才说道：'我有件事情和你商量，求你代我设一个善法，我好好的谢你。'翔初摇手道：'莫说莫说！说到谢字，呕得死人！前回一个朋友代人家来说项了一件事，你道是什么事呢？是一个赌案里面牵涉着三四个体面人，恐怕上出报来，于声名有碍，特地来托我，请我不要上报。我念朋友之情，答应了他。更兼代他转求别家报馆，一齐代他讲了。到了案结之后，他却送我一份"厚礼"，用红封套封了，签子上写了"袍金"两个字。我一想，也罢了，今年恰好我狐皮袍子要换面子，这一封礼，只怕换两个面子也够了。及至拆开一看，却是一张新嘉坡什么银行的五元钞票，这个钞票上海是不流通的，拿去用每元要贴水五分，算起来只有四元七角半到手。我想这回我的狐皮袍子倒了运了，要靠着他，只怕换个斗纹布的面子还不够呢。你说可要呕死人？'舒淡湖道：'翔翁，你不要骂人，我可不是那种人。你若不放心时，我先谢了你，再商量事体也使得。'说罢，拿出一百元钞票来，摆在桌上道：'我们是老朋友,我也不客气,不用什么封套、签子,也不写什么袍金、褂金,简直是送给你用的,凭你换面子也罢,换里子也罢。'翔初看见了一百元钞票,便登时眉花眼笑起来,说道:'淡翁,有事只管商量,我们老朋友,何必客气。'淡湖方才把金红玉一节事,详详细细,诉说了一遍。翔初耸起了一面的肩膀,侧着脑袋听完了,不住口的说:'该死,该死!此刻有甚法子挽回呢?'淡湖道:'此刻哪里还有挽回的法子,只要设法弄得那一边也不要讨就好了。'翔初道:'这有什么法子呢?'淡湖便坐近一步,向翔初耳边细细的说了两句话。翔初笑道:'亏你想得好法子,却来叫我无端诬谤人。'淡湖站起来一揖到地,说道:'求你老哥成全了我,我生生世世不忘报答!'翔初看在一百元的面子上,也就点头答应了。淡湖又叮嘱明天要看见的,翔初也答应了。淡湖才欢天喜地而去。这一天心旷神怡的过去了。

到了次日,一早起来,便等不得送报人送报纸来,先打发人出去买了一张报纸,略略看了一遍,欢天喜地的坐了马车,到总办公馆里去。总办还没有起来;好得他是走拢惯的,一切家人,又都常常得他的好处,所以他到了,绝无阻挡,先引他到书房里去坐。一直等到十点钟,那总办醒了,知道淡湖到了,想来是为金红玉的事,便连忙升帐,匆匆梳洗,踱到书房相见。淡湖那厮,也亏他真做得出,便大人长、大人短的乱恭维一阵,然后说是:'娶新姨太太的日子近了,一节事情,卑职都预备了。他们向来是没有妆奁的,新房里动用物件,卑职也已经敬谨预备。那个马桶,卑职想来桶店里买的,又笨重,又不雅相,卑职亲自到福利公司去买了一个洋式白瓷的,是法兰西的上等货。今天特地来请大人的示,几时好送到公馆里来,专等大人示下,卑职好遵办。'总办听了,也是喜欢,便道:'一切都费心得很!明后天随便都可以送来。至于用了多少钱。请你开个帐来,我好叫帐房还你。'淡湖道:'卑职孝敬大人的,大人肯赏收,便是万分荣耀怎敢领价?到了喜期那天,大人多赏几钟喜酒,卑职是要领吃的。'一席话,说的那一位总办大人,通身松快,便留他吃点心。这时候,家人送进三张报纸来,淡湖故意接在手里,自己拿着两张,单把和侯翔初打了关节的那张,放在桌上。总办便拿过来看,看了一眼,颜色就登时变了,再匆匆看了一会,忽然把那张报往地下一扔,跳起来大骂道:'这贱人还要得么?'淡湖故意做成大惊失色的样子,连忙站起来,垂了手问道:'大人为什么忽然动气?'那总办气喘如牛的说道:'那贱人我不要了!你和我去回绝了她,叫她还是嫁给马夫吧!至于这个情节,我不要谈他!'说时,又指着扔下的报纸道:'你自己看吧!'淡湖又装出一种惶恐样子,弯下腰,拾起那张报来一看,那论题是'论金红玉与马夫话别事'。这个论题,本是他自己出给侯翔初去做的,他早起在家已是看过的了。此时见了,又装出许多诧异神色来,说道:'只怕未必吧。'又唠唠叨叨的说道:'上海同名的妓女,也多得很呢。'总办怒道:'他那篇论上,明明说是将近嫁人,与马夫话别。难道别个金红玉,也要嫁人了么!'淡湖得了这句话,便放下报纸不看,垂了手道:'那么,请大人示下办法。'总办啐了他一口道:'不要了,有什么办法!'他得了这一句话,死囚得了赦诏一般,连忙辞了出来。回到家中,把那两只金镯子,秤了一秤,足有五两重,金价三十多换,要值到二百多洋钱;他虽给了侯翔初一百元,还赚着一百多元呢。"

述农滔滔而谈,大家侧耳静听。我等他说完了,笑道:"依你这样说,那舒淡湖到总办公馆里的情形,算你近在咫尺,有人传说的;那总办在外面吃酒叫局的事,你又从何得知?况且舒淡湖的设计一层,只有他心里自己知道的事,你如何也晓得了?这事未必足信,其中未免有些点染出来的。"述农道:"你哪里知道,那舒淡湖后来得了个疯瘫的毛病,他的儿子出来滥嫖,到处把这件事告诉人,以为得意的,所以我们才知道啊。"

继之道:"你们不必分辩了,这些都是人情险恶的去处,尽着谈他作什么?我们三个人,多年没有畅叙,今日又碰在一起,还是吃酒吧。明天就是中秋,天气也甚好,我们找一个什么地方,去吃酒消遣他半夜,也算赏月。"述农道:"是啊,我居然把中秋忘记了。如此说,我明天也还没有公事,不要到局,正好陪你们痛饮呢。"我道:"这里上海,红尘十丈,有什么好去处,莫若就在家里的好。子安、德泉都是好量,若是到外面去,他们两个人总不能都去,何不就在家里,大家在一起呢?"继之道:"这也好,就这么办吧。"德泉听说,便去招呼厨房弄菜。我对继之道："离了家乡几年,把故园风景都忘了,这一次回去,一住三年,方才温熟了。说起中秋节来,我想起一件事,那打灯谜不是元宵的事么?原来我们家乡,中秋节也弄这个顽意儿的。"继之道:"你只怕又看了好些好灯谜来了。"我道:"看是看得不少,好的却极难得,内中还有粗鄙不堪的呢。我记得一个很有趣的,是一画,一竖,一画,一竖,一画,一竖,一竖,一画,一竖,一画,一竖,一画,打一个字。大哥试猜猜。"继之听了,低头去想。述农道:"这个有趣,明明告诉了你一竖一画的写法,只要你写得出来就好了。"金子安、管德泉两个,便伸着指头,在桌子上乱画,述农也仰面寻思。我看见子安等乱画,不觉好笑。继之道:"自然要依着你所说写起来,才猜得着啊,这有什么好笑?"我道:"我看见他两位拿指头在桌子上写字,想起我们在南京时所谈的那个旗人上茶馆吃烧饼蘸芝麻,不觉好笑起来。"继之笑道:"你单拿记性去记这些事。"述农道:"我猜着一半了。这个字一定是'弓'字旁的,这'弓'字不是一画,一竖,一画,一竖,一画,一竖的么?"我道:"弓字多一个钩,他这个字并没有钩的。"继之道:"'曹'字可惜多了一画,不然都对了。"于是大家都伸出指头把"曹"字写了一回。述农笑道:"只可以向那做灯谜的人商量,叫他添一画算了'曹'字吧。我猜不着了。"金子安忽然拍手道:"我猜着了,可是个'亞'字?"我道:"正是,被子翁猜着了。"大家又写了一回,都说好。

述农道:"还有好的么?"我道:"还有一个猜错的,比原做还好的,是一个不成字的谜面,'川',打一句四书,原做的谜底是'一介不以与人',你猜那猜错的是什么?"子安道:"我们书本不熟,这个便难猜了。"继之道:"这个做的本不甚好,多了一个'以'字;若这句书是'一介不与人'就好了。"说话间,酒菜预备好了,继之起来让坐。坐定了,述农便道:"那个猜错的,你也说了出来罢。此刻大家正要吃酒下去,不要把心呕了出来。"我道:"那猜错的是'是非之心'。"继之道:"好,却是比原做的好,大家赏他一杯。"

吃过了,继之对述农道:"你怕呕心出来,我却想要借打灯谜行酒令呢。"述农未及回言,子安先说道:"这个酒令,我们不会行。打些什么书句,我们肚子里那里还掏得出来?只怕算盘歌诀还有两句。”继之笑道:“会打谜的打谜,不会的只管行别的令,不要紧。”述农道:“既如此,我先出一个。”继之道:“我是令官,你如何先出?”我道:“不如指定要一个人猜:猜不出,罚一杯;猜得好,大家贺一杯;倘被别人先猜出了,罚说笑话一个。”德泉道:“好,好,我们听笑话下酒。”继之道:“就依这个主意。我先出一个给述农猜。我因为去年被新任藩台开了我的原缺,通身为之一快。此刻出一个是:‘光绪皇帝有旨,杀尽天下暴官污吏。’打四书一句。”我拍手道:“大哥自己离开了那地位,就想要杀尽他们了。但不知为什么事开的缺,何以家信中总没有提及?”继之道:“此刻吃酒猜谜,你莫问这个。”述农道:“这一句倒难猜,孔、孟都没有这种辣手段。”我道:“猜谜不能这等老实,总要从旁面着想,其中虚虚实实,各具神妙。若要刻舟求剑,只能用朱注去打四书的了。”说到这里,我忽然触悟起来道:“我倒猜着了。”述农道:“你且莫说出来,我不会说笑话。”继之道:“你猜着了,何妨说出来,看对不对。”我道:“今之从政者殆而。”述农拍手道:“妙,妙!是骂尽了也!只是我不会说笑话,我情愿吃三杯,一发请你代劳了吧。”说罢,先自吃了三杯。

德泉道:“我们可有笑话听了。你不要把《笑林广记》那个听笑话的说了出来,可不算数的。”继之道:“他没有这种粗鄙的话,你请放心。并且老笑话也不算数。”我道:“玉皇大帝一日出巡,群仙都在道旁舞蹈迎驾。只有李铁拐坐在地下,偃蹇不为礼。玉皇大怒道:‘你虽然跛了一只脚,却还站得起来,何敢如此傲慢?’拐仙奏道:‘臣本来只跛一只脚,此刻却两只都跛了也。’玉皇道:‘这却为何?’拐仙道:‘下界的画家,动辄喜欢画八仙,那七个都画的不错,只有画到臣像,有个画臣跛的左脚,有个画臣跛的右脚,岂非两脚全跛了么?”众人笑了一笑。继之道:“你猜着了,应该还要你出一个给我们猜。”我道:“有便有一个。我说出来大家猜,不必限定何人。猜着了,我除饮酒之外,再说一个笑话助兴。”述农道:“这一定是好的,快说出来。”我道:“‘含情迭问郎。’四书一句、唐诗一句。”述农道:“好个旖旎风光的谜儿!娶了亲,领略过温柔乡的风味,作出这等好灯谜来了。”继之道：“他这一个谜面，倒要占两个谜底呢。我们大家好好猜着他的，好听他的笑话。”述农道：“这个要往温柔那边着想。”继之道：“四书里面，除了一句‘宽裕温柔’，哪里还有第二句。只要从问的口气上着想，只怕还差不多。”述农道：“如此说，我猜着了：四书是‘夫子何为’，唐诗是‘夫子何为者’。”继之道：“这个又妙，活画出美人香口来，传神得很，我们各贺一大杯，听他的笑话。”

我道：“观音菩萨到玉皇大帝处告状，说：‘我本来是西竺国公主，好好一双大脚，被下界中国人搬了我去，无端裹成一双小脚，闹的筋枯骨烂，痛彻心脾。求请做主！’玉皇攒眉道：‘我此刻自顾不暇，焉能再和你做主呢。’观音诧问何故。玉皇道：‘我要下凡去嫁老公了。’观音大惊道：‘陛下是个男身，如何好嫁人？’玉皇道：‘不然，不然，我久已变成女身了。’观音不信。玉皇道：‘你如果不信，只要到凡间去打听那一班惧内的朋友，没有一个不叫老婆做玉皇大帝的。’”说的合席大笑。述农道：“只怕你是叫惯了玉皇大帝的，所以知道。”我道：“你不要和我取笑。你猜着我的，你快点出一个我们猜。”述农道：“有便有一个，只怕不好。我们江南的话，叫拿尖利的兵器去刺人，叫做‘戳’，我出一句上海俗话：‘戳弗杀’。打《西厢》一句，请你猜。”我道：“这有何难猜，我一猜就着了，是‘银样蜡枪头’。”述农道：“我也知道这个不好，太显了，我罚一杯。”我道：“我出一个晦的你猜：‘大会于孟津’。《孟子》二字。”述农道：“只有两个字倒难了，不然就可以猜‘武王伐纣’。”我道：“这两个字其实也是一句，所以不说一句，要说二字的缘故，就怕猜到那上头去。”继之道：“这个谜好的，我猜着了，是‘征商’。”子安道：“妙，妙，今夜尽有笑话听呢。”

述农道：“我向不会说笑话，还是哪一位代我说个吧。”我道：“你吃十杯，我代你说一个。”述农道：“只要说得发笑，便是十杯也无妨。”我道：“你先吃了，包你发笑。”述农道：“你只会说菩萨，若再说了菩萨，虽笑也不算数。”我道：“只要你先吃了，我不说菩萨，说鬼如何？”述农只得一杯一杯的吃了十杯。正是：只要莲花翻妙舌，不妨曲蘖落欢肠。未知说出什么笑话来，且待下回再记。

# 第六十七回　论鬼蜮挑灯谈宦海　冒风涛航海走天津

我等述农吃过了十杯之后,笑说道:"无常鬼、龌龊鬼、冒失鬼、酒鬼、刻薄鬼、吊死鬼,围坐吃酒行酒令,要各夸说自己的能事,夸说不出的,罚十杯。"述农道:"不好了,他要说我了!"我道:"我说的是鬼,不说你,你听我说下去。——当下无常鬼道:'我能勾魂摄魄,免吃。'龌龊鬼道:'我最能讨人嫌,免吃?"冒失鬼道:'我最工于闯祸,免吃。'酒鬼道:'我最能吃酒,也免吃。'刻薄鬼道:'刻薄是我的专长,已经著名,不必再说,也免吃。'轮到吊死鬼说,吊死鬼攒眉道:'我除了求代之外,别无能处,只好认吃十杯的了。'"说得众人一齐望着述农大笑。述农道:"好,好! 骂我呢! 我虽是个吊死鬼,你也未免是刻薄鬼了!"继之道:"不要笑了。子安说是书句不熟,我出一个小说上的人名,不知可还熟?"子安道:"也不看什么小说。"继之道:"《三国演义》总熟的了?"子安道:"姑且说出来看。"继之道:"我说来大家猜吧:'曹丕代汉有天下'。三国人名一。"德泉道:"三国人名多得很呢,刘备、关公、张飞、赵云、黄忠、曹操、孔明、孙权、周瑜……"述农道:"叫你猜,不叫你念,你只管念出来做什么?"德泉道:"我侥幸念着了,不是好么?"我笑道:"这个名字,你念到天亮也念不着的。"德泉道:"这就难了。然而你怎么知道我念不着呢?"我道:"我已经猜着了,是'刘禅'。"子安道:"《三国演义》上哪里有这个名字?"我道:"就是阿斗。"德泉道:"这个我们哪里留心,怪不得你说念不到了的了。"继之道:"你猜了,快点出一个来。"我道:"我出一个给大哥猜:'今世孔夫子。'古文篇名一。"继之凝思了一会道:"亏你想得好! 这是《后出师表》。"述农道:"好极! 好极! 我们贺个双杯。"于是大众吃了。子安道:"我们跟着吃了贺酒,还莫名其妙呢。"述农道:"孔夫子只有一个,是万世师表;他出的是今世孔夫子,是又出了个孔夫子了,岂不是后出的师表么?"子安、德泉都点头领会。

继之道："我出一个：'大勾决'。《西厢》一句。大家猜吧，不必指定谁猜了。"我道："大哥今天为何只想杀人？方才说杀暴官污吏，此刻又要勾决了。"述农拍手道："妙啊！'这笔尖儿横扫五千人'。"我道："果然是好，若不是五千人，也安不上这个'大'字。"

述农拿筷子蘸了酒，在桌子上写了半个字，是"示"。说道："四书一句。"子安道："只半个字，要藏一句书，却难！"我道："并不难，是一句'视而不见'。"述农道："我本来不长此道，所以一出了来，就被人猜去了。"

我道："我出一个：'山节藻棁'素腰格。《三字经》一句。这个可容易了，子翁、德翁都可以猜了。"子安道："《三字经》本来是容易，只是什么素腰格，可又不懂了。"述农道："就是白字格：若是头一个字是白字，叫白头格；末了一个是白字，叫粉底格；素腰格是白当中一个字。"德泉道："照这样说来，遇了头一个字是要圈声的，应该叫红头格；末了一个圈声的，要叫赤脚格；上下都要圈声，只有当中一个不圈的，要叫黑心格；若单是圈当中一个字的，要叫破肚格了。"我道："为什么要叫破肚？"德泉道："破了肚子，流出血来，不是要红了么？"继之道："不必说那些闲话，我猜着了，是'有归藏'。我也出一个：'南京人，卷帘格'。也是一句《三字经》。"子安道："什么又叫卷帘格？"述农道："要把这句书倒念上去的。你看卷帘子，不是从下面卷上去的么？"我笑道："才说了'有归藏'，就说南京人，叫南京人听了，还当我们骂他呢。这'南京人'可是'汉业建'？"继之道："是。"述农道："我们上海本是一个极纯朴的地方，自通商之后，五方杂处，坏人日见其多了，我不禁有所感慨，出一个：'良莠杂居，教刑乃穷。《孟子》二句。"我接着叹道："虽日挞而求其齐也，不可得矣。"述农道："怎么我出的，总被你先抢了去？"继之道："非但抢了去，并且乱了令了。他猜着我的，应该他出，怎么你先出了？"

一言未了，忽听得门外人声嘈杂，大嚷大乱起来。大众吃了一惊，停声一听，仿佛听说是火，于是连忙同到外面去看，只见胡同口一股浓烟，冲天而起。金子安道："不好！真是走了水也！"连忙回到帐房，把一切往来帐簿及一切紧要信件、票据，归到一个帐箱里锁起来，叫出店的拿着，往外就走。我道:“在南面胡同口，远得很呢；真烧到了，我们北面胡同口也可以出去，何必这样忙?”子安道:“不然。上海不比别处，等一会巡捕到了，是不许搬东西的。”说罢，带了出店，向北面出去了。我们站在门口，看着那股浓烟，一会工夫，烘的一声，通红起来，火星飞满一天；那人声更加嘈杂，又听得警钟乱响。不多一会，救火的到了，四五条水管望着火头射去；幸而是夜没有风，火势不大，不久便救熄了。大家回到里面，只觉得满院子里还是浓烟。大家把酒意都吓退了，也无心吃饭，叫打杂的且收过去，等一会再说。过了一会，子安带着出店的把帐箱拿回来了。我道:“子翁到哪里去了一趟?”子安道:“就在北面胡同外头熟店家里坐了一会，也算受了个虚惊。”我道:“火烛起来，巡捕不许搬东西，这也未免过甚。”子安道:“他这个例，是一则怕抢火的，二则怕搬的人多，碍着救火。说来虽在理上，然而据我看来，只怕是保险行也有一大半主意。”我道:“这又为何?”子安道:“要不准你们搬东西，才逼得着你们家家保险啊。”

德泉道:“凡是搬东西，都一律以为是抢火的，也不是个道理。人家莫说没有保险，就算保了险，也有好些不得不搬的东西。譬如我们此地也是保了险的，这种帐薄等，怎么能够不搬。最好笑有一回三马路富润里左右火烛，那富润里面住的，都是穷人家居多，有一个听说火烛，连忙把些被褥布衣服之类，归在一只箱子里，扛起来就跑。巡捕当他是抢火的，捉到巡捕房里去，押了一夜。到明天早堂解审，那问官也不问青红皂白就叫打；打了三十板，又判赃候失主具领。那人便叩头道:‘小人求领这个赃。’问官怒道:“你还嫌打得少呢!’那人道:“这箱子本来是小人的东西，里面只有一床花布被窝、一床老蓝布褥子，那褥子并且是破了一块的，还有几件布衣服。因为火起，吓得心慌，把钥匙也锁在箱子里面。老爷不信，撬开来一看便知道了。’问官叫差役撬开，果然一点不错，未免下不了台，干笑着道:‘我替你打脱点晦气也!’你说冤枉不冤枉?”

金子安道:“这点冤枉算得什么。我记得有一回，一个乡下人才冤枉呢。静安寺路上海马路名一带，多是外国人的住宅。有一天，一个乡下人放牛,不知怎样,被那条牛走掉了,走到静安寺路一个外国人家去,把他家草皮地上种的花都践踏了。外国人叫人先把那条牛拴起来。那乡下人不见了牛,一路寻去,寻到了那外国人家;外国人叫了巡捕,连人带牛交给他。巡捕带回捕房,押了一夜,明日早上解送公堂,禀明原由;那原告外国人却并没有到案。那官听见是得罪了外国人,被外国人送来的,便不由分说,给了一面大枷,把乡下人枷上,判在静安寺路一带游行示众;一个月期满,还要重责三百板释放。任凭那乡下人叩响头哭求,只是不理。于是枷起来,由巡捕房派了一个巡捕,押着在静安寺路游行。游了七八天。忽然一天,那巡捕要拍外国人马屁,把他押到那外国人住宅门口站着,意思要等那外国人看见,好喜欢他的意思。站了一天,到下午,那外国人从外面坐了马车回来,下了车看见了,认得那乡下人,也不知他为了甚事,要把这木头东西箍着他的颈脖子。便问那巡捕,巡捕一一告诉了。那外国人吃了一惊,连忙仍跳上马车,赶到新衙门去,拜望那官儿。那官儿听说是一个绝不相识的外国人来拜,吓得魂不附体,手足无措,连忙请到花厅相会。外国人说道:'前个礼拜,有个乡下人的一只牛,跑到我家里……'那官儿恍然大悟道:'是,是,是。这件事,兄弟不敢怠慢,已经判了用五十斤大枷,枷号在尊寓的一条马路上游行示众;等一个月期满后,还要重责三百板,方才释放。如果密司不相信,到了那天,兄弟专人去请密司来监视行刑。'外国人道:'原来贵国的法律是这般重的?'官儿道:'敝国法律上并没有这一条专条,兄弟因为他得罪了密司,所以特为重办的。如果密司嫌办得轻,兄弟便再加重点也使得,只请密司吩咐。'外国人道:'我不是嫌办得轻,倒是嫌太重了。'那官儿听了,以为他是反话,连忙说道:'是,是。兄弟本来办得太轻了。因为那天密司没有亲到,兄弟暂时判了枷号一个月。既是密司说了,兄弟明天改判枷三个月,期满责一千板吧。'那外国人恼了道:'岂有此理!我因为他不小心,放走那只牛,糟蹋我两棵花,送到你案下,原不过请你申斥他两句,警戒他下次小心点,大不了罚他几角洋钱就了不得了。他总是个耕田安分的人。谁料你为了这点小事,把他这般凌辱起来!所以我来请你赶紧把他放了。'那官儿听了,方才知道这一下马屁拍在马腿上去了。连忙说道：‘是，是，是。既是密司大人大量，兄弟明天便把他放了就是。’外国人道：‘说过放，就把他放了，为什么还要等到明天，再押他一夜呢？’那官儿又连忙说道：‘是，是，是。兄弟就叫放他。’外国人听说，方才一路干笑而去。那官儿便传话出去，叫把乡下人放了。又恐怕那外国人不知道他马上释放的，于是格外讨好，叫一名差役，押着那乡下人到那外国人家里去叩谢。面子上是这等说，他的意思，是要外国人知道他惟命是听，如奉圣旨一般。谁知那外国人见了乡下人，还把那官儿大骂一顿，说着岂有此理；又叫乡下人去告他。乡下人吓得吐出了舌头道：‘他是个老爷，我们怎么敢告他？’外国人道：‘若照我们西例，他办冤枉了你，可以去上控的；并且你是个清白良民，他把那办地痞流氓的刑法来办你，便是损了你的名誉，还可以叫他赔钱呢。’乡下人道：‘阿弥陀佛！老爷都好告的么？’那外国人见他实可怜，倒不忍起来，给了他两块洋钱。你说这件事不更冤枉么？”

继之道：“冤枉个把乡下人，有什么要紧！我在上海住了几年，留心看看官场中的举动，大约只要巴结上外国人，就可以升官的。至于民间疾苦，冤枉不冤枉，那个与他有什么相干！”我道：“此风一开，将来怕还不止这个样子，不难有巴结外国人去求差缺的呢。”述农道：“天下奇奇怪怪的事，想不到的，也有人会做得到。你既然想得到这一层，说不定已经有人做了，也未可知。”继之叹了一口气。大众又谈谈说说，夜色已深，遂各各安歇。述农也留在号里，明日是中秋佳节，又畅叙了一天，述农别去。

过了几天，我便料理动身到天津去。附了招商局的普济轮船。子安送我到船上。这回搭客极多，我虽定了一个房舱，后来也被别人搭了一个铺位，所以房里挤的了不得。子安到来，只得在房门口外站着说话。我想起继之开缺的缘故，子安或者得知，因问道：“我回家去了三年，外面的事情，不甚了了。继之前天说起开了缺，到底不知是什么缘故？”子安道：“我也不知底细。只闻得年头上换了一个旗人来做江宁藩台，和苟才是什么亲戚。苟才到上海来找了继翁几次，不知说些什么？看继翁的意思，好像很讨厌他的。后来他回南京去了，不上半个月光景，便得了这开缺的信了。”我听了子安的话，才知道又是苟才做的鬼。好在继之已弃功名如敝屣一般的了，莫说开了他的缺，便是奏参了他，也不在心上的。当下与子安又谈了些别话，子安便说了一声“顺风”，作别上岸去了。我也到房里拾掇行李，同房的那个人，便和我招呼。彼此通了姓名，才知道他姓庄，号作人，是一个记名总兵，山东人氏；向来在江南当差，这回是到天津去见李中堂的。彼此谈谈说说，倒也破了许多寂寞。忽然一个年轻女人走到房门口，对作人道：“从上船到此刻，还没有茶呢，渴的要死，这便怎样？”作人起身道：“我给你泡去。”说罢，起身去了。我看那女子年纪，不过二十岁上下；说出话来，又是苏州口音；生得虽不十分体面，却还五官端正，而且一双眼睛，极其流动；那打扮又十分趋时。心中暗暗纳罕。过了一会，庄作人回到房里，说道：“这回带了两个小妾出来，路上又没有人招呼，十分受累。”我口中唯唯答应。心中暗想，他既是做官当差的人，何以男女仆人都不带一个？说是个穷候补，何以又有两房姬妾之多？心下十分疑惑，不便诘问，只拿些闲话，和他胡乱谈天。到了半夜，轮船启行，及至天明，已经出海多时了。我因为舱里闷得慌，便终日在舱面散步闲眺。同船的人也多有出来的，那庄作人也同了出来。一时船舷旁便站了许多人。我忽然一转眼，只见有两个女子，在那边和一伙搭客调笑，内中一个，正是叫庄作人泡茶的那个。其时庄作人正在我这一边和众人谈天，料想他也看见那女子的举动，却只不做理会。我心中又不免暗暗称奇。

站了一会，忽然海中起了大浪，船身便颠簸起来。众人之中，早有站立不住的，都走回舱里去了。慢慢的风浪加大，船身摇撼更甚，各人便都一齐回房。到了夜来，风浪更紧，船身两边乱歪。搭客的衣箱行李，都存放不稳，满舱里乱滚起来；内中还有女眷们带的净桶，也都一齐滚翻，闹得臭气逼人。那晕船的人，呕吐更甚。足足闹了一夜一天，方才略略宁静。及至船到了天津，我便起岸，搬到紫竹林佛照楼客栈里，拣了一间住房，安置好行李。歇息了一会，便带了述农给我的信，雇了一辆东洋车，到三岔河水师营去访文杏农。正是：阅尽南中怪状，来寻北地奇闻。未知访着文杏农之后，还有何事，且待下回再记。

## 第六十八回 笑荒唐戏提大王尾 恣嚣威打破小子头

当时我坐了一辆东洋车,往水师营去。这里天津的车夫,跑的如飞一般风驰电掣,人坐在上面倒反有点害怕。况且他跑的又一点没有规矩,不似上海只靠左边走,便没有碰撞之虞;他却横冲直撞,恐后争先。有时到了挤拥的地方挤住了,半天直走不动一步,街路两旁又是阳沟,有时车轮陷到阳沟里面,车子便侧了转来,十分危险。我被他挤了好几次,方才到了三岔河口。过了浮桥,便是水师营。

此时天色已将入黑,我下了车,付过车钱,正要进去,忽然耳边听见哈打打,哈打打的一阵喇叭响。抬头看时,只见水师营门口,悬灯结彩,一个营兵,正在那里点灯。左边站了一个营兵,手中拿了一个五六尺长的洋喇叭,在那里鼓起两腮,身子一俯一仰的,哈打打,哈打打吹个不住。看他忽然喇叭口朝天,忽然喇叭口贴地,我虽在外多年,却没有看过营里的规矩,看了这个情景,倒也是生平第一回的见识,不觉看的呆了。正看得出神,忽又听得咚咚咚的鼓声,原来右边坐了一个营兵,在那里擂鼓。此时营里营外,除了这两种声音之外,却是寂静无声,也不见别有营兵出进。我到了此时,倒不好冒昧进去,只得站住了脚,等他一等再说。抬眼望去,里外灯火,已是点的通明,仿佛看见甬道上,黑魆魆的站了不少人,正不知里面办什么事。

足足等了有十分钟的时候,喇叭和鼓一齐停了,又见一个营兵,轰轰轰的放了三响洋枪。我方才走过去,向那吹喇叭的问道:“这营里有一位文师爷,不知可在家?”那兵说道:“我也不知道,你跟我进去问来。”说罢,他在前引路,我跟着他走。只见甬道当中,对站了两排兵士,一般的号衣齐整,擎着明晃晃的刀枪。我们只在甬道旁边走进去,行了一箭之地,旁边有一所房子,那引路的指着门口道:“这便是文师爷的住房。”说罢,先走到门口去问道:“文师爷在家么?有客来。”里边便走出一个小厮来,我把名片交给他,说有信要面交。那小厮进去了一会，出来说请，我便走了进去。杏农迎了出来，彼此相见已毕，我把述农的信交给他。他接来看过道："原来与家兄同事多年，一向小亲炙得很！"我听说，也谦让了几句。因为初会，彼此没有什么深谈，彼此敷衍了几句客气说话。杏农方才问起我到天津的缘故，我不免告诉一二。谈谈说说，不觉他营里已开夜饭，杏农便留我便饭。我因为与述农相好多年，也不客气。杏农便叫添菜添酒，我要阻止时，已来不及。当下两人对酌了数杯。我问起今日营里有什么事，里里外外都悬灯结彩的缘故。

杏农道："原来你还不知！我们营里，接了大王进来呢！"我不觉吃了一惊道："什么大王？"杏农笑道："你向来只在南边，不曾到北边来过，怨不得你不懂。这大王是河神，北边人没有一个不尊敬他的。"我道："就是河神应该尊敬，你们营里怎么又要接了他来呢？"杏农道："他自己来了，指名要到这里，怎么好不接他呢？"我吃惊道："那么说，这大王居然现出形来，和人一般，并且能说话的了？"杏农笑道："不是现人形，他原是个龙形。"我道："有多少大呢？"杏农道："大小不等，他们船上人都认得，一见了，便分得出这是某大王、某将军。"我道："他又怎会说话，要指名到哪里哪里呢？"杏农道："他不说话。船上人见了他，便点了香烛，对他叩头行礼，然后筶卜他的去处。他要到那里，问的对了，跌下来便是胜筶；得了胜筶之后，便飞跑往大王要到的地方去报。这边得了信，便排了执事，前去迎接了来。我们这里是昨天接着的，明天还要唱戏呢。"我道："这大王此刻供在什么地方？可否瞻仰瞻仰？"杏农道："我们饭后可以到演武厅上去看看，但是对了他，不能胡乱说话。"我笑道："他又不能说话，我们自然没得和他说的了。"

一会饭罢之后，杏农便带了我同到演武厅去。走到厅前，只见檐下排了十多对红顶、蓝顶花翎的武官，一般的都是箭袍、马褂、佩刀，对面站着，一动也不动，声息全无。这十多对武官之下，才是对站的营兵，这便是我进营时，看见甬道上站的了。走到厅上看时，只见当中供桌上，明晃晃点了一对手臂粗的蜡烛；古鼎里香烟袅绕，烧着上等檀香；供桌里面，挂了一堂绣金杏黄幔帐，就和人家孝堂上的孝帐一般,不过他是金黄色的罢了;上头挂了一堂大红缎子红木宫灯;地下铺了五彩地毡;当中加了一条大红拜垫;供桌上系了杏黄绣金桌帷。杏农轻轻的掀起幔帐,招手叫我进去。我进去看时,只见一张红木八仙桌,上面放着一个描金朱漆盘;盘里面盘了一条小小花蛇,约摸有二尺来长,不过小指头般粗细,紧紧盘着,犹如一盘小盘香模样;那蛇头却在当中,直昂起来。我低头细看时,那蛇头和那蕲蛇差不多,是个方的;周身的鳞,湿腻且滑,映着烛光,显出了红蓝黄绿各种颜色,其余没有什么奇怪的去处。心中暗想,为了这一点点小么魔,便闹的劳师动众,未免过于荒唐了;我且提他起来,看是个什么样子。想定了主意,便仔细看准了蛇尾所在,伸手过去捏住了,提将起来。凡捕蛇之法:提其尾而抖之,虽至毒之品,亦不能施其恶力矣。此老于捕蛇者所言也。还没提起一半,杏农在旁边,慌忙在我肘后用力打了一下,我手臂便震了一震,那蛇是滑的,便捏不住,仍旧跌到盘里去。

杏农拉了我便走,一直回到他房里。喘息了一会,方才说道:"幸而没有闹出事来!"我道:"这件事荒唐得很!这么一条小蛇,怎么把他奉如神明起来?我着实有点不信。方才不是你拉了我走,我提他起来,把他一阵乱抖,抖死了他,看便怎样!"杏农道:"你不知道,这顺、直、豫、鲁一带,凡有河工的地方,最敬重的是大王。况且这是个金龙四大王,又是大王当中最灵异的。你要不信,只管心里不信,何苦动起手来。万一闹个笑话,又何苦呢?"我道:"这有什么笑话可闹?"杏农道:"你不知道,今天早起才出了事呢。昨天晚上四更时候,排队接了进来;破天亮时,李中堂便委了委员来敬代拈香。谁知这委员才叩下头去,旁边一个兵丁,便昏倒在地;一会儿跳起来,乱跳乱舞,原来大王附了他的身,嘴里大骂:'李鸿章没有规矩,好大架子!我到了你的营里,你还装了大模大样,不来叩见,委什么委员恭代!须知我是受了煌煌祀典,只有谕祭是派员拈香的,李鸿章是什么东西,敢这样胡闹起来!"说时,还舞刀弄棒,跳个不休。吓得那委员重新叩头行礼,应允回去禀复中堂,自来拈香,这兵丁才躺了下来,过一会醒了。此刻中堂已传了出来,明天早起,亲来拈香呢。"我道:

"这又不足为信的。这兵丁或者从前赏罚里面,有憾于李中堂,却是敢怒而不敢言,一向无可发泄,忽然遇了这件事,他便借着神道为名,把他提名叫姓的,痛骂一场,以泄其气,也是料不定的。"杏农笑了一笑道:"那兵丁未必有这么大胆吧!"我道:"总而言之:人为万物之灵,怎么向这种小小么魔,叩头礼拜起来,当他是神明菩萨?我总不服。何况我记得这四大王,本来是宋理宗谢皇后之侄谢暨,因为宋亡,投钱塘江殉国,后来封了大王,因为他排行第四,所以叫他四大王,不知后人怎样,又加上了'金龙'两个字。他明明是人,人死了是鬼,如何变了一条蛇起来呢?"杏农笑道:"所以牛鬼蛇神,连类而及也。"说的大家都笑了。

杏农又道:"说便这样说,然而这样东西也奇得很!听说这金龙四大王很是神奇的。有一回,河工出了事,一班河工人员,自然都忙的了不得,忽然他出现了。惊动了河督,亲身迎接他,排了职事,用了显轿,预备请他坐的。不料他老先生忽然不愿坐显轿起来,送了上去,他又走了下来,如此数次。只得向他卜筶,谁知他要坐河督大帅的轿子。那位河督只得要让他。然而又没有多预备轿子,自己总不能步行;要骑马吧,他又是赏过紫缰的,没有紫缰,就不愿意骑。后来想了个通融办法,是河督先坐到轿子里,然后把那描金朱漆盘,放在轿里扶手板上。说也作怪,走得没有多少路,他却忽然不见了,只剩了一个空盘。那河督是真真近在咫尺的,对了他,也不曾看见他怎样跑的,也只得由他的了。谁知到了河督衙门下轿时,他却盘在河督的大帽子里,把头昂起在顶珠子上。你道奇不奇呢!这还是我传闻得来的。

还有一回,是我亲眼见的事:我那回同了一个朋友去办河工。此刻我的同知、直隶州,还是那回的保案,从知县上过的班。我那个同事姓张,别字星甫,我和他一同奉了札,去查勘要工。一天到了一个乡庄上,在一家人家家里借住,就在那里耽搁两天。这是我们办河工常有的事。住了两天,星甫偶然在院子里一棵向日葵的叶子上,看见一个壁虎,——即守宫,北人呼为壁虎,粤中谓之盐蛇。——生得通身碧绿,而且布满了淡黄斑点,十分可爱。星甫便叫我去看。我便拿了一个外国人吃皮酒的玻璃杯出来,一手托着叶子,一手拿杯把他盖住,叫星甫把叶子摘下来,便拿到房里,盖在桌上,细细把玩。等到晚饭过后,我们两个还在灯底细看,星甫还轻轻的把玻璃杯移动,把他的尾巴露出来,给他拴上一根红线,然后关门睡觉。这房里除了我两个之外,再没有第三个人了。谁知到了明天,星甫一早起来看时,那玻璃杯依然好好盖住,里面的东西却不见了。星甫还骂底下人放跑了的,然而房门的确未开,是没有人进来过的。闹了一阵,也就罢了。又过了几天,我们赶到工上,只见工上的人,都喧传说大王到了,就好望合龙了。我和星甫去看那大王时,正是我们捉住的那个壁虎,并且尾巴上拴的红线还在那里。问他们几时到的,他们说是某日晚上三更天到的,说的那天,正是我们拿住他的那天。你说这件事奇不奇呢。”我道:“哪里有这等事,不过故神其说罢了。”杏农道:“这是我亲眼目睹的,怎么还是故神其说呢。”我道:“又焉见得不是略有一点影响,你却故神其说,作为谈天材料呢。总而言之,后人治河,哪一个及得到大禹治水。你看《禹贡》上面,何尝有一点这种邪魔怪道的话,他却实实在在把水治平了。当日‘敷土刊木,奠高山大川,又何尝仗什么大王之力。那奠高山川,明明是测量高低、广狭、深浅,以为纳水的地位,水流的方向。孔颖达疏《尚书》不该说是‘以别祀礼之崇卑’,遂开后人迷惑之渐。大约当日河工极险的时候,曾经有人提倡神明之说,以壮那工人的胆,未尝没有小小效验。久而久之,变本加厉,就闹出这邪说诬民的举动来了。时候已经将近二炮了,我也暂且告辞,明日再来请教一切吧。”说罢,起身告辞。杏农送我出来。我仍旧雇了东洋车。回到紫竹林佛照楼客栈。夜色已深,略为拾掇,便打算睡觉了。

此时虽是八月下旬,今年气候却还甚热。我顺手推开窗扇乘凉,恰好一阵风来,把灯吹灭了,我便暗中摸索洋火。此时栈里已是静悄悄地,忽然间一阵抽抽噎噎的哭声,直刺入我耳朵里,不觉呆了一呆。且不摸索洋火,定一定神,仔细听去,仿佛这声音出在隔壁房里,黑暗中看见板壁上一个脱节的地方,成了一个圆洞,洞中却射出光来,那哭声好像就在那边过来的。我便轻移脚步,走近板壁那边。那洞却比我高了些,我又移过一张板凳,垫了脚,向那洞中望去。只见隔壁房里坐了一个五十多岁的颁白妇人,穿了一件三寸宽黑缎滚边的半旧蓝熟罗衫,蓝竹布扎腿裤,伸长两腿,交放起一双四寸来长的小脚;头上梳了一个京式长头;手里拿了一根近五尺长的旱烟筒,在那里吸烟。她前面却跪了一个二十来岁的年轻小子,穿一件补了两块的竹布长衫,脚上穿的是毛布底的黑布鞋,只对着那妇人呜呜饮泣。那妇人面罩重霜般,一言不发。再看那小子时,却是生得骨瘦如柴,脸上更是异常瘦削。看了许久,他两个人只是不做声,那小子却哭得更厉害。

我看了许久,看不出其所以然来,便轻轻下了板凳。正要重新去摸洋火,忽又听得隔壁一阵劈拍之声,又是一阵詈骂之声,不觉又起了多事之心,重新站上板凳,向那边一张。只见那妇人站了起来,拿着那旱烟筒,向那小子头上乱打,嘴里说道:“我只打死了你,消消我这口气!我只打死了你,消消我这口气!”说来说去,只是这两句,手里却是不住的乱打。那小子仍是跪在那里,一动也不动,伸着脖子受打。不提防拍拆一声,烟筒打断了。那妇人嚷道:“我吃了二十多年的烟袋,——北人通称烟袋,——在你手里送折了,我只在你身上讨赔!”说时,又拿起那断烟筒,狠命的向那小子头上打去。不料烟筒杆子短了,格外力大,那铜烟锅儿,——粤人谓之烟斗,苏、沪间谓之烟筒头。——恰恰打在头上,把头打破了,流出血来,直向脸上淌下去。那小子先把袖子揩拭了两下,后来在袖子里取出手帕来擦,仍旧是端端正正跪着不动。那妇人弯下腰来一看,便捶胸顿足,号啕大哭起来,嘴里嚷道:“天呵,天呵!我好命苦呵!一个儿子也守不住呵!”

我起先只管呆看,还莫名其妙,听到了这两句话,方才知道他是母子两个。却又不知为了什么事。若说这小子是个逆子呢,看他那饮泣受杖的情形又不像;若说不是逆子呢,他又何以惹得他母亲动了如此大气。至于那妇人,也是测度她不出来:若说她是个慈母呢,她那副很恶凶悍的尊容又不像;若说她不是个慈母,何以她见儿子受了伤,又那么痛哭起来。

正在那里胡思乱想,忽然他那房门已被人推开,便进来了四五个人,认得一个是栈里管事的,其余只怕是同栈看热闹的人。那管事的道:“你们来是一个人来的,虽是一个人吃饭,却天天是两个人住宿;住宿也罢了,还要天天晚上闹什么神号鬼哭,弄的满栈住客都讨厌。你们明天搬出去吧!”此时跪下的小子,早已起来了。管事的回头一看,见他血流满面,又厉声说道:“你们吵也罢,哭也罢,怎么闹到这个样子,不要闹出人命来!”管事的一面说,那妇人一面哭喊。那小子便走到那妇人跟前,说道:“娘不要哭!不要怕!儿子没事,破了一点点皮,不要紧的!”那妇人咬牙切齿的说道:“就是你死了,我也会和他算帐去!”那小子一面对管事的说道:“是我们不好,惊动了你贵栈的寓客;然而无论如何,总求你担代这一回,我们明日搬到别家去吧。”管事的道:“天天要我担代,担代了七八天了。我劝你们安静点吧;要照这个样子,随便到谁家去,都是不能担代的。”说罢,出去了。那些看热闹的,也就一哄而散。我站的久了,也就觉得困倦,便轻轻下了板凳,摸着洋火,点了灯,拿出表来一看,谁知已经将近两点钟了,便连忙收拾睡觉。正是:贪观隔壁戏,竟把睡乡忘。未知此一妇人,一男子,到底为了什么事,且待下回再记。

# 第六十九回　责孝道家庭变态　权寄宿野店行沽

且喜自从打破了头之后，那边便声息俱寂，我便安然鼾睡。一觉醒来，已是九点多钟，连忙叫茶房来，要了水，净过嘴脸，写了两封信，拿到帐房里，托他代寄。走过客堂时，却见杏农坐在那里，和昨夜我看见的那小子说话。原来仿照楼客栈，除了客房之外，另外设了两座客堂，以为寓客会客之用。杏农见我走过，便起身招呼道："起来了么？"我道："想是到了许久了。"杏农道："到了一会儿。"说着，便走近过来，我顺便让他到房里坐。他一面走，一面说道："方才来回候你，你未起来，恰好遇了一个朋友，有事托我料理；此时且没工夫谈天，请你等我一等，我去去再来。"说罢，拱手别去。

我回到房里，等了许久，直到午饭过后，仍不见杏农来。料得他既然有事，未必再来的了，我便出门到外面逛了一趟，又到向来有来往的几家字号里去走走。及至回到栈时，已经四点多钟，客栈饭早，茶房已经开了饭来。吃饭过后，杏农方才匆匆的来了，喘一口气，坐定说道："有劳久候了！"我道："我饭后便出去办了一天事，方才回来。"杏农道："今天早起，我本来专诚来回候你；不料到得此地，遇了一个敝友，有点为难的事，就代他调排了一天，方才停当。"我道："就是早起在客堂里那一位么？"杏农道："正是，他本来住在你这里贴隔壁的房间。我到此地时才八点钟，打你的门，你还没有起来。我正要先到别处走走，不期遇了他开门出来，我便揽了这件事上身，直到此刻才办妥了。"我道："昨夜我听见隔壁房里有人哭了许久，后来又吵闹了一阵。不知为的是什么事？"

杏农叹道："说起来，话长得很。我到了天津，已经十多年，初到的时候，便识了这个朋友。那时彼此都年轻。他还没有娶亲，便就了这里招商局的事。只有一个母亲，在城里租了我的两间余屋，和我同住着；几两银子薪水，虽未见得丰盛，却也还过得去。"我笑道:“你说了半天,他究竟姓甚名谁?”杏农道:“他姓石,别字映芝,是此地北通州人。他祖父是个翰林,只放过两回副主考,老死没有开坊,所以穷的了不得。他老子是个江苏知县,署过几回事,临了闹了个大亏空,几乎要查抄家产,为此急死了。遗下两房姨太太,都打发了。那时映芝母子,本没有随任,得信之后,映芝方才到南京去运了灵柩回来。可怜那年映芝只得十五岁!”我听这话,不觉心中一动,暗想我父亲去世那年,我也只得十五岁,也是出门去运灵柩回家的,此人可谓与我同病相怜的了。因问道:“你怎么知道的这般详细?”杏农道:“我同他一相识之后,便气味相投,彼此换了帖,无话不谈的。以后的事,我还要知得详细呢。他运柩回来之后,便到京里求了一封荐信,荐到此地招商局来。通州离这里不远,便接了他母亲来津。那时我的家眷也在这里,便把我住的房子腾出两间,转租给他。因此两下同居,不免登堂拜母。那时却也相安无事。映芝为人,十分驯谨,一向多有人和他做媒。映芝因为家道贫寒,虽有人提及,自己也不敢答应。及至服阕之后,才定了这天津城里的一位贫家小姐,却也是个书香人家,丈人是个老儒士。谁知过门之后,不到一年光景,便闹了个婆媳不对,天天吵闹不休,连我们同居的也不得安。”我道:“想是娶了个不贤的妇人来了。这不贤妻、不孝子,最是人生之累。”杏农叹道:“在映芝说呢,他母亲在通州和妯娌亲戚们,都是和和气气的,从来不会和人家拌嘴。在我们旁观的呢,实在不敢下断语。从此那位老太太,因为和媳妇不对,便连儿子也厌恶起来了,逢着人便数说她儿子不孝。闹的映芝没有法子,便写了一纸休书要休了老婆。他老太太知道了,便闹的天翻地覆起来,说映芝有心和她赌气:‘难道你休了老婆,便罢了不成!左右我和你拚了这条命!’如此一来,吓的映芝又不敢休了。这位媳妇受气不过,便回娘家去住几天,那柴米油盐的家务,未免少了人照应。老太太又不答应了,说道是:‘我偌大年纪了,儿子也长大了,媳妇也娶了,还要我当这个穷家!’映芝没法子,只得把老婆接了回来。映芝在招商局领了薪水回来,总是先交给母亲,老太太又说我不当家,交给我做什么;只得另外给老太太几块钱零用,她又不要。及至吵骂起来,她总说‘儿子媳妇没有钱给我用,我要买一根针、一条线,都要求媳妇指头缝里宽一宽,才流得出来!’……诸如此类的闹法,一个月总有两三回。她老太太高兴起来,便到街坊邻舍上去,数落他儿子一番;再不然,便找到映芝朋友家里去,也不管人家认得她不认得,走进去便把自己儿子尽情数落。最可笑的,有一回我一个舍亲,从南边来了,便到我家里去,谈起来是和映芝老人家认得的。我那舍亲姓丁,别字纪昌,向来在南京当朋友的,谈到映芝老人家亏空急死的,也十分叹息。却被那老太太听见了,便到我这边来,对纪昌着着实实的把映芝数落了一顿,总说他怎么的不孝。这是路过的一个人,说过也就罢了,谁知后来却累的映芝不浅。”我道:“怎样累呢?”杏农道:“你且莫问,等我慢慢的说来。到后来她竟跑到招商局里去,求见总办,要告她儿子的不孝。总办哪里肯见她。便坐在大门口外面,哭天哭地的诉说她儿子怎么不孝,怎么不孝,经映芝多少朋友劝了她才回来。还有一回,白天闹的不够,晚上也闹起来,等人家都睡了,她却拍桌子打板凳的大骂,又把瓷器家伙一件件的往院子里乱摔,搅了个鸡犬不宁。到明天,实在没有法子了,映芝的老婆避回娘家去了,映芝也住在局里不敢回家。过了一夜,这位老太太见一个人闹的没味了,便拿了一根带子,自己勒起颈脖子来。恰好被我用的老妈子看见了,便嚷起来。那天刚刚我在家,便同内人过去解救。一面叫我用的一个小孩子,到招商局去叫映芝回来。偏偏映芝又不在局里,那小孩子没轻没重的,便说不好了,石师爷的老太太上了吊了;这句话恰被一个和映芝不睦的同事听了去,便大惊小怪的传扬起来,说什么天津地方要出逆伦重案了,快点叫人去捉那逆子,不要叫他逃脱了。这么一传扬起来,叫总办知道了,便把映芝的事情撤去,好好的二十两银子的馆地,从此没了。天津如何还住得下,只好搬回通州去了。住了一年,终不是事,听说有几个祖父的门生、父亲的相好,在南京很有局面,便凑了盘缠,到南京去希图谋个馆地。不料我方才说的那位舍亲丁纪昌,听了他老太太的话,回到南京之后,逢人便说,没处不谈,赶映芝到了南京,一个个的无不是白眼相加。映芝起初还莫名其妙,后来有人告诉了他丁纪昌的话,方才知道。幸亏回到上海,寻着了述农家兄,方才弄了一分盘缠回来。你说这个不是大受其累么?谁知回到通州,他那位老太太,又出了花样了,不住在家里,躲向亲戚家里去了。映芝去接她回家时,她一定不肯,说是我不惯和他同居。映芝没法,把老婆送到天津来,住到娘家去了,然后把自己母亲接回家中。通州地面小,不能谋事,自己只得仍到天津来,谋了东局的一件事。东局离这里远,映芝有时到市上买东西,或到这里紫竹林看朋友,天晚了不便回去,便到丈人家去借住。不知怎样,被他老太太知道了,又从通州跑到天津来,到亲家家里去大闹,说亲家不要脸,嫁女儿犹如婊子留客一般,留在家里住宿。"我道:"难道映芝的老婆,一回娘家之后,便永远不回夫家了么?"杏农道:"只有过年过节,由映芝领回去给婆婆拜年拜节,不过住一两天便走了。倒是这个办法,家里过得安静些,然而映芝却又担了一个大名气了。"我道:"什么名气呢?"杏农道:"他那位老太太,满到四处的去说,说他的儿子赚了钱,只顾养老婆的全家,不顾娘的死活,所以映芝便担了这个名气。那东局的事,也没有办得长,不多几个月,就空下来了。一向都是就些短局,一年倒有半年是赋闲的。所谓'人穷志短',那映芝这两年,闹的神采也没有了。

今年春上,弄了一个筹防局的小馆地,一个月只有六吊大钱。他自己一个人,连吃饭每月只限定用一吊五百文,给老婆五百文的零用,其余四吊,是按月寄回通州去的。馆地愈小,事情愈忙,这是一定之理,他从春上得了这件事之后,便没有回通州去过。所以他老太太这回赶了来,先把行李落在这里,要到筹防局去找儿子;却不料找错了,找到巡防局里去。人家对她说,我们局里没有这个人;她便说是儿子串通了门丁,不认娘了,在那里叫天叫地的哭骂起来。人家办公事的地方,如何容得这个样子,便有两个局勇驱赶她;她又说儿子赶娘了。人家听了这个话,越发恨了。在那里受了一场大辱,方才回到这里,哭喊了一夜。第二天映芝打听着了,连忙到了这里来,求她回去。她见了映芝,便是一场大骂,说她指使局勇,羞辱母亲。映芝和她分辩,说儿子并不在那个局里,是母亲走错了地方。她说既然不是这个局,是那个局?映芝是前回招商局的事情,被她母亲闹掉了的,这回怕再是那个样,如何敢说。她见映芝不说,便天天和映芝闹。可怜映芝白天去办公事,晚上到这里来捱骂,如此一连八九天。这里房饭钱又贵,每客每天要三百六十文,五天一结算;映芝实在是穷,把一件破旧熟罗长衫当了,才开销了五天房饭钱。再一耽搁,又是第二个五天到了。昨天晚上,映芝央求她回通州去,不知怎样触怒了她,便把映芝的头也打破了。今天早起我来了,知道了这件事,先把她老人家连哄带骗的,请到了我一个朋友家里,然后劝了她一天,映芝还磕了多少头,陪了多少小心,直到方才,才把她劝肯了,和她雇定了船,明天一早映芝送她回通州去。一切都说妥了,我方才得脱身到这里来。"

这一席长谈,不觉已掌灯多时了。知道杏农没有吃夜饭,便叫厨房里弄了两样菜,请他就在栈里便饭。饭后又谈了些正事,杏农方才别去。我在天津住了十天多,料理定了几桩正事。便要进京。我因为要先到河西务去办一件事,河西务虽系进京的大路,因恐怕到那边有耽搁,就没有雇长车,打算要骑马;谁知这里马价很贵,只有骑驴的便宜,我便雇了一头驴。好在我行李无多,把衣箱寄在杏农那里,只带了一个马包,跨驴而行。说也奇怪,驴这样东西,比马小得多,那性子却比马坏;我向来没有骑过,居然使他不动。出了西沽,不上十里路,他忽然把前蹄一跪,幸得我骑惯了马的,没有被他摔下来;然而尽拉缰绳,他总不肯站起来了。只得下来,把他拉起,重新骑上。走不了多少路,他又跪下了。如此几次,我心中无限焦燥,只得拉着缰绳步行一程,再骑一程,走到太阳偏西,还没有走到扬村——由天津进京尖站——越觉心急。看见路旁一家小客店,只得暂且住下,到明天再走。入到店里,问起这里的地名,才知道是老米店。我净过嘴脸之后,拿出几十钱,叫店家和我去买点酒来,店家答应出去了。我见天时尚早,便到外面去闲步。走出门来,便是往来官道。再从旁边一条小巷子里走进去,只见巷里头一家,便是个烧饼摊;饼摊旁边,还摆了几棵半黄的青菜;隔壁便是一家鸦片烟店。再走过去,约莫有十来家人家，便是尽头；那尽头的去处，却又是一家卖鸦片烟的；从那卖鸦片烟的人家前面走过去，便是一片田场。再走几十步，回头一望，原来那老米店，通共只有这几家人家，便算是一条村落的了。

信步走了一回，仍旧回到店里，呆呆的坐了一大会。看看天要黑下来了，那店家才提了一壶酒回来交给我。我道："怎么去这半天?"店家道："客人只怕是初走这里?"我道："正是。"店家道："这老米店没有卖酒的地方，要喝一点酒，要走到十二里地外去买呢。客人初走这里，怨不得不知道。"我一面听他说话，一面舀出酒来呷了一口，觉得酒味极劣。暗想天津的酒甚好，何以到了此地，便这般恶劣起来。想是去买酒的人，赚了我的钱，所以买这劣酒搪塞，深悔方才不曾多给他几文。

心里正在这么想着，外面又来了一个客人，却是个老者，须发皆白，脸上却是一团书卷气；手里提着一个长背搭，也走到房里来。原来北边地方的小客店，每每只有一个房，一铺炕，无论多少寓客，都在一个炕上歇的。那老者放下背搭，要了水净面，便和我招呼，我也随意和他点头。因见桌上有一个空茶碗，顺手便舀一碗酒让他喝。他也不客气，举杯便饮。我道："这里的酒很不好!"老者道："这已经是好的了，碰了那不好的，简直和水一样。"我道："这里离天津不远，天津的酒很好，何以不到那边贩来呢?"老者道："卫里吗？——北直人通称天津为卫里，以天津本卫也。——那里自然是好酒。老客想是初走这边，没知道这些情形。做酒的烧锅都在卫里，卫里的酒，自然是好的了。可是一过西沽就不行了，为的是厘卡上的捐太重；西沽就是头一个厘卡，再往这边来，过一个卡子，就捐一趟，自然把酒捐坏了。"我道："捐贵了还可以说得，怎么会捐坏了呢?"老者道："卖贵了人家喝不起，只得搀和些水在酒里。那厘捐越是抽得厉害，那水越是搀得厉害，你说酒怎么不坏!"我问道："那抽捐是怎么算法？可是照每担捐多少算的吗?"老者道："说起来可笑得很呢！他并不论担捐；是论车捐，却又不讲每车捐多少，偏要讲每个车轮子捐多少。说起来是那做官的混帐了，不知道这做买卖的也不是个好东西，他要照车轮子收捐，这边就不用牲口拉的车，只用人拉的车。"我道："这又有什么分别?”老者道:“牲口拉的车,总是两个轮子;他们却做出一种单轮子的车来,那轮子做的顶小,安放在车子前面的当中,那车架子却做的顶大,所装的酒篓子,比牲口拉的车装的多,这车子前面用三四个人拉,后头用两个人推,就这么个顽法。”正是:一任你刻舟求剑,怎当我掩耳盗铃。未知那老者还说出些什么来,且待下回再记。

## 第七十回 惠雪舫游说翰苑 周辅成误娶填房

我听那老者一席话，才晓得这里酒味不好的缘故，并不是代我买酒的人落了钱。于是再舀一碗让他喝，又开了一罐罐头牛肉请他。大家盘坐在炕上对吃。我又给钱与店家，叫他随便弄点面饭来。方才彼此通过姓名。

那老者姓徐，号宗生，是本处李家庄人。这回从京里出来，因为此地离李家庄还有五十里，恐怕赶不及，就在这里下了店。我顺便问问京里市面情形。宗生道："我这回进京，满意要见焦侍郎，代小儿求一封信，谋一个馆地。不料进京之后，他碰了一桩很不自在的事，我就不便和他谈到谋事一层，只住了两天就走了。市面情形，倒未留心。"

我道："焦侍郎可就是刑部的焦理儒？"宗生道："正是他。"我道："我在上海看了报，他这侍郎是才升转的，有什么不自在的事呢？"

宗生道："他们大老官，一帆风顺的升官发财，还有什么不自在，不过为点小小家事罢了。然而据我看来，他实在是咎由自取。他自己是一个绝顶聪明人，笔底下又好；却是学也不曾入得一名，如今虽然堂堂八座，却是异途出身。四五个儿子，都不肯好好的念书，都是些不成材的东西。只有一位小姐，爱同拱璧，立志要招一位玉堂金马的贵婿；谁知立了这么一个志愿，便把那小姐耽误了，直到了去年，已过二十五岁了，还没有人家。耽误了点年纪，还没有什么要紧，还把她的脾气惯得异乎寻常的出奇，又吃上了鸦片烟瘾，闹的一发没有人敢问名的了。去年六月间，有一位太史公断了弦。这位太史姓周，号辅成，年纪还不满三十岁。二十岁上便点了翰林，放过一任贵州主考，宦囊里面多了三千金，便接了家眷到京里来，省吃俭用的过日子，望开坊；谁知去年春上，染了个春瘟病，捱到六月间死了。你想这般一位年轻的太史公，一旦断了弦，自然有多少人家央人去做媒的了。

这太史公倒也伉俪情深，一概谢绝。这信息被焦侍郎知道了，便想着这风流太史做个快婿。虽然是个续弦，且喜年纪还差不多。想定了主意，便打算央媒说合。既而一想，自己是女家，不便先去央求；又打听得这位太史公，凡是去做媒的，一概谢绝，更怕把事情弄僵了，所以直等到今年春天，才请出一个人来商量。

这个人便是刑部主事，和周太史是两榜同年；却是个旗人，名叫惠覃，号叫雪舫；为人极其能言舌辩。焦侍郎请他来，把这件事直告诉了他，又说明不愿自己先求他的意思。雪舫便一力担承在身上，说道：‘大人放心，司官总有法子说得他服服帖帖的来求亲；大人这里还不要就答应他，放出一个欲擒故纵的手段，然后许其成事，方不失了大人这边的门面。’焦侍郎大喜，便说道：“那么这件事，就尽托在老兄身上了。’雪舫得了这个差使，便不时去访周辅成谈天。周辅成老婆虽死了，却还留下一个六岁大的男孩子，生得眉清目秀，十分可人，雪舫到了，总是逗他顽笑，考他认字。偶然谈起说道：“怪可怜的一个小孩子，小小年纪没了娘了；你父亲怎么就不再娶一个？’辅成听了笑道：‘伤心还没有得过，哪里便谈到这一层；况且我是立志鳏居以终的了。’雪舫道：‘你莫嘴强，这是办不到的。纵使你伉俪情深，一时未忍，久后这中馈乏人，总不是事。况且小孩子说大不大，总得要有人照应的。你此刻还赶伤心追悼的那边去，未必肯信我这个话，久后你便要知道的。’辅成未及回答，雪舫又道：“说来也难，娶了一个好的来也罢了；倘使娶了个不贤的，那非但自己终身之累，就是小孩子对付晚娘，也不容易。’辅成道：‘可不是吗。我这立定鳏居以终之志，也是看到这一着。’雪舫道：‘这也足见你的深谋远虑，其实现在好好的女子很少，每每听见人家说起某家的晚娘待儿子怎样，某家的晚娘待儿子怎样，听着也有点害怕。辅成兄，你既然立定主意不娶，何不把令郎送回家乡去？自己住到会馆里，省得赁宅子，要省得多呢。’辅成道：‘我何尝不想。只为家母生平最爱的是内人，去年得了我这里的信息，已经不知伤心的怎样了；此刻再把小孩子送回去，老人家见子思母，岂非又撩拨起她的伤心来！何况小儿说大虽不大，也将近可以读书了，我们衙门清闲无事，也想借课子消遣，因此未果。’雪舫道：‘既如此，你也大可以搬到会馆里面去，到底省点浇裹。’辅成道：‘我何尝不想。只因这小孩子还小，一切料理，打辫洗澡，还得用个老妈子伺候。’雪舫道：‘就是这个难，并且用老妈子，也不容易用着好的。’辅成道：‘这倒不然，我现在用的老妈子，就是小孩子的奶娘，还是从家乡带来的。’雪舫道：‘这么说，你夫人虽是没了，这过日子浇裹，还是一文不能省的。’辅成道：‘这个自然。’雪舫道：‘这么说，你还是早点续弦的好。’辅成道：‘这话怎讲?’雪舫笑了一笑，却不答话。

辅成心下狐疑，便追着问是什么道理。雪舫道：‘我要待不说，又对你不起；要待说了出来，一则怕你不信，二则怕你发急。’辅成道：‘说的不近情理，不信或者有之，又何至于发急呢。’雪舫又笑了一笑，依然没有话说。辅成道：‘你这个样子，倒是令我发急了。我和你彼此同年相好，什么话不好说，要这等藏头露尾作什么呢?’雪舫正色道：‘我本待不说，然而若是终于不说呢，实在对朋友不起，所以我只得直说了。但是说了，你切莫发急。’辅成发急道：‘你说了半天，还是未说，你这是算什么呢?’雪舫道：‘此刻我直说了吧。若是在别的人呢，这是稀不相干的事；无奈我们是做官的人，……’说着，又顿住了。辅成恨道：‘你简直爽快点一句两句说了吧，我又不和你作什么文字，只管在题前作虚冒，发多少议论作什么?’雪舫道：‘你是身居清贵之职的，这个上头更要紧。’辅成更急了道：‘你还要故作盘旋之笔呢，快说吧!’雪舫道：‘老实说了吧，你近来外头的声名，不大好听呢!’辅成生平是最爱惜声名的，平日为人谨饬的了不得；忽然听了这句话，犹如天上吊下了一个大霹雳来，直跳起来问道：‘这是哪里来的话?’雪舫道：‘我说呢，叫你不要着急。’辅成道：‘到底哪里来的话?’我不懂啊。到底说的是哪一行呢?’雪舫拍手道：‘你知道我近来到你这里来坐，格外来得勤，是什么意思? 我是要来私访你的。谁知私访了这几天，总访不出个头绪来，只得直说了。外头人都说你自从夫人没了之后，便和用的一个老妈子搭上了，缠绵的了不得，所以凡是来和你做媒的，你都一概回绝。’辅成道：‘这些谣言从哪里来的?’雪舫道：‘外头哪个不知，还要问哪里来的呢? 不信，你去打听你们贵同乡，大约同乡官没有一个不知道的了。’辅成直跳起来道：‘这还了得！我明日便依你的话，搬到会馆去住，乐得省点浇裹。’雪舫道：‘这一着也未尝不是；然而你既赁了宅子，自己又住到会馆里，怎么见得省？’辅成道：‘哪里的话！我既住到会馆，便先打发了老妈子，带着小孩子住进去了。’雪舫道：‘早就该这样办法的了。’辅成便忙着要拣日子就搬。雪舫道：‘你且莫忙，这不是一时三刻的事，我也在这里代你打算呢。小孩子说小虽然不小，然而早起晚睡，还得要人招呼，还有许多说不出的零碎事情，断不是我们办得到的；譬如他顽皮搅湿了衣服，或者挂破了衣服等类，都是马上要找替换，要缝补的，试问你我可以办得到么？这都是平常无事的话。万一要有什么伤风外感，那不更费手脚么？我正在这里和你再三盘算，左也不是，右也不是。看不出这么一件小小事情，倒是很费商量的。’一席话说得辅成呆了。歇了半晌道：‘不然，索性把小孩子送回家乡去也好。’雪舫道：‘你方才不是说怕伤太夫人的心么？’辅成搓手顿足了半晌，没个理会。雪舫又道：‘不如我和你想个法子吧，是轻而易举，绝不费事的，不知你可肯做？’辅成道：‘你且说出来，可以做的便做。’雪舫道：‘你若肯依了我做去，包管你就可以保全声名。’辅成道：‘你又来作文字了，又要在题前盘旋了，快直说了吧。’雪舫道：‘你今日起，便到处托人做媒，只说中馈乏人，要续弦了，这么一来，外头的谣言自然就消灭了。’辅成道：‘这个不过暂时之计，不可久长的。况且央人做媒，做来做去，总不成功，也不是个事。万一碰了合式的，她样样肯将就，任我怎样挑剔，她都答应，那却如何是好呢？’雪舫正色道：‘那不就认真续了弦就完了。我劝你不要那么呆，天下那里有从一而终的男子。你此刻还是热烘烘的，自然这样说；久而久之，中馈乏人，你便知道鳏居的难处了。与其后来懊悔，还是赶早做了的好。依我劝你，趁此刻自己年纪不十分大，儿子也还小，还容易配；倘使耽搁几年，自己年纪也大了，小孩子也长成了，那时后悔，想到续弦，只怕人家有好好的女儿，未必肯嫁给于思于思的老翁了。况且说起来，前妻的儿子已经若干大了，人家更多一层嫌弃。还有一层，比方你始终不续弦的话，将来开坊了，外放了，老大人、太夫人总

是要迎养的，同寅中官眷往来，你没有个夫人，如何使得？'难道还要太夫人代你应酬么？你细想想，我的话是不是？'

辅成听了低下头去，半晌没有话说。雪舫又道：'说虽如此说，这件事却是不能卤莽的，最要紧是打听人品；倘使弄了一个不贤的来，那可不是闹顽的！'辅成叹了一口气，却不言语。雪舫又道：'此刻你且莫愁这些，先撒开了话，要求人做媒，赶紧要续弦，先把谣言息一息再讲。'辅成也没有话说。雪舫又谈些别样说话，然后辞去。过了一日，雪舫未曾出门，辅成先去拜访了，说是踌躇了一天一夜，没有别的法子，只好依你之计，暂时息一息谣言再说的了。雪舫道：'既如此，便从我先做起媒来。陆中堂的一位小姐，是才貌兼备的，等我先去碰一碰看。'辅成道：'你少胡闹！他家女儿怎肯给我们寒士，何况又是个填房。'雪舫道：'求不求在你，肯不肯由他，问一问不见得就玷辱了他，那又何妨呢。'辅成也就没言语了。再过一天，雪舫便来回话说：'陆中堂那边白碰了。今日我又到张都老爷那边去说，因为听说张都老爷有个妹子，生得十分福气，今日没有回话，过几天听信吧。'

此时辅成因为谣言可怕，也略略活动了一点了，这两天也在别个朋友跟前提起续弦的话。一时同衙门的、同乡的，都知道周太史要续弦了，那做媒的便络绎不绝。这个夸说张家小姐才能，那个夸说李家小姐标致，说的心如槁木的一位太史公，心中活泼起来。雪舫又时时走来打动，商量要怎么的好，怎么的不好，又说第一年纪大的好。辅成问他是什么缘故。雪舫道：'若是元配，自然年纪不怕小的；此刻你的是续弦，进了你门，就要做娘的，翁姑又不在跟前，倘使年纪过轻，怎么能当得起这个家。若是年纪大点的，在娘家纵使未曾经练过，也看见得多了，招呼小孩子，料理家务，自然都会的了。你想不是年纪大的好么？'说的辅成合了意。他却另外挽出一个人来，和辅成做焦侍郎小姐的媒。辅成便向雪舫打听。雪舫道：'这一门我早就想着了，一则怕这位小姐不肯许人家做填房，二则我和焦老头子有堂属之分，彀不上去说这些事，所以未曾提及。这门亲倘是成了，倒是好的。听说那一位小姐，雅的是琴棋书画，俗的是写算操作，没有一件不来的;况且年纪好像在二十以外一点了,于料理小孩子一层,自然是好的了。'辅成听了,也巴望这门亲定了,好得个内助。偏偏焦侍郎那边,又没有着实回话,倒闹得辅成心焦起来,又托雪舫去说。求之再四,方才应允。一连跑了四五天,把这头亲事说定。一面择日行聘,过了几时,又张罗行亲迎大礼,央了钦天监选择了黄道吉日,打发了鼓吹彩舆去迎娶,择定了午正三刻拜堂合。

这一天,周太史家里贺客盈门,十分热闹;格外提早点吃了中饭,预备彩舆到了,好应吉时拜堂。一班同年、同馆的太史公,都预备了催妆诗、合卺词。谁知看看到了吉时,不见彩舆到门,众亲友都呆呆的等着看新人;等彀多时,已是午过未来,还是寂无消息。办事的人便打发了人到坤宅去打听,回报说新人正在那里梳妆呢。众人只得仍旧呆等。等到了未末申初,两顶大媒老爷的轿子到了,说来了来了,快了快了,马上就登舆了。周太史一面款待大媒。闹了一会,已交酉刻,天已晚下来了,只得张罗开席宴客。吃到半席时,忽然间鼓乐喧天的新娘娶回来了,便连忙撤了席,拜堂、送房、合卺,又忙了一阵,直到戌正,才重新入席。那新人的陪嫁,除了四名丫头之外,还有两房仆妇,两名家人,都是很漂亮的。众人尽欢散席时,已是亥正了。大家宽坐了一会,便要到新房里看新人,周太史只得陪着到新房里。众人举目看时,都不觉棱了一棱,原来那位新人,早已把凤冠除下,却仍旧穿的蟒袍霞帔,在新床上摆了一副广东紫檀木的鸦片烟盘,盘中烟具,十分精良,新人正躺在床上吃旧公烟呢。看见众人进来,才慢慢的坐起,手里还拿着烟枪;两个伴房老妈子,连忙过去接了烟枪,打横放在烟盘上,一个接手代她戴上凤冠。陪嫁家人过来,把烟盘收起来,回身要走,忽听得娇滴滴的声音叫了一声'来'。这个声音正是新人口中吐出来的。那陪嫁家人,便回转身子,手捧烟盘,端端正正的站着。只听得那新人又说道:'再预备十二个泡儿就够了。'那陪嫁家人,连答应了三四个'是'字,方才退了出去。众人取笑了一回,见新人老气横秋的那个样子,便纷纷散去。新人见客散了,仍旧叫拿了烟具来,一口一口的吹;吹足了十二口时,天色已亮,方才卸妆睡觉。周辅成这一气,几乎要死!然米已成饭,无可如何了。只打算日后设法禁制她罢了。那位新人一睡,直到三下钟方才起来。梳洗已毕,便有她的陪嫁家人,带了一个面生人,手里拿了一包东西,到上房里去。辅成此时一肚子没好气,也没做理会。第二天晚上,便自己睡到书房里去了。到了第三天,是照例回门,新婿新人,先后同去;行礼已完,新婿也照例先回。及至辅成回到家时,家人送上两张帐单。辅成接过来一看,一张是市美珍珠宝店的,上面开着珍珠头面一副、穿珠手镯一副、西洋钻石戒指五个,共价洋四千五百两。又一张是宝兴金店的,上面开着金手镯一副、押发簪子等件,零零碎碎,共价是三百十五两。辅成看了便道:‘我家里几时有买过这些东西?’家人回道:‘这是新太太昨天叫店里送来的。’辅成吓了一跳,呆了半晌,没有话说,慢腾腾的踱到书房,换过便衣,唉声叹气的坐立不安。直等到晚上十二点多钟,新人方才回来。辅成一肚子没好气,走到上房,只见那位新夫人,已经躺下吃烟了,看见丈夫进来,便慢腾腾的坐起。辅成不免也欠欠身坐下。半晌开口问道:‘夫人昨天买了些首饰?’新人道:‘正是。我看见今天回门,倘使还戴了陪嫁的东西,不像样子,所以叫他们拿了来,些微拣了两件,其实还不甚合意。’辅成道:‘既然不甚合意,何不退还了他呢?’说时,脸上很现出一种不喜欢的颜色。新人听了这话,看了新婿的颜色,不觉也勃然变色起来。”正是:房帏未遂齐眉乐,《易》象先呈反目爻。未知一对新人,闹到怎么样子,且待下回再记。

## 第七十一回　周太史出都逃妇难　焦侍郎入粤走官场

“当下新人变了颜色，一言不发。辅成也忍耐不住，说道：‘不瞒夫人说，我当了上十年的穷翰林，只放过一回差，不曾有什么积蓄。’新人不等说完，便抢着说道：‘罢，罢！几吊钱的事情，你不还，我娘家也还得起，我明日打发人去要了来，不烦你费心。不过我这个也是挣你的体面。今天回门去，我家里什么王爷、贝子、贝勒的福晋、姑娘，中堂、尚书、侍郎的夫人、小姐，挤满了一屋子，我只插戴了这一点捞什子，还觉得怪寒尘的，谁知你倒那么惊天动地起来！早知道这样，你又何必娶什么亲！’说着，又叫了一声‘来’，那陪嫁家人便走了进来，垂手站着。新人拿眼睛对着鸦片烟盘看了一看，那家人便走到床前，半坐半躺的烧了一口烟，装到斗上。辅成冷眼觑着，只见那家人把烟枪向那边一送，新人躺下来接了，向灯上去吸，那家人此时简直也躺了下来，一手挡着枪梢，一手拿着烟签子，拨那斗门上的烟。辅成见了，只气得三尸乱暴，七窍生烟！只因才做了亲不过三朝，不便发作，忍了一肚子气，仍到书房里去安歇了。从此那珠宝店、金子店的人，三天五天便来催一次，辅成只急得没路投奔。雪舫此时却不来了，终日闷着一肚子气，没处好告诉，没人好商量。

一连过了二十多天，看看那娶来的新人，非但愈形骄蹇放纵，并且对于那六岁孩子，渐渐露出晚娘的面目来了。辅成更加心急，想想转恨起雪舫来；然而徒恨也无益，总要想一个善后之策，因此焦灼的一连几夜总睡不着。并且自从娶亲以来，便和上房如同分了界一般，足迹轻易不踏到里面。小孩子受了晚娘的气，又走到自己跟前哭哭啼啼，益加烦闷。忽然一日，自己决绝起来，定下了一个计策，暗地里安排妥当。只说家中老鼠多，损伤了书籍字画，把一切书画都归了箱，送到会馆里存放，一共运去了十多箱书画，暗中打发一个家人，到会馆里取了，运回家乡去。等到了满月那天，新人又照例回门去了；

这一次回门,照例要娘家住几天。这位周太史等他夫人走了,便写了个名条,到清秘堂去请了一个回籍措资的假,雇了长车,带了小孩子,收拾了细软,竟长行回籍去了。只留下一个家人看门,给了他一个月的工钱,叫他好好看守门户,诳他说到天津,去去就来的。他自己到了天津之后,却寄了一封信给他丈人焦侍郎。这封信却是骈四骊六的,足有三千多字,写得异常的哀感顽艳。焦侍郎接了这封信,一气一个死!无可奈何,只得把女儿权时养在家里,等日后再做道理。我进京找他求信,恰好碰了这个当口,所以我也不便多说,耽搁了几天,只得且回家去,过几时再说的了。”

徐宗生一席长谈,一面谈着,一面喝着,不觉把酒喝完了,饭也吃了,问店家要了水来净了面。我又问起焦侍郎为什么把一位小姐惯到如此地位?宗生道:“这也不懂。论起来,焦侍郎是很有阅历的人,世途上、仕路上,都走的烂熟的了,不知为什么家庭中却是如此?”我道:“世路仕路的阅历,本来与家庭的事是两样的。”宗生道:“不是这样说。这位焦理儒,他是经过极贫苦来的,不应把小孩子惯得骄纵到这步田地。他焦家本是个富家,理儒是个庶出的晚子,十七八岁上,便没了老子,弟兄们分家。他名下也分到了二三万的家当;搁不起他老先生吃喝嫖赌,无一不来,不上几年,一份家当,弄得精光,闹的弟兄不理,族人厌恶,亲戚冷眼,朋友远避。在家乡站不住了,赌一口气走了出来,走到天津,住在同乡的一家字号里,白吃两顿饭,人家也没有好面目给他。可巧他的运气来了,字号里的栈房碰破了两箱花椒,连忙修钉好了,总不免有漏出来的,字号里的小伙计把他扫了回来;被这位焦侍郎看见了,不觉触动了他的一门手艺,把那好的整的花椒,拣了出来,用一根线一颗一颗的穿起来,盘成了一个班指。被字号里的伙计看见了,欢喜他精致,和他要了。于是这个要穿一个,那个要穿一个,弄得天天很忙。他又会把他盘成珠子,穿成一副十八子的香珠。穿了香珠,却没有人要;只有班指要的人多,甚至有出钱叫他穿的。恰巧有一位候补道进京引见,路过天津,是他的世伯辈,他用了‘世愚侄’的帖子去见了一回,便把所穿的香珠,凑了一百零八颗,配了一副烧料的佛头纪念,穿成一挂朝珠,又穿了一个细致的班指，作一份礼送了去。那位候补道欢喜的了不得，等他第二次去见了，便问他在天津作什么？他一时没得好回答，便随嘴答应，说要到广东去谋事。那候补道便送了他五十两银子程仪。他得了这笔银子，便当真到广东去了。

原来他有一位姑丈，是广东候补知府，所以他一心要找他姑丈去。谁知他在家乡那等行为，早被他哥哥们写信告诉了姑丈了，所以他到了广东，那位姑丈只给他一个不见；他姑母是早已亡故的了，他姑丈就在广东续的弦，他向来没有见过，就是请见也见不着。五十两银子有限，从天津到得广东，已是差不多的了，再是姑丈不见，住了几天客栈，看看银子没有了。他心急了，便走到他姑丈公馆门口等着，等他姑丈拜客回来，他抓住了轿杠便叫姑丈。他姑丈到了此时，没有法子，只得招呼他进去，问他来意。他说要谋事。他姑丈说："谈何容易！这广东地方虽大，可知人也不少，非有大帽子压下来，不能谋一个馆地；并且你在家里荒唐惯了，到了外面要守外面的规矩，你怎样办得到？不如仍旧回去吧。'他道：'此刻盘缠也用完了，回去不得，只得在这里等机会。我就搬到姑丈公馆来住着等，想姑丈也不多我这一碗闲饭。'

他姑丈没奈何，只得叫他搬到自己公馆里住。这一住又是好几个月。喜得他还安分，不曾惹出逐客令来。他姑丈在广东，原是一个红红儿的人，除了外面两三个差使不算，还是总督衙门的文案。这一天总督要起一个折稿，三四个文案拟了出来，都不合意，便把这件事交代了他姑丈。他姑丈带回公馆里去弄，也弄不好。他看见了那奏稿节略，便自去拟出一篇稿来，送给他姑丈看，问使得使不得。他姑丈向来鄙薄他的，如何看得在眼里，拿过来便搁在一旁；但苦于自己左弄不好，右弄不好，姑且拿他的来看看，看了也不见得好。暗想且不要管他，明天且拿他去塞责。于是到了明天，果然袖了他的稿子去上辕。谁知那位制军一看见了，便大加赏识，说好得很，却不像老兄平日的笔墨。他姑丈一时无从隐瞒，又不便撒谎，只得直说了，是卑府亲戚某人代作的，制军道：'他现在办什么事？是个什么功名？'他姑丈回说没有事，也没有功名。制军道：'有了这个才学，不出身可惜了。我近来正少一个谈天的人,老兄回去,可叫他来见我。'他姑丈怎么好不答应,回去便给他一身光鲜衣服,叫他去见制军。那制军便留他在衙门里住着,闲了时,便和他谈天,他谈风却极好。有时闷了,和他下围棋,他却又能够下两子;并且输赢当中,极有分寸,他的棋子虽然下得极高,却不肯叫制军大败,有时自己还故意输去两子。偶然制军高兴了,在签押房里和两位师爷小酌,他的酒量却又不输与别人;并且出主意行出个把酒令来,都是雅俗共赏的。若要和他考究经史学问,他却又样样对答得上来。有时唱和几首诗,他虽非元、白、李、杜,却也才气纵横。因此制军十分隆重他,每月送他五十两银子的束修。他就在广东阔天阔地起来。不多几时,潮州府出了缺,制台便授意藩台,给他姑丈去署了。一年之后,他姑丈卸事回来,禀知交卸。制军便问他:'我这回叫你署潮州,是什么意思,你可知道?'他姑丈回说是大帅的栽培,制军道:'那倒并不是。我想你那个亲戚,总要想法子叫他出身;你在省城当差,未必有钱多,此刻署了一年潮州,总可以宽裕点了,可以代你亲戚捐一个功名了。'他姑丈此时不能不答应,然而也太刻薄一点,只和他捐了一个未入流,带捐免验看,指分广东。他便照例禀到。制军看见只代他弄了这么个功名,心中也不舒服,只得吩咐藩台,早点给他一个好缺署理。总督吩咐下来的,藩司哪里敢怠慢,不到一个月,河泊所出了缺,藩台便委了他。

原来这河泊所是广东独有的官,虽是个从九未入,他那进款可了不得。事情又风流得很,名是专管河面的事,就连珠江上妓船也管了。他做了几个月下来,那位制军奉旨调到两江去了,本省巡抚坐升了总督,藩台坐升了抚台,剩下藩台的缺,却调了福建藩台来做。那时候一个最感恩知己的走了,应该要格外小心的做去才是个道理;谁知他却不然,除了上峰到任,循例道喜之外,朔望也不去上衙门,只在他自己衙门里,办他的风流公案。

那时新藩台是从福建来的,所有跟来的官亲幕友,都是初到广东,闻得珠江风月,哪一个不想去鉴赏鉴赏。有一天晚上,藩台的少爷,和一个衙门里的师爷,两个人在谷埠——妓船麇聚之所——船上请客。不知怎样,妓家得罪了那位师爷,师爷大发雷霆,把席面掀翻了，把船上东西打个稀烂，大呼小叫的，要叫河泊所来办人，吓得一众妓女，莺飞燕散的，都躲开了。一个鸨妇见不是事，就硬着头皮，闪到舱里去，跪下叩头认罪。那师爷顺手拿起一个茶碗，劈头摔去，把鸨妇的头皮摔破了，流出血来。请来的客，也有解劝的，也有帮着嚷打的。这个当口，恰好那位焦理儒，带了两个家人，划了一艘小船，出来巡河，刚刚巡到这个船边，听得吵闹，他便跳过船来。刚刚走在船头，忽见一个人在舱里走出来，一见了理儒便道：'来得好！来得好！'理儒抬头一看，却是一位姓张的候补道，也是极红的人。原来理儒在督署里面，当了差不多两年的朋友，又是大帅跟前极有面子的，所以那一班候补道府，没有一个不认得他的。当下理儒看见是熟人，便站住了脚。姓张的又低低的说道：'藩宪的少大人和老夫子在里面，是船家得罪了他。阁下来得正好，请办一办他们，以警将来。'理儒听了，理也不理，昂起头走了进去，便厉声问道：'谁在这里闹事？'旁边有两个认得理儒的，便都道：'好了，好了！他们的管头来了。'有个便暗暗告诉那师爷，这便是河泊所焦理儒了。那师爷便上前招呼。理儒看见地下跪着一个头破血流的妇人，便问谁在这里打伤人？那师爷便道：'是兄弟摔了她一下。'理儒沉下脸道：'清平世界，哪里来的凶徒！'回头叫带来的家人道：'把他拿下了！'藩台的少爷看见这个情形，不觉大怒道：'你是什么人？敢这么放肆？'理儒也怒道：'你既然在这里胡闹，怎么连我也不知道！想也是凶徒一类的。喝叫家人，把他也拿了。旁边一个姓李的候补府，悄悄对他说道：'这两位一个是藩台少爷，一个是藩台师爷。'理儒喝道：'什么少爷老爷！私爷公爷，在这里犯了罪，我总得带到衙门里办去，姓李的见他认真起来，便闪在一边，和一班道府大人，闪闪缩缩的，都到隔壁船上去，偷看他作何举动。只见他带来的两个家人，一个看守了师爷，一个看守了少爷，他却居中坐了，喝问那鸨妇：'是哪一个打伤你的？快点说来。'那鸨妇只管叩头，不肯供说。那师爷气愤愤的说道：'是我打的，却待怎样？'理儒道：'好了，得了亲供了。'叫家人带了他两个，连那鸨妇一起带到衙门里去。

此时师爷少爷带来的家人，早飞也似的跑进城报信去了。理儒把一起人也带进城,到衙门里,分别软禁起来,自己却不睡,坐在那里等信。到得半夜里,果然一个差官拿了藩台的片子来要人。理儒道:'要什么人?'差官道:'要少爷和师爷。'理儒道:'我不懂。我是一个人在衙门里办公,没带家眷,没有少爷;官小俸薄,请不起朋友,也没有师爷。'差官怒道:'谁问你这个来!我是要藩宪的少大人以及藩署的师爷!'理儒道:'我这里没有!'差官道:'你方才拿来的就是。'理儒道:'那不是什么少爷师爷,是两个闹事伤人的凶徒!'差官道:'只他两个就是,你请他出来,我一看便知。'理儒把桌子一拍,大喝道:'你是个什么东西,要来稽查本衙门的犯人!'喝叫家人:'给我打出去!'两个家人,一片声叱喝起来,那差官没好气,飞马回衙门报信去了。藩台听了这话,也十分诧异,一半以为理儒误会,一半以为那差官搅不清楚,只得写了一封信,再打发别人去要。理儒接了信,付之一笑。草草的回了一个禀,交来人带去。禀里略言:'卑职所拿之人,确系凶徒,现有受伤人为证。无论此凶徒系何人,既以公事逮案,案未结,未便遽释'云云。这两次往返,天已亮了。理儒却从从容容的吃过了早饭,才叫打轿回公事去。

谁知他昨夜那一闹,外面通知道了,说是河泊所太爷误拿藩台的人,这一回是死无葬身之地的了,不难合衙门的书吏人都有些不便呢。此风声一夜传了开去,到得天明,合衙门的书吏差役,纷纷请假走了,甚至于抬轿的人也没有了。理儒看见觉得好笑,只得另外雇了一乘小船,自己带了那一颗小小的印把,叫家人带了那少爷、师爷、鸨妇,一同上制台衙门去。"这一去,有分教:胸前练雀横飞出,又向最高枝上栖。未知理儒见了制台,怎样回法,且待下回再记。

# 第七十二回　逞强项再登幕府　走风尘初入京师

前一夜藩台因为得了幕友、儿子闹事，被河泊所司官捉去的信，心中已经不悦，及至两次去讨不回来，心中老大不舒服。暗想这河泊所是什么人，他敢与本司作对。当时便有那衙门旧人告诉他，说是这河泊所本来是前任制台的幕宾，是制台交代前任藩台给他这个缺的。藩台一想，前任藩台便是现任的抚军，莫非他仗了抚军的腰子么？等到天明，便传伺候上院去，把这件事嗫嗫嚅嚅的回了抚台。抚台道：'这个人和兄弟并没有交情，不过兄弟在司任时，制军再三交代给他一个缺，恰好碰了河泊所出缺，便委了他罢了。但是听说他很有点才干。昨夜的事，他一定明知是公子，但不知他要怎样顽把戏罢了。我看他既然明知是公子，断不肯轻于回首县，说不定还要上辕来。倘使他到兄弟这里，兄弟自当力为排解，叫他到贵署去负荆请罪；就怕他径到督宪那里去，那就得要阁下自己去料理的了。'

藩台听说，便辞了抚台，去见制台。喜得制台是自己同乡世好，可以无话不谈的。一直上了辕门，巡捕官传了手本进去，制台即时请见。藩台便把这件事，一五一十的回明白了，又说明这河泊所焦理儒系前任督宪的幕宾。制台听了这话，沉吟了一会道：'他若是当一件公事，认真回上来，那可奈何他不得，只怕阁下身上也有点不便。这个便怎生区处？'藩台此时也呆了，垂手说道：'这个只求大帅格外设法。'制台道：'他动了公事来，实在无法可设。'藩台正在踌躇，那巡捕官早拿了河泊所的手本上来回话了。制台道：'他一个人来的么？'巡捕道：'他还带了两个犯人、一个受伤的同来。'藩台起初只知道儿子和师爷在外闹事，不曾知道打伤人一节，此刻听了巡捕的话，又加上一层懊恼。制台便对藩台说道：'这可是闹不下来了！或者就请了他进来，你们彼此当面见了，我在旁边打个圆场，想来还可以下得去。'藩台道：'他这般倔强，万一他一定顶真起来，岂不是连大帅也不好看?'制台忽然想了一个主意道:'有了。只是要阁下每月津贴他多少钱,这件事就包在我身上,霎时间就冰消瓦解了。'藩台道:'终不成拿钱买他?'制台道:'不是买。你只管每月预备二百银子,也不要你出面,你一面回去,只管拣员接署河泊所就是了。'藩台满腹狐疑,不便多问,制台已经端茶送客。一面对巡捕说:'请焦大老爷。向来传见末秩没有这种声口的,那巡捕也很以为奇,便连忙跑了出去。藩台一面辞了出来。走到麒麟门外,恰遇见那巡捕官拿着手版,引了焦理儒进去。那巡捕见了藩台,还站了一站班;只有理儒要理不理的,只望了他一眼。藩台十分气恼,却也无可如何。

理儒进去见了制台,常礼已毕,制台便拉起炕来。理儒到底不敢坐,只在第二把交椅前面站定。制台道:'老兄的风骨,实在令人可敬!请上坐了,我们好谈天。将来叨教的地方还多呢。'理儒只得到炕上坐了。制军又亲手送过茶,然后开谈道:'昨天晚上那件事,兄弟早知道了。老兄之强项风骨,着实可敬!现在官场中哪里还有第二个人!只可惜屈于末僚。兄弟到任未久,昧于物色,实在抱歉得很!'理儒道:'大帅奖誉过当,卑职决不敢当!只是责守所在,不敢避权贵之势,这是卑职生性使然。此刻开罪了本省藩司,卑职也知道罪无可逭,所以带印在此,情愿纳还此职,只求大帅把这件事公事公办。'说着,在袖里取出那一颗河泊所印来,双手放在炕桌上。制台道:'这件事,兄弟另外叫人去办,不烦阁下费心。不过另有一事,兄弟却要叨教。'说罢,叫一声'来'。又努一努嘴,一个家人便送上一副梅红全帖。制台接在手里便站起来,对理儒深深一揖,理儒连忙还礼。制台已双手把帖子递上道:'今后一切,都望指教!'理儒接来一看,却是延聘书启老夫子的关书,每月致送束修二百两。便连忙一揖道:'承大帅栽培,深恐驽骀,不足以副宪意!'制台道:'前任督宪,是兄弟同门世好,最有知人之明,阁下不以兄弟不才,时加教诲,为幸多矣!'当下又谈了些别话,便把理儒留住。一面叫传藩司,一面叫人带了理儒进去,与各位师爷相见。

原来那藩台并不曾回去,还在官厅上,一则等信息,二则在那里抱怨师爷,责备儿子。一听得说传,便连忙进去。制台把上项事,仔细告诉了一遍，又道：‘一则此人之才一定可用，二则借此可以了却此事。阁下回去，赶紧委人接署；此后每月二百两的束修，由尊处送来就是了。’藩台听说，谢了又谢。制台又把那河泊所的印，交他带去道：“也不必等他交代，你委了人，就叫他带印到任便了。’藩台领命辞去。

从此焦河厅又做了总督幕宾。总是他生得人缘美满，这位制军得了他之后，也是言听计从，叫他加捐了一个知县，制台便拜了一个折，把他明保送部引见。回省之后，便署了一任香山，当了好些差使。从此连捐带补的，便弄了个道台。就此一风顺，不过十年，便到了这个地位。只可怜他那姑丈，此刻六十多岁了，还是一个广东候补府，自从署一任潮州下来，一直不曾署过事。你说这宦海升沉，有何一定呢。”我本来和宗生谈的是焦侍郎不善治家庭的事，却无意中惹了他这一大套，又被我听了不少的故事。当下夜色已深，大家安睡一宿，次日便分路而行。

我到河西务料理了两天的事，又到张家湾耽搁了一日，方才进京，在骡马市大街广升客栈歇下。因为在河西务、张家湾寄信不便，所以直等到了京城，才发各路的信，一连忙了两天，不曾出门，方才料理清楚。因为久慕京师琉璃厂之名，这天早上，便在客栈柜上问了路径，步行前去，一路上看看各处市景，街道虽宽，却是坎坷的了不得。满街上不绝的骆驼来往，偶然起了一阵风，便黄尘十丈。以街道而论：莫说比不上上海，凡是我经过的地方，没有一处不比他好几倍的。一路问讯到了琉璃厂，路旁店铺，尽是些书坊、笔墨、古玩等店家。走到一家松竹斋纸店，我想这是著名的店家，不妨进去看看。想定了，便走近店门，一只脚才跨了进去，里边走出一个白胡子的老者，拱着手，呵着腰道：“你佇来了——你佇，京师土语，尊称人也。发音时唯用一佇字，你字之音，盖藏而不露者。或曰：‘你老人家’四字之转音也，——理或然佇久违了！你佇一向好！里边请坐！’我被这一问，不觉楞住了，只得含糊答应，走了进去。便有一个小后生，送上一枝水烟筒来，老者连忙拦住，接在手里，装上一口烟，然后双手递给我。那小后生又送上一碗茶，那老者也接过来，一手拿起茶碗，一手把茶托侧侧转，舀了一舀，重新把茶碗放上，双手递过了来，还齐额献上一献。然后自己坐定，嘴里说些“天气好啊，还凉快，不比前年，大九月里还是很热。你佇有好两个月没请过来了”。我一面听他说，一面心中暗暗好笑。我初次进来，不过要看看，并不打算买东西，被他这么一招呼，倒不好意思空手出去了，只得拣了几个墨盒、笔套等件，好在将来回南边去，送人总是用得着的。老者道：“墨盒子盖上可要刻个上下款？”我被他提醒了，就随手写了几个款给他。然后又看了两种信笺。老者道：“小店里有一种‘永乐笺’，头回给你佇看过的，可要再看看？”说罢，也不等我回话，便到柜里取出一个大纸匣来。我打开匣盖一看，里面是约有八寸见方的玉版笺，左边下角上一朵套色角花，纸色极旧。老者道：“这是明朝永乐年间，大内用的笺纸，到此刻差不多要到五百年了，的真是古货。你佇瞧，这角花不是印板的，是用笔画出来的，一张一个样子，没有一张同样儿的。”我拿起来仔细一看，的确是画的。看看那纸色，纵使不是永乐年间的，也是个旧货了。因问他价钱。老者道：“别的东西有个要价还价，这个纸是言无二价的，五分银子一张。”我笑道：“怎么单是这一种做不二价的买卖呢？”老者道：“你佇明见得很，我不能瞒着你佇。别的东西，市价有个上下，工艺有个粗细，唯有这一号纸，是做不出来的，卖了一张，我就短了一张的了。小号收来是三千七百二十四张，此刻只剩了一千三百十二张了。”我心里虽是笑他捣鬼，却也欢喜那纸，就叫他数了一百张，一共算帐。因为没带钱，便写了个条子，叫他等一会送到广升栈第五号，便走出来。那老者又呵腰打拱的一路送出店门之外，嘴里说了好些“没事请来谈谈”的话。

我别过了，走到一家老二酉书店，也是最著名的，便顺着脚走了进去。谁知才进了门口，劈头一个人在我膀子上一把抓着道：“哈哈！是什么风把你佇吹来了？我计算着你佇总有两个月没来了。你佇是最用功的，看书又快，这一向买的是谁家的书，总没请过来？”说话时，又瞅着一个学徒的道：“你瞧你！怎么越闹越傻了？——傻音近耍字音，京师土谚，痴呆之意也。——老爷们来了，茶也忘了送了，烟也忘了装了。像你这么个傻大头，还学买卖吗！”他嘴里虽是这么说,其实那学徒早已捧着水烟筒,在那里伺候了。那个人把我让到客座里,自己用袖子拂拭了椅子,请我坐下,然后接过烟筒,亲自送上。此时已是另有一个学徒,泡上茶来了。那人便问道:“你佇近来看什么书啊?今儿个要办什么书呢?”

我未及回答,忽见一个人拿了一封信进来,递给那人。那人接在手里,拆开一看,信里面却有一张银票。那人把信放在桌上,把银票看了一看,绉眉道:“这是松江平又要叫我们吃亏了。”说着,便叫学徒的,“把李大人那箱书拿出来,交他管家带去。”学徒捧了一个小小的皮箱过来,摆在桌上,那箱却不是书箱,像是个小文具箱样子,还有一把锁锁着。那送信的人便过来要拿。那人交代道:“这锁是李大人亲手锁上的,钥匙在李大人自己身边,你就这么拿回去就得了。”那送信人拿了就走。这个当口,我顺眼看他桌上那张信,写的是“送上书价八十两,祈将购定之书,原箱交来人带回……”云云。我暗想这个小小皮箱,装得了多大的一部书,却值得八十两银子!忍不住向那人问道:“这箱子里是一部什么书?却值得那么大价?”那人笑道:“你也要办一份吧?这是礼部堂官李大人买的。”我道:“到底是什么书?你佇告诉了我,许我也买一部。”那人道:“那箱子里共是三部:一部《品花宝鉴》,一部《肉蒲团》,一部《金瓶梅》。”我听了,不觉笑了一笑。那人道:“我就知道这些书,你佇是不对的;你佇向来是少年老成,是人所共知的。咱们谈咱们的买卖吧。”我初进来时,本无意买书的,被他这一招呼应酬,倒又难为情起来,只得要了几种书来。拣定了,也写了地址,叫他送去取价。我又看见他书架上庋了好些石印书,因问道:“此刻石印书,京里也大行了?”那人道:“行是行了,可是卖不出价钱。从前还好,这两年有一个姓王的,只管从上海贩了来,他也不管大众行市,他贩来的便宜,就透便宜的卖了,闹的我们都看不住本钱了。”我道:“这姓王的可是号叫伯述?”那人道:“正是。你佇认得他么?”我道:“有点相熟。不知道他此刻可在京里?住在什么地方?”那人道:“这可不大清楚。”我就不问了。

别了出来,到各处再逛逛。心中暗想:这京城里做买卖的人,未免太油腔滑调了。我生平第一次进京,头一天出来闲逛,他却是什么

“许久不来”啊,“两个月没来”啊,拉扯得那么亲热,真是出人意外。想起我进京时,路过杨村打尖,那店家也是如此,我骑着驴走过他店门口,他便拦了出来,说什么“久没见你佇出京啊,几时到卫里去的,你佇用的还是那匹老牲口”,说了一大套。当时我还以为他认错了人,据今日这情形看来,北路里做买卖的,都是这副伎俩的了。正这么想着,走到一处十字街口,正要越走过去,忽然横边走出一头骆驼,我只得站定了,让他过去。谁知过了一头,又是一头,络绎不绝。并且那拴骆驼之法,和拴牛一般,穿了鼻子,拴上绳,却又把那一根绳,通到后面来,拴后面的一头,如此头头相连,一连连了二三十头;那身躯又长大,走路又慢,等他走完了,已是一大会的工夫,才得过去。

我初到此地,路是不认得的,不知不觉,走到了前门大街。老远的看见城楼高耸,气象雄壮,便顺脚走近去望望。在城边绕行一遍,只见瓮城凸出,开了三个城门,东西两个城门是开的,当中一个关着。这一门,是只有皇帝出来才开的,那一种严肃气象,想来总是很厉害的了。我走近那城门洞一看,谁知里面瓦石垃圾之类,堆的把城门也看不见了;里面挤了一大群叫化子,也有坐的,也有睡的。也有捧着烧饼在那里吃的,也有支着几块砖当炉子,生着火煮东西的。我便缩住脚回头走。走不多路,经过一家烧饼店,店前摆了一个摊,摊上面摆了几个不知隔了几天的旧烧饼。忽然来了一群叫化子,一拥上前,一人一个或两个,抢了便飞路而去。店里一个人大骂出来,却不追赶,低头在摊台底下,又抓了几个出来摆上。我回眼看时,那新摆出来的烧饼,更是陈旧不堪,暗想这种烧饼,还有什么人要买呢?想犹未了,就看见一个人丢了两个当十大钱在摊上,说道:“四十。”那店主人便在里面取出两个雪白新鲜的烧饼来交给他。我这才明白他放在外面的陈旧货,原是预备叫化子抢的。顺着脚又走到一个胡同里,走了一半,忽见一个叫化子,一条腿肿得和腰一般粗大,并且烂的血液淋漓,当路躺着。迎头来了一辆车子,那胡同很窄,我连忙闪避在一旁,那化子却还躺着不动。那车子走到他跟前,车夫却把马缰收慢了,在他身边走过。那车轮离他的烂腿,真是一发之顷,幸喜不曾碰着。那车夫走过了之后,才扬声大骂,那化子也和他对骂。我看了很以为奇，可惜初到此处，不知他们捣些什么鬼。又向前走去，忽然抬头看见一家山东会馆，暗想伯述是山东人，进去打听或者可以得个消息，想罢，便踱了进去。正是：方从里巷观奇状，又向天涯访故人。未知寻得着伯述与否，且待下回再记。

## 第七十三回　书院课文不成师弟　家庭变起难为祖孙

当下我走到山东会馆里，向长班问讯。长班道："王伯述王老爷，前几天才来过。他不住在这里。他卖书，外头街上贴的萃文斋招纸，便是他的。好像也住在一家什么会馆里。你伫到街上一瞧就知道了。"我听说便走了出来，找萃文斋的招贴，偏偏一时找不着；倒是沿路看见不少的"包打私胎"的招纸，还有许多不伦不类卖房药的招纸，到处乱贴，在这辇毂之下，真可谓目无法纪了。走了大半条胡同，总看不见萃文斋三个字。直走出胡同口，看见了一张，写的是"萃文斋洋版书籍"，旁边"寓某处"的字，却是被烂泥涂盖了的。再走了几步，又看见一张同前云云；旁边却多了一行小字，写着"等米下锅，赔本卖书"八个字。我暗想，这位先生未免太儿戏了。及至看那"寓某处"的地方，仍旧是用泥涂了的，我实在不解。在地下拾了一片木片，把那泥刮了下来，仔细去看，谁知里面的字，已经挖去的了。只得又走，在路旁又看见一张，这是完全的了，写着"寓半截胡同山邑会馆"。我便一路问信要到半截胡同，谁知走来走去，早已走回广升栈门口了，我便先回栈里。又谁知松竹斋、老二酉的伙计，把东西都送了来，等了半天了。客栈中饭早开过了。我掏出表来一看，原来已经一点半钟了。我便拿银子到柜上换了票子，开发了两家伙计去了。然后叫茶房补开饭来，胡乱吃了两口。又到柜上去问半截胡同，谁知这半截胡同就在广升栈的大斜对过，近得很的。

我便走到了山邑会馆，一直进去，果然看见一个房门首，贴了"萃文斋寓内"的条子。便走了进去，却不见伯述，只有一个颁白老翁在内。我便向他叩问。老翁道："伯述到琉璃厂去了，就回来的，请坐等一等吧。"我便请教姓名。那老翁姓应，号畅怀，是绍兴人。我就坐下同他谈天，顺便等伯述。等了一会，伯述来了，彼此相见，谈了些别后的话。我说起街上招贴涂去了住址一节。伯述道："这是他们书店的人干的。我的书卖得便宜,他又奈何我不得,所以出了这个下策。”我道:“怪不道呢,我在老二酉打听姻伯的住处,他们只回说不知道。”伯述道:“这还好呢,有两回有人到琉璃厂打听我,他们简直的回说我已经死了,无非是妒忌我的意思。老二酉家,等一回就要来拿一百部《大题文府》,怎么不知我住处呢。”我又说起在街上找萃文斋招贴,看见好些包打私胎招纸的话。伯述道:“你初次来京,见了这个,自以为奇;其实希奇古怪的多得很呢,这京城里面,就靠了这个维持风化不少。”我不觉诧异道:“怎么这个倒可以维持风化起来?”伯述道:“在外省各处,常有听见生私孩子的事,惟有京城里出了这一种宝货,就永无此项新闻了,岂不是维持风化么?你还没有看见满街上贴的招纸,还有出卖妇科绝孕丹的呢,那更是弭患于无形的善法了。”说罢,呵呵大笑。又谈了些别话,即便辞了回栈。

连日料理各种正事,伯述有时也来谈谈。一连过了一个月,接到继之的信,叫我设法自立门面。我也想到长住在栈里,终非久计。但是我们所做的都是转运买卖,用不着热闹所在,也用不着大房子。便到外面各处去寻找房屋。在南横街找着了一家,里面是两个院子,东院那边已有人住了,西院还空着,我便赁定了,置备了些动用家伙,搬了进去,不免用起人来。又过了半个月,继之打发他的一个堂房侄子吴亮臣进京来帮我,并代我带了冬衣来。亮臣路过天津时,又把我寄存杏农处的行李带了来。此时又用了一个本京土人李在兹帮着料理各项,我倒觉得略为清闲了点。

且说东院里住的那一家人姓符,门口榜着“吏部符宅”;与我们虽是各院,然而同在一个大门出入,总算同居的。我搬进来之后,便过去拜望,请教起台甫,知道他号叫弥轩,是个两榜出身,用了主事,签分吏部。往来过两遍,彼此便相熟了,我常常过去,弥轩也常常过来。这位弥轩先生,的真是一位道学先生,开口便讲仁义道德,闭口便讲孝悌忠信。他的一个儿子,名叫宣儿,只得五岁,弥轩便天天和他讲《朱子小学》。常和我说:“仁义道德,是立身之基础;倘不是从小熏陶他,等到年纪大了,就来不及了。”因此我甚是敬重他。有一天,我又到他那边去坐,两个谈天正在入彀的时候,外面来了一个白须老头子,穿了一件七破八补的棉袍,形状十分瑟缩,走了进来。弥轩望了他一眼,他就瑟瑟缩缩的出去了。我谈了一回天之后,便辞了回来,另办正事。过了三四天,我恰好在家没事,忽然一个人闯了进来,向我深深一揖,我不觉愕然。定睛一看,原来正是前几天在弥轩家里看见的老头子。我便起身还礼。那老头子战兢兢的说道:"忝在同居,恕我荒唐,有残饭乞赐我一碗半碗充饥。"我更觉愕然道:"你住在哪里？我几时和你同居过来?"那老头子道:"弥轩是我小孙,彼此岂不是有个同居之谊。"我不觉吃了一惊道:"如此说是太老伯了！请坐,请坐。"老头子道:"不敢！不敢！我老朽走到这边,也是无可奈何的事,只求有吃残的饭,赐点充饥,就很感激了。"我听说忙叫厨子炒了两碗饭来给他吃。他忙忙的吃完了,连说几声"多谢",便匆匆的去了。我要留他再坐坐谈谈,他道:"恐怕小孙要过来不便。"说着,便去了。我遇了这件事,一肚子狐疑,无处可问,便走出了大门,顺着脚步儿走去,走到山邑会馆,见了王伯述,随意谈天,慢慢的便谈到今天那老头子的事。伯述道:"弥轩那东西还是那样吗,真是岂有此理！这是认真要我们设法告他的了。"我道:"到底是什么样一桩事呢！符弥轩虽未补缺,到底是个京官,何至于把乃祖弄到这个样子,我倒一定要问个清楚。"

伯述道:"他是我们历城——山东历城县也——同乡。我本来住在历城会馆。就因为上半年,同乡京官在会馆议他的罪状,起了底稿给他看过,要他当众与祖父叩头伏罪;又当众写下了孝养无亏的切结,说明倘使仍是不孝,同乡官便要告他。当日议事时,我也在会馆里,同乡中因为我从前当过几天京官,便要我也署上一个名。我因为从前虽做过官,此刻已是经商多年了,官不官,商不商,便不愿放个名字上去。好得畅怀先生和我同在一起,他是绍兴人,我就跟他搬到此地来避了。论起他的家世,我是知的最详。那老头子本来是个火居道士,除了代别人唪经之外,还鬼鬼祟祟的会代人家画符治病,偶然也有治好的时候,因此人家上他一个外号,叫做'符最灵'。这个名气传了开去,求他治病的人更多了,居然被他积下了几百吊钱。生下一个儿子,却是很没出息的,长大了,游手好闲,终日不务正业。老头儿代他娶了一房媳妇,要想仗媳妇来管束儿子。谁知非但管束不来,小夫妻两个反时时向老头儿吵闹,说老人家是个守财奴,守着了几百吊钱,不知道拿出来给儿子做买卖,好歹也多挣几文,反要怪做儿子的不务正业,你叫我从那个上头做起。吵得老头儿没了法了,便拿几吊钱出来,给儿子做小买卖,不多几天,亏折个罄尽。他不怪自己不会打算,倒怪说本钱太少了,所以不能赚钱。老头儿没奈何,只得又拿些出来,不多几天,也是没了。如此一拿动了头,以后便无了无休了,足足把他半辈子积攒下来的几百吊钱,化了个一干二净。真是俗语说的是个讨债儿子,把他老子的钱弄干净了,便得了个病,那时候符最灵变了'符不灵'了,医治无效,就此呜呼了。且喜代他生下一个孙子,就是现在那个宝货符弥轩了。他儿子死了不上一个月,他的媳妇就带着小孩子去嫁了。这一嫁嫁了个江西客人,等老头子知道了时,那江西客人已经带着那婆娘回籍去了。老头儿急得要死,到历城县衙门去告,上下打点,不知费了多少手脚,才得历城县向江西移提了回来,把这个宝货孙子断还了他。那时这宝货只有三岁,亏他祖父符最灵百般抚养,方得长大。到了十二三岁时,实在家里穷得不能过了,老头子便把他送到一家乡绅人家去做书僮。谁知他却生就一副聪明,人家请了先生教子弟读书,他在旁边听了,便都记得。到了背书时,那些子弟有背不下去的,他便在旁边偷着提他。被那教读先生知道了,夸奖他聪明,便和东家说了,不叫他做事,只叫他在书房伴读。一连七八年,居然被他完了篇。那一年跟随他小主人入京乡试,他小主人下了第,正没好气,他却自以为本事大的了不得,便出言无状起来;小主人骂了他,他又反唇相讥。他小主人怒极了,把他撵走了。

从此他便流落在京。幸喜写的一笔好字,并且善变字体,无论颜、柳、欧、苏,都能略得神似。别人写的字,被他看一遍,他摹仿起来,总有几分意思。因此就在琉璃厂卖字。倒也亏他,混了三年,便捐了个监生下乡场,谁知一出就中了。次年会试连捷;用了主事,签分了吏部。那时还是住在历城会馆里。可巧次年是个恩科,他的一个乡试座主,又放了江南主考,爱他的才,把他带了去帮阅卷,他便向部里请了个假,跟着到了江南。从中不知怎样鬼混,卖关节舞弊,弄了几个钱。等主考回京复命时，他便逗留在上海，滥嫖了几个月，娶了一个烟花中人，带了回山东，骗人说是在苏州娶来的，便把她作了正室，在家乡立起门户。他那位令祖看见孙子成了名，自是欢喜。谁知他把一个祖父看得同赘瘤一般，只是碍着邻里，不敢公然暴虐。在家乡住了一年，包揽词讼，出入衙门，无所不为。历城县请他做历城书院的山长，他那旧日的小主人，偏是在书院肄业，他便摆出山长的面目来，那小主人也无可奈何。有一回，书院里官课，历城县亲自到院命题考试。内中有一个肄业生，是山东的富户，向来与山长有点瓜葛的，私下的孝敬，只怕也不少。只苦于没有本事，作出文字来，总不如人。屡次要想取在前列，以骄同学，私下的和山长商量过好几次。弥轩便和他商定，如取在第一，酬谢若干；取在五名前，酬谢若干；十名前又酬谢若干。商定之后，每月师课时，也勉强取了两回在十名之内，得过些酬谢。要想再取高些，又怕诸生不服。恰好这回遇了官课，照例当堂缴卷之后，汇送到衙门里，凭官评定甲乙的。那弥轩真是'利令智昏'，等官出了题目之后，他却偷了个空，惨淡经营，作了一篇文字，暗暗使人传递与那肄业生。那肄业生却也荒唐，得了这稿子，便照誊在卷上，誊好了，便把那稿子摔了，却被别人拾得，看见字迹是山长写的，便觉得奇怪，私下与两个同学议论，彼此传观。及至出了案，特等第一名的文章，贴出堂来，是和拾来的稿子一字不易。于是合院肄业生童大哗起来，齐集了一众同学，公议办法。那弥轩自恃是个山长，众人奈何他不得，并不理会，也并未知道自己笔迹落在他人手里。那肄业生却是向来'恃财傲物'的，任凭他人纷纷议论，他只给他一概不知。众人议定了，联合了合院肄业生童，具禀到历城县去告。历城县受了山长及那富户的关节，便捺住这件公事，并不批出来。众人只得又催禀。他没法，只得批了。那批的当中只说：'官课之日，本县在场监考，当堂收卷，从何作弊？诸生童工夫不及他人，因羡生妒，屡次冒渎多事，特饬不准'云云。批了出来，各生童又大哗，又联名到学校里去告，又把拾来的底稿，粘在禀帖上，附呈上去。学院见了大怒，便传了历城县去，把那禀及底稿给他去看，叫他彻底根究。

谁知历城县仍是含糊禀复上去。学院恼了，传了弥轩去，当堂核对笔迹,对明白了,把他当面痛痛的申饬一番,下了个札给历城县,勒令即刻将弥轩驱逐出院,又把那肄业生衣顶革了。弥轩从此便无面目再住家乡,便带了那上海讨来的婊子,撇下了祖父,一直来京城,仍旧扯着他几个座师的旗号,在那里去卖风云雷雨。有一回,博山(山东县名,出玻璃料器甚佳)运了一单料货到烟台,要在烟台出口装到上海,不知是漏税或是以多报少,被关上扣住要充公。那运货的人与弥轩有点瓜葛,打了个电报给他,求他设法。他便出了他会试座主的衔名,打了一个电报给登莱青道,叫把这一单货放行。登莱青道见是京师大老的电报,便把他放了。事后才想起这位大老是湖南人,何以干预到山东公事,并且自己与他向无往来,未免有点疑心。过了十多天,又不见另有墨信寄到,便写了一封信,只说某日接到电报如何云云,已遵命放行了。他这座主接到这封信,十分诧异,连忙着人到电报局查问这个电报是哪个发的,却查不出来。把那电报底稿吊了去,核对笔迹,自己亲信的几个官亲子侄,又都不是的。便打发几个人出来,明查暗访,哪里查得出来。却得一个少爷,是个极精细的人,把门房里的号簿吊了进来,逐个人名抄下,自己却一个个的亲自去拜访,拜过了之后,便是求书求画,居然叫他把笔迹对了出来。他却又并不声张,拿了那张电底去访弥轩,出其不意,突然拿出来给他看。他忽然看见了这东西,不觉变了颜色,左支右吾了一会。却被那位少爷查出了,便回去告诉了老子,把他叫了来,痛乎其骂了一顿,然后撵走了,交代门房,以后永不准他进门。他坏过这一回事之后,便黑了一点下来。他那位令祖,因为他虽然衣锦还乡,却不曾置得丝毫产业,在家乡如何过得活,便凑了盘川,寻到京里来。谁知这位令孙却是拒而不纳。老人家便住到历城会馆里去。那时候恰好我在会馆里,那位老人家差不多顿顿在我那里吃饭,我倒代他养了几个月的祖父。后来同乡官知道这件事,便把弥轩叫到会馆里来,大众责备了他一番,要他对祖父叩头认罪,接回宅子去奉养,以为他总不敢放恣的了,却不料他还是如此。”伯述正在汩汩而谈,谁知那符最灵已经走了进来。正是:暂停闲议论,且听个中言。未知符最灵进来有何话说,且待下回再记。

## 第七十四回　符弥轩逆伦几酿案　车文琴设谜赏春灯

当下符最灵走了进来,伯述便起身让坐。符最灵看见我在座,便道:"原来阁下也在这里。早上我荒唐得很,实在饿急了,才蒙上一层老脸皮。"我道:"彼此同居,这点小事,有什么要紧!"伯述接口道:"怎么你那位令孙,还是那般不孝么?"符最灵道:"这是我自己造的孽,老不死,活在世界上受这种罪!我也不怪他,总是我前一辈子做错了事,今生今世受这种报应!"伯述道:"自从上半年他接了你回去之后,到底怎样对付你?我们虽见过两回,却不曾谈到这一层。"符最灵道:"初时也还没有什么,每天吃三顿,都是另外开给我吃的。"伯述道:"不同在一起吃么?你的饭开在什么地方吃?"符最灵道:"因为我同孙媳妇一桌吃不便当,所以另外开的。"伯述道:"到底把你放在什么地方吃饭?"符最灵嗫嚅着道:"在厨房后面的一间柴房里。"伯述道:"睡呢?"符最灵道:"也睡在那里。"伯述把桌子一拍道:"这还了得!你为什么不出来惊动同乡去告他?"符最灵道:"阿弥陀佛!如此一来,岂不是送断了他的前程。况且我也犯不着再结来生的冤仇了。"伯述叹了一口气道:"近来怎样呢?"符最灵又喘着气道:"近来一个多月,不是吃小米粥——小米,南人谓之粟无食之者,惟以饲鸟。北方贫人,取以作粥——,便是棒子馒头(棒子,南人谓之珍珠米。北人或磨之成屑,调蒸作馒头,色黄如蜡,而粗如砂,极不适口,谓之棒子馒头,亦贫民之粮也。——吃的我胃口都没了,没奈何对那厨子说,请他开一顿大米饭。——南人所食之米,北方土谚谓之大米,盖所以别于小米也。——也不求什么,只求他弄点咸菜给我过饭便了。谁知我这句话说了出去,一连两天也没开饭给我吃;我饿极了,自己到灶上看时,却已是收拾的干干净净,求一口米泔水都没了。今天早起,实在捱不过了,只得老着脸向同居求乞。"

伯述道:"闹到如此田地,你又不肯告他。我劝你也不必在这里受罪了,不如早点回家乡去吧。”符最灵道:“我何尝不想。一则呢,还想看他补个缺;二则我自己年纪大了,唪经画符都干不来了,就是干得来,也怕失了他的体面,家里又不曾挣了一丝半丝产业,叫我回去靠什么为生。有这两层难处,所以我捱在这里,不然啊,我早就拔碇了。”——拔碇,山东济南土谚,言舍此他适也。——伯述道:“我本来怕理这等事,也懒得理。此刻看见这等情形,我也耐不住了。明日我便出一个知单,知会同乡,收拾他一收拾。”符最灵慌忙道:“快不要如此!求你饶了我的残命吧!要是那么一办。我这几根老骨头就活不成了!”伯述道:“这又奇了!我们同乡出面,无非责成他孝养祖父的意思,又何至关到你的性命呢?”符最灵道:“各同乡虽是好意,就怕他不肯听劝,不免同乡要恼了;倘使当真告他一告,做官的不知道我的下情,万一把他的功名干掉了,叫我还靠谁呢?”伯述冷笑道:“你此刻是靠的他么!也罢,我们就不管这个闲事,以后你也不必出来诉苦了。”符最灵被伯述几句话一抢白,也觉得没意思,便搭讪着走了。

应畅怀连忙叫用人来,把符最灵坐过的椅垫子拿出去收拾过,细看有虱子没有。他坐过的椅子,也叫拿出去洗;又叫他吃过茶的茶碗也拿去了,不要了,最好摔了他,你们舍不得,便把他拿到旁边去,不要放在家里。伯述见他那种举动,不觉楞住了,问是何故。畅怀道:“你们两位都是近视眼,看他不见;可知他身上的虱子,一齐都爬到衣服外头来了,身上的还不算,他那一把白胡子上,就爬了七八个,你说腻人不腻人!’伯述哈哈一笑,对我道:“我是大近视,看不见,你怎么也看不见起来?”我道:“我的近视也不浅了。这东西,倒是眼不见算干净的好。”正说话时,外面用人嚷起来,说是在椅垫子上找出了两个虱子。畅怀道:“是不是。倘使我也近视了,这两个虱子不定往谁身上跑呢。”大家说笑一阵,我便辞了回去。

刚到家未久,弥轩便走了过来,彼此相见熟了,两句寒暄话之外,别无客气。谈话中间,我说起彼此同居月余,向不知道祖老大人在侍,未曾叩见,甚为抱歉。弥轩道:“不敢,不敢!家祖年纪过大,厌见生人,懒于酬应,虽迎养在京寓,却向不见客的。”我道:“年纪大的人,懒于应酬,也是人情之常;只是老人家久郁在家里,未免太闷,不知可常出来逛逛?”弥轩道:“说起来我们做晚辈的很难!寒家本是几代寒士,家训相承,都是淡泊自守;只有到了兄弟,侥幸通籍,出来当差。处于这应酬纷繁之地,势难仍是寒儒本色,不免要随俗附和,穿两件干净点的衣服,就是家常日用,也不便过这于俭啬;这一点点下情,想来当世君子,总可以原谅我的。然而家祖却还是淡泊自甘。兄弟的举动支消,较之于同寅中,已是省之又省的了。据家祖的意思,还以为太费。平日轻易不肯茹荤,偶见家人辈吃肉,便是一场教训。就是衣服一层,平素总不肯穿一件绸衣,兄弟做了上去,请老人家穿,老人家非但不穿,反惹了一场大骂,说是‘暴殄天物,我又不应酬,不见客,要这个何用。’这不是叫做小辈的难过么。兄弟襁褓时,先严、慈便相继弃养,亏得祖父抚养成人,以有今日,这昊天罔极之恩,无从补报万一,思之真是令人愧恨欲死!”我听了他这一席话,不住的在肚子里干笑,只索由他自言自语,并不答他。等他讲完了这一番孝子顺孙话之后,才拉些别的话和他谈谈,不久他自去了。

到了晚上,各人都已安歇,我在枕上隐隐听得一阵喧嚷的声音,出在东院里;侧耳细听,却听不出是嚷些什么,大约是隔得太远之故。嚷了一阵,又静了一阵;静了一阵,又嚷一阵。虽是听不出所说的话来,却只觉得耳根不得清净,睡不安稳。到得半夜时,忽听得一阵訇訇之声,甚是厉害;接着又是一阵乱嚷乱骂之声,过了半晌,方才寂然。我起先听得訇訇之声之时,便披衣坐起,侧耳细听;听到没有声息之后,我的睡魔早已过去了,便睡不着,直等到自鸣钟报了三点之后,方才朦胧睡去。等到一觉醒来,已是九点多钟了。连忙起来,穿好衣服,走出客堂。只见吴亮臣、李在兹和两个学徒、一个厨子、两个打杂,围在一起,窃窃私语。我忙问是什么事?亮臣早已看见我出来,便叫他们舀洗脸水,一面回我说没什么事。我一面要了水漱口,接着洗过脸,再问亮臣、在兹:“你们议论些什么?”亮臣正要开言,在兹道:“叫王三说吧,省了我们费嘴。”

打杂王三便道:“是东院符老爷家的事。昨天晚上半夜里,我起来解手,听见东院里有人吵嘴,我要想去听听是什么事,走到那边,谁想他们院门是关上的，不便叫门，已经想回来睡觉了；忽然又想到咱们后院是统的，就摸到后院里，在他们那堂屋的后窗底下偷听，原来是符老爷和符太太两个在那里骂人，也不知他骂的是谁，听了半天，只听不出。后来轻轻的用舌尖把纸窗舐破了一点，往里面偷看，原来符老爷和符太太对坐在上面，那一个到我们家里讨饭的老头儿坐在下面，两口子正骂那老头子呢。那老头子低着头哭，只不做声。那符太太骂得最出奇，说道：'一个人活到五六十岁，就应该死的了，从来没见过八十多岁人还活着的！'符老爷道：'活着倒也罢了，无论是粥是饭，有得吃吃点，安分守己也罢了；今天嫌粥了，明天嫌饭了！你可知道要吃好的，喝好的，穿好的，是要自己本事挣来的呢。'那老头子道：'可怜我并不求好吃好喝，只求一点儿咸菜罢了。'符老爷听了，便直跳起来说道：'今日要咸菜，明日便要咸肉，后日便要鸡鹅鱼鸭；再过些时，便燕窝鱼翅都要起来了！我是个没补缺的穷官儿，供应不起！'说到那里，拍桌子打板凳的大骂；骂了一回，又是一回，说的是他们山东土话，说得又快，全都是听不出来。骂到热闹头上，符太太也插上了嘴，骂到快时，却又说的是苏州话，只听得'老蔬菜——吴人詈老人之词'——'杀千刀'两句是懂的，其余一概不懂。骂彀了一回，老妈子开上酒菜来，摆在当中一张独脚圆桌上，符老爷两口子对坐着喝酒，却是有说有笑的。那老头子坐在底下，只管抽抽咽咽的哭。符老爷喝两杯，骂两句；符太太只管拿骨头来逗着叭儿狗顽。那老头子哭丧着脸，不知说了一句甚么话，符老爷登时大发雷霆起来，把那独脚桌子一掀，匉訇一声，桌上的东西翻了个满地，大声喝道：'你便吃去！'那老头子也太不要脸，认真就爬在地下拾来吃。符老爷忽的站了起来，提起坐的凳子对准了那老头子摔去，幸亏旁边站着的老妈子抢着过来接了一接，虽然接不住，却挡去势子不少，那凳子虽还摔在那老头子的头上，却只摔破了一点头皮；倘不是那一挡，只怕脑子也磕出来了！"我听了这一番话，不觉吓了一身大汗，默默自己打主意。

到了吃饭时，我便叫李在兹赶紧去找房子，我们要搬家了。在兹道："大腊月里，往来的信正多，为甚忽然要搬家起来？"我道："你且不要问这些,赶着找房子吧。只要找着了空房子,合式的自然合式,不合式的也要合式,我是马上就要搬的。”在兹道:“那么说,绳匠胡同就有一处房子,比这边还多两间;也是两个院子,北院里住着人,南院子本来住的是我的朋友,前几天才搬走了,现在还空着。”我道:“那么你吃过饭赶紧去看,马上下定,马上今天就搬。”在兹道:“何必这样性急呢。大腊月里天气短,怕来不及。”我道:“怕来不及,多雇两辆大敞车,一会儿就搬走了。”在兹答应着,饭后果然便去找房东下定,又赶着回来招呼搬东西。赶东西搬完了,新屋子还没拾掇清楚,那天气已经断黑了,便招呼先吃晚饭。晚饭中间,我问起李在兹:“你知道今天王三说的,被符弥轩用凳子摔破头的那老头子,是弥轩的什么人?”在兹道:“虽是两个月同居下来,却还不得底细,一向只知道是他的一个穷亲戚。”我道:“是他比亲戚近点呢?”在兹道:“难道是自家人?”我道:“还要近点。”在兹道:“到底是什么人?”我道:“是他比亲的祖父呢!”在兹吐舌道:“这还了得!”我道:“非但是嫡亲的祖父,并且他老子先死了,他还是一个承重孙呢。你想今天听了王三的话,怕人不怕人?万一弄出了逆伦重案,照例左右邻居,前后街坊,都要波及的,我们好好的作买卖,何苦陪着他见官司,所以赶着搬走了。此刻只望他昨天晚上的伤不是致命的,我们就没事;万一因伤致命,只怕还要传旧邻问话呢。”当下我说明白了,众人才知道我搬家的意思。一连几日,收拾停妥了,又要预备过年。

这边北院里同居的,也是个京官,姓车,号文琴,是刑部里的一个实缺主事,却忘了他在哪一司了。为人甚是风流倜傥。我搬进来之后,便过去拜望他;打听得他宅子里只有一位老太太,还有一个小孩子,已经十岁,断了弦七八年,还不曾续娶。我过去拜望过他之后,他也来回拜。走了几天,又走熟了。光阴迅速,残冬过尽,早又新年。新年这几天,无论官商士庶,都是不办正事的。我也无非是看看朋友,拜个新年,胡乱过了十多天。这天正是元宵佳节,我到伯述处坐了一天,在他那里吃过晚饭,方才回家。因为月色甚好,六街三市,甚是热闹,便和伯述一同出来,到各处逛逛,绕着道儿走回去。回到家时,只见门口围了一大堆人。抬头一看,门口挂了一个大灯,灯上糊了好些纸条儿，写了好些字，原来是车文琴在那里出灯谜呢。我和伯述都带上了眼镜来看，只见一个个纸条儿排列得十分齐整，写的是：

(一)吊者大悦……………………《论语》一句
(二)斗……………………………药名一
(三)四……………………………《论语》一句
(四)子不子………………………《孟子》一句
(五)硬派老二做老大……………《孟子》一句
(六)不可夺志……………………《孟子》一句
(七)飓……………………………《书经》一句
(八)徐稚下榻……………………县名一
(九)焚林…………………………字一
(十)老太太………………………字一
(十一)杨玉环嫁玉约……………县名一
(十二)地府国丧…………………《聊目》一
(十三)霹雳………………………《西游》地名一
(十四)开门见山…………………《水浒》浑一
(十五)一角屏山…………………《水浒》浑一
(十六)亅…………………………常语一句
(十七)广东地面…………………《孟子》一句
(十八)官…………………………《易经》一句
(十九)监照………………………《孟子》一句
(二十)凤鸣岐山…………………《红楼》人一

看到这里，伯述道："我已经射着好几条了，请问了主人，再看底下吧。"说话时，人丛里早有一个人，踮着脚，伸着脖子望过来。看见伯述和我说话，便道："原来是□老爷来了。——第一回楔子，叙明此书为九死一生之笔记，此九死一生始终以一'我'字代之，不露姓名，故此处称其姓之处，仍以□代之。——自己一家人，屋里请坐吧。咱们老爷还在家里做谜儿呢。"原来是车文琴的家人在那里招呼。我便约了伯述，回到文琴那边去。才进了大门，只见当中又挂了一个灯，上面写的全是《西厢》谜儿：

(二十一)一杯闷酒尊前过
(二十二)天兵天将捉嫦娥
(二十三)望梅止渴
(二十四)相片
(二十五)破镜重圆
(二十六)哑吧看戏
(二十七)北岳桓山　三句
(二十八)走马灯人物
(二十九)藏尸术
(三十)谜面太晦
(三十一)亏本潜逃
(三十二)新诗成就费推敲　白一字
(三十三)强盗宴客
(三十四)打不着的灯谜

我两人正看到这里,忽然车文琴从里面走了出来,一把拉着我手臂道:"请教,请教。"我连说:"不敢,不敢。"于是相让入内。正是:门前榜出雕虫技,座上邀来射虎人。未知所列各条灯谜,均能射中否,且待下回再记。

# 第七十五回　巧遮饰贽见运机心　先预防嫖界开新面

当下我和伯述两个跟了文琴进去，只见堂屋当中还有一个灯，文琴却让我们到旁边花厅里去坐。花厅里先有了十多个客，也有帮着在那里发给彩物的，也有商量配搭赠品的，也有在那里苦思做谜的。彼此略略招呼，都来不及请教贵姓台甫。文琴一面招呼坐下，便有一个家人拿了三张条子进来，问猜的是不是。原来文琴这回灯谜比众不同，在门外谜灯底下，设了桌椅笔砚，凡是射的，都把谜面条子撕下，把所射的写在上面，由家人拿进来看：是射中的，即由家人带赠彩出去致送；射错的，重新写过谜面粘出去。

那家人拿进来的三条，我看时，射的是第二条"百合"，第九条"樵"字，第二十条"周瑞"。文琴说对的，那家人便照配了彩物，拿了出去。伯述道："我还记得那外面第一条可是'临丧不哀'？第五条可是'吾必以仲子为巨擘焉'？第十七条可是'五羊之皮'？"文琴拍手道："对，对！非但打得好，记性更好！只看了一看，便连粘的次第都记得了，佩服，佩服！"说罢，便叫把那几条收了进来，另外换新的出去，一面取彩物送与伯述。家人出去收了伯述射的三条，又带了四条进来。我看时，是第三条射"非其罪也"，第四条射"当是时也"，第十九条射"以粟易之"，第六条射"此匹夫之勇"。我道："作也作得好，射也射得好。并且这个人四书很熟，是《孟子》《论语》的，只怕全给他射去了。"文琴给了赠彩出去。我道："第十一条只怕我射着了，可是'合肥'？"文琴拍手道："我以为这条没有人射着的了，谁记得这么一个痴肥王约！"我道："这个应该要作卷帘格更好。"文琴想了一想，大笑道："好，好！好个合肥！原来阁下是个老行家。"我道："不过偶然碰着了，何足为奇。不知第二十一条可是'未饮心先醉'？"文琴道："正是，正是。"我道："这一条以《西厢》打《西厢》，是天然佳作。"文琴忙叫取了那两条进来，换过新的出去，一面又送彩给我。

伯述道："两个县名，你射了一个难的去，我射一个容易的吧：第八条可是'陈留'？"我道："姻伯射了第八条，我来射第十六条，大约是'小心'。"文琴道："敏捷得很！这第十六条是很泛的，真了不得！"又是一面换新的，一面送彩过来，不必多赘。

文琴检点了一回道："《西厢》谜只射了一个。"我道："我恰好想了几个，不知对不对。第三十一可是'撇下赔钱货'？三十二可是'反吟伏吟'？三十三可是'这席面真乃乌合'？三十四可是'只许心儿空想'？"文琴惊道："阁下真是老行家！堂屋里还有几条，一并请教吧。"说着，引了我和伯述到当中堂屋里去看，只见先有几个人在那里抓耳挠腮的想。抬眼看见，只见：

(三十五)兴……………………《孟子》一、《论语》一

(三十六)傗……………………《论语》一、《孟子》一

(三十七)正……………………《论语》一、《中庸》一

(三十八)谏迎佛骨……………《论语》一、《孟子》一

(三十九)尸解…………………《孟子》二句，不连

(四十)(此一点乃朱笔所点)…《孟子》一、《论语》一

我们正要再看，忽听得花厅上哄堂大笑。连忙走过去问笑什么。原来第十八条谜面的"宫"字，有人射着了"乾道乃革"一句，因此大众哄堂。伯述道："我射一条虽不必哄堂，却也甚可笑的，那第二十六条定是'眼花撩乱口难言'。"众人想一想谜面，都不觉笑起来。我道："请教那第四十条一点儿红的，《孟子》可是'观其色'？《论语》可是'赤也为之小'？"伯述不等文琴开口，便拍手道："这个射得好！我也来一个：第三十八可是'故退之"，'不得于君"？"文琴摇头道："你两位都是健将！"正说话时，堂屋里走出一个人，拿了第三十五条问道："《孟子》可是'可以与'？《论语》可是'可以兴'？"文琴连忙应道："是，是，是。"即叫人分送了彩，又换粘上新的。伯述道："这一条别是一格。我们射的太多了，看看旁人射的吧。"于是又在花厅上检看射进来的。只见第七条射了"四方风动"，十四条射了"没遮拦"，十五条射了"小遮拦"，十三条射了"大雷音"。我看见第三十七条底下注明赠彩是时表一枚，一心要得他这时表来顽顽，因此潜心去想。

想了一大会,方才想了出来,因问文琴道:“三十七条可是‘天之未丧斯文也’,‘则其政举’?”文琴连忙在衣袋里掏出一个时表,双手送与我道:“承教,承教!这一条又晦又泛,真亏你射!’我接过谦谢了,拿起来一看,却是上海三井洋行三块洋钱一个的,虽不十分贵重,然而在灯谜赠彩中,也算得独竖一帜的厚彩了。伯述看见了道:“你不要瞧他是三块钱的东西,我却在他身上赚过钱的了。这东西买他一个要三块钱,要是买一打,可以打九折;买十打,可以打八折;买五十打,可以打到七五折。我前年买了五十打,回济南走了一趟,后来又由济南到河南去,从河南再来京,我贩的五十打表,一个也没有卖去。沿路上见了当铺,我便拿一个去当,当四两银子一个也有,当五两一个的时候也有,一路当到此地,六百个表全当完了,碰巧那当票还可以卖几百文。我仔细算了一算,赚的利钱比本钱还重点呢。”说笑了一回,又看别人射了几个,夜色已深,各自散去。

过了几天,各行生意都开市了,我便到向有往来的一家钱铺子里去,商量一件事。到得那里,说是掌柜的有事,且请坐一坐。原来那掌拒的姓恽,号洞仙,我自从入京之后,便认得了他,一向极熟的。每来了,总是到他办事房里去坐;这一回我来了,铺里的人却让我坐到客堂里,说办事房里另外有客,请在这里等一等。我只得就在客堂里坐下。等了一大会,才见恽洞仙笑吟吟的送一个客出来,一直送到大门口,上了车,方才回转来,对我拱手道:“有劳久候了!屈驾得很!请屋里坐吧。”于是同到他办事房里去,重新让坐送茶。洞仙道:“兄弟今年承周中堂委了一个差使,事情忙点,一向都少候;你佇是大量的,想来也不怪我懒。”我道:“好说,好说!得了中堂的差使,一定是恭喜的。”洞仙道:“不过多点穷忙的事罢了;但得有事办,就忙点也是值得的。”说时,手指着桌上道:“你佇瞧,这就是方才那个客送我们老中堂的执见,特诚来烦兄弟代送的,说不得也要给他当差。”我看那桌上时,摆着两个紫檀木匣子;我走过去揭开盖子一看,一匣子是平排列着五十枝笔,一匣子是平列着十锭墨,都是包了金的。我暗想虽是送中堂之品,却未免太讲究了。墨上包金,还有得好说;这笔杆子是竹子做的,怎么都包上金呢,用两天不要都掉了下来么?一面想着,顺手拿起一枝笔来看,谁知拿到手里,沉甸甸的重的了不得,不觉十分惊奇。拔去笔套一看,却又是没有笔头的,更觉奇怪。洞仙在旁呵呵大笑道:"我要说一句放恣的话,这东西你伫只怕是头一回瞧见呢!"我道:"为什么那么重?难道是整根是金子的么?"洞仙道:"可不是!你伫瞧那墨么?"我伸手取那墨时,谁知用力少点,也拿他不动,想来自然也是金子了。便略为看了一看,仍旧放下道:"这一份礼很不轻。"洞仙道:"也不很重。那笔是连笔帽儿四两一枝,京师人呼笔套为帽,这墨是二十两一锭,统共是四百两。"我道:"这又何必。有万把两银子的礼,不会打了票子送去,又轻便,在受礼的人,有了银子,要什么可以置办什么;何必多费工钱做这些假笔墨呢,送进去,就是受下他来,也是没用的。"洞仙呵呵大笑道:"我看天底下就是你伫最阔,连金子都说是没用的。"我道:"谁说金子没用,我说拿金子做成假笔墨,是没用的罢了。"洞仙道:"那么你伫又傻了。他用的是金子,并不用假笔墨。我也知道打了票子进去最轻便的,怎奈大人先生不愿意担这个名色,所以才想方做成这东西送去,人家看见,送的是笔墨,很雅的东西,就是受了也取不伤廉。"

我道:"这是一份执礼,却送得那么重!"洞仙道:"凡有所为而送的,无所谓轻重,也和咱们做卖买一般,一分行情一分货。你还没知道,去年里头大叔生日,闽浙萧制军送的礼,还要别致呢,是三尺来高的一对牡丹花。白玉的花盆,珊瑚碎的泥,且不必说;用了一对白珊瑚作树,配的是玛瑙片穿出来的花,葱绿翡翠作的叶子,都不算数;这两颗花,统共是十二朵,那花心儿却是用金丝镶了金刚钻做的。有人估过价,这一对花要抵得九万银子。送过这份礼之后,不上半年,那位制军便调了两广总督的缺。最苦是闽浙,最好是两广,你想这份礼送得着吧。"我道:"这一份笔墨,又是那一省总督的呢?"洞仙道:"不配,不配!早得很呢!然而近来世界,只要肯应酬,从府道爬到督抚,也用不着几年工夫。你伫也弄个功名出来干吧!"我笑道:"好,好!赶明天我捐一个府道,再来托你送笔墨。"说着,大家都笑了。我便和他说了正事,办妥了,然后回去。

回到家时,恰好遇见车文琴从衙门里回来,手里拿了一个大纸包。我便让他到我这边坐。他便同我进来，随意谈天。我便说起方才送金笔墨的话。文琴忙问道："经手的是什么人？"我道："是一个钱铺的掌柜，叫做恽洞仙。"文琴道："这等人倒不可不结识结识。"我笑道："你也想送礼么？"文琴道："我们穷京官不配。然而结识了他，万一有什么人到京里来走路子，和他拉个皮条，也是好的。"说话时，桌上翻了茶碗，把他那纸包弄湿了，透了许久，方才觉着；连忙打开，把里面一张一张的皮纸抖了开来，原来全是些官照，也有从九的，也有未入流的，也有巡检的，也有典史的，也有把总的。我不觉诧异道："哪里弄了这许多官照来？"文琴笑道："你可要？我可以奉送一张。"我道："这都填了姓名、三代的，我要他作什么？"文琴道："这个不过是个顽意儿罢了，顶真那姓名做什么？"我道："奇极了！官照怎么拿来做顽意儿？这又有什么顽头呢？"文琴道："你原来不知道，这个虽是官照，却又是嫖妓的护符。这京城里面，逛相公是冠冕堂皇的，什么王公、贝子、贝勒，都是明目张胆的，不算犯法。惟有妓禁极严，也极易闹事，都老爷查的也最紧。逛窑姐儿的人，倘给都老爷查着了，他不问三七二十一，当街就打。若是个官，就可以免打，但是犯了这件事，做官的照例革职，所以弄出这个顽意儿来，大凡逛窑姐儿的，身边带上这么一张，倘使遇了都老爷，只把这一张东西缴给他，就没事了。"我道："为了逛窑姐儿，先捐一个功名，也未免过于张致了。朝廷名器，却不料拿来如此用法！"文琴道："谁捐了功名去逛窑姐儿！这东西正是要他来保全功名之用。比方我去逛窑姐儿，被他查着了，谁愿意把这好好的功名去干掉了，我要是不认是个官，他可拉过来就打，那更犯不上了。所以备了这东西在身边，正是为保全功名之用。"我道："你弄了这许多来，想是一个老嫖客了。然而未见得每嫖必遇见都老爷的，又何必要办这许多呢？"文琴道："这东西可以卖，可以借，可以送，我向来是预备几十张在身边的。"我道："卖与送不必说了，这东西有谁来借？"文琴道："你不知道，这东西不是人人有得预备的。比方我今日请你吃花酒，你没有这东西，恐怕偶然出事，便不肯到了；我有了这个预备，不就放心了么？"一面说话时，已把那湿官照一张一张的印干了，重新包起来。又殷殷的问恽洞仙是哪一家钱铺的掌柜。我道："你一定要结识他，我明日可以给你们拉拢。"文琴大喜。

到了次日，一早起过来央我同去。我笑道："你也太忙，不要上衙门么？"文琴道："不相干，衙门里今日没有我的事。"我道："去的太早了，人家还没有起来呢。"文琴又连连作揖道："好人！没起来，我们等一等；倘使去迟了，恐怕他出去了呢。"我给他缠的没法，只得和他同去。谁知洞仙果然出门去了。问几时回来，说是到周宅去的，不定要下午才得回来。文琴没法，只得回去。我却到伯述那里去有事。办过正事之后，便随意谈天。我说起文琴许多官照的事，伯述道："这是为的从前出过一回事，后来他们才想出这个法子的。自从行出这个法子之后，户部里却多了一单大买卖，甚至有早上填出去的官照，晚上已经缴了的，那要嫖的人不免又要再捐一个，那才是源源而来的生意呢。"我道："从前出的是什么事？"伯述道："京城里的窑姐儿最粗最贱，不知怎么那一班人偏要去走动，真所谓逐臭之夫了。有一回，巡街御史查到一家门内有人吵闹，便进去拿人。谁知里面有三个阔客：一个是侍郎，一个是京堂，一个是侍讲。一声说都老爷查到了，便都吓得魂不附体。那位京堂最灵便，跑到后院里，用梯子爬上墙头，往外就跳。谁知跳不惯的人，忽然从高落下，就手足无措的了，不知怎样一闪，把腿跌断了，整整的医了半年才得好，因此把缺也开了。那一位侍郎呢，年纪略大了，跳不动，便找地方去躲，跑到毛厕里去，以为可以躲过了；谁知走得太忙，一失脚掉到了粪坑里去，幸得那粪坑还浅，不曾占灭顶之凶，然而已经闹得异香遍体了。只有那位侍讲，一时逃也逃不及，躲也躲不及，被他拿住了，自己又不敢说是个官；若是说了，他问出了官职，明日便要专折奏参的，只得把一个官字藏起来。那位都老爷拿住了，便喝叫打了四十下小板子。这一位翰林侍讲平空受此奇辱，羞愧的无地自容，回去便服毒自尽了；却又写下了一封遗书给他同乡，只说被某御史当街羞辱，无复面目见人。同乡京官得了这封书，便要和那御史为难。恰好被他同嫖的那两位侍郎、京堂知道了，一个是被他逼断了腿的，一个是被他逼下粪坑的，如何不恨，便暗中帮忙，怂恿起众人，于是同乡京官斟酌定了文饰之词，只说某侍讲某夜由某处回寓，手灯为风所熄，适被某御史遇见，平日素有嫌隙，指为犯夜，将其当街笞责云云，据了这个意思，联衔入奏。那两位侍郎、京堂，更暗为援助，锻炼成狱，把那都老爷革职，发往军台。这件事出了以后，一班逐臭之夫，便想出这官照的法子来。”正说得高兴时，家里忽然打发人来找我，我便别过伯述回去。正是：只缘一段风流案，断送功名更成边。不知回去之后，又有甚事，且待下回再记。

# 第七十六回 急功名愚人受骗 遭薄幸淑女蒙冤

我回到家时,原来文琴坐在那里等我,我问在兹找我做什么。在兹道:"就是车老爷来说有要紧事情奉请的。"我对文琴道:"你也太性急了,他说下午才得回家呢。"文琴道:"我另外有事和你商量呢。"我问他有什么事时,他却又说不出来,只得一笑置之。捱到中饭过后,便催我同去;及至去了,恽洞仙依然没回来。我道:"算了吧,我们索性明天再来吧。"

文琴正在迟疑,恰好门外来了一辆红围车子,在门首停下,车上跳下一个人来,正是洞仙。一进门见了我,便连连打拱道:"有劳久候!失迎得很!今天到周宅里去,老中堂倒没有多差使,倒是叫少大人把我缠住了,留在书房里吃饭,把我灌个稀醉,才打发他自己的车子送我回来。"说罢,呵呵大笑。又叫学徒的:"拿十吊钱给那车夫;把我的片子交他带一张回去,替我谢谢少大人。"说罢了,才让我们到里面去。我便指引文琴与他相见。彼此谈得对劲,文琴便扯天扯地的大谈起来,一会儿大发议论,一会儿又竭力恭维。我自从相识他以来,今天才知道他的谈风极好。谈到下午时候,便要拉了洞仙去上馆子。洞仙道:"兄弟不便走开,恐怕老中堂那边有事来叫。"文琴道:"我们约定了在什么地方,万一有事,叫人来知照就是了。你大哥是个爽快人,咱们既然一见如故,应该要借杯酒叙叙,又何必推辞呢。"洞仙道:"不瞒你车老爷说:午上我给周少大人硬灌了七八大钟,到此刻还没醉得了呢。"文琴道:"不瞒你大哥说:我有一个朋友从湖北来,久慕你大哥的大名,要想结识结识,一向托我。我从去年冬月里就答应他引见你大哥的,所以他一直等在京里,不然他早就要赶回湖北去的了。今儿咱们遇见了,岂有不让他见见你大哥之理。千万赏光!我今天也并不是请客,不过就这么二三知己,借此谈谈罢了。"洞仙道:"你车老爷那么赏脸,实在是却之不恭,咱们就同去。

不过还有一说，你佇两位请先去，做兄弟的等一等就来。"文琴连忙深深一揖道："老大哥！你不要怪我！我今儿没具帖子，你不要怪我！改一天我再肃具衣冠，下帖奉请如何？"洞仙呵呵大笑道："这是什么话？车老爷既然那么说，咱们就一块儿走；不过有屈两位稍等一等，我干了一点小事就来。"

文琴大喜道："既如此，就请便吧，咱两个就在这里恭候。"我道："我却要先走一步，回来再来吧。"文琴一把拉住道："这是什么话？我知道你是最清闲的，成天没事，不过找王老头子谈天。我和你是同院子的街坊，怎么好拿我的腔呢。"我道："这是什么话？我是有点小事，要去一去，你不许我去，我就不去也使得，何尝拿什么腔呢。"洞仙道："既如此，你两位且在这里宽坐一坐，我到外面去去就来。"说罢，拱拱手，笑溶溶的往外头去了。这一去，便去得寂无消息，直等到天将入黑，还不见来，只急得文琴和热锅上蚂蚁一般。好容易等得洞仙来了，一迭连声只说："屈驾，屈驾！实在是为了一点穷忙，分身不开，不能奉陪，千万不要见怪！"文琴也不及多应酬，拉了便走。出了大门，各人上了车，到了一家馆子里，拣定了座，文琴忙忙的把自己车夫叫了来，交代道："你赶紧去请陆老爷，务必请他即刻就来，说有要紧话商量。"车夫去了。这边文琴又忙着请点菜。忙了一会，文琴的车夫引了一个人进来，文琴便连忙起身相见，又指引与洞仙及我相见，一一代通姓名。又告诉洞仙道："这便是敝友陆俭叔，是湖北一位著名的能员，这回是明保来京引见的。"又指着洞仙和俭叔说道："这一位恽掌柜，是周中堂跟前头一个体已人，为人极其豪爽，所以我今儿特为给你们拉拢。"说罢，又和我招呼了几句。俭叔便问有烟具没有，值堂的忙答应了一个"有"字，即刻送了上来，把烟灯剪好，俭叔便躺下去烧鸦片烟。我在旁细看那陆俭叔，生得又肥又矮，雪白的一张大团脸，两条缝般的一双细眼睛。此时正月底边，天气尚冷，穿了一身大毛衣服，竟然像了一个圆人。值堂的送上酒来，他那鸦片烟还抽个不了。文琴催了他两次，方才起来坐席。文琴一面让酒让菜，一面对了俭叔吹洞仙如何豪爽，如何好客；一面对了洞仙吹俭叔如何慷慨，如何至诚。吃过了两样菜，俭叔又去烟炕上躺下。文琴忽然起身拉了洞仙到旁边去，唧唧哝哝，说了一会话，然后回到席上招呼俭叔吃酒。俭叔又抽了一口，方才起来入席。洞仙问道："陆老爷欢喜抽两口？"俭叔道："其实没有瘾，不过欢喜摆弄他罢了。"这一席散时，已差不多要交二鼓，各人拱揖分别，各自回家。

从此一连十多天，我没有看见文琴的面。有一天，我到洞仙铺里去，恰好遇了文琴，看他二人光景，好像有甚事情商量一般。我便和洞仙算清楚了一笔帐，正要先行，文琴却先起身道："我还有点事，先走一步，明天问了实信再来回话吧。"说罢，作辞而去。洞仙便起身送他，两个人一路唧唧哝哝的出去，直到门口方休。洞仙送过文琴，回身进内，对我道："代人家办事真难！就是车老爷那位朋友，什么陆俭叔，他本是个一榜，由拣选知县，在法兰西打仗那年，广西边防上得了一个保举，过了同知、直隶州班，指省到了湖北；不多几年，倒署过了几回州县。这回明保送部引见，要想设法过个道班，却又不愿意上兑，要避过这个'捐'字，转托了车老爷来托我办。你伫想，这是什么大事，非得弄一个特旨下来不为功，咱们老中堂圣眷虽隆，只怕也办不到。他一定要那么办，不免我又要央及老头子设法。前几天拜了门，是我给他担代的，只送得三撇头的贽见。这两天在这里磋磨使费，那位陆老爷一天要抽三两多大烟，没工夫来当面，总是车老爷来说话，凡事不得一个决断，说了几天，姓陆的只肯出八竿使费。他们外官看得一班京官都是穷鬼，老实说，八千银子谁看在眼里！何况他所求的是何等大事，倒处处那么悭吝起来！我这几天叫他们麻烦的够了，他再不爽爽快快的，咱们索性撒手，叫他走别人的路子去。"正说得高兴时，文琴又来了，我便辞了出去。

光阴迅速，不觉到了八月。我一面打发李在兹到张家口，一面收拾要回上海一转，把一切事都交给亮臣管理。便到伯述那边辞行。恰好伯述因为畅怀往上海去了，许久并未来京，今年收的京版货不少，也要到上海去，于是约定同行。雇了长车，我在张家湾、河西务两处也并不耽搁，不过稍为查检查检便了；一直到天津，仍在佛照楼住下。伯述性急，碰巧有了上海船，便先行了。我因为天津还有点事，未曾同行。安顿停当，先去找杏农。杏农一见我，便道："你接了家兄的信没有?”我道:“并未接着,有什么事?”杏农道:“家兄到山东去了,我今天才接了信。”我道:“到山东有什么事?”杏农道:“有一个朋友叫蔡侣笙,是山东候补知县,近日有了署事消息,打电报到上海叫他去的。”我不觉欢喜道:“原来蔡侣笙居然出身了! 我这几年从未得过他的信,不知他几时到的山东? 那边我还有一个家叔呢。”杏农道:“家兄给我的信,说另有信给你,想是已经寄到京里去了。”我稍为谈了一会,便回到栈里,连忙写了一封信入京,叫如有上海信来,即刻寄出天津。把信发了,我又料理了一天的正事。

次日下午,杏农来谈了一天,就在栈里晚饭。饭后,约了我出去,到侯家后一家南班子里吃酒。——天津以上海所来之妓院为南班子——另外又邀了几个朋友。这等事本是没有什么好记的,这一回杏农请的都是些官场朋友,又没有什么唐玉生的“竹汤饼会”故事,又何必记他呢。因为这一回我又遇了一件奇事,所以特为记他出来。

你道是什么事呢? 原来这一席中间,他们叫来侍酒的,都是南班子的人,一时燕语莺声,尽都是吴侬娇语。内中却有两个十分面善的,非但言语声音很熟,便是那眉目之间,也好像在哪里见过的,一时却想不起来。回思我近来的家乡一住三年,去年回到上海,不上几天,就到北边来了。在上海那几天,并未曾出来应酬,从何处见过这两个人呢。莫非四年以前所见的。然而就是四年以前,我也甚少出来应酬,何以还有这般面善的人呢。一面满肚子乱想,一双眼睛,便不住的钉着她看。内中一个是杏农叫的,杏农看见我这情形,不觉笑道:“你敢是看中了她? 何不叫她转一个条子?”我道:“岂有此理! 我不过看见她十分面善,不知从何处见来。她又叫什么名字?”杏农道:“她叫红玉。”又指着一个道:“她叫香玉。都是去年才从上海来的,要就你在上海见过她。”我道:“我已经三年没住上海了,去年到得一到,并没有出来应酬,不上两天,我就到这边来了,从何见起。”杏农道:“正是。你去年进了京,不多几天,我就认识了她,那时候她也是初到没有几天。”我听了这话,猛然想起这两个并非他人,正是我来天津时,同坐普济轮船的那个庄作人的两个小老婆,如何一对都落在这个地方来。不觉心中又是怀疑,又是纳罕,不住的要向杏农查问，却又碍着耳目众多，不便开口。直等到众人吃到热闹时，方才离了座，拉杏农到旁边问道："这红玉、香玉到底是什么出身，你知道么？"杏农道："这是这里的忘八到上海贩来的，至于什么出身，又从何稽考呢。你既然这么问，只怕是有点知道的了。"我道："我仿佛知道她是人家的侍妾。"杏农道："嫁人复出，也是此辈之常事。但不知是谁的侍妾。"我道："这个人我也是一面之交，据说是个总兵，姓庄，号叫作人。"杏农道："既是一面之交，你怎么便知道这两个是他侍妾？"我便把去年在普济船上遇见的话，说了一遍。杏农想了一想道："呸！你和乌龟答了话，还要说呢。这不明明是个忘八从上海买了人，在路上拿来冒充侍妾的么？"我回头想了一想当日情形，也觉得自己太笨，被他当面瞒过还不知道，于是也一笑归座。等到席散了，时候已经不早，杏农还拉着到两家班子里去坐了一坐，方才雇车回栈。

叩开了门，取表一看，已经两点半钟了。走过一个房门口，只见门是敞着的，门口外面蹲着一个人，地下放着一盏鸦片烟灯，手里拿着鸦片烟斗，在那里出灰；门口当中站着一个人，在那里骂人呢。只听他骂道："这么大早，茶房就都睡完了，天下哪有这种客栈！"一回眼看见我走过，又道："你看我们说睡得晚了，人家这时候才从外面回来呢。"我听了这话，不免对他望一望，原来不是别人，正是在京里车文琴的朋友陆俭叔。不免点头招呼，彼此问了几时到的，住在几号房，便各自别去。

次日我办了一天正事，到得晚饭之后，我正要到外面去散步，只见陆俭叔踱了进来，彼此招呼坐下。俭叔道："早没有知道你老哥也出京；若是早知道了，可以一起同行，兄弟也可以靠个照应。"我道："正是。出门人有个伴，就可以互相照应了。"俭叔道："像我兄弟是个废人，哪里能照应人，约了同伴，正是要靠人照应。这一回虽说是得了个明保进京引见，却赔累的不少；这也罢了，这回出京，却又把一件最要紧的东西失落了，此刻赶信到京里去设法，过两天回信来，正不知怎样呢。"我道："丢了东西，应该就地报失追查，怎么反到京里去设法呢？"俭叔叹道："我丢了的不是别的东西，却是一封八行书，夹在护书里面。那天到杨村打了个尖,我在枕箱里取出护书来记一笔帐,不料一转眼间,那护书就不见了;连忙叫底下人去找,却在店门口地下找着了。里面什么东西都没有丢,单单就丢了这封信,你说奇不奇呢。你叫我如何报失!”我道:“那么说,就是写信到京里也是没用。”俭叔道:“这是我的妄想,要想托文琴去说,补写一封,不知可办得到。”我道:“这一封是谁的信呢?”俭叔道:“一言难尽!我这封信是化了不少钱的了。兄弟的同知、直隶州,是从拣选知县上保来的,一向在湖北当差。去年十月里,章制军给了一个明保送部引见。到了京城,遇了舍亲车文琴,劝我过个道班。兄弟怕的是担一个捐班的名气,况且一捐升了,到了引见时,那一笔捐免保举的费是很可观的,所以我不大愿意。文琴他又说在京里有路子可走,可以借着这明保设法过班,叫我且不要到部投到。我听了他的话,一耽搁就把年过了。直到今年正月底,才走着了路子,就是我们同席那一个姓恽的,烦了他引进,拜了周中堂的门。那一份贽见,就化了我八千!只见得中堂一面,话也没有多说两句,只问得一声几时进京的,湖北地方好,就端茶送客了。后来又是打点什么总管咧、什么大叔咧……前前后后,化了二万多,连着那一笔贽见,已经三万开外了!满望可以过班的了,谁知到了引见下来,只得了‘仍回原省照例用’七个字。你说气死人不呢!我急了,便向文琴追问。文琴也急了,代我去找着前途经手人。找了十多天,方才得了回信,说是引见那天,里头弄错了。你想里头便这样稀松,可知道人家银子是上三四万的去了!后来还亏得文琴替我竭力想法,找了原经手人,向周中堂讨主意。可奈他老人家也无法可想,只替我写了一封信给两湖章制军,那封信却写得非常之切实,求他再给我一个密保,再委一个报销或解饷的差使云云,其意是好等我再去引见,那时却竭力想法。我得了这一封信,似乎还差强人意,谁知偏偏把他丢了,你说可恨不可恨呢!”

我听了他这一番话,不觉暗暗疑讶,又不便说什么,因搭讪着道:“原来文琴是令亲,想来总可以为力的。”俭叔道:“兄弟就信的是这一点。文琴向来为朋友办事是最出力的,何况我当日也曾经代他排解过一件事的,他这一回无论如何,似乎总应该替我尽点心。”我道:

“既如此,更可放心了。”嘴里是这样说,心中却很想知道他所谓排解的是什么事,因又挑着他道:“这排解难纷最是一件难事,遇了要人排解的事,总是自己办不下来的了,所以尤易感激。文琴受过你老哥这个惠,这一回一定要格外出力的。”俭叔道:“文琴那回事,其实他也不是有心弄的,不过太过于不羁,弄出来的罢了。他断了弦之后,就续定了一位填房,也是他家老亲,那女子和文琴是表兄妹,从前文琴在扬州时,是和她常见的。谁知文琴丧偶之后,便纵情花柳,直到此刻还是那个样子,所以他虽是定下继配,却并不想娶。定的时候,已是没有丈人的了;过了两年,那外母也死了,那位小姐只依了一个寡婶居住。等到母服已满,仍不见文琴来娶。那小姐本事也大,从扬州找到京师,拿出老亲的名分,去求见文琴的老太太。她到得京里,是举目无亲的,自然留她住下。谁知这一住,就住出事情来了。”正是:凫雁不成同命鸟,鸳鸯翻作可怜虫。未知住出了什么事,且待下回再记。

# 第七十七回　泼婆娘赔礼入娼家　阔老官叫局用文案

那小姐在他宅子里住下,每日只跟着他老太太。逢没有人的时候,不免向老太太诉苦,说:“依着婶娘不便,求告早点娶了过来,那是一定的了。文琴这件事,却对人不住。”觑老太太不在旁时,便和那小姐说体己话,拿些甜话儿骗她。那小姐年纪虽大,却还是一个未经出阁的闺女,主意未免有点拿不定,况且这个又是已经许定了的丈夫,以为总是一心一意的了,于是乎上了他的当。文琴又对她说:‘你此时寻到京城,倘使就此办了喜事,未免过于草草;不如你且回扬州去,我跟着就请假出京,到扬州去迎娶,方为体面。’那小姐自然顺从,不多几天,便仍然回扬州去了。文琴初意本也就要请假去办这件事,不知怎样被一个窑姐儿把他迷住了,一定要嫁他,便把他迷昏了,写了一封信给他的叔丈母——便是那小姐的婶子——说:‘本来早就要来娶的,因为访得此女不贞,然而还未十分相信,尚待访查清楚,然后行事。讵料渠此次亲自到京,不贞之据已被我拿住,所以不愿再娶’云云。

那小姐得了这个信,便羞悔交迸,自己吊死了。那女族平时好像没有什么人,要那小姐依寡婶而居;及至出了人命,那族人都出来了,要在地方上告他,倘告他不动,还商量京控。那时我恰好在扬州有事,知道闹出这个乱子,便一面打电报给他,一面代他排解,费了九牛二虎之力,把这件事弄妥了,未曾涉讼。经过这一回事之后,他是极感激我的,一向我和他通信,他总提起这件事,说不尽的感激图报。所以我这回进京,一则因为自己抽了两口烟,未免懒点;二则也信得他可靠,所以一切都托了他经手的。不料自己运气不济,一连出了这么两个岔子!”说罢,连连叹气。我随意敷衍他几句。他打了两个呵欠,便辞了去,想是要紧过瘾去了,所以我也并不留他。

自此过了几天,京里的信,寄了出来,果然有述农给我的一封信。

内中详说侣笙历年得意光景:“两月之前,已接其来信,言日间可有署缺之望;如果得缺,即当以电相邀,务乞帮忙。前日忽接其电信,嘱速赴济南,刻拟即日动身,取道烟台前去”云云。我见了这封信,不觉代侣笙大慰。正在私心窃喜时,忽然那陆俭叔哭丧着脸走过来,说道:“兄弟的运气真不好!车文琴的回信来了,说接了我的信,便连忙去见周中堂,却碰了个大钉子。周中堂大怒,说:‘我生平向不代人写私信,这回因为陆某人新拜门,师弟之情难却,破例做一遭儿。不料那荒唐鬼,糊涂虫,才出京便把信丢了!丢了信不要紧,倘使被人拾了去,我几十年的老名气,也叫他弄坏了!他还有脸来找我再写!我是他什么人,他要一回就一回,两回就两回!你叫他赶快回湖北去听参吧,我已经有了办法了’云云。这件事叫我如何是好!”我听了他的话,看了他的神色,觉得甚是可怜。要想把我自己的一肚子疑心向他说说,又碍着我在京里和文琴是个同居,他们到底是亲戚,说得他相信还好,倘使不相信,还要拿我的话去告诉文琴,我何苦结这种冤家;况且看他那呆头呆脑的样子,不定我说的他果然信了,他还要赶回京里和文琴下不去,这又何苦呢。因此隐忍了不曾谈,只把些含糊两可的话,安慰他几句就算了。俭叔说了一回,不得主意,便自去了。

再过几天,我的正事了理清楚,也就附轮回上海去。见了继之,不免一番叙别,然后把在京在津各事,细细的说了一遍,把帐略交了出来。继之便叫置酒接风。金子安在旁插嘴道:“还置什么酒呢,今天不是现成一局么?”继之笑道:“今天这个局,怕不成敬意。”德泉道:“成敬意也罢,不成敬意也罢,今日这个局既然允许了,总逃不了的,就何妨借此一举两得呢。”我问:“今天是什么局?何以碰得这般巧?”继之道:“今天这一局是干犯名教的,然而在我们旁边人看着,又不能不作是快心之举。这里上海有一个著名的女魔王,平生的强横,是没有人不知道的了。她的男人一辈子受她的气,到了四十岁上便死了,外面人家说,是被她磨折死的。这件以前的事,我们不得而知。后来她又拿磨折男人的手段来磨折儿子,她管儿子是说得响的,更没有人敢派她不是了,她就越闹越强横起来。”我道:“说了半天,究竟她的儿子是谁?”继之道:“她男人姓马,叫马澍臣,是广西人,本是一个江苏候补知县。她儿子马子森,从小是读会英文的。自从父亲死后,便考入新关,充当供事,捱了七八年,薪水倒也加到好几十两一月了。她那位老太太,每月要儿子把薪水全交给她,自己霸着当家;平生绝无嗜好,惟有敬信鬼神,是她独一无二的事,家里头供的什么齐天大圣、观音菩萨……乱七八糟的,闹了个烟雾腾天。子森已是敢怒不敢言的了。她却又最相信的是和尚、师姑、道士,凡是这一种人上了她的门,总没有空过的,一张符、一卷经,不是十元,便是八元,闹的子森所赚的几十两银子,不够她用。连子森回家吃饭,一顿好饭也没得吃,两块咸萝卜,几根青菜,就是一顿。有时子森熬不住了,说何不买点好些小菜来吃呢,只这一句话,便触动了老太太之怒,说儿子不知足,可知你今日有这碗饭吃,也是靠我拜菩萨保佑来的,唠叨的子森不亦乐乎。后来子森私下蓄了几个钱,便与人凑股开了一家报关行,倒也连年赚钱。这笔钱,子森却瞒了老太太,留以自用的了。外面做了生意,不免便有点应酬,被他老太太知道了,找到了妓院里去,把他捉回去了,关在家里,三天不放出门,几乎把新关的事也弄掉了。又有一回,子森在妓院里赴席,被她知道了,又找了去。子森听见说老太太又来了,吓得魂不附体,他老太太在后面上楼,他便在前窗跳了下去,把脚骨跌断了,把合妓院的人都吓坏了,恐怕闹出人命。那老太太却别有肺肠,非但不惊不吓,还要赶到房里,把席面扫个一空,骂了个无了无休。众朋友碍着子森,不便和她计较,只得劝了她回去。然而到底心里不甘,便有个促狭鬼,想法子收拾她。

前两天找出一个人来,与子森有点相像的,瞒着子森,去骗她上套。子森的辫顶留得极小,那个朋友的辫顶也极小。那促狭鬼定下计策,布置妥当,便打发人往那位女魔王处报信,说子森又到妓院里去了,在哪一条巷,第几家,妓女叫什么名字,都说得清清楚楚。那位老太太听了,便雄赳赳气昂昂的跑来,一直登楼入房。其时那促狭鬼约定的朋友,正坐在房里等做戏,听说是魔头到了,便伏在桌上,假装磕睡,双手按在桌上,掩了面目,只把一个小辫顶露出来,那魔头跑到房里,不问情由,左手抓了辫子,提将起来,伸出右手,就是一个巴掌。

这小辫顶朋友故意问什么事情。那魔头见打错了人,翻身就跑,被隔房埋伏的一班人,一拥上前,把她围住,和她讲理,问她为什么来打人?她起先还要硬挺,说是来找儿子的。众人问她儿子在哪里?你所打的可是你的儿子?她才没了说话,却又叫天叫地的哭起来。那促狭鬼布置得真好,不知到哪里去找出一个外国人,又找了两个探伙来,一味的吓她,要拉她到巡捕房里去。那魔头虽然凶横,一见了外国人,便吓得屁也不敢放了。于是乎一班人做好做歹,要她点香烛赔礼,还要她烧路头。——吴下风俗:凡开罪于人者,具香烛至人家燃点,叩头伏罪,谓之点香烛。烧路头,祀财神也,亦祓除不祥之意。烧路头之典,妓院最盛。——定了今天晚上去点香烛,烧路头。上海妓院遇了烧路头的日子,便要客人去吃酒,叫做'绷场面'。那一家妓院里我本有一个相识的在里面,约了我今天去吃酒,我已经答应了。她们知道了这件事,便顶着我要吃花酒。"我道:"这一台花酒,不吃也罢。"德泉忙道:"这是什么话!"我道:"辱人之母博来的花酒,吃了于心也不安。"继之道:"所以我说是干犯名教的。其实平心而论:辱人之母,吃一台花酒,自是不该;若说惩创一个魔头,吃一台花酒,也算得是一场快事。"我道:"她管儿子总是正事,不能全说是魔头。"德泉道:"她认真是拿了正理管儿子,自然不是魔头;须知她并不是管儿子,不过要多刮儿子几个钱去供应和尚师姑。这种人也应该要惩创惩创她才好。"

子安道:"这还是管儿子呢;我曾经见过一个管男人的,也闹过这么一回事。并且年纪不小了,老夫妻都上了五十多岁了。那位太太管男人,管得异常之严。男人备了一辆东洋车,自己用了车夫,凡是一个车夫到工,先要听太太吩咐。如果老爷到什么妓院里去,必要回来告诉的;倘或瞒了,一经查出,马上就要赶滚蛋的。有一回,不知听了什么人的说话,说他男人到哪里去嫖了,这位太太听了,便登时坐了自己包车寻了去。不知走到什么地方,胡乱打人家的门;打开了,看见一个五六十岁的老妇人,她也不问情由,伸出手来就打。谁知那家人家是有体面的,一位老太太凭空受了这个奇辱,便大不答应起来。家人仆妇,一拥上前,把她捉住。她嘴里还是不干不净的乱骂，被人家打了几十个嘴巴，方才住口。那包车夫见闹出事来，便飞忙回家报信。她男人知道了，也是无可设法，只得出来打听，托了与那家人家相识的人去说情，方才得以点香烛服礼了事。”我道：“这种女子，真是戾气所钟！”

继之叹道：“岂但这两个女子！我近来阅历又多了几年，见事也多了几件，总觉得无论何等人家，他那家庭之中，总有许多难言之隐的。若要问其所以然之故，却是给妇人女子弄出来的，居了百分之九十九。我看总而言之：是女子不学之过。”我听了这话，想起石映芝的事，因对继之等述了一遍，大家叹息一番。

到了晚上，继之便邀了我和德泉、子安一同到尚仁里去吃酒。那妓女叫金赛玉。继之又去请了两个客：一个陈伯琦，一个张理堂，都是生意交易上素有往来的人。我们这边才打算开席，忽然丫头们跑来说：“快点看！快点看！马老太太来点香烛了。”于是众人都走到窗户上去看。只见一个大脚老婆子，生得又肥又矮，手里捧着一对大蜡烛，步履蹒跚的走了进来。他走到客堂之后，楼上便看她不见了，不知她如何叩头礼拜，我们也不去查考了。忽然又听得隔房一阵人声，叽叽喳喳说的都是天津话。我在门帘缝里一张，原来也是一帮客人，在那里大说大笑，彼此称呼，却又都是大人、大老爷，觉得有点奇怪。一个本房的丫头，在我后面拉了一把道：“看什么？”我顺便问道：“这是什么客？”那丫头道：“是一帮兵船上的客人。”我听他那边的说话，都是粗鄙不文的，甚以为奇。忽又听见他们叽哩咕噜的说起外国话来，我以为他们请了外国客来了，仔细一看，却又不然，两个对说外国话的，都是中国人。我们这边席面已经摆好，继之催我坐席，随便拣了一个靠近那门帘的坐位坐下，不住的回头去张他们。忽然听见一个人叫道：“把你们的帐房叫了来，我要请客了。”过了一会，又听得说道：“写一张到同安里‘都意芝’处请李大人；再写一张到法兰西大马路‘老宜青’去。”又听见一个苏州口音的问道：“‘老宜青’是什么地方？”这个人道：“王大人，你可知李大人今天是到‘老宜青’么？”又一个道：“有什么不是，张裁缝请他呢，他们宁波人最相信的是他家。”此时这边坐席已定，金赛玉已到那边去招呼。便听见赛玉道:“只怕是老益庆楼酒馆。”那个人拍手道:“可不是吗!我说了‘老宜青’,‘老宜青’,你们偏不懂。”赛玉道:“张大人请客,为甚不自己写条子,却叫了相帮来坐在这里?”——苏、沪一带,称妓院之龟奴曰相帮。——那个人道:“我们在船上,向来用的是文案老夫子,哪怕开个条子买东西,自己都不动手的。今天没带文案来,就叫他暂时充一充吧。”正说话间,楼下喊了一声“客来”,接着那边房里一阵声乱说道:“李大人来了!李大人来了!客票不用写了,写局票吧。李大人自然还是叫‘都意芝’了?”那李大人道:“算了,你们不要乱说了。原来他不是叫‘都意芝’,是叫‘约意芝’的。那个字怎么念成‘约’字,真是奇怪!”一个说道:“怎么要念成‘约’字,只怕未必。”李大人道:“刚才我叫张裁缝替我写条子,我告诉他‘都意芝’,他茫然不懂,写了个‘多意芝’。我说不是的,和他口讲指画,说了半天,才写了出来,他说那是个‘约’字。旁边一个道:“管他‘都’字‘约’字,既然上海人念成‘约’字,我们就照着他写吧,同安里‘约意芝’,快写吧。”又一个道:“我叫公阳里‘李流英’。那个‘流’字,却不是三点水的,覙琐得很。”又听那龟奴道:“到底是那个流?我记得公阳里没有‘李流英’。”一个说道:“我天天去的,为甚没有。”龟奴道:“不知在哪一家?”那个人道:“就是三马路走进去头一家。”龟奴道:“头一家有一个李毓英,不知是不是?”那人道:“管她是不是,你写出来看。”歇了一会,忽然听见说道:“是了,是了。这里的人很不通,为什么任什么字,都念成‘约’字呢?”我听到这里,才恍然大悟,方才那个“约意芝”,也是郁意芝之误,不觉好笑。继之道:“你好好的酒不喝,菜不吃,尽着出什么神?”我道:“你们只管谈天吃酒,我却听了不少的笑话了。”继之道:“我们都在这里应酬相好,招呼朋友,谁像你那个模样,放现成的酒不喝,却去听隔壁戏。到底听了些什么来?”我便把方才留心听来的,悄悄说了一遍,说的众人都笑不可仰。继之道:“怪道他现成放着吃喝都不顾,原来听了这种好新闻来。”陈伯琦道:“这个不足为奇,我曾经见过最奇的一件事,也是出在兵船上的。”正是:鹅鹳军中饶好汉,燕莺队里现奇形。未知陈伯琦还说出什么奇事来,且待下回再记。

# 第七十八回　巧蒙蔽到处有机谋　报恩施沿街夸显耀

当下陈伯琦道："那边那一班人，一定是北洋来的。前一回放了几只北洋兵船到新嘉坡一带游历，恰好是这几天回到上海，想来一定是他们。他们虽然不识字，还是水师学堂出身，又在兵船上练习过，然后挨次推升的，所以一切风涛沙线，还是内行。至于一旦海疆有事，见仗起来是怎么样，那是要见了事才知道的了。至于南洋这边的兵船，那希奇古怪的笑话，也不知闹了多少。去年在旅顺南北洋会操，指定一个荒岛作为敌船，统领发下号令，放舢舨，抢敌船，于是各兵船都放了舢舨，到那岛上去。及至查点时，南洋各兵，没有一个带干粮的。操演本来就是预备做实事的规模，你想一旦有事也是如此，岂不是糟糕了么？操了一趟，闹的笑话也不知几次。这些且不要说他，单说那当管带的。

有一位管带，也不知他是个什么出身，莫说风涛沙线一些不懂，只怕连东南西北他还没有分得清楚呢。恰好遇了一位两江总督，最是以考察为明的，听见人说这管带不懂驾驶，便要亲身去考察。然而这位先生，向来最是容易蒙蔽的。他从前在广东时候，竭力提倡蚕桑，一个月里头，便动了十多回公事，催着兴办，动支的公款，也不知多少；若要问到究竟，哪一个是实力奉行的，徒然添了一个题目，叫他们弄钱。过了半年光景，他忽然有事要到肇庆去巡阅，他便说出来要顺便踏勘桑田。这个风声传了出去，吓得那些承办蚕桑的乡绅，屎屁直流。这回是他老先生亲身查勘的，如何可以设法蒙蔽呢？内中却出来了一个人，出了一个好主意，只要三万银子，包办这件事。众人便集齐了这笔款，求他去办。他得了这笔款，便赶到西南——三水县乡名——上游两岸的荒田上，连夜叫人扎了篱笆，自西南上游，经过芦包以上，两岸三四百里路，都做起来；又在篱笆外面，涂了一块白灰，写了'桑园'两个字，每隔一里半里，便做一处。不消两天，就做好了。到得他老先生动身那天,他又用了点小费,打点了衙门里的人役,把他耽搁到黄昏时候,方才动身。恰好是夜月色甚好,他老先生高兴,便叫小火轮连夜开船,走到西南以上,只见两岸全是桑园,便欢喜得他手舞足蹈起来。你说这么一个混沌的人,他这回要考察那兵船管带,还不是一样被他瞒过么?”我道:“他若要亲自到了船上看他驾驶,又将奈何!”伯琦道:“便亲看了又怎么?我还想起他一个笑话呢!”

他到了两江任上,便有一班商人具了一个禀贴,去告一个厘局委员。他接了禀帖,便大发雷霆。恰好藩台来禀见,他便立刻传见,拿了禀帖当面给藩台看了,交代即日马上立刻把那委员撤了差,调到省里来察看。藩台奉了宪谕,如何敢怠慢,回到衙门,便即刻备了公事,把那委员撤了。撤了之后,自然要另委一个人去接差的了。这个新奉委的委员接了札子之后,谢过藩台,便连忙到制台衙门去禀知、禀谢。他老先生看见了手本,便立刻传见。见面之后,人家还在那里行礼叩头谢委,未曾起来,他便拍手跳脚的大骂说,你在某处厘局,怎样营私舞弊,怎样被人告发,怎样辜负宪恩,怎样病商病民,‘我昨天已经交代藩司撤你的差,你今天还有什么脸面来见我!’从人家拜跪时骂起,直骂到人家起来,还不住口。等人家起来了,站在那里听他骂。他骂完了,又说:‘你还站在这里做什么!好糊涂的东西,还不给我滚出去!’那新奉委的直到此时才回说:‘卑职昨天下午才奉到藩司大人的委札,今天特来叩谢大帅的。’他听了这话,才呆了半天,嘴里不住的荷荷荷荷乱叫,然后让坐。你想这种糊涂虫,叫他到船上去考验管带,那还不容易混过去么?然而他那回却考察得凶,这管带也对付得巧。

他在南京要到镇江、苏州这边阅操,便先打电报到上海来调了那兵船去,他坐了兵船到镇江。船上本来备有上好办差的官舱,他不要坐,偏要坐到舵房里,要看管带把舵。那管带是预先得了信的,先就预备好了,所以在南京开行,一直把他送到镇江,非常安稳。骗得他呵呵大笑,握着管带的手说道:‘我若是误信人言,便要委屈了你。’从此倒格外看重了这管带。你说奇不奇!”我道:“既然被他瞒过了,从此成了知遇,那倒不奇。也是人情之常,只是他向来不懂驾驶的,忽然能在江面把舵,是用的什么法子?这倒有点奇呢!”继之道:“我也急于要问这个。”伯琦道:“兵船上的规矩,成天派一个兵背着一杆枪,在船头了望的,每四点钟一班;这个兵满了四点钟,又换上一个兵来,不问昼夜风雨,行驶停泊,总是一样的。这位管带自己虽不懂驾驶,那大副、二副等却是不能不懂的。他得了信,知道制台要来考察,他便出了一个好主意,预先约了大副,等制台叫他把舵时,那大副便扮了那个兵,站在船头上:舵房是正对船头的,应该向左扳舵时,那大副便走向左边;应该向右扳舵时,那大副便向右边走;暂时不用扳动时,那大副就站定在当中。如此一路由南京到了镇江,自然无事了。”众人听说,都赞道:“妙计,妙计!莫说由南京到镇江,只怕走一趟海也瞒过了。”伯琦道:“所以他才从此得了意,不到一年,便做了南洋水师统领啊。”我道:“照这样蒙蔽,自然任谁都被蒙蔽住了。”

伯琦道:“不然,那位制军是格外与人不同的。就是那回阅操,阅到一个什么军,这什么军是不归标的,另外立了名目,委了一个候补道去练起洋操来,说是练了这一军,中国就可以自强的。他阅到这什么军时,那一位候补道要卖弄他的精神,请了许多外国人来陪制台看操;看过了操,就便在演武厅吃午饭,办的是西菜。谁知那位制军不善用刀叉,在席上对了别人发了一个小议论,说是西菜吃味很好,不过就是用刀叉不雅观。这句话被那位候补道听见了,到了晚上,便请制台吃饭,仍然办的是西菜,仍用的是西式盘子,却将一切牛排、鸡排是整的都切碎了,席上不放刀叉,只摆着筷子。那制台见了,倒也以为别致。他便说道:‘凡善学者当取其所长,弃其所短。职道向来都很重西法,然而那不合于我们中国所用的,未尝不有所弃取。就如吃东西用刀叉,他们是从小用惯了的,不觉得怎样;叫我们中国人用起来,未免总有点不便当,所以职道向来吃西菜,都是舍刀叉而用筷子的。’只这么一番说话,就博得那制军和他开了一个明保,那八个字的考语,非常之帖切,是‘兼通中外,动合机宜’。”继之笑道:“为了那一顿西菜出的考语,自然是确切不移的了。”说的大家一笑。大众一面谈天,一面吃喝,看着菜也上得差不多了,于是再喝过几杯,随意吃点饭就散了座。

赛玉忽向继之问道:“你们明天可看大出丧?”继之道:“我不知道。是谁家大出丧?”赛玉道:“咦!哪个不知道金姨太太死了,明天大出丧,你怎么不知道?”金子安道:“好好的你为甚要带了我姓说起来?”赛玉笑道:“她是姓金的,我总不好说她姓银。”我道:“大不了一个姨太太罢了,怎么便大出丧起来?”子安道:“这件事提起来,你要如遇故人的;然而说起来话长,我们回去再谈吧。”伯琦、理堂也同说道:“时候不早了,我们都散了吧。”于是一同出门,分路各回。

我回到号里,就问子安为什么说这件事我要如遇故人?子安道:“你忘了么?我看见你从前的笔记,记着那年到汉口去,遇了什么督办夫人吃醋,带了一个金姨太太从上海赶到汉口,难道你忘了么?”我道:“这件事,一碰好几年了,难道说是那位金姨太太么?那位夫人醋性如此之厉害,一个姨太太死了,怎肯容她大铺排?”子安道:“你不曾知道这位姨太太的来历,自然这么说;须知她非但入门在这位继配夫人之前,并且她曾有大恩德于这位督办的。这位督办本来是个宦家公子出身。他老太爷做过一任抚台,才告老回家。这督办二十多岁时,便捐了个佐杂,在外面当差。老人家是现任的大员,自然有人照应,等到他老太爷告老时,他已经连捐带保的弄到一个道台了,只差没有引见。因为老子回家享福了,他也就回家鬼混。不知怎样,弄得失爱于父,就跑到上海来,花天酒地的乱闹。那时候那金姨太太还在妓院里做生意呢,他两个就认识了。后来那位金姨太太嫁了一个绸庄的东家姓蒯的,局面虽大,年纪可也不小了;况且又是一个鸦片烟鬼,一年到头,都是起居无节,饮食失时的。一个年纪轻轻的女人,况且又是出身妓院的,如何合他过得日子来,便不免与旧日情人,暗通来往。这位督办,那时候正在上海游手好闲,无所事事,正好有工夫做那些不相干的闲事。不知他两人怎样商通了,等到六月里,那位蒯老太太照例是要带了合家人等到普陀烧香的。本来那位姨太太也要跟着去的,她偏有计谋,悄悄地只对那鸦片鬼说,腹中震动,似是有喜。有了这个喜信,老太太自然要知道的,便说既是有喜,恐妨动了胎,就不要去了,留下她看家吧。这么一来,正中了她的下怀，等各人走过之后，她才不慌不忙的收拾了许多金珠物件，和那位督办大人坐了轮船，逃之夭夭的到天津去了。从天津进京，他两个一路上怎生的盟天誓地，这是我们旁人不得而知的；单知道那督办答应过她，以后如果得意，一定以嫡礼相待。”我道：“这又怎么能知道的呢？”

子安道：“你且莫问，听我说下去，自然有交代啊。他两个到京之后，就仗着蒯家带出来的金珠，各处去打点。天下事自然钱可通神，况且那督办又是前任二品大员之子，寅谊、世谊总还多；被他打通了路子，拜了两个阔老师，引见下来，就得了一个记名简放。他有了这个引子，就格外的打点，格外的应酬，不到半年便放了海关道，堂哉皇哉的带了家眷，出京赴任。到了地头，自然有人办差，打好了分馆。新道台择了接印日期，颁了红谕出去，到了良时吉日，便具了朝衣朝冠，到衙门接印。再过几天，前任的官眷搬出衙门，这边便打发轿子去接姨太太入衙。谁知去接一次不来，两次不来。新道台莫名其妙，只得亲身到公馆里，问是什么事？那位金姨太太面罩重霜的不发一言，任凭这边赔尽小心，那边只是不理不睬。急得新道台没法，再三的柔声下气去问。姨太太恼过了半天，方才冷笑道：‘好个嫡礼相待！不知我进衙门该用什么礼，就这么一乘轿子就要抬了去！我以为就是个丫头，老远的跟了大人到任，也应该消受得起的了，却原来是大人待嫡之礼！’新道台听了，连忙说道：‘该死，该死！这是我的不是。’又回头骂伺候的家人道：‘你这班奴才，为什么办差办得那么糊涂！又不上来请示！一班王八都是饭桶！还不过来认罪！’在那里伺候的家人有十来个，便一字儿排列在廊檐底下，行了一个一跪三叩礼，起来又请了一个安。这一来，才得姨太太露齿一笑道：“没脸面的，自己做错了事，却压着奴才们代你赔礼。’新道台得了这一笑，如奉恩诏一般，马上分付备了执事及绿呢大轿，姨太太穿了披风红裙，到衙门去了。自从那回事出了之后，他那些家人传说出来，人家才知道他嫡礼相待之誓。”我道：“这等相待，不怕僭越了么？”子安道：“岂但如此，他在衙门里，一向都是穿的红裙。后来那督办的正室夫人也到了，倘使仍然如此，未免嫡庶不分；然而叫她不穿，她又不肯。后来想了一个变通办法，姨太太穿的裙，仍然用大红裙门，两旁打百裥的，用了青黄绿白各种艳色相间，叫做‘月华裙’；还要满镶裙花，以掩那种杂色。此刻人家的姨娘都穿了月华裙，就是她起的头了。后来正室死了，在那督办的意思，是不再娶的了，只把这一位受恩深重的姨太太扶正了，作为聊报涓埃；倒是她老太爷一定不肯，所以才续娶了吃大醋的那一位。那一位虽然醋心重，然而见了金姨太太，倒也让她三分，这也是她饮水思源的意思。此刻她死了，他更乐得做人情了，还争什么呢。”

我道：“这位先生不料闹过这种笑话。”子安道：“他在北边闹的笑话多呢。”我道：“我最欢喜听笑话，何妨再告诉点给我听呢。”子安道：“算了吧，他的事情要尽着说，只怕三天三夜都说不尽呢。时候不早了，要说，等明天空了再说吧。”当下各自归寝。

到了次日，我想什么大出丧，向来在上海倒不曾留心看过，倒要去看看是什么情形，便约定继之，要吃了早饭一同出去看看。继之道：“知他走哪条路，到哪里去碰他呢？”子安道：“不消问得，大马路、四马路是一定要走的。”于是我和继之吃过早饭，便步行出去，走到大马路，自西而东，慢慢的行去。一路走过，看见几处设路祭的，什么油漆字号的，木匠作头的，煤行里的，洋货字号里的……各人分着帮，摆设了猪羊祭筵，衣冠济济的在那里伺候。走到石路口，便远远的望见从东面来了。我和继之便站定了。此时路旁看的，几乎万人空巷，大马路虽宽，却也几乎有人满之患。只是当先是两个纸糊的开路神，几几乎高与檐齐；接着就是一对五彩龙凰灯笼，以后接二连三的旗锣扇伞，衔牌职事，那衔牌是什么布政使司布政使，什么海关道，什么大臣，什么侍郎，弄得人目迷五色，以后还有什么顶马、素顶马、细乐、和尚、师姑、道士、万民伞、逍遥伞、铭旌亭、祭亭、香亭、喜神亭、功布、亚牌、马执事……等类，也记不尽许多；还有一队西乐；魂轿前面，居然用奉天诰命、诰封恭人、晋封夫人、累封一品夫人的素衔牌；魂轿过后，便是棺材，用了大红缎子平金的大棺罩，开了六十四抬；棺材之后，素衣冠送的，不计其数，内眷轿子，足有四五百乘。过了半天，方才过完，还要等两旁看热闹的人散了，我们方才走得动。和继之绕行到四马路去,谁知四马路预备路祭的人家更多,什么公司的,什么局的,什么栈的……一时也记不清楚。我和继之要找一家茶馆去歇歇脚,谁知从第一楼起,至三万昌止,没有一家不是挤满了人的,都是为看大出丧而来。我两个没法,只得顺着脚打算走回去。谁知走到转角去处,又遇见了他来。我不觉笑道:"犯了法的,有游街示众之条;不料这位姨太太死了,也给人家抬了棺材去游街。"正是:任尔铺夸张伐阅,有人指点笑游街。未知以后还有何事,且待下回再记。

## 第七十九回 论丧礼痛砭陋俗 祝冥寿惹出奇谈

继之笑道:“自从有大出丧以来,不曾有过这样批评,却给你一语道着了。我们赶快转弯,避了他吧。”于是向北转弯,仍然走到大马路。此时大马路一带倒静了,我便和继之两个,到一壶春茶馆里泡一碗茶歇脚。只听得茶馆里议论纷纷,都是说这件事,有个夸赞他有钱的,有个羡慕死者有福的。我问继之道:“别的都不管他,随便怎么说,总是个小老婆,又不曾说起有什么儿子做官,那诰封恭人、晋封夫人的衔牌,怎么用得出?”继之笑道:“你还不知道呢,小老婆用诰命衔牌,这件事已经通了天,皇帝都没有说话的了。”我道:“哪里有这等事!”

继之道:“前年两江总督死了个小老婆,也这么大铺张起来,被京里御史上折子参了一本,说他滥用朝廷名器。须知这位总督是中兴名臣,圣眷极隆的,得了折子,便降旨着内阁抄给阅看,并着本人自己明白回奏。这位总督回奏,并不推辞,简直给他承认了,说:‘臣妾病殁,即令家人等买棺盛殓,送回原籍。家人等循俗例为之延僧礼忏;僧人礼忏,例供亡者灵位,不知称谓,以问家人,家人无知,误写作诰封爵夫人’云云。末后自己引了一个失察之罪。这件事不是已经通了天的么?何况上海是个无法无天的地方。曾经见过一回,西合兴里死了一个老鸨,出殡起来,居然也是诰封宜人的衔牌。后来有人查考她。说她姘了一个县役,这个县役因缉捕有功,曾经奖过五品功牌。这一说虽是勉强,却还有勉强的说法。前一回死了一个妓女,她出殡起来,也用了诰封宜人、晋封恭人的衔牌,说这还有什么道理?”我笑道:“姘了个五品功牌的捕役,可以称得宜人;做妓女的,难道就不许他有个四五品的嫖客么?”继之道:“若以嫖客而论,又何止四五品,他竟可用夫人的衔牌了。总而言之:上海地方久已没了王法,好好的一个人,倘使没有学问根底,只要到上海租界上混过两三年,便可以成了一个化外野人的。他说他们乱用衔牌是僭越,试问他那‘僭越’两个字,是怎么解?非但他解说不出来,就是你解说给他听,说个三天三夜,他还不懂呢。”我道:“这个未免说得太过吧。”继之道:“你说是说得太过,我还以为未曾说得到家呢。”我道:“难道今日那大出丧之举,他既然是做着官的,难道还不解僭越么?”继之道:“正惟这一班明知故犯的忘八蛋做了出来,才使得那一班无知之徒跟着乱闹啊。你以为我说他们不解‘僭越’二字,是说的太过了,还有一件三岁孩子都懂的事情,他们会不懂的,我等一会告诉你。”我道:“又何必等一会呢。”继之道:“我只知得一个大略,德泉他可以说得原原本本,你去问了他,好留着做笔记的材料。”我道:“既如此,回去吧。”于是给过茶钱,下楼回去。到得号里,德泉、子安都在那里有事。我也写了几封信,去京里及天津、张家湾、河西务等处。一会儿便是午饭。饭后大家都空闲了,继之却已出门去了,我便问德泉说那一件事。

德泉道:“到底是哪一件事?这样茫无头绪的,叫我从何说起!”我回想一想,也觉可笑,于是把方才和继之的议论,告诉了他一遍。又道:“继之说三岁孩子都懂的事情,居然有人不懂的,你只向这个着想。”德泉道:“这又何从想起?”我又道:“继之说我听了又可以做笔记材料的。”德泉正在低头寻思,子安在旁道:“莫不是李雅琴的事?”德泉笑道:“只怕继翁是说的他。去年我们谈这件事时,就说过可惜你不在座,不然,又可以做得笔记材料的了。”我道:“既如此,不问是不是,你且说给我听。”

德泉道:“这李雅琴本是一个著名的大滑头,然而出身又极其寒苦,出世就没了老子。他母亲把他寄在人家哺养,自己从宁波走到上海,投在外国人家做奶妈。等把小孩子奶大了,外国人还留着他那个小孩子。他娘就和外国人说了个情,要把自己孩子带出来,在自己身边。外国人答应了,便托人从宁波把他带了到上海。这是他出身之始。他既天天在外国人家里,又和那小外国人在一起,就学上了几句外国话。到了十二三岁上,便托人荐到一家小钱庄去学生意。这年把里头,他的娘就死了。等他的钱庄上学满了三年,不过才十五六岁，庄上便荐他到一家洋货店里做个小伙计。他人还生得干净，做事也还灵变，那洋货店的东家，很欢喜他；又见他没了父母，就认他做个干儿子。在那洋货店里做了五六年，干老子慢慢的渐见信用了；他的本事也渐渐大了，背着干老子，挪用了店里的钱做过几票私货，被他赚了几个。干老子又帮他忙，于是娶了一房妻子成了家。

那年恰好上海闹时症，他干老子自己的两个儿子都死了；不到一个月，他干老子也死了，只剩了一个干娘。他就从中设法，把一家洋货店，全行干没了过来，就此发财起家。专门会做空架子。那洋货店自归了他之后，他便把门面装璜得金碧辉煌，把些光怪陆离的洋货，罗列在外。内中便惊动了一个专办进口杂货的外国人，看见他外局如此热闹，以为一定是个大商家了，便托出人来，请他做买办。他得了那买办的头衔，又格外阔起来。本事也真大，居然被他一帆风顺的混了这许多年。又捐了一个不知靠得住靠不住的同知，加了个四品衔，便又戴了一个蓝顶子充官场。前几年又弄着一个军装买办，走了一回南京，两回湖北，只怕做着了两票买卖。这军装买卖，是最好赚钱的，不知被他捞了多少。去年又想闹阔了，然而苦于没有题目，穷思极想，才想得一个法子，是给他娘做阴寿。你想他从小不曾读过书的，不过在小钱庄时认识过几个数目字，在洋货店时强记了几个洋货名目字，这等人如何会做事？所以他一向结识了一个好友华伯明。这华伯明是苏州人，倒是个官家子弟。他父亲是个榜下知县，在外面几十年，最后做过一任道台；六十岁开外，告了病，带了家眷，住在上海；这两年只怕上七十岁了；只有伯明一个儿子，却极不长进，文不能文，武不能武；只有一样长处，出来见了人，那周旋揖让，是很在行的。所以李雅琴十分和他要好，凡遇了要应酬官场的事，无不请他来牵线索，自己做傀儡。就是他到南京，到湖北，要见大人先生，也先请了伯明来，请他指教一切；甚至于在家先演过几次礼，盘算定应对的话，方才敢去。

这一回要拜阴寿，不免又去请伯明来主持一切。伯明便代他铺张扬厉起来，什么白云观七天道士忏，寿圣庵七天和尚忏，家里头却铺设起寿堂来，一样的供如意，点寿烛。预先十天，到处去散帖。又算定到了哪天,有几个客来,屈着指头,算来算去,什么都有了,连外国人都可以设法请几个来撑持场面,炫耀邻里。只可惜计算定来客,无非是晶顶的居多,蓝顶的已经有限,戴亮蓝顶的计算只有一个,却没有戴红顶的,一定要伯明设法弄一个红顶的来。伯明笑道:“你本来没有戴红顶的朋友,叫我到哪里去设法?”雅琴便闷闷不乐起来。伯明所以结交雅琴之故,无非是贪他一点小便宜,有时还可以通融几文。有了这个贪念,就不免要竭力交结他。看见他闷闷不乐,便满肚里和他想法子。忽然得了一计道:‘有便有一个人,只是难请。’雅琴便问什么人?伯明道:‘家父有个二品衔,倒是个红顶,只是他不见得肯来。’雅琴听说,欢喜得直跳起来道:‘原来远在天边,近在眼前!无论如何,你总要代我拉了来的。’伯明道:‘如何拉得来?’雅琴道:‘是你老子,怎么拉不动?’伯明道:‘你到底不懂事;若是设法求他请他,只怕还有法子好想。’雅琴道:‘你又奇了!儿子和老子还要那么客气?’伯明笑道:‘我便是父子,你一面也不曾见过,怎么不要客气?’雅琴道:‘所以我叫你去拉,不是我自己去拉。’伯明道:‘请教我怎么拉法呢?又不是我给母亲做阴寿。’雅琴棱了半天道:‘依你说有什么法子好想?’伯明道:‘除非我引了你到我家里去,先见过他,然后再下一副帖子,我再从中设法,或者可以做得到。’雅琴大喜,即刻依计而行。伯明又教了他许多应对的话,以及见面行礼的规矩,雅琴要巴这颗红顶子来装门面,便无不依从。果然伯明的老子华国章见了雅琴,甚是欢喜。于是雅琴回来,就连忙补送一分子帖子去。此时日子更近了,陆续有人送礼来,一切都是伯明代他支应;又预备叫一班髦儿戏来,当日演唱。到了正日的头一天,便铺设起寿堂来,伯明亲自指挥督率,铺陈停妥,便向雅琴道:‘此刻可请老伯母的喜神出来了。’

雅琴道:‘什么喜神?’伯明道:‘就是真容。’雅琴道:‘是什么样的?’伯明道:‘一个人死了,总要照他的面庞,画一个真容出来,到了过年时,挂出来供奉,这拜阴寿更是必不可少的。’雅琴愕然道:‘这是向来没有的。’伯明道:‘这却怎么处?偏是到今天才讲起来,若是早几天,倒还可以找了百像图,赶追一个。’雅琴道:‘买一个现成的也罢。'伯明道:'这东西哪里有现成的。'雅琴道:'难道是外国的定货?'伯明道:'你怎么死不明白!这喜容或者取生前的小照临下来的,或者生前没有小照,便是才死下来的时候对着死者追摹下来的,各人各像,哪里有现成的卖。'雅琴道:'死下来追摹,也得像么?'伯明道:'哪怕不像,他是各人自己的东西,哪里有拿出来卖的。'雅琴道:'那么说,不像的也可以充得过了?'伯明笑道:'你真是糊涂!谁管你像不像,只要有这样东西。'雅琴道:'我不是糊涂,我是要问明白了,倘使不像的也可以,倒有法子想。'伯明问是什么法子?雅琴道:'可以设法去借一个来。'伯明听说,倒也呆了一呆,暗暗服他聪明。因说道:'往哪里借呢?'雅琴道:'借到这样东西,并且非十分知己的不可,我想一客不烦二主,就求你借一借吧。无论你家哪一代的祖老太婆,暂时借来一用,好在只挂一天,用不坏的;就是坏了,我也赔得起。'伯明道:'祖上的都在家乡存在祠堂里,谁带了这家伙出门。只有先母是初到上海那年,在上海过的,有一轴在这里。'雅琴道:'那么就求你借一借吧。'伯明果然答应了,连忙回家,瞒着老子,把一轴喜神取了出来,还到老子跟前,代雅琴说了几句务求请去吃面的话,方才拿了喜神,径到李家,就把他挂起来。雅琴看见凰冠霞帔,画的十分庄严,便大喜道:'办过这件事之后,我要照样画一张,倒要你多借几天呢。'伯明一面叫人挂起来,一面心中暗暗好笑:明天他拜他娘的寿,不料却请了我的娘来享用;并且我明天行礼时,我拜我的娘,他倒在旁边还礼,岂不可笑。心里一面暗想,一面忍笑,却不曾听得雅琴说的话。

到了次日,果然来拜寿的人不少,伯明又代他做了知客。到得十点钟时,那华国章果然具衣冠来了。在寿堂行过礼之后,抬头见了那幅喜神,不觉心中暗暗疑讶。此时伯明不便过来揖让,另外有知客的,招呼献茶。华老头子有心和那知客谈天,谈到李老太太,便问不知是几岁上过的,那知客回说不甚清楚,但知道雅翁是从小便父母双亡。老头子一想,他既是从小没父母,他的父母总是年轻的了,何以所挂的喜神,画的是一个老媪。越想越疑心,不住的踱出寿堂观看,越看越像自己老婆的遗像,便连面桌也不曾好好的吃,匆匆辞了回去,叫人打开画箱一查,所有字画都不缺少,只少了那一轴喜神。不觉大怒起来,连忙叫人赶着把伯明叫回来。

那伯明在李家正在应酬的高兴,忽然一连三次,家里人来叫快回去,老爷动了大气呢。伯明还莫名其妙,只得匆匆回家。入得门时,他老子正拄着拐杖,在那里动气呢。见了伯明,兜头就是一杖,骂道:'我今日便打死你这畜生!你娘什么对你不住,她六十多岁上才死的,你还不容她好好的在家,把她送到李家去,逼着你已死的母亲失节,害着我这个未死的老子,当一个活乌龟!'说着,又是一杖,又骂道:'还怕我不知道,故意引了那不相干的杂种来,千求万求,要我去,要我去!我老糊涂,睡在梦里,却去露一张乌龟脸给人家看!你这是什么意思?我还不打死你!'说着,雨点般打下来。打了一顿,喝家人押着去取了喜容回来。伯明只得带了家人,仍到雅琴处,一面叫人赏酒赏面,给那家人,先安顿好了;然后拉了雅琴到僻静处,告诉了他,便要取下来。雅琴道:'这件事说不得你要担代这一天的了,此刻正要他装门面,如何拿得下来?'伯明正在踌躇,家里又打发人来催了,伯明、雅琴无可奈何,只得取下交来人带回去,换上一幅麻姑画像。继之对你说的,或者就是这件事。"说声未绝,忽然继之在外间答道:"正是这件事。"说着,走了进来。笑道:"你们说到商量借喜神时,我已经回来了,因为你们说得高兴,我便不来惊动。"又对我说道:"你想喜神这样东西能借不能借?不是三岁孩子都知道的么?他们居然不懂,你还想他们懂的什么叫做'僭越'。"子安道:"喜神这样东西虽然不能借,却能当得钱用。"我道:"这更奇了!"子安道:"并不奇。我从前在宁波,每每见他们拿了喜神去当的。"我道:"不知能当多少钱?"子安道:"哪里当得多少,不过当二三百文罢了。"我道:"这就没法想了。倘是当得多的,那些画师没有生意,大可以胡乱画几张裱了去当;他只当得二三百文,连裱工都当不出来,那就不行了。但不知拿去当的,倘使不来赎。那当铺里要他那喜神作什么?"继之笑道:"想是预备李雅琴去买也。"说的众人一笑。正是:无端市道开生面,肯代他人贮祖宗。未知典当里收当喜神,果然有什么用,且待下回再记。

## 第八十回　贩丫头学政蒙羞　遇马扁富翁中计

子安道："哪里有不来取赎的道理。这东西又不是人人可当，家家收当的，不过有两个和那典伙相熟的，到了急用的时候，没有东西可当，就拿了这个去做个名色，等那典伙好有东西写在票上，总算不是白借的罢了。"各人听了，方才明白这真容可当的道理。我从这一次回到上海之后，便就在上海住了半年。继之趁我在上海，便亲自到长江各处走了一趟，直到次年二月，方才回来。我等继之到了上海，便附轮船回家去走一转。喜得各人无恙，撤儿更加长大了。我姊姊已经择继了一个六岁大的侄儿子为嗣，改名念椿，天天和撤儿一起，跟着我姊姊认字。我在家又盘桓了半年光景，继之从上海回来了，我和继之叙了两天之后，便打算到上海去。继之对我说道："这一次你出去，或是烟台，或是宜昌，你拣一处去走走，看可有合宜的事业，不必拘定是什么。"我道："亮臣在北边，料来总妥当；所用的李在兹，人也极老实：北边是暂时不必去的了。长江一带，不免总要去看看，几时到了汉口，或者走一趟宜昌，或者沙市也可以去得。"继之道："随便你吧。你爱怎样就怎样，我不过这么提一提。各处的当事人，我这几年虽然全用了自己兄弟子侄，至于他们到底靠得住靠不住，也要你随事随时去查察的。"我应允了。不到几天，便别过众人，仍旧回上海去。

刚去得上海，便接了芜湖的信，说被人倒了一笔帐，虽不甚大，却也得去设法。我就附了江轮到芜湖去，耽搁了十多天，吃点小亏，把事情弄妥了，便到九江走了一趟，见诸事都还妥当，没甚耽搁，便附了上水船到汉口。考察过一切之后，便打算去宜昌。这几年永远不曾接过我伯父一封信，从前听说在宜昌，此时不知还在那边不在。便托人过江到武昌各衙门里去打听，不两日，得了实信，说是在宜昌掣验局里。我便等到有宜昌船开行，附了船到宜昌去，就在南门外江边一家吉升栈住下,安顿好行李,便去找掣验局。

这个局就在城外,走不多路就到了。我抬头看时,只有一间房子,敞着大门,门外挂了一面掣验川盐局的牌子,两旁挂了两扇虎头牌,里面坐着两个穿号衣的局勇。我暗想这么就算一个局了么?我伯父又在哪里?不免上前去问那局勇。谁知我问的这个,那一个答应起来了,说道:"他是个聋子。你问的是谁?"我就告诉他。那局勇听见说是本局老爷的侄少爷,便连忙站起来回说道:"老爷向来不在局里办事,住在公馆里。"我问公馆在什么地方,局勇道:"就在南门里不远。少爷初到不认得路,我领了去吧。"我道:"那么甚好。"那局勇便走在前面。我看他走路时,却又是个跛的,不觉暗暗好笑。他一拐一拐的在前面走,我只得在后面跟着。进了城不多点路就到了。那局勇急拐了两步,先到门房去告诉。门房里家人听说,便通报进去。我跟着到了客堂站定。只见客堂东面辟了一座打横的花厅;西面是个书房;客堂前面的天井很大,种了许多花,颇有点小花园的景致;客堂后面还有一个天井,想是上房了。不一会,我伯父出来,我便上前叩见。同入到花厅,伯父命坐,我便在一旁侍坐。

伯父问道:"你这回来做什么?"我道:"侄儿这几年总跟着继之,这回是继之打发来的。"伯父道:"继之撤了任之后,又开了缺了。近来他又有了差使么?"我道:"没有差使,近年来继之入了生意一途。侄儿这回来,是到此地看看市面的。"伯父道:"好好的缺,自己去干掉了,又闹什么生意!年轻人总欢喜胡闹!那么说,你也跟着他学买卖了?"我道:"是。"伯父道:"宜昌是个穷地方,有什么市面?你们近来做买卖很发财?"我听了没有答话。伯父又道:"论理要发财,就做买卖也一样发财;然而我们世家子弟,总不宜下与市侩为伍,何况还不见得果然发财呢。像你父亲,一定不肯做官,跑到杭州去,绸庄咧、茶庄咧,一阵胡闹,究竟躺了下来剩了几个钱?生下你来,又是这个样,真真是父是子了。你此刻住在哪里?"我道:"住在城外吉升栈。"伯父道:"有几天耽搁?"我道:"说不定,大约也不过十天半月罢了。"伯父道:"没事可常到这里来谈。"说着,便站了起来。我只得辞了出来,依着来路出城。回到吉升栈,只见栈门口挂着一条红彩绸,挤了十多个兵,那号衣是四川督学部院亲兵;又有几个东湖县民壮,东湖县的执事衔牌也在那里。我入到栈,开了房间,便有栈里的人来和我商量,要我另搬一个房,把这个房让出来。我本是无可无不可的,便问他搬到哪里?他带我到一个房里去看,却在最后面又黑又暗、逼近厨房的所在。我不肯要这个房。他一定要我搬来,说是四川学台要住;我便赌气搬到隔壁一家兴隆栈里去了。搬定之后,才写了几封信,发到帐房里,托他们代寄。

对房住了一个客,也是才到的,出入相见,便彼此交谈起来。那客姓丁,号作之,安徽人,向在四川做买卖,这回才从四川出来。我也告诉他由吉升栈搬过来的缘故。作之道:“不合他同一栈也罢。我合他同一船来的,一天到夜,一夜到天亮,不是骂这个,便是骂那个,弄得昼夜不宁。”我道:“怎的那么的脾气?”作之道:“我起初也疑心,后来仔细打听了,才知道他原来是受了一场大气,没处发泄,才借骂人出气的。”我道:“他从四川到此地,自然是个交卸过的了。四川学政本来甚好的,做满了一任,满载而归,还受什么气呢?”作之道:“四川的女人便宜是著名的。省城里专有那贩人的事业;并且为了这事业,还专开了茶馆。要买人的,只要到那茶馆里拣了个座,叫泡两碗茶;一碗自己喝,一碗摆在旁边,由他空着。那些人贩看见,就知道你要买人了,就坐了过来,问你要买几岁的。你告诉了他,他便带你去看。看定了,当面议价,当面交价。你只告诉了他住址,他便给你送到。大约不过十吊、八吊钱,就可以买一个七八岁的了;十六七岁的是个闺女,不过四、五十吊钱就买了来;如果是嫁过人的,那不过二十来吊钱也就买来了。这位学政大人在任上到处收买,统共买了七八十个,这回卸了事,便带着走。单是这班丫头就装了两号大船。走到嘉定,被一个厘局委员扣住了。”我道:“这委员倒是强项的。”作之道:“并不是强项,是有宿怨的。那学台初到任时,不知为的什么事,大约总是为办差之类,说这个委员不周到,在上宪前说了他的坏话,这委员从此黑了一年多。去年换了藩台,这新藩台是和他有点渊源的,就得了这厘局差使。可巧他老先生赶在他管辖地方经过,所以就公报私仇起来。查着了之后,那委员还亲自到船上禀见,说:‘只求大人说明这七八十个女子的来历,卑职便可放行,卑职并不是有意苛求,但细想起来,就是大人官眷用的丫头,也没有如许之多,并且讯问起来,又全都是四川土音,只求大人交个谕单下来,说明白这七八十个女子从何处来,大人带他到何处,卑职断不敢有丝毫留难。'那学台无可奈何,只得向他求情。谁知他一味的打官话,要公事公办;一面就打迭通禀上台,一面把官船扣住。那学台只得去央及嘉定府去说情。留难了十多天,到底被他把两船女子扣住,各各发回原籍,听其父母认领,不动通禀的公事,算卖了面情给嘉定府。禀上去只说缉获水贩船二艘,内有女子若干口,水贩某人,已乘隙逃遁;由嘉定府出了一角通缉文书,以掩耳目,这才罢了。他受了这一场大气,破了这一注大财,所以天天骂人出气。其实四川的大员,无论到任卸任,出境入境,夹带私货是相沿成例的了。便是我这回附他的船,也是为了几十担土。"我道:"怎么那厘卡上没有查着你的土么?"作之道:"他在嘉定出的事,我在重庆附他来了,我附他的船时,早已出过了那回事。"谈了一回,各自回房。

我住了两天,到各处去走走。大约此地系川货出口的总汇,什么楠木、阴沉木最多;川里的药材也甚多,甚至杜仲、厚朴之类,每每有乡下人挑着出来,沿街求卖的。得暇我便到作之房里去,问问四川市面情形,打算入川走一趟。作之道:"四川此时到处风声鹤唳,没有要紧事,宁可缓一步去吧。"我道:"有了乱事么?"作之道:"乱事是没有,然而比有乱事还难过。"我道:"这又是什么道理呢?"作之道:"因为出了一个骗子、一个蠢材,就闹到如此。那骗子扮了个算命看相之流,在成都也不知混了多少年了。忽然一天,遇了一个开酱园的东家来算命,他要运用那骗子手段,便恭维他是一个大贵之命,说是府上一定有一位贵人的,最好是把一个个的八字都算过。那酱园东家大喜,便邀他到家里去,把合家人的八字都写了出来请他算。"我道:"这酱园东家姓什么?"作之道:"姓张,是一个大富翁,川里著名的张百万。那骗子算到张百万女儿的一个八字,便大惊道:'在这里了!这真是一位大贵人!'张百万问怎么贵法。他道:'是一位正宫娘娘的命!就是老翁的命,也是这一位的命带起来的。不知是府上哪一位?’张百万也大惊道:‘这是什么话?无论皇上大婚已经多年,况且满、汉没有联婚之例,哪里来的这个话?’骗子道:‘这件事自然不是凡胎肉眼所能看得见。我早就算定真命天子已经降世。我早年在湖北,望见王气在四川,所以跟寻到川里来,要寻访着了那位真命天子,做一个开国元勋。此刻皇帝不曾寻着,不料倒先寻见了娘娘。这位娘娘是府上什么人,千万不要待慢了她!’张百万听得半疑半信,答道:‘这是我小女的命。’骗子听说,慌忙跪下叩头道:‘原来是国丈大人,恕罪,恕罪!’吓得张百万连忙还礼,又问道:‘依先生说,我女儿便是娘娘,但不知这真命天子在哪里?我女儿又如何嫁得到他?近来虽有几家来求亲,然而又都是生意人,哪里有个真命天子在内!’骗子道:‘千万不可胡乱答应!倘把娘娘误许了别人,其罪不小!大凡真龙降生,没有一定之地,不信,你但看朱洪武皇帝,他看过牛,做过和尚,除了刘伯温,哪个知道他是真命天子呢。’张百万道:‘话虽如此,但是我又不是刘伯温,哪里去寻个朱洪武出来呢?’骗子道:‘国丈说的哪里话!生命注定的,何必去寻。何况龙凰配合,自有一切神灵暗中指引;再加我时时小心寻访,一经寻访着了,自然引驾到府上来。’

张百万此时将信将疑,便留那骗子在家住下。张家本有个花园,他每天晚上,约了张百万在园里指天画地的,说望天子气。天天说些蛊惑的话,惑得张百万慢慢的信服起来,所有来求他女儿亲事的,一概回绝。混了一年多,张百万又生起疑心来,说哪里有什么真命天子。那骗子骗了一年我的好吃好喝,恐怕一旦失了,遂造起谣言来,说是近日望见那天气到了成都了,我要亲身出去访查。于是日间扮得不尴不尬,在外头乱跑;晚上回到张百万家里去睡,只说是出去访寻真命天子。如此者,又好几个月。忽然一天,在市上遇了一个十来岁的樵夫,那骗子把他一拉拉到一个僻静去处,纳头便拜,说道:‘臣接驾来迟,罪该万死!’那樵夫是一条蠢汉,见他如此行为,也莫名其妙。问道:‘你这先生,无端对我叩头做什么?’骗子悄悄说道:‘陛下便是真命天子!臣到处访求了好几年,今日是得见圣驾,万千之幸!’樵夫道:‘怎么我可以做得真命天子?谁给我做的?’骗子道:

‘这是上天降生的。陛下跟了臣同到一个去处,自然有人接驾。’那樵夫便跟了骗子到张百万家。骗子在前,樵夫在后,一直引他入了花园,安置停当,然后叫张百万来,说:‘皇帝驾到了,快点去见驾!’张百万到得花园,看见那樵夫粗眉大目,面色焦黄,心中暗暗疑讶,怎么这般一个人便是皇帝,一面想着,未免住了脚步,迟疑不前。骗子连忙拉他到一边和他说道:‘这是你一生富贵关头,快去叩头见驾,不可自误。’张百万道:‘这个人面目也没甚奇异之处,并且衣服褴褛,怎见得是个皇帝?先生,莫非你看差了!’骗子道:‘真龙未曾入海,你们凡人哪里看得出来。你如果不相信,我便领了圣驾到别人家去,你将来错过了富贵不要怨我。’张百万听了他的话,居然千真万真,便走过去,对了那樵夫叩头礼拜,口称‘臣张某见驾’。那樵夫本是呆蠢一流人,见人对他叩头,他并不知道还礼,只呆呆的看着。张百万叩过了无数的头,才起来和骗子商量,怎样款待这皇帝。骗子道:‘你看吧!你的命是大贵的,倘使不是真命天子,他如何受得起你叩头呢。此刻且先请皇帝沐浴更衣,择一个洁净所在,暂时做了皇宫,禁止一切闲杂人等,不可叫他进来,以免时时惊驾;然后择了日子,请皇帝和娘娘成亲。’张百万道:‘知道他几时才真个做皇帝呢?我就轻轻把女儿嫁他?’骗子道:‘凡一个真命天子出世,天上便生了一条龙。要等那条龙鳞甲长齐了,在凡间的皇帝,才能被世上的能人看得出,去辅佐他;还等那条龙眼睛开了,在凡间的皇帝才能登位。这一个真命天子,向来在成都,我一向都看他不出,就是天上那条龙未曾长齐鳞甲之故;近来我夜观天象,知道那条龙鳞甲都长齐了,所以一看就看了出来。我劝你一不做,二不休。如果不相信,便由我带到别处去;如果相信了,便听我的指挥。’张百万听说,还只信得一半。”我道:“这件事要就全行误信了,要就登时拒绝他,怎么会信一半的呢?”正是:唯有痴心能乱志,从来贪念易招殃。未知作之又说出什么来,这件事闹到怎生了结,且待下回再记。

## 第八十一回 真愚昧惨陷官刑 假聪明贻讥外族

作之道:“张百万依了他的话,拿几套衣服给那樵夫换过,留在花园住下。骗子见张百万还不死心塌地,便又生出一个计策来,对张百万说道:‘凡是真命天子,到了吃醉酒睡着时,必有神光异彩现出来,直透到房顶上,但是必要在远处方才望见。你如果不相信,可试一试看。’张百万听说,果然当夜备了酒肴,请那樵夫吃酒,有意把他灌得烂醉。骗子也装做大醉模样,先自睡了。张百万灌醉了樵夫,打发他睡下,便急急忙忙跑回自己宅内的一座楼上凭栏远眺,要看那真命天子的神光异彩。那骗子假睡在床上,听得张百万已经去了,花园里伺候的人也陆续去睡了,方才慢慢起来,取出他所预备的松香末——(这松香末,就是戏场上做天神出场时撒火用的)。——他又加上些硝磺药料,悄悄的取了一把短梯,爬到墙头上,点上了火,一连向上撒了四五把,方才下来;到了半夜时,又去撒了几把;然后收拾停当,安心睡觉。

张百万在自己楼上,远远的望着花园里,忽然见起了一阵红光,不觉吃了一惊;谁知惊犹未了,接着又起了三四阵;不觉又惊又喜,呆呆的坐着,要等再看,谁知越等越看不见了;听一听四面寂无人声,正要起身去睡,忽然又看见起了四五阵。大凡一个人,心里有了疑念,眼里看见的东西,也会跟着他的疑念变幻的。撒那松香火,不过是一阵火光;火光熄了,便剩了一团烟。骗子一连撒了几把火,便有几团烟,看在张百万的眼里,便隐隐成了一条龙形。他还暗自揣测,哪里是龙头,哪里是龙尾,哪里是龙爪,越看越像。一时间那烟消灭了,他还闭着眼睛,暗中去想象呢。

到了次日,一早便爬起来,到花园里去找骗子。骗子还在那里睡着呢。张百万把他叫醒了。他连忙一骨碌爬起来,说道:‘甚时候了?我昨夜醉的了不得,一夜也不曾醒。’张百万便告以夜来所见,又道：‘红光当中，隐隐还现了一条龙形呢！’骗子道：‘可惜我也醉了，不曾看得见。不然，倒可以看看他开了眼睛不曾。’张百万道：‘这个还不容易吗，今天晚上再请他吃一回酒，先生到我那边楼上去看便了。’骗子吐出了舌头道：‘这是什么话！昨天晚上一回，已经是冒险的了。倘使多出现了，被别人看见，还了得么？何况他已经现了龙形，更不相宜！他那原形，天天在那里长，必要长足了，才能登极。每出现一次，便阻他一次生机，长得慢了许多。所以从今以后，最要紧不可被他吃醉了。你已经见过一次就是了，要多见做什么？’张百万果然听了他的话，从此便不设酒了，央骗子拣了黄道吉日，把女儿嫁给那樵夫，张灯结彩，邀请亲友，只说是招女婿，就把花园做了甥馆。一切都是骗子代他主张。成过亲之后，张百万便安心乐意做国丈，天天打算代女婿皇帝预备登极，买了些绫罗绸缎来，做了些不伦不类的龙袍，那樵夫此时养得又肥又白，腰圆背厚，穿起了龙袍，果然好看。喜欢的张百万便山呼万岁起来。骗子在旁指挥，便叫樵夫封张百万做国丈，自己又讨封了军师。几个人在花园里，就同做戏一般乱闹。这风声便渐渐传了出去，外面有人知道了。骗子也知道将近要败露了，便说：‘我夜来望气，见犍为地方出有能人，我要亲去聘了他来，辅佐天子。’就向张百万讨了几百两银子，只说置办聘礼，便就此去了。这里还是天天胡闹。

那樵夫被那骗子教得说起话来，不是孤家，便是寡人；家里用人都叫他万岁。闹得地保知道了，便报了成都县。县官见报的是谋反大案，吓的先禀过首府，回过司道，又禀知了总督，才会同城守，带了兵役，把张百万家团团围住，男女老幼，尽行擒下，不曾走了一个。带回衙门，那樵夫身上还穿着龙袍，张百万的女儿头上还戴着凤冠。县官开堂审讯，他还在那里称孤道寡，嘴里胡说乱道，指东画西，说什么我资州有多少兵，绵州有多少马，茂州有多少粮；什么宁远、保宁、重庆、夔州、顺庆、叙永、酉阳、忠州、石砫，处处都有人马。这些话总是骗子天天拿来骗他的，他到了公堂，不知轻重，便一一照说出来。成都县听了，吓的魂不附体，连忙把他钉了镣铐，通禀了上台。上台委了委员来会审过两堂，他也是一样的胡说乱道。上台便通行了公事，到各府、厅、州、县，一律严密查拿。那一班无耻官吏，得了这个信息，便巴不得迎合上意，无中生有的找出两个人来去邀功，还想借此做一条升官发财的门路，就此把一个好好的四川省闹的阖属鸡犬不宁。这种呆子遇了骗子的一场笑话，还要费大吏的心，拿他专折入奏，并且随折开了不少的保举。只是苦了我们行客，入店投宿，出店上路，都要稽查，地保衙役便借端骚扰。你既然那边未曾立定事业，又何苦去招这个累呢。"

我道："听说四川地方，民风极是俭朴，出产又是富足，鱼米之类，都极便宜，不知可确？"作之道："这个可是的，然而近年以来，也一年不如一年了。据老辈人说的：道光以前，川米常常贩到两湖去卖；近来可是川里人要吃湖南米了。"我道："这却为何？"作之道："田里的莺粟越种越多，米麦自然越种越少了。我常代他们打算，现在种莺粟的利钱，自然是比种米麦的好；万一遇了水旱为灾，那个饥荒才有得闹呢！'我道："川里吃烟的人，只怕不少？"作之道："岂但不少，简直可以算得没有一个不吃烟的。也不必说川里，就是这里宜昌，你空了下来，我和你到街上去看看，那种吃烟情形，才有得好看呢？"我道："川里除了鸦片烟之外，还有什么大出产呢？"作之道："那不消说，自然是以药料为大宗了。然而一切蚕桑矿产等类，也无一不备，也没有一样不便宜，所以在川里过日子是很好的，只有两吊多钱一石米，几十文钱一担煤，这是别省所无的。"我道："他既然要吃到湖南米，哪能这样便宜？"作之道："那不过青黄不接之时，偶一为之罢了；倘使终岁如此，那就不得了了！"我道："那煤价这等贱，何不运到外省来卖呢？"

作之道："说起煤价钱，我却想起一个笑话来：有一位某观察，曾经被当道专折保举过的，说他'留心时务，学贯中西'。他本来是一个通判，因为这一保，就奉旨交部带领引见；引见过后，就奉旨以道员用。他本是四川人，在外头混了几年，便仍旧回到四川去，住在重庆。一天，他忽然打发人到外头煤行里收买煤斤；又在他住宅旁边，租了一片四五十亩大的空地，买了煤来，都堆在那空地上头。不多几天，把重庆的煤价闹贵了，他又专人到各处矿山去买。"我道："他哪里有这许多钱？买那许多煤，又有甚用处呢？”作之道：“你不知道，他一面买煤，一面在那里招股呢。”我道：“不知他招什么股？”作之道：“你且莫忙，等我说下去，有笑话呢！他打发人到四处矿里收买，一连三四个月，也不知收了多少煤，非但重庆煤贵了，便连四处的煤都贵了。在我们中国人，虽然吃了他的亏，也还不懂得去考问他为什么收那许多煤？内中却惊动起外国人来了。驻扎重庆的外国领事，看得一天天的煤价贵了，便出来查考，知道有这么一位观察在那里收煤，不觉暗暗纳罕，便去拜会重庆道，问起这件事来。谁知重庆道也不晓得。领事道：‘被他一个人收得各处的煤都贵了，在我们虽不大要紧，然而各处的穷人未免受他的累了。还求贵道台去问问那位某观察，他收来有甚用处。可以不收，就劝他不要收了，免得穷民受累。’重庆道答应了，等领事去后，便亲自去拜那位某观察，问起这收煤的缘故，并且说起外面煤价昂贵，小民受累的话。某观察却慎重其事的说道：‘这是兄弟始创的一个大公司，将来非但富家，并且可以富国。兄弟此刻，非但在这里收煤，还到各处去找寻煤矿，要自己开采煤斤呢。至于小民吃亏受累，只好暂时难为他们几天，到后来我公司开了之后，还他们莫大的便宜。我劝老公祖不妨附点股分进来，这是我们相好的知己话；若是别人，他想来入股，兄弟还不答应，留着等自己相好来呢。’重庆道道：‘说了半天，到底是什么公司？什么事业？’那位观察道：‘这是一个提煤油的公司。大凡人家点洋灯用的煤油，都是外国来的，运到川里来，要卖到七十多文一斤。我到外国去办了机器来，在煤里面提取煤油，每一百斤煤，最少要提到五十斤油。我此刻收煤，最贵的是三百文一担，三百文作二钱五分银子算，可以提出五十斤油；趸卖出去，算他四十文一斤，这四十文算他三分二厘银子。照这样算起来：二钱五分银子的本钱，要卖到一两六钱银子，便是赚了一两三钱五分，每担油要赚到二两七钱。办了上等机器来，每天可以出五千担油，便是每天要赚到一万三千五百两；一年三百六十天，要有到四百八十六万的好处。内中提一百万报效国家，公司里还有三百八十六万。老公祖想想看，这不是富国富家，都在此一举么？所以别人的公司招股分，是各处登告白，散传单，惟恐别人不知。兄弟这个公司,却是惟恐别人知道,以便自己相好的亲戚朋友,多附几股。倘使老公祖不是自己人,兄弟也绝不肯说的。'重庆道听了他一番高论,也莫名其妙,又谈了几句别的话,就别去了。

回到衙门里,暗想这等本轻利重的生意,怪不得他一向秘而不宣。他今日既然直言相告,不免附他几股,将来和他利益均沾,岂不是好。并且领事那里,也不必和他说穿,因为这等大利所在,外国人每每要来沾手,不如瞒他几时,等公司开了出来,那时候他要沾手也来不及了。定了主意,便先不回领事的信,等那位观察来回拜时,当面订定,附了五千两的股分。某观察收了银子,立刻填给收条,那收条上注明,俟公司开办日,凭条例换股票,每年官息八厘,以收到股银日起息云云。某观察更说了多少天花乱坠的话,说得那重庆道越发入了道儿。那领事来问了几次回信,只推说事忙不曾去问得。俄延了一个多月,那煤越发贵了,领事不能再耐,又亲自去拜重庆道。此时重庆道没得好推挡了,只得从实告诉,说:'是某观察招了股分,集成公司,收买这些煤,是要拿来提取煤油的。'领事愕然道:'什么煤油?'重庆道道:'就是点洋灯的煤油'。领事听了,希奇的了不得,问道:'不知某观察的这个提油新法,是哪一国人,哪一个发明的?用的是哪一国、哪一个厂家的机器?倒要请教请教。'重庆道道:'这个本道也不甚了了。贵领事既然问到这一层,本道再向某观察问明白,或者他的机器没有买定,本道叫他向贵国厂家购买也使得。'领事摇头道:'敝国没有这种厂家,也没有这种机器。还是费心贵道台去问问某观察,是从哪一国得来的新法子,好叫本领事也长长见识。'重庆道到了此时,才有点惊讶,问道:'照贵领事那么说,贵国用的煤油,不是在煤里提出来的么?'领事道:'岂但敝国,就是欧、美各国,都没有提油之说。所有的煤油,都是开矿开出来的,煤里面哪里提得出油来!'重庆道大惊道:'照那么说,他简直在那里胡闹了!'领事冷笑道:'本领事久闻这位某观察,是曾经某制军保举过他"留心时务,学贯中西"的,只怕是某观察自己研究出来的,也未可知。'说罢,便辞了去。重庆道便忙忙传伺候,出门去拜某观察。偏偏某观察也拜客去了,重庆道只得留下话来,说有要紧事商量,回来时务必请到我衙门里去谈谈。直到了第二天,某观察才去拜重庆道。重庆道一见了他,也不暇多叙寒暄,便把领事的一番话述了出来。某观察听了,不觉张嘴挢舌。"正是:忽从天外开奇想,要向玄中夺化机。未知他那提煤油的妙法,到底在哪里研究出来的,且待下回再记。

## 第八十二回 紊伦常名分费商量 报涓埃夫妻勤伺候

某观察听重庆道述了一遍领事的话，不觉目定口呆，做声不得。歇了半晌，才说道：‘哪里有这个话！这是我在上海，识了一个宁波朋友，名叫时春甫，他告诉我的。他是个老洋行买办，还答应我合做这个生意。他答应购办机器，叫我担认收买煤斤，此时差不多机器要到上海了。我想起来，这是那领事妒忌我们的好生意，要轻轻拿一句话来吓退我们。天下事谈何容易！我来上你这个当！’重庆道道：‘话虽如此，阁下也何妨打个电报去问问，也不费什么。’某观察道：‘这个倒使得。’于是某观察别过重庆道，回来打了个电报到上海给时春甫，只说煤斤办妥，叫他速运机器来。去了五六天，不见回电。无奈又去一个电报，并且预付了复电费，也没有回电。这位观察大人急了，便亲自跑到上海，找着了时春甫，问他缘故。春甫道：‘这件事，我们当日不过谈天谈起来，彼此并未订立合同，谁叫你冒冒失失就去收起煤斤来呢？’某观察道：‘此刻且不问这些话，只问这提煤油的机器，要向哪一国定买？”时春甫道：‘这个要去问起来看，我也不过听得一个广东朋友说得这么一句话罢了。若要知道详细，除非再去找着那个广东人。’某观察便催他去找。找了几天，那广东人早不知到哪里去了。后来找着了那广东人的一个朋友，当日也是常在一起的，时春甫向他谈起这件事，细细的考问，方才悟过来，原来当日那广东人正打算在清江开个榨油公司，说的是榨油机器，春甫是宁波人，一边是广东人，彼此言语不通，所以误会了。大凡谈天的人，每每喜欢加些装点，等春甫与某观察谈起这件事时，不免又说得神奇点，以致弄出这一个误会。春甫问得明白，便去回明了某观察。某观察这才后悔不迭，不敢回四川，就在江南地方谋了个差使混起来。好在他是明保过人才的，又是个特旨班道台，督抚没有个看不起的，所以得差使也容易，从此他就在江南一带混住了。”

说到这里,客栈里招呼开饭,便彼此走开。我在宜昌耽搁了十多天,到伯父处去过几次,总是在客堂里或是花厅里坐,从不曾到上房去过。然而上房里总像有内眷声音。前几年在武昌打听,便有人说我伯父带了家眷到了此地,但是一向不曾听说他续弦。此时我来了,他又不叫我进去拜见,我又不便动问,心中十分疑惑。有一天,我又到公馆里去,只见门房里坐了一个家人,说是老爷和小姐到上海去了。我问道:"是哪一个小姐?是几时动身去的?"那家人道:"就是上前年来的刘三小姐;前天动身去的。"我看那家人生得轻佻活动,似是容易探听说话的,一向的疑心,有意在他身上打听打听这件事情,便又问道:"此刻上房里还有谁?"一面说着,一面往里走。那家人跟着进来,一面答应道:"此刻上面卧房都锁着,没有人了,只有家人在这里看家。"我走到花厅里坐下,那家人送上一碗茶。我又问道:"这刘三小姐,到底是个什么人?在这里住了几年?你总该知道。"那家人看了我一眼,歇了一歇道:"怎的侄少爷不知道?"我道:"我一向在家乡没有出来,这里老爷我是不常见的,怎能知道。"那家人道:"三小姐就是舅老爷的女儿。"我道:"这更奇了!怎么又闹出个舅老爷来呢?"那家人道:"那么说,侄少爷是不知道的了。舅老爷是亲的是疏的,家人也不得而知,一向在上海的,想是侄少爷向未见过。"我听了更觉诧异,我向在上海,何以不知道有这一门亲戚呢。因答他道:"我可是未见过。"那家人道:"上前年老爷在上海顽了大半年,天天和舅老爷一起。我道:"你且不要说这些,舅老爷住在上海哪里?是做什么事的?"那家人道:"那时候家人跟在老爷身边伺候,舅老爷公馆是常去的,在城里叫个什么家弄,却记不清楚了,那时候正当着什么衙门的帮审差呢。"我回头细细一想,才知道这个人是自己亲戚,却是伯父向来没有对我说过,所以一向也没有往来,直到今日方知,真是奇事。因又问道:"那三小姐跟老爷到这里来做什么?这里又没个太太招呼。"那家人道:"这个家人不知道,也不便说。"我道:"这有什么要紧!你说了,我又不和你搬弄是非。"那家人道:"为什么要来,家人也不知道,只是来的时候,三小姐舍不得父母,哭得泪人儿一般。她家还有一个极忠心的家人叫胡安,送三小姐到船上,一直抽抽咽咽的背着人哭,直等船开了,他还不曾上岸,只得把他载到镇江,才打发他上岸,等下水船回上海去的。”我听了不觉十分纳闷,怎么说了半天,都是些不痛不痒的话,内中不知到底有什么缘故?因又问道:“那三小姐到这里,不过跟亲戚来顽顽罢了,怎么一住两三年呢?又没有太太招呼。”那家人道:“这个家人不知道。”我道:“这两三年当中,我不信老爷可以招呼得过来。就是用了老妈子,也怕不便当。”那家人听了,默默无言。我道:“你好好的说了,我赏你。这是我问我自己家里的事,你说给我,又不是说给外人去,怕什么呢。”

那家人嗫嚅了半晌道:“三小姐到了这里,不到三个月,便生下个孩子。”我听了,不禁吃了一大惊,脑袋上轰的一声响了,两个脸蛋登时热了,出了一身冷汗,嘴里不觉说道:“吓!’忽又回想了一想道:“原来是已经出嫁的。”那家人笑道:“这回老爷送她回上海才是出嫁呢,听说嫁的还是山东方抚台的本家兄弟。”我听了,心中又不觉烦燥起来,问道:“那生的孩子呢?此刻可还在?”那家人道:“生下来,就送到育婴堂去了。”我道:“以后怎么耽搁住了还不走?”那家人道:“这个家人哪里得知!但知道舅老爷屡次有信来催回去,老爷总是留住。这回是有了两个电报来,说男家那边迎娶的日子近了,这才走的。”我道:“那三小姐在这里住得惯?”那家人想了一想,无端给我请了一个安道:“家人已经嘴快,把上项事情都说了,求少爷千万不要给老爷说!”我笑道:“我说这些做什么?我们家里的规矩严,就连正经话常常也来不及说,还说得到这个吗?”那家人道:“起先三小姐从生下孩子之后,不到一个月,就闹着要走,老爷只管留着不放,三小姐闹得个无了无休。有一天,好好的同桌吃饭,偶然说起要走,不知怎样闹起来,三小姐连饭碗都摔了,哭了整整一天。后来不知怎样,又无端的恼了一天,闹了一天。自从这天之后,便平静了,绝不哭闹了。家人们纳罕,私下向上房老妈子打听,才知道接了舅老爷的信,说胡安嫌工钱不够用,屡次告退,已经荐了他到什么轮船去做帐房了。三小姐见了这封信,起先哭闹,后来就好了。”我听了这两句话,又是如芒在背,坐立不安。在身边取出两张钱票子,给了那家人,便走了。

一路走回兴隆栈，当头遇了丁作之，不觉心中又是一动，好像他知道我亲戚有这桩丑事的一般，十分难过。回头想定了，才觉着他是不知道的，心下始安。作之问我道："今天晚上彝陵船开，我已经写定了船票，我们要下次会了。"我想了一想，此处虽是开了口岸，人家十分俭朴，没有什么可销流的货物。至于这里的货物，只有木料、药材是办得的，然而若与在川里办的比较起来，又不及人家了。所以决意不在这里开号了，不如和作之做伴，先回汉口再说吧。定了主意，便告诉了作之，叫帐房写了船票，收拾行李，当夜用划子划到了彝陵船上，拣了一个地方，开了铺盖。刚刚收拾停当，忽然我伯父的家人走在旁边，叫了我一声，说道："少爷动身了。"我道："你来作什么？"那家人道："送党老爷下船，因为老爷有两件行李，托党老爷带到南京的。"我心中暗想：既然送什么小姐到上海，为甚又带行李到南京去呢？真是行踪诡秘，令人莫测了。那家人又道："方才少爷走了，家人想起来，舅老爷此刻不住在城里，已经搬到新闸长庆里去了。"我点了点头。那家人便走到那边去招呼一个搭客。原来这彝陵船没有房舱，一律是统舱，所以同舱之人，彼此都可以望见的。我看着那家人所招呼的，谅来就是姓党的了，默默的记在心里。歇了一会，那家人又走过来，我问他道："你对党老爷可曾说起我在这里？"那家人道："不曾说起。少爷可要拜他？家人去回一声。"我道："不要，不要。你并且不要提起我。"那家人答应了，站了一会，自去了。

半夜时，启轮动身。一宿无话。次日起来，觉得异常闷气，那一种鸦片烟的焦臭味，扑鼻而来，十分难受。原来同舱的搭客，除了我一个之外，竟是没有一个不吃烟的。我熬不住，便终日走到舱面上去眺望，舱里的人也有出来抒气的。到了下午时候，只见那姓党的也在舱面上站着，手里拿了一根水烟袋，一面吸烟，一面和一个人说话，说的是满嘴京腔。其时我手里也拿着烟袋，因想了一个主意，走到他身边，和他借火，乘势操了京话，和他问答起来。才知道他号叫不群，是一个湖北候补巡检，分到宜昌府差委的。我便和他七拉八扯的先谈起来。喜得他谈锋极好，和他谈谈，倒大可以解闷。

过了一天，船已过了沙市，我和他谈得更熟了，我便作为无意中问起来,说道:“你伫在宜昌多年,可认得一位敝本家号叫子仁的?”党不群道:“你们可是一家?”我道:“不同姓罢了。”不群道:“这回可见着他?”我道:“没见着呢!我去找他,他已经动身往上海去了。”不群道:“你们向来是相识的?”我道:“从先有过一笔交易,赶后来结帐的时候,有一点儿找零没弄清楚,所以这回顺便的看看他,其实没什么大不了的事情。”不群道:“伫再过两个月,到南京大香炉陈家打听他,就打听着了。”我道:“他住在那边么?”不群道:“不,他下月续弦,娶的是陈府上的姑娘。”我听了这话,不觉心下十分怀疑。因问道:“他既然到南京续娶,为甚又到上海去呢?”不群笑道:“他这一门亲已定了三四年了。被他的情人盘踞住他,不能迎娶。他这回送他情人到上海去了,回来就到南京娶亲。”我听了这话,心里兀的一跳,又问道:“这情人是谁?为甚老远的要送到上海去?”不群道:“他情人本是住在上海的,自然要送回上海去。”我道:“是个什么样人?”不群道:“这个不便说他了。”我听了这话,也不便细问,也不必细问了。忽然不群仰着面,哈哈的笑了两声,自言自语道:“料不到如今晚儿,人伦上都有升迁的,好好的一个大舅子,升做了丈人!”我听了这话,也不去细问,胡乱谈了些别的话,敷衍过去。不一天,船到了汉口,各自登岸。我自到号里去,也不问党不群的下落了。

我到了号里之后,照例料理了几条帐目。歇了两天,管事的吴作猷,便要置酒为我接风。这吴作猷是继之的本家叔父,一向在家乡经商,因为继之的意思,要将自己所开各号,都要用自己人经管,所以邀了出来,派在汉口,已经有了两年了。当下作猷约定明日下午在一品香请我。我道:“这又何必呢?我是常常往来的。”作猷道:“明日一则是吃酒,二来是看迎亲的灯船,所以我预早就定了靠江边的一个座儿,我们只当是看灯船罢了。”我道:“是什么人迎亲?有多少灯船,也值得这么一看?”作猷道:“阔得很呢!是现任的镇台娶现任抚台的小姐。”我道:“是什么镇台娶什么抚台的小姐,值得那么热闹?”作猷道:“是郧阳镇娶本省抚台的小姐,还不阔么!”我摇头道:“我于这里官场踪迹都不甚了了,要就你告诉我,我才明白呢。”作猷道:“你不厌烦,我就一一告诉你。”我道:“你有本事说他十天十夜,我总不厌烦就是了。"

作猷道："如此，我就说起来吧。这一位郧阳总镇姓朱，名叫阿狗，是福建人氏。那年有一位京官新放了福建巡抚，是姓侯的。这位侯中丞是北边人，本有北边的嗜好；到了福建，闻说福建恰有此风，那真是投其所好了。及至到任之后，却为官体所拘，不能放恣，因此心中闷闷不乐。到任半年之后，忽然他签押房里所糊的花纸霉坏了，便叫人重裱；叫了两个裱糊匠来，裱了两天，方才裱得妥当。到了第二天下午，两个裱糊匠走了，只留下一个学徒在那里收拾家伙。这位侯中丞进来察看，只见那学徒生得眉清目秀，唇红齿白，不觉动了怜惜之心，因问他'姓甚名谁？有几岁了？'那学徒说道：'小人姓朱，名叫阿狗，人家都叫小的做朱狗，今年十三岁。'侯中丞见他说话伶俐，更觉喜欢。又问他道：'你在那裱糊店里，赚几个钱一月？"朱狗道：'不瞒大人说：小的们学生意是没有工钱的。到了年下，师傅喜欢，便给几百文鞋袜钱；若是不喜欢，一文也没有呢。'侯中丞眉花眼笑的道："既是这么样，你何苦去当徒弟呢？'朱狗笑道：'大人不知道，我们穷人家都是如此。'侯中丞道：'我不信穷人家都是如此，我却叫你不如此。你不要当这学徒了，就在这里伺候我。我给你的工钱，总比师傅的鞋袜钱好看些。'那朱狗真是福至心灵，听了这话，连忙扒在地上，咯嘣咯嘣的磕了三个响头，说道：'谢大人恩典！'侯中丞大喜，便叫人带他去剃头，打辫，洗澡，换衣服。一会儿，他整个人便变了样子，穿了一身时式衣服，剃光了头，打了一条油松辫子，越显得光华夺目。侯中丞益发欢喜，把他留在身边伺候。坐下时，叫他装烟；躺下时，叫他捶腿。一边是福建人的惯家，一边是北直人的风尚，其中的事情，就有许多不堪闻问的了。两个的恩爱，日益加深。侯中丞便借端代他开了个保举和他改了姓侯名虎，弄了一个外委把总，从此他就叫侯虎了。侯中丞把他派了辕下一个武巡捕的差使，在福建着实弄了几文。后来侯中丞调任广东，带了他去，又委他署了一任西关千总，因此更发了财。但只可怜他白天虽然出来当差做官，晚上依然要进去伺候。侯中丞念他一点忠心，便把一名丫头指给他做老婆。侯虎却不敢怠慢，备了三书六礼，迎娶过来。夫妻两个，饮水思源，却还是常常进去伺候,所以侯中丞也一时少不了他夫妻两个。前两年升了两湖总督,仍然把他奏调过来。他一连几年,连捐带保的,弄到了一个总兵。侯制军爱他忠心,便代他设法补了郧阳镇。他却不去到任,仍旧跟着侯制军统带戈什哈。”正是:改头换面夸奇遇,浃髓沦肌感大恩。未知后事如何,且听下回再记。

# 第八十三回　误联婚家庭闹意见　施诡计幕客逞机谋

"这一位侯总镇的太太,身子本不甚好,加以日夕随了总镇伺候制军,不觉积劳成疾,呜呼哀哉了。侯总镇自是伤心。那侯制军虽然未曾亲临吊奠,却也落了不少的眼泪。到此刻只怕有了一年多了,侯总镇却也伉俪情深,一向不肯续娶。倒是侯制军屡次劝他,他却是说到续娶的话,并不赞一词,只有垂泪。侯制军也说他是个情种。一天,武昌各官在黄鹤楼宴会,侯制军偶然说起侯总镇的情景来,又说道:'看不出这么一个赳赳武夫,倒是一个旖旎多情的男子!'其时巡抚言中丞也在坐。这位言中丞的科第却出在侯制军门下,一向十分敬服,十分恭顺的。此时虽是同城督抚,礼当平行,言中丞却是除了咨移公事外,仍旧执他的弟子礼。一向知道侯总镇是老师的心腹人,向来对于侯总镇也十分另眼。此时被了两杯酒,巴结老师的心,格外勃勃,听了制军这句话,便道:'师帅赏拔的人,自然是出色的。门生有个息女,生得虽不十分怎样,却还略知大义,意思想仰攀这门亲,不知师帅可肯作伐?'此时侯总镇正在侯制军后面伺候,侯制军便呵呵大笑,回头叫侯总镇道:'虎儿,还不过来谢过丈人么?'侯总镇连忙过来。对着言中丞恭恭敬敬叩下头去。言中丞眉花眼笑的还了半礼。侯总镇又向侯制军叩谢过了,仍到后面去伺候。侯制军道:'你此刻是大中丞的门婿了,怎么还在这里伺候?你去吧。'侯总镇一面答应着,却只不动身,俄延到散了席,仍然伺候侯制军到衙门里去,请示制军,应该如何行聘。侯制军道:'这个自然不能过于俭啬,你自己斟酌就是了。'侯总镇欢欢喜喜的回到公馆里,已是车马盈门了。

原来当席定亲一节,早已哄传开去。官场中的人物,没有半个不是势利鬼,侯总镇向来是制军言听计从的心腹,此刻又做了中丞门下新婿,哪一个不想巴结?所以阖城文武印委各员,都纷纷前来道贺。就是藩臬两司,也亲到投片,由家丁挡过驾。有几个相识的,便都列坐在花厅上，专等面贺。侯总镇入得门来，招呼不迭，一个个纷纷道喜，侯总镇一一招呼让坐送茶。送去了一班，又来了一班，倒把个侯总镇闹乏了。忽然一个戈什哈，捧了一角文书，进来献上。总镇接在手里，便叫家人请赵师爷来。一会儿，赵师爷出来了，不免先向众客相见，然后总镇递给他文书看。赵师爷拆去文书套，抽出来一看，不觉满脸堆下笑来，对着总镇深深一揖道：'恭喜大人！恭喜大人！又高升了！督帅劄委了大人做督标统领呢。'于是众客一齐站起来，又是一番足恭道喜，一个个嘴里都说道：'这才是双喜临门呢！'总镇也自扬扬得意。送过众客，便骑上了马，上院谢委。吩咐家丁，凡来道喜的，都一律挡驾。自家到得督辕，见了制军，便叩头谢委。制军笑道：'这算是我送给你的一份贺礼，倒反劳动你了。'总镇道：'恩师的恩典，就和天地父母一般，真正不知做几世狗马，才报得尽！奴才只有天天多烧几炉香，叩祝恩帅长春不老罢了。'侯制军道：'罢了！你这点孝心，我久已生受你的了。你赶紧回去，打点行聘接差的事吧。'总镇又请了个安。谢过了恩帅，然后出辕上马，回到公馆。不料仍然是车马盈门的，几乎挤拥不开，原来是督标各营的管带、帮带，以及各营官等，都来参谒。总镇下马，入得门来，各人已是分列两行，垂手站班。总镇只呵着腰，向两面点点头，吩咐改天再见。径自到书房里，和赵师爷商量，择日行聘去了。

只苦了言中丞，席散之后，回到衙门，进入内室，被言夫人劈头唾了几口，吓得言中丞酒也醒了。原来席间订婚之事，早被家人们回来报知，这也是小人们讨好的意思。谁知言夫人听了，便怒不可压，气的一言不发，直等到中丞回来，方才一连唾了他几口。言中丞愕然道：'夫人为何如此？'言夫人怒道：'女儿虽是姓言，却是我生下来的，须知并不是你一个人的女儿；是关着女儿的，无论什么事，也应该和我商量商量，何况她的终身大事！你便老贱不拣人家，我的女儿虽是生得十分丑陋，也不至于给兔崽子做老婆！更不至于去填那臭丫头的房！你为甚便轻轻的把女儿许了这种人？须知儿女大事，我也要做一半主。你此刻就轻轻许了，我看你怎样对她的一辈子！'一席话，骂得言中丞嘿嘿无言。半晌方才说道：'许也许了，此刻悔也悔不过来。况且又是师帅做的媒,你叫我怎样推托?'言夫人啐道:'你师帅叫你吃屎,你为甚不吃给他看!幸而你的师帅做个媒人,不过叫女儿嫁个兔崽子。倘使你师帅叫你女儿当娼去,你也情愿做老乌龟,拿着绿帽子往自己头上去磕了!'说话时,又听得那位小姐在房里嘤嘤啜泣。言夫人叹了一口气,说声'作孽',便自到房里去了。

言中丞此时失了主意,从此夫妻反目。过得两天,营务处总办陆观察来上辕,禀知奉了督帅之命,代侯总镇作伐,已定于某日行聘。言中丞只得也请了本辕文案洪太守做女媒。一面到里面来告诉言夫人说:'你闹了这几天,也就够了。此刻人家行聘日子都定了,你也应该预备点。'言夫人道:'我早就预备好了,每一个丫头、老妈子都派一根棒,来了便打出去!'言中丞道:'夫人,你这又何苦!生米已成了熟饭了。'言夫人道:'谁管你的饭熟不熟,我的女儿是不嫁他的!你给我闹狠了,我便定了两条主意。'言中丞道:'事情已经如此了,还有什么主意?'言夫人道:'等你们有了迎娶的日子,我带了女儿回家乡去。不啊,我就到你那什么师帅的地方去和他评理,问他强逼人家婚嫁,在《大清律例》哪一条上?'言中丞听了,暗暗吃了一惊,他果然闹到师帅那边,如何是好呢。一时没了主意。因为是家事,又不便和外人商量。身边有一个四姨太太,生来最是机警,便去和四姨太太商量。四姨太太道:'太太既然这么执性,也不可不防备着。回家乡啊,见师帅啊,这倒是第二着;她说聘礼来了要打出去一层,倒是最要紧。并且没有几天了,回盘东西,一点也没预备,也得要张罗起来。'言中丞道:'我给他闹的没了主意了,你替我想想吧。'四姨太太道:'别的都好打算,只有那回盘礼物,要上紧的办起来。'言中丞道:'你就叫人去办吧。一切都从丰点,不要叫人家笑寒尘。要钱用,打发人到帐房里去要。'四姨太太道:'办了来,都放在哪里?叫太太看见了,又生出气来。'言中丞道:'罢了!我就拨了外书房给你办这件事吧。我自到花厅里设个外书房。'四姨太太道:'这么说,到了行聘那天也不必惊动上房吧,都在外书房办事就完了。'言中丞点头答应。于是四姨太太登时忙起来。倒也亏她,一切都办的妥妥当当。到了行聘的前一天,一一请言中丞过目,叫书启老夫子写了礼单、礼书，一切都安排好了。到了这天，竟是瞒着上房办起事来，总算没闹笑话。侯家送过来的聘礼，也暂时归四姨太太收贮。不料事机不密，到了下晚时候，被言夫人知道了，叫人请了言中丞来大闹，闹得中丞没了法子，便赌着气道：'算了！我明日就退了他的聘礼，留着这女孩子老死在你身边吧！'言夫人得了这句话，方才罢休。这一夜，言中丞便和四姨太太商量，有甚法子可以挽回？两个人商量了一夜，仍是没有主意。

次日言中丞见了洪太守，便和他商量。原来洪太守是言中丞的心腹，向来总办本辕文案，这回小姐的媒人是叫他做的，所以言中丞将一切细情告诉了他，请他想个主意。洪太守想了半天道：'这件事只有劝转宪太太之一法，除此之外，实是没有主意。'言中丞无奈，也只得按住脾气，随时解劝。无奈这位言夫人，一听到这件事便闹起来，任是什么说话都说不上去。足足闹了一个多月，绝无转机。偏偏侯制军要凑高兴，催着侯统领——委了督标统领，故改称统领也。——早日完娶。侯统领便择了日子，央陆观察送过去。言中丞见时机已迫，没了法，又和洪太守商量了几天，总议不出一个办法。洪太守道：'或者请少爷向宪太太处求情，母子之间，或可以说得拢。'言中丞道：'不要说起！大小儿、二小儿都不在身边，这是你知道的；只有三小儿在这里，这孩子不大怕我，倒是怕娘，娘跟前他哪里敢哼一个字！'洪太守道：'这就真真难了！'

大家对想了一回，仍是四目相看，无可为计。须知这是一件秘密之事，不能同大众商量的，只有知己的一两个人可以说得，所以总想不出一条妙计。到后来洪太守道：'卑府实在想不出法子，除非请了陆道来，和他商量。他素来有鬼神不测之机，巧夺造化之妙，和他商量，必有法子。但是这个人很贪，无论何人求他设一个法子，他总先要讲价钱。前回侯制军被言官参了一本，有旨交他明白回奏。文案上各委员拟的奏稿都不洽意，后来请他起了个稿。他也托人对制军说："一分钱，一分货，什么价钱是什么货色。"侯制军甚是恼他放恣，然而用人之际，无可奈何，送了他一千银子。本打算得了他的稿子之后，借别样事情参了他，谁知他的稿子送上去，侯制军看了，果然是好,又动了怜才之念。倒反信用他起来。'言中丞道:'果然他有好法子,说不得破费点也不能吝惜的了。但是商量这件事,兄弟当面不好说,还是老哥去拜他一次,和他商议,就是他有点贪念,也可以转圜;若是兄弟当了面,他倒不好说了。'

洪太守依言,便去拜陆观察。你道那陆观察有什么鬼神不测之机,巧夺造化之妙?原来他是一个江南不第秀才,捐了个二百五的同知,在外面瞎混。头一件精明的是打得一手好麻雀牌,大家同是十三张牌,他却有本事拿了十六张,就连坐在他后面观局的人,也看他不穿的。这是他天字第一号的本事!前两年北洋那边有一位叶军门,请了他做文案。恰好为了朝鲜的事,中日失和,叶军门奉调带兵驻扎平壤。后来日本兵到了,把平壤围住;围虽围了,其时军饷尚足,倘能守待外援,未尝不可以一战。这位陆观察却对叶军门说得日本兵怎生厉害,不难杀得我们片甲不留,那时军门的处分怎生担得起!说得叶军门害怕了,求他设法。他便说:'好在平壤不是朝廷土地,纵然失了,也没甚大处分。不如把平壤让与日本人,还可以全军退出,不伤士卒,保全军饷。'叶军门道:'但是怎样对上头说呢?'陆观察道:'对上头只报一个败仗罢了。打了败仗,还能保全士卒,不失军火,总没甚大处分,较之全军覆没总好得多。'叶军门被他说得没了主意。大约总是恋禄固位,贪生怕死之心太重了,不然,就和日本见一仗,胜败尚未可知。就是果然全军覆没,连自己也死了,乐得谥法上坐一个忠字,何致上这种小人的当呢。当时叶军门被生死荣辱关头吓住了,便说道:'但是怎生使得日本兵退呢?'陆观察道:'这有何难!只要军门写一封信给日本的兵官,求他让我们一条出路,把平壤送给他。他不费一枪一弹得了平壤,还可以回去报捷,何乐不为呢。'叶军门道:'既如此,就请你写一封信去吧。'陆观察道:'这个是军务大事,别人如何好代,必要军门亲笔的。'叶军门道:'我如何会写字!'陆观察道:'等我写好一张样子,军门照着写就是了。'叶军门无奈,只得依他。他便用八行书,写了两张纸:起头无非是几句恭维话;中间说了几句卑污苟贱,摇尾乞怜的话;落后便叙明求退开一路,让我兵士走出,保全性命,情愿将平壤奉送的话。叶军门便也拿了纸,蒙在他的信上写起来,犹如小孩子写仿影一般。可怜叶军门是拿长矛子出身的,就是近日的洋枪也还勉强拿得来,此刻叫他拿起一枝绝没分量的笔向纸上去写字,他就犹如拿了几百斤东西一般,撇也撇不开,捺也捺不下,不是画粗了,便是竖细了。好容易捱了起来,画过押,放下笔,觉得手也颤了。

陆观察拿过来仔细看过一遍,忽然说道:‘不好,不好! 中间落了一句要紧话不曾写上,还得另写一封。’叶军门道:‘算了吧! 我写不动了!’陆观察道:‘这封信去,他不肯退兵,依然要再写的,不如此刻添上一两句写去的爽快。’叶军门万分没法,由得他再写一通,照样又去描了一遍。签过押之后,非但是手颤,简直腰也酸了,腿也痛了,两面肩膀,就和拉弓拉伤一般。放下了笔,便向炕上一躺道:‘再要不对,是要了我命了!’陆观察道:‘对了,对了,不必再写了。可要发了去吧?’叶军门道:‘请你发一发吧。’陆观察便拿去加了封,标了封面,糊了口,叫一个兵卒拿去日本营投递。日本兵官接到了这封信,还以为支那人来投战书呢。及至拆开一看,原来如此,不觉好笑。说道:‘也罢! 我也体上天好生之德,不打你们,就照来书行事吧。’那投书人回去报知,叶军门就下令准备动身。到了次日,日本兵果然让开一条大路,叶军门一马当先,领了全军,排齐了队伍,浩浩荡荡,离开平壤,退到三十里之外,札下行营。一面捏了败仗情形,分电京、津各处。此时到处沸沸扬扬,都传说平壤打了败仗,哪里知道其中是这么一件事。当夜夜静时,陆观察便到叶军门行帐里辞行,说道:‘兵凶战危,我实在不敢在这里伺候军门了。求军门借给我五万银子盘费。’叶军门惊道:‘盘费哪里用得许多?’陆观察道:‘盘费数目本来没有一定,送多送少,看各人的交情罢了。’叶军门道:‘我哪里有许多银子送人!’陆观察道:‘军门牛庄、天津、烟台各处都有寄顿,怎说没有。’叶军门是个武夫,听到此处,不觉大怒道:‘我有我的钱,为甚要送给你!’陆观察道:‘送不送本由军门,我不过这么一问罢了,何必动怒。’说罢,在怀里取出叶军门昨天亲笔所写那第二封信来。原来他第二封信,加了‘久思归化,惜乏机缘’两句,可怜叶军门不识字,就是模糊影响认得几个,也不解字义,糊里糊涂照样描了。

他却仍把第一封信发了，留下这第二封，此时拿出来逐句解给叶军门听。解说已毕，仍旧揣在怀里，说道：‘有了五万银子，我便到外国游历一趟；没有五万银子，我便就近点到北京顽顽，顺便拿这封信出个首，也不无小补。’说罢起身告辞。吓得叶军门连忙拦住。”正是：最是小人难与伍，从来大盗不操戈。未知叶军门到底如何对付他，且待下回再记。

## 第八十四回 接木移花丫环充小姐 弄巧成拙牯岭属他人

“这件事，到底被他诈了三万银子，方才把那封信取回。然而叶军门到底不免于罪。他却拿了三万银子到京里去，用了几吊，弄了一个道台，居然观察大人了。有人知道他这件事，就说他足智多谋，有鬼神不测之机了。当日洪太守奉了言中丞之命，专诚到营务处去拜陆观察，闲闲的说起儿女姻亲的事情来，又慢慢的说到侯、言两家一段姻缘，一说即合，我两个倒做了个现成媒人。说笑一番，方才渐渐露出言夫人不满意这头亲事的意思。陆观察道：‘这个大约嫌他是个武官，等将来过了门，见了新婿的丰采，自然就没有话说了。’洪太守道：‘不呢！听说这位宪太太，竟有誓死不放女儿嫁人家填房之说。这位抚帅是个惧内的，急得没有法子，跑来和我商量。’陆观察道：‘既是那么着，总不是一天的说话，为什么不早点说，还受他的聘呢？’洪太守道：‘这亲事当日席上一言为定的，怎么能够不受聘。’陆观察笑道：‘本来当日定亲的地方不好，跑到那“黄鹤一去不复返”的去处定个亲，此刻闹得新娘变了黄鹤了，为之奈何！’洪太守道：‘我们虽是他们请出来的现成货，却也担着个媒人名色，将来怕不免费手脚代他们调停呢。’陆观察道：‘说是督帅的意思，只怕言夫人也不好过于怎样。’洪太守道：‘当日的情形，登时就有人报到内署，明明是抚帅自己先说起的，怎样能够赖到督师身上；何况言夫人还说过，要到督帅那边，问为甚要把我女儿许做人家填房呢？’陆观察道：‘这就难了！据阁下这么说，言夫人的意思，竟是不能挽回的了？’洪太守道：‘果然不能挽回。请教有甚妙策？’陆观察道：‘这有何难！拣一个有点姿色的丫头，替了小姐就是了。’洪太守道：‘这个如何使得！万一闹穿了，非但侯统领那边下不去，就是督帅那边也难为情。’嘴里虽这么说，心里却暗暗佩服他的妙计。但是此计是他说出来的，不免要拉他做了一党，方才妥当。陆观察道：‘除此之外，再没有别的

法子。除非抚帅的姨太太连夜再生一位小姐下来,然而也来不及长大啊。’

洪太守一面低头寻思,有甚妙策可以拉他做同党。陆观察也在那里默默无言,肚子里不知打算些什么。歇了好一会,忽然说道:‘法子便有一个,只是我也要破费点,代人家设法,未免犯不着。’洪太守道:‘是什么妙计?倘是面面周到的,破费一层,倒好商量。’陆观察又沉吟了一会道:“兄弟有个小女,今年十八岁,叫他去拜他抚帅膝下做个女儿,代了小姐,岂不是好。’洪太守大喜道:‘得观察如此,是好极的了!’陆观察道:‘但是如此一来,我把小女白白送掉了,将来亲戚也认不得一门。’洪太守道:‘这个倒不必过虑。令千金果然拜在抚师膝下,对人家说,只说是抚帅小姐,却是观察的干女儿,将来不是一样的往来么?’陆观察道:‘我赔了小女不要紧,虽说是妆奁一切都有抚帅办理,然而我做老子的不能一点东西不给他。近年来这营务处的差使,是有名无实的,想阁下也都知道。’洪太守道:‘这个更不必过虑。要代令千金添置东西,大约要用多少,抚帅那边尽可以先送过来。’陆观察道:‘这是我们知己之谈,我并不是卖女儿,这一两吊银子的东西是要给他的。’洪太守道:‘这都好商量。但不知尊夫人肯不肯?’陆观察道:‘内人总好商量,大约不至于像言宪太太那么厉害。’洪太守道:‘那么兄弟就去回抚帅照办就是了。’说罢,辞了回去,一五一十的照回了言中丞。

中丞正在万分为难之际,得了这个解纷之法,如何不答应。一面进去告诉言夫人,说:‘现在营务处陆道的闺女,要来拜在夫人膝下,将来侯家那门亲,就叫她去对,夫人可以不必恼了。’言夫人道:‘什么浪蹄子,肯替人家嫁!肯嫁给兔崽子,有什么好东西!我没那么大的福气,认不得那么个好女儿!你干,你们干去,叫她别来见我!’言中丞碰了这个钉子,默默无言。只得又去和洪太守商量。洪太守道:‘既然宪太太不愿意,就拜在姨太太膝下,也是一样。’言中丞道:‘但不知陆道怎样?’洪太守道:‘据卑府看,陆道这个人,只要有了钱,什么都办得到的。就不知他家里头怎样?等卑府再去试探他来。’于是又坐了轿子到营务处,谁知陆观察已回公馆去了。

原来陆观察送过洪太守之后,便回到公馆,往上房转了一转,望着大丫头碧莲丢了个眼色,便往书房里去。原来陆观察除正室夫人之外,也有两房姨太太。这碧莲是个大丫头,已经十八岁了,陆观察最是宠爱她,已经和她鬼混得不少,就差没有光明正大的收房。这天看见陆观察向她使眼色,不知又有什么事,便跟到书房里去。陆观察拉她的手,在身边坐下,说道:'我问你一句话,你可老实答应我。'碧莲道:'有什么话只管说。'陆观察道:'你到底愿意嫁什么人?'碧莲伸手把陆观察的胡子一拉,瞟了一眼道:'我还嫁谁?'陆观察道:'我送你到一个好地方去,嫁一个红顶花翎的镇台做正室夫人,可好不好?'碧莲道:'我没有这么个福气,你别呕我!'陆观察道:'不是呕你,是一句正经话。'说罢,便把言中丞一节事情,仔细说了一遍。又道:'此刻没了法子,要找一个人做言小姐的替身。我在言中丞跟前,说有个女儿,情愿拜在中丞膝下,替他的小姐,意思就叫你去。'碧莲道:'那么你又要做起我老子来了!'陆观察道:'这个自然。你如果答应了,我和太太说好,即刻就改起口来。不过两三天,就要到抚台衙门里去了。'碧莲道:'你也糊涂了!还当我是个孩子,好充闺女去嫁人?'陆观察道:'你才糊涂!须知你是抚台的小姐,制台做的媒人,他敢怎样!何况他前头的老婆……'说到这里,附着碧莲的耳朵,悄悄的说了两句。碧莲笑道:'原来是个张着眼睛的乌龟!我可不干这个。'陆观察道:'你真是傻子!他又怎敢要你干这个,便是制台也不好意思啊。'碧莲道:'你好会占便宜!开坛的酒,自己喝的不要喝,才拿来送人,还不知道是拿我卖了不是呢!'陆观察道:'我卖你,还要认你做女儿呢!'

正说话时,家人报洪大人来了。陆观察叫请。又对碧莲道:'这是讨回信的来了,你肯不肯,快说一声,我好答应人家。'碧莲道:'由得你摆弄就是了,我怎敢做主?'陆观察便到客堂里会洪太守。洪太守难于措词,只得把言夫人的情形,及自己的意思说了。陆观察故意沉吟了一会,叹一口气道:'为上司的事情,说不得委屈点也要干的了!'洪太守得了这句话,便去回复言中丞。陆观察便回到上房,对他夫人说知此事。陆太太笑对碧莲道:'这丫头居然是一品夫人了!'碧莲道:'这是老爷太太的抬举!其实到了别人家去,不能终身伏侍老爷太太,丫头心里着实难过。求老爷另外叫一个去吧。'说着,流下两点眼泪来。陆太太道:'胡说!难道做丫头的,应该伏侍主人一辈子的么?'陆观察道:'叫人预备香烛,明天早起,叫她拜拜祖宗,大家改个称呼。言中丞那边,不知几时来接呢?'到了明天,果然点起蜡烛来,碧莲拜过陆氏祖宗,又拜过陆观察夫妻两个,改口叫爹爹妈妈,又向两位姨娘行过礼,然后一众家人、仆妇、丫头们都来叩见,一律改称小姐。陆观察又悄悄地嘱咐她,到了言家,便是我的亲女,言氏是寄父母;到了侯家,便是言氏亲女,我这边是寄父母。碧莲一一领会。

这天下午,洪太守送了二千银子的票子来,顺便说明天来接小姐过去认亲。陆观察有了银子,莫说是认亲,就是断送了,也未尝不可,何况是个丫头。过了一天,言中丞那边打发了轿子来接,碧莲充了小姐,到抚台衙门里去。原来言中丞被他夫人闹得慌了,索性把四姨太太搬到花园里去住,就在花园里接待干女儿。将来出嫁时,也打算在花园里办事,省得惊动上房。这天碧莲到来,一群丫头仆妇,早在二门迎着,引到花园里去。四姨太太迎将出来,搀了手,同到堂屋里。抬头看见点着明晃晃的一对大蜡烛,碧莲先向上拜过言氏祖宗,请言中丞出来拜见,又拜了四姨太太,爹爹妈妈叫得十分亲热。又要拜见言夫人,言中丞只推说有病,改日再见吧。又因为喜期不远,叫人去和陆观察说知,留小姐在这边住下。碧莲本来生得伶牙俐齿,最会随机应变,把个言中丞及四姨太太巴结得十分欢喜,赛如亲生女儿一般。丫头们三三两个的便传说到上房里去。言夫人忽发奇想,叫人到冥器店里定做了一百根哭丧棒。家人们奉命去做,也莫名其妙。便是冥器店里也觉得奇怪,不知是哪个有福的人死了,足足一百个儿子。买回来堆在上房里。言中丞过来看见了,问是什么事弄了这个东西来?言夫人道:'我有用处,你休管我!'言中丞道:'这些不祥之物,怎么凭空堆了一屋子?'喝叫家人:'快拿去烧了!'言夫人怒道:'哪个敢动!我预备着要打花轿的!'言中丞道:'夫人!你这个是何苦!此刻不要你的女儿了,你算是事不干己的了,何必苦苦作对呢?'言夫人道:'我这个办法,是代你言氏祖宗争气。女儿的事,是叫我扳住了。偏不死心,哪里去弄个浪蹄子来充女儿,是要嫁一个兔崽子的女婿,辱到你言氏祖宗!你自己想想,你心里过得去过不去?'言中丞说:'此刻是别姓的女儿了,我只当代人嫁女儿,夫人又何必多管呢。'言夫人道:'他可不要到我衙门里来娶;他跴进我辕门,我便拿哭丧棒打出来!'言中丞知道她是不可以理喻的了,因定了个主意,说衙门的方向冲犯了小姐的八字,要另外找房子出嫁。又想到在武昌办事,还怕被夫人侦知去胡闹,索性到汉口来,租了南城公所相近的一处房子,打发几位姨太太及三少爷陪了小姐过来。明日是亲迎喜期,拜堂的吉时听说在晚上十二点钟,这边新人也要晚上上轿,所以用了灯船。"

我道:"看灯船是小事,倒是听了这段新闻有趣。但是这件事,外面人都知得这么明亮透彻,难道那侯统领是个聋子瞎子,一点风声都没有么?"作猷道:"你又来了!有了风声便怎样?此刻做官的哪一个不是自欺欺人,掩耳盗铃的故智?揭穿了底子,哪一个是能见人的?此刻武、汉一带,大家都说是言中丞的小姐嫁郧阳镇台,就大家都知道花轿里面的是个替身,侯统领纵使也明知是个替身,只要言中丞肯认他做女婿,哪怕替身是个丫头也罢,婊子也罢,都不必论的了。就如那侯统领,哪个不知他是个兔崽子?就是他手下所带的兵弁,也没有一个不知他是兔崽子,他自己也明知自己是个兔崽子,并且明知人人知道他是兔崽子;无奈他的老斗阔,要抬举他做统领,那些兵弁,就只好对他站班唱名了,他自己也就把那回身就抱的旖旎风情藏起来,换一副冠冕堂皇的面目了。说的是侯统领一个,其实如今做官的人,无非与侯统领大同小异罢了。"大家闲谈一回,各自走开。

到了次日下午,作猷约了早点到一品香去眺望江景。到了一品香之后,又写了条子去邀客。我自在露台上凭栏闲眺,颇觉得心胸开豁。等到客齐入席,闹了一回酒,席散时已是七点多钟。忽听得远远一阵鼓乐之声,大家赶到露台看时,只见招商局码头,泊了二三十号长龙舢舨,船上灯球火把,照耀得如同白日。另外有四五号大船,船上一律的披红挂彩,灯烛辉煌,鼓乐并作,陆续由小火轮拖了开行。

就是长龙舢舨,也用了小火轮拖带,船上人并不打桨,只在那里作军乐。一时开到江心,只见旌旗招展,各舢舨上的兵士,不住的燃放鞭炮及高升炮。远远望去,犹如一条火龙一般,果然热闹。直望他到了武昌汉阳门那边停泊了,还望得见灯光闪烁。作猷笑道:"这也算得大观了!"我道:"我来的时候,就看见那些长龙舢舨,停在招商局码头,旗帜格外鲜明。我还以为是什么大员过境来伺候的,不料却是迎亲之用。然而迎亲用了兵船兵队,似乎不甚相宜。"作猷道:"岂但迎亲,他那边来迎的是督标兵,这边送亲的是抚标兵呢!"我笑道:"自有兵以来,未有遭如是之用者!"作猷道:"在外面如是之用,还不为奇;只怕两个开战时,还要他们摇旗呐喊,遥助声威呢!"说得众人大笑。闲谈一会,各自散了。

我又住了十多天,做了几次无谓的应酬,便到九江去走一次。管事的吴味辛接着,我清查了一向帐目。我因为到了九江好几次,却没有进过城,这天没事,邀了味辛到城里去看看。地方异常龌龊,也与汉口内地差不多。却有一样与他省不同之处:大凡人家住宅房屋,多半是歪的,绝少看见有端端正正的一方天井,不是三角的,便是斜方的。问起来,才知道江西人极信风水,其房屋之所以歪斜,都为限于方向与地势不合之故。走到道台衙门前面,忽见里面一顶绿呢大轿,抬了一个外国人出来。味辛道:'这件交涉只怕还未得了,不知争得怎样呢?"我道:"是什么交涉?"味辛道:"好好的一座庐山,送给外国人了!"我吃惊道:"是谁送的?"味辛道:"前两年有个外国人,跑到庐山牯牛岭去逛。这外国人懂了中国话,还认得两个中国字的,看见山明水秀,便有意要买一片地,盖所房子,做夏天避暑的地方。不知哪里来了个流痞,串通了山上一个什么庙里的和尚,冒充做地主。那外国人肯出四十元洋银,买一指地。那和尚与流痞,以为一只指头大的地,卖他四十元,很是上算的,便与他成交,写了一张契据给他,也写的是一指地。他便拿了这个契据,到道署里转道契。道台看了不懂,问他:什么叫一指地?'他说:'用手一指,指到哪里,就是哪里。'道台吃了一惊道:'用手一指,可以指到地平线上去,那可不知是哪里地界了!我一个九江道,如何做得主填给你道契呢!'连忙即叫德化县和他去勘验,并去提那流痞及和尚来。谁知他二人先得了信,早已逃走了。那外国人还有良心,所说的一指地,只指了一座牯牛岭去。从此起了交涉,随便怎样,争不回来。闹到详了省,省里达到总理衙门,在京里交涉,也争不回来。此时那坐轿子出来的,就是领事官,就怕的是为这件事了。”我叹道:“我们和外国人办交涉,总是有败无胜的,自从中日一役之后,越发被外人看穿了!”味辛道:“你还不知那一班外交家的老主意呢!前一向传说总理衙门里一位大臣,写一封私函给这里抚台,那才说得好呢。”正是:一纸私函将意去,五中深虑向君披。未知那总理衙门大臣的信说些什么,且待下回再记。

## 第八十五回　恋花丛公子扶丧　定药方医生论病

“这封信,你道他说些什么?他说:‘台湾一省地方,朝廷尚且拿他送给日本,何况区区一座牯牛岭,值得什么!将就送了他吧!况且争回来,又不是你的产业,何苦呢?’这里抚台见了他的信,就冷了许多,由得这里九江道去搅,不大理会了,不然,只怕还不至于如此呢。”我听了这一番话,没得好说,只有叹一口气罢了。逛了一回,便出城去。看看没甚事,我便坐了下水船,到芜湖、南京、镇江各处走了一趟,没甚耽搁,回到上海。恰好继之也到了,彼此相见。我把各处的正事述了一遍,检出各处帐略,交给管德泉收贮。

说话间,有人来访金子安,问那一单白铜到底要不要?子安回说价钱不对,前路肯让点价,再作商量。那人道:“比市面价钱已经低了一两多了。”子安道:“我也明知道。不过我们买来又不是自己用,依然是要卖出去的,是个生意经,自然想多赚几文。”那人又谈了几句闲话,自去了。我问:“是什么白铜?有多少货?”子安道:“大约有五六百担。我已经打听过,苏州、上海两处的脚炉作、烟筒店,尽有销路,所以和继翁商量,打算买下来。”我道:“是哪里来的货,可以比市面上少了一两多一担?”子安道:“听说是云南藩台的少爷,从云南带来的。”我道:“方才来的是谁?”子安道:“是个掮客。——经手买卖者之称,沪语也。——”我道:“用不着他,我明天当面去定了来。”继之道:“你认得前路么?”我道:“陈稚农,我在汉口认得他,说是云南藩台的儿子,不是他还有哪个。是他的东西,自然该便宜的。”子安道:“何以见得?”我道:“他这回是运他娘的灵柩回福建原籍的,他带的东西,自然各处关卡都不完厘上税的了。从云南到这里,就是那一笔厘税,就便宜不少。我在汉口和他同过好几回席,总没有谈到这个上头。”继之道:“他是个官家子弟,扶丧回里,怎么沿途赴席起来?”我道:“岂但赴席,我和他同席几回,都是花酒呢!终日沉迷在南城公所一带。他比我先离汉口的,不知几时到的上海?”子安道:“这倒不知,并且也不知他住在哪里?”我道:“这个容易,一打听就着了。”说罢,叫一个会干事的茶房来,叫他去各家大客栈里去打听云南藩台的少大人住在哪里。那茶房道:“我有个亲戚,在天顺祥票号做出店的,前回他来说过,有个陈少大人住在那边。此刻不知在那里不在,一问便知道了。”说罢自去。过了一会来说:“陈少大人只在那里歇一歇脚,就搬到集贤里天保栈去了,住在楼上第五、第六、第七号。”

我听了,等到明天饭后,便到天保栈去找他。谁知他并不在栈里,只有几个家人在那里,回我说:“少爷这几天有病,在美仁里林慧卿家养病呢。”我听了,便记了地方,先自回去。等吃过晚饭,再到美仁里林慧卿处,问了龟奴,说房间在楼上,我便登楼,说是看陈老爷的。那丫头招呼到房里。慧卿站起来招呼道:“陈老爷,朋友来了。”我却看不见他,回转头来,原来他拥了一床大红绉纱被窝,坐在床上,欠身道:“失迎,失迎!恕我不能下床!阁下几时到的?”我道:“昨天才到的。白天里到天保栈去拜访。”稚农又忙道:“失迎,失迎!”我接着道:“贵管家说是在这里,所以特来拜望。”说着,又看了慧卿一眼道:“顺便瞻仰瞻仰贵相好。”慧卿笑道:“这位老爷倒会说!来看朋友罢了,偏要拿旁人带一带。还不曾请教贵姓啊?”我笑道:“方才我坐车子到这里来。忘了带车钱,无可奈何,拿我的姓到当铺里当了。”慧卿笑道:“当了多少钱?我借给你去赎出来吧。不然,没了姓,不像个老爷。”我道:“原来老爷要带着姓做的,今天又长了见识了。”稚农道:“阁下来了就热闹。我这几天正想着你的谈锋,自从到了这里,所见的无非是几个掮客,说出话来,无非是肉麻到入骨的恭维话,听了就要恶心,恨的我誓不见他们的面了,只叫法人、醉公两个招呼他们。”

原来稚农带了两个人同行:一个姓计,号醉公;一个姓缪,号法人;大抵是他门下清客一流人,我在汉口也同过两回席的。我听说,便问道:“此刻缪、计二公在哪里?”稚农问慧卿道:“出去了么?”慧卿用手一指道:“在那边呢。”稚农推开被窝下床。我道:“稚翁不要客气,何必起来招呼。”稚农道:“不,我本要起来了。”慧卿忙过去招呼伺候,稚农早立起来。我看他身上穿的洋灰色的外国绉纱袍子,玄色外国花缎马衬,羽缎瓜皮小帽,核桃大的一个白丝线帽结,钉了一颗明晃晃白果大的钻石帽准;较之在汉口时打扮,又自不同。走到烟炕一边坐下,招呼我过去谈天。我此时留神打量一切,只见房里放着一口保险铁柜,这东西是向来妓院里没有的,不觉暗暗称奇。

谈了几句应酬话,忽然计醉公从那边房里跑了过来,手里拿着一个钻戒,见了我便彼此招呼,一面把戒指递给稚农道:"这一颗足有九厘重。"稚农接来一看道:"几个钱?"醉公道:"四百块。"慧卿在稚农手里拿过来一看道:"是个男装的,我不要。"醉公道:"男装女装好改的。"慧卿道:"这里首饰店没有好样式,是要外国来的才好。"醉公便拿了过去。一面招呼我道:"没事到这边来谈谈。"我顺口答应了。稚农对我道:"这回亏了他两个,不然,我就麻烦死了!"一言未了,醉公又跑了过来道:"昨天那挂朝珠,来收钱了。"稚农道:"到底多少钱?"醉公道:"五百四十两。"稚农道:"你打给他票子。"醉公又过去了,一会儿拿了一张支票过来。稚农在身边掏出一个钥匙来交给慧卿,慧卿拿去把那保险铁柜开了,取出一个小小拜匣来;稚农打开,取出一方小小的水晶图书,盖在支票上面。醉公拿了过去,慧卿把拜匣仍放到铁柜里去,锁好了,把钥匙交还稚农。我才知道,这铁匣是稚农的东西。

和他又谈了几句,就问起白铜的事。稚农道:"是有几担铜,带在路上压船的,不知卖了没有?也要问他们两个。"我道:"如此,我过去问问看。"说罢,走了过去,先与缪法人打招呼。原来林慧卿三个房间,都叫稚农占住了:他起坐的是东面一间,当中一间空着做个过路,缪、计二人在西边一间。我走过去一看,只见当中放着一张西式大餐台子,铺了白台布,上面七横八竖的,放着许多古鼎、如意、玉器之类。除了缪、计二人之外,还坐了七八个人,都是宁波、绍兴一路口气,醉公正和他们说话。我就单向法人招呼了,说了几句套话,便问起白铜一节,法人道:"就是这一件东西也很讨厌,他们天天来问,又知道我们不是经商的,胡乱还价,阁下倘是有销路最好了。"我道:"不知共有多少?如果价钱差不多,我小号里可以代劳。"法人道:

“东西是五百担,存在招商局栈里。至于价钱一层,我有云南的原货单在这里,大家商量加点运费就是了。”说罢,检出一张票子,给我看过,又商定了每担加多少运费。我道:“既这么着,我明天打票子来换提货单便了。但不知什么时候可来?”法人道:“随便下午甚时候都可以。”商定了,我又过去看稚农。只见一个医生在那里和他诊脉,开了脉案,定了一个十全大补汤加减,便去了。稚农问道:“说好了么?”我道:“说好了,明天过来交易。”慧卿拿了小小的一把银壶过来道:“酒烫了,可要吃?”稚农点点头。慧卿拿过一个银杯,在一个洋瓶里,倾了些末子在杯里,冲上了酒,又在头上拔下一根金簪子,用手巾揩拭干净,在酒杯里调了几下,递给稚农,稚农一吸而尽,还剩些末子在杯底,慧卿又冲了半杯酒下去,稚农又吃了。对我说道:“算算年纪并不大,身子不知那么虚,天天在这里参啊、茸啊乱闹,还要吃药。”我道:“出门人本来保重点的好。”稚农道:“我在云南从来不是这样,这还是在汉口得的病。”我道:“总是在路上劳顿了。”慧卿道:“可不是。这几天算好得多了,初来那两天还要厉害呢。”我随便应酬了几句,便作别走了。回到号里,和子安说知,已经成交了。所定的价钱,比那掮客要的,差了四两五钱银子一担。子安道:“好狠心!少赚点也罢了。”一宿无话。

到了次日下午,我打了票子,便到林慧卿家去,和法人换了提单;走到东面房里,看看稚农。稚农道:“阁下在上海久,可知道有什么好医生?我的病实在了不得,今天早起下地,一个头晕就倒下来!”我道:“这还了得!可是要赶紧调理的了。从前我有个朋友叫王端甫,医道甚好,但是多年不见了,不知可还在上海。回来我打听着了送信来。”稚农道:“晚上有个小宴,务请屈尊。”我道:“阁下身子不好,何必又宴客?”稚农道:“不过谈谈罢了。”说罢,略谈了几句,便作别回来,把提单交给子安,验货出栈的事,由他们干去,我不管了。因问起王端甫不知可在上海?管德泉道:“自从你识了王端甫,我便同他成了老交易,家里有了毛病总是请他。他此刻搬到四马路胡家宅,为甚不在上海?”我道:“在什么巷子里?”德泉道:“就在马路上,好找得很。”过了一会,稚农那边送了请客帖子来,还有一张知单。我看时,上面第一个是祥少大人云甫,第二个便是我,还有两个都士雁、褚迭三,以后就是计醉公、缪法人两个。打了知字,交来人去了。我问继之道:“那里有个姓祥的,只怕是旗人?”继之道:“可不是。就是这里道台的儿子,前两天还到这里来。”我道:“大哥认得他么?”继之道:“怎么不认得!年纪比你还轻得多。在南京时,他还是个小孩子,我还常常抚摩玩弄他呢。怪不得我们老了,眼看见的小孩子,都成了大人了。”

大家闲谈了一会,没到五点钟,稚农的催请条子已经来了,并注了两句“有事奉商,务请即临”的话。我便前去走一趟。稚农接着道:“恕我有病,不能回候,倒屡次屈驾!”我笑道:“倒是我未尽点地主之谊,先来奉扰,未免惭愧!”稚农道:“彼此熟人,何必客气!早点请过来,是兄弟急于要问方才说的那位医生。”我道:“我也方才问了来,他就住在四马路胡家宅。”稚农道:“不知可以随时请他不?”我道:“尽可以。这个人绝没有一点上海市医习气,如果要请,兄弟再加个条子,包管即刻就来。”稚农便央我写了条子,叫人拿了医金去请,果然不到一点钟时候就来了。先向我道了阔别。我和他二人代通了姓名,然后坐定诊脉。诊完之后,端甫道:“不知稚翁可常住在上海?”稚农道:“不,本来有事要回福建原籍,就叫这个病耽误住了。”端甫点头道:“据兄弟愚见,还是早点回府上去,容易调理点。上海水土寒,恐怕于贵体不甚相宜。”说罢,定了脉案,开了个方子,却是人参养荣汤的加减,说道:“这个方子只管可以服几剂。但是第一件最要静养。多服些血肉之品,似乎较之草根树皮有用。”稚农道:“鹿茸可服得么?”端甫道:“服鹿茸——说到这里,便顿住了——。未尝没点功效,但是总以静养为宜。”说罢,又问我道:“可常在号里?我明日来望你呢。”我道:“我常在号里,没事只管请过来谈。”端甫便辞去了。

我又和稚农谈了许久,祥云甫来了,通过姓名。我细细打量他,只见他生得唇红齿白,瘦削身裁,穿一件银白花缎棉袍,罩一件夹桃灰线缎马褂,鼻子上架一副金丝小眼镜,右手无名指上,套了一个镶钻戒指,说的一口京腔。再过了一会,外面便招呼坐席。原来都、褚两个早来了，不过在西面房里坐，没有过来。稚农起身，招呼到当中一间去，亲自筛了一轮酒，定了坐，便叫醉公代做主人，自己仍到房里歇息。醉公便叫写了局票发出去。坐定了，慧卿也来周旋了一会，筛了一轮酒，唱了一支曲子，也到房里去了。我和都、褚两个通起姓名，才知都士雁是骨董铺东家，褚迭三是药房东家。数巡酒后，各人的局陆续都来了。祥云甫身边的一个，也不知她叫甚名字，生得也还过得去。一只手搭在云甫肩膀上，只管唧唧哝哝的说话。忽然看见云甫的戒指，便脱了下来，在自己中指上一套，说道："送给我吧。"云甫道："这个不能，明日另送你一个吧。"那妓女再三不肯还他，并说道："我要转到褚老爷那边了。"说罢，便走到褚迭三旁边坐下。迭三身边本有一个，看见有人转过来，含了一脸的醋意，不多一会，便起身去了。恰好外面传进来一张条子，是请云甫的，云甫答应就来，随向那妓女讨戒指。那妓女道："你去赴席，左右是要叫局的，难道带在我手里，就会没了你的吗？"云甫便起身向席上说声"少陪"，一面要到房里向稚农道谢告辞。醉公兀的一下跳起来，向房里便跑。不料门房口立了个大丫头，双手下死劲把醉公一推道："冒冒失失的，做什么啊？"回身对云甫道："陈老爷刚才睡着了。他几夜没睡了，祥大人不要客气吧。"云甫道："那么他醒了，你代我说到一声。"那丫头答应了，又叫慧卿送客。慧卿在房里一面答应，一面说："祥大人走好啊！待慢啊！明天请过来啊！"却只不出来。云甫又对众人拱拱手自去了。这里醉公便和众人豁拳闹酒，什么摆庄咧，通关咧，众人都有点陶然了，慧卿才从房里亭亭款款的出来，右手理着鬓发，左手搭在醉公的椅子靠背上，说道："黄汤又灌多了！"醉公道："我不……"说到这里，便顿住了。众人都说酒多了，于是吃了稀饭散坐。

我问慧卿："陈老爷可醒着？"慧卿道："醒着呢。"我便到房里去，只见稚农盘膝坐在烟炕上，下身围了一床鹦哥绿绉纱被窝。我向他道了谢，又略谈了几句，便辞了过来，和众人作别，他们还不知在那里议论什么价钱呢，我便先走了。回到号里，才十点钟，继之们还在那里谈天呢。我觉得有点醉了，便先去睡觉。一宿无话。

次日饭后，王端甫果然来访我，彼此又畅谈了许多别后的事。又问起陈稚农可是我的好友。我道:“不过在汉口萍水相识,这回不过要买他的一单铜,所以才去访他,并非好友。”端甫道:“这个人不久的了!犯的毛病,是个色痨。你看他一般的起行坐立,不过动生厌倦,似乎无甚大病。其实他全靠点补药在那里撑持住,一旦溃裂起来,要措手不及的。”我道:“你看得准他医得好医不好呢?”端甫道:“我昨天说叫他回去调理的话,就是叫他早点归正首邱了。”我道:“这么说,犯了这个病,是一定要死的了?”端甫道:“他从此能守身如玉起来,好好的调理两个月后,再行决定。你可知他一面在这里服药,一面在那边戕伐,碰了个不知起倒的医生,还给他服点燥烈之品,正是‘泼油救火’,恐怕他死得不快罢了。”我道:“他还高兴得很,请客呢。”端甫道:“他昨天的花酒有你吗?”我道:“你怎么知道?”端甫道:“你可知这一台花酒,吃出事情来了。”正是:杯酒联欢才昨夜,缄书挑衅遽今朝。未知出了什么事,端甫又从何晓得,且待下回再记。

## 第八十六回 旌孝子瞒天撒大谎 洞世故透底论人情

我连忙问道:“出了什么事?你怎生得知?”端甫道:“席上可有个褚迭三?”我道:“有的。”端甫道:“可有个道台的少爷?”我道:“也有的。”端甫道:“那褚迭三最是一个不堪的下流东西!从前在城里充医生,什么妇科、儿科、眼科、痘科,嘴里说得天花乱坠。有一回,不知怎样,把人家的一个小孩子医死了。人家请了上海县官医来,评论他的医方,指出他药不对症的凭据,便要去告他,吓得他请了人出来求情,情愿受罚。那家人家是有钱的,罚钱,人家并不要。后来旁人定了个调停之法,要他披麻带孝,扮了孝子去送殡。前头抬的棺材不满三尺长,后头送的孝子倒是昂昂七尺的,路上的人没有不称奇道怪的,及至问出情由,又都好笑起来。自从那回之后,他便收了医生招牌,搜罗些方书,照方合了几种药,卖起药来。后来药品越弄越多了,又不知在哪里弄了几个房药的方子,合起来,堂哉皇哉,挂起招牌,专卖这种东西。叫一个姓苏的,代他做几个仿单。那姓苏的本来是个无赖文人,便代他作得淋漓尽致,他就喜欢的了不得,拿出去用起来。那姓苏的就借端常常向他借钱。久而久之,他有点厌烦了,拒绝了两回。姓苏的就恨起来,做了一个禀帖,夹了他的房药仿单,向地方衙门一告。恰好那位官儿有个儿子,是在外头滥嫖,新近脱阳死的,看了禀帖,疑心到自己儿子也是误用他的药所致,即刻批准了,出差去把迭三提了来,说他败坏人心风俗,伪药害人,把他当堂的打了五百小板子,打得他皮开肉绽,枷号了三个月,还把他递解回籍。那杂种也不知他是哪里人,他到堂上时供的是湖北人,就把他递解到湖北。不多几时,他又逃回上海,不敢再住城里,就在租界上混。又不知弄了个什么方子,熬了些药膏,挂了招牌,上了告白,卖戒烟药。大凡吸鸦片烟的人,劝他戒烟,他未尝不肯戒,多半是为的从上瘾之后,每日有几点钟是吃烟的,成了个日常功课,一旦叫他丢了烟枪,未免无所事事,因此就因循下去了。迭三这宝货,他揣摩到了这一层,却异想天开,夸说他的药膏,可以在枪上戒烟:譬如吃一钱烟的,只要秤出几分烟,加一分药膏在烟里,如此逐渐减烟加膏,至将烟减尽为止,自然断瘾。一班吃烟的人,信了他这句话,去买来试戒。他那药膏要卖四块洋钱一两,比鸦片烟贵了三倍多。大凡买来试的,等试到烟药各半之后,才觉得越吃越贵了,看看那情形,又不像可以戒脱的,便不用他的药了。谁知烟瘾并未戒脱丝毫,却又上了他的药瘾了。从此之后,非用他的药搀在烟里,不能过瘾。你道他的心计毒么?"

我听到这里,笑道:"你说了半天,还不曾到题。这些闲话,与昨夜吃花酒的事,有甚干涉?"端甫道:"本是没干涉,不过我先谈谈迭三的行径罢了。他近年这戒烟药一层弄穿了,人家都知道他是卖假药的了,他却又卖起外国药来了,店里弄得不中不西,样样都有点。这回只怕陈稚农又把他的牛尾巴当血片鹿茸买了,请他吃起花酒来,却闹出这件事。他叫的那个局,名字叫林蜚卿,相识了有两三年的了。后来那祥少大人到了上海,也看上了蜚卿,他便有点醋意,要想设法收拾人家,可巧碰了昨天那个机会。祥云甫所带的那个戒指,并不是自己的东西,是他老子的。"我道:"他老子不是现任的道台么?"端甫道:"那还用说。这位道台,和现在的江苏抚台是换过帖的。那位抚台,从前放过一任外国钦差,从外国买了这戒指回来,送给老把弟。这戒指上面,还雇了巧匠来,刻了细如牛毛的上下款的。他少爷见了欢喜,便向老子求了来带上。昨夜吃酒的时候,被蜚卿闹着顽,要了去带在手上,这本是常有之事。谁知蜚卿却被迭三骗了去,今天他要写信向祥云甫借三千银子呢!"我道:"他骗了人家的戒指,还要向人家借银子,这是什么说话?"端甫道:"须知云甫没了这个戒指,不能见他老子,这明明是讹诈,还是借钱么?"我笑道:"你又是哪里来的耳报神?我昨夜当面的还没有知道,你倒知的这么详细?"端甫道:"这也是应该的。我因为天气冷了,买了点心来家吃,往往冷了。今天早起,刚刚又来了个朋友,便同到馆子里吃点心。我们刚到了,恰好他也和了两三个人同来,在那里高谈阔论,商量这件事,被我尽情听了。"我道:"原来你也认得他?"端甫道:"我和他并不招呼,不过认得他那副尊容罢了。”我道：“这是秘密的事，他敢在大庭广众之下喧扬起来？”端甫道：“他正要闹的通国皆知，才得云甫怕他呢！我今日来是专诚奉托一件事，请你对稚农说一声，叫他不要请我吧。他现在的病情，去死期还有几天，又不便回绝他，何苦叫我白赚他的医金呢。”我道：“你放心。他那种人有甚长性，吃过你两服药不见效，他自然就不请你了。”端甫又谈了一会，自去了。

到了晚上，我想起端甫何以说得稚农的病如此厉害，我看他不过身子弱点罢了，不免再去去看看他是何情景。想罢出门，走到林慧卿家，与稚农周旋了一会，问他的病如何？吃了端甫的药怎样？稚农道：“总是那样不好不坏的。此刻除非有个神仙来医我，或者就好了。”慧卿在旁边插嘴道：“胡说！不过身子弱点罢了，将息几天，自然会好的。你总是这种胡思乱想，那病更难好了。”稚农道：“方才又请了端甫来，他还是劝我早点回去，说上海水土寒。”慧卿又插嘴说道：“郎中嘴是□，——吴人称医生为郎中——说到哪里是哪里。据他说上海水土寒，上海住的人，早就一个个寒的死完了。你的病不好，我第一个不放你走。已经有病的人，再在轮船上去受几天颠播，还了得么？”说罢，又回头对我道：“老爷，你说是不是？”我只含笑点点头。稚农又道：“便是我也怕到这一层。早年进京会试，走过两次海船，晕船晕的了不得。”我故意向慧卿看了一眼，对稚农道：“我看暂时回天保栈去调养几时也好。”慧卿抢着道：“老爷，你不要疑心我们怎样。我不过看见他用的都是男底下人，笨手笨脚，伏伺得不称心，所以留他在这里住下。这是我一片好心，难道怎样了他么？”我笑道：“我也不过说说罢了，难道我不知道他离不了你？”慧卿笑道：“我说你不过！……”

正说话时，外面报客来，大家定神一看，却是祥云甫。招呼坐定，便走近稚农身边，附着耳要说话。我见此情形，便走到西面房里，去看缪、计二人。只见另有一个人，拿了许多裙门、裙花、挽袖之类，在那里议价，旁边还堆了好几匹绸绉之类。我坐了一会，也不惊动稚农，就从这边走了。从此我三天五天，总来看看他。此时他早已转了医生，大剂参、茸、锁阳、肉苁蓉专服下去，确见他精神好了许多，只是比从前更瘦了,两颧上现了点绯红颜色。如此,又过了半个多月。

一天,我下午无事,又走到慧卿处,却不见了稚农。我问时,慧卿道:“回栈房去了。”我道:“为什么忽然回去了呢?”慧卿道:“他今天早起,病的太重了!他两个朋友说在这里不便当,便用轿子抬回去了。”我心中暗想,莫非端甫的说话应验了。我回号里,左右要走过大马路,便顺到天保栈一看,他已经不住在楼上了,因为扶他上楼不便,就在底下开了个房间。房间里齐集了七八个医生,缪、计二人忙做一团。稚农仰躺在床上,一个家人在那里用银匙灌他吃参汤。我走过去望他,他看了我一眼,微微点了点头。众医生在那里七张八嘴,有说用参的,有说用桂的。我问法人道:“我前天看他还好好的,怎么变动起来?”法人道:“今天早起,天还没亮,忽然那边慧卿怪叫起来。我两个衣服也来不及披,跑过去一看,只见他直挺挺的躺在地下。连忙扶他起来,躺在醉翁椅上,话也不会说了。我们问慧卿是怎生的?她说:‘起来小便,立脚不稳,栽了一交,并没甚事。近来常常如此的,不过一搀他就起来,今天搀了半天搀他不动才叫的。’我们没了主意,姜汤、参汤,胡乱灌救。到天色大亮时,他能说话了,自己说是冷得很。我们要和他加一床被窝,他说不是,是肚子里冷。我伸手到他口边一摸,谁知他喷出来的气,都是冷的。我才慌了,叫人背了他下楼,用轿子抬了回来。”我道:“请过几个医生?吃过什么药了?”法人道:“今天的医生,只怕不下三四十个了。吃了五钱肉桂下去,喷出气来和暖些。此刻又是一个医生的主意,用干姜煎了参汤在那里吃着。”说话时,又来了两个医生,向法人查问病情。我便到床前再看看,只见他两颧的红色,格外厉害,才悟到前几天见他的颜色是个病容。因问他道:“此刻可好点?”稚农道:“稍为好点。”我便说了声“保重”,走了回去。和继之说起,果然不出端甫所料,陈稚农大约是不中用的了。

到了明天早起,他的报丧条已经到了,我便循着俗例,送点蜡烛、长锭过去。又过了十来天,忽然又送来一份讣帖,封面上刻着“幕设寿圣庵”的字样。便抽出来一看,讣帖当中,还夹了一封哀启。及至仔细看时,却不是哀启,是个知启。此时继之在旁边见了道:“这倒是个创见。谁代他出面？又‘知’些什么呢？”我便摊开了，先看是什么人具名的，谁知竟是本地印委各员，用了全衔姓名同具的，不禁更觉奇怪。及至看那文字时，只看得我和继之两个，几乎笑破了肚子！你道那知启当中，说些什么？且待我将原文照写出来，大家看看。其文如下：

稚农孝廉，某某方伯之公子也。生而聪颖，从幼即得父母欢。稍长，即知孝父母，敬兄爱弟。以故孝弟之声，闻于闾里。方伯历仕各省，孝廉均随任，服劳奉养无稍间，以故未得预童子试。某科，方伯方任某省监司，为之援例入监，令回籍应乡试。孝廉雅不欲曰：“科名事小，事亲事大，儿不欲暂违色笑也。”方伯责以大义，始勉强首涂。榜发，登贤书。孝廉泣曰：“科名虽侥幸，然违色笑已半年余矣。”其真挚之情如此。越岁，入都应礼闱试，沿途作《思亲诗》八十章，一时传诵遍都下，故又有才子之目。及报罢，即驰驿返署，问安侍膳，较之夙昔，益加敬谨。语人曰：“将以补前此之阙于万一也。”以故数年来，非有事故，未尝离寝门一步。去秋，其母某夫人示疾，孝廉侍奉汤药，衣不解带，目不交睫者三阅月。及冬，遭大故。孝廉恸绝者屡矣，赖救得苏，哀毁骨立。潜告其兄曰：“弟当以身殉母，兄宜善自珍卫，以奉严亲。”兄大惊，以告方伯。方伯复责以大义，始不敢言，然其殉母之心已决矣。故今年禀于方伯，独任奉丧归里，沿途哀泣，路人为之动容。甫抵上海，已哀毁成病，不克前进。奉母夫人柩，暂厝于某某山庄。已则暂寓旅舍，仍朝夕扶病，亲至厝所哭奠，风雨无间，家人苦劝力阻不听也。至某月某日，竟遂其殉母之志矣！临终遗言，以衰绖殓。呜呼！如孝廉者，诚可谓孝思不匮矣！查例载：孝子顺孙，果有瑰行奇节，得详具事略，奏请旌表。某等躬预斯事，不便湮没，除具详督、抚、学宪外，谨草具事略，伏望海内文坛，俯赐鸿文巨制，以彰风化，无论诗文词诔，将来汇刻成书，共垂不朽，无任盼切！

继之看了还好，我已是笑得伏在桌上，差不多肠都笑断了！继之道：“你只管笑什么？”我道：“大哥没有亲见他在妓院里那个情形，对了这一篇知启，自然没得好笑。”继之道：“我虽没有看见，也听你说的不少了。其实并不可笑。照你这种笑法，把天下事都揭穿了，你一辈子也笑不完呢！何况他所重的，就是一个'殉'字，古人有个成例，'醇酒妇人'也是一个殉法。"我听了，又笑起来道："这个代他辩的好得很。但可惜他不曾变做人虾，如果也变了人虾，就没有这段公案了。"继之道："人家说少见多怪，你多见了还是那么多怪。你可记得那年你从广东回来说的，有个什么淫妇建牌坊的事，同这个不是恰成一对么？依我看，不止这两件事，大凡天下事，没有一件不是这样的。总而言之：世界上无非一个骗局。你看到了妓院里，他们应酬你起来，何等情殷谊挚。你问他的心里，都是假的。我们打破了这个关子，是知道他是假的。至于那当局者迷一流，他却偏要信是真的。你须知妓院的关子容易打破，至于世界上的关子就不容易破了。惟其不能破，所以世界上的人还那么熙来攘往。若是都破了，那就没了世界了。"

我道："这一说，只能比人情上的情伪，与这行事上不相干。"继之道："行事与人情，有什么两样？你不想想：南京那块血迹碑，当年慎而重之的，说是方孝孺的血荫成的，特为造一座亭子嵌起来。其实还不是红纹大理石，哪有血迹可以荫透石头的道理。不过他们要如此说，我们也只好如此说，万不宜揭破他。揭破他，就叫做煞风景；煞风景，就讨人嫌；处处讨了人嫌，就不能在世界上混，如此而已。这血迹碑是一件死物，我还说一件活人做的笑话给你听：有一个乡下人极怕官。他看见官出来总是袍、褂、靴、帽、翎子、顶子，以为那做官的也和庙里菩萨一般，无昼无夜，都是这样打扮起来的。有一回，这乡下人犯了点小事，捉到官里去，提到案下听审。他抬头一看，只见那官果然是袍儿、褂儿、翎子、顶子，不曾缺了一样，高高的坐在上面，把惊堂一拍，喝他招供。旁边的差役，也帮着一阵叱喝。他心中暗想：果然不差，做老爷的在家里，也打扮得这么光鲜。正在胡思乱想的时候，忽然一阵旋风，把公案的桌帏吹开了，那乡下人仔细往里一看，原来老爷脱了一只靴子，脚上没有穿袜，一只手在那里抠脚丫呢。"说得我不觉笑了，旁边德泉、子安等，都一齐笑起来。继之道："统共是他一个人，同在一个时候，看他的外面何等威严，揭起桌帏一看原来如此。可见得天下事，没有一件不如此的了。不过我是揭起桌帏看过的,你们都还隔着一幅桌帏罢了。”

我们谈天是在厢房里,正说话之间,忽见门外跨进一个人,直向客堂里去。我一眼瞥见这个人,十分面善,却一时想不起来。正要问继之,只见一个茶房走进来道:“苟大人来了。”我听得这话,不觉恍然大悟,这个是许多年前见过的苟才。继之当时即到外面去招呼他。正是:座中方论欺天事,户外何来阔别人?不知苟才来有何事,且待下回再记。

## 第八十七回　遇恶姑淑媛受苦　设密计观察谋差

原来苟才的故事，先两天继之说过，说他自从那年贿通了督宪亲兵，得了个营务处差事，阔了几年。就这几年里头，弥补以前的亏空，添置些排场衣服，还要外面应酬，面子上看得是极阔。无奈他空了太多，穷得太久，他的手笔又大，因此也未见得十分裕如。何况这几年当中，他又替他一个十六岁的大儿子娶了亲。

这媳妇是杭州驻防旗人。父亲本是一个骁骑校，早年已经去世，只有母亲在侍。凭媒说合，把女儿嫁给苟大少爷。过门那年，只有十五岁，却生得有沉鱼落雁之容，闭月羞花之貌。苟观察带了大少爷到杭州就亲。喜期过后，回门、会亲，诸事停当，便带了大少爷、少奶奶，一同回了南京。少奶奶拜见了婆婆，三天里头，还没话说。过了三天之后，那苟太太便慢慢发作起来。起初还是指桑骂槐，指东骂西。再过几天，便渐渐骂到媳妇脸上来了。少奶奶早起请早安，上去早了，便骂"大清老早的，跑来闹不清楚，我不要受你那许多礼法规矩，也用不着你的假惺惺"。少奶奶听说，到明天便挨得时候晏点才上去，他又骂"小蹄子不害臊，搂着汉子睡到这偺才起来！咱们家的规矩，一辈比一辈坏了！我伏侗老太爷、老太太的时候，早上、中上、晚上，三次请安，哪里有不按着时候的，早晚两顿饭，还要站在后头伏伺添饭、送茶、送手巾。如今晚儿是少爷咧、少奶奶咧，都藏到自己屋里享福了，老两口子，管他咽住了也罢，呛出来了也罢，谁还管谁的死活！我看，这早安免了吧，到了早上一起来吧，省得少奶奶从南院里跑到北院里，一天到晚，辛苦几回"。苟才在旁，也听不过了，便说道："夫人算了吧！你昨天嫌她早，她今天上来迟些，就算听你命令的了。她有什么不懂之处，慢慢的教起来。"苟太太听了，兀的跳起来骂道："连你也帮着派我的不是了！这公馆里都是你们的世界，我在这里是你们的眼中钉！我也犯不上死赖在这里讨人嫌，明儿你就打发我回去吧!"苟才也怒道:"我在这里好好儿的劝你!大凡一家人家过日子,总得要和和气气,从来说'家和万事兴',何况媳妇又没犯什么事!"这句话还未说完,苟太太早伸手在桌子上一拍,大吼道:"吓!你简直的帮着他们派我犯法了!"少奶奶看见公公、婆婆一齐反目,连忙跪在地告求。那边少爷听见了,吓得自己不敢过来见面,却从一个夹弄里绕到后面,找他姨妈。

原来这一位姨妈,便是苟太太的嫡亲姊姊。嫁的丈夫,也是一个知县,早年亡故了。身后只剩了两吊银子,又没个儿子。那年恰好是苟才过了道班,要办引见,凑不出费用,便托苟太太去和她借了来凑数。说明白到省之后,迎她到公馆同住;除了一得了差缺,即连本带利清还外,还答应养老她;将来大家有福同享,有祸同当。那位姨妈自己想想,举目无亲,就是搂了这两吊银子,也怕过不了一辈子,没个亲人照应,还怕要被人欺负呢!因此答应了。等苟才办过引见之后,便一同到了南京。苟才穷到吃尽当光的那两年,苟太太偶然有应酬出门,或有个女客来,这位姨妈曾经践了有祸同当之约,充过几回老妈子的了。此刻苟才有了差使,便拨了后面一间房子,给她居住。

当下大少爷找到姨妈跟前,叫声:"姨妈,我爹合我妈,不知为甚吵嘴。小丫头来告诉我,说媳妇跪在地下求告,求不下来。我不敢过去碰钉子,请姨妈出去劝劝吧。"说着,请了一个安。姨妈道:"哼!你娘的脾气啊!"只说了这一句,便往前面去了。大少爷仍旧从夹弄绕到自己院里,悄悄的打发小丫头去打听。直等到十点多钟,才看见少奶奶回房。大少爷接着问道:"怎样了?"少奶奶一言不发,只管抽抽噎噎的哭。大少爷坐在旁边,温存了一会。少奶奶良久收了眼泪,仍是默默无言。大少爷轻轻说道:"我娘脾气不好,你受了委屈,少不得我来陪你的不是。你心里总要看开些,不要郁出病来。照这个样子,将来贤孝两个字的名气,是有得你享的。"大少爷只管汩汩而谈,不料有一个十二岁的小少爷,——就是那年吃了油麻团,一双油手抓脏了赁来衣服的那宝货。——在旁边听了去,便飞跑到娘跟前,一五一十的尽情告诉了。苟太太手里正拿着茶碗喝茶,听了这话,恨得把茶碗向地下尽命的一摔,豁啷一声,茶碗摔得粉碎,跳起来道:

“这还了得！”又喝叫小丫头：“快给我叫他来！”小丫头站着，垂手不动。苟太太道：“还不去吗！”小丫头垂手道：“请太太的示：叫谁？”苟太太伸手劈拍的打了一个巴掌道：“你益发糊涂了！”此时幸得姨妈尚在旁边，因劝道：“妹妹你的火性也太厉害了！是叫大少爷，是叫少奶奶，也得你吩咐一声，你单说叫他来，她知道叫谁呢？”苟太太这才喝道：“给我叫那畜生过来！”姨妈又加了一句道：“快去请大少爷来，说太太叫。”那小丫头才回身去了。

一会儿，大少爷过来，知道母亲动了怒，一进了堂屋，便双膝跪下。苟太太伸手向他脸蛋上劈劈拍拍的先打了十多下。打完了，又用右手将他的左耳，尽力的扭住，说道：“今天先扭死了你这小崽子再说！我问你：是《大清律例》上那一条的例，你家祖宗留下来的那一条家法，宠着媳妇儿，派娘的罪案？你老子宠媳灭妻，你还要宠妻灭母，你们倒是父是子！”说到这里，指着姨妈道：“须知我娘家有人在这里，你们须灭我不得！”一面说，一面下死劲往大少爷耳朵上拧，拧得大少爷痛很了，不免两泪交流，又不敢分辩一句。幸得姨妈在旁边，竭力解劝，方才放手。大少爷仍旧屈膝低头跪着，一动也不敢动，从十点多钟跪起，足足跪到十二点钟。小丫头来禀命开饭，苟太太点点头。一会儿先端出杯、筷、调羹、小碟之类，少奶奶也过来了。原来少奶奶一向和大少爷两个在自己房里另外开饭，苟才和太太、姨妈，另在一所屋子里同吃。今天早起，少奶奶听了婆婆说他伏侍老太爷、老太太时，要站在后头伺候的，所以也要还他公婆这个规矩，吩咐丫头们打听，上头要开饭，赶来告诉。此刻得了信，赶着过来伺候。仍是和颜悦色的，见过姨妈、婆婆，便走近饭桌旁边，分派杯筷小碟，在怀里取出雪白的丝巾，一样样的擦过。苟太太大喝道：“滚你妈的蛋！我这里用不着你在这里献假殷勤！”吓得少奶奶连忙垂手站立，没了主意。姨妈道：“少奶奶先过去吧，等晚上太太气平了，再过来招呼吧。”少奶奶听说，便退了出来。

苟才今天闹过一会之后，就到差上去了。他每每早起到了差上，便不回来午饭，因此只有姨妈、苟太太两个带着小少爷同吃。及至开出饭来，大少爷仍是跪着。姨妈道：“饶他起来吃饭去吧。我们在这里吃饭,旁边跪着个人,算什么样子!”苟太太道:“怕什么!饿他一顿,未见得就饿死他!”姨妈道:“旁边跪着个人,我实在吃不下去。”苟太太道:“那么看姨妈的脸,放他起来吧。”姨妈忙接着道:“那么快起来吧。”大少爷对苟太太磕了三个头,方才起来。又向姨妈叩谢了。苟太太道:“要吃饭在我这里吃,不准你到那边去!”大少爷道:“儿子这会还不饿,吃不下。”苟太太猛的把桌子一拍道:“敢再给我赌气!”姨妈忙劝道:“算了吧!吃不下,少吃一口儿。丫头,给大少爷端座过来。”大少爷只得坐下吃饭。一时饭毕,大少爷仍不敢告退。苟太太却叫大丫头、老妈子们捡出一分被褥来,到姨妈的住房对过一间房里,铺设下来。姨妈也不知她是何用意。一天足足扣留住大少爷,不曾放宽一步。到了晚上九点钟时候,姨妈要睡觉了,她方才把大少爷亲自送到姨妈对过的房里,叫他从此之后,在这里睡。又叫人把夹弄门锁了,自己掌了钥匙。可怜一对小夫妻,成婚不及数月,从此便咫尺天涯了。

可巧这位大少爷,犯了个童子痨的毛病。这个毛病,说也奇怪,无论男女,当童子之时,一无所觉。及至男的娶了,或者女的嫁了,不过三五个月,那病就发作起来,任是什么药都治不好,一定是要死的。并且差不多的医生,还看不出他的病源,回报不出他的病名来,不过单知道他是个痨病罢了。这位大少爷从小得了这个毛病,娶亲之后,久要发作,恰好这天当着一众丫头、仆妇、家人们,受了这一番挫辱,又活活的把一对热剌剌的恩爱夫妻拆开,这一夜睡到姨妈对过房里,便在枕上饮泣了一夜。到得下半夜,便觉得遍身潮热。及至天亮,要起来时,只觉头重脚轻,抬身不得,只得仍旧睡下。丫头们报与苟太太。苟太太还当他是假装的,不去理会他。姨妈来看过,说是真病了,苟太太还不在意。倒是姨妈不住过来问长问短,又叫人代他熬了两回稀饭,劝他吃下。足足耽误了一天。直到晚上十点多钟,苟才回来问起,亲到后面一看,只见他当真病了,周身上下,烧得就和火炭一般,不觉着急起来,立刻叫请医生,连夜诊了,连夜服药,足足忙了一夜。苟太太却行所无事,仍旧睡她的觉。

有话便长,无话便短。大少爷一病三月,从来没有退过烧。医生换过二三十个，非但不能愈病，并且日见消瘦。那苟太太仍然向少奶奶吹毛求疵，但遇了少奶奶过来，总是笑啼皆怒；又不准少奶奶到后头看病，一心一意，只要隔绝他小夫妻。究竟不知她是何用意，做书人未曾钻到她肚子里去看过，也不便妄作悬拟之词。只可怜那位少奶奶，日夕以眼泪洗面罢了。又过了几天，大少爷的病越发沉重，已经晕厥过两次。经姨妈几番求情，苟太太才允了，由得少奶奶到后头看病。少奶奶一看病情凶险，便暗地里哀求姨妈，求她在婆婆跟前再求一个天高地厚之恩，准她昼夜侍疾。姨妈应允，也不知费了多少唇舌，方才说得准了。从此又是一个来月，任凭少奶奶衣不解带，目不交睫，无奈大少爷寿元已尽，参术无灵，竟就呜呼哀哉了！少奶奶伤心哀毁，自不必说；苟才痛子心切，也哭了两三天；惟有苟太太，虽是以头抢地的哭，那嘴里却还是骂人。苟才因是个卑幼之丧，不肯发讣成礼。谁知同寅当中，一人传十，十人传百，已经有许多人知道他遭了"丧明之痛"；及至明日，辕门抄上刻出了"苟某人请期服假数天"，大家都知道他儿子病了半年，这一下更是通国皆知了，于是送奠礼的，送祭幛的，都纷纷来了。这是他遇了红点子，当了阔差使之故。若在数年以前，他在黑路上的时候，莫说死儿子，只怕死了爹娘，还没人理他呢！

闲话少提。且说苟才料理过一场丧事之后，又遇了一件意外之事，真是福无重至，祸不单行！你道遇了一件什么事？原来京城里面有一位都老爷，是南边人，这年春上，曾经请假回籍省亲，在江南一带，很采了些舆论，察得江南军政、财政两项，都腐败不堪，回京销假之后，便参了一本，军政参了十八款，财政参了十二款。奉旨派了钦差，驰驿到江南查办。钦差到了南京，照例按着所参各员，咨行总督，一律先行撤差、撤任，听候查办。苟才恰在先行撤差之列。他自入仕途以来，只会耍牌子，讲应酬，至于这等风险，却向来没有经过。这回碰了这件事情，犹如当头打了个闷雷一般，吓得他魂不附体。幸而不在看管之列，躲在公馆里，如坐针毡一般，没了主意。一连过了三四天，才想起一个人来。你道这人是谁？是一个候补州同，现当着督辕文巡捕的，姓解，号叫芬臣。这个人向来与苟才要好。芬臣是个极活动的人,大凡省里当着大差的道府大人们,他没有一个不拉拢的,苟才自然也在拉拢之列。苟才却因他是个巡捕,乐得亲近亲近他,四面消息都可以灵通点。这回却因芬臣足智多谋,机变百出,而且交游极广,托他或有法子好想。定了主意,等到约莫散辕之后,便到芬臣公馆里来,将来意说知。芬臣道:“大人来得正好。卑职正要代某大人去斡旋这件事,就可以顺便带着办了,但是这里头总得要点缀点缀。”苟才道:“这个自然。但不知道要多少?”芬臣道:“他们也是看货要价的:一,看官阶大小;二,看原参的轻重;三,他们也查访差缺的肥瘠。”苟才道:“如此,一切费心了。”说罢辞去。

从此之后,苟才便一心一意,重托了解芬臣,到底化了几万银子,把个功名保全了。从此和芬臣更成知己。只是功名虽然保全,差事到底撤了。他一向手笔大,不解理财之法,今番再干掉了几万,虽不至于像从前吃尽当光光景,然而不免有点外强中干了。所以等到事情平静以后,苟才便天天和解芬臣在一起,钉着他想法子弄差使。芬臣道:“这个时候最难。合城官经了一番大调动,为日未久,就是那钦差临行时交了两个条子,至今也还想不出一个安插之法,这是一层。第二层是最标致、最得宠的五姨太太,前天死了。”苟才惊道:“怎么外面一点信息没有?是几时死的?”芬臣道:“大人千万不要提起这件事。老帅就恐怕人家和他举动起来,所以一概不叫知道。前天过去了,昨天晚上成的殓,在花园里那竹林子旁边,盖一个小房子停放着,也不抬出来,就是恐怕人知的意思。为了此事,他心上正自烦恼,昨天今天,连客也没会,不要说没有机会,就是有机会,也碰不进去。”苟才道:“我也不急在一时,不过能够快点得个差使,面子上好看点罢了。”又问:“这五姨太太生得怎么个脸蛋?老帅共有几房姨太太?何以单单宠他?”芬臣道:“姨太太共是六位。那五姨太太,其实她没有大不了的姿色,我看也不过‘情人眼里出西施’罢了,不过有个人情在里面。”苟才道:“有甚人情?”芬臣道:“这位五姨太太是现任广东藩台鲁大人送的。那时候老帅做两广,鲁大人是广西候补府。自从送了这位姨太太之后,便官运享通起来,一帆顺风,直到此刻地位。”苟才听了,默默如有所思。闲谈一会,便起身告辞。

回到公馆，荀太太正在那里骂媳妇呢！骂道："你这个小贱人，命带扫帚星！进门不到一年，先扫死了丈夫，再把公公的差使扫掉了！"刚刚骂到这里，荀才回来，接口道："算了吧！这一案南京城里撤差的，单是道班的也七八个，全案算起来，有三四十人，难道都讨了命带扫帚星的媳妇么?"荀太太道："没有她，我没得好赖；有了她，我就要赖她！"荀才也不再多说，由她骂去。到了晚上，夫妻两个，窃窃私议了一夜。次日是辕期，荀才照例上辕，却先找着了芬臣，和他说道："今日一点钟，我具了个小东，叫个小船，喝口酒去，你我之外，并不请第三个人。在问柳——酒店名——下船。我也不客气，不具帖子了。"芬臣听说，知道他有机密事，点头答应。到了散辕之后，便回公馆，胡乱吃点饭，便坐轿子到问柳去。进得门来，荀才先已在那里，便起来招呼，一同在后面下船。把自己带来的家人留下，道："你和解老爷的管家，都在这里伺候吧，不用跟来了。解老爷管家，怕没吃饭，就在这里叫饭叫菜请他吃，可别走开。"说罢，挽了芬臣，一同跨上船去。酒菜自有伙食船跟去。荀才吩咐船家，就近点把船放到夫子庙对岸那棵柳树底下停着。芬臣心中暗想，是何机密大事，要跑到那人走不到的地方去。正是：要从地僻人稀处，设出神机鬼械谋。未知荀才邀了芬臣，有何秘密事情商量，且待下回再记。

## 第八十八回 劝堕节翁姑齐屈膝 谐好事媒妁得甜头

当下苟才一面叫船上人点好烟灯，通好烟枪，和芬臣两个对躺下来，先说些别样闲话。苟才的谈锋，本来没有一定。碰了他心事不宁的时候，就是和他相对终日，他也只默默无言；若是遇了他高兴头上，那就滔滔汩汩，词源不竭的了。他盘算了一天一夜，得了一个妙计，以为非但得差，就是得缺升官，也就是在此一举的了。今天邀了芬臣来，就是要商量一个行这妙法的线索。大凡一个人心里想到得意之处，虽是未曾成事，他那心中一定打算这件事情一成之后，便当如何布置，如何享用，如何酬恩，如何报怨……越想越远，就忘了这件事未曾成功，好像已经成了功的一般。世上痴人，每每如此，也不必细细表他。

单表苟才原是痴人一流，他的心中，此时已经无限得意，因此对着芬臣，东拉西扯，无话不谈。芬臣见他说了半天，仍然不曾说到正题上去，忍耐不住，因问道："大人今天约到此地，想是有甚正事赐教?"苟才道："正是。我是有一件事要和阁下商量，务乞助我一臂之力，将来一定重重的酬谢!"芬臣道："大人委办的事，倘是卑职办得到的，无有不尽力报效。此刻事情还没办，又何必先说酬谢呢。先请示是一件什么事情?"苟才便附到他耳边去，如此这般的说了一遍。芬臣听了，心中暗暗佩服他的法子想得到。这件事如果办成了功，不到两三年，说不定也陈臬开藩的了。因说道："事情是一件好事，不知大人可曾预备了人?"苟才道："不预备了，怎好冒昧奉托。"又附着耳，悄悄的说了几句。又道："咱们是骨肉至亲，所以直说了，千万不要告诉外人!"芬臣道："卑职自当效力。但恐怕卑职一个人办不过来，不免还要走内线。"苟才道："只求事情成功，但凭大才调度就是了。"芬臣见他不省，只得直说道："走了内线，恐怕不免要多少点缀些。虽然用不着也说不定，但卑职不能不声明在前。"苟才道："这个自然是不可少的，从来说，'欲成大事者，不惜小费'啊。"两个谈完了这一段正事，苟才便叫把酒菜拿上来，两个人一面对酌，一面谈天，倒是一个静局。等饮到兴尽，已是四点多钟，两个又叫船户，仍放到问柳登岸。苟才再三叮嘱，务乞鼎力，一有好消息，望即刻给我个信。芬臣一一答应。方才各自上轿分路而别。

苟才回到公馆，心中上下打算：一会儿又想发作，一会儿又想到万一芬臣办不到，我这里冒冒失失的发作了，将来难以为情，不如且忍耐一两天再说。从这天起，他便如油锅上蚂蚁一般，行坐不安。一连两天，不见芬臣消息，便以上辕为由，去找芬臣探问。芬臣让他到巡捕处坐下，悄悄说道："卑职再三想过，我们倒底说不上去，无奈去找了小跟班祁福，祁福是天天在身边的，说起来希冀容易点。谁知那小子不受抬举，他说是包可以成功，但是他要三千银子，方才肯说。"苟才听了，不觉一楞，慢慢的说道："少点呢，未尝不可以答应他。太多了，我如何拿得出？就是七拼八凑给了他，我的日子又怎生过呢？不如就费老哥的心，简直的说上去吧。"芬臣道："大人的事，卑职哪有个不尽心之理。并且事成之后，大人步步高升，扶摇直上，还望大人栽培呢！但是我们说上去，得成功最好；万一碰了，连弯都没得转，岂不是弄僵了么？还是他们帮忙容易点，就是一下子碰了，他们意有所图，不消大人吩咐，他们自会想法子再说上去。卑职这两天所以不给大人回信的缘故，就因和那小子商量少点，无奈他丝毫不肯退让。到底怎样办法？请大人的示。在卑职愚见，是不可惜这个小费，恐怕反误了大事。"苟才听了，默默寻思了一会道："既如此，就答应了他吧。但必要事情成了，赏收了，才能给他呢。"芬臣道："这个自然。"苟才便辞了回去。

又等了两天，接到芬臣一封密信，说"事情已妥，帅座已经首肯。惟事不宜迟，因帅意急欲得人，以慰岑寂也"云云。苟才得信大喜，便匆匆回了个信，略谓"此等事亦当择一黄道吉日，况置办奁具等，亦略须时日，当于十天之内办妥"云云。打发去后，便到上房来，径到卧室里去，招呼苟太太也到屋子里，悄悄的说道："外头是弄妥了，此刻赶紧要说破了。但是一层：必要依我的办法，方才妥当，万万不能用强的。你可千万牢记了我的说话，不要又动起火来，那就僵了。”苟太太道：“这个我知道。”便叫小丫头去请少奶奶来。一会儿，少奶奶来了，照常请安侍立。苟太太无中生有的找些闲话来说两句，一面支使开小丫头；再说不到几句话，自己也走出房外去了。房中只剩了翁媳二人，苟才忽然间立起来，对着少奶奶双膝跪下。这一下子，把个少奶奶吓的昏了！不知是何事故？自己跪下也不是，站着又不是，走开又不是，当了面又不是，背转身又不是，又说不出一句话来。苟才更磕下头去道：“贤媳，求你救我一命！”少奶奶见此情形，猛然想起莫非他不怀好意，要学那“新台故事”？想到这里，心中十分着急。要想走出去，怎奈他跪在当路，在他身边走过时，万一被他缠住，岂不是更不成事体。急到无可如何，便颤声叫了一声婆婆。苟太太本在门外，并未远去，听得叫，便一步跨了进去。少奶奶正要说话，谁知她进得门来，翻身把门关上，走到苟才身边，也对着少奶奶扑咚一声双膝跪下。少奶奶又是一惊，这才忙忙对跪下来道：“公公婆婆有什么事？快请起来说。”苟太太道：“没有什么话，只求贤媳救我两个的命！”少奶奶道：“公公婆婆有甚差事，只管吩咐。快请起来！这总不成个样子！”苟才道：“求贤媳先答应了，肯救我一家性命，我两个才敢起来。”少奶奶道：“公公婆婆的命令，媳妇怎敢不遵！”苟才夫妇两个，方才站了起来。苟太太一面搀起了少奶奶，捺他坐下，苟才也凑近一步坐下，倒弄得少奶奶跼蹐不安起来。

苟才道：“自从你男人得病之后，迁延了半年，医药之费，化了几千。得他好了倒也罢了，无奈又死了。唉！难为贤媳青年守寡！但得我差使好呢，倒也不必说他了，无端的又把差使弄掉了。我有差使的时候，已是寅支卯粮的了。此刻没了差使才得几个月，已经弄得百孔千疮，背了一身亏累。家中亲丁虽然不多，然而穷苦亲戚弄了一大窝子，这是贤媳知道的。你说再没差使，叫我以后的日子怎生得过？所以求贤媳救我一救！”少奶奶当是一件什么事，苟才说话时，便拉长了耳朵去听。听他说头一段自己丈夫病死的话，不觉扑簌簌的泪落不止。听他说到诉穷一段，觉得莫名其妙，自己一家人，何以忽然诉起穷来？听到末后一段，心里觉得奇怪，莫不是要我代他谋差使？这件事我如何会办呢？听完了便道：“媳妇一个弱女子，能办得了什么事？就是办得到的，也要公公说出个办法来，媳妇才可以照办。”

苟才向婆子丢个眼色，苟太太会意，走近少奶奶身边，猝然把少奶奶捺住。苟才正对了少奶奶，又跪下去。吓得少奶奶要起身时，却早被苟太太捺住了。况且苟太太也顺势跪下，两只手抱住了少奶奶双膝。苟才却摘下帽子，放在地下，然后崩的崩的，碰了三个响头。原来本朝制度，见了皇帝，是要免冠叩首的，所以在旗的仕宦人家，遇了元旦祭祖，也免冠叩首，以表敬意。除此之外，随便对了什么人，也没有行这个大礼的。所以当下少奶奶一见如此，自己又动弹不得，便颤声道：“公公这是什么事？可不要折死儿媳啊！”苟才道：“我此刻明告诉了媳妇，望媳妇大发慈悲，救我一救！这件事除了媳妇，没有第二个可做的。”少奶奶急道：“你两位老人家怎样啊？哪怕要媳妇死，媳妇也去死，媳妇就遵命去死就是了！总得要起来好好的说啊！”苟才仍是跪着不动道：“这里的大帅，前个月没了个姨太太，心中十分不乐，常对人说，怎生再得一个佳人，方才快活。我想媳妇生就的沉鱼落雁之容，闭月羞花之貌，大帅见了，一定欢喜的，所以我前两天托人对大帅说定，将媳妇送去给他做了姨太太，大帅已经答应下来。务乞媳妇屈节顺从，这便是救我一家性命了。”少奶奶听了这几句话，犹如天雷击顶一般，头上轰的响了一声，两眼顿时漆黑，身子冷了半截，四肢登时麻木起来。歇了半晌方定，不觉抽抽咽咽的哭起来。苟才还只在地下磕头。少奶奶起先见两老对他下跪，心中着实惊慌不安。及至听了这话，倒不以为意了。苟才只管磕头，少奶奶只管哭，犹如没有看见一般。苟太太扶着少奶奶的双膝劝道：“媳妇不要伤心。求你看我死儿子的脸，委屈点救我们一家，便是我那死儿子，在地底下也感激你的大恩啊！”少奶奶听到这里，索性放声大哭起来。一面哭，一面说：“天啊！我的命好苦啊！爸爸啊！你撇得我好苦啊！”苟才听了，在地下以崩的崩的碰起头来，双眼垂泪道：“媳妇啊！这件事办的原是我的不是。但是此刻已经说了上去，万难挽回的了，无论怎样，总求媳妇委屈点，将就下去。”此时少奶奶哭诉之声，早被门外的丫头老妈子听见，推了推房门，是关着的，只得都伏在窗外偷听。有个寻着窗缝往里张的，看见少奶奶坐着，老爷、太太都跪着,不觉好笑,暗暗招手,叫别个来看。内中有个有年纪的老妈子,恐怕是闹了什么事,便到后头去请姨妈出来解劝。姨妈听说,也莫名其妙,只得跟到前面来,叩了叩门道:“妹妹开门!什么事啊?”苟太太听得是姨妈声音,便起来开门。苟才也只得站了起来。少奶奶兀自哭个不止。姨妈跨进来便问道:“你们这是唱的什么戏啊?”苟太太一面仍关上门,一面请姨妈坐下,一面如此这般,这般如此的告诉了一遍。又道:“这都是天杀的在外头干下来的事,我一点也不晓得。我要是早点知道,哪里肯由得他去干!此刻事已如此,只有委屈我的媳妇就是了。”姨妈沉吟道:“这件事怕不是我们做官人家所做的吧。”苟才道:“我岂不知道!但是一时糊涂,已经做了出去,如果媳妇一定不答应,那就不好说了。大人先生的事情,岂可以和他取笑!答应了他,送不出人来,万一他动了气,说我拿他开心,做上司的要抓我们的错处容易得很,不难栽上一个罪名,拿来参了,那才糟糕到底呢!”说着,叹了一口气。姨妈看见房门关着,便道:“你们真干的好事!大白天的把个房门关上,好看呢!”苟太太听说,便开了房门。当下四个人相对,默默无言。丫头们便进来伺候,装烟舀茶。少奶奶看见开了门,站起来只向姨妈告辞了一声,便扬长的去了。苟太太对苟才道:“干她不下来,这便怎样?”苟才道:“还得请姨妈去劝劝她,她向来听姨妈说话的。”说罢,向姨妈请了一个安道:“诸事拜托了。”姨妈道:“你们干得好事,却要我去劝!这是各人的志向,如果她立志不肯,又怎样呢?我可不耽这个干系。”苟才道:“这件事,她如果一定不肯,认真于我功名有碍的。还得姨妈费心。我此刻出去,还有别的事呢。”说罢,便叫预备轿子,一面又央及了姨妈几句。姨妈只得答应了。苟才便出来上轿,吩咐到票号里去。

且说这票号生意,专代人家汇划银钱及寄顿银钱的。凡是这些票号,都是西帮所开。这里头的人最是势利,只要你有二钱银子存在他那里,他见了你时,便老爷咧、大人咧,叫得应天响。你若是欠上他一厘银子,他向你讨起来,你没得还他,看他那副面目,就是你反叫他老爷、大人,他也不理你呢。当时苟才虽说是撤了差穷了,然而还有几百两银子存在一家票号里。这天前去,本是要和他别有商量的。

票号里的当手姓多,叫多祝三,见苟才到了,便亲自迎了出来,让到客座里请坐。一面招呼烟茶,一面说:"大人好几天没请过来了,公事忙?"苟才道:"差也撤了,还忙什么!穷忙罢咧。"多祝三道:"这是哪里的话!看你老人家的气色,红光满面,还怕不马上就有差使,不定还放缺呢。小号这里总得求大人照应照应。"苟才道:"咱们不说闲话。我今日来要和你商量,借一万两银子。利息呢,一分也罢,八厘也罢,左右我半年之内,就要还的。"多祝三道:"小号的钱,大人要用,只管拿去好了,还什么利不利。但是上前天才把今年派着的外国赔款,垫解到上海,今天又承解了一笔京款,藩台那边的存款,又提了好些去,一时之间,恐怕调动不转呢。"苟才道:"你是知道我的,向来不肯乱花钱。头回存在宝号的几万,不是为这个功名,什么查办不查办,我也不至于尽情提了去,只剩得几百零头,今天也不必和你商量了。因为我的一个丫头,要送给大帅做姨太太,由文巡厅解芬臣解大老爷做的媒人,一切都说妥了。你想给大帅的,与给别人的又自不同,咱们老实的话,我也望她进去之后,和我做一个内线,所以这一分妆奁,是万不能不从丰的。我打算赔个二万,无奈自己只有一万,才来和你商量。宝号既然不便,我到别处张罗就是了。"苟才说这番话时,祝三已拉长了耳朵去听。听完了,忙道:"不,因为这两天,东家派了一个伙计来查帐。大人的明见,做晚的虽然在这里当手,然而他是东家特派来的人,既在这里,做晚的凡事不能不和他商量商量。他此刻出去了,等他回来,做晚的和他说一声,先尽了我的道理,想来总可以办得到的。办到了,给大人送来。"苟才道:"那么,行不行你给我一个回信,好待我到别处去张罗。"祝三一连答应了无数的"是"字,苟才自上轿回去。

那多祝三送过苟才之后,也坐了轿子,飞忙到解芬臣公馆里来。原来那解芬臣自受了苟才所托之后,不过没有机会进言,何尝托什么小跟班。不过遇了他来讨回信,顺口把这句话搪塞他,也就顺便诈他几文用用罢了。在芬臣当日,不过诈得着最好,诈不着也就罢了。谁知苟才那厮,心急如焚,一诈就着。芬臣越发上紧,因为办成了,可以捞他三千。又是小跟班扛的名气,自己又还送了个交情,所以日夕在那里体察动静。那天他正到签押房里要回公事,才揭起门帘,只见大帅拿一张纸片往桌子上一丢,重重的叹了一口气。芬臣回公事时,便偷眼去瞧那纸片,原来不是别的,正是那死了的五姨太太的照片儿。芬臣心中暗喜。回过了公事,仍旧垂手站立。大帅道:"还有什么事?"芬臣道:"苟道苟某人,他听说五姨太太过了,很代大帅伤心。因为大帅不叫外人知道,所以不敢说起。"大帅拿眼睛看了芬臣一眼,道:"那也值得一回。"芬臣道:"苟道还说已经替大帅物色着一个人,因为未曾请示,不敢冒昧送进来。"大帅道:"这倒费他的心,但不知生得怎样?"芬臣道:"倘不是绝色的,苟道未必在心。"这位大帅,本是个色中饿鬼,上房里的大丫头,凡是稍为生得干净点的,他总有点不干不净的事干下去,此刻听得是个绝色,如何不欢喜?便道:"那么你和他说,叫他送进来就是了。"芬臣应了两个"是"字,退了出去,便给信与苟才。此时正在盘算那三千块,可以稳到手了。

正在出神之际,忽然家人报说票号里的多老办来了,芬臣便出去会他。先说了几句照例的套话,祝三便说道:"听说解老爷代大帅做了个好媒人。这媒人做得好,将来姨太太对了大帅的劲儿,媒人也要有好处的呢。我看谢媒的礼,少不了一个缺。应得先给解老爷道个喜。"说罢,连连作揖。芬臣听了,吃了一惊。一面还礼不迭,一面暗想,这件事除了我和大帅及苟观察之外,再没有第四个人知道。我回这话时,并且旁边的家人也没有一个,他却从何得知呢?因问道:"你在哪里听来的?好快的消息!"祝三道:"姨太太还是苟大人那边的人呢,如何瞒得了我!"芬臣是个极机警的人,一闻此语,早已了然胸中,因说道:"我是媒人,尚且可望得缺,苟大人应该怎样呢?你和苟大人道了喜没有?"祝三道:"没有呢,因为解老爷这边顺路,所以先到这边来。"芬臣正色道:"苟大人这回只怕官运通了,前回的参案参他不动,此刻又遇了这么个机会。那女子长得实在好,大帅一定得意的。"祝三听了,敷衍了几句,辞了出来,坐上轿子,飞也似的回到号里,打了一张一万两的票子,亲自送给苟才。正是:奸刁市侩眼一孔,势利人情纸半张。未知祝三送了银票与苟才之后,还有何事,且待下回再记。

# 第八十九回　舌剑唇枪难回节烈　忿深怨绝顿改坚贞

南京地方辽阔，苟才接得芬臣的信，已是中午时候。在家里胡闹了半天，才到票号里去。多祝三再到芬臣处转了一转，又回号里打票子，再赶到苟才公馆，已是掌灯时候了。苟才回到家中，先向婆子问："劝得怎样了？"苟太太摇摇头。苟才道："可对姨妈说，今天晚上起，请她把铺盖搬到那边去。一则晚上劝劝她，二则要防到她有甚意外。"苟太太此时，自是千依百顺，连忙请姨妈来，悄悄说知，姨妈自无不依之理。苟才正在安排一切，家人报说票号里多先生来了，苟才连忙出来会他。祝三一见面，就连连作揖道："耽误了大人的事，十分抱歉！我们那伙计方才回来，做晚的就忙着和他商量大人这边的事，大人猜我们那伙计说什么来？"苟才道："不过不肯信付我们这背时的人罢了。"祝三拍手道："正是，大人猜着了也！做晚的倒狠狠儿给他埋怨一顿，说：'亏你是一号的当手，眼睛也没生好！像苟大人那种主儿，咱们求他用钱，还怕苟大人不肯用。此刻苟大人亲自赏光，你还要活活的把一个主儿推出去！就是现的垫空了，咱们哪里调不动万把银子，还不赶着给苟大人送去！'大人，你老人家替我想想，做晚的不过小心点待他，倒反受了他的一阵埋怨，这不是冤枉吗！做晚的并没有丝毫不放心大人的意思，这是大人可以谅我的。下回如果大人驾到小号，见着了他，还得请大人代做晚的表白表白。"说罢，在怀里掏出一个洋皮夹子，在里面取出一张票子来，双手递与苟才道："这是一万两，请大人先收了；如果再要用时，再由小号里送过来。"苟才道："这个我用不着，你先拿了回去吧。"祝三吃了一惊，道："想大人已经向别家用了？"苟才道："并不。"祝三道："那么还是请大人赏用了，左右谁家的都是一样用。"苟才道："我用这个钱，并不是今天一下子就要用一万，是要来置备东西用的，三千一处也不定，二千一处也不定，就是几百一处、几十一处，都是论不定的。你给我这一张整票子，明天还是要到你那边打散，何必多此一举呢！”祝三道：“是，是，是，这是做晚的糊涂！请大人的示：要用多少一张的？或者开个横单子下来，做晚的好去照办。”苟才道：“这个哪里论得定。”祝三道：“这样吧，做晚的回去，送一分三联支票过来吧，大人要用多少支多少，这就便当了。”苟才道：“我起意是要这样办，你却要推三阻四的，所以我就没脸说下去了。”祝三道：“大人说这是哪里话来！大人不怪小人错，准定就照那么办，明天一早，再送过来就是了。”苟才点头答应，祝三便自去了。

苟才回到上房，恰好是开饭时候，却不见姨妈。苟才问起时，才知道在那边陪少奶奶吃去了。原来少奶奶当日，本是夫妻同吃的，自从苟太太拆散他夫妻之后，便只有少奶奶一个人独吃，那时候，已是早一顿、迟一顿的了。到后来大少爷死了，更是冷一顿、热一顿，甚至有不能下箸的时候，少奶奶却从来没过半句怨言，甘之若素。却从苟才起了不良之心之后，忽然改了观，管厨房的老妈，每天还过来请示吃什么菜，少奶奶也不过如此。这天中上，闹了事之后，少奶奶一直在房里嘤嘤啜泣。姨妈坐在旁边，劝了一天。等到开出饭来，丫头过来请用饭。少奶奶说：“不吃了，收去吧。”姨妈道：“我在这里陪少奶奶呢，快请过来用点。”少奶奶道：“我委实吃不下，姨妈请用吧。”姨妈一定不依，劝死劝活，才劝得她用茶泡了一口饭，勉强咽下去。饭后，姨妈又复百般劝慰。今天一天，姨妈所劝的话，无非是埋怨苟才夫妻岂有此理的话，绝不敢提到劝她依从的一句。直到晚饭之后，少奶奶的哭慢慢停住了，姨妈才渐渐入起彀来，说道：“我们这个妹夫，实在是个糊涂虫！娶了你这么个贤德媳妇，在明白点的人，岂有不疼爱得和自己女儿一般的，却在外头去干下这没天理的事情来！亏他有脸，当面说得出！我那妹子呢，更不用说，平常什么规矩咧、礼节咧，一天到晚闹不清楚，我看她向来没有把好脸色给媳妇瞧一瞧。她男人要干这没天理的事情，她就帮着腔，也柔声下气起来了。”少奶奶道：“岂但柔声下气，今天不是姨妈来救我，几乎把我活活的急死了！他两老还双双的跪在地下呢；公公还摘下小帽，咯嘣咯嘣的碰头。”姨妈听了笑道：“只要你点一点头，便是他的宪太太了，再多碰几个，也受得他起。”少奶奶道：“姨妈不要取笑，这等事岂是我们这等人家做出来的！”姨妈道：“啊唷！不要说起！越是官宦人家，规矩越严，内里头的笑话越多。我还是小时候听说的：苏州一家什么人家，上代也是什么状元宰相，家里秀才举人，几几乎数不过来。有一天，报到他家的大少爷点了探花了，家中自然欢喜热闹，开发报子赏钱，忙个不了。谁知这个当刻，家人又来报三少奶奶跟马夫逃走了。你想这不是做官人家的故事？直到前几年，那位大少爷早就扶摇直上，做了军机大臣了。那位三少奶奶，年纪也大了，买了七八个女儿，在山塘灯船上当老鸨，口口声声还说我是某家的少奶奶，军机大臣某人，是我的大伯爷。有个人在外面这样胡闹，他家里做官的还是做官。如今晚儿的世界，是只能看外面，不能问底子的了。”

少奶奶道：“这是看各人的志气，不能拿人家来讲的。”姨妈道：“喔唷！天底下有几个及得来我的少奶奶的！唷！老天爷也实在糊涂！越是好人，他越给他磨折得厉害！像少奶奶这么个人，长得又好，脾气又好，规矩、礼法、女红、活计，哪一样输给人家，真正是谁见谁爱，谁见谁疼的了。却碰了我妹子那么个糊涂蛋的婆婆，一年到晚，我看你受的那些委屈，我也不知陪你淌了多少眼泪！他们索性顽出这个把戏来了！少奶奶啊！方才我替你打算过来，不知你这一辈子的人怎么过呢！他们在外头丧良心，没天理的干出这件事来，我听说已经把你的小照送给制台看过，又求了制台身边的人上去回过，制台点了头，并且交代早晚就要送进去的，这件事就算已经成功的了。少奶奶却依着正大道理做事，不依从他，这个自是神人共敬的。但是你公公这一下子交不出人来，这个钉子怕不碰得他头破血流！如今晚儿做官的，哪里还讲什么能耐，讲什么才情。会拉拢、会花钱就是能耐，会巴结就是才情。你向来不来拉拢，不来巴结，倒也罢了。拉拢上了，巴结上了，却叫他落一个空，晓得他动的是什么气？不要说是差缺永远没望，说不定还要干掉他的功名。他的功名干掉了，是他的自作自受，极应该的。少奶奶啊！这可是苦了你了！他功名干掉了，差使不能当了，人家是穷了，这里没面子再住了，少不得要回旗去。咱们是京旗，一到了京里，离你的娘家更远了。你婆婆的脾气，是你知道的，不必再说了。到了那时候，说起来，公公好好的功名，全是给你干掉的，你这一辈子的磨折，只怕到死还受不尽呢！”说着，便淌下泪来。少奶奶道：“关到名节上的事情，就是死也不怕，何况受点折磨？”姨妈道：“能死得去倒也罢了，只怕死不去呢！老实对你说：我到这里陪你，就是要监守住你，防到你有三长两短的意思。你想我手里的几千银子，被他们用了，到此刻不曾还我，他委托我一点事情，我哪里敢不尽心！你又从何死起？唉！总是运气的原故。你们这件事闹翻了，他们穷了，又是终年的闹饥荒，连我养老的几吊棺材本，只怕从此拉倒了，这才是‘城门失火，殃及池鱼’呢！”

少奶奶听了这些话，只是默默无言。姨妈又道：“我呢，大半辈子的人了，就是没了这几吊养老本钱，好在有他们养活着我。我死了下来，这几根骨头，怕他们不替我收拾！”说到这里，也淌下眼泪来。又道：“只是苦了少奶奶，年纪轻轻的，又没生下一男半女，将来谁是可靠的？你看那小子——指小少爷也——已经长到十二岁了，一本《中庸》还没念到一半，又顽皮又笨，哪里像个有出息的样子！将来还望他看顾嫂嫂？”说到这里，少奶奶也抽抽咽咽的哭了。姨妈道：“少奶奶，这是你一辈子的事，你自己过细想想看。”当时夜色已深，大众安排睡觉。一宵晚景休提。

且说次日，苟才起来，梳洗已毕，便到书房里找出一个小小的文具箱，用钥匙开了锁，翻腾了许久，翻出一个小包、一个纸卷儿，拿到上房里来，先把那小包递给婆子道：“这一包东西，是我从前引见的时候，在京城里同仁堂买的，你可交给姨妈，叫她吃晚饭时候，随便酒里茶里，弄些下去，叫她吃了。”说罢，又附耳悄悄的说了那功用。苟太太道：“怪道呢！怨不得一天到晚在外头胡闹，原来是备了这些东西。”苟才道：“你不要这么大惊小怪，这回也算得着了正用。”说罢，又把那纸卷儿递过去道：“这东西也交代姨妈，叫她放在一个容易看见的地方。左右姨妈能说能话，叫她随机应变罢了。”苟太太接过纸卷，要打开看看。才开了一开，便涨红了脸，把东西一丢道：“老不要脸的！哪里弄了这东西？”苟才道：“你哪里知道！大凡官照、札子、银票等要紧东西里头，必要放了这个，作为镇压之用，凡我们做官的人,是个个备有这样东西的。”苟太太也不多辩论,先把东西收下。觑个便,邀了姨妈过来,和她细细说知,把东西交给她。姨妈一一领会。

这一天,苟才在外头置备了二三千银子的衣服首饰之类,作为妆奁。到得晚饭时,姨妈便蹑手蹑脚,把那小包子里的混帐东西,放些在茶里面。饭后仍和昨天一般,用一番说话去旁敲侧击。少奶奶自觉得神思昏昏,老早就睡下了。姨妈觑个便,悄悄的把那个小纸卷儿,放在少奶奶的梳妆抽屉里。这一夜,少奶奶竟没有好好的睡,翻来覆去,短叹长吁,直到天亮,只觉得人神困倦。盥洗已毕,临镜理妆,猛然在梳妆抽屉里看见一个纸卷儿,打开一看,只羞得满脸通红,连忙卷起来。草草梳妆已毕,终日纳闷。姨妈又故意在旁边说些今日打听得制军如何催逼,苟才如何焦急等说话,翻来覆去的说了又说。到了晚上,又如法泡制,给她点混帐东西吃下,自己又故意吃两钟酒,借着点酒意,厚着脸面,说些不相干的话。又说:“这件事,我也望少奶奶到底不要依从,万一依从了,我们要再见一面,就难上加难了。做了制台的姨太太,只怕候补道的老太太还不及他的威风呢。何况我们穷亲戚,要求见一面,自然难上加难了。”少奶奶只不做声。如此一连四五天,苟才的妆奁也办好了,芬臣也来催过两次了。

姨妈看见这两天少奶奶不言不语,似乎有点转机了,便出来和苟太太说知,如此如此。苟太太告诉了苟才,苟才立刻和婆子两个过来,也不再讲什么规矩,也不避什么丫头老妈,夫妻两个,直走到少奶奶房里,双双跪下。吓得少奶奶也只好陪着跪下,嘴里说道:“公公婆婆,快点请起,有话好说。”苟才双眼垂泪道:“媳妇啊！这两天里头,叫人家逼死我了！我托了人和制台说成功了,制台就要人,天天逼着那代我说的人;他交不出人,只得来逼我;这个是要活活逼死我的了！‘救人一命,胜造七级浮屠’,望媳妇大发慈悲吧！”少奶奶到了此时,真是无可如何,只得说道:“公公婆婆,且先请起,凡事都可以从长计议。”苟才夫妇方才起来。姨妈便连忙来搀少奶奶起来,一同坐下。苟才先说道:“这件事本来是我错在前头,此刻悔也来不及了。古人说的:‘一失足成千古恨,再回头是百年身。’我也明知道对不住人,但是叫我也无法补救。”少奶奶道:“媳妇从小就知妇人从一而终的大义,所以自从寡居以后,便立志守节终身。况且这个也无须立志的,做妇人的规矩,本是这样,原是一件照例之事。却不料变生意外!’说到这里,不说了。苟才站起来,便请了一个安道:“只望媳妇顺变达权,成全了我这件事,我苟氏生生世世,不忘大恩!”少奶奶掩面大哭道:“只是我的天唷!”说着,便大放悲声。姨妈连忙过来解劝。苟太太一面和她拍着背,一面说道:“少奶奶别哭,恐怕哭坏了身子啊。”少奶奶听说,咬牙切齿的跺着脚道:“我此刻还是谁的少奶奶唷!”苟太太听了,也自觉得无味。要待发作她两句,无奈此时功名性命,都靠在她身上,只得忍气吞声,咽了一口气下去。少奶奶哭够多时,方才住哭,望着姨妈道:“我恨的父母生我不是个男子,凡事自己作不动主,只得听从人家摆布。此刻我也没有话说了,由得人家拿我怎样便怎样就是了。但是我再到别家人家去,实在没脸再认是某人之女了。我爸爸死了,不用说他。我妈呢,苦守了几年,把我嫁了。我只有一个遗腹兄弟,常说长大起来,要靠亲戚照应的,我这一去,就和死了一样,我的娘家叫我交付给谁?我是死也张着眼儿的!”苟才站起来,把腰子一挺道:“都是我的!”

少奶奶也不答话,站起来往外就走,走到大少爷的神主前面,自己把头上簪子拔了下来,把头一颠,头发都散了,一弯腰,坐在地下,放声大哭起来。一面哭,一面诉,这一哭,真是哭得“一佛出世,二佛涅槃!”任凭姨妈、丫头、老妈子苦苦相劝,如何劝得住,一口气便哭了两个时辰。哭得伤心过度了,忽然晕厥过去,吓的众人七手八脚,先把她抬到床上,掐人中,灌开水,灌姜汤,一泡子乱救,才救了过来。一醒了,便一咕噜爬起来坐着,叫声:“姨妈!我此刻不伤心了,什么三贞九烈,都是哄人的说话。什么断鼻割耳,都是古人的呆气!唱一出戏出来,也要听戏的人懂得,那唱戏的才有精神,有意思。戏台下坐了一班又瞎又聋的,他还尽着在台上拚命的唱,不是个呆子么?叫他们预备香蜡,我要脱孝了。几时叫我进去,叫他们快快回我。”苟才此时还在房外等候消息,听了这话,连忙走近门口垂手道:“宪太太再将息两天,等把哭的嗓子养好了,就好进去。”少奶奶道:“哼!

只要炖得浓浓儿的燕窝，吃上两顿就好了，还有工夫慢慢的将息！”苟太太在旁边，便一迭连声叫“快拣燕窝！要拣得干净，落了一根小毛毛儿在里头，你们小心抠眼睛、拶指头！”丫头们答应去了。这里姨妈招呼着和少奶奶重新梳裹已毕。少奶奶到大少爷神主前，行过四跪八肃礼，便脱去素服，换上绸衣，独自一个在那里傻笑。

过得一天，苟才便托芬臣上去请示。谁知那制台已是急得了不得，一听见请示，便说是：“今天晚上抬了进来就完了，还请什么，示什么？”苟才得了信，这一天下午，便备了极丰盛的筵席，饯送宪太太，先是苟才，次是苟太太和姨妈，挨次把盏。宪太太此时乐得开怀畅饮，以待新欢。等到筵席将散时，已将交二炮时候，苟才重新起来，把了一盏。宪太太接杯在手，往桌上一搁道：“从古用计，最厉害的是‘美人计’。你们要拿我去换差换缺，自然是一条妙计。但是你们知其一，不知其二，可知道古来祸水也是美人做的？我这回进去了，得了宠，哼！不是我说什么……”苟才连忙接着道：“总求宪太太栽培！”宪太太道：“看着罢咧！碰了我高兴的时候，把这件事的始末，哭诉一遍，怕不断送你们一辈子！”说着，拿苟才把的一盏酒，一吸而尽。苟才听了这个话，犹如天雷击顶一般，苟太太早已当地跪下。姨妈连忙道：“宪太太大人大量，断不至于如此，何况这里还答应招呼宪太太的令弟呢！”

原来苟才也防到宪太太到了衙门时，贞烈之性复起，弄出事情来，所以后来把那一盏酒，重重的和了些那混帐东西在里面。宪太太一口吸尽，慢慢的觉得心上有点与平日不同。勉强坐定了一回，双眼一饧，说道：“酒也够了，东西也吃饱了，用不着吃饭了。要我走，我就走吧！”说着，站起来，站不稳，重又坐下。姨妈忙道：“可是醉了？”宪太太道：“不，打轿子吧。”苟才便喝叫轿子打进来。苟太太还兀自跪在地下呢。宪太太早登舆去了，所有妆奁也纷纷跟着轿子抬去。这一去，有分教：宦海风涛惊起落，侯门显赫任铺张。不知后事如何，且待下回再记。

## 第九十回 差池臭味郎舅成仇 巴结功深葭莩复合

苟才自从送了自己媳妇去做制台姨太太之后,因为她临行忽然有祸水出自美人之说,心中着实后悔,夫妻两个,互相埋怨。从此便怀了鬼胎,恐怕媳妇认真做弄手脚,那时候真是"赔了夫人又折兵"了。一会儿,又转念媳妇不是这等人,断不至于如此;只要媳妇不说穿了,大帅一定欢喜的,那就或差或缺,必不落空。如此一想,心中又快活起来。

次日,解芬臣又来说,那小跟班祁福要那三千头了。苟才本待要反悔,又恐怕内中多一个作梗的,只得打了三千票子,递给芬臣,说道:"费心转交过去。并求转致前路,内中有甚消息,大帅还对劲不,随时给我个信。"芬臣道:"这还有甚不对劲的!今天本是辕期,忽然止了辕。九点钟时候,祁福到卑职那里要这个,卑职问他:'为什么事止的辕?'祁福说:'并没有什么事,我也不知道为甚止辕的。'卑职又问:'大帅此刻做什么?'祁福说:'在那里看新姨太太梳头呢。'大人的明见,想来就是为这件事止的辕了,还有不得意的么?"苟才听了,又是忧喜交集。官场的事情,也真是有天没日,只要贿赂通了,什么事都办得到的,不出十天,苟才早奉委了筹防局、牙厘局两个差使。苟才忙得又要谢委,又要拜客,又要到差,自以为从此一帆顺风,扶摇直上的了。却又恰好遇了苏州抚台要参江宁藩台的故事,苟才在旁边倒得了个署缺。这件事是个什么原因?先要把苏州抚台的来历表白了,再好叙下文。

这苏州抚台姓叶,号叫伯芬,本是赫赫侯门的一位郡马。起先捐了个京职,在京里住过几年,学了一身的京油子气。他有一位大舅爷,是个京堂,倒是一位严正君子,每日做事,必写日记。那日记当中,提到他那位叶妹夫,便说他年轻而纨绔习气太重,除应酬外,乃一无所长,又性根未定,喜怒无常云云。伯芬的为人,也就可想而知了。

他在京里住的厌烦了，大舅爷又不肯照应，他便忿忿出京，仗着一个部曹，要在外省谋差事。一位赫赫侯府郡马，自然有人照应，委了他一个军装局的会办。这军装局局面极阔，向来一个总办，一个会办，一个襄办，还有两个提调。总办向来是道台，便是会办、襄办也是个道台，就连两个提调都是府班的。他一个部曹，戴了个水晶顶子去当会办，比着那红蓝色的顶子，未免相形见绌。何况这局里的委员，蓝顶子的也很有两个，有什么事聚会起来，如新年团拜之类，他总不免跼蹐不安，人家也就看他不起。那总办更是当他小孩子一般看待。伯芬在局里觉得难以自容，便收拾行李，请了个假，出门去了。

你道他往哪里去来？原来他的大舅爷放了外国钦差，到外国去了，所以他也跟踪而去。以为在京时你不肯照应我罢了，此刻万里重洋的寻了去，虽然参赞、领事所不敢望，一个随员总要安置我的。谁知千辛万苦，寻到了外洋，访到中国钦差衙门，投了帖子进去，里面马上传出来请，伯芬便进去相见。钦差一见了他，行礼未完，便问道："你来做什么？"伯芬道："特地来给大哥请安。"钦差道："哼！万里重洋的，特地为了请安而来，头一句就是撒谎！"伯芬道："顺便就在这里伺候大哥，有什么差使，求赏一个。"钦差道："亏你还是仕宦人家出身，怎么连这一点节目都不懂得！这钦差的随员，是在中国时逐名奏调的，等到了此地，还有前任移交下来的人员，应去应留，又须奏明在案，某人派某事，都要据实奏明的。你当是和中国督抚一般，可以随时调剂私人的么？"伯芬楞了半天，说不出话来。此时他带来的行李，早已纷纷发到，家人上来请钦差的示，放在哪里？钦差道："我这衙门里没地方放，由他搁过一边，回来等他找定了客店搬去。"伯芬听说，更觉楞了。钦差道："我这里，一来地方小，住不下闲人；二来我定的例，早晚各处都要点名，早上点过名才开大门，晚上也点过名才关门，不许有半个闲人在衙门里面。所以你这回来了，就是门房里也住你不下，你可赶紧到外头去找地方。你是见机的，就附了原船回去；要是不知起倒，当作在中国候差委一般候着，我可不理的。这里浇裹又大，较之中国要顶到一百几十倍，你自己打算便了。我这里有公事，不能陪你，你去吧。"伯芬无奈，只得退了出来。便拿片子，去拜衙门里的各随员。谁知各随员都受了钦差严谕,不敢招呼,一个个都回出来说挡驾。伯芬此时急的要哭出来,又是悔,又是恨,又是恼,又是急,一时心中把酸咸苦辣都涌了上来。到了此地,人生路不熟,又不懂话,正不知如何是好。幸得带来的家人曾贵,和一个钦差大臣带来的二手厨子认得,由曾贵去央了那二手厨子出来,代他主仆两个,找定了一所客店,才把行李搬了过来住下。天天仍然到钦差衙门来求见,钦差只管不见他。到第三天去见时,那号房简直不代他传帖子了,说是:"递了上去就碰钉子,还责骂我们,说为甚不打出去。姑老爷,你何苦害我们捱骂呢!"伯芬听了,真是有苦无处诉。带来的盘费,看看用尽了。恰好那坐来的船,又要开到中国了,伯芬发了急,便写一封信给钦差,求他借盘缠回去。到了下午,钦差打发人送了回信来,却是两张三等舱的船票。

伯芬真是气得涨破了肚皮。只得忍辱受了,附了船仍回中国,便去销假,仍旧到他军装局的差。在老婆跟前又不便把大舅爷待自己的情形说出,更不敢露出忿恨之色,那心中却把大舅爷恨的犹如不共戴天一般。又因为局里众人看不起他是个部曹,好得他家里有的是钱,他老太爷做过两任广东知县,很刮了些广东地皮回家,便向家里搬这银子出来,去捐了个候补道,加了个二品顶戴,入京引见过,从此他的顶子也红了。人情势利,大抵如此,局里的人看见他头上换了颜色,也不敢看他不起了。伯芬却是恨他大舅爷的心事,一天甚似一天,每每到睡不着觉时,便打算我有了个道班做底子,怎样可以谋放缺,怎样可以升官,几年可以望到督抚;怎样设法,可以调入军机;那时候大舅爷的辫子自然在我手里,那时便可以如何报仇,如何雪恨了。每每如此胡思乱想,想到彻夜不寐。

他却又一面广交声气,凡是有个红点子的人,他无有不交结的。一天正在局子里闲坐,忽然家人送上一张贴子,说是赵大人来拜。原这赵大人也是一个江南候补道,号叫啸存,这回进京引见,得了内记名出来。从前在京里,叶伯芬本来是相识的,这回出京路过上海,便来拜访。伯芬见了片子,连忙叫请。两人相见之下,照例寒喧几句,说些契阔的话。在赵啸存无非是照例应酬,在叶伯芬看见赵啸存新得记名，便极力拉拢。等啸存去后，便连忙叫人到聚丰园定了座位，一面坐了马车去回拜啸存，当面约了明日聚丰园。及至回到局里，又连忙备了帖子，开了知单送去，啸存打了知字回来。

伯芬到了次日下午五点钟时，便到聚丰园等候。他所请的，虽不止赵啸存一人，然而其余的人都是与这书上无干的，所以我也没工夫去记他的贵姓台甫了。客齐之后，伯芬把酒入席。坐席既定，伯芬便说闷饮寡欢，不如叫两个局来谈谈，同席的人，自然都应允。只有啸存道："兄弟是个过路客，又是前天才到，意中实在无人。不啊，就请伯翁给我代一个吧。"伯芬一想，自己只有两个人：一个是西荟芳陆蘅舫，一个是东棋盘街吴小红。蘅舫是一向有了交情的，誓海盟山，已有白头之约，并且蘅舫又亲自到过伯芬公馆，叩见过叶太太。叶太太虽是满肚醋意，十分不高兴，面子上却还不十分露出来。倒是叶老太太十分要好，人约年老人欢喜打扮得好的，自己终年在公馆里，所见的无非丫头老妈，忽然来了个花枝招展的，自是高兴，因此和她十分亲热。

这些闲话，表过不提。且说伯芬当时暗想吴小红到底是个么二，又只得十三岁，若荐给啸存，恐怕他不高兴。好在他是个过客，不多几天就要走的，不如把蘅舫荐给他吧。想定了主意，便提笔写了局票发出去。一会儿各人的局，陆续来了。陆蘅舫来到，伯芬指给啸存。啸存一见，十分赏识，赞不绝口。伯芬又使个眼色给蘅舫，叫她不要转局，蘅舫是吃什么饭的人，自然会意。席散之后，啸存定要到蘅舫处坐坐，伯芬只得奉陪。啸存高兴，又在那里开起宴来。席中与伯芬十分投契，便商量要换贴。伯芬暗想，他是个新得记名的人，不久就可望得缺的；并且他这回的记名，是从制台密保上来的，纵使一时不能得缺，他总是制台的一个红人，将来用他之处正多呢。想到这里，自然无不乐从。互相问了年纪，等到席散，伯芬便连忙回到公馆，将一分贴子写好，次日一早，便差一个家人送到啸存寓所。又另外备了一分请帖知单，请今天晚上在吴小红处。不一会，啸存在单上打了知字回来。

且慢，叶伯芬他虽不肖，也还是一个军装局会办，虽是纯乎用钱买来的,却叫名儿也还是个监司大员,何以顽到么二上去?这么二妓院人物,都是些三四等货,局面尤其狭小,只有几个店家的小伙计们去走动走动的,岂不是做书的人撒谎也撒得不像么?不知非也!这吴小红本是姊妹两个:小红居长,那小的叫吴小芳。小红十一岁,小芳十岁的时候,便出来应局。有叫局的,他姊妹两个总是一对儿同来,却只算一个局钱,这名目叫做"小双挡"。此时已经长到十六七岁了,却都出落得秋瞳剪水,春黛衔山。小红更是生得粉脸窝圆,朱唇樱小。那时候东棋盘街有一座两楼两底的精巧房子:房子里面,门扇窗格,一律是西洋款式;房子外面,却是短墙曲绕,芒草平铺,还种了一棵枇杷树,一棵七里香。小红的娘,带着两个女儿,就租了那所房子,自开门户。这是当时出名的叫做"小花园"。因为东西棋盘街都是么二妓女麇聚之所,众人也误认了她做么二,其实她与那一个妓院聚了四五十个妓女的么二妓院,有天渊之隔呢。不信,但问老于上海的人,总还有记得的。表过不提。

且说啸存下午也把帖子送到伯芬那里。到了晚上,便在吴小红那里畅叙了一宵。啸存年长,做了盟兄,伯芬年少,做了盟弟,非常热闹。到了次日,啸存又请在陆蘅舫处闹了一天。这两天闹下来,大哥老弟,已叫得十分亲热的了。加以旁边的朋友,以贺喜为名,设席相请,于是又一连吃了十多天花酒。每有酒局,啸存总是带蘅舫,伯芬总是叫小红;她两个也是你叫我大伯娘,我叫你小婶婶的,好不有趣。一连二十多天混下来,啸存便和蘅舫落了交情,两个十分要好。啸存便打算要娶她,来和伯芬商量。伯芬和蘅舫虽有订约,却没有说定,此时听得啸存要娶,也就只好由他。况且官场中纷纷传说,啸存有放缺消息,便索性把醋意捐却,帮着他办事,一面托人和老鸨说定了身价,一面和啸存租定公馆。到了吉期那天,非但自己穿了花衣前去道喜,并且因为啸存客居上海,没有内眷,便叫自己那位郡主太太,奉了老太太,到赵公馆里去招呼一切。等新姨太太到来,不免逐一向众客见礼。到得上房,便先向叶老太太和叶太太行礼。这一双婆媳,因她是勾阑出身,嘴里虽连说"不敢当,还礼还礼",却并不曾还礼。忙了一天,成其好事,不多几时,啸存便带了新姨太太晋省。得过记名的人,真是了不得,不上一年多,啸存便奉旨放了上海道。伯芬应酬得更为忙碌。

可巧这个时候,他的大舅爷钦差任满回华,路过上海。此时伯芬的主意,早已改换了。从前把大舅爷恨入骨髓,后来屡阅京报,见大舅爷虽在外洋钦差任上,内里面却是接二连三的升官,此时已升到侍郎了。伯芬心上一想,要想报仇是万不能的了,不如还是借着他的势子,升我的官。主意打定,等大舅爷到了上海之后,便天天到行辕里伺候。大舅爷本来挈眷同行的,伯芬是郎舅至亲,与别的官员不同,上房咧、签押房咧,他都可以任意穿插。又先把自己太太送到行辕里去,兄妹相见,自有一番友于之谊。伯芬又设法先把一位舅嫂巴结上了,没事的时候,便衣到上房,他便拿出手段去伺候,比自己伺候老太太还殷勤,茶咧、烟咧,一天要送过十多次。舅太太是个妇道人家,懂得什么,便口口声声总说姑老爷是个独一无二的好人。他在外面巴结大舅爷呢,却又另外一副手段:见了大舅爷,不是请教些政治学问,便是请教些文章学问。大舅爷写字是写魏碑的,他写起字来,也往魏碑一路摹仿。大舅爷欢喜做诗,近体欢喜学老杜,古体欢喜学晋、魏、六朝。他大舅爷偶然把自己诗稿给他看,他便和了两首律诗,专摹少陵,又和了两首古风,专仿晋、魏。大舅爷能画画,花卉、翎毛、山水,样样都来,他虽不懂画,却去买了两部《画征录》来,连夜去看,及至大舅爷和他谈及画理,他也略能回报一二。因此也骗动了大舅爷,说他与前大不相同了。

他得了大舅爷这点颜色,便又另外生出一番议论来,做一个不巴结之巴结,不要求之要求。他说:“做小兄弟的这几年来,每每想到少年时候的行径,便深自怨艾,赶忙要学好,已经觉得来不及了,只好求点实学,以赎前衍。军装局总办某道,化学很精通的,兄弟天天跟他学点;上海道赵道,政治一道,很有把握,兄弟也时时前去讨教的。细想起来,我们世受国恩的,若不及早出来报效国家,便是自暴自弃。大哥这回进京复命,好歹要求大哥代兄弟图个出身。做小兄弟的并不是要干求躁进,其实我们先人受恩深重,做子孙的若不图个出身报效,非但无以对皇上,亦且无以对先人。此时年力正壮,若不及早出来,等将来老大徒伤,纵使出身,也怕精力有限,非但不能图报微末,而且还怕陨越贻羞了。”那位大舅爷的老子,便是伯芬的丈人,是一生讲究理学的。大舅爷虽没有老子讲的厉害,却也是岸然道貌的。伯芬真会揣摩,他说这一番话时,每说到什么世受国恩咧、复命咧、先人咧、皇上咧这些话,必定垂了手,挺着腰,站起来才说的。起先一下子,大舅爷还不觉得。到后来觉着了,他站起来说,大舅爷也只得站起来听了。只他这一番言语举动,便把个大舅爷骗得心花怒放,说“士三日不见,当刮目相待”,这句话古人真是说得不错。这也是叶伯芬升官的运到了,所以一个极精明、极细心、极燎亮的大舅爷,被他一骗即上。正是:世上如今无直道,只须狐媚善逢迎。不知叶伯芬到底如何升官,且待下回再记。

# 第九十一回　老夫人舌端调反目　赵师母手版误呈词

叶伯芬自从巴结上大舅爷之后，京里便多了个照应，禁得他又百般打点，逢人巴结，慢慢的也就起了红点子了。此时军装局的总办因事撤了差，上峰便以“以资熟手”为名，把他委了总办。啸存作任满之后，便陈臬开藩，连升上去。几年功夫，伯芬也居然放了海关道。恰好同一日的上谕，赵啸存由福建藩司坐升了福建巡抚。伯芬一面写了禀帖去贺任，顺便缴还宪帖，另外备了一分门生帖子，夹在里面寄去，算是拜门。这是官场习气，向来如此，不必提他。

且说赵啸存出仕以来，一向未曾带着家眷，只有那年在上海娶陆蘅舫，一向带在任上。升了福建抚台，不多几时，便接着家中电报，知道太太死了。啸存因为上了年纪，也不思续娶，蘅舫一向得宠，就把她扶正了，作为太太。从此陆蘅舫便居然夫人了。又过得几时，江西巡抚被京里都老爷参了一本，降了四品京堂，奉旨把福建巡抚调了江西。啸存交卸过后，便带了夫人，乘坐海船，到了上海，以便取道江西。上海官场早得了电报，预备了行辕。啸存到时，自然是印委各员，都去迎接。等宪驾到了行辕之后，又纷纷去禀安、禀见。啸存抚军传令一概挡驾，单请道台相见，伯芬整整衣冠，便跟着巡捕进内。行礼已毕，啸存先说道：“老弟，我们是至好朋友，你又何必客气，一定学那俗套，缴起帖来，还要加上一副门生帖子，叫我怎么敢当？一向想寄过来恭缴，因为路远不便。此刻我亲自来了，明日找了出来，再亲自面缴吧。”伯芬道：“承师帅不弃，收在门下，职道感激的了不得！师帅客气，职道不敢当！”啸存道：“这两年上海的交涉，还好办么？”伯芬道：“涉及外国人的事，总有点觌琐，但求师帅教训。”伯芬的话还未说完，啸存已是举茶送客了。伯芬站起来，啸存送至廊檐底下，又说道：“一两天里，内人要过来给老太太请安。”伯芬连忙回道：“职道母亲不敢当。师母驾到，职道例当扫径恭迎。”说罢，便辞了出来,上了绿呢大轿,鸣锣开道,径回衙门。

一直走到上房,便叫他太太预备着,一两天里头,师母要来呢。那位郡主太太便问什么师母?伯芬道:“就是赵师帅的夫人。”太太道:“他夫人不早就说不在了,记得我们还送奠礼的,以后又没有听见续娶,此刻又哪里来的夫人?”伯芬道:“他虽然没有续娶,却把那年讨的一位姨太太扶正了。”夫人道:“是哪一年讨的哪一位姨太太?”伯芬笑道:“夫人还去吃喜酒的,怎么忘了?”太太道:“你叫他师母?”伯芬道:“拜了师帅的门,自然应该叫她师母。”太太道:“我呢?”伯芬笑道:“夫人又来了,你我还有甚分别?”太太道:“几时来?”伯芬道:“方才师帅交代的,说一两天就来,说不定明天就来的。”太太回头对一个老妈子道:“周妈,你到外头去,叫他们赶紧到外头去打听,今天可有天津船开?有啊,就定一个大茶间;没有呢,就叫他打听今天长江是什么船?也定一个大茶间,是到汉口去的。”周妈答应着要走。伯芬觉得诧异道:“周妈,且慢着。夫人,你这是什么意思?”那位郡主夫人,脸罩重霜的说道:“有天津船啊,我进京看我哥哥去。不啊,我就走长江回娘家。你来管我!”伯芬心中恍然大悟,便说道:“夫人,这个又何必认真,糊里糊涂应酬他一次就完了。”夫人道:“‘完了,完了!’我进了你叶家的门,一点光也没有沾着,希罕过你的两轴诰命!这东西我家多的拿竹箱子装着,一箱一箱的喂蠹鱼,你自看得希罕!我看的拿钱买来的东西,不是香货!我们家的,不是男子们一榜两榜博到的,就是丈夫们一刀一枪挣来的,我从小儿就看到大,希罕了你这点东西!开口夫人,闭口夫人,却叫我拜臭婊子做师母!什么赵小子长得那个村样儿,字也不多认得一个,居然也抚台了!叫他们我们家去舀夜壶,看用得着他不!居然也不要脸,受人家的门生帖子!也有那一种不长进的下流东西,去拜他的门!周妈,快去交代来!我年纪虽然不大,也上三四十岁了,不能再当婊子,用不着认婊子作师母!”伯芬道:“夫人,你且息怒。须知道做此官,行此礼。况且现在的官场,在外头总要融和一点,才处得下去。如果处处认真,处处要摆身分,只怕寸步也难行呢。”太太道:“我摆什么身分来!你不要看得我是摆身分,我不是摆身分的人家出身。我老人家带了多少年兵，顶子一直是红的，在营里头哪一天不是与士卒同甘苦，我当儿女的敢摆身分吗！”伯芬道：“那么就请夫人通融点吧，何苦呢！”夫人道：“你叫我和谁通融？我代你当了多少年家，调和里外，体恤下情，哪一样不通融来？”伯芬道：“一向多承夫人贤慧……”说到这里，底下还没说出来，夫人把嘴一披道：“免恭维吧！少糟蹋点就够了！”伯芬道：“我又何敢糟蹋夫人？”夫人道：“不糟蹋，你叫我认婊子做师母？”伯芬道：“唉！不是这样说。我不在场上做官呢，要怎样就怎样；既然出来做到官，就不能依着自己性子了，要应酬的地方，万不能不应酬。我再说破一句直捷痛快的话，简直叫做要巴结的地方，万不能不巴结！你想我从前出洋去的时候，大哥把我糟蹋得何等厉害，闹的几几乎回不得中国，到末末了给我一张三等船票，叫我回来。这算叫他糟蹋得够了吧！论理，这种大舅子，一辈子不见他也罢了。这些事情，我一向并不敢向夫人提起，就是知道夫人脾气大，恐怕伤了兄妹之情。今天不谈起来，我还是闷在肚里。后来等到大哥从外洋回来，你看我何等巴结他，如果不是这样，哪里……”这句话还没说完，太太把桌子一拍道：“吓！这是什么话！你今天怕是犯了疯病了！怎么拿婊子比起我哥哥来！再不口稳些，也不该说这么一句话！你这不是要糟蹋我娘家全家么？我娘家没人在这里，我和你见老太太去，评评这个理看，我哥哥可是和婊子打比较的？”

伯芬还没有答话，丫头来报道：“老太太来了。”夫妻两个，连忙起身相迎。原来他夫妻两个斗嘴，有人通报了老太太，所以老太太来了。好个叶太太，到底是诗礼人家出身，知道规矩礼法，和丈夫拌嘴时，虽闹着说要去见老太太评理，等到老太太来了，她却把一天怒气一齐收拾起来，不知放到哪里去了，现出一脸的和颜悦色来，送茶装烟。伯芬见他夫人如此，也便敛起那悻悻之色。老太太道：“他们告诉我，说你们在这里吵嘴，吓得我忙着出来看，谁知原是好好儿的，是他们骗我。”伯芬心中定了主意，要趁老太太在这里把这件事商量妥当，省得被老婆横亘在当中，弄出笑话，因说道：“儿子正这里和媳妇吵嘴呢。”老太太道：“好好的吵什么来！你好好的告诉了我，我给你们判断是非曲直。”伯芬便把上文所叙他夫妻两个吵闹的话，一字不漏的述了一遍。老太太坐在当中,两手拄着拐杖,侧着脑袋,细细的听了一遍,叹了一口气,对太太道:“唉!媳妇啊!你是个金枝玉叶的贵小姐,嫁了我们这么个人家,自然是委屈你了!”太太吓得连忙站起来道:“老太太言重了!媳妇虽不敢说知书识礼,然而‘嫁鸡随鸡,嫁狗随狗’这句俗话,是从小儿听到大的,哪里有什么叫做委屈!”说罢,连忙跪下。老太太连忙扶她起来,道:“媳妇,你且坐下,听我细说。这件事,气呢,原怪不得你气,就是我也要生气的。然而要顾全大局呢,也有个无可奈何的时候,到了无可奈何的时候,就不能不自己开解自己。我此刻把最高的一个开解,说给你听:我一生最信服的是佛门。我佛说‘一切众生,皆是平等’。我们便有人畜之分,到了我佛慧眼里头,无论是人,是鸡,是狗,是龟,是鱼,是蛇虫鼠蚁,是虱子虼蚤,总是一律平等。既然是平等,哪怕他认真是鳖是龟,我佛都看得是平等,我们就何妨也看得平等呢,何况还是个人。这是从绅法上说起的,怕你们不信服。你两口子都是做官人家出身,应该信服皇上。你们可知道皇上眼里,看得一切百姓,都是一样的么?那做官的人,不过皇上因为他能办事,或者立过功,所以给他功名,赏他俸禄罢了。如果他不能立功,不能办事,还不同平常百姓一样么。你不要看着外面的威风势力是两样的,其实骨子里头,一样的是皇上家的百姓,并不曾说做官的有个官种,做平常百姓的有个平常百姓种,这就不应该谁看不起谁。譬如人家生了几个儿子,做父母的总有点偏心,或者疼这个,或者疼那个,然而他们的兄弟还是兄弟。难道那父母疼的就可以看不起那父母不疼的么?这是从人道上说起的。然而你们心中总不免有个贵贱之分,我索性和你们开解到底。媳妇啊!你不要说我袒护儿子,我这是平情酌理的说话,如果说得不对,你只管驳我,并不是我说的话都合道理的。陆蘅舫呢,不错,她是个婊子出身。然而伯芬并不是在妓院里拜他做师母的,亦并不是做赵家姨太太的时候拜她做师母的,甚至赵啸存升了抚台,这边璧帖拜门,那时还有个真正师母在头上,直等到真正师母死了,啸存把她扶正了,她才是师母。须知这个师母不是你们拜认的,是她的运气好,恰恰碰上的。何况堂堂封疆,也认了她做老婆,非但主中馈,主蘋蘩,居然和她请了诰命,做了朝廷命妇。你想皇上家的诰命都给她,还有甚门生、师母的一句空话呢?媳妇,你懂得'嫁鸡随鸡,嫁狗随狗';须知她此刻是'嫁龙随龙,嫁虎随虎'了。暂时位分所在,要顾全大局,我请媳妇你委屈一回吧。"

太太起先听到不是在妓院拜师母的一番议论,已经局促不安,听得老太太说完了,越觉得脸红耳热,连忙跪下道:"老太太息怒,这都是媳妇一时偏执,惹出老太太气来。"老太太连忙搀起来道:"唉!我怒什么?气什么?你太多礼了。你只说我的话错不错?"太太道:"老太太教训的是。"老太太道:"伯芬呢,也有不是之处。"伯芬听见老太太派他不是,连忙站了起来。老太太道:"我亲家是何等人家!你大舅爷是何等身分!你去轻嘴薄舌,拿婊子和大舅爷打起比较来!"说着,抡起拐杖,往伯芬腿上就打。伯芬见老太太动气,正要跪下领责,谁知太太早飞步上前,一手接住拐杖,跪下道:"老太太息怒。他……他……他这话是分两段说的,并没有打什么比较,是媳妇不合,使性冤他的。老太太要打,把媳妇打几下吧。"老太太道:"唉!你真正太多礼了。我搀你不动了,伯芬,快来代我搀你媳妇起来。"伯芬便叫丫头们快搀太太起来。老太太拿拐杖在地下一拄道:"我要你搀!"伯芬便要走过来搀,吓得太太连忙站了起来,往后退了几步。老太太呵呵大笑道:"你们的一场恶闹,给我一席话,弄得瓦解冰销。我的嘴也说干了,你们且慢忙着请师母,先弄一盅酒,替我解解渴吧。"伯芬看着太太陪笑道:"儿子当得孝敬。"太太也看着伯芬陪笑道:"媳妇当得伺候。"老太太便拄了拐杖,扶了丫头,由伯芬夫妻送回上头去了。自有老太太这一番调和,才把事情弄妥了。

过了一天,啸存打发人来知会,说明日我们太太过来,给老太太请安。伯芬使叫人把阖衙门里里外外,一齐张灯挂彩。饬下厨房,备了上等满汉酒席。又打发人去探听明天师母进城的路由,回报说是进小东门,直到道署。伯芬便传了保甲东局委员来,交代明天赣抚宪太太到我这里来,从小东门起到这里,沿道要派人伺候,局勇一律换上鲜明号衣。又传了本辕督带亲兵的哨弁来,交代明日各亲兵一个不准告假,在辕门里面,站队伺候。又调了沪军营两哨勇,在辕门外站队。一切都预备妥当。

到了这天，诰封夫人、晋封一品夫人、赵宪太太陆夫人，在天妃宫行辕坐了绿呢大轿登程。前头顶马，后头跟马；轿前高高的一顶日照，十六名江西巡抚部院的亲兵；轿旁四名载顶拖貂佩刀的戈什，簇着过了天妃宫桥，由大马路出黄浦滩，迤逦到十六铺外滩。转弯进了小东门，便看见沿路都是些巡防局勇丁，往来梭巡。这一天城里的街道，居然也打扫干净了，只怕从有上海城以来，也不曾有过这个干净的劲儿。走不多时，忽见前面一排兵勇，扛着大旗，在那时站队。有一个穿了灰布缺襟袍，天青羽纱马褂，头戴水晶顶，拖着蓝翎，脚穿抓地虎快靴的，手里捧着手版。宪太太的轿离着他还二三丈路，那个人便跪下，对着宪太太的轿子，吱啊，咕啊，咕啊，吱啊的，不知他说些什么东西，宪太太一声也不懂他的。肚子里还想道："格格人朝仔倪痴形怪状格做舍介？"想犹未了，又听得一声怪叫，那路旁站的兵队，便都一齐屈了一条腿，作请安式蹲下。一路都是如此。过了旗队，便是刀叉队、长矛队、洋枪队。忽见路旁又是一个人，手里捧着手版跪着，说些什么，宪太太心中十分纳闷。过去之后，还是旗队、刀叉队、洋枪队。抬头一看，已到辕门，又是一个捧着手版的东西，跪在那里吱咕。宪太太忽然想道："这些人手里都拿着禀帖，莫非是要拦舆告状的，看见我护卫人多，不敢过来？"越想越像，要待喝令停轿收他状子，无奈轿子已经抬过了。耳边忽又听得轰轰轰三声大炮，接着一阵鼓吹，又听得一声"门生叶某，恭迎师母大驾"。宪太太猛然一惊，转眼一望，原来已经到了仪门外面。

叶伯芬身穿蟒袍补褂，头戴红顶花翎，在仪门外垂手站立。等轿子走近，一手搭在轿杠上，扶着轿杠往里去，一直抬上大堂，穿过暖阁，进了麒麟门，到二堂下轿。叶老太太、叶太太早已穿了披风红裙，迎到二堂上，让到上房。宪太太向老太太行礼，老太太连忙回礼不迭。礼毕之后，又对叶太太福了一福。叶太太却要拜见师母，叫人另铺拜毡，请师母上坐。宪太太连说"不敢当"，叶太太已经拜了下去。宪太太嘴里连说"不敢当，不敢当，还礼还礼"，却并不曾还礼，三句话一说，叶太太已拜罢起身了。然后叶伯芬进来叩见师母，居然也是一跪三叩首,宪太太却还了个半礼,伯芬退了出去。这里是老太太让坐,太太送茶,分宾主坐定,无非说几句寒暄客套的话。略坐了一会,老太太便请升珠,请宽衣,摆上点心用过。宪太太又谈谈福建的景致,又说这上房收拾得比我们住的时候好了。七拉八扯,谈了半天,就摆上酒席。老太太定席,请宪太太当中坐下,姑媳两人,一面一个相陪。宪太太从前给人家代酒代惯的,著名洪量,便一杯一杯吃起来。叶伯芬具了衣冠,来上过一道鱼翅,一道燕窝。停了一会,又亲来上烧烤。宪太太倒也站了起来,说道:“耐太客气哉!”原来宪太太出身是苏州人,一向说的是苏州话,及至嫁与赵啸存,又是浙东出干菜地方的人氏,所以家庭之中,宪太太仍是说苏州话,啸存自说家乡话,彼此可以相通的,因此宪太太一向不会说官话。随任几年,有时官眷往来,勉强说几句,还要带着一大半苏州土话呢。就是此次和老太太们说官话,也是不三不四,词不能达意的。至于叶伯芬能打两句强苏白,是久在宪太太洞鉴之中的,所以冲口而出,就说了一句苏州话。伯芬未及回答,宪太太又道:“划一!今早奴进城格辰光,倒说有两三起拦舆喊冤格呀!”伯芬吃了一惊道:“来浪啥场化?”宪太太道:“就来浪路浪向哙。问倪啥场化,倪是弗认得格哙。”伯芬道:“师母阿曾收俚呈子?”宪太太道:“是打算收俚格,轿子跑得快弗过咯,来弗及哉。”伯芬道:“是格啥底样格人?”宪太太道:“好笑得势!俚告到状子哉,还要箭衣方马褂,还戴起仔红缨帽子。”伯芬恍然大悟道:“格个弗是告状格,是营里格哨官来浪接师母,跪来浪唱名,是俚笃格规矩。”宪太太听了,方才明白。如此一趟应酬,把江西巡抚打发过去。叶伯芬的曳尾泥涂,大都如此,这回事情,不过略表一二。正是:泥涂便是终南径,几辈凭渠达帝阍。不知叶伯芬后来怎样做了抚台,为何要参藩台,且待下回再记。

## 第九十二回 谋保全拟参僚属 巧运动赶出冤家

如今晚儿的官场，只要会逢迎，会巴结，没有不红的。你想像叶伯芬那种卑污苟贱的行径，上司焉有不喜欢他的道理？上司喜欢了，便是升官的捷径。从此不到五六年，便陈臬开藩，扶摇直上，一直升到苏州抚台。因为老太太信佛念经，伯芬也跟着拿一部《金刚经》，朝夕唪诵。此时他那位大舅爷，早已死了，没了京里的照应，做官本就难点；加之他诵经成了功课，一天到晚，躲在上房念经，公事自然废弃了许多，会客的时候也极少，因此外头名声也就差了。慢慢的传到京里去，有几个江苏京官，便商量要参他一本。因未曾得着实据，未曾动手，各各写了家信回家，要查他的实在劣迹。恰好伯芬妻党，还有几个在京供职的，得了这个风声，连忙打个电报给他，叫他小心准备。伯芬得了这个消息，心中十分纳闷，思量要怎样一个办法，方可挽回，意思要专折严参几个属员，貌为风厉，或可以息了这件事。无奈看看苏州合城文武印委各员，不是有奥援的，便是平日政绩超著的。在黑路里的各候补人员，便再多参几个也不中用。至于外府州县，自己又没有那么长的耳目去觑他的破绽。正在不得主意，忽然巡捕拿了手本上来说时某人禀见，说有公事面回，伯芬连忙叫请。

原来这姓时的，号叫肖臣，原是军装局的一个司事，当日只赚得六两银子薪水一月。那时候伯芬正当总办，不知怎样看上了他，便竭力栽培他，把他调到帐房里做总管帐。因此，时肖臣便大得其法起来，捐了个知县，照例引见，指省江苏，分宁候补。恰好那时候伯芬放了江海关道，肖臣由南京来贺任，伯芬便重重的托他，在南京做个坐探，所有南京官场一举一动，随时报知。肖臣是受恩深重的人，自然竭力报效。从此时肖臣便是伯芬的坐探。也是事有凑巧，伯芬官阶的升转，总不出江苏、江西、安徽三省，处处都用得着南京消息的，所以时肖臣便代他当了若干年的坐探。此次专到苏州来，却是为了他自己的私事。凡上衙门的规矩，是一定要求见的，无论为了什么事，都说是有公事面回的。这时肖臣是伯芬的私人，所以见了手版就叫请。

巡捕去领了肖臣进来，行礼已毕，伯芬便问道："你近来差事还好么？"肖臣道："大帅明见。卑职自从交卸扬州厘局下来，已经六个月了，此刻还是赋闲着，所以特为到这边来给大帅请安。二则求大帅赏封信给江宁惠藩台，吹嘘吹嘘，希冀望个署缺。"伯芬道："署缺，那边的吏治近来怎样了？"肖臣道："吏治不过如此罢了。近来贿赂之风极盛，无论差缺，非打点不得到手。"伯芬道："那么你也去打点打点就行了，还要我的信做什么？"肖臣道："大帅栽培的，较之鬼鬼祟祟弄来的，那就差到天上地下了。"伯芬心中忽然有所触，因说道："你说差缺都要打点，这件事可抓得住凭据么？"肖臣道："卑职动身来的那两天，一个姓张的署了山阳县，挂出牌来，合省哗然。无人不知那姓张的，是去年在保甲局内得了记大过三次、停委两年处分的，此时才过了一年，忽然得了缺，这里头的毛病，就不必细问了。有人说是化了三千得的，有人说是化了五千得的。卑职以为事不干己，也没有去细查。"伯芬道："要细查起来，你可以查得着么？"肖臣道："要认真查起来，总可以查得着。"伯芬道："那么写信的事且慢着谈，你的差缺，我另外给你留心。你赶紧回去，把他那卖差卖缺的实据，查几件来。这件事第一要机密，第二要神速。你去吧。"说罢，照例端茶送客。肖臣道："那么卑职就动身，不再过来禀辞了。"伯芬点点头。肖臣辞了出来，赶忙赶回南京去，四面八方的打听，却被他打听了十来起，某人署某缺，费用若干；某人得某差，费用若干。开了一张单，写了禀函，寄给伯芬。

伯芬得了这个，便详详细细写了一封信给南京制台，胪陈惠藩台的劣迹，要和制台会衔奏参。制台得了信，不觉付之一笑。原来这惠藩台是个旗籍，名叫惠福，号叫锡五，制台也是旗籍，和他带点姻亲。并且惠藩台是拜过制台门的。有了这等渊源，旁人如何说得动坏话，何况还说参他呢。好笑叶伯芬聪明一世，懵懂一时，同在一省做官，也不知道同寅这些底细，又不打听打听，便贸贸然写了信去。制台接信的第二天,等藩台上辕,便把那封信给藩台看了。藩台道:“既是抚帅动怒,司里听参就是了。”制台一笑道:“叶伯芬近来念《金刚经》念糊涂了,要办一件事情?也不知道过细想想,难道咱们俩的交情,还是旁人唆得动的吗?”藩台谢过了,回到自己衙门,动了半天的气。一个转念,想道:“我徒然自己动气,也无济于事。古人说得好:‘无毒不丈夫。’且待我干他一干,等你知道我的手段!”打定了主意,便亲自起了个一百多字的电稿,用他自己私家的密码译了出来,送到电局,打给他胞弟惠禄。

这惠禄号叫受百,是个户部员外郎,拜在当朝最有权势的一位老公公膝下做个干孙子,十分得宠。无论京外各官,有要走内线的,若得着了受百这条门路,无有不通的。京官的俸禄有限,他便专靠这个营生,居然臣门如市起来。便是他哥哥锡五放了江宁藩台,也是因为走路子起见,以为江南是财富之区,做官的容易赚钱,南京是个大省会,候补班的道府,较他处为多,所以弄了这个缺,要和他兄弟狼狈为奸。有要进京引见的,他总代他写个信给兄弟,叫他照应。如此弄起来,每年也多了无限若干的生意。这回因为叶伯芬要参他,他便打了个电报给兄弟,要设法收拾叶伯芬,并须如此如此。

受百接了电报,见是哥哥的事情,不敢怠慢,便坐了车子,一径到他干祖父宅子里去求见,由一个小内侍引了到上房。只见他干祖父正躺在一张醉翁椅上,双眼迷蒙,像是要磕睡的光景,便不敢惊动,垂手屏息,站在半边。站了足足半个钟头,才见他干祖父打了个翻身,嘴里含糊说道:“三十万便宜了那小子!”说着,又蒙胧睡去。又睡了一刻多钟,才伸了伸懒腰,打个呵欠坐起来。受百走近一步,跪了下来,恭恭敬敬叩了三个头,说道:“孙儿惠禄,请祖爷爷的金安。”他干祖父道:“你进来了。”受百道:“孙儿进来一会了。”他干祖父道:“外头有什么事?”受百道:“没有什么事。”他干祖父道:“乌将军的礼送来没有?”受百道:“孙儿没经手,不知他有送宅上来没有?”他干祖父道:“有你经着手,他敢吗?他别装糊涂,仗着老佛爷腰把子硬,叫他看!”受百道:“这个谅他不敢,内中总还有什么别的事情?”他干祖父就不言语了。歇了半天才道:“你还有什么事?”受百走近一步,跪了下来道:“孙儿的哥哥惠福,有点小事,求祖爷爷做主。”他那干祖父低头沉吟了一会道:“你们总是有了事情,就到我这里麻烦。你说吧,是什么事情?”受百道:“江苏巡抚叶某人,要参惠福。”他干祖父道:“参出来没有?”受百道:“没有。”他干祖父说道:“那忙什么,等他参出来再说罢咧。”受百听了,不敢多说,便叩了个头道:“谢过祖爷爷的恩典。”叩罢了起来,站立一旁,直等他干祖父叫他“你没事去吧”,他方才退了出来,一径回自己宅子里去。入门,只见兴隆金子店掌柜的徐老二在座。

原来这徐老二,是一个专门代人家走路子的,著名叫徐二滑子,后来给人家叫浑了,叫成个徐二化子。大凡到京里来要走路子的,他代为经手过付银钱,从中赚点扣头过活,所开的金子店,不过是个名色罢了。这回是代乌将军经手,求受百走干祖父路子的。当下受百见了徐二化子,便仰着脸摆出一副冷淡之色来。徐二化子走上前请了个安,受百把身子一歪,右手往下一拖,就算还了礼。徐二化子歇上一会,才开口问道:“二爷这两天忙?”受百冷笑道:“空得很呢!空得没事情做,去代你们碰钉子!”徐二化子道:“可是上头还不答应?”受百道:“你们自己去算吧!乌某人是叫八个都老爷联名参的,罪款至七十多条,贼款八百多万。牛中堂的查办,有了凭据的罪款,已经五十几条,查出的贼款,已经五百多万。要你们三百万没事,那别说我,就是我祖爷爷也没落着一个,大不过代你们在堂官大人们、司官老爷们处,打点打点罢了。你们总是那么推三阻四!咱们又不做什么买卖,论价钱,对就对,不对咱们撒手,何苦那么一天推一天的,叫我代你们碰钉子!”徐二化子忙道:“这个呢,怨不得二爷动气,就是我也叫他们闹的厌烦了。但是君子成人之美,求二爷担代点吧。我才到刑部里去来,还是没个实在。我也劝他,说已经出到了二百四十万了,还有那六十万,值得了多少,麻麻糊糊拿了出来,好歹顾全个大局。无奈乌老头子,总像仗了什么腰把子似的。”受百道:“叫他仗腰把子吧!已经交代出去,说我并不经管这件事,上头又催着要早点结案,叫从明天起,只管动刑吧!”徐二化子大惊道:“这可是今天的话?”受百不理他,径自到上房去了。

徐二化子无可奈何,只得出了惠宅,干他的事去。到了下午,又来求见,受百出来会他。徐二化子道:“前路呢,三百万并不是不肯出,实在因为筹不出来,所以不敢胡乱答应。我才去对他说过,他也打了半天的算盘,说七拼八凑,还勉强凑得上来,三天之内,一定交到,只要上头知道他冤枉就是了。可否求二爷再劳一回驾,进去说说,免了明天动刑的事?”受百道:“老实说:我祖爷爷要是肯要人家的钱,二十年头里早就发了财了,还等到今天！这不过代你们打点的罢了。要我去说是可以的,就是动刑一节话,已经说了出去,只怕不便就那么收回来,也要有个办法吧。”徐二化子听了,默默无言,歇了一会道:“罢,罢！无非我们做中人的晦气罢了！我再走一回吧。二爷,你伫等我来了再去。”说罢,匆匆而去。歇了一大会,又匆匆来了,又跟着一个人,捧了一大包东西。徐二化了亲自打开包裹,里面是一个紫檀玻璃匣,当中放着一柄羊脂白玉如意。匣子里还有一个圆锦匣子,徐二化子取了出来,打开一看,却是一挂朝珠,一百零八颗都是指顶大的珍珠穿成的。徐二化子又在身边取出两个小小锦匣来,道:“这如意、朝珠,费心代送到令祖老太爷处,是不成个礼的,不过见个意罢了。”说罢,递过那两个小匣子道:“这点点小意思,是孝敬二爷的,务乞笑纳。”受百接过,也不开看,只往桌上一放道:“你看天气已经要黑下来了,闹到这会才来,又要我连夜的走一趟！你们差使人,也得有个分寸！”徐二化子连忙请了个安道:“我的二爷！你伫哪里不行个方便,这个简直是作好事！二爷把他办妥了,就是救了他一家四五十个人的性命,还不感动神佛,保佑二爷升官发财吗。”受百道:“一个人总不要好说话,像我就叫你们麻烦死了！”徐二化子又请了一个安道:“务求二爷方便这一回,我们随后补报就是。我呢,以后再有这种觍琐事情,我也不敢再经手了。”受百哼了一声,又叹了一口气,便直着嗓子喊套车子。徐二化子又连忙请了个安道:“谢二爷。”方才辞了出去。忽然又回转来道:“那两样东西,请二爷过目。”受百道:“谁要他的东西！你给他拿回去吧。”徐二化子道:“请二爷留着赏人吧。”一面说,一面把两个小匣子打开,等受百过了目,方才出去。受百看那两样东西,一个是玻璃绿的老式班指,一个是铜钱大的一座钻石帽花。仍旧把匣子盖好,揣在怀里。叫家人把如意、朝珠拿到上房里去。一面心中盘算,这如意可以留着做礼物送人;帽花、班指留下自用;只有这挂朝珠,就是留着他也挂不出去,不如拿去孝敬了祖爷爷,和哥哥斡旋那件事。左右是我动刑的一句话吓出来的。定了主意,专等明天行事,一夜无话。

次日,赶一个早,约莫是他干祖父下值的时候,便怀了朝珠,赶到他宅子里去。叩过头,请过安,便禀道:"乌将军那里,一向并不是敢悭吝,实在一时凑不上来。昨天孙儿去责备过了,他说三天之内,照着祖爷爷的吩咐送过来。请祖爷爷大发慈悲,代他们打点打点。"他干祖父道:"可不是吗?我眼睛里还看得见他的钱吗?现在那些中堂大人们,哪一个不是棺材里伸出手来死要的!"受百跪下来磕了个头道:"孙儿孝敬祖爷爷的。"一面将一匣朝珠呈上。他干祖父并不接受道:"你揭开看。"受百揭开匣盖,他干祖父定睛一看,见是一挂珍珠朝珠。暗想老佛爷现在用的虽然有这个圆,却还没有这个大;我一向要弄这么一挂,可奈总配不匀停,今天可遇见了。想罢,才接在手里道:"怎好生受你的?"受百又磕了一个头,谢过赏收,才站起来道:"这个不是孙儿的,是孙儿哥哥差人连夜赶送进来,叫孙儿代献祖爷爷的。"他干祖父道:"是啊,你昨天说什么人要参你哥哥?"受百道:"是江宁巡抚。"他干祖父想道:"你哥哥在哪里?"受百道:"是江宁藩司。"他干祖父想了一想道:"江宁藩司,江苏巡抚,不对啊,他怎么可以参他呢?"受百道:"他终究是个上司,打起官话来,他要参就参了。"他干祖父道:"岂有此理!你哥也是我孙子一样,咱家的小孩子出去,都叫人家欺负了,那还成个话!你想个什么法子惩治惩治那姓叶的,我替你办。"受百道:"孙儿不敢放恣,只求把姓叶的调开了就好。"他干祖父道:"你有什么主意,和军机上华中堂说去,就说是我的主意。"受百又叩头谢过,辞了出来,就去谒见华中堂,把主意说了,只说是祖爷爷交代如此办法。华中堂自然唯唯应命。

过了几天,新疆巡抚出了缺,军机处奉了谕旨,新疆巡抚着叶某人调补,江苏巡抚着惠福补授,却把一个顺天府府尹放了江宁藩司,另外在京员当中,简了个顺天府尹。这一个电报到了南京,头一个是藩台快活,阖城文武印委各员,纷纷禀贺。制台因为新藩台来,尚须时日,便先委巡道署理了藩台,好等升抚交代藩篆,先去接印,却委苟才署了巡道。苟才这一喜,正是:宪恩深望知鳌戴,佥事威严展狗才。未知苟才署了巡道之后,又复如何,且听下回分解。

# 第九十三回　调度才高抚台运泥土　被参冤抑观察走津门

苟才得署了巡道，那且不必说。只说惠升抚交卸了藩篆，便到各处辞行。乘坐了钧和差船，到了镇江起岸，自常镇道、镇江府以下文武印委各员，都到江边恭迓宪节。丹徒、丹阳两县，早已预备行辕。新抚台舍舟登陆，坐了八抬绿呢大轿，到行辕里去。轿子走过一处地方，是个河边，只见河岸上的土，堆积如山，沿岸迤逦不绝。惠抚台坐在轿子里，默默寻思：这镇江地方，想不到倒是出土的去处。一路思思想想，不觉已到行辕，徒、阳两县，已在那里伺候。惠抚台便叫两县上来见。两县连忙进内，行礼已毕，惠抚台问道："方才兄弟走过一处地方，看见一条河道，两岸上的土却堆放得不少，那是什么地方？"丹阳县一想，回道："那条河便是丹徒、丹阳的分界，叫做徒阳河。因为年久淤塞，近来雇工挑濬，两岸的土都是从河底挖上来的，一时没地方送，暂时堆在那里的。"惠抚台大喜道："兄弟倒代你们想了一个送处。南京现在开辟马路，漫到四处的找土填地，谁知南京的土少得很。这里有了那么许多土，从明日起，就陆续把他送到南京去，以为填马路之用。"徒、阳两县一时未便禀驳，只得应了几个"是"字下来。恰好遇了开濬徒阳河工程委员进去，两县便把上项话告诉了他。委员道："这个办不到。为了那不相干的泥土，还出了运费，运到南京呢！"说罢，自跟了手版上去谒见。

原来惠抚台的意思，到了镇江，只传见几个现任官，那地方上一切委员，都不见的。因为看了这个手版，是开濬徒阳河的工程委员，他心中有了运土往南京的一篇得意文章，恰好这是个工程委员，便传见了。委员行过礼之后，抚台先开口道："那什么河的工程，是你老哥办着？"委员道："是卑职办着徒阳河工程。"抚台道："我不管'徒羊'也罢，'徒牛'也罢，河里挖出来的土，都给我送到南京。因为南京此刻要修马路没土，这里挖出来的土太多，又没个地方存放，往南京一送，岂不是两得其便吗?”委员道:“这里的土往南京送，恐怕雇不出那许多船;并且船价贵了，怕不合算。”抚台道:“何必要雇船，就由轮船运去就行了，又快。”委员不敢多说，只得答应了几个“是”字。抚台也就端茶送客。委员退了出来，一肚子又好气又好笑，一径到镇江府去上衙门，禀知这件事，求府尊明日谒见时转个圜。府尊道:“这个怎样办得到! 那稀脏的，人家外国人的轮船肯装吗? 我明日代你们回就是了。”委员退了出来，又到常镇道衙门去求见，禀知这件事。道台听了，不觉好笑起来道:“好了! 有了这种精明上司，咱们将来有得伺候呢。你老哥也太不懂事了，这是抚宪委办的，你不就照办，将来报销多少，是这一笔运费，都注着“奉抚宪谕”的，款子不够，管上来领，也说是‘奉抚宪谕’的，咱们好驳你吗?”委员听了道台一番气话，默默无言。道台又道:“赶明天见了再说吧。”一面拿起茶碗，一面又道:“还是你们当小差使的好。像这种事情，到兄弟这里一回，老兄的干系就都卸了，钉子由得我去碰。”委员也无言可答，又不便说是是是，只得一言不发，退了出来。

到了明日，道、府两位，一同到行辕禀安、禀见。及至相见之下，抚台又说起要运土往南京的话，府尊道:“昨天委员已经到卑府这边说过，用民船运呢，怕没那么些民船。要用轮船运呢，这个稀脏的东西，怕轮船不肯装。”抚台道:“外国人的轮船不肯罢了，咱们招商局的船呢，也不肯装，说不过去吧。”府尊道:“招商局船，也是外国人在那里管事。”抚宪道:“他们嫌脏，也有个法子:弄了麻布袋来，一袋一袋的都盛起来。缝了口，不就装去了吗。”府尊道:“那么一来，费用更大了，恐怕不上算，到底不过是点土罢了。”抚台怒道:“你们怎都没听见，南京地方没土，这会儿等土用，化了钱还没地方买! 你当兄弟真糊涂了!”府尊和抚台答话时，道台坐在旁边，一言不发，只冷眼看着府尊去碰钉子。此时抚台却对道台说道:“凡是办事的人，全靠一个调度。你老想，这里挖出来的土，堆得漫到四处都是，走路也不便当，南京恰在那里等土用，这么一调度，不是两得其益么?”道台道:“往常职道晋省，看见南京城里的河道也淤塞的了不得，其实也很可以开濬开濬，那土就怕要用不完了。”抚台一想，这话不错;然而又不肯认错，便道："那么这边的土，就由他这么堆着？"道台道："这边租界上有人造房子，要来垫地基，叫他们挑去，非但不化挑费，多少还可以卖几个钱呢。"抚台道："南京此刻没有开河的工程。咱们既然办到这个工程，也不在乎卖土那点小费，叫人家听着笑话。还是照兄弟的办法吧。"道府二人，无可奈何，只得传知工程委员去办。

那工程委员听说用麻袋袋土，乐得从中捞点好处，便打发人去办，登时把镇江府城厢内外各麻包店的麻包、席包买个一空。雇了无限若干人，在那里一包一包的盛起来，又用了麻线缝针，一律的缝了口。从徒阳河边一直运送到江边，上了招商趸船。这东西虽然不要完税，却是出口货物，照例要报关的，又要忙着报关。等上水船到了，便往船上送。船上人问知是烂泥，便不肯放在舱里，只叫放在舱面上，把一个舱面，堆积如山的堆起来。到了南京，又要在下关运到城里，闹的南京城厢内外的人，都引为笑话，说新抚台一到镇江，便刮了多少地皮，却往南京来送。如此装运了三四回，还运不到十分之一。

恰好一回土包上齐了船之后，船便开行，却遇了一阵狂风暴雨，那舱面的土包，一齐湿透了，慢慢的溶化起来。加之船上搭客，看见船上堆了那许多麻包，不知是些什么东西，挖破了看，看见是土，还以为土里藏着什么呢，又要挖进去看，那窟窿便越挖越大。又有些是缝口时候，没有缝好的，遇了这一阵狂风大雨，便溶化得一齐卸了下来，闹得满舱面都是泥浆。船主恨极了，叫了买办来骂。买办告诉他这是苏州抚台叫运往南京去的，外国人最是势利，听说是抚台的东西，他就不敢多说了。一面叫人洗，哪里禁得黄豆般大的雨点，四面八方打过来，如何洗得干净，只好由他。等赶到南京时，天色还没大亮。轮船刚靠了趸船，便有一班挑夫、车夫，与及客栈里接客的，一齐拥上船来。有个喊的是挑子要吧，有个喊的是车子要吧，有两个是大观楼啊、名利栈啊，不道一律的声犹未了，或是仰跌的，或是扑跌的。更有一班挑夫，手里拿着扁担扛棒，打在别人身上的。及至爬起来，立脚未定，又是一跌。那站得稳，不至于跌的，被旁边的人一碰，也跌下去了。登时大乱起来。不上一会功夫，带得满舱里面都是泥浆。

恰好这一回有一位松江提督，附了船来，要到南京见制台的。船到时,便换了行装衣帽,预备登岸。这里南京自然也有一班营弁接他的差,无奈到了船上,一个个都跌得头晕眼花,到官舱里禀见时,没有一个不是泥蛋似的。那提督大人便起身上岸。不料出了官舱,一脚踏到外面,仰面就是一个跟斗,把他一半跌在里面,一半跌在外面。吓得一众家人,连忙赶来搀扶,谁知一个站脚不稳,恰恰一跌,爬在提督身上,赶忙爬起来时,已被提督大骂不止。一面起来重新到舱里去开衣箱换衣服,一根花翎幸而未曾跌断。更衣既毕,方才出来。这回却是战战兢兢的,低下头一步一步的捱着走,不敢摆他那昂藏气概了。那一班在舱外站班的,见他老人家出来,军营里的规矩,总是请一个安,谁知这一请安,又跌下了四五个人。那提督也不暇理会,慢慢的一步一步捱到趸船上,又从趸船上捱到码头上。这一回幸未陨越,方才上轿而去。

再说船上那些烂泥包儿,一个个多已瘪了,用手提一提,便挤出无限泥浆,码头上小工都不肯搬。闹了一会,船上买办急了,通知了岸上巡防局,派了局勇到船上来弹压。众小工无奈,只得连拖带拽的,起到趸船上。好好的一座趸船,又变成一只泥船了。趸船上人急了,只得又叫人拖到岸上去。偏偏连日大雨不止,闹得招商局码头,泥深没踝。只这一下子,便闹到怨声载道,以后招商船也不肯装运了,方才罢休。

且说惠抚台在镇江耽搁了两天,游过金山、焦山、北固山等名胜,便坐了官船,用小火轮拖带,向苏州进发。一面颁出红谕,定期接印。苏州那边,合城文武,自然一体恭迎。在八旗会馆备了行辕。抚台接见过僚属之后,次日便去拜前任抚台,无非说几句寒暄套话。到了接印那天,新抚台传谕,因为前任官眷未曾出署,就在行辕接印。旧抚台便委了中军,赍了抚台印信及旗牌、令箭等,排齐了职事,送至八旗会馆。新抚台接印、谢恩、受贺等烦文,不必细表。

且说旧抚台叶伯芬交过印之后,便到新抚台惠锡五处辞行。坐谈了一会,伯芬兴辞。锡五道:“兄弟有一句临别赠言的话,不知阁下可肯听受?”伯芬当他是什么好话,连忙应道:“当得领教。”锡五道:“阁下到了新疆那边,正好多参两个藩司!”伯芬听了,不觉目定口呆,涨红了脸,回答不上来,只好搭讪着走了。到了动身那天,锡五只差人拿个片子去送行,伯芬也自觉得无味。这里锡五却又专人到京里去和他兄弟受百商量,罗织了伯芬前任若干款,买出两个都老爷参出去。有旨即交惠福查明复奏。他那复奏中,自然又加了些油盐酱醋在里面,叶伯芬便奉旨革职。可怜他万里长征的到了新疆,上任不到半年,便碰了这一下子,好不气恼!却又无可出气,只拣了几十个属员,有的没的,出了些恶毒考语,缮成奏折,倒填日子,奏参出去,以泄其忿。等他交卸去了之后,过了若干日子,才奉了上谕:"叶某奏参某某等,着照所请,该部知道。"这一个大参案出了来,新疆官场,无不恨如切骨,无奈他已去的远了,奈何他不得。只此一端,亦可见叶伯芬的为人了。

且说苟才自从署了巡道之后,因为是个短局,却还带着那筹防局、牙厘局的差使。署了两个月,新任藩台到了,接过了印,那原任巡道,应该要回本任的了。因为制台要栽培苟才,就委原任巡道去署淮扬道。传见的时候,便说道:"老兄交卸藩篆下来,极应该就回本任。无奈扬州近日出了一起盐务讼案,连盐运司都被他们控到兄弟案下。兄弟意思要委员前去查办。无奈此时第一要机密,若是委员前去,恐怕他们得了信息,倒查不出个实情来,并且兄弟意中,也没有第二个能办事的人,所以奉托辛苦一趟。务请到任之后,暗暗查防,务得实情,以凭照办。所有那讼案的公事,回来叫他们点查清楚,送过来就是了。"巡道受了这个米汤,自然是觉得宪恩高厚,宪眷优隆了,奉了公事,便到署任去了。这里苟才便安安稳稳署他的巡道。此时一班候补道见苟才的署缺变了个长局,便有许多人钻谋他的筹防局、牙厘局了。制台也觉得说不过去,便委了别人。苟才虽然不高兴,然而自己现成抓了印把子,也就罢了。谁知这个当刻儿,又出了调动:那位两江制台调了直录总督,并且有"迅速来京陛见"字样;两湖总督调了两江。电报一到,那南京城里的官场,忙了个奔走汗流,顿时,禀贺的轿马,把"两江保障"、"三省钧衡"两面辕门,都塞满了。制台忙着交卸进京,照例是藩台护理总督,巡道署理藩台。苟才这一乐,登时就同成了天仙一般!虽然是看几天印把,没有什么大不了的好处,面子上却增了多少威风,因此十分得意。

谁料他所用的一个家人,名叫张福的,系湖北江夏人。他初署巡道时,正是气焰初张的时候,那张福忽然偷了他一点什么东西,他便拿一张片子,叫人把张福送到首县去叫办,首县便把张福打了两百小板子,递解回籍。张福是个在衙门公馆当差惯了的人,自有他的路子,递回江夏之后,他便央人荐到总督衙门文案委员赵老爷处做家人。他心中把苟才恨如切骨,没有事时,便把苟才送少奶奶给制台的话,加点材料,对同事各人淋漓尽致的说起来,大家传作新闻。久而久之,给赵老爷听见了,便把张福叫上去问。张福见主人问到这一节,便尽情倾吐。赵老爷听了,也当作新闻,茶余酒后,未免向各同事谈起。久而久之,连两湖督宪都知道了,说南京道员当中有这么一个人,还叫他署事,那吏治就可想了。加以他的大名叫得别致,大家都叫别了,总是叫他"狗才",所以一入耳之后,便不会忘记的。因此苟才的行为,久已在两湖督宪洞鉴之中的了。

两湖督宪奉了上谕,调补两江之后,便料理交代,这边的印务是奉旨交湖北巡抚兼署的。交代过后,便料理起程,坐了一号浅水兵轮,到了南京,颁出红谕,定期接印。那时离原任总督交卸的日子,虽然不过十多天,然而苟才已经心满意足了。却是新制台初到时,各官到码头迎迓,新制台见了苟才手版,心中已是一条刺;及至延见之时,不住的把双眼向苟才钉住。苟才哪里知道这里面的原委,还以为新制台赏识他的相貌呢。及至新制台接印之后,苟才也交卸藩篆,仍回署任。不出三日之内,忽然新制台一个札子下来,另委一个候补道去署淮扬道篆;却饬令原署淮扬道,仍回巡道本任;现署巡道苟才,着另候差委。这么一个札子下来,别人犹可,惟有苟才犹如打了个闷雷一般,正不知是何缘故。要想走走路子,无奈此时督辕内外各人,都已换了,重新交结起来,很要费些日子。有两个新督宪奏调过来的人,明知他是红的,要去结交他时,他却有点像要理不理的样子。苟才心中满腹狐疑,无从打听。不料新督宪到任三个月之后,照例甄别属员,便把苟才插入当中,用了"行止龌龊,无耻之尤"八个字考语,把他参掉了。这一气,把苟才气的直跳起来!骂道:"从他到任之后,我统共不过见了他三次，他从哪里看见我的‘行止龌龊’，从何知道我是‘无耻之尤’！我这官司要和他到都察院里打去！”骂了一顿，于事无济，又不免拿家人仆妇去出气。那些家人仆妇看见主人已经革职，便有点看不在眼里的样子。从前受了主人的骂，无非逆来顺受；此时受骂，未免就有点退有后言了。何况他是借此出气的，骂得不在理上，便有两个借此推辞，另投别人的了。苟才也无可如何，回到上房，无非是唉声叹气。

还是太太有主意，说道：“自从我们把小奶奶送给前任制台之后，也不曾得着她什么好处，她便走了。”苟才忙道：“可不是。早知道这样，我不会留下，等送这一个！”姨妈道：“不是这样说。你要送姨太太给他，也要探听着他的脾气，是对这一路的，才送得着。要是不对这一路的，送他也不受呢。”苟太太道：“罢，罢！我看他们男人们，没有一个不对这一路的，随便什么臭婊子都拿着当宝贝，何况是人家送的呢！”姨妈道：“你们都不知说些什么，我在这里替你们打算正经事呢。大凡人总有一个情字，前任制台白受了我们一位姨太太，我们并未得着他什么好处，他便走了。此时妹夫坏了功名，这边是站不住的了。我看不如到北洋走一趟，求求他，总应该有个下文。你们看我的话怎样？”只这一句话，便提醒了苟才道：“是呀，我到天津伸冤去。”即日料理到北洋去。正是：三窟未能师狡兔，一枝尚欲学鹪鹩。不知苟才到北洋去后如何，且待下回再述。

## 第九十四回 图恢复冒当河工差 巧逢迎垄断银元局

荀才自从听了姨妈的话，便料理起程到天津去。却是荀太太不答应，说是“要去大家一股脑儿去，你走了，把我们丢在这里做什么”。荀才道：“我这回去，不过是尽人事以听天命罢了，说不定有差使没差使。要是大家同去，万一到了那边没有事情，岂不又是个累。好歹我一个人去，有了差使，仍旧接了你们去。谋不着差事，我总要回来打算的。一个人往来的浇裹轻，要是一家子同去，有那浇裹，就可以过几个月的日子，何苦呢！”姨妈也从旁相劝。荀太太道：“你不知道，放他一个人出去，又是他的世界了，什么浪蹄子，臭婊子，弄个一大堆还不算数，还要叫他们充太太呢。”姨妈道：“此刻他又多了好几年的年纪了，断不至于这样了，你放心吧。”荀太太仍是不肯。荀才道：“如果必要全眷同行，我就情愿住在南京饿死，也不出门去了。”

还是亏得姨妈从旁百般解劝，劝的荀太太点了头，荀才方才收拾行李，打点动身。附了江轮，到得上海，暂时住在长发栈。却在栈里认得一个人。这个人姓童，号叫佐誾，原是广东人氏，在广东银元局里做过几天工匠，犯了事革出来，便专门做假洋钱，向市上混用，被他骗着的钱不少。此时因为事情穿了，被人告发，地方官要拿他，他带了家眷，逃到上海，也住在长发栈。恰好荀才来了，住在他隔壁房间，两人招呼起来，从此相识。荀才问起他到上海何事的，佐誾随口答道：“不要说起！是兄弟前几年向制台处上了一个条陈，说：现在我们中国所用的全是墨西哥银圆，利权外溢，莫此为甚！不如办了机器来，我们设局自铸。制台总算给我脸，批准了，办了机器来，开了个银元局鼓铸，委了总办、会办、提调。因为兄弟上的条陈，机器化学一道，兄弟也向来考究的，就委了兄弟做总监工。当时兄弟曾经和总办说明白，所有局中出息，兄弟要用二成，余下八成，归总办、会办、提调，以及各司事等人摊分。办了两年，相安无事。不料前一向换了个总办，他却要把那出息一股脑提去，只给我五厘，因此我不愿意，辞了差到上海顽一顽。”苟才道：“那银元局总办，一年的出息有多少呢？”佐誾道：“那就看他派几成给人家了。我拿他二成，一年就是八十万。”苟才听了，暗暗把舌头一伸。从此天天应酬佐誾。佐誾到上海，原是为的避地而来，住栈究非长策，便在虹口篷路地方，租了一所洋房，置备家私，搬了进去。在新凭房子里，也请苟才吃过两顿。苟才有事在身，究竟不便过于耽搁，便到天津去了。

到得天津，下了客栈，将息一天，便到总督衙门去禀见。制台见了手本，触起前情，便叫请。苟才进去，行礼之后，制台先问道：“几时来的？”苟才道：“昨天才到。”制台道：“我走了之后，你到底怎么搅的，把功名也弄掉了？”苟才道：“革道一向当差谨慎，是大帅明鉴的。从大帅荣升之后，不到半个月，就奉札交卸巡道印务，以后并没得过差使。究竟怎样被革的，革道实在不明白。”制台道：“你这回来有什么意思没有？”苟才道：“求大帅栽培！”制台道：“北洋这边呢，不错，局面是大，然而人也不少。现在候差的人，兄弟也记不了许多。况且你老哥是个被议的人。你只管候着吧，有了机会，我再来知照”。说罢，端茶送客。苟才只得告辞出来。从此苟才十天八天去上一趟辕，朔望照例挂号请安。上辕的日子未必都见着，然而十回当中，也有五六回见着的。幸得他这回带得浇裹丰足，在天津一耽搁就是大半年，还不至于拮据。而且制台幕里，一个代笔文案，姓冒，号叫士珍，被他拉拢得极要好，两人居然换了帖，苟才是把兄，冒士珍是把弟，因此又多一条内线。看看候到八个月光景，仍无消息，又不敢当面尽着催。

正想托冒士珍在旁边探一探声口，忽然来了个戈什哈，说是大帅传见。苟才连忙换了衣冠，坐轿上辕。手版上去，马上就请。制台一见面，便道：“你老兄来了，差不多半年了吧？”苟才想了一想，回道：“革道到这边八个月了。”制台道：“我一点事没给你，也抱歉得很！”苟才道：“革道当得伺候大帅。”制台道：“今天早起，来了个电报，河工上出了事了，口子决得不小。兄弟今天忙了半天，人都差不多委定了，才想起你老兄来。”苟才道：“这是大帅栽培！”制台道：“你虽是个被议的人员,我要委你个差使呢,未尝不可以。但是无端多你一个人去分他们的好处,未免犯不上。你晓得他们巴了多少年,就望这一点工程上捞两个,此刻仗了我的面子,多压你一个人下去,在我固然犯不上,在你老哥,也好像……”说到这里,就停住了口。苟才道:“只求大帅的栽培,什么都是一样。”制台道:“所以啊,我想只管给你一个河工上的公事,他也不必到差,我也不批薪水,就近点就在这里善后局领去夫马费,暂时混着。等将来合龙的时候,我随折开复你的功名。”苟才听到这里,连忙爬在地下叩了三个头道:“谢大帅恩典!”制台道:“这么一来啊,我免了人家的闲话,你老哥也得实在了。”苟才连连称是。制台端茶送客。苟才回到下处,心中十分得意。

到了明日,辕上便送了札子来。苟才照例赏了札费,打发去了。看那札子时,虽不曾批薪水,却批了每月一百两的夫马费,也就乐得拿来往侯家后去送。光阴似箭,日月如梭,早又过了三四个月,河工合龙了,制台的保折出去了。不多几日,批回到了。别的与这书上不相干的,不要提他,单说苟才是赏还原官、原衔,并赏了一枝花翎。苟才这一乐,乐得他心花怒放!连忙上辕去叩谢宪恩;一面打电报到南京,叫汇银来,要进京引见。不日银子汇到,便上辕禀见请咨,恭辞北上。到京之后,他原想指到直隶省的,因为此时京里京外,沸沸扬扬的传说,北洋大臣某人,圣眷优隆,有召入军机之议,苟才恐怕此信果确,不难北洋一席,又是调来南京那魔头,我若指了直隶,岂非自己碰到太岁头上去。因此进京之后,未曾引见,先走路子,拜了华中堂的门。心中一算,安徽抚台华筱池,是华中堂的堂兄弟,并且是现任北洋大臣的门生,因此引见指省,便指了安徽。在京求了新拜老师华中堂一封信。到了天津,又求了制台一封信。对制台只说浇裹带得少,短少指省费,是掣签掣了安徽的。制军自然给他一封信。苟才得了这封信,却去和冒士珍商量,不知鬼鬼祟祟的送了他多少,叫他再另写一封。原来大人先生荐人的信,若是泛泛的,不过由文案上写一封楷书八行就算了。要是亲切的,便是亲笔信。但是说虽说是亲笔,仍由代笔文案写的。这回制台给他的信,已是冒士珍代笔的了,他却还嫌保举他的字眼不甚着实,所以不惜工本,央求冒士珍另写一封异常着实的，方才上辕辞行，仍走海道，到了上海。先去访着了童佐訚，查考了银元局的章程，机器的价钱，用人多少，每天能造多少，官中余利多少，一一问个详细，便和童佐訚商定，有事大家招呼。方才回南京去，见了婆子，把这一年多的事情，约略了述一遍。消停几天，便到安庆去到省。

安徽抚台华熙，本是军机华中堂的远房兄弟，号叫筱池。因他欢喜傻笑，人家就把他叫浑了，叫他做“笑痴”。当下苟才照例穿了花衣禀到，一面缴凭投信，一面递履历。抚台见有了一封军机哥哥的信，一封老师的信，自然另眼相看，并且老师那封信，还说得他“品端学粹，才识深长”，更是十分器重。当下无非说两句客套话，问问老中堂好啊，老师帅好啊，京里近来光景怎样啊，兄弟在外头，一碰又七八年没进京了，你老哥的才具是素仰的，这回到这里帮忙，将来仰仗的地方多着呢，照例说了一番过去。不上半个月，便委了他一个善后局总办。苟才一面谢委，拜客，到差；一面租定公馆，专人到南京去接取眷属。一面又自己做了一个条陈底稿。自到差之后，本来请的有现成老夫子，便叫老夫子修改。老夫子又代他斟酌了几条，又把他连篇的白字改正了，文理改顺了，方才誊正，到明日上辕，便递了上去。他是北洋大臣保说过‘才识优长’的，他的条陈抚台自然要格外当心细看。当下只揭了一揭，看了大略，便道：“等兄弟空了，慢慢细看吧。”苟才又回了几件公事，方才退出。

又过了两天，他南京家眷到了，正在忙的不堪，忽然来了个戈什哈，说院上传见。苟才立刻换了衣冠上院。抚台一见了便道：“老兄的才具，着实可以！我们安徽本来是个穷省分，要说到理财呢，无非是往百姓身上想法子。安徽百姓穷，禁得住几回敲剥。难为老兄想得到！”苟才一听，知道是说的条陈上的事情，便道：“大帅过奖了！其实这件事，首先是广东办开的头，其次是湖北，此刻江南也办了，职道不过步趋他人后尘罢了。”抚台道：“是啊！兄弟从前也想办过来，问问各人，都是说好的，什么‘裕国便民’啊，‘收回利权’啊，说得天花乱坠、等问到他们要窍的话，却都棱住了。你老哥想，没一个内行懂得的人，单靠兄弟一个，哪里担代得许多？老哥的手折，兄弟足足看了两天,要找一件事再问问都没有了,都叫老哥说完了。”苟才此时心中十分得意,因说道:“便是职道承大帅栽培,到了善后局差之后,细细的把历年公事看了一遍,这安徽公事,实在难办!在底下当差的,原是奉命而行,没有责任的,就难为上头的筹划,所以不能不想个法子出来,活动活动。”抚台道:“是啊。这句话对极了!当差的人要都跟老哥一样,还有办不下来的事情吗?但是这件事情,必要奏准了,才可以开办。你老兄肯担了这个干纪,兄弟就马上拜折了。”苟才道:“大帅的栽培,职道自然有一分心,尽一分力。”抚台喜孜孜的,送客之后,便去和奏折老夫子商量,缮了个奏折,次日侵晨,拜发出去。

苟才上院回家之后,满面得意,自不必说。忙了两天,才把一座公馆收拾停当。那位苟太太却在路上受了风寒,得了感冒,延医调治,迄不见效,缠绵了一个多月,竟呜呼哀哉了。苟才平日本是厌恶她悍妒泼辣,样样俱全,巴不得她早死了。不过有姨妈在旁,不能不干号两声罢了。苟才一面料理后事,一面叫家人拿手版上辕去请十天期服假。可巧这天那奏折的批回到了,居然准了。抚台要传苟才来见,偏偏他又在假内,把个抚台急的了不得。苟才是抚帅的红人,同寅中哪个不巴结!出了个丧事,吊唁的人,自然不少。忙过了盛殓之后,便又商量刻讣,择日开吊,又到城外一个什么庙里商量寄放棺木。诸事办妥,假期已满,上院销假。抚台便和他说:“上头准了,这件事要仰仗老兄的了。兄弟的意思,要连工程建造的事,都烦了老兄。”苟才道:“这一着且慢一慢,先要到上海定了机器,看了机器样子,量了尺寸,才可以造房子呢。”抚台见他样样在行,越觉欢喜,又说了两句唁慰的话,苟才便辞了回家。到下晚时,院上已送了一个札子来,原来是委他到上海办机器的。苟才便连忙上院谢委辞行,乘轮到了上海,先找着了童佐闾,和他说知办机器一事。童佐闾在上海已经差不多两年了,一切情形,都甚熟悉,便带苟才到洋行里去,商量了两天,妥妥当当的定了一分机器,订好了合同,交付过定银。他上条陈时,原是看定了一片官地,可以作为基址的,此番他来时,又叫人把那片地皮量了尺寸四至,草草画了一个图带来的;又托佐闾找一个工程师，按着地势打了一个厂房图样。凡以上种种，无非是童佐闾教他的，他哪里懂得许多。事情已毕，还不到二十天功夫，他便忙着赶回安庆，给死老婆开吊。一面和童佐闾商定，一力在抚台跟前保举他，叫他一得信就要赶来的。童佐闾自然答应。

苟才回到安庆之后，上院销差，顺便请了五天假，因为后天便是他老婆五七开吊之期。到了那天，却也热闹异常。便是抚院也亲临吊奠，当由家丁慌忙挡驾。忙了过一天，次日便出殡。出殡之后，又谢了一天客，方才停当，上院销差。顺便就保举了童佐闾，说他熟悉机器工艺，又深通化学。抚台就答应了将来用他。先叫他来见。苟才又呈上那张厂房图，抚台看过道："这可是老兄自己画的？"苟才道："不，职道不过草创了个大概，这回奉差到上海，请外国工程师画的。"抚台道："有了这个，工程可以动手了吧？"苟才道："是。"抚台送过客之后，跟着就是一个督办银元局房屋工程的札子下来。苟才一面打电报给童佐闾，叫他即日动身前来，抚院立等传见。不多几天，佐闾到了，苟才便和他一同上辕，抚院也都一齐请见，无非问了几句机器制造的话，便下来了。从此苟才传仗了佐闾做线索，自己不过当个傀儡。一面招募水木匠前来估价，起造房屋，有应该包工做的，有应该点工造的。又拣几个平素肯巴结他的佐贰，禀请下来，派做了什么木料处、砖料处、灰料处的委员，便连他自己公馆里一班不识字、没出息、永远荐不出事情的穷亲戚都有了事了，什么督工司事、监工司事，某处司事、某处司事，胡乱装些名目，一个个都支领起薪水来了。

谁知他当日画那片地图时，画拧了一笔，稍为画开了二三分。那个打样的工程师，是照他的地势打的，此时按图布置起来，却少了一个犄角，约莫有四尺多长，是个三角式。虽然照面积算起来，不到十方尺的地皮，然而那边却是人家的一座祠堂。若把那房子挪过点来，这边又没出路。承造的工匠，便来请示。苟才也无法可想，只得和佐闾商量。佐闾自去看过，又把这图样再三审度，也无法可想，道："为今之计，只有再画清楚地图，再叫人打样的了。"苟才道："已经动了工了，哪里来得及。"佐闾道："不然，就把他那房子买了下来。"苟才一想，这个法子还可以使得，便亲自去拜怀宁县，告知要买那祠堂的缘故,请他传了地保来查明祠主,给价买他的。怀宁县见是省里第一个红人委的,如何敢不答应,便传了地保,叫了那业主来,说明要买他祠堂的话。那业主不肯道:“我这个是七八代的祠堂!如何卖得。”县主道:“你看筑起铁路来,坟墓也要迁让呢,何况祠堂!这个银元局是奏明开办的,是朝廷的工程。此刻要买你的,是和你客气办法;不啊,就硬拆了你的,你往哪里告去?”那业主慌道:“这不是我一个人的事,这是合族的祠堂,就是卖,也要和我族人父老商量妥了,才卖得啊。”怀宁县道:“那么,限你明天回话,下去吧。”那人回去,只好惊动了族人父老商量,他以官势压来,无可抵抗,只得卖了,含泪到祠堂里请出神主。至于业主到底得了多少价,那是著书的无从查考,不能造他谣言的。不过这笔钱苟才是不能报销的,不知他在哪一项上的中饱提出来弥补的就是了。从此之后,直到厂房落成,机器运到,他便一连当了两年银元局总办。直到第三个年头,却出了钦差查办的事。正是:追风莫漫夸良骥,失火须防困跃龙。

从第八十六回之末,苟才出现,八十七回起,便叙苟才的事,直到此处九十四回已终,还不知苟才为了何事,再到上海。谁知他这回到上海,又演出一场大怪剧的,且待下回再记。

# 第九十五回　苟观察就医游上海　少夫人拜佛到西湖

苟才自从当了两年银元局总办之后,腰缠也满了。这两年当中,弄了五六个姨太太。等那小儿子服满之后,也长到十七八岁了,又娶了一房媳妇。此时银子弄得多,他也不想升官得缺了,只要这个银元局总办由得他多当几年,他便心满意足了。不料当到第三年上,忽然来了个九省钦差,是奉旨到九省地方清理财赋的。那钦差奉旨之后,便按省去查。这一天到了安庆,自抚台以下各官,无不懔懔栗栗。第一是个藩台,被他缠了又缠,弄得走头无路,什么厘金咧、杂捐咧、钱粮咧,查了又查,驳了又驳。后来藩台走了小路了,向他随员当中去打听消息,才知道他是个色厉内荏之流,外面虽是雷厉风行,装模作样,其实说到他的内情,只要有钱送给他,便万事全休的了。藩台得了这个消息,便如法泡制,果然那钦差马上就圆通了,回上去的公事,怎样说怎样好,再没有一件驳下来的了。

钦差初到的时候,苟才也不免栗栗危惧,后来见他专门和藩台为难,方才放心。后来藩司那边设法调和了,他却才一封咨文到抚台处,叫把银元局总办苟道先行撤差,交府厅看管,俟本大臣彻底清查后,再行参办。这一下子,把苟才吓得三魂去了二魂,六魄剩了一魄。他此时功名倒也不在心上,一心只愁两年多与童佐訚狼狈为奸所积聚的一注大钱,万一给他查抄了去,以后便难于得此机会了。当时奉了札子,府经厅便来请了他到衙门里去,他那位小少爷,名叫龙光,此时已长到十七八岁了,虽是娶了亲的人,却是字也不曾多认识几个,除了吃喝嫖赌之外,一样也不懂得。此刻他老子苟才撤差看管,他倘是有点出息的,就应该出来张罗打点了,他却还是昏天黑地的,一天到晚,躲在赌场妓馆里胡闹。苟才打发人把他找来,和他商量,叫他到外头打听打听消息。龙光道:“银元局差事又不是我当的,怎么样的做弊,我又没经过手,这会儿出了事,叫我出来打听些什么?”苟才大怒，着实把他骂了一顿。然而于实事到底无济，只好另外托人打听。幸得他这两年出息的好，他又向来手笔是阔的，所有在省印委候补各员，他都应酬得面面周到，所以他的人缘还好。自从他落了府经厅之后，来探望他、安慰他的人，倒也络绎不绝。便有人暗中把藩台如何了事的一节，悄悄的告诉了他。苟才便托了这个人，去代他竭力斡旋，足足忙了二十多天，苟才化了六十万两银子，好钦差，就此偃旗息鼓的去了。苟才把事情了结之后，虽说免了查办，功名亦保住了，然而一个银元局差使却弄掉了。化的六十万虽多，幸得他还不在乎此，每每自己宽慰自己道："我只当代他白当了三个月差使罢了。"幸得抚台宪眷还好，钦差走后，不到一个月，又委了他两三个差使，虽是远不及银元局的出息，面子上却是很过得去的了。

如此又混了两年，抚台调了去，换了新抚台来，苟才便慢慢的不似从前的红了。幸得他宦囊丰满，不在乎差使的了。闲闲荡荡的过了几年，觉得住在省里没甚趣味，兼且得了个怔忡之症，夜不成寐，闻声则惊，在安庆医了半年，不见有效，便带了全眷，来到上海，在静安寺路租了一所洋房住下，遍处访问名医，医了两个月也不见效，所以又来访继之，也是求荐名医的意思。已经来过多次，我却没有遇着，不过就听得继之谈起罢了。

当下继之到外面去应酬他，我自办我的正事。等我的正事办完，还听得他在外面高谈阔论。我不知他谈些什么，心里熬不住，便走到外面与他相见。他已经不认得我了，重新谈起，他方才省悟，又和我拉拉扯扯，说些客气话。我道："你们两位在这里高谈阔论，不要因我出来了打断了话头，让我也好领教领教。"苟才听说，又回身向继之汩汩而谈，直谈到将近断黑时，方才起去。我又问了继之他所谈的上半截，方才知道是苟才那年带了大儿子到杭州去就亲，听来的一段故事，今日偶然提起了，所以谈了一天。你道他谈的是谁？

原来是当日做两广总督汪中堂的故事。那位汪中堂是钱塘县人，正室夫人早已没了，只带了两个姨太太赴任，其余全眷人等，都住在钱塘原籍。把自己的一个妹子，接到家里来当家。他那位妹子，是个老寡妇了，夫家没甚家累，哥哥请他回去当家，自然乐从。汪府中上下人等,自然都称他为姑太太。中堂的大少爷早已亡故,只剩下一个大少奶奶,还有一个孙少爷,年纪已经不小,已娶过孙少奶奶的了。那位大少奶奶,向来治家严肃,内外界限极清,是男底下人,都不准到上房里去。丫头们除了有事跟上人出门之外,不准出上房一步,因此家人们上她一个徽号,叫她迂奶奶。自从中堂接了姑太太来家之后,迂奶奶把他待得如同婆婆一般,万事都禀命而行,教训儿子也极有义方,因此内外上下,都有个贤名。只有一样未能免俗之处,是最相信的菩萨,除了家中香火之外,还天天要入庙烧香。别的妇女入庙烧香起来,是无论什么庙都要到的;迂奶奶却不然,只认定了一个什么寺,是她烧香所在,其余各庙,她是永远不去的。有一天,她去烧香回来,轿子进门时,看见大门上家里所用的裁缝,手里做着一件实地纱披风,便喝停住了轿,问那披风是谁叫做的?裁缝连忙垂手,禀称是孙少爷叫做的,大约是孙少奶奶用的。迂奶奶便不言语。等轿子抬了进去,回到上房之后,把儿子叫来。孙少爷不知就里,连忙走到。迂奶奶见了,劈面就是一个巴掌,问道:“你做纱披风给谁?”孙少爷被打了一下,吃了一惊,不知何故?及至迂奶奶问了出来,方才知道,回道:“这是媳妇要用的,并不是给谁。”迂奶奶道:“她没有这个?”孙少爷道:“有是有的,不过是三年前的东西,不大时式了,所以再做一件。”迂奶奶听说,劈面又是一个巴掌,吓得孙少爷连忙跪下。孙少奶奶知道了,也连忙过来跪着陪不是。迂奶奶只是不理。旁边的丫头老妈子看见了,便悄悄的去报知姑太太。姑太太听了,便过来说情。迂奶奶道:“这些贱孩子,我平日并不是不教训他,他总拿我的话当做耳边风!出去应酬的衣裳,有了一件就是了,偏是时式咧,不时式咧,做了又做。三年前的衣服,就说不时式了。我穿的还是二十年前的呢!不要说是自己没能耐,不能进学中举,自己混个出身去赚钱,吃的穿的,都是祖老太爷的。就是自己有能耐,做了官,赚了钱,也要想想朱庐先生《治家格言》的话,‘一丝一缕,当思来处不易’。这些话,我少说点,一天也有四五遍教他们,他们拿我的话不当话,你说气人不气人!”姑太太道:“少奶奶说了半天,到底谁做了什么来啊?”迂奶奶道:“那年办喜事,我们盘里是四季衣服都全的。她那边陪嫁过来的,完全不完全,我可没留神。就算她不完全吧,有了我们盘里的,也就够穿了。叫什么少奶奶嫌式子老了,又在那里做什么实地纱披风了,你说他们阔不阔?"姑太太道:"年轻孩子们,要时式,要好看,是有的。少奶奶教训过就是了,饶了他们叫起去吧,叫他们下回不要做就是了。"迂奶奶道:"呀! 姑太太! 这句话可宠起他们来了! 什么叫做年轻小孩子,就应该要时式,要好看! 我也从年轻小孩子上过来的,不是下娘胎就老的,我可没那样过。我偏不饶他们,看拿我怎么!"姑太太无端碰了这么个钉子,心里老大不快活,冷笑道:"不要说我们这种人家,多件把披风算不了什么。就是再次一等的人家,只要做起来,不拿他瞎糟蹋,也就算得一丝一缕想到来处不易的了。要是天下人都像了少奶奶的脾气,只怕那开绸缎铺子的人,都要饿死了!"迂奶奶听了,并不答姑太太的话,却对着儿子、媳妇道:"好,好! 怨得呢,你们是仗了硬腰把子来的! 可知道你们终究是我的儿子、媳妇,凭你腰把子再硬点,是没用的!"姑太太听了,越发气了上来,说道:"少奶奶这是什么话? 他是姓汪的人他化姓汪的钱,再化多点,也不用着我旁人做什么腰把子!"迂奶奶道:"就是这个话! 我嫁到了姓汪的就是姓汪的人,管得着姓汪的事,我可没管到别姓人家的去。"姑太太这一气,更是非同小可! 要待和她发作起来,又碍着家人仆妇们看着不像样,暂时忍了这口气不再理她。回到自己房里,把迂奶奶近年的所为,起了个电稿,用自己家里的密码,编了电报,叫家人们送到电报局发到广东。

那位两广制军得了电报,心里闷闷不乐,想了半天,才发一个电报给钱塘县。这里钱塘县知县,无端接了广东一个头等印电,心中惊疑不定,不知是何事故,连忙叫师爷译了出来。原来是:"某寺僧名某某,不守清规,祈速访闻,提案严办,余俟函详。"共是二十二个字。其余便是收电人名、发电人名及一个印字。知县看了,十分惶惑,不知这位老先生为了甚事,老远的从广东打个电报来办一个和尚? 这和尚又犯了什么事,杭州城里多少绅士都不来告发,却要劳动他老先生老远的告起来? 又叫我作为访案,又叫我严办,却又只说得他"不守清规"四个字,叫我怎样严办法呢? 办到什么地步才算严呢? 便拿了这封电报,和刑名老夫子商量。老夫子道:“据晚生看来,我们这位老中堂,是一位‘阿弥陀佛’的人。听说他在广东杀一回强盗,他还代那强盗念一天《往生咒》呢。他有到电报要办的人,所犯的罪,一定是大的。不啊,便怕有关涉到他汪府上的事。据晚生的意思,不如一面先把和尚提了来,一面打个电报,请示办法。好得他有‘余俟函详’一句,他书信里头,总有一个办法在内,我们就照他办就是了。老父台以为如何?”知县也没甚说得,只好照他的办法,立刻出了票子,传了值日差役,去提和尚,说马上要人问话。不一会提到了,知县意思要先问一堂,回想这件事又没个原告,那电报又叫我作为访案的,叫我拿什么话问他呢?没奈何,叫把他先押起来,明天再问。

谁知到了明天,人清老早,知县才起来,门上来报汪府上大少奶奶来了。知县吃了一惊,便叫自己孺人迎接款待。迂奶奶行过礼之后,便请见老父台。知县在房中听见,十分诧异,只得出来相见。见礼已毕,迂奶奶先开口道:“听说老父台昨天把某寺的某和尚提了来,不知他犯了什么事?”知县听说,心中暗想,刑席昨天料说这和尚关涉他家的事,这句话想是对了。此刻他问到了,叫我如何回答呢。若说是我访拿的,他更要钉着问他犯的是什么罪,那更没有回答了。迂奶奶见知县不答话,又追问一句道:“这个案,又是谁的原告?”知县道:“原告么,大得很呢!”嘴里这么说,心里想道,不如推说上司叫拿的,他便不好再问;回想又不好,他们那等人家,那个衙门他不好去,我顶多不过说抚台叫拿的,万一他走到抚台那里去问,我岂不是白碰钉子。迂奶奶又顶着问道:“到底哪个的原告?大到那么个样子,也有个名儿?”知县此时主意已定,便道:“是闽浙总督,昨天电札叫拿的。”迂奶奶吃了一惊道:“他有什么事犯到福建去,要那边电札来拿他?”知县道:“这个侍生哪里知道,大约福建那边有人把他告发了。”迂奶奶低头一想道:“不见得。”知县道:“没有人告发,何至于惊动到督帅呢。”

迂奶奶道:“这么吧,此刻还不知道他犯的是什么罪,老父台也不便问他,拿他搁在衙门里,倒是个累赘。念他是个佛门子弟,准他交了保吧。”知县道：“这是上宪电拿的犯人，似乎不便交保。”迂奶奶道：“交一个靠得住的保人，随时要人，随时交案，似乎也不要紧。”知县道：“那么侍生回来叫保出去就是。”迂奶奶道：“叫谁保呢?”知县道：“那得要他自己找出人来。”迂奶奶道：“就是我来保了他吧。”知县心中只觉好笑，因说道：“府上这等人家，少夫人出面保个和尚，似乎叫旁人看着不大好看，不如少夫人回去，叫府上一个管家来保去吧。”迂奶奶脸上也不觉一红，说道：“那就叫我的轿夫具个名，可使得?”知县道：“这也使得。”迂奶奶便叫跟来的老妈子，出去叫轿夫阿三具保状，马上保了和尚出去。知县便道：“如此，少夫人请宽坐，侍生出去发落了他们。”说罢，便到外头去，叫传地保。原来知县心中早就打了主意，知道这里面一定有点蹊跷；不过看着那迂奶奶也差不多有五十岁的人，疑心不到哪里去就是了。但是叫他们保了去，万一将来汪中堂一定要人，他们又不肯交，未免要怪我办理不善。所以特地出来传了地保，硬要他在保状上也具个名字；并交代他切要留心，“如果被他走了，追你的狗命!”那地保无端背了这个干系，只得自认晦气，领命下去。

这件事，早又传到姑太太耳朵里去了，不觉又动了怒，详详细细的，又是一个电报到广东去。此时钱塘县也有电报去了。不一日，就有回电来，和尚仍请拿办，并请到西湖边某图某堡地方，额镌某某精舍屋内，查抄本宅失赃，并将房屋发封云云。知县一见，有了把握，立刻饬差去提和尚，立时三刻就要人。一面亲自坐了轿子，带了差役书吏，叫地保领路，去查赃封屋。到得那里，入门一看，原来是三间两进的一所精致房屋，后面还有一座两亩多地的小花园。外进当中，供了一尊哥窑观音大士像，有几件木鱼钟磬之类。入到内进，只见一律都是红木家伙，摆设的都是夏鼎商彝。墙上的字画，十居其九，是汪中堂的上款。再到房里看时，红木大床，流苏熟罗帐子，妆奁器具，应有尽有，甚至便壶马桶，也不遗一件。衣架上挂着一领袈裟，一顶僧帽，床下又放着一双女鞋。还有一面小镜架子，挂着一张小照，仔细一看，正是那个迂奶奶，知县先拿过来，揣在怀里。书吏便一一查点东西登记。差役早把一个十二三岁的小和尚，及两个老妈，一个丫头拿下了。查点已毕,便打道回衙,一面发出封条,把房屋发封。

知县回到衙门时,谁知迂奶奶已在上房了。见了面,就问道:"听说老父台把我西湖边上一所别墅封了,不知为着何事?"知县回来时,本要到上房更衣歇息。及见了迂奶奶,不觉想起一桩心事来。便道:"侍生是奉了老中堂之命而行,回来问过了,果然是少夫人的,自然要送还。此刻侍生要出去发落一件希奇古怪的案件,就在二堂上问话。"又对孺人道:"你们可以到屏风后面看看。"说着,匆匆出去了。正是:只为遭逢强令尹,顿教愧煞少夫人。不知那钱塘县出去发落什么希奇古怪案件,且待下回再记。

## 第九十六回 教供词巧存体面 写借据别出心裁

原来那钱塘县知县未发迹时,他的正室太太不知与和尚有了什么事,被他查着凭据,欲待声张,却又怕于面子有碍,只得咽一口气,写一纸休书,把老婆休了,再娶这一位孺人的。此刻恰好遇了这个案子,那迂奶奶又自己碰了来,他便要借这个和尚出那个和尚的气,借迂奶奶出他那已出老婆的丑。

当时坐了二堂,先问"和尚提到了没有",回说"提到了。"又叫先提小和尚上来,问道:"你有师父没有?"回说:"有。"又问:"叫甚名字?"回说:"叫某某。"又问:"你还有什么人?"回说:"有个师太。"问:"师太是什么人?"回说:"师太就是师太,不知道是什么人。"问:"师父师太,可是常住在那里?"回说:"不是,他两个天天来一遍就去了。"问:"天天甚时候来?"回说:"或早上,或午上,说不定的。"问:"他们住在哪里?"回说:"师父住在某庙里,师太不知道住在哪里。"问:"他们天天来做什么?"回说:"不知道。来了便都到里面去了,我们都赶在外面,不许进去,不知他们做什么。有一回,我要偷进去看看,老妈妈还喝住我,不许我进去,说师父和师太□□呢。"知县喝道:"胡说!"随在身边取出那张小照,叫衙役递给小和尚,问他:"这是谁?"小和尚一看见,便道:"这就是我的师太。"知县叫把小和尚带下去,把和尚带上来。知县叫抬起头来。和尚抬起头,知县把他仔细一端详,只见他生得一张白净面孔,一双乌溜溜的色眼,倒也唇红齿白。知县把惊堂一拍道:"你知罪么?"和尚道:"僧人不知罪。"知县冷笑道:"好个不知罪!本县要打到你知罪呢!"把签子往下一撒,差役便把和尚按倒,褪下裤子,一啊,二啊……的打起来。打到二十多下,知县喝叫停住了,问那行刑的差役道:"你们受了那和尚多少钱,打那个虚板子?"差役吓得连忙跪下道:"小的不敢,没有这件事。"知县道:"哼!我做了二十多年老州县,你敢在我跟前捣鬼呢!"喝叫先把他每人先打五十大杖，锁起来；打得他两个皮开肉绽，锁了下去。知县喝叫再打和尚。这回行刑的，虽是受了钱，也不敢做手脚了，用尽平生之力，没命的打下去，打得那和尚杀猪般乱叫，一口气打了五百板，打得他血肉横飞，这才退堂。人到上房，只见那迂奶奶脸色青得和铁一般，上下三十二个牙齿一齐叩动，浑身瑟瑟乱抖。

原来知县说是发落希奇古怪案子，又叫他孺人去看，孺人便拉了迂奶奶同去。迂奶奶就有点疑心，不肯去，无奈一边尽管相让。迂奶奶回念一想，那和尚已经在保，今天未听见提到，或者不是这件事也未可知，不妨同去看看。原来那和尚被捉时，他一党的人都不在寺里，所以没人能信。及至同党的人回来知道了，赶去报信，迂奶奶已先得了封房子的信，赶到衙门里来了，所以不知那和尚已经提到。当下走到屏风后头，往外一张，见只问那小和尚，心中虽然吃了一惊，回想小和尚不知我的姓氏，问他，我倒不怕，谅他也不敢叫我去对质。后来见知县拿小照给小和尚看，方才颜色大变，身上发起抖来。孺人不知就里，见此情形，也吃了一惊，忙叫丫头仍扶了到上房去，再三问她觉得怎么，她总是一言不发。又叫打轿子送我回去。谁知这县衙门宅门在二堂之后，若要出去，必须经过二堂，堂上有了堂事，是不便出去的。迂奶奶愈加惊怪，以为知县故意和她为难。又听得老妈子们来说："老爷好古怪！问了小和尚的话，却拿一个大和尚打起来，此刻打的快要死了！"迂奶奶听了，便是心如刀刺，又是羞，又是恼，又是痛，又是怕。羞的是自己不合到这里来当场出丑；恼的是这个狗官不知听了谁的唆使，毫不留情；痛的是那和尚的精皮嫩肉，受此毒刑；怕的是那知县虽然不敢拿我怎样，然而他退堂进来，着实拿我挖苦一顿，又何以为情呢？有了这几个心事，不觉越抖越厉害，越见得脸青唇白，慢慢的通身抖动起来。吓得孺人没了主意。恰好知县退堂进来，他的本意是要说两句挖苦话给她受受的了，及至见了她如此光景，也就不便说了，连忙叫人去拿姜汤来，调了定惊丸灌下去。歇了半晌，方才定了，又不觉一阵阵的脸红耳热起来。知县道："少夫人放心！这件事只怪和尚不好。别人不打紧，老中堂脸上，侍生是要顾着的，将来办下去，包管不碍着府上丝毫的体面。"迂奶奶此时，说谢也不是,说感激也不是,不知说什么好,把一张脸直红到颈脖子上去。知县便到房里换衣去了。迂奶奶无奈,只得搭讪着坐轿回府。

这边知县却叫人拿了伤药去替和尚敷治,说用完了再来拿,他的伤好了来回我。家人拿了出去,交代明白。过了几天,却不见来取伤药。知县心里疑惑,打发人去问,回说是已经有人从外头请了伤科医生,天天来诊治了。知县不觉一笑。等过了半个月,人来说和尚的伤好了。他又去上坐,提上来喝叫打,又打了一百板押下去。那边又请医调治,等治得差不多好了,他又提上来打。如此四五次,那知县借这个和尚出那个和尚的气,也差不多了,然后叫人去给那和尚说:"你犯的罪,你自己知道。你到了堂上,如果供出实情,你须知汪府上是什么人家,只怕你要死无葬身之地呢!我此刻教你一个供法:你只说向来以化斋为名,去偷人家的东西,并且不要说都是偷姓汪的,只拣那有款的字画,说是偷姓汪的,其余一切东西,偷张家的,偷李家的,胡乱供一阵。如此,不过办你一个积窃,顶多不过枷几天就没事了。"和尚道:"他提了我上去,一问也不问就是打,打完了就带下来,叫我从何供起?"那人道:"包你下次上去不打了,你只照我所教的供,是不错的。"和尚果然听了他的话,等明日问起来,便照那人教的供了。知县也不再问,只说道:"据你所供东西是偷来的,是个贼。但是你做和尚的,为甚又备起妇人家的妆奁用具来,又有女鞋在床底下?显见得是不守清规了。"喝叫拖下去打,又打了三百板,然后判了个永远监禁。一面叫人去招呼汪家,叫人来领赃,只把几张时人字画领了去。一面写个禀帖禀复汪中堂,也只含含糊糊的,说和尚所偷赃物,已讯明由府上领去。和尚不守清规,已判永远监禁。汪中堂还感激他办得干净呢。他却是除了汪府领去几张字画之外,其余各赃,无人来领,他便声称存库,其实自行享用了。更把那一所什么精舍,充公召卖,却又自己出了二百吊钱,用一个旁人出面来买了,以为他将来致仕时的菟裘。

苟才和继之谈的,就是这么一桩故事。我分两橛听了,便拿我的日记簿子记了起来。天已入黑了,我问继之道:"苟才那厮,说起话来,没有从前那么乱了。"继之道:"上了年纪了,又经过多少阅历,自然就差得多了。”我道：“他来求荐医生，不知大哥可曾把端甫荐出去？”继之道：“早十多天我就荐了，吃了端甫的药，说是安静了好些。他今天来算是谢我的意思。”说话间，已开夜饭，忽然端甫走了来。继之便问吃过饭没有。端甫道：“没有呢。”继之道：“那么不客气，就在这里便饭吧。”端甫也就不客气，坐下同吃。

饭后，端甫对继之道：“今天我来，有一件奇事奉告。”继之忙问：“什么事？”端甫道：“自从继翁荐我给苟观察看病后，不到两三天，就有一个人来门诊，说是有了个怔忡之症，夜不成寐，闻声则惊，求我诊脉开方。我看他六脉调和，不像有病的，便说你六脉里面，都没有病象，何以说有病呢？他一定说是晚上睡不着，有一点点小响动，就要吓的了不得。我想这个人或者胆子太小之过，这胆小可是无从医起的，虽然药书上或有此一说，我看也不过说说罢了，未必靠得住，就随便开了个安神定魂的方子给他。他又问这个怔忡之症会死不会。我对他说：‘就是真正得了怔忡之症，也不见得一时就死，何况你还不是怔忡之症呢。’他又问忌嘴不忌，我回他说不要忌的，他才去了。不料明天他又来，仍旧是觍觍琐琐的问，要忌嘴不要，怕有什么吃了要死的不。我只当他一心怕死，就安慰他几句。谁知他第三天又来了，无非是那几句话，我倒疑心他得了痰病了。及至细细的诊他脉象，却又不是，仍旧胡乱开了个宁神方子给他。叫他缠了我六七天。上前天我到苟公馆里去，可巧巧儿碰了那个人。他一见了我，就涨红了脸，回身去了。当时我还不以为意，后来仔细一想，这个情形不对，他来看病时，口口声声说的病情，和苟观察一样的，却又口口声声只问要忌嘴不要，吃了什么是要死的，从来没问过吃了什么快好的话，这个人又是苟公馆里的人，不觉十分疑惑起来。要等他明天再来问他，谁知他从那天碰了我之后，就一连两天没来了。真是一件怪事！我今天又细细的想了一天，忽然又想起一个疑窦来：他天天来诊病，所带来的原方，从来是没有抓过药的。大凡到药铺里抓药，药铺里总在药方上盖个戳子，打个码子的，我最留神这个，因为常有开了要紧的药，那病人到那小药铺子里去抓，我常常知照病人，谁家的药靠得住，谁家的靠不住，所以我留神到这个。继翁，你看这件事奇不奇？”

我和继之听了,都不觉楞住了。我想了一想道:“这个是他家什么人,倒不得明白。”端甫道:“他家一个少爷,一个书启老夫子,一个帐房,我都见过的。并且我和他帐房谈过,问他有几位同事,他说只有一个书启,并无他人。”我道:“这样说来,难道是底下人?”端甫道:“那天我在他们厅上碰见他,他还手里捧着个水烟袋抽烟,并不像是个下人。”继之道:“他跟来的穷亲戚本来极多,然而据他说,早都打发完了。”端甫道:“不问他是谁,我今天见过来给继翁告个罪,那个病我可不敢看了。他家有了这种人,不定早晚要出个什么岔子,不要怪到医生头上来。”继之道:“这又何必呢。端翁只管就病治病,再知照他忌吃什么,他要在旁边出个什么岔子,可与你医生是不相干的。”端甫道:“好在他的病,也不差什么要痊愈了。明天他再请我,我告诉他要出门去了,叫他吃点丸药。他那种阔佬,知道我动了身,自然去请别人。等别人看熟了,他自然就不请我了。”说罢,又谈了些别的话,方才辞去。

我和继之参详这个到底是什么人,听那个声口,简直是要探听了一个吃得死的东西,好送他终呢。继之道:“谁肯作这种事情,要就是他的儿子。”我道:“干是旁人是不肯干这个的。干到这个,无非为的是钱,旁人干了下来,钱总还在他家里,未必拿得动他的。要说是儿子呢,未必世上真有这种枭獍。”继之道:“这也难说,我已经见过一个差不多的了。这里上海有一个富商,是从极贫寒、极微贱起家的。年轻时候,不过提个竹筐子,在街上叫卖洋货,那出身就可想而知了。不多几时便发了财,到此刻是七八家大洋货铺子开着,其余大行大店,他有股分的,也不知多少。生下几个儿子,都长大成人了。内中有一个最不成器的,终年在外头非嫖即赌,他老子知道了,便限定他的用钱,每月叫帐房支给他二百洋钱。这二百块钱,不定他两三个时辰就化完了,哪里够他一个月的用。闹到不得了,便在外头借债用。起初的时候,仗着他老子的脸,人家都相信他,商定了利息,订定了日期,写了借据。及至到期向他讨时,非但本钱讨不着,便连一分几厘的利钱也付不出。如此搅得多了,人家便不相信他了。他可又闹急了,找着一个专门重利盘剥的老西儿,要和他借钱,老西儿道:

“咱借钱给你是容易的,但是你没有还期,咱有点不放心,所以啊,咱就不借了。’他说道:‘我和你订定一个日子,说明到期还你;如果不还,凭你到官去告,好了吧?’老西儿道:‘哈哈!咱老子上你的当呢!打到官司,多少总要化两文,这个钱叫谁出啊?你说吧,你说订个甚期限吧?’他说道:‘一年如何?’老西儿摇头不说话。他道:“半年如何?’老西儿道:‘不对,不对。’他道:‘那么准定三个月还你。’老西儿哈哈大笑道:‘你越说越不对了。’他想这个老西儿,倒不信我短期还他,我就约他一个远期,看他如何。他要我订远期,无非是要多刮我几个利钱罢了,好在我不在乎此。因说:‘短期你不肯,我就约你的长期,三年五年,随便你说吧。’老西儿摇摇头。他急道:‘那么十年八年,再长久了,恐怕你没命等呢。’老西儿仍是摇头不语,他着了气道:‘长期又不是,短期又不是,你不过不肯借罢了。你既然不肯借,为甚不早说,耽搁我这半天?老西儿道:‘咱老子本说过不借的啊。但是看你这个急法儿,也实在可怜,咱就借给你,但是还钱的日期,要我定的。”他道:‘如此要哪一天还?你说。’老西儿道:‘咱也不要你一定的日子,你只在借据上写得明明白白的,说我借到某人多少银子,每月利息多少,这笔款子等你的爸爸死了,就本利一律清算归还,咱就借给你了。’他听了一时不懂,问道:‘我借你的钱,怎么要等你的爸爸死了还钱?莫非你这一笔款子,是专预备着办你爸爸丧事用的么?’老西儿道:‘呸!咱说是等你的爸爸死了,怎么错到咱的爸爸头上来?呸,呸,呸!’他心中一想,这老西儿的主意却打得不错,我老头子不死,无论约的那一年一月,都是靠不住的,不如依了他吧。想罢,便道:‘这倒依得你。你可以借一万给我么?’老西儿道:‘你依了咱,咱就借你一万,可要五分利息的。’他嫌利息太大。老西儿说道:‘咱这个是看见款子大,格外相让的。咱平常借小款子给人家,总是加一加二的利钱呢。’两个人你争多,我论少,好容易磋磨到三分息。那老西儿又要逐月滚息,一面不肯,于是又重新磋磨,说到逐年滚息,方才取出纸笔写借据。可怜那位富翁的儿子,从小不曾好好的读书,提起笔来,要有十来斤重。平常写十来个字的一张请客条子,也要费他七八分钟时候,内中还要犯了四五个别字。笔画多点的字,还要拿一个字来对着临仿;及至仿了下来,还不免有一两笔装错的。此刻要他写一张借据,那可就比新贡士殿试写一本策还难点了。好容易写出了'某人借到某人银一万两'几个字,以后便不知怎样写法。没奈何,请教老西儿。老西儿道:'咱是不懂的,你只写上等爸爸死了还钱就是。'他一想,先是爸爸两个字,非但不会写,并且生平没有见过。不要管他,就写个父亲吧。提起笔来写了一个'父'字,却不曾写成'艾'字,总算他本事的了。又写了半天,写出一个'亲'字来,却把左半边写个'幸'字底下多了两点,右半边写成一个'页'字,又把底下两点变成个'兀'字。自己看看有点不像,也似乎可以将就混过去了。又想一想,就写'死了'两个字,总不成文理,却又想不出个什么字眼来。拿着笔,先把写好的念了一遍。偏又在'父'字上头,漏写了个'等'字,只急得他满头大汗。没奈何,放下笔来说道:'我写不出来,等我去找一个朋友商量好稿子,再来写吧。'老西儿没奈何,由他去。他一走走到一家烟馆里,是他们日常聚会所在,自有他的一班嫖朋赌友。他先把缘由叙了出来,叫众人代他想个字眼。一个道:'这有什么难!只要写"等父亲死后"便了。'一个说:'不对,不对,他原是要避这个"死"字,不如用"等父亲殁后"。'一个道:'也不好。我往常看见人家死了父母,刻起讣帖来,必称孤哀子,不如写"等做孤哀子后"吧。'正是:局外莫讥墙面子,此中都是富家郎。不知到底闹出个什么笑话,且待下回再记。

# 第九十七回　孝堂上伺候竞奔忙　亲族中冒名巧顶替

“内中有一个稍为读过两天书的,却是这一班人的篾片,起来说道:‘列位所说的几个字眼,都是很通的,但是都有点不很对。’众人忙问何故?那人道:‘他因为“死了”两个字不好听,才来和我们商量改个字眼,是嫌那“死”字的字面不好看之故。诸位所说的,还是不免死啊、歿啊的。至于那“孤哀子”三个字,也嫌不祥。我倒想了四个字很好的,包你合用。但是古人一字值千金,我虽不及古人,打个对折是要的。’他屈指一算,四个字是二千银子。便说道:‘承你的情,打了对折,却累我借来的款就打了八折了,如何使得?’于是众人做好做歹,和他两个说定,这四个字,一百元一个字,还要那人跟了他去代笔。那人应允了,才说出是‘待父天年’四个字。众人当中还有不懂的,那人早拉了他去见老西儿了。那人代笔写了,老西儿又不答应,说一定要亲笔写的,方能作数。他无奈又辛辛苦苦的对临了一张,签名画押,式式齐备。老西儿自己不认得字,一定要拿去给人家看过,方才放心。他又恐怕老西儿拿了借据去,不给他钱,不肯放手。于是又商定了,三人同去。他自己拿着那张借据,走到胡同口,有一个测字的,老西儿叫给他看。测字的看了道:‘这是一张写据。’又颠来倒去看了几遍,说道:‘不通,不通”什么“父天年!”老子年纪和天一般大,也写在上头做什么?’老西儿听了,就不答应。那人道:‘这测字的不懂,这个你要找读书人去请教的。’老西儿道:‘有了,我们到票号里去,那里的先生们,自然都是通通儿的了。’于是一起同行,到得一家票号,各人看了,都是不懂;偏偏那个写往来书信的先生,又不在家。老西儿便嚷靠不住:‘你们这些人串通了,做手脚骗咱老子的钱,那可不行!’其时票号里有一个来提款子的客人,老西儿觉得票号里各人都看过了,惟有这个客人没有看过,何不请教请教他呢?便取了那借据,请那客人看。那客人看了一遍,把借据向桌子上一拍道:‘这是哪一个没天理,没王法,不入人类的混帐畜生忘八旦干出来的!’老西儿未及开口,票号里的先生见那客人忽然如此臭骂,当是一张什么东西,连忙拿起来再看;一面问道:‘到底写的是什么?我们看好像是一张借据啊。’那客人道:‘可不是个借据!他却拿老子的性命抵钱用了,这不是放他妈的狗臭大驴屁!’票号里的先生不懂道:‘是谁的老子,可以把性命抵得钱用?’客人道:‘我知道是哪个枭獍干出来的!他这借据上写着等他老子死了还钱,这不是拿他老子性命抵钱吗?唉!外国人常说雷打是没有的,不过偶然触着电气罢了;唉!雷神爷爷不打这种人,只怕外国人的话有点意思的。’

一席话,当面骂得他置身无地,要走又走不得。幸得老西儿听了,知道写的不错,连忙取回借据,辞了出来,去划了一万银子给他。那人坐地分了四百元。他还问道:‘方才那个客人拿我这样臭骂,为甚又忽然说我孝敬呢?’那人不懂道:‘他几时说你孝敬?’他道:‘他明明说着“孝敬”二字,不过我学不上他那句话罢了。’那人低头细想,方悟到‘枭獍’两个字被他误作‘孝敬’,不觉好笑,也不和他多辩,乐得拿了四百元去享用。这个风声传了出去,凡是曾经借过钱给他的,一律都拿了票子来,要他改做了待父天年的期,他也无不乐从,免得人家时常向他催讨。据说他写出去的这种票子,已经有七八万了。”我听了不禁吐舌道:“他老子有多少钱,禁得他这等胡闹!”继之道:“大约分到他名下,几十万总还有。然而照他这样闹,等他老子死下来,分到他名下的家当,只怕也不够还债了。”说话时夜色已深,各自安歇。

过得几天,便是那陈稚农开吊之期。我和他虽然没甚大不了的交情,但是从他到上海以来,我因为买铜的事,也和他混熟了。况且他临终那天,我还去看过他,所以他讣帖来了,我亦已备了奠礼过去。到了这天,不免也要去磕个头应酬他,借此也看看他是什么场面。吃过点心之后,便换了衣服,坐个马车,到寿圣庵去。我一径先到孝堂去行礼。只见那孝帐上面,七长八短,挂满了挽联,当中供着一幅电光放大的小照。可是没个亲人,却由缪法人穿了白衣,束了白带,戴了摘缨帽子,在旁边还礼谢奠。我行过礼之后,回转身,便见计醉公穿了行装衣服,迎面一揖。我连忙还礼,同到客座里去。座中先有两个人,由醉公代通姓名,一个是莫可文,一个是卜子修。这两位的大名,我是久仰得很的,今日相遇了,真是闻名不如见面。可惜我一枝笔不能叙两件事,一张嘴不能说两面话,只能把这开吊的事叙完了,再补叙他们来历的了。

当下计醉公让坐送茶之后,又说道:“当日我们东家躺了下来,这里道台知道稚翁在客边,没有人照应,就派了卜子翁来帮忙。子翁从那天来了之后,一直到今天,调排一切,都是他一人之力,实在感激得很!”卜子修接口道:“哪里的话!上头委下来的差事,是应该效力的。”我道:“子翁自然是能者多劳。”醉公又道:“今天开吊,子翁又荐了莫可翁来,同做知客。一时可未想到,今天有好些官场要来的,他二位都是分道差委的人员,上司问起来,他二位招呼,不大便当。阁下来了最好,就奉屈在这边多坐半天,吃过便饭去,代招呼几个客。”说罢,连连作揖道:“没送帖子,不恭得很。”我道:“不敢,不敢。左右我是没事的人,就在这里多坐一会,是不要紧的。”卜子修连说:“费心,费心。”我一面和他们周旋,一面叫家人打发马车先去,下半天再来;一面卸下玄青罩褂,一面端详这客座。只见四面挂的都是挽幛、挽联之类,却有一处墙上,粘着许多五色笺纸。我既在这里和他做了知客,此刻没有客的时候,自然随意起坐,因走到那边仔细一看,原来都是些挽诗,诗中无非是赞叹他以身殉母的意思。我道:“讣帖散出去没有几天,外头吊挽的倒不少了。”醉公道:“我是初到上海,不懂此地的风土人情。幸得卜子翁指教,略略吹了个风到外面去,如果有人作了挽诗来的,一律从丰送润笔。这个风声一出去,便天天有得来,或诗,或词,或歌,或曲,色色都有。就是所挂的挽联,多半也是外头来的,他用诗笺写下来,我们自备绫绸重写起来的。”我道:“这件事情办得好,陈稚翁从此不朽了!”醉公道:“这件事已经由督、抚、学三大宪联衔出奏,请宣付史馆,大约可望准的。”

说话之间,外面投进帖子来,是上海县到了。卜、莫两个,便连忙跑到门外去站班。我做知客的,自不免代他迎了出去,先让到客座里,这位县尊是穿了补褂来的,便在客座里罩上玄青外褂,方到灵前行礼。卜、莫两个,早跑到孝堂里,笔直的垂手挺腰站着班。上海县行过礼之后,仍到客座里,脱去罩褂坐下,才向我招呼,问贵姓台甫。此时我和上海县对坐在炕上。卜、莫两个,在下面交椅上,斜签着身子,把脸儿身子向里,只坐了半个屁股。上海县问:“道台来过没有?”他两个齐齐回道:“还没有来。”忽然外面轰轰放了三声大炮,把云板声音都盖住了,人报淞沪厘捐局总办周观察、糖捐局总办蔡观察同到了。上海县便站起来到外头去站班迎接,卜、莫两个,更不必说了。这两位观察却是罩了玄青褂来的,径到孝堂行礼,他三个早在孝帐前站着班了。行礼过后,我招呼着让到客座升炕。他两个就在炕上脱去罩褂,自有家人接去。略谈了几句套话,便起身辞去。大家一齐起身相送。到得大门口时,上海县和卜、莫两个先跨了出去,垂手站了个出班;等他两个轿子去后,上海县也就此上轿去了,卜、莫两个仍旧是站班相送。从此接连着是会审委员、海防同知、上海道,及各局总办、委员等,纷纷来吊。卜、莫两个但是遇了州县班以上的,都是照例站班。计醉公又未免有些琐事,所以这知客竟是我一个人当了。幸喜来客无多,除了上海几个官场之外,就没有什么人了。忙到十二点钟之后,差不多官客都到过了。开上饭来,醉公便招呼升冠升珠,于是大众换过小帽,脱去外褂,法人也脱去白袍。因为人少,只开了一个方桌,我和卜、莫两个各坐了一面,缪、计二人同坐了一面。醉公起身把酒。我正和莫可文对坐着,忽见他襟头上垂下了一个二寸来长的纸条儿,上头还好像有字,因为近视眼,看不清楚,故意带上眼镜,仔细一看,上头确是有字的,并且有小小的一个红字,像是木头戳子印上去的。我心中莫名其妙,只是不便做声。席间谈起来,才知道莫可文现在新得了货捐局稽查委员的差使。卜子修是城里东局保甲委员,这是我知道的。大家因是午饭,只喝了几杯酒就算了。

吃过饭后,莫可文先辞了去。我便向卜子修问道:“方才可翁那件袍子襟上,拴着一个纸条儿,上头还有几个字,不知是甚道理?”卜子修愕然,棱了一棱,才笑道:“我倒不留神,他把那个东西露出来了。”醉公道:“正是。我也不懂,正要请教呢。那纸条儿上的字,都是不可解的,末末了还有个什么四十八两五钱的码子。”卜子修只是笑。我此时倒省悟过来了。禁不住醉公钉着要问，卜子修道："莫可翁他空了多年下来了，每有应酬，都是到兄弟那边借衣服用。今天的事，兄弟自己也要用，怎么能够再借给他呢？兄弟除了这一身灰鼠之外，便是羔皮的。褂子是个小羔，还可以将就用得，就借给了他。那件袍子，可是毛头太大了，这个天气穿不住。叫他到别处去借吧，他偏又交游极少，借不出来。幸得兄弟在东局多年，彩衣街一带的衣庄都认得的，同他出法子，昨天去拿了两年灰鼠袍子来，说是代朋友买的，先要拿去看过，看对了才要。可是这个朋友在吴淞，要送到吴淞去看，今天来不及送回来，要耽搁一天的。那衣庄上看兄弟的面子，自然无有不肯的，不过交代说，钮绊上的码子是不能解下来的，解了下来，是一定要买的。其实解了下来，穿过之后，仍旧替他拴上，有甚要紧？这位莫可翁太老实了，恐怕他们拴的有暗记，便不敢解下来。大约因为有外褂罩住，想不到要宽衣吃饭，穿上时又不曾掖进去，就露了人眼。真是笑话！"醉公听了方才明白。

坐了一会，家人来说马车来了，我也辞了回去。换过衣服，说起今天的情形，又提到陈稚农要宣付史馆一节，不禁叹道："从此是连正史都不足信的了！"继之道："你这样说，可当《二十四史》都是信史了？"我道："除他之外，难道还有比他可信的么？"继之道："你只要去检出《南北史》来看便知，尽有一个人的列传，在这一朝是老早死了，在那一朝却又寿登耄耄的，你信哪一面的好？就举此一端，已可概其余了。后人每每白费精神，往往引经注史，引史证经，生在几千年之后，瞎论几千年以前的事，还以为我说得比古人的确，其实极显浅的史事，随便一个小学生都知道的，倒没有人肯去考正他。"我道："是一件什么史事？"继之道："天下最可信的书莫如经。《礼记》上载的：'文王九十七乃终，武王九十三而终。'这可是读过《礼记》的小孩子都知道的。武王十三年伐纣，十九年崩；文王是九十七岁死的，再加十九年，是一百十六岁；以此算去，文王二十三岁就生武王的了。《通鉴》却载武王生于帝乙二十三祀，计算起来，这一年文王六十三岁。请教依哪一说的好？还有一层：依了《通鉴》，武王十九年崩，那年才得五十四岁；那又列入六经的《礼记》，反为不足信了。有一说，说是五十四岁是依《竹书纪年》的。《竹书纪年》托称晋太康二年,发魏襄王墓所得的,其书未经秦火,自是可信。然而我看了几部版子的《竹书纪年》,都载的是武王九十四岁,并无五十四岁之说。据此看来,九十三、九十四,差得一年,似是可信的了,似乎可以印证《礼记》的了;然而武王死了下来,他的长子成王,何以又只得十三岁?难道武王八十一岁才生长子的么?你只管拿这个翻来覆去的反复印证,看可能寻得出一个可信之说来?这还是上古的事。最近的莫如明朝,并且明朝遗老,国初尚不乏人,只一个建文皇帝的踪迹,你从哪里去寻得出信史来?再近点的,莫如明末,只一个弘光皇帝,就有人说他是个假的,说是张献忠捉住了老福王宰了,和鹿肉一起煮了下酒,叫做'福禄酒';那时候福王世子,亦已被害了,家散人亡,库藏亦已散失,这厮在冷摊上买着了福王那颗印,便冒起福王来。亦有人说,是福王府中奴仆等辈冒的。但是当时南都许多人,难道竟没有一个人认得他的,贸贸然推戴他起来,要我们后人瞎议论,瞎猜摩?但是看他童妃一案,始终未曾当面,又令人不能不生疑心。像这么种种的事情,又从哪里去寻一个信据?"我道:"据此看来,经史都不能信的了?"继之道:"这又不然。总而言之,不能泥信的就是了。大凡有一篇本纪,或世家,或列传的,总有这个人,但不过有这个人就是了。至于那本纪、世家、列传所说的事迹,只能当小说看,何必去问他真假。他那内中或有装点出来的,或有传闻失实的,或有故为隐讳的,怎么能信呢。譬如陈稚农宣付史馆,将来一定入《孝子传》的了。你生在今日,自然知道他不是孝子。百年以后的人,那就都当他孝子了。就如我们今日看古史,那些《孝子传》,谁敢保他那里头没有陈稚农其人呢?

说话之间,外面有人来请继之去有事。继之去了,我又和金子安们说起今天莫可文袍子上带着纸条儿的事,大家说笑一番。我又道:"这两个人,我都是久仰大名的,今日见了,真是闻名不如见面!"子安道:"据此说来,那两个人又是一定有甚故事的。你每每叫人家说故事,今天你何妨说点给我们听呢。"我道:"说是可以,叫我先说哪一个呢?"德泉道:"你爱先说谁就说谁,何必问我们呢?"我道:"我头一次到杭州,就听得这莫可文的故事。原来他不叫莫可文,叫莫可基。十八岁上便进了学,一直不得中举。保过两回廪,都被革了。他的行为,便不必说了。一向以训蒙为业。但是训蒙不过是个名色,骨子里头,唆揽词讼,鱼肉乡民,大约无所不为的了。到三十岁头上,又死了个老婆,便又借着死老婆为名,硬派人家送奠分,捞了几十吊钱。可巧出了那莫可文的事。可文是可基的嫡堂兄弟。可文的老子,是一个江西候补县丞,候了不知若干年,得着过两次寻常保举,好容易捱得过了班,满指望署缺抓印把子,谁知得了一病,就此呜呼了。可文年纪尚轻,等到三年服满之后,才得二十岁左右,一面娶亲,一面想克承父志,便写信到京城,托人代捐了一个巡检,并代办验看,指省江苏,到部领凭;领到之后,便寄到杭州来。谁知可文连一个巡检都消受不起,部凭寄到后,正要商量动身到省禀到,不料得了个急痧症死了。可基是嫡堂哥哥,至亲骨肉无多,不免要过来帮忙,料理丧事。亏得他足智多谋,见景生情,便想出一个法子来,去和弟妇商量,说此刻兄弟已经死了,又没留下一男半女,弟妇将来的事,我做大伯子的自然不能置身事外。但是我只靠着教几个小学生度日,如何来得及呢?兄弟捐官的凭照,放在家里,左右是没用的,白糟蹋了,不如拿来给我,等我拿了他去到省,弄个把差使,也可以顾家,总比在家里坐蒙馆好上几倍。他弟妇见人已死了,果然留着也没用,又不能抵钱用的,就拿来给了他。他得了这个,便马上收拾趁船,到苏州冒了莫可文名字去禀到。"正是:源流虽一派,泾渭竟难分。未知假莫可文禀到之后,尚有何事,且待下回再记。

## 第九十八回 巧攘夺弟妇作夫人 遇机缘僚属充西席

“从此之后，莫可基便变成了莫可文了；从此之后，我也只说莫可文，不再说莫可基了。莫可文到了苏州，照例禀到缴凭，自不必说。他又求上头分到镇江府当差，上头自然无有不准的。他领到札子，又忙到镇江去禀到。你道他这个是什么意思？原来镇江府王太尊是他同乡，并且太尊的公子号叫伯丹，小时候曾经从他读过两三年书的，他向来虽未见过王太尊，却有个宾东之分在那里。所以莫可文到得镇江，禀见过本府下来，就拿帖子去拜少爷，片子后面，注明‘原名可基’。王伯丹见是先生来了，倒也知道敬重，亲自迎了出来，先行下拜。行礼已毕，便让可文上坐。可文也十分客气，口口声声只称少爷，只得分宾坐了。说来说去，无非说些套话。在可文的意思，是要求伯丹在老子跟前吹嘘，给个差使；但是初见面，又不便直说，只说得一句‘此次到这边来，都是仰仗尊大人栽培’。伯丹还是个十七八岁的孩子，只当他是客气话，也支些客气话回答他。

可文住在客栈里十多天，不见动静，又去拜过两次伯丹。伯丹请他吃过一回馆子，却是个早局，又叫了四五个局来，都是牛鬼蛇神一般的，伯丹却倾倒的了不得。可文很以为奇，暗暗的打听，才知道王太尊自从断弦之后，并未续娶，又没有个姨太太，衙门里头，并无内眷。管儿子极严，平常不准出衙门一步，闲话也不敢多说一句。伯丹要出来玩玩，无非是推说哪里文会，哪里诗会，出来玩个半天，不到太阳下山，就急急的回去了。就是今天的请客，也是禀过命，说出去会文，才得出来的。所以虽是牛鬼蛇神的妓女，他见了就如海上神山一般，可望不可即的了。可文得了这个消息，知道伯丹还纯乎是个孩子家，虽托了他也是没用。据如此说，太尊还不知我和他是宾东呢。要想当面说，自已又初入仕途，不知这话说得说不得。踌躇了两天，忽然想了一个办法，便请了几天假，赶回杭州去。此时，他住的两间祖屋,早已租了给人家住了。这一次回来,便把行李搬到弟妇家去。告诉弟妇:‘已经禀过到了,此刻分在镇江,不日就可以有差使了。我此刻回来,接你到镇江同住。从此就一心一意在镇江当差候补,免得我身子在那边,心在这边,又不晓得你几时没了钱用,又恐怕不能按着时候给你。因此想把你接了去,同住在一起,我赚了钱,便交给你替我当家。有是有的过法,没有是没有的过法,自己一家人,那是总好说话的。’弟妇听了他这个话,自然是感激他,便问几时动身。可文道:‘我来时只请了十五天的假,自然越赶快越好。今天不算数,我们明天收拾起来吧。’弟妇答应了。因为他远道回来,便打了二斤三白酒,请他吃晚饭。居乡的人不甚讲究规矩,便同桌吃起饭来。可文自吃酒,让弟妇先吃饭。等弟妇饭吃完了,他的酒还只吃了一半,却仗着点酒意,便和弟妇取笑起来,说了几句不三不四的话。他弟妇本是个乡下人,虽然长得相貌极好,却是不大懂得道理,听了他那不三不四的话,虽然知道涨红了脸,却不解得回避开去。可文见她如此,便索性道:“弟妇,我和你说一句知己话,‘你今年才二十岁……’弟妇道:‘只有十九岁,你兄弟才二十岁呢。’可文道:‘那更不对了!你十九岁便做了寡妇,往后的日子怎样过?虽说是吃的穿的有我大伯子当头,但是人生一世,并不是吃了穿了,就可以过去的啊。并且还有一层,我虽说带了你去同住,但是一个公馆里面,只有一个大伯子带着一个小婶,人家看着也不雅相。我想了一个两得其便的法子,但不知你肯不肯?’弟妇道:‘怎样的法子呢?’可文道:‘如果要两得其便,不如我们从权做了夫妻。’

弟妇听了这句话,不觉登时满面通红,连颈脖子也红透了,却只低了头不言语。可文又连喝了两杯酒道:‘你如果不肯呢,我断不能勉强你。不过有一句话,你要明白:你要替我兄弟守节,那是再好没有的事。不过像你那个守法,就守到头发白了,那节孝牌坊都轮不到你的头上。街邻人等,都知道你是莫可文的老婆;我此刻到了省,通江苏的大小官员,都知道我叫莫可文:两面证起来,你还是个有夫之妇。你这个节,岂不是白守了的么?可巧我的婆子死在前头,我和你做了夫妻,岂不是两得其便?并且你肯依了,跟我到得镇江,便是一位太太。我亦并不拘束你,你欢喜怎样就怎样,出去看戏咧、上馆子咧,只要我差使好,化得起,尽你去化,我断不来拘管你的,你看好么?'他弟妇始终不曾答得一句话,还伏侍他吃过了酒饭,两个人大约就此苟且了。几日之间,收拾好家私行李,雇了一号船,由内河到了镇江,仍旧上了客栈。忙着在府署左近,找了一所房子,前进一间,后进两间,另外还有个小小厨房,甚为合式,便搬了进去。喜得木器家私,在杭州带来不少,稍为添买,便够用了。搬进去之后,又用起人来:用了一个老妈子,又化几百文一月,用了一个十四五岁的孩子,便当是家人。弟妇此时便升了太太。安排妥当,明日便上衙门销假,又去拜少爷。

稍停了两天,自己家里弄了两样菜,打了些酒,自己一早专诚去请王伯丹来吃饭。说是前回扰了少爷的,一向未曾还东,心上十分不安。此刻舍眷搬了来,今日特为备了几样菜,请少爷赏光去吃顿晚饭。伯丹道:'先生赏饭,自当奉陪,争奈家君向来不准晚上在外面,天未入黑,便要回署的,因此不便。'可文道:'那么就改作午饭吧,务乞赏光!'伯丹只得答应了。不知又向老子捣个什么鬼,早上发了出来,到可文家去。可文接着,自然又是一番恭维。又说道:'兄弟初入仕途,到此地又没得着差使,所以租不出好地方,这房子小,简慢得很。好在我们同砚,彼此不必客气,回来请到里面去坐,就是内人也无容回避。'伯丹连称:'好说,好说。门生本当要拜见师母。'坐了一会,可文又到里面走了两趟,方才让伯丹到里面去。到得里面,伯丹便先请见师母。可文揭开门帘,到房里一会,便带了太太出来。伯丹连忙跪下叩头,太太也忙说:'不敢当,还礼还礼。'一面说,一面还过礼。可文便让坐,太太也陪在一旁坐下,先开口说道:'少爷,我们都同一家人一般,没有事时候,不嫌简慢,不妨常请过来坐坐。'伯丹道:'门生应该常来给师母请安,闲话片时,老妈子端上酒菜来,太太在旁边也帮着摆设。一面是可文敬酒,伯丹谦让入座。又说'师母也请喝杯酒。'可文也道:'少爷不是外人,你也来陪着吃吧。'太太也就不客气,坐了过来,敬菜敬酒,有说有笑。畅饮了一回,方才吃饭。饭后,就在上房散坐。可文方才问道:'兄弟到了这里,不知少爷可曾对尊大人提起我们是同过砚的话?'伯丹道:'这个倒不曾。'

原来伯丹这个人有点傻气，他老子恐怕他学坏了，不许他在外交结朋友。其时有几个客籍的文人，在镇江开了个文会，他老子只准他到文会上去，与一班文人结交。所以他在外头识了朋友，回去绝不敢提起。这回他先生来了，也绝不敢提起。在可文是以为与太尊有个宾东之分，自己虽不便面陈，幸得学生是随任的，可以借他说上去，所以禀到之后，就去拜少爷。谁知碰了这么个傻货！今天请他吃饭，正是想透达这个下情。当下又说道：‘少爷何妨提一提呢？’伯丹道：‘家君向来不准学生在外面交结朋友，所以不便提起。’可文道：‘这个又当别论。尊大人不准少爷在这里交结朋友，是恐怕少爷误交损友，尊大人是个官身，不便在外面体察的原故。像我们是在家乡认得的，务请提一提。’伯丹答应了，回去果然向太尊提起。又说这位莫可文先生是进过学的。太尊道：‘原来是先生，你为甚不早点说，我还当是一个平常的同乡，想随便安插他一个差使呢。你是几岁上从他读书的？’伯丹道：‘十二三四岁那几年。’太尊道：‘你几岁上完篇的？’伯丹道：‘十三岁上。’太尊道：‘那么你还是他手上完的篇。’随手又检出莫可文的履历一看，道：‘他何尝在庠，是个监生报捐的功名。’伯丹道：‘孩儿记得清清楚楚，先生是个秀才。’太尊道：‘我是出外几十年的人，家乡的事，全都糊里糊涂的了。你既然在他手下完篇的，明天把你文会上作的文章誊一两篇去，请他改改看，可不必说是我叫的。’伯丹答应了，回到书房，誊好了一篇文章，明日便拿去请可文改。可文读了一遍，摇头摆尾的，不住赞好道：‘少爷的文章进境，真是了不得！这个叫兄弟从何改起，只有五体投地的了！’伯丹道：‘先生不要客气，这是家君叫请先生改的。’可文兀的一惊道：‘少爷昨天回去，可是提起来了？’伯丹道：‘是的。’可文丢下了文章不看，一直钉住问，如何提起，如何对答，尊大人的颜色如何？伯丹不会撒谎，只得一一实说。可文听到秀才、监生一说，不觉呆了一呆，低头默默寻思，如果问起来，如何对答，须要预先打定主意。到底包揽词讼的先生，主意想得快，一会儿的功夫，早想定了。并且也料到叫改文章的意思，便不再和少爷客气，拿起笔来，飕飕飕的一阵改好了，加了眉批、总批，双手递与伯丹道：‘放恣放恣！尊大人跟前，务求吹嘘吹嘘!'伯丹连连答应。坐了一会,便去了。

到了明日是十五,一班佐杂太爷,站过香班,上过道台衙门,又上本府衙门。太爷们见太尊,向来是班见,没有坐位的。这一天,号房拿了一大叠手版上去,一会儿下来,把手版往桌上一丢,却早抽出一个来道:'单请莫可文莫太爷。'众佐杂太爷们听了这句话,都把眼睛向莫可文脸上一望,觉得他脸上的气色是异常光彩,运气自然与众不同,无怪他独荷垂青了。莫可文也觉得洋洋得意,对众同寅拱拱手,说声失陪,便跟了手版进去。走到花厅,见了太尊,可文自然常礼请安。太尊居然回安拉炕,可文哪里敢坐,只在第二把交椅上坐下。太尊先开口道:'小儿久被化雨,费心得很。老夫子到这边来,又不提起,一向失敬。还是昨天小儿说起,方才知道。'可文听了这番话,又居然称他老夫子,真是受宠若惊,不知怎样才好,答应也答应不出来,末末了只应得两个是字。太尊又道:'听小儿说,老夫子在庠?'可文道:'卑职侥幸补过廪,此次为贫而仕,是不得已之举,所以没有用廪名报捐。到了乡试年分,还打算请假下场。'太尊点头道:'足见志气远大!'说罢,举茶送客。可文辞了出来,只见一班太爷们还在大堂底下,东站两个,西站三个的,在那里谈天。见了可文,便都一哄上前围住,问见了太尊说些什么,想来一定得意的。可文洋洋得意的说道:'无意可得。至于太尊传见,不过谈谈家乡旧事,并没有什么意思。'内中一个便道:'阁下和太尊想来必有点渊源?'可文道:'没有,没有,不过同乡罢了。'说着,便除下大帽子,自有他带来那小家人接去,送上小帽换上;他又卸下了外褂,交给小家人。他的公馆近在咫尺,也不换衣服,就这么走回去了。

从此之后,伯丹是奉了父命的,常常到可文公馆里去。每去,必在上房谈天,那师母也绝不回避,一会儿送茶,一会儿送点心,十分殷勤。久而久之,可文不在家,伯丹也这样直出直进的了。可文又打听得本府的一个帐房师爷,姓危号叫瑚斋的,是太尊心腹,言听计从的,于是央伯丹介绍了见过几面之后,又请瑚斋来家里吃饭,也和请伯丹一般,出妻见子的,绝无回避。那位太太近来越发出落得风骚,逢人都有说有笑,因此危瑚斋也常常往来。如此又过了一个来月,可文才求瑚斋向太尊说项，太太从旁也插嘴道：'正是。总要求危老爷想法子，替他弄个差使当当才好。照这样子空下去，是要不得了的！这里镇江的开销，样样比我们杭州贵，要是闹到不得了，我们只好回杭州去的了。'说罢，嫣然一笑，危瑚斋受了他夫妻嘱托，便向太尊处代他说项。太尊道：'这个人啊，我久已在心的了。因为不知他的人品如何，还要打听打听，所以一直没给他的事。只叫小儿仍然请他改改课卷，我节下送他点节敬罢了。'瑚斋道：'莫某人的人品，倒也没什么。'太尊道：'你不知道：我看读书人当中，要就是中了进士，点了翰林，飞黄腾达上去的，十人之中，还有五六是个好人；若是但进了个学，补了个廪，以后便蹭蹬住的，那里头，简直要找半个好人都没有。他们也有不得不做坏人之势，单靠着坐馆，能混得了几个钱，自然不够他用；不够用起来，自然要设法去弄钱。你想他们有甚弄钱之法？无非是包揽词讼，干预公事，鱼肉乡里，倾轧善类，布散谣言，混淆是非，甚至窝娼庇赌，暗通匪类……那一种奇奇怪怪的事，他们无做不到。我府底下虽然没有什么重要差使，然而委出去的人，也要拣个好人，免得出了岔子，叫本道说话。莫某人他是个廪生，他捐功名，又不从廪贡上报捐，另外弄个监生，我很怀疑他在家乡干了什么事，是个被革的廪生，那就好人有限了。'瑚斋道：'依晚生看去，莫某人还不至于如此。不过头巾气太重，有点迂腐腾腾的罢了。晚生看他世情都还不甚了了，太尊所说种种，他未必会去做。'太尊道：'既然你保举他，我就留心给他个事情罢了。'既而又说道：'他既是世情都不甚了了的，如何能当得差呢。我看他笔墨还好，我这里的书启张某人，他屡次接到家信，说他令兄病重，一定要辞馆回去省亲，我因为一时找不出人来，没放他走，不如就请了莫某人吧。好在他本是小儿的先生，一则小儿还好早晚请教他，二来也叫他在公事上历练历练。'瑚斋道：'这是太尊的格外栽培。如此一来，他虽是个坏人，也要感激的学好了。'说罢，辞了出来，挥个条子，叫人送给莫可文，通知他。可文一见了信，直把他喜得赛如登仙一般。"正是：任尔端严衡品行，奈渠机智善欺蒙。不知莫可文当了镇江府书启之后，尚有何事，且待下回再记。

## 第九十九回 老叔祖娓娓讲官箴 少大人殷殷求仆从

“莫可文自从做了王太尊书启之后，办事十分巴结。王伯丹的文章，也改得十分周到。对同事各人，也十分和气。并备了一分铺盖，在衙门里设一个床铺，每每公事忙时，就在衙门里下榻。人家都说他过于巴结了，自己公馆近在咫尺，何必如此。王太尊也是说他办事可靠，哪里知道他是别有用心的呢。他书启一席，就有了二十两的薪水。王太尊喜他勤慎，又在道台那边，代他求了一个洋务局挂名差使，也有十多两银子一月。连他自己鬼鬼祟祟做手脚弄的，一个月也不在少处。后来太湖捕获盐枭案内，太尊代他开个名字，向太湖水师统领处说个人情，列入保举案内，居然过了县丞班。过得两年，太尊调了苏州首府，他也跟了进省。不幸太尊调任未久，就得病死了。那时候，他手边已经积了几文，想要捐个知县班，到京办引见，算来算去，还缺少一点。

正在踌躇设法，他那位弟妇过班的太太，不知和哪一个情人一同逃走了，把他几年的积蓄，虽未尽行卷逃，却已经十去六七了。他那位夫人，一向本来已是公诸同好，作为谋差门路的，一旦失了，就同失了靠山一般。何况又把他积年心血弄来的，卷了一大半去！只气得他一个半死！自己是个在官人员，家里出了这个丑事，又不便声张，真是‘哑巴吃黄连，自家心里苦’。久而久之，同寅中渐渐有人知道了，指前指后，引为笑话。他在苏州蹲不住了，才求分了上海道差遣，跑到上海来。因为设了美人局，只怕是一直瘪到此刻的。这是莫可文的来历。”“至于那卜子修呢，他的出身更奇了。他是宁波人，姓卜，却不叫子修，叫做卜通。小时候在宁波府城里一家杂货店当学徒。有一天，他在店楼上洗东西，洗完了，拿一盆脏水，从楼窗上泼出去。不料鄞县县太老爷从门前经过，这盆水不偏不倚，恰恰泼在县太老爷的轿子顶上。”金子安听我说到这里，忙道：“不对，不对。他在楼上看不见底下,容或有之;大凡官府出街,一定是鸣锣开道的,难道他聋了,听不见?"我道:"你且慢着驳,这一天恰好是忌辰,官府例不开道鸣锣呢。县太老爷大怒,喝叫停轿,要捉那泼水的人。众差役如狼似虎般拥到店里,店里众伙计谁敢怠慢,连忙从楼上叫了他下来。那差役便横拖竖曳,把他抓到轿前。县太老爷喝叫打,差役便把他按倒在地,褪下裤子,当街打了五十小板子。"金子安道:"忌辰例不理刑名,怎么他动起刑来?"我道:"这就叫做'只许州官放火,不准百姓点灯'。当时把他打得血流漂杵!只这一打,把他的官运打动了。他暗想:'做了官便如此威风,可以任意打人。若是我们被人泼点水在头上,顶多不过骂两声,他还可以和我对骂。我如果打他,他也就不客气,和我对打了。此刻我泼的水不过泼在他轿子上,并没有泼湿他的身,他便把我打得这么厉害!'一面想,一面喊痛,哼声不绝。一面又想道:'几时得我做了官,也拿人家这样打打,才出了今日的气。'可怜这几下板子,把他打得溃烂了一个多月,方才得好。东家因为他犯了官刑,便把他辞歇了。

他本是一个已无父母,不曾娶妻的人,被东家辞了,便无家可归。想起有个远房叔祖,曾经做过一任哪里典史的,刻下住在镇海,不免去投奔了他,请教请教,做官是怎样做的,像我们这样人,不知可以去做官不可以。如果可以的,我便上天入地,也去弄个官做做,方才遂心。主意打定,便跑到镇海去。不一日到了,找到他叔祖家去。他叔祖名叫卜士仁,曾经做过几年溧阳县典史。后来因为受了人家二百文铜钱,私和了一条命案,偏偏弄得不周到,苦主那边因止泪费上吃了点亏,告发起来,便把他功名干掉了,他才回到镇海,其时已经七十多岁了。儿子卜仲容,在乡间的土财主家里,管理杂务,因此不常在家。孙子卜才,在府城里当裁缝。还有个曾孙,叫做卜兑,只有八岁,代人家放牛去了。卜士仁一个老头子,在家里甚是闷气,虽然媳妇、孙媳妇都在身边,然而和女人们总觉没有什么谈头。忽看见侄孙卜通来了,自是欢喜,问长问短,十分亲热。卜通也一一告诉,只瞒起了被鄞县大老爷打屁股的事。他谈谈便问起做官的事,说道:'叔公是做了几十年官的了,外头做官的规矩,总是十分熟的了。不知怎样才

能有个官做？不瞒叔公说：侄孙此刻也很想做官，所以特地到叔公跟前求教的。’

卜士仁道：‘你的志气倒也不小，将来一定有出息的。至于官，是拿钱捐来的，钱多官就大点，钱少官就小点。你要做大官小官，只要问你的钱有多少。至于说是做官的规矩，那不过是叩头、请安、站班，却都要历练出来的。任你在家学得怎么纯熟，初出去的时候，总有点蹑手蹑脚的。等历练得多了，自然纯熟了。这是外面的话。至于骨子里头，第一个秘诀是要巴结：只要人家巴结不到的，你巴结得到；人家做不出的，你做得出。我明给你说穿了，你此刻没有娶亲，没有老婆；如果有了老婆，上司叫你老婆进去当差，你送了进去，那是有缺的马上可以过班，候补的马上可以得缺，不消说的了。次一等的，是上司叫你呵□□，你便马上遵命，还要在这□□上头加点恭维话，这也是升官的吉兆。你不要说做这些事难为情，你须知他也有上司，他巴结起上司来，也是和你巴结他一般的，没甚难为情。譬如我是个典史，巴结起知县来是这样；那知县巴结知府也是这样；知府巴结司道也是这样；司道巴结督抚也是这样。总而言之，大家都是一样，没甚难为情。你千万记着“不怕难为情”五个字的秘诀，做官是一定得法的。如果心中存了“难为情”三个字，那是非但不能做官，连官场的气味也闻不得一闻的了。这是我几十年老阅历得来的，此刻传授给你。但不知你想做个什么官？’

卜通道：‘其实侄孙也不知做什么官好。譬如要做个县大老爷，不知要多少钱捐来？’卜士仁道：‘好，好！好大的志气！那个叫做知县，是我的堂翁了。’又问：‘你读过几年书了？’卜通道：‘读书几年！一天也没有读过！不过在学堂门口听听，听熟了“赵钱孙李，周吴郑王”两句罢了。’卜士仁道：‘没有读过书，怎样做得文官？你看我足足读了五年书，破承题也作过十多次，出起身来不过是个捕厅。像你这不读书的，只好充地保罢了。’卜通不觉楞住了，说道：‘不读书，不能做官的么？’卜士仁道：‘如果没读过书都可以做官的，哪个还去读书呢？’又沉吟了一会道：‘我看你志气甚高，你文官一途虽然做不得，但是武弁一路还不妨事。我有一张六品蓝翎的功牌，从前我出一块洋钱买来的，本来打算给我孙子去用的，争奈他没志气，学了裁缝。我此刻拿来给了你，你只要还我一块洋钱就是了。’卜通道：‘六品蓝翎的功牌，是个什么官？’卜士仁道：‘不是官，是个顶戴。你有了他，便可以戴个白石顶子，拖根蓝翎，到营里去当差。’卜通道：‘此刻侄孙有了这个，可是跑到营里，就有人给我差使？’卜士仁道：‘哪里有这么容易！就有了这个，也要有人举荐的。’卜通道：‘那么侄孙有了这个，到哪里去找人荐事情呢？’卜士仁又沉吟一会道：‘路呢，是有一条，不过是要我走一趟。’卜通道：‘如果叔公可以荐我差使，我便要了那张什么功牌。’卜士仁道：‘这么说吧，我们大家赌个运气，我们做伴到定海去走一趟。定海镇的门政大爷，是我拜把子的兄弟，我去托他，把你荐在那里，吃一份口粮。这一趟的船钱，是各人各出。事情不成，我白赔了来回盘缠；如果事成了，你怎样谢我。’卜通道：‘叔公怎说怎好，只请叔公吩咐就是了。’卜士仁道：‘如果我荐成功了你的差使，我要用你三个月口粮的。但是你每月的口粮都给了我，你自己一个钱都没了，如何过得？我和你想一个两得其便的法子，三个月的口粮，你分六个月给我，这六个月之中，每月大家用半个月的钱，你不至于吃亏，我也得了实惠了。你看如何？’卜通道：‘不知每月的口粮是多少？’卜士仁道：‘多多少少是大家的运气，你此刻何必多问呢。’卜通道：‘那么就依叔公就是了。’卜士仁道：‘那功牌可是一块钱，我是照本卖的，你不能少给一文。’卜通道：‘去吃一份口粮，也要用那功牌么？’卜士仁道：‘暂时用不着，你带在身边，总是有用的。将来高升上去，做百长，做哨官，有了这个，就便宜许多。’卜通道：‘这样吧，侄孙身边实在不多几个钱，来不及买了。此刻一块洋钱兑一千零二十文铜钱，我出了一千二百文。如果事情成功，我便要了，也照着分六个月拔还，每月还二百文吧。可有一层：事情不成功，我是不要他的。’卜士仁见有利可图，便应允了。当日卜士仁叫添了一块臭豆腐，留侄孙吃了晚饭。晚上又教他叩头、请安、站班，各种规矩，卜通果然聪明，一学便会。

次日一早，公孙两个，附了船到定海去。在路上，卜士仁悄悄对卜通道：‘你要得这功牌的用处，你就不要做我侄孙。’卜通吃惊道：

‘这话怎讲?’卜士仁道:‘这张功牌填的名字叫做贾冲,你要了他,就要用他的名字,不能再叫卜通了。’卜通还不懂其中玄妙,卜士仁逐一解说给他听了,他方才明白。说道:‘那么我一辈子要姓贾,不能姓卜的了?’卜士仁道:‘只要你果然官做大了,可以呈请归宗的。’卜通又不懂那归宗是什么东西,卜士仁又再三和他解说,他才明白。卜士仁道:‘有此一层道理,所以你不能做我的侄孙了。回来到了那边,你叫我一声外公,我认你做外孙吧。’两个商量停当,又把功牌交给卜通收好。到了定海,卜士仁带着卜通,问到了镇台衙门,挨到门房前面,探头探脑的张望。便有人问找哪个的?卜士仁忙道:‘在下要拜望张大爷,不知可在家里?’那人道:‘那么你请里面坐坐,他就下来的。’卜士仁便带了卜通到里面坐下。

歇了一会,张大爷下来了,见了卜士仁,便笑吟吟的问道:‘老大哥,是什么风吹你到这里的?许久不见了。’卜士仁也谦让了两句,便道:‘我有个外孙,名叫贾冲,特为带他来叩见你。’说罢,便叫假贾冲过来叩见。贾冲是前一夜已经演习过的,就走过来跪下,恭恭敬敬叩了三个头,起来又请了一个安。张大爷道:‘好漂亮的孩子!’卜士仁道:‘过奖了。’又交代贾冲道:‘张大爷是我的把兄,论规矩,你是称呼太老伯的;然而太覙琐了,我们索性亲热点,你就叫一声叔公吧。’张大爷道:‘不敢当!不敢当!’一面问:‘几岁了?一向办什么事?’卜士仁道:‘一向在乡下,不曾办过什么。我在江苏的时候,曾经代他弄了个六品功牌,打算拜托老弟,代他谋个差使当当,等他小孙子历练历练。’张大爷道:‘老大哥,你也是官场中过来人,文武两途总是一样的。此刻的世界,唉!还成个说话吗!游击、都司、空着的一大堆;守备、千总,求当个什么长,都比登天还难,靠着一个功牌,想录差使,不是做兄弟的说句荒唐话,免了吧。’卜士仁忙道:‘不是这么说。但求鼎力,安置一件事,或者派一分口粮,至于事情,是无论什么都不拘的。’张大爷道:‘那么或者还有个商量。’卜士仁连连作揖道谢。贾冲此时真是福至心灵,看见卜士仁作揖,他也走前一步,请了个安,口称:‘谢叔公大人栽培。’张大爷想了一会道:‘事情呢,是现成有一个在这里,但是我的意思,是要留着给一个人的。’卜士仁连忙道：'求老弟台栽培了吧。左右老弟台这边衙门大，机会多，再拣好的栽培那一位吧。'说时，贾冲又是一个安。张大爷道：'但不知你们可嫌委屈！'卜士仁道：'岂有此理！你老弟台肯栽培，那是求之不得的，哪里有甚委屈的话？'张大爷道：'可巧昨天晚上，上头撵走了一个小跟班。方才我上去，正是上头和我要人。这个差使，只要当得好，出息也不算坏。现在的世界，随便什么事，都是事在人为的了。但不知老大哥意下如何？'卜士仁道：'我当是一件什么事，老弟台要说委屈；这是面子上的差使，便连我愚兄也求之不得，何况他小孩子，就怕他初出茅芦，不懂规矩，当不来是真的。'张大爷道：'这个差使没有什么难当，不过就是跟在身边，伺候茶烟及一切零碎的事。不过就是一样，一天到晚是走不开的，除了上头到了姨太太房里去睡了，方才走得开一步。'卜士仁道：'这是当差的一定的道理，何须说得。但怕他有多少规矩礼法，都不懂得，还求老弟台教训教训。'张大爷道：'这个他很够的了，但是穿的衣服不对。'低头想一想道：'我暂时借一身给他穿吧。'贾冲又忙忙过来请安谢了。张大爷就叫三小子去取了一身衣服，一双挖花双梁鞋子来，叫他穿上。那身衣服，是一件嫩蓝竹布长衫，二蓝宁绸一字肩的背心。贾冲换上了，又换鞋子。张大爷道：'衣服长短倒对了，鞋子的大小对不对？'贾冲道：'小一点，不要紧的，还穿得上。'穿上了，又向张大爷打了个扦谢过。张大爷笑道：'这身衣服还是我五小儿的，你就穿两天吧。'贾冲又道了谢。卜士仁道：'穿得小心点，不要弄脏了；弄脏了，那时候赔还新的，你叔公还不愿意呢。'张大爷又道：'你的帽子也不对，不要戴吧，左右天气不十分冷。还要重打个辫子。'三小子在旁边听了，连忙叫了剃头的来，和他打了一根油松辫子。张大爷端详一会道：'很过得去了。'这时候，已是吃中饭的时候了，便留他祖孙两个便饭。吃饭中间，张大爷又教了贾冲多少说话。又叫他买点好牙粉，把牙齿刷白了。又交代葱蒜是千万吃不得的。卜士仁在旁又插嘴道：'叔公教你的，都是金石良言，务必一一记了，不可有负栽培。'

一时饭罢，略为散坐一会，张大爷便领了贾冲上去。贾冲因为鞋子小，走起路来，一扭一捏的，甚为好看。果然总镇李大人一见便合，叫权且留下,试用三天再说。三天过后,李大人便把他用定了,批了一分口粮给他。他从此之后,便一心一意地伺候李大人。又十分会巴结,大凡别人做不到的事,他无有做不到的。李大人站起来,把长衣一撩,他已是双手捧了便壶,屈了一膝,把便壶送到李大人胯下。李大人偶然出恭,他便拿了水烟袋,半跪着在跟前装烟。李大人一面才起来,他早已把马子捧到外间去了,连忙回转来,接了手纸,才带马子盖出去。跟着就是捧了热水进来,请李大人洗手。凡此种种,虽然是他叔祖教导有方,也是他福至心灵,官星透露,才得一变而为闻一知十的聪明人。所以不到两个月功夫,他竟做了李大人跟前第一个得意的人,无论坐着睡着,寸步离他不得。又多赏了他一分什长口粮,他越是感激厚恩的了不得。却有一层,他面子上虽在这里当差,心里却是做官之念不肯稍歇,没事的时候和同事的谈天,不出几句话,不是打听捐官的价钱,便是请教做官的规矩。同事的既妒他的专宠,又嫌他的呆气,便相约叫他'贾老爷'。他道:'你们莫笑我,我贾冲未必没有做老爷的时候。'同事的都不理他。

光阴似箭,不觉在李大人那里伺候了三四个年头,他手下也积了有几个钱了。李大人有个儿子,捐了个同知,从京里引见了回来,向李大人要了若干钱,要到河南到省去。这位少大人是有点放诞不羁的,暗想此次去河南,行李带的多,自己所带两个底下人恐怕靠不住,看见贾冲伺候老人家,一向小心翼翼,若得他在路上招呼,自己可少烦了多少心,不如向老人家处要了他去,岂不是好。主意定了,便向李大人说知此意。李大人起初不允,禁不得少大人再四相求,无奈只得允了,叫了贾冲来说知,并且交代送到河南,马上就赶回来,路上不可耽搁。贾冲得了这个差使,不觉大喜。"正是:腾身逃出奴才籍,奋力投归仕宦林。不知贾冲此次跟了小主人出去,有何可喜之处,且待下回再记。

# 第一百回　巧机缘一旦得功名　乱巴结几番成笑话

“贾冲得了送少大人的差使，不觉心中大喜。也亏他真有机智，一面对着李大人故意做出多少恋恋不舍的样子，一面对于少大人，竭力巴结。少大人是家眷尚在湖南原籍，此次是单身到河南禀到。因为一向以为贾冲靠得住，便把一切重要行李，都交代他收拾。他却处处留心，什么东西装在哪一号箱子里，都开了一张横单；他虽不会写字，却叫一个能写的人在旁边，他口中报着，叫那个人写。忙忙的收拾了五大，方才收拾停当。

这一天长行，少大人到李大人处叩辞。贾冲等少大人行过了礼，也上去叩头辞行。李大人对少大人道：‘你此次带贾冲出去，只把他当一员差官相待，不可当他下人。等他这回回来，我也要派他一个差使的了。’贾冲听了，连忙叩谢。少大人道：‘孩儿的意思就是如此，不消爹爹吩咐。’说罢，便辞别长行。自有一众家人亲兵等，押运行李。贾冲紧随在少大人左右，招呼一切。上了轮船，到了上海，便到一家什么吉升栈住下。

那少大人到了上海，自有他一班朋友请吃花酒，吃大菜，看戏，自不必提。那两个带来的家人，也有他的朋友招呼应酬，不时也抽个空，跑到外头顽去。只有贾冲独自一个，守在栈里，看守房间。你道他果然赤心忠良，代主人看行李么？原来他久已存了一个不良之心，在宁波时，故意把某号箱子装的什么东西，某号箱子装的什么衣服，都开出帐来，交给主人。主人是个阔佬，拿过来不过略为过目，便把那篇帐夹在靴掖子里去了，哪里还一一查点。他却在收拾行李时，每个衣箱里，都腾出两件不写在帐上；这不写在帐上的，又都做了暗号，又私下配好了钥匙。到了此时，他便乘隙一件件的偷出来，放在自己箱子里。他为人又乖巧不过，此时是四月天气，那单的、夹的、纱的，他却丝毫不动，只拣棉的、皮的动手。那棉皮东西，是此时断断查不着的；等到查着时，已经隔了半年多，何况自己又有一篇帐交出去的，箱子里东西，只要和帐上对了，就随便怎样，也疑心不到他了。你道他的心思细不细？深不深？险不险？他在栈里做这个毛脚，也不是一天做得完的。恰好这天做完了，收拾停当，一个家人名叫李福的，在外回来了，坐下来就叹气。贾冲笑问道："哪里受了气来了，却跑回来长吁短叹？'李福道：'没有受气，却遇了一件极不得意的事。'贾冲道：'在这里不过是个过客罢了，有甚得意不得意的事？'李福道：'说来我也是事不干己的。我从前伺候过一位卜老爷，叫做卜同群，是福建候补知县，安徽人氏。'贾冲听得一个'卜'字，便伸长了耳朵去听。李福又道：'一位少爷，名叫卜子修，随在公馆里。恰好那两年台湾改建行省，刘省三大人放了台湾抚台，少爷本只有一个监生，想弄个官出来当差，便到台湾投效，得了两个奖札。后来卜老爷死了，少爷扶柩回籍安葬。起复后，便再到福建，希图当个差使。谁知局面大变了，在那里一住十年，穷到吃尽当光。此刻老太太病重了，打电报叫他回去送终，他到得上海来，就盘缠断绝了。此刻拿了一张临照，两个奖札，在这里兜卖。'贾冲道：'是奖的什么功名？要卖多少钱呢？'李福道：'头一个奖，是不论双单月，选用从九；第二个是免选本班，以县丞归部尽先选用：都是台湾改省，开垦案内保的，只要卖二百块钱。听说此刻单是一个三班县丞，捐起来，最便宜也要三百多两呢，还是会想法子的人去办，不然还办不来。此刻只要卖二百块，东西是便宜的。'贾冲道：'只要是真的，我倒有个朋友要买。'李福道：'东西自然是真的，这是我们看他弄来的东西，怎么会假。但不知这朋友可在上海？'贾冲道：'是在上海的。你去把东西拿来，等我拿把前路看看，我们也算代人家做了一件方便事情。'李福道：'如果真有人要，我便马上去拿来。'贾冲道：'自然是有人要，我骗你做什么。'李福道：'那么我去拿来。'说罢，匆匆去了。

原来贾冲在定海镇衙门混了几年，他是一心要想做官的，遇了人便打听，又随时在公事上留心。他虽然不认得字，但是何处该用朱笔，何处该用墨笔，咨、移、呈、札，各种款式，他都能一望而知的了。并且一切官场的毛病，什么冒名顶替，假札假凭等事，是尤为查察得烂熟胸中,此刻恰好碰了一个姓卜的奖札,如何不心动?因叫李福去取来看。不一会,李福取了来。他接过仔细察看了一遍,虽然不识字,然而公事的款式,处处不错,便说道:‘待我拿去给朋友看看,但不知二百块的价钱,可能让点?’李福道:‘果然有人要了再说吧。’贾冲便拿了这东西,到外面去混跑了一回。心中暗暗打算:这东西倒像真的,可惜没有一个内行人好去请教。但是据李福说,看着他弄来的,料来假不到哪里。一个人荡来荡去,没个着落,只得到占卦摊上去占个卦,以定吉凶。那占卦的演成卦象,问占什么事。贾冲道:‘求名。’占卦的道:‘求名卦,财旺生官,近日已经有了机缘,可惜还有一点点小阻碍。过了某日,日干冲动官爻,当有好消息。’贾冲道:‘我只问这个功名是真的是假的?’占卦的道:‘官爻持世,真而又真,可惜未曾发动。过了某日,子水子孙,冲动已火官鬼。况且财爻得助,又去生官,那就恭喜,从此一帆顺风了。’贾冲听了,付过卦资,心中倒有几分信他,因他说的什么财旺生官,自己本要拿钱去买这东西,这句已经应了。又说什么目下有点阻碍,这明明是我信不过他的真假,做了阻碍了。又回头一想,在衙门里曾听见人说,拿了假官照出来当差,只要不求保举,是一辈子也闹不穿的,但不知奖札会闹穿不会。忽又决意道:‘管他真的假的,我只要透便宜的还他价,他若是肯的,就是在外头当不得差,拿回乡下去吓唬乡下人,也是好的。’定了主意,便回到栈去。只见仍是李福一个人在那里,便把东西交还他道:‘前路怕东西靠不住,不肯还价。’李福着急道:‘这明明是我的旧日小主人在台湾当差得来的,那时候还有上谕登过《申报》,我们还戴上大帽子和老主人叩喜的,怎么说靠不住!’贾冲道:‘就是真的,前路也出不起这个价。他说若是十来块洋钱,不妨谈谈。’李福道:‘那是上天要价,下地还钱,我不怪他。若说是个假的,他买了这东西,我肯跟他到部里投供去。如果部里说是假的,那就请部里办我!’贾冲听了这话,心中又一动,暗想看他这着急样子,确是像真的。因说道:‘你且去问问他价钱如何再说。’李福叹道:‘人到了背时的时候,还有甚说得!’说罢,自去了。过了一会,又回来说道:‘前路因为老太太有病急于回去,说至少要一百块,少了他就不卖了。’

贾冲又还他二十块,叫他去问,李福不肯。贾冲又还到三十,李福方才肯去。如此往返磋商,到底五十块洋钱成的交。

少大人应酬过几天,便要到外面买东西,什么孝敬上司的,送同寅的,自己公馆用的,无非是洋货。他们阔少到省,局面自然又是一样。凡买这些东西,总是带了贾冲去,或者由贾冲到店里,叫人送来看。买完了洋货,又买绸缎。这两宗大买卖,又调剂贾冲赚了不少。贾冲心中一想:我买了那奖札,是要谋出身的,此刻除了李福,没有人知道。万一我将来出身,这名字传到河南去,叫他说穿了,总有许多不便,不如设法先除了他。恰好这几天李福在外面打野鸡,身上弄了些毒疮,行走不便,那野鸡妓女,又到栈里来看他。贾冲便乘势对少大人说:'李福这个人,很有点不正经,恐怕靠不住。就在栈里这几天,他已经闹的一身毒,还弄些什么婆娘,三天五天到栈里来。照这个样子,带他到河南去,恐怕于少大人官声有碍。此刻不过出门在客中,他尚且如此;跟少大人到了河南,少大人得了好差使,他还了得么?在外面欢喜顽笑的人,又没本事赚钱,少不免偷拐抢骗,乱背亏空,闹出事情来,却是某公馆的家人,虽然与主人不相干,却何苦被外头多这么一句话呢。何况这种人,保不住他不借着主人势子,在外头招摇撞骗。请少大人的示,怎样儆戒儆戒他才好,不然,带到河南去,倒是一个累。'他天天拿这些话对少大人说,少大人看看李福,果然满面病容,走起路来,是有点不便的样子,便算给工钱,把他开发了,另外托朋友荐过一个人来。又过了几天,少大人顽够了,要动身了,贾冲忽然病起来,一天到晚,哼声不绝,一连三天,不茶不饭。请医生来给他看过,吃了药下去,依然如此。少大人急了,亲到他榻前,问他怎样了,可能走得动。他爬在枕上叩头道:'是小的没福气跟随少大人,所以无端生起病来。望少大人上紧动身,不要误了正事。小的在这里将养好了,就兼程赶上去伺候。'少大人道:'我想等你病好了,一起动身呢。'贾冲道:'少大人的前程要紧,不要为了小的耽误了,小的病自己知道早晚是不会好的。'少大人无奈,只得带了两个家人,动身到镇江,取道清江浦,往河南去了。

这边少大人动了身,那边贾冲马上就好了。另外搬过一家客栈住下，不叫贾冲，就依着奖札的名字叫了卜子修，结交起朋友来。托了一家捐局，代他办事，就把这奖札寄到京里，托人代他在部里改了籍贯，办了验看，指省江苏。部凭到日，他便往苏州禀到，分在上海道差遣。他那上衙门是天天有脱空的，又禀承了他叔祖老大人的教训，见了上司，那一种巴结的劲儿，简直形容他不出来，所以他分道不久，就得了个高昌庙巡防局的差使。高昌庙本是一个乡僻地方，从前没有什么巡防局的。因为同治初年，湘乡曾中堂、合肥李中堂，奏准朝廷，在那边设了个'江南机器制造总局'，那局子一年年的扩充起来，那委员、司事便一年多似一年，至于工匠、小工之类，更不消说了，所以把局前一片荒野之地，慢慢的成了一个聚落，有了两条大路，居然是个镇市了，所以就设了一个巡防局。卜子修是初出茅芦的人，得了那个差使，犹如抓了印把子一般，倒也凡事必躬必亲。他自己坐在轿子里，看见路上的东洋车子拦路停着，他便喝叫停下轿子，自己拿了扶手板跑出来，对那些车夫乱打，吓得那些车夫四散奔逃，他嘴里还是混帐王八蛋、娘摩洗乱炮的乱骂。制造局里的总办、提调都是些道府班，他又多一班上司伺候了。新年里头，他忽然到总办那里禀见。总办不知他有甚公事，便叫请他进来。见过之后，就有他的家人，拿了许多鱼灯、荷花灯、兔子灯之类上来，还有一个手版，他便站起来，垂手禀道：'这是卑职孝敬小少爷玩的，求大人赏收。'总办见了，又是可笑，又是可恼，说道：'小孩子顽的东西，何必老兄费心！'卜子修道：'这里卑职的一点穷孝心，求大人赏收了。'又对总办的家人道：'费心代我拿了上去，这手版是我替小少爷请安。'总办倒也拿他无可如何。从此外面便传为笑柄。

那年恰好碰了中东之役，制造局是个军火重地，格外戒严。每天晚上，各厂的委员、司事都轮班查夜，就是总办、提调也每夜轮流着到处稽查。到半夜时，都在公务厅会齐一次，叫做'会哨'。这卜子修虽是局外的人，到了会哨时候，他一定穿了行装，带了两名巡勇去献殷勤。常时还带些点心，去孝敬总办，请各委员、司事。有一天晚上，他叫人抬了一口行灶，放在公务厅天井里，做起汤圆来。总办来了，看见了，问是做什么的。家人回说是巡防局卜老爷做汤圆的。总办道:‘算了！东洋人这场仗打下来,如果中国打了胜仗,讲起和来,开兵费赔款的帐,还要把卜老爷的点心帐开上一笔呢。’不提防卜子修已在旁边站着班,听了这句话,走前一步,请了个安道:‘谢大人栽培。’总办见了,又是好气,又是好笑,却又不好拿他怎样,只有对着别人,微微的冷笑一声。

此时会哨的人都已齐集,大家不过谈些日来军事新闻,只有卜子修赶出赶进,催做汤圆。众人见他那副神气,都在肚子里暗笑,卜子修只不觉着。催得汤圆熟时,一碗一碗的盛在那里,未曾拿上去,子修自己亲来一看,见是每碗四个,便拿起汤匙来,在别个碗上取了两个,凑在一个碗里,过细数一数,是六个无疑了,便亲自双手捧了,送至总办跟前,双手一献至额道:‘这是卑职孝敬大人的禄位高升！’总办倒也拿他无可如何,笑说道:‘老兄太忙了！破了钞不算数,还要这么忙,这是叫我们下回不敢再查夜了。’总办说话时,他还垂着手,挺着腰,洗耳恭听。等总办说完了,他便接连答应是,是,是。傍边的人都几乎笑起来,他总是不觉着。又去取一碗,添足了九个,亲自捧了,又拿了一个手版,走到总办的家人跟前道:‘费心费心,代我拿上去,孝敬老太太,说是卑职卜子修孝敬老太太的,久长富贵。这个手版,费心代回一回,是卑职卜子修恭请老太太晚安。’总办道:‘算了吧,不要覼琐了,老太太早已睡了。’卜子修道:‘这是卑职的一点孝心,老太太虽然睡了,也一定欢喜的。’总办无可如何,只得由他去闹。诸如些类的笑话,也不知闹了多少。

最可笑的,是有一回一个什么大员路过上海,本地地方官自然照例办差。等到那位大员驾到之日,自然阖城印委各员,都到码头恭迓。那卜子修打听得大员坐的是招商局船,泊在金利源码头,便坐了轿子去迎迓。偏偏那轿子走得慢,看见那制造局总办、提调,以及各厂的红委员,凡够得上去接的,一个个都坐了马车,超越在轿子前头,如飞的去了。那总办、提调,都是一个人一辆马车;其余各委员,也有两个人一辆的,也有三个人一辆的,最寒尘的是四个人一辆。卜子修心中无限懊悔,悔不和别人打了伙,雇个马车,那就快得多了。一面想,一面骂轿班走得慢:‘你们吃老爷的饭,都吃到哪里去了！腿也跑不动了!'一面骂,一面在轿子里跺脚,跺得轿班的肩膀生疼,越发走不动了。他更是恨的了不得,骂道:'等一会回到局子里,叫你们对付我的板子!'嘴里骂着,心中生怕到得迟了,那边已经上了岸,那就没意思了。又想道:'怎样能再遇见一个熟人,是坐马车的,那就好了,我就不管三七二十一,喊住了他,附坐了上去了。'思想之间。轿子将近西门,忽然看见一辆轿子马车,从轿后超越到轿前去。卜子修定睛从那轿车后面的玻璃看进去,内中只坐了一人,便大呼小叫起来道:'马车停一停!马车停一停!'前头那马车夫听见了,回头一看,是卜老爷坐在轿子里,招手叫停车,也不知他有什么要紧公事,姑且把马缰勒住,看他作何举动。卜子修见马车停住了,便喝叫停轿,自己走了下来,交代轿班,赶紧到码头去伺候,'到迟了,误了我的差使,小心你们的狗腿!'说罢,三步两步,跑到那马车跟前,伸手把机关一拧,用力一拉,开了门,一脚跨了上去,抬头一看,只把他急个半死!你道车子上是谁?正是卜子修的顶头上司,钦命二品衔、江南分巡苏松太兵备道!卜子修这一吓,竟是魂不附体!那马夫看见他一脚上了车,便放开缰绳,那马如飞而去了。只有卜子修此时,脸红过耳,连颈脖子都红了;还有一半身子在车子外面,跨又跨不进去,退又退不出来,弯着身子,站又站不直,急的又开口不得。道台见了这个情形,又可笑,又可恼,便冷笑道:'你坐下吧。'卜子修如奉恩诏一般,才敢把第二条腿拿了进来,顺手关上车门。谁知身上佩带的槟榔荷包上一颗料珠儿,夹在门缝里,那门便关不上,只好把一只手拉着门。这一边呢,又不敢和道台平坐,若要斜签着身子呢,一条腿又要压到道台膝盖上,闹得他左不是右不是。他平日见了上司是最会说话的,这回却急得无话可说。"正是:大人莫漫嫌唐突,卑职专诚附骥来。未知卜子修到底怎样下场,且待下回再记。

## 第一百一回 王医生淋漓谈父子 梁顶粪恩爱割夫妻

"幸喜马车走得快,不多几时,便到了金利源码头了。卜子修连忙先下了车,垂手站着,等道台下车时,他还回道:'是大人叫卑职坐的。'道台看了他一眼,只得罢了。后来他在巡防局里没有事办,便常常与些东洋车夫为难,又每每误把制造局委员、司事的包车夫拿了去,因此大家都厌恶了他,有起事情来,偏偏和他作对。他自己也觉得乏味了,便托人和道台说,把他调到城里东局去,一直当差此刻,也算当得长远的了。这个便是卜子修的来历。"

且慢!从九十七回的下半回起叙这件事,是我说给金子安他们听的,直到此处一百一回的上半回,方才煞尾。且莫问有几句说话,就是数数字数,也一万五六千了。一个人哪里有那么长的气?又哪个有那么长的功夫去听呢?不知非也,我这两段故事,是分了三四天和子安们说的,不过当中说说停住了,那些节目,我懒得叙上,好等这件事成个片段罢了。这三四天功夫,早又有了别的事了。

原来这两天苟才又病了,去请端甫,端甫推辞不去。苟才便写个条子给继之,请继之问他是何缘故。继之便去找着端甫,问道:"听说苟观察来请端翁,端翁已经推掉了?"端甫道:"不错,推掉了。"继之道:"端翁,你这个就太古板了。他这个又不是不起之症,你又何必因一时的疑心,就辞了人家呢?"端甫道:"不起之症,我还可以直说;他公馆里住着一个要他命的人,叫我这做医生的,如何好过问?我在上海差不多二十年了,虽然没甚大名气,却也没有庸医杀人的名声,我何苦叫他栽我一下?虽然是非曲直,自有公论;但是现在的世人,总是人云亦云的居多,况且他家里人既然有心弄死他,等如愿以偿之后,贼人心虚,怕人议论,岂有不尽力推在医生身上之理?此刻只要苟观察离了他公馆,或者住在宝号,或者径到我这里住下,二十天、半个月光景,我可以包治好了。要是他在公馆里请我,我一定不去的。”继之听了，倒也没得好说，只得辞了出来，便去找苟才。其实苟才没甚大病，不过仍是怔忡气喘罢了。继之见面之下，只得说端甫这个人，是有点脾气的，偶然遇了有甚不如意的事，莫说请出门，就是到他那里门诊，他也不肯诊的，说是心绪不宁，恐怕诊乱了脉，误了人家的事。苟才道：“这个倒好，这种医生才难得呢。等他心绪好了再请他。”

说话时，苟才儿子龙光走进来，和继之请过安，便对苟才道：“前天那个人又来了，在那屋里等着，家人们都不敢来回。”苟才道：“你在这里陪着吴老伯。”又对继之道：“继翁请宽坐，我去去就来。”说罢，自出去了。继之不免和龙光问长问短，又问公馆里有几位老夫人及令亲。龙光道：“从前人多，现在只有帐房先生丁老伯、书启老夫子王老伯；至于舍亲等人，早年就都各回旗去了，此刻没有什么。”继之忽然心中一动道：“我何妨设一个法，试探试探他看呢？”因问道：“尊大人的病，除了咳喘怔忡，还有什么病？近来请哪一位先生？”龙光道：“一向是请的老伯所荐的王端甫先生。这两天请他，不知怎的，王先生不肯来了。昨天今天都是请的朱博如先生。”继之道：“是哪一位荐的？”龙光道：“没有人荐的，不过在报上看见告白，请来的罢了。老伯有甚朋友高明的，务求再荐一两个人，好去请教请教，也等家父早日安痊。”继之又想了一想道：“尊大人这个病是不要紧的，不过千万不要吃错了东西。据我听见的，这个咳喘怔忡之症，最忌的是鲍鱼。”龙光道：“什么鲍鱼？”继之道：“就是海味铺里卖的鲍鱼，还有洋货铺子里卖那个东洋货，是装了罐子的。这东西吃了，要病势日深的。”刚说完了话，苟才已来了。龙光站起来，俄延了一会，就去了。继之和苟才略谈了一会，也就辞回号里，对我们众人谈起朱博如来。管德泉道：“朱博如，这个名字熟得很，是在哪里见过的。”金子安道：“就是什么兼精辰州符，失物圆光的那个，天天在报上上告白的，还有谁？”德泉道：“哦！不错了，然而苟观察何以请起这种医生来？”继之道：“他化了钱，自然是爱请谁就请谁，谁还管得了他。我不过是疑心端甫那句说话，他家里说共一个儿子，一个帐房，一个书启，是哪个要弄死他？这件事要做，只有儿子做。说起愤世嫉俗的话来，自然处处都有枭獍。但是平心而论，又何必人人都是枭獍呢？何况龙光那孩子，心里我不得而知。看他外貌，不像那样人。我今天已下了一个探听的种子，再过几天，就可以探听出来了。”我道：“怎么探听有种子的？”继之道：“你且不要问，你记着，下一个礼拜，提我请客。”我答应了。

光阴似箭，转瞬又过了一礼拜了。继之便叫我写请客帖子，请的苟才是正客，其次便是王端甫，余下就是自己几个人；并且就请在自己号里，并不上馆子。下午，端甫先来，问起：“请客是甚意思，可是又要我和苟观察诊脉？”继之道：“并不，我并且代你辩得甚好的。你如果不愿意，只说自己这两天心绪不宁，向来心绪不宁，不肯替人诊脉的就是了。”不多一会，苟才也来了。大家列坐谈天。苟才又央及端甫诊脉。端甫道：“诊脉是可以，方子可不敢开，因为近来心绪不宁，恐怕开出来方子不对。”苟才道：“不开方不要紧，只要赐教脉象如何？”端甫道：“这个可以。”苟才便坐了过来，端甫伸出三指，在苟才两手上诊了一会道：“脉象都和前头差不多，不过两尺沉迟一点，这是年老人多半如此，不要紧的。”苟才道：“不知应该吃点什么药？”端甫道：“这个，实在因为心绪不安，不敢乱说。”苟才也就罢了。一会儿，席面摆好了，继之起身把盏让坐。酒过三巡，上过鱼翅之后，便上一碗清炖鲍鱼。继之道：“这是我这个厨子拿手的一样精品。”说罢，亲自一一敬上两片。苟才道：“可惜这东西，我这两天吃的腻了。”继之听了，颜色一变，把筷子往桌上一搁。苟才不曾觉着。我虽觉着了，因为继之此时，尚没有把对龙光说的话告诉我，所以也莫名其妙，因问苟才道：“想来是顿顿吃这个？”苟才道：“正是。因为那医生说是要多吃鲍鱼才易得好，所以他们就顿顿给我这个吃。”端甫道：“据《食物本草》，这东西是滋阴的，与怔忡不寐什么相干？这又奇了！”

继之问苟才道：“公子今年贵庚多少了？”苟才道：“二十二岁了。”继之道：“年纪也不小了，何不早点代他弄个功名，叫他到外头历练历练呢？”苟才道：“我也有这个意思，并且他已经有个同知在身上。等过了年，打算叫他进京办个引见，好出去当差。”继之道：“这又不是拣日子的事情,何必一定要明年呢?”苟才笑道:“年里头也没有什么日子了。”端甫是个极聪明、极机警的人,听了继之的话,早已有点会意,便笑着接口道:“我们年纪大的人,最要有自知之明。大凡他们年轻的少爷奶奶,看见我们老人家,是第一件讨厌之物。你看他脸上十分恭顺,处处还你规矩。他那心里头,不知要骂多少老不死、老杀才呢!”说得合席人都笑了。端甫又道:“我这个是在家庭当中阅历有得之言,并不是说笑话。所以我五个小儿,没有一个人在身边,他们经商的经商,处馆的处馆,虽是娶了儿媳,我却叫他们连媳妇儿带了去。我一个在上海,逍遥自在,何等快活！他们或者一年来看我一两趟,见了面,那种亲热要好孝顺的劲儿,说也说不出来,平心而论,那倒是他们的真天性了。何以见得呢?大约父子之间,自然有一分父子的天性。你把他隔开了,他便有点挂念,越隔得远,越隔得久,越是挂念的厉害,一旦忽然相见,那天性不知不觉的自然流露出来。若是终年在一起的,我今天恼他做错了一件什么事,他明天又怪我骂了他那一项,久而久之,反为把那天性汩没了。至于他们做弟兄的,尤其要把他远远的隔开,他那友于之情才笃。若是住在一起,总不免那争执口角的事情,一有了这个事情,总要闹到兄弟不和完结。这还是父母穷的话。若是父母有钱的,更是免不了争家财,争田舍等事。若是个独子呢,他又恼着老子在前,不能由得他挥霍,他还要恨他老子不早死呢!”

说着,又专对苟才说道:“这是兄弟泛论的话,观察不要多心。”苟才道:“议论得高明得很,我又多心什么。兄弟一定遵两位的教,过了年,就叫小儿办引见去。”继之道:“端翁这一番高论,为中人以下说法,是好极了!”端甫道:“若说为中人以下说法,那就现在天下算得没有中人以上的人。别的事情我没有阅历,这家庭的阅历是见得不少了。大约古圣贤所说的话,是不错的。孟夫子说是:‘父子之间不责善。责善,贼恩之大者。’此刻的人却昧了这个道理,专门责善于其子。这一着呢,还不必怪他,他期望心切,自然不免出于责善一类。最奇的,他一面责善,一面不知教育,你想父子之间,还有相得的么。还有一种人,自己做下了多少男盗女娼的事,却责成儿子做仁义道德,那才难过呢!"谈谈说说,不觉各人都有了点酒意,于是吃过稀饭散坐。苟才因是有病的人,先辞去了。

继之才和端甫说起,前两天见了龙光,故意说不可吃鲍鱼的话,今日苟才便说吃得腻了,看来这件事竟是他儿子所为。端甫拍手道:"是不是呢?我断没有冤枉别人的道理!但是已经访得如此确实,方才为甚不和他直说,还是那么吞吞吐吐的?你看苟才,他应酬上很像精明,但是于这些上头,我看也平常得很,不见得他会得过意来。"继之道:"直说了,恐怕有伤他父子之情呢!"端甫跳起来道:"罢了,罢了!不直说出来,恐怕父子之情伤得更甚呢!"继之猛然省悟道:"不错,不错。我明天就去找他,把他请出来,明告诉他这个底细吧。"端甫道:"这才是个道理。"又谈了一会,端甫也辞去了。一宿无话。

次日,继之便专诚去找苟才。谁知他的家人回道:"老爷昨天赴宴回来,身子不大爽快,此刻还没起来。"继之只得罢了。过一天再去,又说是这两天厌烦得很,不会客。继之也只得罢休。谁知自此以后,一连几次,都是如此。继之十分疑心,便说:"你们老爷不会客,少爷是可以会客的,你和我通报通报。"那家人进去了一会,出来说请。继之进去,见了龙光,先问起:"尊大人的病,为甚连客都不会了,不知近日病情如何?"龙光道:"其实没什么,不过医生说务要静养,不可多谈天,以致费气劳神,所以小侄便劝家父不必会客。五庶母留在房里,早晚伏侍。方才睡着了,失迎老伯大驾!"继之听说,也不能怎样,便辞了回来。过一天,又写个条子去约苟才出来谈谈,讵接了回条,又是推辞。继之虽是疑心,却也无可如何。

光阴如驶,早又过了新年。到了正月底边,忽然接了一张报丧条子,是苟才死了。大家都不觉吃了一惊。继之和他略有点交情,不免前去送殡,顺便要访问他那致死之由,谁知一点也访不出来。倒是龙光哭丧着脸,向继之叩头,说上海并无亲戚朋友,此刻出了大事,务求老伯帮忙。继之只得应允。到了春分左右,北河开了冻,这边号里接到京里的信,叫这边派人去结算去年帐目。我便附了轮船,取道天津。此时张家湾、河西务两处所设的分号,都已收了,归并到天津分号里。天津管事的是吴益臣，就是吴亮臣的兄弟。我在天津盘桓了两日，打听得文杏农已不在天津了，就雇车到京里去。此时京里分号，已将李在兹辞了，由吴亮臣一个人管事。我算了两天帐目，没甚大进出。不过核对了几条出来，叫亮臣再算。

我没了事，就不免到琉璃厂等处逛逛。顺便到会山邑馆问问王伯述踪迹。原来应畅怀倒在那里，伯述是有事回山东去了。只见一个年轻貌美的少年，在畅怀那里坐着，畅怀和我介绍，代通姓名。原来这个人是旗籍，名叫喜润，号叫雨亭，是个内阁中书。这一天拿了一个小说回目，到应畅怀这边来，要打听一件时事，凑上对一句。原来京城里风气，最欢喜诌些对子及小说回目等，异常工整，诌了出来，便一时传诵，以为得意。但是诌的人，全是翰林院里的太史公。这位喜雨亭中书有点不服气，说道："我不信只有翰林院里有人才，我们都够他不上。"因得了一句，便硬要对一句，却苦于没有可对的事情。我便请教是一句什么？畅怀道："你要知道这一句，却要先知道这桩事情的底细才有味。"我道："那就费心你谈谈。"畅怀道："有一位先生，姓温，号叫月江。孟夫子说的：'人之患在好为人师。'这位温月江先生，却是最喜的是为人师，凡有来拜门的，他无有不笑纳；并且视贽礼之多少，为情谊之厚薄。生平最恼的是洋货，他非但自己不用，就是看见别人用了洋货，也要发议论的。有一天，他又收了一个门生，预先托人送过贽礼，然后谒见。那位门生去见他时，穿了一件天青呢马褂，他便发话了，说什么'孟子说的："吾闻用夏变夷者，未闻变于夷者也。"若是服夷之服，简直是变于夷了。老弟的人品学问，我久有所闻，是很纯正的。但是这件马褂，不应该穿。我们不相识呢，那是彼此无从切磋起；今日既然忝在同学，我就不得不说了。'那门生道：'门生这件马褂，还是门生祖父遗下来的。门生家寒，有了两个钱，买书都不够，哪里来得及置衣服。像这个马褂，门生一向都不敢穿的。因为系祖父遗物，恐怕穿坏了，无以对先人。今天因为拜见老师，礼当恭敬的，才敢请出来用一用。'温月江听了，倒肃然起敬起来，说道：'难得老弟这一点追远之诚，一直不泯，真是可敬！我倒失言了。'

那门生道:‘门生要告禀老师一句话,不知怕失言不怕?’温月江道:‘请教是什么话?但是道德之言,我们尽谈。’那门生道:‘门生前天托人送进来的贽礼一百元,是洋货!’温月江听了,脸红过耳,张着口半天,才说道:‘这,这,这,这,这,可,可,可,可,可不是吗?我,我,我马上就叫人拿去换了银子来了。’自从那回之后,人家都说他是个臭货。但是他又高自位置,目空一切,自以为他的学问,谁都及不了他。人家因为他又高又臭,便上他一个徽号,叫他做梁顶粪,取最高不过屋梁之顶,最臭不过是粪之义。那年温月江来京会试,他自以为这一次礼闱一定要中要点的,所以进京时就带了家眷同来。来到京里,没有下店,也不住会馆,住在一个朋友家里。可巧那朋友家里,已经先住了一个人,姓武,号叫香楼,却是一位太史公。温月江因为武香楼是个翰林,便结交起来。等到临会场那两天,温月江因为这朋友家在城外,进场不便,因此另外租了考寓,独自一人住到城里去。这本来是极平常的事情,谁知他出场之后,忽然出了一个极奇怪的变故。”正是:白战不曾持寸铁,青巾从此晋头衔。未知出了什么变故,且待下回再记。

# 第一百二回　温月江义让夫人　裘致禄孽遗妇子

"温月江出场之后，回到朋友家里，入到自己老婆房间，自以为这回三场得意，一定可以望中的，正打算拿头场首艺念给老婆听听，以自鸣其得意。谁知一脚才跨进房门口，耳边已听得一声'呸'！温月江吃了一惊，连忙站住了。抬头一看，只见他夫人站在当路，喝道：'你是谁？走到我这里来！'月江讶道：'什么事？什么话？'他夫人道：'吓！这是哪里来的？敢是一个疯子？丫头们都到哪里去了？还不给我打出去！'说声未了，早跑出四五个丫头，手里都拿着门闩棒棰，打将出来。温月江只得抱头鼠窜而逃，自去书房歇下。

这书房本是武香楼下榻所在，与上房虽然隔着一个院子，却与他夫人卧室遥遥相对。温月江坐在书桌前面，脸对窗户，从窗户望过去，便是自己夫人的卧室，不觉定着眼睛，出了神，忽然看见武香楼从自己夫人卧室里出来，向外便走。温月江直跳起来，跑到院子外面，把武香楼一把捉住。吓得香楼魂不附体，登时脸色泛青，心里突突兀兀的跳个不住，身子都抖起来。温月江把他一把拖到书房里，捺他坐下，然后在考监里取出一个护书，在护书里取出一迭场稿来道：'请教请教看，还可以有望么？'武香楼这才把心放下。定一定神，勉强把他头场文稿看了一遍，不住的击节赞赏道：'气量宏大，允称元作，这回一定恭喜的了！'月江不觉洋洋得意。又强香楼看了二、三场的稿。香楼此时，心已大放，便乐得同他敷衍，无非是读一篇，赞一篇，读一句，赞一句。及至三场的稿都看完了，月江呵呵大笑道：'兄弟此时也没有什么望头，只望在阁下跟前称得一声老前辈就够了！'香楼道：'不敢当！不敢当！这回一定是恭喜的！'从此以后，倒就相安了，不过温、武两个，易地面处罢了。这一科温月江果然中了，连着点了。谁知他偏不争气，才点了翰林，便上了一个什么折子，激得万岁爷龙颜大怒，把他的翰林革了，他才死心塌地回家乡去。近来听说他又进京来了,不知钻什么路子,希图开复。人家触动了前事,便诌了一句小说回目,是‘温月江甘心戴绿帽’。这位喜雨翁要对上一句,却对了两天,没有对上。”我道:“这个难题,必要又有个那么一回实事,才诌得上呢。若是单对字面,却是容易的,不过温对凉,月对星,江对海……之类就得了。”喜雨亭道:“无奈没有这件实事,总是难的。”

当下我见伯述不在,谈了几句就走了。回到号里,只见一个人在那里和亮臣说话,不住的唉声叹气,满脸的愁眉苦目,谈了良久才去。亮臣便对我说道:“所谓‘货悖而入者亦悖而出’,这句话真是一点不错。”我问是什么事?亮臣道:“方才这个人,是前任福建侯官县知县裘致禄的妾舅。裘致禄他在福建日子甚久,仗着点官势,无恶不作,历署过好几任繁缺,越弄越红。后来补了缺,调了侯官首县,所刮得的地皮,也不知他多少。后来被新调来的一位闽浙总督,查着他历年的多少劣迹,把他先行撤任,着实参了他一本,请旨革职,归案讯办。这位裘致禄信息灵通,得了风声,便逃走到租界地方去,等到电旨到日,要捉他时,他已是走的无影无踪了。后来访着他在租界,便动了公事,向外国领事要人。他又花言巧语,对外国人说他自己并没有犯事,不过要改革政治,这位总督不喜欢他,所以冤枉参了他的。外国人向来有这么个规矩,凡是犯了国事的,叫做‘国事犯’,别国人有保护之例。据他说所犯的是‘改革政治’,就是‘国事犯’,所以领事就不肯交人。闽浙总督急的了不得,派了委员去辩论,派了一起,又是一起,足足耽误了半年多,好容易才把他要了回来。自然是恼得火上加油,把他重重的定了罪案,查抄家产,发极边充军。当时就把他省城寓所查抄了,又动了电报,咨行他原籍,也把家产抄没了,还要提案问他寄顿之处。裘致禄便供家产尽绝了,然后起解充军。

这裘致禄有个儿子,名叫豹英,因为家产被抄,无可过活,等他老子起解之后,便悄悄向各处寄顿的人家去商量,取回应用。谁知各人不约而同的,一齐抵赖个干干净净。你道如何抵赖得来?原来裘致禄得了风声时,便将各种家财,分向各相好朋友处寄顿,一一要了收条,藏在身边。因为儿子豹英一向挥霍无度,不敢交给他,他自己逃到租界时，便带了去。等到一边外国人把他交还中国时，他又把那收条，托付他一个朋友，代为收贮。其时他还仗着上下打点，以为顶多定我一个革职查抄罢了。万不料这一次总督大人动了真怒，钱神技穷，竟把他发配极边。他当红的时候，最傲睨一切的，多少同寅，没有一个在他眼里的，因此同寅当中，也没有一个不恨他入骨。此次他犯了事，凡经手办这个案的人，没有一个不拿他当死囚看待的。有时他儿子到临里去看他时，前后左右看守的人，寸步不离，没有一个不是虎视眈眈的，父子两个，要通一句私话都不能够，要传递一封信，更是无从下手。直到他发配登程的那天，豹英去送他，才觑了个便，把几家寄顿的人家说个大略，还不曾说得周全，便被那解差叱喝开了。又忘记了说寄放收条的那个朋友。豹英呢，也是心忙意乱，听了十句倒忘了四五句，所以闹得不清不楚，便分手去了。

代他存放收条的那个朋友，本是福建著名的一个大光棍，姓单，名叫占光。当日得了收条，点一点数，一共是十三张；每张上都开列着所寄的东西，也有田产房契的，也有银行存据的，也有金珠宝贝的，也有衣服箱笼的，也有字画古董的，估了估价，大约总在七八十万光景。单占光暗想，这厮原来在福建刮的地皮有这许多，此刻算算已有七八十万，还有未曾拿出来的，以及汇回原籍的呢，还许他另有别处寄顿的呢。此刻单占光已经有意要想他法子的了。等到裘致禄定了充军罪案，见了明文，他便带了收条，径到福州省城，到那十三家出立收条人家，挨家去拜望，只说是裘致禄所托，要取回寄顿各件，又拿出收条来照过，大家自然没有不应充的道理。他却是只有这么一句话，说过之后，却不来取。等十三家人家挨次见齐之后，裘致禄的案一天紧似一天，那单占光又拿了收条挨家去取，却都只取回一半，譬如寄顿十万的，他只收回五万，在收条上注了某月某日收回某物字样，底下注了裘致禄名字。然后发出帖子去请客，单请这十三家人。等都到齐了，坐了席，酒过三巡，单占光举起酒杯，敬各人都干了一钟，道：‘列位可知道，裘致禄一案，已是无可挽回的了。当日他跑到租界，兄弟也曾经助他一臂之力，无如他老先生运气不对，以至于有今日之事。想来各位都与他相好，一定是代他扼腕的。’

众人听了,莫不齐声叹息。单占光又道:'兄弟今天又听了一个不好的消息,不知诸位可曾知道?'各人齐说:'弟等不曾听得有甚消息。'占光道:'兄弟也知道列位未必有那么信息灵通,所以特请了列位来,商量一个进退。'众人又齐说:'愿闻大教。'占光道:'兄弟这两天,代他经手取了些寄顿东西出来,原打算向上下各处打点打点,要翻案的,不料他老先生不慎,等我取了东西,将收条交还他时,却被禁卒看见了,一齐收了去,说是要拿去回上头。我想倘使被他回了上头,是连各位都有不是的,一经吊审起来,各位都是窝家,就是兄弟这两天代他向各位处取了些东西,也要担个不是,所以请了各位来商量个办法。'众人听了,面面相觑,不知所对。占光又催着道:'我们此刻,统共一十四个人,真正同舟共命,务求大家想个法子,脱了干系才好。'众人歇了半天无话。占光又再三相促。众人道:'弟等实无善策,还求阁下代设个法儿,非但阁下自脱干系,就是我等众人,也是十分感激的。'占光道:'法子呢,是还有一个。幸而那禁卒头儿,兄弟和他认得,一向都还可以说话。为今之计,只有化上两文,把那收条取了回来,是个最高之法。'众人道:'如此最好。但不知要化多少?'占光道:'少呢,我也不能向前途说;多呢,我也不能对众位说。大约你们各位,多则一万一个人,少则八千一个人,是要出的。'众人一听大惊道:'我们哪里来这些钱化?'占光把脸一沉,默默不语,慢慢的说道:'兄弟是洋商所用的人,万一有什么事牵涉到我,只要洋东一出面,就万事都消了。兄弟不过为的是众位,或在官的,或在幕的,一旦牵涉起来,未免不大好看,所以多此一举罢了。各位既然不原谅我兄弟这个苦衷,兄弟也不多管闲事了。'说着,连连冷笑。

内中有一个便道:'承阁下一番美意,弟等并不是不愿早了此事,实系因为代姓裘的寄存这些东西,并无丝毫好处,却无辜被累,凭空要化去一万、八千,未免太不值得,所以在这里踌躇罢了。'占光呵呵大笑道:'亏你们!亏你们!还当我是坏人,要你们掏腰呢。化了一万、八千,把收条取回来,一个火烧掉了,他来要东西,凭据呢?请教你们各位,是得了便宜?是失了便宜?至于我兄弟,为自己脱干系起见,绝不与诸位计较。办妥这件事之后,酬谢我呢,我也不却,不酬谢我呢,我也不怪,听凭各位就是了。'众人听了,恍然大悟道:'如此我等悉听占翁分付办理就是了。'占光道:'办,我只管去办。至于各出多少使费,那是要各位自愿的,兄弟不便强派。'众人听了,又互相商议,有出一万的,有出八千的,有出五六千的,统共凑起来,也有十一万五千了。占光摇头道:'这点恐怕不够。白费唇舌不要紧,兄弟是在洋东处告了假出来,不能多耽搁的,怕的是耽搁时候。'众人见他这么说,便又商量商量,凑够了十二万银子给他,约定日子过付。他等银子收到了,又请了一天客,把十三张收条取了出来,一一交代清楚,众人便把收条烧了。所以等到豹英去取时,众人乐得赖个干干净净。

豹英至此,真是走头无路。忽然想起他父亲有一房姨太太,寄住在泉州。那姨太太还生有一个小兄弟,今年也有八岁了。那里须有点财产,不免前去分点来用用。想罢,便径到泉州来,寻着那位姨娘,说明来意。那姨娘道:'阿弥陀佛!我这里个个月靠的是老爷寄来十两银子过活,此刻有大半年没寄来了,我娘儿两个正愁着没处过活,要投奔大少爷呢。'说着,便抽抽咽咽起来。豹英不觉棱住了。但既来之,则安之,姑且住下再说。姨娘倒也不能撵他,只得由他住下。豹英终日觌琐,总说老人家有多少钱寄顿在这里,姨娘如果不拿出来,我只得到晋江县去告了。姨娘急了,便悄悄的请了自己兄弟来商量,不如把家财各项,暂时寄顿到干妈那里去。

原来这位姨娘,是裘致禄从前署理晋江县的时候所置。及至卸任时,因为家中太太泼恶不过,不敢带回去,便另外置了一所房屋,给他居住。又恐怕没有照应,因在任时,有一个在籍翰林杨尧蒿太史,十分交好。这杨尧蒿,本名叫杨尧嵩,因为应童子试时屡试不售,大家都说他名字不利。他有一回小试,就故意把嵩字写成蒿字,果然就此进了学,联捷上去。因为点到翰林那年,已经四十多岁了,就不肯到京供职,只回到家乡,靠着这太史公的头衔,包揽几件词讼,结识两个官府,也就把日子过去了。裘致禄在任时,和他十分相得。交卸之后,这位姨娘,已经有了六个月身孕,因为叫她独住在泉州,放心不下,所以和杨太史商量,把这个姨娘拜在杨太史的姨太太膝下做干女儿。过了三四个月,姨娘便生下个孩子。此时致禄早已晋省去了。这边往来得十分热闹,杨太史又给信与致禄,和他道喜。致禄得了信,又到泉州走了一次,见母子相安,又重新拜托了杨太史照应。所以一向干爹、干妈、干女儿,叫的十分亲热。此时豹英来了,开口告官,闭口告官,姨娘没了主意,便悄悄叫了自己兄弟来,和他商量,不如把紧要东西,先寄顿在干娘那里,就是他告起来,官府来抄,也没得给他抄去。定了主意,便把那房产田契,以及金珠首饰,值钱的东西,放在一个水桶里,上面放了两件旧布衣服,叫一个心腹老妈子,装做到外头洗衣服的样子,堂哉皇哉,拿出了大门,姨娘的兄弟早在外头接应着,跟着那老妈子,看着他进了杨太史的大门,方才走开。如此一连三天,把贵重东西都运了出去,连姨娘日常所用的金押发簪子,都除了下来拿去,自己换上一支包金的。恰好豹英这天吃醉了酒,和姨娘大闹,闹到不堪,便仗着点酒意,自然翻箱倒箧起来。搜了半天,除了两件细毛衣服之外,竟没有一样值钱东西。豹英至此,也自索然无味,只得把几件父亲所用的衣服,及姨娘几件细毛衣服要了,动身回省。

这边姨娘等大少爷去了,便亲带了那老妈子去见干妈,仍旧十分亲热。及至问起东西时,杨姨太太不胜惊讶,说是不曾见来。姨娘也大惊,指着老妈子道:'是我叫她送来的,一共送了三次,难道她交给干爹了?'连忙请了杨太史来问。杨尧蒿道:'我没看见啊。是几时拿来的?'姨娘道:'是放在一个水桶里拿来的。'杨姨太太笑道:'这便有了。'连忙叫人在后房取出三个水桶来。姨娘一看,果然是自己家中之物,几件破旧衣服还在那里。连忙把衣服拿开一看,里面是空空洞洞的,哪里有什么东西。姨娘不觉目定口呆。老妈子便插嘴道:'是我第一天送来这个桶,里面两个拜匣,我都亲手拿出来交给姨太太的。我还要带了水桶回去,姨太太说是不必拿去了,你出来时候,那衣服堆在桶口,此刻回去却瘪在桶底,叫人见了反要起疑心,我才把桶丢在这里。第二天送来是一个大手巾包,也是我亲手交给姨太太的。姨太太还说有甚要紧东西,赶紧拿来,如果被你家大少爷看见了,就不是你家姨娘的东西了。第三天送来是两个福州漆盒,因为那盒子没有锁,还用手巾包着,也是我亲手点交姨太太的。怎么好赖得掉!'杨太史道:'住了!这拜匣、手巾包、盒子里,都是些什么东西?你且说说。'姨娘道:'一个拜匣里,全是房契田契,其余都是些金珠首饰。'杨太史道:'吓!你把房契田契,金珠首饰,都交给我了!好好你家的东西,为甚要交给我呢?'姨娘道:'因为我家大少爷要来霸占,所以才寄到干爹这里的。'杨太史道:'那些东西,一股脑儿值多少钱呢?'姨娘道:'那房产是我们老爷说过的,置了五万银子。那首饰是陆续买来的,一时也算不出来,大约也总在五六万光景。'杨太史道:'你把十多万银子的东西交给我,就不要我一张收条,你就那么放心我?你就那么糊涂?哼!我看你也不是什么糊涂人!你不要想在这里撒赖!'姨娘急的哭起来,又说老妈子干没了。老妈子急的跪在地下,对天叩响头,赌咒,把头都碰破了,流出血来。杨太史索性大骂起来,叫撵。姨娘只得哭了回去,和兄弟商量,只有告官一法。你想一个被参谪戍知县的眷属,和一个现成活着的太史公打官司,哪里会打得赢?因此县里、府里、道里、司里,一直告到总督,都不得直。此刻跑到京里来,要到都察院里去告。方才那个人,便是那姨娘的兄弟,裘致禄的妾舅了。莫说告到都察院,只怕等皇帝出来叩阍,都不得直呢!"正是:莫怪人情多鬼蜮,须知木腐始虫生。不知这回到都察院去控告,得直与否,且待下回再记。

## 第一百三回　亲尝汤药媚倒老爷　婢学夫人难为媳妇

我这回进京，才是第二次。京里没甚朋友，符弥轩已经丁了承重忧，出京去了。北院同居的车文琴，已经外放了，北院里换了一家旗人住着，我也不曾去拜望。只有钱铺子里的恽洞仙，是有往来的，时常到号里来谈谈。但是我看他的形迹，并不是要到我号里来的，总是先到北院里去，坐个半天，才到我这边略谈一谈。不然，就是北院里的人不在家，他便到我这边来坐个半天，等那边的人回来，他就到那边去了。我见得多次，偶然问起他，洞仙把一个大拇指头竖起来道："他么？是当今第一个的红人儿！"我听了这个话，不懂起来，近日京师奔竞之风，是明目张胆，冠冕堂皇做的，他既是当今第一红人儿，何以大有"门庭冷落车马稀的景象呢？因问道："他是做什么的？是哪一行的红人儿？门外头宅子条儿也不贴一个？"洞仙道："他是个内务府郎中，是里头大叔的红人。差不多的人，到了里头去，是没有坐位的。他老人家进去了，是有个一定的坐位，这就可想了。"我道："永远不见他上衙门拜客，也没有人拜他，哪里像个红人？"洞仙道："你佇不大到京里来，怨不得你佇不知道。这红人儿里头，有明的，有暗的，像他那是暗的。"我道："他叫个甚名字？说他红，他究竟红些什么？你告诉告诉我，等我也好巴结巴结他。"洞仙道："巴结上他倒也不错，像我兄弟一家大小十多口人吃饭，仰仗他的地方也不少呢。"我笑道："那么我更要急于请教了。"

洞仙也笑道："他官名叫多福，号叫贡三，是里头经手的事，他都办得到，而且比别人便宜。每年他的买卖，也不在少处。这两年元二爷住开了，买卖也少了许多。"我道："怎么又闹出个元二爷来了？"洞仙道："这位多老爷有两个儿子，大的叫吉祥，我们都叫他做祥大爷，是个傻子。第二个叫吉元，我们都叫他做元二爷，捐了个主事，在户部里当差。他父子两个，向来是连手，多老爷在暗里招呼，元二爷在明里招徕生意。”我道:“那么为什么又要住开了呢?”洞仙道:“这个一言难尽了。多老爷年纪大了,断了弦之后,一向没有续娶。先是给傻子祥大爷娶了一房媳妇,不到两年,就难产死了。多老爷也没给他续娶,只由他买了一个姨娘就算了。却和元二爷娶了亲。亲家那边是很体面的,一副妆奁,十分丰厚,还有两个陪嫁丫头,大的十五岁,小的才十二岁。过了两三年,那大丫头有了十七八岁了,就嫁了出去。只有这个小的,生得脸蛋儿很俊,人又机灵,元二爷很欢喜她,一直把她养到十九岁还没嫁。元二爷常常和她说笑鬼混,那位元二奶奶看在眼里,恼在心里。到底是大家姑娘出身,懂得规矩礼法,虽是一大坛子的山西老醋,搁在心上,却不肯泼撒出来,只有心中暗暗打算,觑个便,要早早的嫁了她。后来越看越不对了,那丫头眉目之间,有点不对了,行动举止,也和从前两样了,心中越加焦急。那丫头也明知二奶奶吃他的醋,不免怀恨在心。恰好多老爷得了个脾泄的病,做儿媳妇的,别的都好伺候,惟有这搀扶便溺,替换小衣,是办不到的,就是雇来的老妈子,也不肯干这个。元二奶奶一想,不如拨了这丫头去伺候公公,等伺候得病人好了,他两个也就相处惯了,希翼公公把她收了房做个姨娘,就免了二爷的心事了。打定了主意,便把丫头叫了来,叫她去伺候老爷。这丫头是一个绝顶机警的人,一听了这话,心中早已明白,便有了主意,唯唯答应了,即刻过去伺候老爷。

多老爷正苦没人伺候,起卧都觉得不便,忽然蒙媳妇派了这个丫头来伺候,心中自是欢喜。况且这丫头又善解人意,嘴唇动一动,便知道要茶。眼睛抬一抬,便知道要烟。无论是茶是药,一定自己尝过,才给老爷吃。起头的两天,还有点缩手缩脚的。过得两天惯了,更是伺候得周到。老爷要上马子,她抱着腰,老爷躺下来,她捶着背。并且她自从过来之后,便把自己铺盖搬到老爷房里去,到了晚上,就把铺盖开在老爷炕前地下假寐。那炕前又是夜壶,又是马子,又是痰盂,她并不厌烦。半夜里老爷要小解了,她怕老爷着了凉,拿了夜壶,递到被窝里,伏侍小解。那夜壶是瓷的,老爷大腿碰着了,哼了一声,说冰凉的,丫头等小解完后,便把夜壶舀干净,拿来烤在自己被窝里,等到老爷再要用时,已是烤得暖暖儿的了。及至次日,请了大夫来,凡老爷夜来起来几次，小解大解几次，是什么颜色，稀的稠的，几点钟醒，几点钟睡，有吃东西没有，只有她说得清清楚楚，所以那大夫用药，就格外有了分寸。有时晚上老爷要喝参汤，坐起来呢，怕冷，转动又不便当，她便问准了老爷，用茶漱过口，刷过牙，刮过舌头，把参汤呷到嘴里，伏下身子，一口一口的慢慢哺给老爷吃。有时老爷来不及上马子，弄脏了裤子，她却早就预备好了的。你说她怎么预备来？她预先拿一条干净裤子，贴肉横束在自已身上，等到要换时，她伸手到被窝里，拭擦干净了，才解下来，替老爷换上，又是一条暖暖儿的裤子了。这一条才换上，他又束上一条预备了。

如此伺候了两个多月，把老爷伺候好了。虽然起了炕，却是片时片刻，也少她不得了。便和她说道：'我儿！辛苦你了！怎样补报你才好？'她这两个多月里头，已经把老爷巴结得甜蜜儿一般，由得老爷抚摩玩弄，无所不至的了。听了老爷这话，便道：'奴才伺候主子是应该的，说什么补报？'老爷道：'我此刻倒是一刻也离不了你了。'丫头道：'那么奴才就伏侍老爷一辈子！'老爷道：'这不是误了你的终身？你今年几岁了？'丫头道：'做奴才的，还说什么终身！奴才今年十九岁，不多几天就过年，过了年，就二十岁了，半辈子都过完了，还有那半辈子，不还是奴才就结了吗！'老爷道：'不是这样说。我想把你收了房，做了我的人，你说好么？'丫头听了这句话，却低头不语。老爷道：'你可是嫌我老了？'丫头道：'奴才怎敢嫌老爷！'老爷道：'那么你为什么不答应？'丫头仍是低头不语。问了四五遍，都是如此。老爷急了，握着她两只手，一定要她说出个道理来。丫头道：'奴才不敢说。'老爷道：'我这条老命是你救回来的，你有话，只管说就是了，哪怕说错了，我不怪你。'丫头道：'老爷、少爷的恩典，如果打发奴才出去，哪怕嫁的还是奴才，甚至于嫁个化子，奴才是要一夫一妻做大的，不愿意当姨娘。如果要奴才当姨娘，不如还是当奴才的好。'老爷道：'这还不容易！我收了你之后，慢慢的把你扶正了就是。'丫头道：'那还是要当几天姨娘。'老爷道：'那我就简直把你当太太，拜堂成礼如何？'丫头道：'老爷这句话，可是从心上说出来的？'老爷道：'有甚不是？'丫头咕咚一声，跪下来叩头道：'谢过老爷天高地厚的恩典!'老爷道:'我和你已经做了夫妻,为甚还行这个礼?'丫头道:'一天没有拜堂,一天还是奴才。等拜过了堂,才算夫妻呢。还有一层:老爷便这般抬举,还怕大爷、二爷,他们不服呢?'老爷道:'有我担了头,怕谁不服!'丫头此时也不和老爷客气了,挨肩坐下,手握手的细细商量。丫头说道:'虽说是老爷担了头,没谁敢不服,但是事前必要机密,不可先说出来。如果先说出来,总不免有许多阻挡的说话。不如先不说出来,到了当天才发作,一会儿生米便成了熟饭,叫他们不服也来不及。至于老爷续娶,礼当要惊动亲友,摆酒请客的,我看这个不如也等当天一早出帖子,不过多用几个家人分头送送罢了。'此时老爷低着头听分付,丫头说一句,老爷就答应一个'是'字,犹如下属对上司一般。等分付完了,自然一切照办。好丫头!真有本事,有能耐,一切都和老爷商量好了,她却是不动声色,照常一般。有时伺候好了老爷,还要到元二奶奶那边去敷衍一会。这件事竟是除了他两个之外,没有第三个人知道的。家人们虽然承命去刻帖子,却也不知道娶的是哪一门亲。就是那帖子签子都写好了,只有日子是空着,等临时填写的,更不知道是哪一天。老爷又吩咐过不准叫大爷、二爷知道的,更是无从打听,只有照办就是了。

直到了办事的头一天下午,老爷方才分付出来,叫把帖子填了明天日子,明日清早派人分头散去。又分付明天清早传傧相,传喜娘,传乐工,预备灯彩。这一下子,合宅上下人等都忙了。却一向不见行聘,不知女家是什么人?祥大爷是傻的,不必说他。元二爷便觉着这件事情古怪,想道:'这两三个月都是丫头在老爷那边伺候,叫她来问,一定知道。'想罢,便叫老妈子去把丫头叫来,问道:'老爷明天续弦,娶的是哪一家的姑娘?怎么我们一点不晓得?你天天在那边伺候,总该知道。'丫头道:'奴才也不知道,也是方才叫预备一切,才知道有这回事。'二爷道:'那边要铺设新房了,老爷的病也好了许久了,你的铺盖也好搬回这边来了。'丫头道:'是,奴才就去回了老爷搬过来。'说着,去了。过了一会,又空身跑了过来道:'老爷说要奴才伺候新太太,等伺候过了三朝,才叫奴才搬过来呢。'说罢,又去了。元二爷满腹疑心,又暗笑老头子办事糊涂,却还猜不出个就里。

到了明天早起,元二爷夫妻两个方才起来,只见傻大爷的姨娘跑了来,嘴里不住的称奇道怪道:‘二爷、二奶奶,可知道老爷今天娶的是哪一个姑娘?’二爷见她疯疯傻傻的,不大理会她。二奶奶问道:‘这么大惊小怪的做什么?不过也是个姑娘罢了,不见得娶个三头六臂的来!’姨娘道:‘只怕比三头六臂的还奇怪呢!娶的就是二奶奶的丫头!’二爷、二奶奶听了这话,一齐吃了一惊,问道:‘这是哪里来的话?’姨娘道:‘哪里来的话!喜娘都来了,在那里代她穿衣服打扮呢。我也要去穿衣服了,回来怕有女客来呢。’说着,自去了。这边夫妻两个,如同呆了一般,想不出个什么道理来。歇了一会,二爷冷笑道:‘吃醋咧,怕我怎样咧,叫他去伺候老人家咧!当主子使唤奴才不好,倒要做媳妇去伺候婆婆!你看罢咧,日后的戏有得唱呢!’一面说,梳洗过了,换上衣服,上衙门去了。可怜二奶奶是个没爪子的螃蟹,走不动,只好穿上大衣,先到公公那边叩喜。此时也有得帖子早的来道喜了。

一会儿,吉时已到,喜娘扶出新太太,傧相赞礼拜堂。因为办事匆促,一切礼节都从简略,所以拜天地、拜花烛、庙见、交拜,都并在一时做了。过后便是和众人见礼。傻大爷首先一个走上前去,行了一跪三叩首的礼。老爷自是兀然不动,便连新太太,也直受之而不辞。傻大爷行过礼之后,家人们便一迭连声叫二爷。有人回说:‘二爷今天一早奉了堂谕,传上衙门去了。’老爷已是不喜欢。二奶奶没奈何,只得上前行礼,可恼这丫头居然兀立不动。一时大众行过礼之后,便有许多贺客,纷纷来贺。热闹了一天。二爷是从这天上衙门之后,一连三天不曾回家。只苦了二奶奶,要还他做媳妇的规矩,天天要去请早安,请午安,请晚安。到了请过安时,碰了新太太高兴的时候,鼻子里哼一声;不高兴的时候,正眼也不看一看。二奶奶这个冤枉,真是无处可伸。倒是傻大爷的姨娘上去请安,有说有笑。

二爷直到了第四天才回家,上去见过老爷请安,便要走。老爷喝叫站着,二爷只得站着。老爷歇了好一会,才说道:‘你这一向当的好红差使!大清早起就是堂官传了,一传传了三四天,连老子娘都不在眼睛里了!'二爷道:'儿子的娘早死了,儿子丁过内艰来。'老爷把桌子一拍道:'吓！好利嘴！谁家的继母不是娘?'二爷道:'老爷在外头娶一百个,儿子认一百个娘,娶一千个,儿子认一千个娘。这是儿媳妇房里的丫头,儿子不能认她做娘!'老爷正待发作,忽听得新太太在房里道:'什么丫头不丫头！我用心替你把老子伺候好了,就娘也不过如此!'老爷道:'可不是！我病在炕上,谁看我一看来?得她伺候的我好了,大家打伙儿倒翻了脸了。你出来！看他认娘不认!'新太太巴不得一声走了出来,二爷早一翻身向外跑了。老爷气得叫'抓住了他！抓住了他!'二爷早一溜烟跑到门外,跳上车子去了。这里面一个是老爷气的暴跳如雷,大叫'反了反了!'一个是新太太撒娇撒痴,哭着说:'二爷有意丢我的脸,你也不和我做主。你既然做不了主,就不要娶我!'哭闹个不了。二奶奶知道是二爷闯了祸,连忙过来赔罪,向公公跪下请息怒。老爷气得把胡子一根根都竖了起来。新太太还在那里哭着。良久老爷才说道:'你别跪我！你和你婆婆说去!'二奶奶站了起来,千委屈,万委屈,对着自己赔嫁的丫头跪下。新太太撅着嘴,把身子一扭,端坐着不动。二奶奶千不是,万不是,赔了多少不是。足足跪了有半个钟头,新太太才冷笑道:'起去吧！少奶奶！不要折了我这当奴才的!'二奶奶方才站了起来,依然伺候了一会,方才退归自己房里。越想越气,越气越苦,便悄悄的关上房门,取一根带子,自己吊了起来。老妈子们有事要到房里去,推推房门不开,听了听寂无声息,把纸窗儿戳破一个洞,往里一瞧,吓得魂不附体,大声喊救起来。惊动了阖家人等,前来把房门撞开了。两个粗使老妈子,便端了凳子垫了脚,解将下来,已经是笔直挺硬的了,舌头吐出了半段,眼睛睁得滚圆。傻大爷的姨娘一看道:'这是不中用的了!'头一个先哭起来。便有家人们,一面去找二爷,一面往二奶奶娘家报信去了。这里幸得一个解事的老妈子道:'你们快别哭别乱！快来抱着二奶奶,此刻是不能放她躺下的!'便有人来抱住。那老妈子便端一张凳子来,自己坐下,才把二奶奶抱过来道:'你们扳她的腿,扳的弯过来,好叫她坐下。'于是就有人去扳弯了。这老妈子把自己的波罗盖儿堵住了二奶奶的谷道;一只手便把头发提起,叫人轻轻的代她揉颈脖子,捻喉管。又叫人拈她肩膀。又叫拿管子来吹她两个耳朵。众人手忙脚乱的,搓揉了半天,觉得那舌头慢慢的缩了进去。那老妈子又叫拿个雄鸡来,要鸡冠血灌点到嘴里,这才慢慢的觉着鼻孔里有点气了。

正在忙着,二爷回来了。可巧亲家老爷、亲家太太,也一齐进门。二爷嚷着怎样了?亲家太太一跨进来就哭了。那老妈子忙叫:'别哭,别哭!二爷快别嚷!快来和她度一口气吧!'二爷赶忙过来度气,用尽平生之力,度了两口,只听得二奶奶哼的一声哼了出来。那老妈子道:'阿弥陀佛!这算有了命了。快点扶她躺下吧。只能灌点开水,姜汤是用不得的。'那亲家太太看见女儿有了命,便叫过一个老妈子来,问那上吊的缘由,不觉心头火起。此时亲家老爷也听明白了,站起来便去找老爷,见了面,就是一把辫子。"正是:好事谁知成恶事,亲家从此变冤家。不知亲家老爷这一把辫子,要拖老爷到哪里去,且待下回再记。

## 第一百四回　良夫人毒打亲家母　承舅爷巧赚朱博如

“你道那亲家老爷是谁？原来是内备府掌印郎中良果，号叫伯因，是内务府里头一个红人。当着这众多老爷散帖子那天，元二爷不是推说上衙门，大早就出去了么？原来他并不曾上衙门，是到丈人家去，把这件事情告诉了丈人丈母。所以这天良伯因虽然接了帖子，却并不送礼，也不道喜，只当没有这件事，打算将来说起来，只说没有接着帖子就是了。他那心中，无非是厌恶多老爷把丫头抬举的太过分了，却万万料不到有今天的事。今天忽然见女婿又来了，诉说老人家如此如此，良伯因夫妻两个正在叹息，说多老爷年纪大了，做事颠倒了。忽然又见多宅家人来说：‘二奶奶上了吊了！’这一吓非同小可，连忙套了车，带了男女仆人，喝了马夫，重重的加上两鞭，和元二爷一同赶了来。一心以为女儿已经死了，所以到门便奔向二奶奶那边院子里去。看见众人正在那里救治，说可望救得回来的，鼻子里已经有点气了，夫妻两个权且坐下。等二奶奶一声哼了出来，知道没事的了。良夫人又把今天新太太如何动气，二奶奶如何不跪赔罪的话，问了出来。良伯因站起来，便往多老爷那边院子里去。多老爷正在那里骂人呢，说什么：‘妇人女子，动不动就拿死来吓唬人！你们不要救她，由她死了，看可要我公公抵命！’说声未了，良老爷飞跑过来，一把辫子拖了就走道：‘不必说抵命不抵命，咱们都是内务府的人，官司也不必打到别处去，咱们同去见堂官，评评这个理看！’

多老爷陡然吃了一惊道：‘亲……亲……亲家！有话好……好的说！’良老爷道：‘说什么？咱们回堂去，左右不叫你公公抵命的。’多老爷道：‘回什么堂？你撒了手好说话啊！’良老爷道：‘世界已经反了，还说什么话！我也不怕你跑了，有话你说！’说着，把手一撒，顺势向前一推，多老爷跌了两步，几乎立脚不住。良老爷拣了一把椅子坐下道：‘有话你说！’此时家人仆妇，纷纷的站了一院子看新闻。

三三两两传说:幸得二奶奶救过来了,不然,还不知怎样呢！这句话被多老爷听见了,便对良老爷说道:‘你的女儿死了没有啊？就值得这么的大惊小怪！’良老爷道:‘你是要人死了才心安呢！我也不说什么,只要你和我回堂去,问问这纵奴凌主,是哪一国的国法？哪一家的家法？’正说话时,只见家人来报,说亲家太太来了。多老爷吃了一惊,暗想一个男的已经闹不了,又来一个女的,如何是好？想犹未了,只见良夫人带了自己所用的老妈子,咯嘣咯嘣的跑了过来,见了多老爷,也不打招呼,直奔到房里去。

房里的新太太正在那里打主意呢。她起头听见说二奶奶上吊,心里还不知害怕,以为这是她自己要死的,又不是我逼死她,就死了有什么相干？正这么想着,家人又说亲家老爷、亲家太太都来了。新太太听了这话,倒吃了一惊,暗想这是个主子,她回来拿起主子的腔来,我就怎样呢？回头一想,她到了这里须是个客,我迎出去,自己先做了主人,和他行宾主礼,叫她亲家母,她自然也得叫我亲家母,总不能拿我怎样。心中正自打定了主意,却遇了良老爷过来,要拉多老爷到内务府里去,声势汹汹,不觉又替多老爷担忧,呆呆的侧耳细听,倒把自己的心事搁过一边。不提防良夫人突如其来,一直走到身边,伸出手来,左右开弓的,劈劈拍拍,早打了七八个嘴巴。新太太不及提防,早被打得耳鸣眼花。良夫人喝叫带来的老妈子道:‘王妈！抓了她过去！我问她！’王妈便去搀新太太的膀子。良夫人把桌子一拍道:‘抓啊！你还和她客气？’原来这王妈是良宅的老仆妇,这位新太太当小丫头时,也曾被王妈教训过的,此刻听得夫人一喝,便也不客气,顺手把新太太的簪子一拔,一把头发抓在手里。新太太连忙挣扎,拿手来挡,早被王妈劈脸一个巴掌,骂道:‘不知死活的蹄子！你当我抓你,是太太抓你呢！’王妈的手重,这一下,只把新太太打得眼中火光迸裂,耳中轰的一声,犹如在耳边放了一门大炮一般。良夫人喝叫抓了过去。王妈提了头发,横拖竖曳的先走,良夫人跟在后头便去。多老爷看见了道:‘这是什么样子？这是什么样子？’嘴里只管说,却又无可如何,由得良夫人押了过去。到得二奶奶院里,良夫人喝叫把她衣服剥了,王妈便去动手。新太太还要挣扎,哪里禁得二奶奶所用的老妈子,为了今天的事,一个个都把她恨入骨髓,一哄上前,这个捉手,那个捉脚,一霎时把她的一件金银嵌的大袄剥下,一件细狐小袄也剥了下来。良夫人又喝叫把棉裤也剥了,才叫把她绑了,喝叫带来的家人包旺:'替我用劲儿打!今天要打死了她才歇!'

这包旺又是良宅的老家人,他本在老太爷手下当书僮出身,一直没有换过主子,为人极其忠心。今天听见姑爷来说,那丫头怎生巴结上多老爷,怎生做了太太,怎生欺负姑娘,他便嚷着磨腰刀:'我要杀那浪蹄子去!'后来良老爷带他到这边来,他一到,便想打到上房里,寻丫头厮打,无奈规矩所在,只得隐忍不言。今听得太太吩咐打,正中下怀,连忙答应一声'喒',便跑到门外,问马夫要了马鞭子来,对准丫头身上,用尽平生之力,一下一下抽将下去,抽得那丫头杀猪般乱喊,满地打滚。包旺不住手的一口气抽了六七十,把皮也抽破了,那血迹透到小衣外面来。新太太这才不敢撒泼了,膝行到良夫人跟前跪着道:'太太饶了奴才的狗命吧!奴才再也不敢了!情愿仍旧到这边来,伏侍二奶奶!'良夫人劈脸又是一个嘴巴道:'谁是你二奶奶?你是谁家的奴才?你到了这没起倒的人家来,就学了这没起倒的称呼!我一向倒是马马糊糊的过了,你们越闹越不成话了!奴才跨到主子头上去了!谁是你的二奶奶?你说!'说着,又是两个嘴巴。新太太忙道:'是奴才糊涂!奴才情愿仍旧伺候姑奶奶了!'良夫人叫包旺道:'把她拉到姑娘屋里再抽,给姑娘下气去。'新太太听说,也不等人拉,连忙站起来跑到二奶奶屋里。二奶奶正靠着炕枕上哭呢。新太太咕咚一下跪下来,可怜她双手是反绑了的,不能爬下叩头,只得弯下腰,把头向地下咯嘣咯嘣的乱碰,说道:'姑奶奶啊!开恩吧!今天奴才的狗命,就在姑奶奶的身上了!再抽几下,奴才就活不成了!'说犹未了,包旺已经没头没脑的抽了下来,嘴里说道:'不是天地祖宗保佑,我姑奶奶的性命,就送在你这贱人手里!今儿就是太太、姑奶奶饶你,我也不饶你!活活的抽死你,我和你到阎王爷那里打官司去!'一面说,一面着力的乱抽,把新太太脸上也七纵八横的,抽了好几条血路。包旺正抽得着力时,忽然外面来了两三个老妈子,把包旺的手拉住道:'包二爷,且住手,这边的舅太太来了。'包旺只得住了手出来，对良夫人道：'太太今天如果饶了这贱人，天下从此没有王法了！就是太太、姑奶奶饶了她，奴才也要一头撞死了，到阎王爷那里告她，要她的命的！'良夫人道：'你下去歇歇吧，我总要惩治她的。'

原来元二爷陪了丈人、丈母到家，救得二奶奶活了，不免温存了几句。二奶奶此时虽然未能说话，也知道点点头了。元二爷便到多老爷院子里去，悄悄打听，只听得良老爷口口声声要多老爷去见堂官，这边良夫人又口口声声要打死那丫头。想来这件事情，是自己父亲理短，牵涉着自己老婆，又不好上去劝。哥哥呢，又是个傻子。今天这件事，没有人解劝，一定不能下场的。踌躇了一会，便撇下了二奶奶，出门坐上车子，赶忙到舅老爷家去，如此这般说了一遍，要求娘舅、舅母同去解围。舅老爷先是恼着妹夫糊涂不肯去，禁不得元二爷再三央求，又叩头请安的说道：'务望娘舅不看僧面看佛面，只算看我母亲的面吧。'舅老爷才答应了，叫套车。元二爷恐怕耽搁时候，把自己的车让娘舅、舅母坐了，自己骑了匹牲口，跟着来家。亏得这一来，由舅老爷、舅太太两面解劝，方才把良老爷夫妻劝好了，坐了车子回去。元二爷从此也就另外赁了宅子，把二奶奶搬开了。向来的生意，多半是元二爷拉拢来的。自从闹过这件事之后，元二爷就不去拉拢了，生意就少了许多。"我笑道："原来北院里住的是个老糊涂。但不知那丫头后来怎样发落？"洞仙道："此刻不还是当他的太太。"我道："他儿子、媳妇虽说是搬开了，然而总不能永不上门，以后怎样见面呢？"洞仙道："这个就没有去考求了。"说着，北院里有人来请他，洞仙自去了。

我在京又耽搁了几天，接了上海的信，说继之就要往长江一带去了，叫我早回上海。我看看京里没事，就料理动身；到天津住了两天，附轮船回上海。在轮船上却遇见了符弥轩。我看他穿的还是通身绸绉，不过帽结是个蓝的，暗想京里人家都说他丁了承重忧出京的，他这个装扮，哪里是个丁忧的样子。又不便问他，不过在船上没有伴，和他七拉八扯的谈天罢了。船到了上海，他殷殷问了我的住处，方才分手。我自回到号里，知道继之前天已经动身了，先到杭州，由杭州到苏州，由苏州到镇江，这么走的。

歇息了一天，到明天忽然外面送了一封信来，拆开一看，却是符弥轩请我即晚吃花酒的。到了晚上，我姑且去一趟。座中几个人，都是浮头滑脑的，没有什么事可记。所最奇的，是内中有一个是苟才的儿子龙光。我屈指一算，苟才死了好像还不到百日，龙光身上穿的是枣红摹本银鼠袍，泥金宁绸银鼠马褂，心中暗暗称奇。席散回去，和管德泉说起看见龙光并不穿孝，屈指计来，还不满百日，怎么荒唐到如此的话。德泉道："你的日子也过糊涂了。苟才是正月廿五死的，二月三十的五七开吊，继之还去吊的。初七继之动身，今天才三月初十，离末七还有三四天呢，你怎便说到百日了？'我听了倒也一呆。德泉又道："继之还留下一封长信，叫我给你，说是苟才致死的详细来历，都在上头，叫我交给你，等你好做笔记材料。是我忘了，不曾给你。"我听了，便连忙要了来，拿到自己房里，挑灯细读。

原来龙光的老婆，是南京驻防旗人，老子是个安徽候补府经历。因为当日苟才把寡媳送与上司，以谋差缺，人人共知，声名洋溢，相当的人家，都不肯和他对亲，才定了这头亲事。谁知这位姑娘有一个隐疾，是害狐臭的，所以龙光与她不甚相得，虽不曾反目，却是恩义极淡的。倒是一个妻舅，名叫承辉的，龙光与他十分相得，把他留在公馆里，另外替他打扫一间书房，郎舅两个终日在一处厮闹，常常不回卧室歇息，就在书房抵足。龙光因为不喜欢这个老婆，便想纳妾。却也奇怪，他的老婆听说他要纳妾，非但并不阻挡，并且竭力怂恿。也不知她是生性不妒呢，还是自惭形秽，或是别有会心，那就不得而知了。龙光自是欢喜。然而自己手上没钱，只得和老子商量。苟才却不答应，说道："年纪轻轻的，不知道学好，只在这些上头留心。你此刻有了什么本事？养活得起多少人？不能瞒你们的，我也是五十岁开外才纳妾的。"一席话，教训得龙光闭口无言。退回书房，喃喃呐呐的，不知说些什么东西。承辉看见，便问何事。龙光一一说知。承辉道："这个叫做'只许州官放火，不许百姓点灯'，向来如此的。你看太亲翁那么一把年纪，有了五个姨娘还不够，前一回还讨个六姨。姊夫要讨一个，就是那许多说话。这个大约老头子的通脾气，也不是太亲翁一个人如此。”龙光道：“他说他五十岁开外才讨小的，我记得小时候，他在南京讨了个钓鱼巷的货，住在外头，后来给先母知道了，找得去打了个不亦乐乎，后来不知怎样打发的，这些事他就不提一提呢。”承辉道：“总而言之，是自己当家，万事都可以做得了主；若是自己不能当家，莫说五十岁开外，只怕六十、七十开外，都没用呢。”说得龙光默然。两个年轻小子，天天在一起，没有一个老成人在旁边，他两个便无话不谈，真所谓“言不及义”，哪里有好事情串出来。

承辉这小子，虽是读书不成，文不能文，武不能武，若要他设些不三不四的诡计，他却又十分能干，就和龙光两个，干了些没天理的事情出来。龙光时时躲在六姨屋里，承辉却和五姨最知己，四个人商量天长地久之计。承辉便想出一个无毒不丈夫的法子来。恰好遇了苟才把全眷搬到上海来就医，龙光依旧把承辉带了来，却不叫苟才知道。到了上海，租的洋房地方有限，不比在安庆公馆里面，七八个院子，随处都可以藏得下一个人，龙光只得将自己卧室隔作两间，把后半间给舅爷居住。虽然暂时安身，却还总嫌不便，何况地方促迫，到处都是謦欬相闻的，因此逼得承辉毒谋愈急。起先端甫去看病时，承辉便天天装了病，到端甫那里门诊，病情说得和苟才一模一样，却不问吃什么可以痊愈，只问忌吃什么。在他与龙光商量的本意，是要和医生串通，要下两样反对的药，好叫病人速死。因看见端甫道貌岸然，不敢造次，所以只打听忌听什么，预备打听明白，好拿忌吃的东西给苟才吃，好送他的老命。谁知问了多天，都问不着。偏偏那天又在公馆里被端甫遇见，做贼心虚，从此就不敢再到端甫处捣鬼了。过了两天，家人去请端甫，端甫忽然辞了不来。承辉、龙光两个心中暗喜，以为医生都辞了，这病是不起的了。谁知苟才按着端甫的旧方调理起来，日见痊愈。承辉心急了，又悄悄的和五姨商量，凡饮食起居里头，都出点花样，年老人禁得几许食积，禁得风次劳顿，所以不久那旧病又发了。

原来苟才煞是作怪，他自到上海以来，所宠幸的就是五姨一个，日夜都在五姨屋里，所以承辉愈加难过。在五姨她是一心只向承辉的，看见苟才的鬑鬑胡子，十分讨厌，所以听得承辉交代，便依计而行，苟才果然又病了。承辉又打听得有一个医生叫朱博如，他的招牌是“专医男妇老幼大小方脉”，又是专精伤寒、咽喉、痘疹诸科，包医杨梅结毒，兼精辰州神符治病、失物圆光，是江湖上一个人物，在马路上租了一间门面，兼卖点草头药的，便怂恿龙光请朱博如来看。龙光告知苟才。苟才因为请端甫不动，也不知上海哪个医生好，只得就请了他。那承辉却又照样到朱博如那里门诊，也是说的病情和苟才一模一样，问他忌吃什么？朱博如是个江湖子弟，一连三天，早已看出神情，却还不说出来。这天继之去看苟才的病，故意对龙光说忌吃鲍鱼，龙光便连忙告诉了承辉，承辉告诉五姨。五姨交代厨子：“有人说老爷这个病，要多吃鲍鱼才好。”从此便煎的是鲍鱼，燉的是鲍鱼，汤也是鲍鱼，脍也是鲍鱼，把苟才吃腻了。继之的请客，也是要试探他有吃鲍鱼没有，可惜试了出来，当席未曾说破他，就误了苟才一命。

原来继之请客那天，正是承辉、龙光、朱博如定计的那天。承辉一连到博如处去了几天，朱博如看出神情，便用言语试探，彼此渐说渐近，不多几天，便说合了龙。这一天便约定在四马路青莲阁烟间里，会齐商量办法。龙光、承辉到时，朱博如早已到了，还有三四个不三不四的人，同在一起。博如见了他两个，便撇了那几个人，迎前招呼，另外开了一只灯。博如先道：“你两位的意思，是要怎样办法？”承辉道：“我们明人不必细说，只要问你先生办得到办不到，要多少酬谢便了。”博如道：“这件事要办，是人人办得到的，不过就是看办得干净不干净罢了。若要办得不干净的，也无须来与我商量，就是潘金莲对付武大郎一般就得了。我所包的就是一个干净，随便他叫神仙来验，也验不出一个痕迹。不过不是一两天的事情，总要个把月才妥当。”龙光道：“你要多少酬谢呢？”博如道：“这件事不小，弄起来是人命关天的，老实说，少了我不干，起码要送二万银子！”龙光不觉把舌头吐了出来。承辉默然无语，忽然站起来，拉龙光到阑杆边上，唧唧哝哝的好一会，又用手指在栏杆上再三画给龙光看。龙光大喜道：“如此，一听尊命便了。”承辉便过来和朱博如再三磋商，说定了一万两银子。承辉道：“这件事，要请你先说出法子来呢，你不信我；要我先付银呢，我不信你。怎生商量一个善法呢？”博如听了，也呆着脸，一筹莫展。承辉道:“这样吧,我们立个笔据吧。不过这个笔据,若是真写出这件事来,我们龙二爷是万万不肯的。若是不明写出来,只有写借据之一法。若是就这么糊里糊涂写了一万银子借据,知道你的法子灵不灵呢?借据落了你手,你就不管灵不灵,也可以拿了这凭据来要钱的。这张票子,倒底应该怎样写法呢?若是想不出个写法来,这个交易只好作为罢休。”正是:舌底有花翻妙谛,胸中定策赚医生。未知到底想出什么法子来,且待下回再记。

# 第一百五回　巧心计暗地运机谋　真脓包当场写伏辩

朱博如听得承辉说出来的话,句句在理上,不觉回答不出来。并且已经说妥的一万银子好处,此刻十有九成的时候,忽然被这难题目难住,看着就要撒决了。但是看承辉的神情,又好像胸有成竹一般。回心一想,我几十年的老江湖,难道不及他一个小孩子,这里头一定有个奥妙,不过我一时想不起来罢了。想到这里,拿着烟枪在那里出神,承辉却拉了龙光出去,到茶堂外面,看各野鸡妓女,逗着谈笑。良久,才到烟榻前去,问博如道:"先生可想出个法子来了?"博如道:"想不出来。如果阁下有妙法,请赐教了吧。"承辉道:"法子便有一个,但是我也不肯轻易说出。"博如道:"如果实在有个妙法。其余都好商量。"承辉道:"老实说了吧:你这一万银子肯和我对分了,我便教你这个法子。"博如道:"哪里的话!我也担一个极大干系的,你怎么就要分我一半?"承辉道:"也罢,你不肯分,我也不能强你。时候不早了,我们明日会吧。"博如着急道:"好歹商量妥了去,忙什么呢?"龙光道:"一万两我是答应了,此刻是你两个的事情,你们商量吧,我先走了。"博如道:"索性三面言明了,就好动手办事了。"承辉道:"这是你自己不肯通融,与我们什么相干?"博如道:"你要分我一半,未免狠。这样吧,我打八折收数,归你二成吧。"承辉不答应。后来再三磋商,言定了博如七折收数,以三成归承辉,两面都允了。承辉又要先订合同,博如道:"我这里正合同都不曾定,这个忙什么。"承辉道:"不行!万一我这法子说了出来,你不认帐,我又拿你怎样呢。"博如只得由他。承辉在身边取出纸笔来,一挥而就,写成一式两纸,叫博如签字。博如一看,只见写的是:

兹承某介绍朱某,代龙某办一要事。此事办成之后,无论龙某以若干金酬谢朱某,朱某情愿照七折收数,其余三成,作为承某中费。两面订明,各无异言。立此一式两纸,各执一纸为据。

朱博如看了道："怎么不写上数目？"承辉道："数目是不能写的。我们龙二爷出手阔绰，或者临时他高兴，多拿一千、八百出来，请你吃茶吃酒，那个我也要照分的；如果此时写实了一万，一万之外我可不能分你丝毫了。这个我不干。"博如听了，暗暗欢喜，便签了字，承辉也签了字，各取一纸，放在身边。博如就催着问："是何妙法？"承辉道："这件事难得很呢！我拿你三成谢金，实在还嫌少。你想吧，若不明写出来，不成个凭据。若明写了，说是某人托某人设法致死其父，事成酬银若干，万一闹穿了，非但出笔据的人要凌迟，只怕代设法的人也不免要杀头呢！这个非但他不敢写，写了，你也不敢要。"博如道："这个我知道。"承辉道："若是不明写，却写些什么？总不能另外诌一桩事情出来。若说是凭空写个欠据，万一你的法子不灵呢，欠据落在你手里，你随意可以来讨的，叫龙二爷拿什么法子对付你？数目又不在少处，整万呢！"博如道："这个我都知道，你说你的法子吧。"承辉道："时候不早了，这里人多，不是谈机密地方，你赶紧吃完了烟。另外找个地方去说吧。"博如只得匆匆吸完了烟，叫堂倌来收灯，给过烟钱。博如又走过去，和那几个不三不四的人说了几句话，方才一同走出。

龙光约了到雅叙园，拣一个房间坐下，点了菜。博如又急于请教。承辉坐近一步，先问道："据你看起来，那老头子到底几时才可以死得？"博如道："弄起来看，至迟明年二月里，总可以成功了。"承辉又坐近一步，拿自己的嘴对了博如的耳朵道："此刻叫龙二爷写一张借据给你，日子就写明年二月某日，日子上空着，由得你临时填上。那借据可是写的：

立借券某人，今因猝遭父丧大故，汇款未到，暂向某人借到银一万两。汇款一到，立即清还。蒙念相好，不计利息。棘人某某亲笔。

等到明年二月，老头子死了，你就可以拿这个借据向他要钱了。"博如侧着头一想道："万一不死呢？"承辉道："就是为的是这个。如果老头子不死，他又何尝有甚父丧大故，向人借钱？又何故好好的自称棘人？这还不是一张废纸么？当真老头子死了，他可是为了父丧大故借用的，又有蒙念相好，不计利息和一层交情在里面，他好欠你分毫吗?”朱博如不觉恍然大悟道:“妙计,妙计!真是鬼神不测之机也!”于是就叫龙光照写。龙光拿起笔来,犹如捧了铁棒一般,半天才照写好了,却嫌“万”字的笔画太多,只写了个方字缺一点的“万”字。朱博如看过了,十分珍重的藏在身边。恰好跑堂的送上酒菜,龙光让坐,斟过一巡酒,然后承辉请教博如法子。博如道:“要办这件事,第一要紧不要叫他见人,恐怕有人见愈调理,病愈深,要疑心起来。明日再请我,等我把这个话先说上去,只说第一要安心静养,不可见人,不可劳动,不可多说话费气,包管他相信了。你们自己再做些手脚。我天天开的药方,你们只管撮了来煎,却不可给他吃。”龙光道:“这又是何意?”博如道:“这不过是掩人耳目,就是别人看了方子,也是药对脉案的,但是服了对案的药,如何得他死,所以掩了人耳目之后,就不要给他吃了。我每天另外给你们两个方子,分两家药店去撮,回来和在一起给他吃。”龙光又道:“何必分两家撮呢?”博如道:“两个方子是寒热绝不相对的,恐怕药店里疑心。”承辉道:“这也是小心点的好。”博如又附耳教了这什么法子,方才畅饮而散。从次日起,他们便如法泡制起来,无非是寒热兼施,攻补并进,拿着苟才的脏腑,做他药石的战场。上了年纪的人,如何禁受得起!从年前十二月,捱到新年正月底边,那药石在脏腑里面,一边要坚壁清野,一边要架云梯、施火炮,那战场受不住这等蹂躏,登时城崩池溃,四郊延蔓起来,就此呜呼哀哉了。

三天成殓之后,龙光就自己当家。正是“一朝权在手,便把令来行”,陆续把些姨娘先打发出去,有给她一百的,有给她八十的,任他自去择人而事。大、二、三、四,四个姨娘,都不等满七,就陆续的打发了。后来这班人无非落在四马路,也不必说他了。只有打发到五姨,却预先叫承辉在外面租定房子,然后打发五姨出去,面子上是和众人一般,暗底子不知给了承辉多少。只有六姨留着。又把家中所用男女仆人等,陆续开除了,另换新人。开过吊之后,便连书启、帐房两个都换了。这是他为了六姨,要掩人耳目的意思。

朱博如知道苟才已死,把那借据填了二月初一的日子,初二便去要钱。承辉道:“你这个人真是性急!你要钱也要有个时候,等这边开过吊,才像个样子。照你这样做法,难道这里穷在一天,初一急急要和你借,初二就有得还你了?天下哪有这种情理?”一席话说得朱博如闭口无言,只得别去。直捱到开吊那天,他还买了点香烛纱元,亲来吊奠。承辉看见了大喜,把他大书特书记在礼簿上面。又过了三天,认真捱不住了。恰好这天龙光把书启、帐房辞去,承辉做了帐房,一切上下人等,都是自己牙爪,是恣无忌惮的了。承辉见博如来了,笑吟吟的请他坐下,说道:“先生今天是来取那笔款子的?”博如道:“是。”承辉道:“请把笔据取出来。”博如忙在身边,取出双手递与承辉。承辉接过看了一看道:“请坐请坐。我拿给先生。”博如此时真是心痒难抓,眼看着立时三刻,就是七千两银子到手了。忙向旁边一张椅子上坐下。承辉拿了借据,放在帐桌上,提起笔来,点了两点,随手拿了一张七十两银子的庄票,交给博如道:“一向费心得很!’博如吃了一惊道:“这……这……这是怎么说?”承辉道:“那三成归了兄弟,也是早立了字据的。”博如道:“不错,我只收七折,上是何以变做七十两呢?”承辉笑道:“难道先生眼睛不便,连这票据上的字,都没有看出来?”博如连忙到案头一看,原来所写的那一万的“万”字,被他在一撇一钩的当中,加了两点,变成个“百”字了。博如这一怒非同小可,一手便把那借据抢在手里。承辉笑道:“先生恼什么!既然不肯还我票据,就请仍把庄票留下。”博如气昏了,便把庄票摔在地下要走。承辉含笑拦住道:“先生恼什么?到哪里去?茶还没喝呢。来啊!舀茶来啊!客来了茶都不舀了,你们这班奴才,是干吗的是啊!”一面说,一面重复让坐。又道:“先生还拿了这票子到哪里去呢?”博如怒道:“我只拿出去请大众评评这道理,可是‘万’字可以改‘百’字的!’承辉道:‘万’字本不能改‘百’字啊,这句话怎讲?”博如道:“我不和你说,你们当初故意写个小写的‘万’字,有意赖我!’承辉笑道:“这句话先生你说错了。数目大事,你再看看,那票子上‘一’字尚且写个‘壹’字,岂有‘万’字倒小写起来之理?只怕说出去,人家也不相信。”博如道:“我不管,我就拿了这票子到上海县去告,告你们涂改数目,明明借我的一万银子,硬改作一百。这个改的样子明明在那里,是瞒不过的。”

说话时家人送上茶来。承辉接过，双手递了一碗茶。说道："好，好！这个怪不得先生要告，整万银子的数目变了个一百，在我也是要告的。但不知先生凭什么作证？"博如道："你就是个证人，见了官，我不怕你再赖！"承辉道："是，是，我绝不敢赖。但是恐怕上海县问起来，他不问你先生，只问我。问道：'苟大人是两省的候补道，当过多少差使，署过首道，署过藩台。上海道台，是苟大人的旧同寅，就是本县，从前也伺候过苟大人来。后来到了安徽，当了多少差使，谁不知道苟大人是有钱的。一旦不幸身故了，何至于就要和人家借钱办丧事？就说是一时汇款没到，凑手不及，本县这里啊，道台那里啊，还有多少阔朋友，哪里不挪动一万、八千，却要和这么个卖草头药的江湖医生去借钱？苟大人是署过藩台的，差不多的人，哪里够得上和他拉交情？这个什么朱博如，他够得上和苟大人的少爷说相好，不计利息的话吗？他们究竟有什么交情？你讲！'这么一篇话问下来，应该怎样回答，还请先生代我打算打算，预先串好了供，免得临时慌张。"朱博如听了，默默无言。良久，承辉又道："先生，这官司你是做原告，上海县他也不能不问你话的。譬如他问：'你不过是个江湖医生，你从哪里和苟大人父子拉上的交情，可以整万银子，不计利息的借给他？你这个人，倒很慷慨，本县很敬重你。但不知你借给他的一万银子，是哪里来的？在哪里赚着的？交给龙光的时候，还是钞票？还是元宝？还是洋钱？还是哪家银行的票子？还是哪家钱庄的票子？'这么一问，先生你又拿什么话回答，也得要预先打算打算，免得临时慌张。"

朱博如本来是气昂昂，雄赳赳的，到了此时，不觉慢慢的把头低下去，一言不发。承辉又道："大凡打到官司，你说得不清楚，官也要和你查清楚的，况且整万银子的出进，岂有不查之理。他先把你宝号的帐簿吊去一查，有付这边一万银子的帐没有？再把这里的帐簿吊去一查，看有收到你万银子的帐没有？你的帐簿呢，我不敢知道。我们这边帐簿，是的确没有这一笔。没有这笔倒也罢了，反查出了某天请某医生医金若干，某天请某医生医金若干……官又问了，说：'你们既然属在相好，整万银子都可以不计利息的，何以请你诊病，又要天天出医金呢？相好交情在哪里？’并且查到礼簿上，你先生的隆奠是‘素烛一斤，纱元四匣’，与不计利息的交情，差到哪里去了！再拿这个一问，先生你又怎么说呢，这个似乎也要预备预备。”说罢，仍旧坐在帐桌上去，取过算盘帐簿，剔剔挞挞算他的帐去了。一会儿就有许多人来领钱的，来回事的，络绎不绝。一个家人拿了票子来，说是绸庄上来领寿衣价的，共是七十一两五钱六分银子。承辉呆了一呆道：“哪里来这覼琐帐，什么几钱几分的！”想了一会道：“这么吧，这一张七十两的票子，是朱先生退下来不要的，叫他先拿去吧。那个零头并在下回算，总有他们便宜。”那家人拿了去。朱博如坐在那里听着，好不难过，站起来急到帐桌旁边，要和承辉说话。承辉又是笑吟吟的道：“先生请坐。我这会忙，没功夫招呼你，要茶啊，烟啊，只管叫他们，不要客气。来啊！招呼客的茶烟！”说着，又去办他的事了。一会儿，又跑了一个家人来，对承辉说道：“二爷请。”承辉便把帐簿往帐箱里一放，拍挞一声锁上了，便上去。博如连忙站起来要说话。承辉道：“先生且请坐，我马上就来。”

博如再要说话时，承辉已去的远了，无奈只得坐着等。心中暗想，这件事上当上的不小，而且这口气咽不下去。看承辉这厮，今天神情大为两样，面子上虽是笑口吟吟的，那神气当中，却纯乎是挖苦我的样子。我想这件事，一不做，二不休，纵使不能告他欠项，他药死父亲可是真的，我就拿这个去告他。我虽然同谋，自首了总可以减等，我拚了一个“充军”的罪，博他一个“凌迟”，总博得过。心里颠来倒去，只是这么想，那承辉可是一去不来了。看看等到红日沉西，天色要黑下来了，才听得承辉一路嚷着说：“怎么还不点灯啊？你们都是干吗的？一大伙儿都是木头，拨一拨动一动！”一面嚷着，走到帐房里，见了博如，对道：“嗳呀！你看我忙昏了，怎么把朱先生撂在这里？”连连拱手道：“对不住，对不住！不知先生主意打定了没有？如果先生有什么意思，我们都好商量。”博如道：“总求阁下想个法儿，替我转个圜，不要叫我太吃亏了。”承辉道：“在先生的意思，怎样办法呢？”博如道：“好好的一万，凭空改了个一百，未免太下不去！’承辉道：“你先生还是那么说，我就没了法子了。”博如道：“这件事，如果一定闹穿了,只怕大家也不大好看。”承辉道:“什么不好看呢?”博如道:“你们请我做什么来的呢?”承辉正色道:“下帖子,下片子,请了大夫来,自然为的是治病。”

正说话间,忽然龙光走了进来,一见了博如,便回身向外叫道:“来啊!”外面答应一声,来了个家人。龙光道:“赶紧出去,在马路上叫一个巡捕来,把这忘八蛋先抓到巡捕房里去!”那家人答应去了。博如吃了一大惊道:“二爷,这是哪一门?”龙光不理他,又叫:“王二啊!”便有一个人进来。”龙光道:“你懂两句外国话不是?”王二道:“是,家人略懂得几句。”龙光又叫:“来啊!”又走了一个人进来。龙光道:“到我屋里去,把那一迭药方子拿来。”那人去了,龙光方才坐下。博如又道:“二爷,你这个到底是哪一门?”龙光也不理他。此时承辉已经溜出去了。一会儿,那个人拿了一叠药方来。龙光接在手里,指给王二说道:“这个都是前天上海县官医看过了的。你看哪,这一张是石膏、羚羊、犀角,这一张是附子、肉桂、炮姜,一张一张都是你不对我,我不对你的。上海县方大老爷前天当面说过,叫把这忘八蛋扭交捕房,解新衙门,送县办他。你可拿好着,这方子上都盖有他的姓名图书,是个真凭实据。回来巡捕来了,我跟着到巡捕房里去,说明这个缘故,请他明天解新衙门。巡捕房要这方子做凭据的,就交给他。若不要的,带回来明日呈堂。”王二一一答应了。龙光又问:“舅爷呢?”家人们便一迭连声请舅爷,承辉便走了进来。龙光道:“那天上海县方大老爷说这个话的时候,新衙门程大老爷也在这里听着的,你随便写个信给他,请他送县。我现在热丧里头,不便出面,信上就用某公馆具名就是了。”承辉一一答应。只见那去叫巡捕的家人来说:“此刻是巡捕交班的时候,街上没有巡捕。”龙光道:“你到门口站着,有了就叫进来,不问是红头白脸的。”那家人答应出去了。龙光又指着博如对王二道:“他就交给你,不要放跑了!”说着扬长而去。

博如此时真是急得手足无措,走又走不了,站着不是,坐着不是,心里头就如腊月里喝了凉水一样,瑟瑟的乱抖。无奈何走近一步,向承辉深深一揖道:“这是哪一门的话?求大爷替我转个圜吧!”承辉仰着脸冷笑道:“闹穿了不过大家不好看,有甚要紧!”博如又道:“大爷,我再不敢胡说了!求你行个方便吧!”承辉道:“你就认个‘庸医杀人’,也不过是个‘杖罪’,好像还有‘罚锾赎罪’的例,化几两银子就是了,不要紧的。”说着,站起来要走。吓得博如连忙扯住跪下道:“大爷,你救救我吧!这一到官司啊,这上海我就不能再住了。”一面说,一面取出那借据来,递给承辉道:“这个我也不敢要了。”承辉道:“还有一张什么七折三成的呢?”博如也一并取了出来,交给承辉。承辉接过道:“你可再胡闹了?”博如道:“再也不敢了!”承辉道:“你可肯写下一张伏辩来,我替你想法子。”博如道:“写,写,写!大爷要怎样写,就怎样写。”正是:未得羊肉吃,惹得一身膻。未知这张伏辩如何写法,且待下回再记。

# 第一百六回　符弥轩调虎离山　金秀英迁莺出谷

朱博如当下被承辉布置的机谋所窘，看着龙光又是赫赫官威，自己又是个外路人，带了老婆儿子来上海，所有吃饭穿衣，都靠着自己及那草头药店赚来的，此刻听说要捉他到巡捕房里去，解新衙门，送上海县，如何不急！只急得他“上天无路，入地无门”，便由得承辉说什么是什么。承辉便起了个伏辩稿子来，要他照写。无非是：“具伏辩人某某，不合妄到某公馆无理取闹，被公馆主人饬仆送捕；幸经某人代为求情，从宽释出。自知理屈，谨具伏辩，从此不敢再到某公馆滋闹，并不敢在外造言生事。如有前项情事，一经察出，任凭送官究治”云云。博如一一照写了，承辉方才放他出去。他们办了这件事之后，自以为神不知鬼不觉的了，谁知他打发出来的几个姨娘，以及开除的男女仆人，不免在外头说起，更有那朱博如，虽说是写了伏辩，不得在外造言生事，哪禁得他一万银子变了七千，七千又变了七十，七十再一变，是个分文无着，还要写伏辩，那股怒气如何消得了，总不免在外头逢人伸诉。旁边人听了这边的，又听了那边的，四面印证起来，便知得个清清楚楚。古语说的“若要人不知，除非己莫为”，果然说得不错。我仔仔细细把继之那封信看了一遍，把这件事的来历透底知道了，方才安歇。

此次到了上海之后，就住了两年多。这两年多，凡长江、苏、杭各处，都是继之去查检，因为德泉年纪大了，要我在上海帮忙之故。我因为在上海住下，便得看见龙光和符弥轩两个演出一场怪剧。原来符弥轩在京里头，久耳苟才的大名，知道他创办银元局，发财不少。恰遇了他祖父死了，他是个承重孙，照例要报丁忧；但是丁忧之后，有甚事业可做呢？想来想去，便想着了苟才。恰好那年的九省钦差，到安庆查办事件，得了苟才六十万银子的那位先生，是符弥轩的座主，那一年安庆查案之后，苟才也拜在那位先生的门下，论起来是个同门,因此弥轩求了那位先生一封信给苟才,便带了家眷,扶了灵柩出京。到得天津,便找了一处义地,把他祖父的棺材厝了。又找了一处房子,安顿下家眷。在侯家后又胡混了两个月,方才自己一个人转身到上海。一到了,安顿下行李,即刻去找苟才。谁知苟才已经死了,见着了龙光。弥轩一看龙光这个人,举止浮躁,便存了一个心,假意说是从前和苟才认得,又把求来那封信交给龙光。他们旗人是最讲究交情礼节的,龙光一听见说是父亲的同门相好,便改称老伯。弥轩谦不敢当。谈了半天,弥轩似有行意。龙光道:"老伯尊寓在哪里?恕小侄在热丧里,不便回候。"弥轩道:"这个阁下太迂了!我并不是要阁下回候,但是住在上海,大可以从权。你看兄弟也是丁着承重忧,何尝穿什么素。虽然,也要看处的是什么地位。如果还在读书的时候,或是住在家乡,那就不宜过于脱略。如果是在场上应酬的人,自己又是个创事业的材料,那就大可以不必守这些礼节了。况且,我看阁下是个有作有为的人才,随时都应该在外头碰碰机会,而且又在上海,岂可以过于拘谨,叫人家笑话。我明天就请阁下吃饭,一定要赏光的。"说着,便辞了去。又去找了几个朋友,就有人请他吃饭。上海的事情,上到馆子,总少不免叫局,弥轩因为离了上海多年,今番初到,没有熟人,就托朋友荐了一个。当席就约了明天吃花酒。

到了次日,他再去访龙光,面订他晚上之局。龙光道:"老伯跟前,小侄怎敢放恣?"弥轩道:"你这个太客气?其实当日我见尊大人时,因尊大人齿德俱尊,我是称做老伯的。此刻我们拉个交情,拜个把吧。晚上一局,请你把帖子带到席上,我们即席换帖。"龙光道:"这个如何使得!"弥轩道:"如果说使不得,那就是你见外了。"龙光见弥轩如此亲热,便也欣然应允。弥轩又谆嘱晚上不必穿素衣,须知花柳场中,就是炎凉世界,你穿了布衣服去,他们不懂什么道理,要看不起你的。我们既然换到帖,总不给你当上的。龙光本是个无知纨绔,被弥轩一次两次的说了,就居然剃了丧发,换上绸衣,当夜便去赴席。从此两个人便结交起来。

龙光本来是个混蛋,加以结识了弥轩,更加昏天黑地起来,不到百日孝满,便接连娶了两个妓女。回去,化钱犹如泼水一般。弥轩屡次要想龙光的法子,因看见承辉在那里管着帐,承辉这个人,甚是精明强干,而且一心照顾亲戚,每每龙光要化些冤枉钱,都是被他止住,因此弥轩不敢下手。暗想总要设法把他调开了,方才妥当。看荀才死的百日将满,龙光偶然说起,嫌这个同知太小,打算过个道班。弥轩便乘机竭力怂恿,又说:“徒然过个道班,仍是无用,必要到京里去设法走路子,最少也要弄个内记名,不然就弄个特旨班才好。”龙光道:“这样又要到京里跑一趟。”弥轩道:“你不要嫌到京里跑一趟辛苦,只怕老弟就去跑一趟,受了辛苦,还是无用。”龙光道:“何以故呢?”弥轩道:“不是我说句放恣的话,老弟太老实了!过班上兑,那是没有什么大出进的。要说到走路子的话,一碰就要上当,白冤了钱,影儿也没一个。就是路子走的不差,会走的和不会走的,化钱差得远呢。”龙光道:“既然如此,也只好说说罢了。”弥轩道:“那又不然。只要老弟自己不去,打发一个能办事的人替你去就得了。”龙光道:“别样都可以做得,难道引见也可以叫人代的么?”弥轩笑道:“你真是少见多怪!便是我,就替人家代过引见的了。”龙光欢喜道:“既如此,我便找个人代我走一趟。”弥轩道:“这个人必要精明强干,又要靠得住的才行。”龙光道:“我就叫我的舅爷去,还怕靠不住么?”弥轩暗喜道:“这是好极的了!”龙光性急,即日就和承辉商量,要办这件事。承辉自然无不答应,便向往来和钱庄上,托人荐了一个人来做公馆帐房,承辉便到京里去了。

弥轩见调虎离山之计已行,便向龙光动手,说道:“令舅进京走路子,将来一定是恭喜的。然而据我看来,还有一件事要办的。”龙光问是什么事?弥轩道:“无论是记名,是特旨,外面的体面是有了,所差的就是一个名气。老弟才二十多岁的一个人,如果不先弄个名气在外头,将来上司见了,难保不拿你当纨绔相待。”龙光道:“名气有什么法子可以弄出来的?”弥轩道:“法子是有的,不过要化几文,然而倒是个名利兼收的事情。”龙光忙问:“是怎么个办法?要化多少钱?”弥轩道:“现在大家都在那里讲时务。依我看,不如开个书局,专聘了人来,一面著时务书,一面翻译西书。等著好了,译好了,我们就拿来拣选一遍,拣顶好的出了老弟的名,只当老弟自己著的译的，那平常的就仍用他本人名字，一齐印起来发卖。如此一来，老弟的名气也出去了，书局还可以赚钱，岂不是名利兼收么？等到老弟到省时，多带几部自己出名的书去，送上司，送同寅，那时候谁敢不佩服你？博了个'熟识时务，学贯中西'的名气，怕不久还要得明保密保呢。"龙光道："著的书还可以充得，我又没有读过外国书怎样好充起翻译来呢？"弥轩道："这个容易呢，只要添上一个人名字，说某人口译，你自己充了笔述，不就完了么？"龙光大喜，便托弥轩开办。

弥轩和龙光订定了合同，便租起五楼五底的房子来，乱七八糟，请了十多个人，翻译的，著撰的，一面向日本人家定机器，定铅字。各人都开支薪水。他认真给人家几个钱一月，不得而知。他开在帐上，总是三百一月，五百一月的，闹上七八千银子一月开销。他自己又三千一次，二千一次的，向龙光借用。龙光是糊里糊涂的，由他混去。这一混足足从四五月里混到年底下，还没有印出一页书来。龙光也还莫名其妙，却遇了一个当翻译的，因为过年等用，向弥轩借几十块钱过年。弥轩道："一局子差不多有二十人，过年又是人人都要过的，一个借开了头，便个个都要借了。"因此没有借给他。弥轩开这书局，是专做毛病的，差不多人人都知道，只有龙光一个是糊涂虫。那个借钱不遂的翻译先生，挟了这个嫌，便把弥轩作弊的事情，写了一封匿名信给龙光。后来越到年底，人家等用的越急，一个个向他借钱，他却是一个不应酬，因此大家都同声怨他。那翻译先生就把写信通知东家的一节，告诉了两个人，于是便有人学样起来。龙光接二连三的接了几封信，也有点疑心，便和帐房先生商量。帐房先生道："做书生意，我本是外行。但是做了大半年，没有印出一部书来，本是一件可疑的事。为今之计，只有先去查一查帐目，看他一共用了多少钱？统共译了著了多少书？要合到多少钱一部？再问他为甚还不印出来的道理？看是怎样的再说。"龙光暗想这件事最好是承辉在这里，就办得爽快，无奈他又到京里去了。虽然他有信来过，说过班一事，已经办妥，但是走路子一事，还要等机会。正不知他几时才回上海。此刻无可奈何，只得就叫这个帐房先生去查的了。想罢，就将此意说出来。帐房先生道："查帐是可以查的，但是，那所译所著的书,精粗美恶,我可不知道。”龙光道:“好歹你不知,多少总看得见的,你就去查个多少罢了。”帐房先生奉命而行。

次日一早,便去查帐。弥轩问知来意,把脸色一变道:“这个局子是东家交给我办的,就应得要相信我。要查帐,应得东家自己来查。这个办书的事情,不是外行人知道的。并且文章价值,有甚一定,古人‘一字千金’尚且肯出。你回去说,我这里的帐是查不得的,等我会了他面再说。”帐房先生碰了一鼻子灰,只得回去告诉龙光。龙光十分疑讶,且等见面之后再说。

当天晚上,弥轩便请龙光吃花酒。龙光以为弥轩见面之后,必有一番说话,谁知他却是一字不提,犹如无事一般。龙光甚是疑心,自己又不好意思先问。席散之后,回去和帐房先生说起。帐房先生道:“他不服查帐,非但是有弊病,一定是存心不良的了。此刻已到年下,且等过了年,想个法子收回自办吧。”龙光也只好如此。

光阴荏苒,又过了新年,龙光又和帐房先生商量这件事。帐房先生道:“去年要查一查他的帐尚且不肯,此刻要收他回来,更不容易了。此刻的世界,只有外国人最凶,人家怕的也是外国人;不如弄个外国人去收他回来,谅他见了外国人,也只得软下来了。”龙光道:“哪里去弄个外国人呢?”帐房先生道:“外国人是有的,只要主意打定了,就好去弄。”龙光道:“就是这个主意吧。叫他再办下去,不知怎样了局呢!”帐房先生便去找了一个外国人来,带了翻译,来见龙光。龙光说知要他收回书局的话,由翻译告诉了外国人。又两面传递说话,言明收回这家书局之后,就归外国人管事,以一年为期,每月薪水五百两。外国人又叫龙光写一张字据,好向弥轩收取,龙光便写了,递给外国人。外国人拿了字据,兴兴头头去见弥轩,说明来意。弥轩道:“我在这里办得好好的,为甚又叫你来接办?”外国人道:“我不知道,龙大人叫我来办,是有凭据给我的。”说罢,取出字据来给弥轩看。弥轩道:“龙大人虽然有凭据叫你接办,却没有凭据叫我退办,我不能承认你那张凭据。”外国人道:“东家的凭据,你哪里有权可以不承认?”弥轩道:“我自然有权。我和龙大人订定了合同,办这个书局,合同上面没有载定限期,这个书局我自然可以永远办下去。

就是龙大人不要我办了，也要预先知照我，等我清理一切帐目，然后约了日子，注销了合同，你才可以拿了凭据来接收啊。”外国人说他不过，只得去回复龙光。龙光吃了一惊，去对帐房先生说。帐房先生吐出了舌头道：“这个人连外国人都不怕，还了得！”再和他商量时，他也没了法子了。过了三天，那外国人开了一篇帐来，和龙光要六千银子，说是讲定在前，承办一年，每月薪水五百，一年合了六千，此刻是你不要我办，并不是我不替你办，这一年薪水是要给我的。龙光没奈何，只得给了他。暗想若是承舅爷在这里，断不至于叫我面面吃亏，此刻不如打个电报，请他先回来吧。定了主意，便打个电报给承辉，叫他不要等开河，走秦皇岛先回来。

这边的符弥轩，自从那外国人来过之后，便处处回避，不与龙光相见，却拿他的钱，格外撒泼的支用起来，又天天去和他的相好鬼混。他的相好妓女，名叫金秀英，年纪已在二十岁外了。身边挣了有万把银子金珠首饰，然而所背的债差不多也有万把。原来上海的妓女，外面看着虽似阔绰，其实她穿的戴的，十个有九个是租来的，而且没有一个不背债。这些债，都是向那些龟奴、鳖爪，大姐、娘姨等处借来的，每月总是二三分利息。龟奴等辈借了债给她，就跟着伺候她，其名叫做“带挡”。这种风气，就同官场一般，越是背得债多的，越是红人，那些带挡的，就如官场的带肚子师爷一般。这金秀英也是上海一个红妓女，所以他手边虽置了万把银子首饰，不至于去租来用，然而所欠的债也足抵此数。符弥轩是一个小白脸，从来姐儿爱俏，弥轩也垂涎她的首饰，便一个要娶，一个要嫁起来。这句话也并非一日了，但是果然要娶她，先要代她还了那笔债，弥轩又不肯出这一笔钱，只有天天下功夫去媚秀英，甜言蜜语去骗她，骗得秀英千依百顺，两个人样样商量妥当，只待时机一到，即刻举行的了。可巧他们商量妥当，承辉也从京里回来。龙光便和他说知弥轩办书局的事情，不服查帐，不怕外国人，一一都告诉了。承辉又一一盘问了一遍道：“你此刻是打算追回所用的呢？还是不要他办算了呢？”龙光道：“算了吧！他已经用了的，怎么还追得回来！能够不要他办，我就如愿了。”承辉道：“这又何难，怎么这点主意都没有？你只要到各钱庄去知照一声，凡是书局里的折子，一律停止付款，他还办什么！”龙光恍然大悟，即刻依计而行。弥轩见忽然各庄都支钱不动，一打听，是承辉回来了。想道：“这家伙来了，事情就不好办了。”连忙将自己箱笼铺盖搬到客栈里去，住了两天。

这天打听得天津开了河，泰顺轮船今天晚上开头帮，广大轮船同时开广东。弥轩便写了两张泰顺官舱船票，叫底下人押了行李去泰顺船，却到金秀英家，说是附广大轮船到广东去，开销了一切酒局的帐。金秀英自然依依不舍，就是房里众人，因为他三天碰杯，两天吃酒的，也都有些舍不得他走之意。这一天的晚饭，是在秀英家里吃的。吃过晚饭，又俄延到了十二点多钟，方才起身。秀英便要亲到船上送行，于是叫了一辆马车同去，房里一个老妈子也跟着同行。三个人一辆车，直到了金利源码头。走上了泰顺轮船，寻到官舱，底下人已开好行李在那里伺候。弥轩到房里坐下，秀英和他手搀手的平排坐着喁喁私语。那老妈子屡次催秀英回去，秀英道：“忙什么！开船还早呢。”直到两点钟时，船上茶房到各舱里喊道：“送客的上岸啊！开船啊！”那老妈子还不省得，直等喊过两次之后，外边隐隐听得抽跳的声音，秀英方才正色说出两句话来，只把老妈吓得尿屁直流！正是：报道一声去也，情郎思妇天津。未知金秀英说出什么话来，且待下回再记。

## 第一百七回 觑天良不关疏戚 蓦地里忽遇强梁

当时船将开行,船上茶房到各舱去分头招呼,喊道:“送客的上坡啊! 开船咧!”如此已两三遍,船上汽筒又呜呜的响了两声。那老妈子再三催促登岸,金秀英直到此时方才正色道:“你赶紧走吧! 此刻老实对你说,我是跟符老爷到广东的了。你回去对他们说,一切都等我回来,自有料理。”老妈子大惊道:“这个如何使得?”秀英道:“事到其间,使得也要使得,使不得也要使得的了。你再不走,船开了,你又没有铺盖,又没有盘缠,外国人拿你吊起来我可不管! 无论你走不走,你快到外头去吧,这里官舱不是你坐的地方!”说时,外面人声嘈杂,已经抽跳了。那老妈子连爬带跌的跑了出去,急忙忙登岸,回到妓院里去,告诉了龟奴等众,未免惊得魂飞魄散。当时夜色已深,无可设法,惟有大众互相埋怨罢了。这一夜,害得他们又急又气又恨,一夜没睡。

到得天亮,便各人出去设法,也有求神的,也有问卜的。那最有主意的,便去找了个老成的嫖客,请他到妓院里来,问他有什法子可想。那嫖客问了备细,大家都说是坐了广大轮船到广东去的。就是昨天跟去的老妈子,也说是广大船去的。又是晚上,又是不识字的人,她如何闹得清楚。就是那嫖客,任是十分精明,也断断料不到再有他故,所以就代他们出了个法子,作为拐案,到巡捕房里去告,巡捕房问了备细,便发了一个电报到香港去,叫截拿他两个人。谁知那一对狗男女,却是天津去的。只这个便是高谈理学的符弥轩所作所为的事了。

唉! 他人的事,且不必说他,且记我自己的事吧。我记以后这段事时,心中十分难过。因为这一件事,是我平生第一件失意的事,所以提起笔来,心中先就难过。你道是什么事? 原来是接了文述农的一封信,是从山东沂州府蒙阴县发来的,看一看日子,却是一个多月以前发的了。文述农何以又在蒙阴起来呢？原来蔡侣笙自弄了个知县到山东之后，宪眷极隆，历署了几任繁缺，述农一向跟着他做帐房的。侣笙这个人，他穷到摆测字摊时，还是一介不取的，他做起官来，也就可想了，所以虽然署过几个缺，仍是两袖清风。前两年补了蒙阴县，所以述农的信，是从蒙阴发来的。当下我看见故人书至，自然欢喜，连忙拆开一看，原来不是说的好事，说是："久知令叔听鼓山左，弟自抵鲁之后，亟谋一面，终不可得。后闻已补沂水县汶河司巡检，至今已近十年，以路远未及趋谒。前年蔡侣笙翁补蒙阴，弟仍为司帐席。沂水于此为邻县，汶水距此不过百里，到任后曾专车往谒，得见颜色，须鬓苍然矣！谈及阁下，令叔亦以未得一见为憾。今年七月间，该处疠疫盛行，令叔令婶，相继去世。遗孤二人，才七八岁。闻身后异常清苦。此间为乡僻之地，往来殊多不便，弟至昨日始得信。阁下应如何处置之处，敬希裁夺。专此通知"云云。

我得了这信，十分疑惑。十多年前，就听说我叔父有两个儿子了，何以到此时仍是两个，又只得七八岁呢？我和叔父虽然生平未尝见过一面，但是两个兄弟，同是祖父一脉，我断不能不招呼的，只得到山东走一趟，带他回来。又想这件事我应该要请命伯父的。想罢，便起了个电稿，发到宜昌去。等了三天，没有回电。我没有法子，又发一个电报去，并且代付了二十个字的回电费。电报去后，恰好继之从杭州回来，我便告知底细。继之道："论理，这件事你也不必等令伯的回电，你就自己去办就是了。不过令叔是在七月里过的，此刻已是十月了，你再赶早些去也来不及，就是再耽搁点，也不过如此的了。我在杭州，这几天只管心惊肉跳，当是有什么事，原来你得了这个信。"我道："到沂水去这条路，还不知怎样走呢。还是从烟台走？还是怎样？"继之道："不，不。山东沂州是和这边徐州交界，大约走王家营去不远；要走烟台，那是要走到登州了。"管德泉道："要是走王家营，我清江浦有个相熟朋友，可以托他招呼。"我道："好极了！等我动身时，请你写一封信。"

闲话少提。转眼之间，又是三日，宜昌仍无回电，我不觉心焦之极，打算再发电报。继之道："不必了。或者令伯不在宜昌，到哪里去了，你索性再等几天吧。"我只得再等。又过了十多天，才接着我伯父的一封厚信。连忙拆开一看，只见鸡蛋大的字，写了四张三十二行的长信纸，说的是："自从汝祖父过后，我兄弟三人，久已分炊，东西南北，各自投奔，祸福自当，隆替无涉。汝叔父逝世，我不暇过问，汝欲如何便如何。据我之见，以不必多事为妙"云云。我见了这封信，方悔白等了半个多月。即刻料理动身，问管德泉要了信，当夜上了轮船到镇江。在镇江耽搁一夜，次日一早上了小火轮，到清江浦去。到了清江，便叫人挑行李到仁大船行，找着一个人，姓刘，号叫次臣，是这仁大行的东家，管德泉的朋友，我拿出德泉的信给他。他看了，一面招呼请坐，喝茶，一面拿一封电报给我道："这封电报，想是给阁下的。"我接来一看，不觉吃了一惊，我才到这里，何以倒先有电报来呢？封面是镇江发的。连忙抽出来一看，只见"仁大刘次臣转某人"几个字，已经译了出来，还有几个未译的字。连忙借了《电报新编》，译出来一看，是"接沪电，继之丁忧返里"几个字，我又不觉添一层烦闷。怎么接二连三都是些不如意的事？电报上虽不曾说什么，但是内中不过是叫我早日返沪回来罢了。

当下由刘次臣招呼一切，又告诉我到王家营如何雇车上路之法，我一一领略。次日，便渡过黄河，到了王家营，雇车长行。走了四天半，才到了汶河，原来地名叫做汶河桥。这回路过宿迁，说是楚项王及伍子胥的故里。过郯城，说有一座孔子问官祠。又过沂水，说是二疏故里、诸葛孔明故里，都有石碑可证。许多古迹，我也无心去访了。到了汶河桥之后，找一家店住下，要打听前任巡检太爷家眷的下落，那真是大海捞针一般，问了半天，没有人知道的。后来我想起一法，叫了店家来，问你们可有谁认得巡检衙门里人的没有？店家回说没有。我道："不管你们认得不认得，你可替我找一个人来，不问他是衙门里的什么人，只要找出一个来，我有得赏你们。"店家听说有得赏，便答应着去了。

过了半天，带了一个弓兵来，年纪已有五十多岁。我便先告诉了我的来历，并来此的意思。弓兵便叫一声"少爷"，请了个安，一旁站着。我便问他："前任太爷的家眷，住在哪里，你可知道？"弓兵回说：

"在这里往西去七十里赤屯庄上。"我道:"怎么住到那里呢?两个少爷有几岁了?"弓兵道:"大少爷八岁,小少爷只有六岁。"我道:"你只说为甚住到赤屯庄去?"弓兵道:"前任老爷听说断过好几回弦,娶过好几位太太了,都是不得到老。少爷也生过好几位了,听说最大的大少爷,如果在着,差不多要三十岁了,可惜都养不住。那年到这边的任,可巧又是太太过了。就叫人做媒,把赤屯马家的闺女儿娶来,养下两个少爷。今年三月里,太太害春瘟过了。老爷也那么得了病,一直没好过,到七月里头就过了。"我道:"躺下来之后,谁在这里办后事呢?"弓兵道:"亏得舅老爷刚刚在这里。"我道:"哪个舅老爷?"弓兵道:"就是现在少爷的娘舅,马太太的哥哥,叫做马茂林。"我道:"后事是怎样办的?"弓兵道:"不过买了棺木来,把老爷平日穿的一套大衣服装裹了去,就把两个少爷,带到赤屯去了。"我道:"棺木此刻在哪里呢?"弓兵道:"在就近的一块义地上邱着。"我道:"远吗?"弓兵道:"不远,不过二三里地。"我道:"你有公事吗?可能带我去看看?"弓兵道:"没事。"我就叫他带路先走。我沿途买了些纸钱香烛之类,一路同去,果然不远就到了。弓兵指给我道:"这是老爷的,这是太太的。"我叫他代我点了香烛,叩了三个头,化过纸钱。生平虽然没有见过一面,然而想到骨肉至亲,不过各为谋食起见,便闹到彼此天涯沦落,各不相顾,今日到此,已隔着一块木头,不觉流下泪来。细细察看,那棺木却是不及一寸厚的薄板。我不禁道:"照这样,怎么盘运呢?"弓兵道:"如果要盘运,是要加外椁的了。要用起外椁来,还得要上沂州府去买呢。"

徘徊了一会,回到店里。弓兵道:"少爷可要到赤屯去?"我道:"去是要去的,不知一天可以赶个来回不?"弓兵道:"七十多里地呢!要是夏天还可以,此刻冬月里,怕赶不上来回。少爷明日动身,后天回来吧。弓兵也去请个假,陪少爷走一趟。"我道:"你是有公事的人,怎好劳动你?"弓兵道:"哪里的话。弓兵伺候了老爷十年多,老爷平日待我们十分恩厚,不过缺苦官穷,有心要调剂我们,也力不从心罢了。我们难道就不念一点恩义的么?少爷到那边,他们一个个都认不得少爷,知道他们肯放两个小的跟少爷走不呢?多弓兵一个去了,也帮着说说。”我道:“如此,我感激你得很!等去了回来,我一起谢你。”弓兵道:“少爷说了这句话,已经要折死我了!”说着,便辞了去。一宿无话。

次日一早,那弓兵便来了。我带的行李,只有一个衣箱,一个马包。因为此去只有两天,便不带衣箱,寄在店里,只把在清江浦换来的百把两碎纹银,在箱子里取出来,放在马包里,重新把衣箱锁好,交代店家,便上车去了。此去只有两天的事,我何必拿百把两银子放在身边呢?因为取出银包时,许多人在旁边,我怕露了人眼不便,因此就整包的带着走了。我上了车,弓兵跨了车檐,行了半天,在路上打了个尖,下午两点钟光景就到了。是一所七零八落的村庄。那弓兵从前是来过的,认得门口,离着还有一箭多地,他便跳了下来,一叠连声的叫了进去,说什么“大少爷来了啊!你们快出来认亲啊”!只他这一喊,便惊动了多少人出来观看,我下了车,都被乡里的人围住了,不能走动。那弓兵在人丛中伸手来拉了我的手,才得走到门口。弓兵随即在车上取了马包,一同进去。弓兵指着一个人对我道:“这是舅老爷。”我看那人时,穿一件破旧茧绸面的老羊皮袍,腰上束了一根腰里硬,脚上穿了一双露出七八处棉花的棉鞋。虽在冬月里,却还光着脑袋,没带帽子。我要对他行礼时,他却只管说:“请坐啊,请坐啊!地方小,委屈得很啊!”看那样子是不懂行礼的,我也只好糊里糊涂敷衍过了。忽然外面来了一个女人,穿一件旧到泛白的青莲色茧绸老羊皮袄,穿了一条旧到泛黄的绿布紫腿棉裤,梳一个老式长头,手里拿了一根四尺来长的旱烟袋。弓兵指给我道:“这是舅太太。”我也就随便招呼一声。舅太太道:“这是侄少爷啊,往常我们听姑老爷说得多了,今日才见着。为甚不到屋里坐啊?”于是马茂林让到房里。

只见那房里占了大半间是个土坑,土坑上放了一张矮脚几,几那边一团东西,在那里蠕蠕欲动。弓兵道:“请炕上坐吧,这边就是这样的了。那边坐的,是他们老老老。”我心中又是一疑,北边人称呼外祖母多有叫老老的,何以忽然弄出个“老老老”来?实在奇怪!我这边才坐下,那边又说老老来了,就见一个老婆子,一只手拉了个小孩子同来。我此刻是神魂无主的,也不知是谁是谁,惟有点头招呼而已。弓兵见了小孩子,便拉到我身边道:“叫大哥啊!请安啊!”那孩子便对我请了个安,叫一声大哥。我一手拉着道:“这是大的吗?”弓兵道:“是。”我问道:“你叫什么名字?”孩子道:“我叫祥哥儿。”我道:“你兄弟呢?”舅太太接口道:“今天大姨妈叫他去吃大米粥去的,已经叫人叫去了。小的叫魁哥儿,比大的长得还好呢。”说着话时,外面魁哥儿来了,两手捧着一个吃不完的棒子馒头,一进来便在他老老身边一靠,张开两个小圆眼睛看着我。弓兵道:“小少爷!来,来,来!这是你大哥,怎么不请安啊?”说着,伸手支搀他,他只管躲着不肯过来。老老道:“快给大哥请安去!不然,要打了!”魁哥儿才慢腾腾的走近两步,合着手,把腰弯了一弯,嘴里说得一个“安”字,这想是夙昔所教的了。我弯下腰去拉了过来,一把抱在膝上。这只手又把祥哥儿拉着,问道:“你两个的爸爸呢?好苦的孩子啊!”说着,不觉流下泪来。这眼泪煞是作怪,这一流开了头,便止不住了。两个孩子见我哭了,也就哗然大啼。登时惹得满屋子的人一齐大哭,连那弓兵都在那里擦眼泪。哭够多时,还是那弓兵把家人劝住了,又提头代我说起要带两个孩子回去的话。马茂林没甚说得,只有那老老和舅太太不肯。后来说得舅太太也肯了,老老依然不肯。追冬日子短得很,天气已经快断黑了。舅太太又去张罗晚饭,炒了几个鸡蛋,烙了几张饼,大家围着糊里糊涂吃了,就算一顿。这是北路风气如此,不必提他。这一夜,我带着两个兄弟,问长问短,无非是哭一场,笑一场。

到了次日一早,我便要带了孩子动身,那老老又一定不肯。说长说短,说到中午时候,他们又拿出面饭来吃,好容易说得老老肯了。此时已是挤满一屋子人,都是邻居来看热闹的。我见马家实在穷得可怜,因在马包里,取出那包碎纹银来,也不知哪一块是轻的是重的,生平未曾用过戥子,只拣了一块最大的递给茂林道:“请你代我买点东西,请老老他们吃吧。”茂林收了道谢。我把银子包好,依然塞在马包里。舅太太又递给我一个小包裹,说是小孩子衣服,我接了过来,也塞在马包里,车夫提着出去。我抱了魁哥儿,弓兵抱了祥哥儿,辞别众人,一同上车。两个小孩子哭个不了,他的老老在那里倚门痛哭,我也禁不住落泪。那舅太太更是“儿啊肉啊”的哭喊,便连赶车的眼圈儿也红了。那哭声震天的光景,犹如送丧一般。外面看的人挤满了,把一条大路紧紧的塞住,车子不能前进。赶车的拉着牲口慢慢的走,一面嘴里喊着“让,让,让,让啊,让啊!”才慢慢的走得动。路旁看的人,也居然有落泪的。走过半里多路,方才渐渐人少了。

我在车上盘问祥哥儿,才知道那老老老是他老老的娘,今年一百零四岁,只会吃,不会动的了。在车上谈谈说说,不觉日已沉西。今天这两匹牲口煞是作怪,只管走不动,看看天色黑下来了,问问程途,说还有二十多里呢。忽然前面树林子里,一声啸响,赶车的失声道:“罢了!”弓兵连忙抱过魁哥儿,跳下车去道:“少爷下来吧,好汉来了。”我虽未曾走过北路,然而“响马”两个字是知道的,但不知对付他的法子。看见弓兵下了车,我也只得抱了祥哥儿下来。赶车的仍旧赶着牲口向前走。走不到一箭之地,那边便来了五六个彪形汉子,手执着明晃晃的对子大刀,奔到车前,把刀向车子里一搅,伸手把马包一提,提了出来便要走。此时那弓兵和赶车的都站在路旁,行所无事,任其所为。我见他要走了,因向前说道:“好汉,且慢着。东西你只管拿去。内中有一个小包裹,是这两个小孩子的衣服,你拿去也没用,请你把他留了,免得两个孩子受冷,便是好汉们的阴德了。”那强盗果然就地打开了马包,把那小包裹提了出来,又打开看了一看,才提起马包,大踏步向树林子里去了。我们仍旧上车前行。那弓兵和那赶车的说起:“这一伙人是从赤屯跟了来的,大约是瞥见那包银子之故。”赶车的道:“我和你懂得规矩的。我很怕这位老客,他是南边来的,不懂事,闹出乱子来。”我道:“闹什么乱子呢?”弓兵道:“这一路的好汉,只要东西,不伤人,若是和他争论抢夺,他便是一刀一个!”我道:“那么我问他讨还小孩子衣服,他又不怎样呢?”赶车的道:“是啊,从来没听见过遇了好汉,可以讨得情的。”一路说着,加上几鞭,直到定更时分,方才赶回汶水桥。正是:只为穷途怜幼稚,致教强盗发慈悲。未知到了汶水桥之后,又有何事,且待下回再记。

# 第一百八回　负屈含冤贤令尹结果　风流云散怪现状收场

我们赶回汶水桥，仍旧落了那个店。我仔细一想，银子是分文没了，便是铺盖也没有了。取过那衣箱来翻一翻，无非几件衣服。计算回南去还有几天，这大冷的天气，怎样得过？翻到箱底，却翻着了四块新板洋钱，不知是几时，我爱他好顽，把他收起来的。此时交代店家弄饭。那弓兵还在一旁。一会儿，店家送上些什么片儿汤、烙饼等东西，我就让那弓兵在一起吃过了。我拿着洋钱问他，这里用这个不用？弓兵道："大行店还可以将就，只怕吃亏不少。"我道："这一趟，我带的银子一起都没了，辛苦你一趟，没得好谢你，送你一个顽顽吧。"弓兵不肯要。我再四强他，说这里又不用这个的，你拿去也不能使用，不过给你顽顽罢了，他才收下。

我又问他这里到蒙阴有多少路。弓兵道："只有一天路，不过是要赶早。少爷可是要到那边去？"我道："你看我钱也没了，铺盖也没了，叫我怎样回南边去？蒙阴县蔡大老爷是我的朋友，我赶去要和他借几两银子才得了啊。"弓兵道："蔡大老爷么？那是一位真正青天佛菩萨的老爷！少爷你和他是朋友吗？那找他一定好的。"我道："他是邻县的县大老爷，你们怎么知道他好呢？"弓兵道："今年上半年，这里沂州一带起蝗虫，把大麦小麦吃个干净，各县的县官非但不理，还要征收上忙钱粮呢。只有蔡大老爷垫出款子，到镇江去贩了米粮到蒙阴散赈。非但蒙阴百姓忘了是个荒年，就是我们邻县的百姓赶去领赈的，也几十万人，蔡大老爷也一律的散放，直到六月里方才散完。这一下子，只怕救活了几百万人。这不是青天佛菩萨吗！少爷你明天就赶着去吧。"说着，他辞去了。我便在箱子里翻出两件衣服，代做被窝，打发两个兄弟睡了，我只和衣躺了一会。次日一早，便动身到蒙阴去。这里的客店钱，就拿两块洋钱出来，由得他七折八扣的勉强用了。催动牲口，向蒙阴进发。偏偏这天又下起大雪来，直赶到断黑,才到蒙阴,已经来不及进城了,就在城外草草住了一夜。

次日赶早,仍旧坐车进城。进城走了一段路,忽然遇了一大堆人,把车子挤住,不得过去。原来这里正是县前大街的一个十字街口,此时头上还是纷纷大雪,那些人并不避雪,都挤在那里。我便下车,分开众人,过去一看,只见沿街铺户,都排了香案,供了香花灯烛,一盂清水,一面铜镜。几十个年老的人,穿了破缺不全的衣帽,手执一炷香,都站在那里,涕泪交流。我心中十分疑惑,今天来了,又遇了什么把戏。正在怀疑之间,忽然见那一班老者都纷纷在雪地上跪下,嘴里纷纷的嚷着,不知他嚷些什么,人多声杂,听不出来,只仿佛听得一句"青天大老爷"罢了。回头看时,只见一个人,穿了玄青大褂,头上戴了没顶的大帽子,一面走过来,一面跺脚道:"起来啊!这是朝廷钦命的,你们怎么拦得住?"我定睛细看时,这个人正是蔡侣笙。面目苍老了许多,嘴上留了胡子,颜色亦十分憔悴。我不禁走近一步道:"侣翁,这是什么事?"侣笙向我仔细一看,拱手道:"久违了。大驾几时到的?我此刻一言难尽!述农还在衙门里,请和述农谈吧。"说着,就有两个白胡子的老人,过来跪下说:"青天大老爷啊!你这是去不得的哪!"侣笙跺脚道:"你们都起来说话。我是个好官啊,皇上的天恩,我是保管没事的。我要不是个好官呢,皇上有了天恩,天地也不容我。你们替我急的是哪一门啊!"一面说,一面搀起两个老人,又向我拱手道:"再会吧,恕我打发这班百姓都打发不了呢。"说着,往前行去。有两个老百姓,撑着雨伞,跟在后头,代他挡雪。又有一顶小轿,跟在后头,缓缓的往前去了。后头围随的人,也不知多少,一般的都是手执了香,涕泪交流的,一会儿都渐渐跟随过去了。我暗想侣笙这个人真了不得!闹到百姓如此爱戴,真是不愧为民父母了。

一面过来招呼了车子,放到县署前,我投了片子进去,专拜前任帐房文师爷。述农亲自迎出外面来,我便带了两弟进去,教他叩见。不及多说闲话,只述明了来意。述农道:"几两银子,事情还容易。不过你今天总不能动身的了,且在这里住一宿,明日早起动身吧。"我又谈起遇见侣笙如此如此。述农道:"所以天下事是说不定的。我本打算十天半月之后,这里的交代办清楚了,还要到上海,和你或继之商量借钱,谁料你倒先遇了强盗!”我道:“大约是为侣笙的事?”述农道:“可不是!四月里各属闹了蝗虫,十分厉害,侣笙便动了常平仓的款子,先行赈济。后来又在别的公款项下,挪用了点。统共不过化到五万银子,这一带地方,便处治得安然无事。谁知各邻县同是被灾的,却又匿灾不报,闹得上头疑心起来,说是蝗虫是往来无定的,何以独在蒙阴?就派了查灾委员下来查勘。也不知他们是怎样查的,都报了无灾。上面便说这边捏报灾情,擅动公款,勒令缴还。侣笙闹了个典尽卖绝,连他夫人的首饰都变了,连我历年积蓄的都借了去,我几件衣服也当了,七拼八凑的,还欠着八千多银子。上面便参了出来,奉旨革职严追。上头一面委人来署理,一面委员来守提。你想这件事冤枉不冤枉!”我道:“好在只差八千两,总好商量的。倒是我此刻几两银子,求你设个法!”述农道:“你急什么!我顶多不过十天八天,算清了交代,也到上海去代侣笙张罗,你何妨在这里等几天呢?”我道:“我这车子是从王家营雇的长车,回去早一天,少算一天价,何苦在这里耽搁呢。况且继之丁忧回去了。”述农惊道:“几时的事?”我道:“我动身到了清江浦,才接到电报的。电报简略,虽没有说什么,然而总是嘱我早回的意思。”述农道:“虽然如此,今天是万来不及的了。”我道:“一天半天,是没有法子的。”述农事忙,我便引过两个孩子,逗着顽笑,让述农办事。捱过了一天,述农借给我两分铺盖,二十两银子,我便坐了原车,仍旧先回汶水桥。

此时缺少盘费,灵柩是万来不及盘运的了,备了香楮,带了两个兄弟,去叩别了,然后长行。到了王家营,开发了车价,渡过黄河,到了清江浦,入到仁大船行。刘次臣招呼到里面坐下,请出一个人来和我相见。我抬头一看,不觉吃了一大惊,原来不是别人,是金子安。我道:“子翁为甚到这里来?”子安道:“一言难尽!我们到屋里说话吧。”我就跟了他到房里去。子安道:“我们的生意已经倒了!”我吃惊道:“怎样倒的?”子安道:“继之接了丁忧电报,我们一面发电给你,一面写信给各分号。东家丁了忧,通个信给伙计,这也是常事。信里面不免提及你到山东,大约是这句话提坏了,他们知道两个做主的都走开了,汉口的吴作猷头一个倒下来,他自己还卷逃了五万多。

恰好有万把银子药材装到下江来的，行家知道了，便发电到沿江各埠，要扣这一笔货，这一下子，可全局都被牵动了。那天晚上，一口气接了十八个电报，把德泉这老头子当场急病了。我没了法子，只得发电到北京、天津，叫停止交易。苏、杭是已经跟着倒下来的了。当夜便把号里的小伙计叫来，有存项的都还了他，工钱都算清楚了，还另外给了他们一个月工钱，叫他们悄悄的搬了铺盖去，次日就不开门了。管德泉吓得家里也不敢回去，住在王端甫那里。我也暂时搬在文述农家里。”我道：“述农不在家啊。”子安道：“杏农在家里。”我道：“此刻大局怎样了？”子安道：“还不知道。大约连各处算起来，不下百来万。此刻大家都把你告出去了，却没有继之名字。”我道：“本来当日各处都是用我的名字，这不能怪人家。但是这件事怎了呢？”子安道：“我已有电给继之，大约能设法弄个三十来万，讲个折头，也就了结了。我恐怕你贸贸然到了上海，被他们扣住，那就糟糕了！好歹我们留个身子在外头好办事，所以我到这里来迎住你。”我听得倒了生意，倒还不怎样，但是难以善后，因此坐着呆想主意。子安道：“这是公事谈完了，还有你的私事呢。”说罢，在身边取出一封电报给我，我一看，封面是写着宜昌发的。我暗想何以先有信给我，再发电呢？及至抽出来一看，却是已经译好的：“子仁故，速来！”五个字。不觉又大吃一惊道：“这是几时到的？”子安道：“同是倒闭那天到的，连今日有七天了。”我道：“这样我还到宜昌去一趟，家伯又没有儿子，他的后事，不知怎样呢。子翁你可有钱带来？”子安道：“你要用多少？”我便把遇的强盗一节，告诉了他。又道：“只要有了几十元，够宜昌的来回盘费就得了。”子安道：“我还有五十元，你先拿去用吧。”我道：“那么两个小孩子，托你代我先带到上海去。”子安道：“这是可以的。但是你到了上海，千万不要多露脸，一直到述农家里才好。”我答应了。当下又商量了些善后之法。

次日一早，坐了小火轮到镇江去。恰好上下水船都未到，大家便都上了趸船，子安等下水到上海，我等上水到汉口去。到了汉口，只得找个客栈住下。等了三天，才有宜昌船。船到宜昌之后，我便叫人挑了行李进城，到伯父公馆里去。入得门来，我便径奔后堂，在灵前跪拜举哀。续弦的伯母从房里出来，也哭了一阵。我止哀后，叩见伯母，无非是问问几时得信的，几时动身的，我问问伯父是什么病，怎样过的？讲过几句之后，我便退到外面。到花厅里，只是坐着两个人：一个老者，须发苍然；一个是生就的一张小白脸，年纪不过四十上下，嘴上留下漆黑的两撇胡子，眉下生就一双小圆眼睛，极似猫儿头鹰的眼，猝然问我道："你带了多少钱来了？"我愕然道："没有带钱来。"他道："那么你来做什么？"我拂然道："这句话奇了！是这里打了电报叫我来的啊。"他道："奇了！谁打的电报？"说着，往里去了。我才请教那老者贵姓，原来他姓李，号良新，是这里一个电报生的老太爷，因为伯父过了，请他来陪伴的。他又告诉我，方才那个人，姓丁，叫寄篑，南京人，是这位陈氏伯母的内亲，排行第十五，人家都尊他做十五叔。自从我伯父死后，他便在这里帮忙，天天到一两次。我两个才谈了几句，那个什么丁寄篑又出来了，伯母也跟在后头，大家坐定。寄篑说道："我们一向当令伯是有钱多的，谁知他躺了下来，只剩得三十吊大钱，算一算他的亏空，倒是一千多吊。这件事怎样办法？还得请教。"我冷笑一声，对良新道："我就是这几天里，才倒了一百多万，从江汉关道起，以至九江道、芜湖道、常镇道、上海道，以及苏州、杭州，都有我的告案。这千把吊钱，我是看得稀松，既然伯父死了，我来承当，叫他们就把我告上一状就是了。如果伯母怕我倒了百多万的人拖累着，我马上滚蛋也使得！"我说这话时，眼睛却是看着丁寄篑。伯母道："这不是使气的事，不过和少爷商量办法罢了。"我道："侄儿并不是使气，所说的都是真事。不然啊，我自己的都打发不开，不过接了这里电报，当日先伯母过的时候，我又兼祧过的，所以不得不来一趟。"伯母道："你伯父临终的交代，说是要在你叔叔的两个儿子里头，择继一个呢。"丁寄篑道："照例有一房有两个儿子的，就没有要单丁那房兼祧规矩。"我道："老实说一句，我老人家躺下来的时候，剩下万把银子，我钱毛儿也没捞着一根，也过到今天了。兼祧不兼祧，我并不争。不过要择继叔父的儿子，那可不能！"

丁寄篑变色道："这是他老人家的遗言，怎好不依？"我道："伯父遗言我没听见，可是伯父先有一个遗嘱给我的。"说罢时，便打开行李,在护书里取出伯父给我的那封信,递给李良新道:“老伯,你请先看。”良新拿在手里看,丁寄箧也过去看,又念给伯母听。我等他们看完了,我一面收回那信,一面说道:“照这封信的说话,伯父是不会要那两个侄儿的。要是那两个孩子还在山东呢,我也不敢管那些闲事。此刻两个孩子,经我千辛万苦带回来了,倘使承继了伯父,叫我将来死了之后见了叔叔,叔叔问我,你既然得了伯父那封信,为甚还把我的儿子过继他,叫我拿什么话回答叔叔!”丁寄箧听了,看看伯母,伯母也看丁寄箧。寄箧的了道:“那两位令弟,是在哪里找回来的?”我便将如何得信,如何两次发电给伯父,如何得伯父的信,如何动身,如何找着那弓兵,那弓兵如何念旧,如何带我到赤屯,如何相见,如何带来,如何遇强盗,如何到蒙阴借债,如何在清江浦得这里电报……一一说了。又对伯母说道:“侄儿斗胆说一句话:我从十几岁上,拿了一双白手空拳出来,和吴继之两个混,我们两个向没分家,挣到了一百多万,大约少说点,侄儿也分得着四五十万的了。此刻并且倒了,市面也算见过了。那个忘八蛋崽子,才想着靠了兼祧的名目,图谋家当!既然十五叔这么疑心,我就搬到客栈里住去。”寄箧道:“啊啊啊!这是你们的家事,怎么派到我疑心起来?”伯母道:“这不是疑心,不过因为你伯父亏空太大了,大家商量个办法。”我道:“商量有商量的话。我见了伯父,还我伯父的规矩,这是我们的家法;他姓差了一点的,配吗?”寄箧站起来对伯母道:“我还有点事,先去去再来。”说罢,去了。我对伯母道:“这是个什么混帐东西!我一来了,他劈头就问我道:‘你来做什么?’我又不认得他,真是岂有此理!他要不来,来了,我还要好好的当面损他呢!”伯母道:“十五叔向来心直口快,每每就是这个上头讨嫌。”又说了几句话,便进去了。我便要叫人把行李搬到客栈里去,倒是良新苦苦把我留住。坐了一会,忽听得外面有女子声音,良新向外一张,对我道:“寄箧的老婆来了。”我也并不在意。到了晚上,我在花厅对过书房里开了铺盖,便写了几封信,分寄继之、子安、述农等,又起了一个讣帖稿子,方才睡下。无奈翻来覆去,总睡不着。到得半夜时,似乎房门外有人走动,我悄悄起来一张,只见几个人,在那里悄悄的抬了几个大皮箱往外去，约莫有七八个。我心中暗暗好笑，我又不是山东路上强盗，这是何苦。

到了明日，我便把讣帖稿子发出去叫刻。查了有几处是上司，应该用写本的，便写了。不多几日，写的写好了，刻的印好了，我就请良新把伯父的朋友，一一记了出来，开个横单，一一照写了签子。也不和伯母商量，填了开吊日子，发出去。所有送奠礼来的，就烦良新经手记帐。到了受吊之日，应该用什么的，都拜托良新在人家送来的奠分钱上开支。我只穿了期亲的服制，在旁边回礼。那丁寄箕被我那天说了之后，一直没有来过，直到开吊那天才来，行过了礼就走了。

忙了一天，到了晚上，我便把铺盖拿到上房，对着伯母打起来。又把箱子拿进去开了，把东西一一检出来，请伯母看过道："侄儿这几件东西来，还是这几件东西去，并不曾多拿一丝一缕。侄儿就此去了。"伯母呆呆的看着，一言不发。我在灵前叩了三个头，起来便叫人挑了行李出城。偏偏今天没有船，就在客栈住了两夜，方才附船到汉口。到了汉口，便过到下水船去，一直到了上海，叫人挑了行李进城。走到也是园滨文述农门首，抬头一看，只见断壁颓垣，荒凉满目，看那光景是被火烧的。那烧不尽的一根柱子上，贴了一张红纸，写着"文宅暂迁运粮河滨"八个字。好得运粮河滨离此不远，便叫挑夫挑了过去，找着了地方挑了进去。只见述农敝衣破冠的迎了出来，彼此一见，也不解何故，便放声大哭起来。我才开发了挑夫，问起房子是怎样的？述农道："不必说起！我在蒙阴算清了交代，便赶回上海，才知道你们生意倒了，只得回家替侣笙设法。本打算把房子典去，再卖几亩田，虽然不够，姑且带到山东，在他同乡、同寅处再商量设法。看见你两位令弟，方代你庆慰。谁知过得两天，厨下不戒于火，延烧起来，烧个罄尽，连田上的方单都烧掉了。不补了出来，卖不出去。要补起来呢，此刻又设了个什么'升科局'，补起来，那费用比买的价还大。幸而只烧我自己一家，并未延及邻居。此刻这里是暂借舍亲的房屋住着。"我道："令弟杏农呢？"述农道："他又到天津谋事去了。"我道："子安呢。"述农道："这里房子少，住不下，他到他亲戚家去了。"我道："我两个舍弟呢？"述农道："在里面。这两天和内人混得很熟了。”说着，便亲自进去，带了出来见我。彼此又太息一番。述农道：“这边的讼事消息，一天紧似一天，日间有船，你不如早点回去商议个善后之法吧。”

我到了此时，除回去之外，也是束手无策，便依了述农的话。又念我自从出门应世以来，一切奇奇怪怪的事，都写了笔记，这部笔记足足盘弄了二十年了。今日回家乡去，不知何日再出来，不如把他留下给述农，觅一个喜事朋友，代我传扬出去，也不枉了这二十年的功夫。因取出那个日记来，自己题了个签是“二十年目睹之怪现状”，又注了个“九死一生笔记”交给述农，告知此意。述农一口答应了。我便带了两个小兄弟，附轮船回家乡去了。

看官！须知第一回楔子上说的，那在城门口插标卖书的，就是文述农了。死里逃生得了这部笔记，交付了横滨新小说社。后来《新小说》停版，又转托了上海广智书局，陆续印了出来。到此便是全书告终了。正是：悲欢离合廿年事，隆替兴亡一梦中。